심
연

THE DEEP

심연

앨마 카츠 장편소설

이은선 옮김

H

타이태닉호와 브리태닉호가 침몰하는 비극적인 사건으로
유명을 달리한 고인들의 영전에 바친다.

차례

일러두기
1. 본문의 각주는 모두 옮긴이 주이다.
2. 본문의 고딕체는 원서에서 이탤릭체로 강조된 것이다.

심연

추락하기 시작한 처음 잠깐 동안은 이것이 전혀 다른 느낌으로 다가온다. 짧고 격한 자유와의 일별처럼 느껴진다.

하지만 삽시간에 다가온 수면이 그녀의 살갗에 부딪치며 유리창처럼 산산이 부서지자 숨이 턱 막힌다. 어쩌면 부딪친 쪽이 그녀일 수도 있다. 그녀는 이제 예전의 그녀가 아니다. 하나의 몸이 아니라 여러 개로 나뉘어 어둠 속을 부유한다. 허파가 견딜 수 없을 정도로 화끈거린다. 그 고통을 감당할 여지를 만들기 위해 정신이 아득해지기 시작한다.

냉기를 뚫고 이상한 생각들이 머릿속에 떠오른다. 이건 전혀 근사한 일이 못 된다는 생각이 든다.

이 정도면 뜻밖에도 다행이라는 생각이 든다.

하지만 몸에서 필요한 것을 갈구한다. 제발 이러지 말라고 애원한다. 몸이 저항하기 시작한다. 그녀의 얼굴은 하늘에 드문드 문 박힌, 이미 아득해진 별빛을 찾는다. 예전에 누군가가 말하길 별은 시침 핀일 뿐이라고, 시커먼 하늘이 이 세상 위로 무너져 덮어버리지 않도록 붙잡고 있는 거라고 했다. 짧았던 평온이 공 포로 바뀐다. 막을 수 없는 거센 욕망이 그녀를 사로잡는다. 그녀 를 부르며 한 번 더 기회를 달라고 요구하는 것은 목숨이 아니라 사랑이다. '인간은 누구나 다시 한번 기회를 누릴 자격이 있어.' 물살은 그녀를 점점 더 아래로 잡아당기고 차디찬 안개는 머릿 속을 어지럽히는 가운데 그 생각이 그녀의 내면이 아니라 주변 에서 떠오른 것처럼 느껴진다.

이제 수면은 헤아릴 수 없을 만큼, 손에 닿지 않을 만큼 멀어 졌다. 냉기가 온 사방에서 그녀를 압박하며 안으로 들어가게 해 달라고 애원한다.

'내가 다시 한번 기회를 줄 수 있어.' 바다는 이렇게 얘기하는 것 같다. '내가 이 모든 걸 사라지게 만들 수 있어, 너만 허락한다 면.'

바다의 약속이다. 파도는 더 이상 그녀를 아래로 잡아당기지 않는다. 그녀를 품에 가만히 안고 대답을 기다린다.

그녀는 마침내 입을 벌린다. 물이 쏟아져 들어와 대답을 대신 한다.

1916년

1916년 9월 18일
리버풀 모닝게이트 정신병원
원장님 전 상서

안녕하십니까.

아주 민감한 사안과 관련해 귀하의 도움을 받을 수 있을까 하여 이렇게 서신을 보냅니다.

발룬토이라는 조그만 마을에서 저희와 함께 살던 사랑하는 딸 애니가 4년 전에 느닷없이 실종되었습니다. 이후로 저희 부부는 딸아이를 찾아다니고 있습니다. 마지막으로 보았을 때에 딸아이가 제정신이 아니었고 어쩌면 저희가 그 당시에 생각했던 것보다 더 위중했을지 모르는 상처로 괴로워하고 있었기에 병원과 요양 시설에 문의하고 있습니다. 먼저 가까운 벨파스트와 리즈번과 뱅고어에 있는 시설부터 연락을 취해보았지만 딸아이는 찾을 수 없었고 결국 아일랜드해를 넘어 리버풀로까지 반경을 넓히게 되었습니다.

저희는 지금까지 총 쉰다섯 군데의 병원에 서신을 보냈습니다. 그러나 아무 소득이 없었고, 모닝게이트와 같은 시설에 문의를 해보는 게 어떻겠느냐는 조언을 들었습니다. 저희 딸 애니는 어렸을 때부터 모든 여성에게 내재된 감정에 남다르게 예민한 아이였습니다. 하지만 이런 성향은 축복이자 저주이지요. 이런 감정을 느끼지 못하면 차갑고 모진 여자라는 소리를 듣겠지만 사랑이 지나치게 넘치는 것은 바람직한 현상이 아니니까요. 저는 아버지로서 때로는 우리 애니의 이런 기질을 달랠 방법이 있으면 얼마나 좋을까 하는 생각을 할 수밖에 없었습니다.

그래서 우리 애니와 인상착의가 일치하는 환자가 귀하의 시설에 있는지 문의하기 위해 이렇게 서신을 보냅니다. 그 아이는 이제 스물두 살이 되었을 테고 키는 168센티미터입니다. 일주일 동안 아무하고도 말을 하지 않고 지낼 수 있을 만큼 낯을 가리고 목소리가 나긋나긋합니다.

귀하께서 저희 부부의 악몽을 끝내고 애니를 저희 곁으로 돌려주실 수 있길 기원합니다. 맞습니다, 폐일언하자면 그 아이는 저희가 제공한 보금자리에서 제 발로 뛰쳐나갔으되 질책을 두려워하는 마음에 돌아오지 못하는 게 아닐까 하는 것이 저희 부부의 생각입니다. 저희는 애니의 프라이버시와 체면을 보호하기 위한 일환으로 법의 테두리 밖에서 딸아이의 행방을 수소문하고 있사오니 신중을 기해주시기를 간청하는 바입니다. 귀하와 같은 분들은 저희 애니와 비슷한 처지에 놓인 여성들을 지금까지 숱하게 접하셨겠지요.

애니는 고명딸이고 부족하고 나약한 부분들이 있지만, 지금까지 어떤 짓을 저질렀더라도 저희는 그 아이를 끔찍이 사랑합니다. 여동생이 돌아오길 오빠들이 밤마다 기도하고 있다고, 가족의 따뜻한 품속으로 다시 돌아오길 바라는 마음에 그 아이의 방을 고스란히 보존하고 있다고 전해주십시오.

북아일랜드 앤트림주 시빌 교구 발룬토이에서
조너선 헤블리 배상

1916년 9월 25일
리버풀 모닝게이트 정신병원

친애하는 헤블리 씨께

따님 애니의 행방을 문의하시는 애절한 서신을 지난주 금요일에 수신하였습니다. 귀하의 비극적인 상황에 공감하지 못하는 것은 아니나 안타깝게도 저희는 협조할 수 없는 입장임을 알려드리는 바입니다.

1890년에 정신장애법이 제정된 이래 모닝게이트와 같은 시설을 관리하는 법률 조항에 많은 변화가 생겼습니다. 그로 인하여—제가 생각하기에는—입소자들의 편의를 도모하기 위해서라기보다 허위 소송을 예방하기 위해, 상상할 수 없었던 내부 정책이 제정되었습니다. 모닝게이트에서는 입소자들의 프라이버시를 보호하는 데까지 이 정책이 적용됩니다.

그렇기에 저는 외람되게도 답변을 드릴 수가 없습니다. 신경질환자와 정신질환자를 향한 세간의 편견으로 인해 종종 어마어마한 고통을 겪는 입소자들의 프라이버시 보호와 연관이 되는 문제니까요.

따님이 모닝게이트에 입소하였는지 여부와 관련해서 저의 답

변을 긍정으로도 부정으로도 해석하지 말아주시기 바랍니다. 저
는 이 시설의 관리 책임자로서 법을 준수해야 하는 의무가 있습니다.

잉글랜드 리버풀 바이쇼어 뮤스

모닝게이트 정신병원장

나이절 대븐포트 배상

1장

1916년 10월
리버풀
모닝게이트 정신병원

그녀는 정신이상자가 아니다.

애니 헤블리는 회색의 거칠거칠한 리넨에 바늘을 꽂는다. 여기 이곳의 굴뚝에 갇혀 퍼드덕거리고 울부짖으며 탈출하려고 기를 쓰다가 가끔 부딪혀 죽는 비둘기의 깃털처럼 부드러운 색의 리넨이다.

그녀는 정신이상자가 아니다.

애니의 시선이 단을 따라 아래위로 들락거리는 바늘을 좇는다. 들어갔다 나왔다. 들어갔다 나왔다. 뾰족하고 반짝거리며 매우 정확하다.

하지만 그녀에게는 쉽게 정신이 이상해질 수 있는 성향이 있다.

애니는 정신병자들 특유의 괴상한 행동을 이해하게 됐다. 갑자기 울부짖고 뭐라는지 모를 말을 주절거리고 손발을 격하게 흔들고. 몇 날, 몇 주, 몇 년을 겪고 나면 그 안에서 편안한 리듬이 느껴진다. 하지만 그녀가 그들과 같은 부류는 아니다. 그것 하나만큼은 분명하다.

우리 하느님과 성모마리아만큼 분명하지. 그녀의 아버지라면 그렇게 말했을지 모른다.

10여 명의 여자 입소자들이 몸을 옹송그리고 바느질을 하고 있는 터라 불을 때나 마나 했는데도 방 안이 후텁지근하다. 일을 하면 신경질환을 일시적으로 완화하는 효과가 있다기에 많은 입소자들에게 일감이 주어졌다. 심신상의 질병이 있다기보다 집안 형편상 이곳 신세를 지고 있는 경우는 특히 그렇다. 극빈층은 대개 구빈원에 수용되지만 자리만 있으면 정신병원으로 흘러들어 오는 경우도 적지 않다. 전과자는 말할 것도 없다.

모닝게이트 신세를 지게 된 이유가 뭐건 간에 여기서 지내는 여자들은 대개 고분고분하고 간호사의 지시에 잘 따른다. 하지만 애니가 진심으로 두려워하는 이가 몇 명 있다.

그녀는 그들과의 접촉을 피하기 위해 몸을 잔뜩 옹크리고 바느질을 한다. 정신병도 전염될지 모른다는 의구심을 떨쳐버릴 수가 없다. 우유병을 햇볕 아래에 너무 오래 두면 그 안에서 미세한 곰팡이가 자라듯 곪을지 모른다. 처음에는 보이지 않던 곰팡이가 이내 시큼한 냄새를 풍기며 우유를 통해 오염시켜버리듯이 말이다.

애니는 바느질 방에서 오전에 해야 할 일을 무릎 위에 쌓아놓고 등받이가 없는 조그맣고 딱딱한 의자에 앉아 있지만 주머니 안에 담긴 편지가 공연히 머릿속을 어지럽힌다. 꼭 리넨 원피스를 뚫고 이글거리는 불씨 같다. 애니는 봉투에 적힌 이름을 확인하기 전에 이미 필체를 알아보았다. 지금까지 그 편지를 아무리 못해도 열댓 번은 읽었다. 보는 사람이 아무도 없는 야심한 밤에는 십자가라도 되는 양 그 위에 입을 맞추었다.

애니의 불경한 생각을 읽기라도 한 것처럼 간호사 하나가 그녀의 어깨 위로 등장한다. 애니는 그 간호사가 언제부터 거기 서서 자신을 지켜보고 있었는지 궁금해진다. 이 간호사는 신참이라 아직 애니를 잘 모른다. 병원 측에서는 아직 아무것도 몰라서 그녀를 무서워하지 않는 햇병아리들에게 애니를 맡긴다.

"앤, 대븐포트 원장님께서 보고 싶다셔요. 내가 원장실로 안내할게요."

애니는 자리에서 일어난다. 다른 여자들은 바느질을 하다 말고 고개를 들지 않는다. 간호사들은 모닝게이트의 입소자들에게 절대 등을 보이지 않기에 애니는 달구어진 부지깽이처럼 느껴지는 간호사를 뒤에 거느리고 복도를 느릿느릿 걸어간다. 애니는 잠깐이나마 혼자 있는 시간이 주어지면 그 편지를 없애 버릴 것이다. 커튼 뒤에 숨기거나 복도에 깔린 카펫 아래로 쑤셔 넣을 것이다. 원장이 그 편지를 절대 찾지 못하게 해야 한다. 원장이 편지를 읽는 생각만 해도 민망해서 온몸이 화끈거린다.

하지만 모닝게이트는 절대 혼자 있을 수 없는 곳이다.

부연 복도 유리창에 비친 두 사람이 유령 같아 보인다. 옅은 비둘기색 환자복을 입은 애니와 크림색 긴 치마 위로 앞치마를 두르고 머리 가리개를 한 간호사는 닫힌 문과 잠긴 방이 줄줄이 이어지는 긴 복도를 지난다. 그 뒤에서 환자들이 중얼거리고 울부짖는 소리가 들린다.

그들은 뭣 때문에 비명을 지르고 있을까? 어떤 괴로움이 그들을 그렇게 만들었을까? 어떤 여자들의 경우는 술이었다. 여자들이 그런 불손한 생각을 한다는 것, 그런 식으로 자기 의견을 밝힌다는 것을 못마땅하게 여긴 남편이나 아버지나 심지어 남자 형제들에 의해 여기로 보내진 경우도 있었다. 하지만 애니는 진짜 정신병자들의 사연은 듣지 않으려고 한다. 누가 들어도 끔찍한 이야기일 텐데, 슬픈 일이라면 애니도 지금까지 겪을 만큼 겪었다.

이 건물은 1840년대에 문을 닫은 동인도회사의 창고 시절부터 여러 차례 증축돼 넓고 얼기설기하다. 여자들이 아침마다 운동을 하는 야외 마당의 담벼락 위에는 땀과 침 자국이 길게 남아 있고 지저분한 손자국과 마른 핏자국이 문대어져 있다. 비용 절감을 위해 가스등의 조도를 낮추어놨기 때문에 지저분한 얼룩들이 다행히 기분 좋게 포근해 보인다.

그들은 남자들이 쓰는 건물을 지난다. 가끔 그들이 내는 소리가 벽을 넘어올 때도 있지만 오늘은 잠잠하다. 남자와 여자들을 이렇게 분리해놓은 이유는 특이한 흥분성 신경질환을 앓는 여자들이 있기 때문이다. 그들은 남자를 보면 온몸을 부들

부들 떨며 옷을 찢으려 하거나 혀를 깨물고 경련을 일으키며 쓰러질 것이다.

병원 측에서 주장하는 바로는 그렇다. 애니가 실제로 그런 광경을 본 적은 없다. 직원들은 입소자들, 특히 여자 입소자들을 놓고 이러쿵저러쿵하는 것을 좋아한다.

하지만 애니는 여기 있으면 넓고 거대한 세상으로부터 안전하다. 남자들의 세상으로부터 안전하다. 중요한 건 그거다. 방은 작고 침대는 좁아, 현관문을 나서 스무 걸음만 걸으면 굽이치는 아일랜드해가 나오는, 발룬토이의 손바닥만 한 방 네 개짜리 낡은 오두막집과 별반 다를 게 없다. 이곳도 앞마당이 바다 냄새로 진동하지만 가까이에 바다가 있다 한들 애니 눈에는 보이지 않고 지난 4년 동안 한 번도 본 적이 없었다.

그것은 위안인 동시에 저주다. 가끔 그녀는 시커먼 물이 벌어진 입 안으로 들어와 허파가 돌처럼 얼어붙는 악몽을 꾼다. 바다는 깊고 피도 눈물도 없다. 발룬토이에 사는 사람들은 그녀의 기억이 닿는 아주 먼 옛날부터 아버지와 남자 형제, 여자 형제와 딸들을 바다에서 잃었다. 그녀는 수백 구의 시신이 대서양을 빽빽이 메운 것을 본 적이 있다. 발룬토이의 묘지에 묻힌 시신을 모두 합한 것보다 더 많았다.

하지만 또 어떤 날에는 여기서 나가고 싶어서, 그곳으로 돌아가고 싶어서 간절히 벽을 긁다 보니, 일어나보면 손톱 아래에 회반죽이 끼어 있다. 바다에서 파도가 치면 그녀의 피도 덩달아 용솟음친다. 그녀는 바다를 갈망한다.

그들은 마당을 지나 의사들의 사실私室과 연결된 조그만 현관으로 들어간다. 간호사는 애니에게 옆으로 비키라고 손짓한 다음 노크를 하고, 들어오라는 말이 들리자 대븐포트 방의 문을 연다. 책상 앞에 앉아 있던 그가 자리에서 일어나 의자를 가리킨다.

나이절 대븐포트는 젊은 남자다. 애니는 그가 좋다. 그는 입소자들의 안위에 관심이 있어 보인다. 그녀는 정신병원에 계속 있으려는 의사를 찾기가 얼마나 어려운지 모른다고 간호사들끼리 하는 얘기를 들은 적이 있다. 치료에 반응을 보이는 환자가 거의 없으니 기운이 빠질 만도 하다. 게다가 개업을 해서 뼈를 맞추고 아이를 받는 쪽이 훨씬 수입이 짭짤하다. 그는 형식적일지언정 그녀에게 항상 친절하게 대한다. 그는 그녀를 볼 때마다 비둘기와 있었던 일을 떠올린다. 다들 그렇다. 그녀가 죽은 새를 품에 안고 갓난애처럼 어르고 있었던 것을 말이다.

그녀도 갓난애가 아니었다는 걸 안다. 그냥 새였다는 걸 안다. 그 녀석은 연통에서 떨어져 깃털을 날리며 난로에 부딪쳤다. 그을음을 뒤집어써서 지저분했지만 나름 예뻤다. 그녀는 그 녀석을 안아보고 싶었을 따름이다. 그녀만의 무언가를 안아보고 싶었을 따름이다.

그는 손깍지를 끼고 책상 위에 올려놓는다. 그녀는 서로 겹쳐진 그의 기다란 손가락을 물끄러미 바라본다. 그 손은 힘이 셀지 궁금해진다. 그런 생각이 든 게 이번이 처음은 아니다.

"어제 편지를 또 한 통 받았다고 들었어요."

그녀의 심장이 안에서 떨린다.

"입소자들의 프라이버시를 과하게 침해하는 건 우리 정책에 어긋나는 일이죠, 애니. 우리는 다른 시설들처럼 입소자들의 편지를 읽지 않아요. 여긴 그런 곳이 아니니까요." 그는 다정하게 미소를 짓고 있지만 미간을 살짝 찌푸리고 있다. 애니는 손가락으로 미간을 눌러 그 부드러운 살을 펴주고 싶은, 희한하기 그지없는 충동을 느낀다. 하지만 당연히 그녀가 그럴 일은 없다. 자발적인 신체 접촉은 금지 사항이다. "여기에서는 입소자들이 자발적으로 보여주지 않는 한 편지를 보지 않아요. 하지만 우리 입장에서는 그런 편지가 우려할 만한 사안일 수밖에 없다는 거 알고 있죠?"

그의 목소리는 다정하고 은근하며 고요한 어루만짐처럼 느껴진다. 미끼다. 그녀는 입을 열면 그를 마주 어루만지는 것이라도 되는 듯 아무 말도 하지 않는다. 그녀가 대꾸하지 않으면 그가 더는 괴롭히지 않을지 모른다. 침묵이 깊어지면 그녀는 허공으로 사라질 수 있을지 모른다. 그녀는 발룬토이의 넓은 벌판과 산비탈에서 수시로 이런 게임을 했었다. 당시 기억이 놀라우리만치 생생하게 되살아난다. 사라지기 놀이. 대개는 효과가 있었다. 그녀는 어느 누구의 눈에도 띄지 않고 어느 누구와도 말을 섞지 않은 채 상상의 나래를 펼치며 하루 종일 집 뒤편 목초지를 서성일 수 있었다. 살아 있는 유령처럼 그럴 수 있었다.

의사는 하이칼라에 대고 목을 길게 늘인다. 목이 보기 좋게 단단하다. 손도 그렇다. 그는 힘으로 쉽게 그녀를 제압할 수 있을 것이다. 그것이 그런 힘의 핵심일지 모른다. "혹시 편지를 보여줄 생각이 있나요, 애니? 마음의 평화를 위해서? 비밀을 간직하는 건 좋지 않아요. 비밀이 있으면 그 무게에 눌려서 마음이 무거워지니까요."

그녀는 몸을 부르르 떤다. 편지를 보여주고 싶은 마음이 굴뚝같지만 숨기고 싶은 마음도 간절하다. "친구가 보낸 거예요."

"여객선에서 같이 일했던 친구요?" 그는 잠깐 멈추었다가 다시 묻는다. "바이얼릿, 맞죠?"

그녀는 겁에 질리기 시작한다. "지금은 다른 배에서 일하고 있어요. 일손이 달린다고, 저더러 다시 와서 일할 생각 없느냐고 해요." 자. 이렇게 공개하고 만다.

그는 까만 눈으로 그녀를 빤히 쳐다본다. 그녀는 그의 기대에 부응하지 않을 도리가 없다. 그녀는 안 된다는 말을 잘하지 못했다. 그저 사람들과 아버지와 어머니의 비위를 맞추고 싶어 했다. 그들 모두의 비위를 맞추고 싶어 했다. 착한 사람이 되고 싶어 했다.

예전에는 그랬다.

우리 착한 애니, 주님은 착한 여자를 좋아하시지. 아버지는 이렇게 말했다.

그녀는 주머니에서 편지를 꺼내 그에게 건넨다. 편지가 아니라 그녀의 알몸을 공개하는 심정이라 편지를 읽는 그를 보고 있기가 괴롭다.

잠시 후에 그는 그녀를 흘끗 올려다보며 천천히 미소를 짓는다.

"모르겠어요, 애니?"

그녀는 무릎 위에 올려놓은 손을 서로 부둥켜 잡는다. "뭘요?" 그녀는 그가 무슨 말을 하려는지 안다.

"여기 있는 다른 입소자들과 다르게 당신은 환자가 아니라는 걸 알죠?" 그는 그녀의 감정이 상하지 않게 배려하려는 듯 조심스럽게 말을 고른다. 그녀도 이미 아는 얘기를 하면서 그런다. "우리도 윤리적인 측면에서 당신을 여기 두어도 되겠는지 고민했지만 당신을 퇴원시키기 주저했던 이유는— 뭐, 솔직히 당신을 어떻게 하면 좋을지 알 수 없었기 때문이에요."

애니는 모닝게이트 정신병원에 입원했을 때 과거를 전혀 기억하지 못했다. 좁은 침대에서 눈을 떠보니 팔다리에 멍이 들어 있었고 머리가 무지 지끈거렸다. 그녀는 선술집 뒤편에서 의식을 잃고 쓰러져 있다가 순경에게 발견됐다. 순경이 보기에 그녀는 윤락녀 같지 않았다. 옷차림도 그랬고 지독한 술 냄새를 풍기지도 않았다.

하지만 그녀가 누군지 아는 사람이 없었다. 그 당시에는 애니도 자기 자신에 대해 아는 게 거의 없었다. 심지어 자기 이름조차 몰랐다. 의사는 그녀를 정신병원에 구금하라는 법원 명령에 동의하는 수밖에 없었다.

시간이 흐름에 따라 그녀의 기억은 점점 되살아나기 시작했다. 하지만 전부 돌아오지는 않았다. 어떤 부분은 아무리 애를 써도 흐릿했다. 물론 그 큰 배가 침몰하던 날 밤의 기억은 단단한 얼음처럼 선명하게 머릿속에 각인됐다. 그 이전의 기억은 꿈처럼 느껴진다. 두 남자가 번갈아 떠오르지만, 가끔 그들이 머릿속에서 한데 뭉뚱그려져 한 남자 아니면 세상 모든 남자로 느껴질 때도 있다. 그리고 그 이전은 초록색 들판과 끝없는 설교, 읊조리는 기도와 울부짖는 북풍으로 이루어진 단편적인 기억들이다. 너무 어마어마하게 넓어서 이해할 수 없는 세상이다.

입을 떡 벌리고 있는 끔찍한 외로움이 지난 4년 동안 그녀의 유일한 친구였다.

두말하면 잔소리지만 바깥세상과 그 세상의 비밀, 전쟁, 거짓 약속은 두툼한 벽돌담으로 차단하고 이 안에서 안전하게 지내는 편이 낫다.

대븐포트 선생이 다시 한번 머뭇머뭇 미소를 지으며 그녀를 쳐다본다. "그렇다고 생각하지 않아요, 애니?" 그가 이렇게 묻고 있다.

"뭐가요?"

"전쟁이 계속되는 와중에 당신을 여기에 수용하는 건 부적절한 선택일지 모른다고요. 정말로 건강이 안 좋은 사람을 위해 쓰일 수 있는 병상을 당신이 차지하고 있으니 말이죠. 전쟁 신경증을 앓는 병사들이 있어요. 에버턴 앨리는 전장에서 보낸 시간 때문에 악령에 시달리는 딱하고 상한 영혼들로 넘쳐 나요." 그의 눈은 까맣고 조금도 흔들림이 없다. 그의 시선이 그녀의 눈 위에 머문다. "당신 친구가 제안한 것처럼 화이트 스타 해운사로 편지를 보내 예전에 했던 일을 다시 하게 해달 라고 하세요. 지금 같은 상황에서는 그게 옳은 일이에요."

그녀는 어안이 벙벙해진다. 그의 단언 때문이 아니라 모든 일이 너무 빠르게 벌어지고 있기 때문이다. 그가 하는 말을 잘 못 알아듣겠다. 공포가 슬금슬금 그녀의 가슴속으로 스며든다.

"당신은 아무 문제 없어요. 다만 겁에 질렸을 뿐. 그럴 만도 하죠. 하지만 친구를 다시 만나고 다시 일을 시작하면 당장 아 주 멀쩡해질 거예요. 그럴 것 같지 않아요?"

그녀는 완강하게 거부당한 기분이다. 거의 차인 기분이다. 여기 계속 있고 싶어서 4년 동안 몸을 사려왔건만. 비밀을 공 개하지 않고. 아무 분란도 일으키지 않고 아무 잘못도 저지르 지 않으며.

아주 잘해왔는데.

이제 그녀는 일상과 거처와 그녀가 아는 유일한 안식처를 빼앗기고 다시금 미지의 세상으로 내몰리고 있다.

하지만 돌이킬 방법은 없다. 그녀는 그의 제안을 거부할 수 없다는 것을, 그의 어떤 것도 거부할 수 없다는 것을 안다. 그 토록 잘해주었던 사람이지 않은가.

그는 편지를 접어서 그녀에게 내민다. 그녀의 시선이 그의 튼튼한 손 위에 머문다. 편지를 건네받을 때 두 사람의 손가락이 살짝 스친다. 금단의 선을 넘는다.

"기쁜 마음으로 퇴원 서류에 서명할게요." 그녀의 담당의가 말한다. "세상으로 복귀하게 된 것을 축하합니다, 미스 헤블리."

1916년 10월 3일

사랑하는 애니에게

이 편지가 네게 제대로 전달됐으면 좋겠다. 맞아, 네가 화이트 스타 해운사 본사를 통해 편지를 보낸 이후로 계속 감감무소식이지만 그래도 나는 다시 편지를 쓰고 있어. 내가 편지를 계속 쓰는 이유를 너는 이해하겠지. 네 상태가 나빠지지 않았길 기도해. 네가 편지에서 밝힌 현재 상황을 듣고 걱정이 됐어. 느낌상으로 어디가 아픈 것 같지는 않았지만. 끔찍했던 그날 밤 이후로 연락 못 해서 미안해. 네가 살았는지 죽었는지도 알 수 없었거든. 너를 두 번 다시 만나지 못할까 봐 겁이 났고.

네 마음을 계속 괴롭히고 있을 그 질문에 대해 대답하자면 아이가 어떻게 됐는지 나도 더는 몰라. 구조선에서 그 춥고 비참한 밤을 보내며 기다리는 동안 나는 춥지 않게 아이를 꼭 끌어안고 하느님께 살려달라고 기도했어. 하지만 지난번 편지에서 얘기했던 것처럼 카파시아호에 구조됐을 때 선원들에게 아이를 넘길 수밖에 없었고 이후에 아이는 고아원에 맡겨졌을 가능성이 크다는 얘기를 들었어. 우리 둘 다 다시는 그 아이를 만나지 못할 수 있다고 생각해야 해.

정말 미안해, 애니.

이제 네 이야기를 해보자, 사랑하는 친구야. 네가 정신병원에서 허송세월했던 걸 생각하면 가슴이 아파. 운명의 그날 밤에 어떤 우울증이 너를 덮쳤는지 몰라도 이겨내야 해. 나는 네가 그럴 수 있다는 걸 알아. 나는 그 저주받은 배에서 나와 한방을 썼던 친구를 기억해. 그 차갑고 시커먼 물속으로 뛰어들었던 너의 그 마지막 모습을 나는 평생 잊지 못할 거야. 우리는 네가 엄청난 충격으로 실성한 줄 알았어. 하지만 아이가 물속으로 떨어지는 걸 본 사람이 너 하나였지. 지체할 시간이 없다는 걸 알아차린 사람도 너 하나였고. 애니 헤블리처럼 용감한 여자는 내 평생 본 적이 없어. 나는 그날 밤에 그런 생각을 했어.

내가 너는 지금 상황을 극복할 수 있다고 믿는 이유가 그 때문이야, 애니. 너는 네가 생각하는 것보다 훨씬 강인하거든.

나는 이제 승무원이 아니라 전시에 동원된 간호사야. 내가 지금 근무 중인 배는 우리 둘이 너무나 잘 아는 그 근사했던 배와 쌍둥이고. 하지만 부엌데기라는 원래 모습으로 돌아간 신데렐라처럼 으리으리한 장식을 모두 없앴다고 보면 돼! 브리태닉호는 병원선으로 개조가 됐거든. 크리스털 샹들리에는 사라졌고 웅장한 계단 옆 벽지로 쓰였던 나사지도 마찬가지야. 지금은 온 사방이 회반죽과 범포 천지고 여기저기서 소독약 냄새가 진동해. 연회장은 수술실로 개조됐고 식료품 저장실에는 수술 기구가 쌓여 있어. 병동은 수천 명의 환자를 수용할 수 있어. 간호사와 나머지 선원들은 일등실을 쓰고 있어. 너랑 내가 예전에 침대를 정리하고 승객들 시중을 들었던 그 선실 말이야.

애니, 브리태닉호에는 아직도 간호사가 많이 부족해. 바다에서 나랑 같이 다시 일해보지 않겠느냐고 다시 한번 간청할게. 거짓말은 하지 않을게. 거의 감당하기 힘들 만큼 끔찍한 부상자들도 있어. 신문 기사가 진짜야. 이건 모든 전쟁을 끝낼 전쟁이야. 이보다 더 처참할 수는 없을 테니까. 이 병사들에게는 네가 있어야 해, 애니. 기운을 북돋워주고 집으로 돌아가면 어떤 게 기다리고 있을지 일깨워줄 사람이. 그들에게는 네가 세상 둘도 없는 강장제일 거야.

그리고 솔직하게 얘기하자면 나에게도 네가 세상 둘도 없는 강장제일 거야. 네가 미치도록 보고 싶거든. 우리가 겪은 일을 이해할 사람은 이 세상에 거의 없어. 나는 아직도 그날 밤의 기억에 시달린다고, 매달, 매주 그날 밤이 꿈속에 나타난다고, 나는 요즘도 가끔 무서워서 비명을 지른다고 고백할 수 있는 상대도 거의 없고. 내가 여전히 바다에서 일하는 이유를, 바다가 얼마나 무시무시할 수 있는지 보았음에도 여기에서 벗어나지 못하는 이유를 어느 누가 이해할 수 있을까?

너라면 분명 이해하겠지. 너도 나와 똑같은 증상을 앓고 있다 해도, 너도 바다에서 벗어날 수 없어서 겁이 난다 해도 나는 놀라지 않을 거야. 나는 전부터 네가 그렇다는 걸 느낄 수 있었거든.

답장 부탁해, 애니. 나와 함께 브리태닉호에 탑승하겠다고 얘기해줘. 런던 지사에 네 앞으로 작성한 추천서를 이미 맡겨놓았어. 우리는 11월 12일에 사우샘프턴에서 출항할 거야. 닻을 올리기 전에 너를 만날 수 있길 기도할게.

너를 사랑하는
바이얼릿 제솝

2장

1916년 11월 11일
잉글랜드 사우샘프턴
브리태닉호

찰리 에핑은 남들이 잘 만들어진 시계를 보며 감탄하듯 치밀하게 치러지는 전쟁을 보며 감탄하는 남자다.

사람들은 종종 전쟁의 실체를 오해하곤 한다. 산발적이고 혼란스러운 줄 안다. 하지만 사실 전쟁은 놀라우리만치 정교하고 암호와 정보, 물량, 지령, 주력, 보급품, 병참의 조합이 끊임없이 바뀐다. 누구든 패턴을 익히면 수많은 인명을 구할 수 있다. 그보다 더 훌륭한 일이 어디 있을까?

그는 담배를 길게 한 모금 빤다. 사우샘프턴의 하늘은 눈이 부시도록 파랗다. 살아 있음에 행복해지는 청명한 가을 하늘이지만 밤이 돼서 바다로 나서면 급격하게, 심지어 잔인할 정도로 추워질 것이다.

그는 한쪽 발을 난간에 얹고 몸을 앞으로 숙여 아래에서 펼쳐지는 일들을 구경한다. 그는 배치되어 있던 통신실의 근처 보트 갑판에 나와 있다. 휘몰아치는 파도의 포말이 말뚝에 부딪혀 부서지는 데서 30미터 위라 다른 갑판에 있는 사람들과 그 아래 잔교까지 모든 것이 한눈에 들어온다. 내일로 예정된 거함의 출항을 준비하느라 이리저리 왔다 갔다 하는 사람들이 까만 점처럼 작게 보여서 꼭 개미 떼 같다.

그도 이등 통신수인 토비 설리번과 함께 해야 할 일이 산더미다. 근사해 보이는 마르코니 무선전신기가 제대로 작동하는지 테스트를 해보아야 한다. 무선전신은 신기술이다. 마르코니를 조작하는 대부분의 통신수들이 그렇듯 에핑도 입대하자마자 자진해서 연수를 받았다. 무선전신에 대해 배우고 그 미래를 맛볼 수 있다는 발상이 마음에 든다.

통신수들이 바쁜 날도 있고 덜 바쁜 날도 있다. 바다로 나서면 다른 선박이 가시권에 들어오거나 가까운 데 전신국이 있어야 신호가 잡힐 것이다. 기술이 불안정하고 일관성이 없다. 날씨도 신호에 영향을 미치고 시간대도 마찬가지다. 통신수가 되려면 암호, 그러니까 표준 명령어를 상징하는 숫자를 외워야 한다. 그런가 하면 모스부호도 있다. 에핑은 대화 중에 자기도 모르게 단어를 점으로 바꾸고 잠결에 바늘 소리를 듣는다고 장담할 수 있을 만큼 모스부호에 대해 훤하다. 그는 난간 너머로 담배꽁초를 던지고, 반복되는 흰 파도를 배경으로 꽁초가 대시 기호처럼 날아가는 것을 바라본다. 그런 다음 주머니 시계를 확인한다. 지금쯤이면 오전 행낭이 배달됐을 것이다.

티드워스 캠프의 남부 사령부에서 하루에 두 번씩 지령과 기밀 보고서가 전달되는데, 그걸 분류하는 것이 통신수의 몫이다. 바다로 나가면 한숨 돌릴 수 있겠지만 지금은 그와 설리번이 정신없이 움직여야 속도를 맞출 수 있다.

브리태닉은 원래 거대한 원양 여객선이었다. 남들에게 들은 바로는 그보다 더 호화로운 여객선은 없었다고 했다. 그래서 군용선으로 건조된 여타의 경우와 다르게 사다리가 아니라 제대로 된 계단이 갖추어져 있다. 통로도 넓다. 현창도 많다. 그래서 순양함이나 전함과 다르게 이 배에서는 답답하지 않다. 에핑은 지난 몇 년 동안 좁은 숙소에 워낙 익숙해져 있었기 때문에 브리태닉호에 승선하면 빈 공간이 너무 많아서 가끔 팔을 어디에 두면 좋을지 잘 모르겠다는 기분이 들 때가 있다.

물론 이 배에는 다소 악명이 높은 자매선이 있다. 사령부는 타이태닉의 비극을 처음부터 솔직하게 공개했고, 선원을 모두 모아놓고 그런 참사를 막기 위해 브리태닉을 어떤 식으로 보완했는지 하나에서부터 열까지 설명했다. 선체를 이중으로 만들고 모든 격벽을 꼭대기까지 방수 처리했다. 그 배보다 훨씬 안전하니 안심해도 된다고, 걱정할 것 없다고 했다.

그리고 에핑은 걱정하는 성격이 아니다. 연회실을 병동으로 개조한 배에 타고 있으면 걱정할 수가 없다. 헝겊 인형처럼 갈기갈기 찢기고, 팔다리가 잘리고, 파편에 얼굴이 벌어지고, 포스젠 가스를 마시고 폐가 망가진 사람들. 의사들이 말하길 현대식 무기가 훨씬 치명적이기 때문에 이번 전쟁은 더욱 끔찍한 학살이 자행되고 있다고 한다.

에핑이 잔교 고리에 걸려 있던 우편 행낭을 수거하고 통신실로 돌아가자 토비 설리번이 전신기에 쌓여 있는 종이를 가리킨다. "새로 추가된 선원 명단을 티드워스로 발송하는 걸 깜빡했어요. 일등병님께서 처리해주실 수 있을까요?"

그런 일쯤이야 식은 죽 먹기다. 그가 토비보다 속도가 세 배 빠르다. 토비는 아직 모스부호를 완전히 외우지 못해서 Q나 X나 Z처럼 잘 쓰이지 않는 글자뿐 아니라 J나 V처럼 사용 빈도가 아주 살짝 떨어지는 글자를 쓸 때도 더듬거린다. 찰리는 선원 명부 앞에 앉아서, 마지막으로 보고한 이후에 새롭게 승선한 선원들을 골라 연필로 이름 옆에 일일이 표시를 한다. 각 선원마다 전송해야 하는 정보가 리스트로 정리돼 있다. 성명, 마지막 근무지, 연령, 주소, 가장 가까운 친척.

잠시 후에 그는 서문을 전송하기 시작한다. 브리태닉호에서 티드워스 캠프 남부 사령부로 전송…… 점 점 점 점, 대시 대시……

그는 손가락을 명부로 옮겨 첫 번째 대상을 찾는다. 에드거 도닝턴, 억스브리지 쇼링, 연령 34세, 이케넘, 애그니스 도닝턴 부인(아내).

그리고 다음.

앤 헤블리. 타이태닉……

그는 잠깐 멈춘다. 타이태닉 생존자다. 그는 정보를 좀 더 알아보아야겠다고 머릿속에 새긴다. 거기서 살아남았다니 억

척스럽든지 아주 운이 좋았든지 아니면 둘 다일 것이다. 그녀에게 어떤 사연이 있을지 짐작조차 되지 않는다.

그는 그녀의 데이터를 마저 전송한다. 연령 22세, 리버풀. 가장 가까운 친척 차례에 다다르자 그는 얼른 대시 점 멈춤 대시 대시 대시를 두드린다.

없다는 뜻이다.

3장

1916년 11월 12일
잉글랜드 사우샘프턴
브리태닉호

앤이 부두에 서서 실눈을 뜨고 찬란한 아침 태양을 바라보는 동안 과거는 없고 미래만 있는 세상이 쉽게 상상이 된다. 그녀의 앞에서 거대한 브리태닉호가 들썩거리고 그 너머는 넓은 바다다.

이제 이렇게 이 자리에 서고 보니 그녀의 안에서 굳은 의지가, 긴박감이 고개를 드는 것이 느껴진다. 오길 잘했다.

그녀는 모닝게이트에서 여기까지 오는 내내 피곤했고 위험에 노출된 느낌이었고 온 사방의 사람들 때문에 신경이 나달나달해졌다. 마부와 여관 주인, 경찰과 구두닦이와 행상인. 대븐포트 선생은 이번 여행을 앞두고 그녀가 인파와 소음에 적응할 수 있도록 두 간호사와 함께 두어 번 시내에 다녀오게 했다. 하지만 그때 이후로 살아간다는 것이 그녀를 향해 달려드는 거대한 파도처럼 느껴졌다. 런던까지 열차를 타고 가 워털루역에서 다시 열차를 갈아타고 사우샘프턴의 항구까지. 처음에는 감당하기가 너무 어려워서 열차를 타고 가는 동안 두 눈을 꼭 감고 끈으로 졸라매는 조그만 핸드백을 꽉 끌어안고 있어야 했다. 그러지 않으면 핸드백을 어디다 흘릴 것 같았다. 그녀자신을 어디다 흘릴 것 같았다. 공포는, 사람을 놀라게 하고 난폭하며 항상 목에 매단 사슬을 당기고 으르렁거리며 위험할 정도로 가까이 다가오는 개와 같다.

여행의 첫 구간을 무사히 마치고 런던에 도착했을 무렵 그녀는 끊임없이 흔들리는 바닥과 수많은 몸뚱이의 압박에 익숙해졌다. 처음 접하는 목소리와 냄새와 풍경의 포위 공격에도 다시금 익숙해졌다. 하지만 지금도 여전히 그런 목소리와 냄새와 풍경이 얇은 거미줄처럼 느껴지긴 한다.

하지만 지금도 여전히 고개를 돌릴 때마다 사람들 속에서 낯익은 얼굴을 찾을 수 있길 바랐고, 마크의 너울거리는 까만 머리와 조각 같은 얼굴, 다 알고 있는 듯한 눈빛이 보인 것 같다는 생각이 들었다.

그렇지만 번번이 그가 아니라 모르는 사람이었고 그러면 여전히 가슴속의 해묵은 아픔이 되살아나는 것이 느껴졌다.

그녀는 모닝게이트에서도 다른 입소자들 사이에서 아니면 담벼락 바깥 길을 걷다가 그를 본 것 같다는 생각을 종종 했었다. 하지만 이제는 그게 착각이었다는 걸 안다. 마크는 4년 전에 북대서양의 얼음장 같은 시커먼 바다 속에서 죽었다.

사우샘프턴에 도착하자 예전의 그 감정이 물밀듯 밀려든다. 그녀는 타이태닉에서 맨 처음 일을 하게 됐을 때 느꼈던 이 기분을 어느 정도 기억한다. 그때 그녀는 나이로는 그렇지 않았을지 몰라도 성향상으로는 어린애였고 발룬토이에서 도망쳐 오느라 정신이 하나도 없었다. 그때는 수호천사랄까, 보이지 않는 손이 그녀를 인도하는 듯한 느낌이었다. 어느 열차를 타면 되고, 어느 길로 가면 화이트 스타 사무실이 나올지 본능적으로 알 수 있었다. 처음 보는 사람들이 길을 잃고 헤매는 것처럼 보이는 젊은 여자를 돕겠다고 나섰고, 옳은 길로 안내할 사람은 누구이고 으슥한 골목길로 데리고 가려는 사람은 누구인지 수호천사가 알려주었다.

그건 신뢰도 아니고 직감도 아니었다. 이 둘 모두가 자취를 감추었을 때 벼락같이 등장해 그녀를 인도한 다른 무엇이었다.

화이트 스타 사무실 직원은 좋은 쪽 사람이다. 상대방을 함부로 판단하지 않는 듯한 눈빛이고 너무 오래 손을 대고 있는 버릇이 없어 보인다. 그가 배로 안내하며 가방을 들어주겠다고 고집을 부리는데, 너무 가벼워서 그녀는 살짝 민망해진다. 그 안에 든 것이라고는 개인 소지품 몇 개가 전부다. 모닝게이트에서 지급받은 빗, 입소자들과 물물교환한 머리핀과 자질구레한 몇 가지, 그리고 다른 어떤 것보다 귀하고 그녀가 타이태닉에서 근무한 시절부터 지금까지 소중히 간직하고 있는 브로치.

직원은 소지품이 그렇게 없다니 찢어지게 가난한가 보다고 생각했을 것이다. 모닝게이트에서 입은 회색 리넨 유니폼 말고는 아무것도 없다고, 지금 착용한 원피스와 모자와 신발은 쟁여져 있던 기증품에서 고른 거라고, 열차표와 식비는 대븐포트 선생의 주머니에서 나온 거라고 설명할 수는 없다. 그녀는 체구도 다르고 사는 시대도 달랐던 다른 여자의 옷을 입고, 다른 종류의 사라지기 놀이를 하고 있다. 마음속 깊은 곳에서는 이 사람들과 다르다는 것을 알면서도 그들과 같은 부류인양 움직이고 있다. 그녀는 어딘가 모르게 이질적이라는 것을, 여전히 혼자라는 것을 알면서도 그러고 있다.

줄줄이 이어지는 계선장을 지나는 동안 타이태닉에서의 첫날이 떠오른다. 그 인파, 그 혼란스러움. 온 사방에서 각기 다른 방향으로 움직이는 것처럼 보이던 몸뚱이들. 화물과 짐을 실은 짐마차로 꽉 막힌 길. 마부는 북새통 위로 소리를 지르고 말들은 신경질적으로 콧김을 내뿜으며 돈 많은 승객들을 태우고 사람들 사이를 누비던 마차들. 애니는 발치를 신경 쓸 필요 없이, 사람들 사이로 계속 사라지는 화이트 스타 직원에게 시선을 고정할 수 있게 치맛자락을 든다.

"이 배예요." 그는 어느 계선장 앞에서 걸음을 멈추고 그녀에게 종이를 건넨다. "이걸 일등 항해사한테 제출하세요." 그는 그녀의 발치에 가방을 내려놓고 간다.

애니는 한 손으로 모자를 잡고 고개를 위로, 위로, 위로 들어 성곽의 포탑처럼 배에 달린 네 개의 거대한 굴뚝을 올려다본다. 브리태닉은 자매선인 타이태닉과 쌍둥이다. 병원선이라고 표시하기 위해 도장한 색깔만 다르다. 익숙한 떨림으로 그녀의 온몸이 울리고 그 첫 번째 배에 얽힌 추억이 봇물처럼 밀려든다. 그 배는 모든 면에서 바다 위의 궁전이었다. 웅장한 계단, 근사한 설비를 갖춘 식당, 으리으리한 선실. 두말하면 잔소리지만 가장 생생하게 기억이 나는 건 그녀가 모신 열두 개 일등실의 승객들이다. 그들은 돈이 많았고 유명 인사도 있었다. 억양이 특이하고 행동거지가 이상했던 미국인들이 특히 기억이 난다. 그들은 너무 스스럼없고 너무 공격적이고 너무 제멋대로였다. 하지만 그들 대부분이 고인이 되었다는 데 생각이 미치자 그녀는 자제한다.

아니다. 지금은 고인을 추모할 때가 아니다. 그녀는 뒤를 너무 오래 돌아보면 어떤 일이 벌어질지 안다. 시커먼 물결이 또다시 그녀를 삼키고 그녀는 아래로 가라앉을 것이다. 비탄과 상실과 공포를 감당하기 어려워질 것이다.

지금은 정신을 바짝 차리고 일등 항해사를 찾고 일을 처리해야 한다. 어쨌거나 완수해야 하는 임무가 남아 있다.

세상 어딘가에 아이가 살아 있다. 마크의 아이가.

그녀는 건널 판자를 향해 씩씩하게 걸어간다. 한 명도 예외 없이 모두 유니폼을 입고 있는데, 그녀가 예전에 입었던 화이트 스타 유니폼이 아니라 진짜 제복이다. 남자들은 칙칙한 올리브색 모직을 입었고 간호사들은 폭이 넓은 파란색 치마 위로 방한용 망토를 두르고 머리를 다 덮는 가리개를 썼다. 모두들 주어진 일에 집중하느라 정신이 없다. 아무도 그녀에게 관심을 보이지 않는다.

안쪽은 훨씬 더 다르다. 출산 직후의 산모처럼 너무 많이 바뀌어서 타이태닉과 비슷했다니 믿기지가 않을 정도다. 지금은 조잡하며 희멀겋고 휑뎅그렁하다.

안쪽만 보면 여느 병원과 다를 게 없다. 현창이나 문 가까이 있지 않으면 배라는 느낌조차 없다. 타이태닉의 화려하고 웅장했던 장식이 모두 제거됐다. 갑판 의자도 카드 테이블도 크리스털 샹들리에도 등나무 의자도 없다. 온통 소독제와 제복천국이다. 환자용 침대가 줄줄이 놓였고 벽장에는 보급품이 가득하다. 그리고 온 사방이 부산하다. 간호사들의 감독 아래 병사들이 들것으로 옮겨진다. 잡역병들이 사람이 누운 들것을 들고 아래 계선장에서 기다리는 구급차를 향해 이리저리 길을 헤치며 갔다가 다음 부상병을 운반하기 위해 빈 들것을 들고 온다. 몇몇 환자들은 팔에 삼각건을 달고 머리에 붕대를 감고 대개 간호사나 잡역병의 부축을 받아가며 제 발로 걸어온다. 타이태닉의 승선일만큼이나 소란스럽다. 애니는 그날 건널 판자에서 목격한 인파를 떠올리며 본능적으로 숨을 크게 들이마신다. 사람이 너무 많아서 거대한 파도에 휩쓸리는 듯한 느낌이었다. 파도에 휩쓸려 아래로 삼켜지는 느낌이었다.

하지만 이 배 안에 손님은 없고 제각각 붕대 안에 사연이 감추어져 있는 생존자들뿐이다. 부상과 고통과 파편의 잔상과 폭발과 그녀로서는 상상할 수 없는 공포를 그 안에 감춘 이들은 산송장이나 다름없다.

그리고 그들을 돌보며 이쪽 세계로 아니면 저쪽 세계로 안내하는 것이 분주하게 움직이는 직원들의 역할이다. 전혀 다른 여행을 준비시키는 것이다.

앞에서 두 남자가, 빳빳하게 다린 제복을 입고 심각한 표정을 짓고 있는 한 남자와 상의를 하는 중이다. 장교인가 보다. 그녀는 손이 쥔 서류를 내밀고 다가간다. "죄송하지만 어디로 가면 일등 항해사를 만날 수 있는지 혹시 아세요? 그분께 보고하라고 들어서요."

세 사람은 하던 얘기를 멈추고 그녀를 쳐다본다. 키가 큰 쪽이 학교 선생처럼 못마땅해하는 분위기를 풍기며 그녀를 위아래로 훑어보더니 그녀가 내민 서류를 낚아채 얼른 훑어본다. "여기 보니까 새로 일을 하게 된 간호사라고 되어 있네요? 미스 헤블리라고. 출근 보고한다고."

"네, 맞아요."

"간호사는 수간호사 관할인데. 에핑." 그는 두 남자 중에서 머리색이 짙단색인 호리호리한 남자에게 서류를 건넨다. "미스 헤블리를 메릭 수간호사에게 안내해주겠나? 이 아가씨 혼자 찾아가게 할 수는 없지."

에핑이 그녀의 가방을 집어 들고 익숙한 동시에 낯선 통로를 앞장선다. 그녀는 멍하니 그 뒤를 따라간다. 그는 사람들을 이리저리 능숙하게 피해가며 계속 어깨 너머로 그녀가 잘 따라오고 있는지 확인하는데, 환하지만 삐딱한 미소가 수면 위를 비추는 햇살처럼 그의 얼굴 위에서 어른거리고 있다. "우리는 며칠 전에야 들어왔어요. 그래서 이렇게 정신이 없어요. 천 명이 넘는 환자를 내리고 다시 출항할 예정이에요."

"그쪽은 잡역병이신가요?"

"아뇨. 통신수요." 그는 손을 내민다. "찰리 에핑이라고 합니다."

그들은 악수를 한다. 그의 손은 크지 않지만 작지도 않다. 악수는 따뜻하지만 깍듯하다. 동작은 정확하다. "애니 헤블리예요." 그녀는 그에게 손이 잡힌 채 사분사분한 목소리로 말한다. "제가 비밀 하나 알려드릴까요, 에핑 씨? 저는 간호사 일에 대해 아는 게 하나도 없어요." 그녀가 왜 그런 말을 꺼냈는지 모르겠다. 그의 환한 미소를 보고 안심이 돼서 그랬을까? 아니, 안심이 된다기보다 그녀라는 존재를 알아봐주는 느낌이라 그랬을까?

그리고 엄밀히 따지면 그건 사실이 아니다. 그녀는 지난 4년 동안 간호사들을 지켜보았기에 그들이 무엇을 하고 어떤 말을 하는지 속속들이 안다. 그래서 충분히 간호사인 척 연기를 할 수 있을 것이다. 그녀는 평생 다른 사람인 척 연기를 하며 지낸 느낌이 들 때가 많다.

그녀가 어떤 반응을 기대했는지는 모르겠지만 그는 어깨를 으쓱하고 그만이다. "사람들이 가르쳐줄 거예요. 시니어 간호사한테 맡겨서 요령을 가르치게 할 테니 금방 배울 수 있을 거예요."

이제 그들은 중앙 계단 앞에 다다랐다. 다행히 이 계단은 철

46

거해서 다른 얌전한 것으로 대체하지 않았다. 뒤편으로 예쁜 나사지 벽지도 없고, 바닥에 푹신한 카펫도 깔려 있지 않고, 고급 실크 드레스를 입은 여자와 야회복을 입은 남자들이 아니라 군인과 간호사들이 쌩하니 지나가서 이상해 보이기는 하지만 그래도 익숙한 풍경이다.

"이 계단 기억나요." 그녀는 무늬가 새겨진 난간을 어루만진다.

그는 미심쩍어하는 눈빛으로 그녀를 쳐다본다. "여기서 근무한 적이 있다고요? 서류에는 그런 얘기가 없던데."

그녀의 뺨이 화끈 달아오른다. "아뇨, 이 배는 아니고 타이태닉이요. 이제 저를 재수가 지지리도 없는 여자라고 생각하시겠네요."

"그럴 리가요! 말씀을 듣고 보니 명단에서 본 기억이 나요. 미스 바이얼릿 제숍과 아는 사이겠군요……"

"저를 여기로 부른 사람이 그 친구예요. 예전에 친하게 지냈거든요."

에핑은 활짝 미소를 짓는다. "바이얼릿은 제게 누나와도 같아요. 메릭 수간호사님과 인사 나누고 같이 바이얼릿을 찾아봐요."

하지만 그녀는 넉넉하고 친절한 그의 마음 씀씀이에 왠지 모르게 마음이 무겁고 슬퍼진다. 그는 유쾌하다. 그녀처럼 세상의 풍파를 경험한 사람과 차원이 다르게 유쾌하다. 그가 손가락으로 담배를 훑어가며 손에 쥐고 돌리자 그녀의 머릿속에 떠오르는 딱 한 단어는 여유롭다는 것이다. 그녀는 그런 여유를 느껴본 적이 없다. 그녀는 손에서 입으로 옮겨서 진을 다 빨리고 땅바닥으로 떨어져 잊히는 담배 쪽에 더 가깝다.

아니면 입술과 만나는 순간 보이지 않게 바뀌어 허공으로 날리는 연기일지 모른다.

메릭 수간호사를 만나고 보니 지금 당장은 바이얼릿과 한가롭게 회포를 풀 시간이 없다는 걸 단박에 알 수 있겠다. 수간호사는 긴 코 아래로 애니를 내려다본다. "에핑, 이 아가씨를 데려다줘서 고맙지만 이제 그만 가도 좋아요. 다른 데서 할 일이 있을 테니까." 누가 봐도 그녀는 그가 자기 영역 안에서 얼쩡거리는 것을 좋아하지 않는다. 그는 모자챙을 건드리는 것으로 두 사람에게 인사를 대신하고 애니를 이 위풍당당한 여자에게 맡겨둔 채 쌩하니 사라진다.

메릭 수간호사는 애니 쪽으로 고개를 돌리고 다시 내려다본다. 그녀는 키가 크고 튼실하며 늘어진 가슴 때문에 앞치마 상단이 몸에 꼭 낀다. "먼저 유니폼을 지급하고 선실을 배정할게요. 그런 다음 근무를 시작하도록 하죠."

"수간호사님?" 애니는 벌써부터 기진맥진한다. 그녀는 짐을 싸고 열차 시간에 맞춰 나오느라 숙소에서 6시에 일어났다.

수간호사는 위압적인 눈빛으로 그녀를 쳐다본다. "아무 간호 경험 없이 승선했잖아요, 미스 헤블리. 며칠 있으면 우리는 교전 지역에서 새로운 환자를 받게 돼요. 배울 게 한두 가지가 아니라 허투루 쓸 시간 없어요." 그녀는 눈빛이 다정해 보이는 젊은 간호사를 불러 세운다. "이 아가씨를 빈 침상으로 안내하고 제대로 된 유니폼으로 갈아입힌 다음 여기로 다시 데리고 와줘."

젊은 간호사의 이름은 헤이즐이고 런던 출신이며 애인이 유럽 대륙에서 참전 중이다. 그녀는 애니를 병참 장교에게 데려가 유니폼을 받게 하고 1층 갑판에 있는 선원용 숙소로 안내하며 브리태닉을 타고 한 번 나갔다 온 적이 있다고 명랑하게 이야기한다. "근무시간이 길긴 하지만 정말 보람 있어요." 애니가 간호사복으로 갈아입는 동안 헤이즐이 문밖에서 말한다. "메릭 수간호사님도 알고 보면 그렇게 무섭지 않지만 눈 밖에 나지 않는 편이 좋긴 하죠."

애니는 침대에 누워서 시끄럽고 복잡한 머릿속을 잠깐 달래고 싶은 마음이 굴뚝같지만 순순히 헤이즐을 따라 다시 병동으로 돌아간다. 이후 몇 시간 동안 그녀는 헤이즐을 그림자처럼 따라다닌다. 젊은 간호사는 애니에게 보급품은 어디 있고, 환자들이 추워하거나 목말라할 때 어디에서 담요와 물을 가져다주면 되는지 가르쳐준다. 부상병들은 한시라도 빨리 이 배에서 내리고 싶어 하지만 구급차 숫자가 정해져 있다. 그들은 두 명의 간호사를 수시로 붙잡고서는 하선을 요구한다. 한 남자가 그냥 걸어 나가겠다고 협박하자 헤이즐은 이렇게 달랜다. "담당자가 소집 해제증을 들고 올 때까지 기다려야 해요. 군인 신분이니 모든 걸 제대로, 적법하게 처리해야 한다고요. 그러지 않으면 '무단이탈'로 간주해서 헌병을 보내 당신을 찾을 거예요."

애니가 금세 알아차렸다시피 그녀의 가장 중요한 임무는 말동무가 되어주는 것이다. 처음에는 부상병을 보고 있자니 마음이 불편했다. 이 정도로 심하게 다친 사람을 본 건 처음이고 그중 일부는 섬뜩할 정도로 흉측하다. 사지가 아예 없는 사람도 있고 얼굴 반쪽이 날아간 사람도 있다. 가스 때문에 폐가 망가져서 숨을 쉴 때마다 괴로워하는 사람, 살날이 얼마 남지 않았음을 아는 사람도 있다. 쉴 새 없이 혼잣말을 웅얼거리는 사람도 있지만 그건 모닝게이트에서 숱하게 보았으니 별로 심란하지 않다. 몇 시간 동안 붕대를 갈고 침대를 정리하고 물을 떠 오고 요강을 비우며 그들의 이야기를 들어주다 보니 섬뜩하던 게 조금씩 가신다. 뜻밖에도 하는 일이 만족스럽다. 도움을 받기만 하다가 주는 입장이 되어보니 기분이 좋다. 그녀가 만난 남자들은 의기소침하고 어떤 운명이 그들을 기다리고 있는지 몰라서 두려움에 떨고 있다. 그들은 부상을 당했고 대부분의 경우 영영 장애인으로 살아가야 할 것이다. 그들의 미래가 갑자기 알 수 없게 되었다. 다시 일을 할 수 있을까 아니면 영원히 가족들에게 얹혀 지내야 할까? 연인들은 여전히 그들을 사랑할까? 어떤 이는 그녀에게 고향의 가족 얘기를, 운이 좋은 몇몇은 그들을 기다리고 있는 여인들 얘기를 한다. 그녀는 슬퍼하는 사람들에게 이렇게 얘기해주고 싶다. 모든 걸 잃은 것 같지만 실은 생각보다 운이 좋은 거예요. 이렇게 살아 있잖아요, 안 그래요? 이렇게 근사한 배를 타고 있고요. 불과 며칠 전까지 그녀도 환자였다는 걸 알면 이들이 뭐라고 할지 궁금해진다. 거기에서 힘을 얻을 수도 있지만 그렇지 않을까 봐 겁이 난다. 그녀를 함부로 판단할까 봐, 심지어는 모닝게이트의 직원들처럼 그녀를 무서워할까 봐 겁이 난다.

그녀는 무척 슬퍼 보이는 눈을 한 남자에게 하마터면 털어놓을 뻔한다. 그는 침대에 누워서 천장을 똑바로 쳐다보고 있다. 다른 보병들처럼 젊지 않고 30대 초반으로 보인다. 다리가 잘린 위쪽 허벅지를 문지른다. "고향으로 돌아가면 무슨 일을 할 수 있을까요? 우리 메이지에게 짐이 될 수는 없는데."

애니는 그의 아내를 대변해야 한다는 걸 안다. "그분은 그런 생각을 전혀 하지 않을 거예요." 그녀는 베개를 두드려 부풀리며 말한다. "당신이 그분 곁으로 살아 돌아왔다는 데 고마워할 거예요. 두고 보세요."

그는 다리를 주무른다. "당신은 우리 메이지가 어떤 사람인지 모르잖소."

"하지만 같은 여자잖아요. 저는 여자들 심정을 알아요. 부인께서는 당신이 집으로 돌아오기만을 바랄 거예요." 그녀의 가슴에서 익숙한 통증이 무지근하게 느껴진다. 그녀에 대해서도 그렇게 생각해주는 사람이 이 넓은 세상에 한 명이라도 있으면 좋겠다.

병동에서 네 시간 동안 일을 하고 나자 애니는 여차하면 걸어 나가겠다고 했던 아까 그 젊은 군인을 따라나서지 않을 자신이 없어진다. 구석 자리에 의자 하나가 보이길래 그녀는 사람들을 등지고 앉아서 물 잔을 이마에 대고 누른다. 발이 욱신거린다. 사방이 빙글빙글 돈다.

애니가 아파서 비명이 나올 게 분명하다는 생각을 하며 막 발을 딛고 몸을 일으키려고 하는 순간 헤이즐이 달려온다. "이럴 때가 아니에요, 안에 얼른 들어가봐요." 그녀가 애니의 소매를 잡아당기며 말한다.

애니는 병동으로 들어서자마자 문제가 생겼음을 직감한다. 침대의 바다 한복판이 소란하다. 한 남자가 몸부림치고 고함을 지르며 그를 제지하려는 잡역병과 싸우고 있다. 애니가 서 있는 이쪽 끝에서까지 온 사방이 피투성이인 게 보인다. 붉은 바다다. 그녀는 순간 욕지기를 느끼며 휘청한다.

헤이즐이 그녀를 살짝 떠민다. "가서 제럴드 도와줘요. 나는 의사 선생님 모셔올게요."

애니는 침대 옆으로 다가가서야 무슨 일인지 알아차린다. 남자가 자살을 시도했다. 얼마 전에 절단한 부위에 감아놓은 붕대를 잡아뜯어서 봉합한 곳을 벌려놓았다. 자기 목도 우둘투둘하게 그은 것 같은데 무슨 수로 그랬는지 알 수 없는 일이다. 그녀는 너무 놀라서 아무 반응도 하지 못하고 그를 빤히 쳐다본다. 잡역병 제럴드가 남자의 피를 뒤집어써가며 그를 침대에 붙들어놓고 있지만 다른 건 아무것도 할 여력이 없다. 그가 툭 튀어나온 눈을 돌려 자기 어깨 너머로 애니를 쳐다본다. "뭐 해요? 지혈해봐요. 얼른!" 출혈이 심각하다. 남자는 이미 제럴드의 몸 아래에서 점점 정신을 잃어가고 있다.

붕대를 뚫고 배어 나온 피가 점점 벌게지고 가장자리는 점점 까매진다. 애니는 뭘 어찌해야 할지 모르겠다. 그녀는 잠깐 허둥지둥하다가 바닥에 떨어져 있는 남자의 양말을 발견한다. 그녀의 몸이 거의 무의식적으로 움직이기 시작한다. 양말 한쪽을 집어서 지혈대 대신 남자의 허벅지에 동여매고 있는 힘껏 매듭을 조인다. 다른 쪽 양말로는 남자의 목을 감싸되 숨이 막히지 않도록 너무 꼭 묶지는 않는다. 시트를 길게 찢어 미라처럼 남자의 목을 둘둘 감는다. 그녀가 할 수 있는 최선은 거기까지다. 잠시 후 남자의 몸에서 힘이 풀리고 제럴드가 제대로 된 지혈대와 붕대를 가지러 장비실로 달려간다. 그녀는 제럴드가 돌아올 때까지 의식을 잃은 남자를 내려다보며 열심히 할 일을 한다.

그때 그녀는 환자의 얼굴을 알아본다. 몇 시간 전에 대화를 나눴던 남자다. 슬퍼 보이는 눈을 한 그 남자. 아내 이름이 메이지다. 전쟁 전에는 지붕 씌우는 일을 했다. 다리가 하나밖에 없는데 앞으로 무슨 수로 그 일을 할 수 있을까? 사다리를 오르내릴 수가 없는데. 그럼 이제 어떻게 해야 할까? 그는 나이가 너무 많아서 다른 직업을 알아볼 수도 없다고 했다.

헤이즐이 의사를 데리고 온다. 그들은 피가 묻은 애니의 옷을 번개같이 곁눈질하고는 환자에게로 관심을 돌린다. 의사가 헤이즐과 잡역병에게 고래고래 지시 사항을 외친다. 마치 열차 사고 현장 같다. 그녀는 열차의 잔해에서 기어 나왔다. 그녀의 시간은 지났고 이제 애니는 멍하니 비틀비틀 뒤로 물러설 뿐이다. 이게 다 그녀 탓이다. 좀 전에 그와 대화를 나눴을 때 뭔가 놓친 게 있었을까? 그가 자살을 시도하려 하고 있다는 것을 그녀가 알아차렸어야 했다는 생각을 떨칠 수가 없다. 살고자 하는 의지가 뱃살이 빠지듯, 기압이 달라지듯 그에게서 빠져나가고 있다는 것을 감지했어야 했을 것만 같다.

바이얼릿 제숩이 넋이 나간 상태로 통로에서 휘청거리고 있는 그녀를 기적적으로 발견한다. "피 뒤집어쓰고 여기 이렇게 서 있으면 어떡해." 그녀는 타이태닉에서 그랬던 것처럼 명랑하고 바지런한 목소리로 이렇게 얘기한다. 누가 들으면 두 사람이 그때부터 지금까지 줄곧 헤어져 있었던 게 아니라 같이 일하고 있었던 줄 알겠다. 그녀가 한 팔로 애니를 감싸 안는다. 애니는 기운도 없고 정신도 없어서 아무 반항도 하지 않는다. 그들은 몇 번의 시행착오 끝에—타이태닉과 내부 구조가 같은데도 애니는 길을 기억하지 못한다—애니의 선실을 찾는다. 애니가 손과 얼굴을 씻고 내팽개쳤던 원피스로 다시 갈아입는 동안 바이얼릿은 침대에 앉아서 기다린다.

"이런 일이 너한테, 이렇게 금세 벌어지다니 정말 속상하다." 바이얼릿은 그러면 그날의 걱정이 없어지기라도 하는 듯 애니의 숱 많은 머리칼을 턴다. 그런 다음 빗을 찾아서 애니의 머리를 빗어주기 시작한다. 애니는 어린 여학생처럼 얌전히 의자에 앉아 있는다. 멍하니. "원래는 이렇지 않다고 얘기하고 싶지만 가끔 참혹해질 때도 있는 게 사실이야. 의사들도 이렇게 심한 부상병들은 처음 본대. 그 딱한 사람들이 겪고 있는 일을 생각하면 가슴이 아파."

"내가 한 시간 전에 그 남자랑 얘기를 나눴는데."

"자책은 하지 마." 바이얼릿은 애니의 숱 많은 머리칼에 핀을 꽂기 시작한다. "욕을 먹어야 할 사람이 있다면 메릭 수간호사야. 첫날에 사람을 그렇게 심하게 굴리는 법이 어딨니? 우리 가서 뭐 좀 든든히 먹자. 오늘 아무것도 못 먹었지? 그런 다음 너는 누워서 좀 쉬어."

저녁 식사를 마친 뒤에 바이얼릿은 다시 일을 하러 가고, 애니는 잠자리에 들기 전에 시원한 공기를 마시려고 산책에 나선다. 그녀는 쉴 새 없이 오르락내리락하는 물결을 내려다본다. 바람이 불어오는 쪽으로 얼굴을 돌리고, 바다로 나서면 어떤 느낌이었는지 기억을 떠올린다. 항상 보이지 않는 무언가를 향해 전진하는 느낌이었다. 또 다른 육지 아니면 육지에의 희망을 향해.

"아니, 이게 누구신가! 그래, 첫날 어땠어요?" 찰리 에핑이 손으로 만 담배를 입에 물고 불현듯 그녀의 옆으로 등장한다. 담배 연기가 바람에 실려 그녀의 얼굴을 길게 가로지른다.

"모든 게…… 감당하기 좀 힘들었어요." 그녀는 그와 눈을 잘 맞추지 못한다.

"처음에는 원래 힘들어요. 점점 나아질 거예요." 그는 담배를 다시 한 모금 빤다. "당신은 다부진 여자니까 버틸 수 있을 거예요. 내가 그걸 어떻게 아느냐고요? 당신은 타이태닉에서도 살아남았잖아요. 그때 어땠는지 들려줄 수 있어요? 바이얼 릿은 얘기를 잘 하지 않으려고 하거든요."

"얘기를 들으면 무섭지 않겠어요?"

담배 연기가 그들의 머리 위로 흘러간다. "아뇨. 그때 살아 남은 사람들이 있으니까 이 배에 무슨 일이 생기더라도 우리도 살아남을 수 있겠죠."

타이태닉에서 보낸 시간 중에 어떤 기억이 남아 있을까? 눈 만 감으면 되살아날 것이다. 그 복도와 부산한 분위기와 소음. 그 두려움과 속삭임과 비밀. 그 숨겨진 욕망. 갑판 저 아래에서 뱃전을 때리던 파도. 빛의 장난 같고 실제로는 그렇게 차갑지 않을 것처럼 보이던 포말. 뛰어내림. 비명 소리. 시커먼 밤과 속절없이 까닥거리다 하나둘씩 꺼지던 구조 신호탄.

그녀는 그를 놀래지 않을 안전한 기억을 선택한다. "제일 선명한 기억은 바다가 얼마나 추웠는가 하는 거예요." 그녀는 그러면 기억 속의 추위가 가시기라도 하는 듯 반사적으로 위 팔뚝을 문지른다.

"바이얼릿한테 들었어요. 당신이 아이를 구하러 바닷속으 로 뛰어내렸다고."

그녀는 나무망치로 종을 때리듯 뒤통수를 한 대 얻어맞은 느낌이다. "네…… 맞아요. 그랬어요." 어떻게 그걸 잊어버렸 을 수가 있을까?

"그럼 당신은 영웅이에요, 미스 헤블리." 그는 웃으며 말한다.

하지만 그녀는 영웅이 된 기분이기는커녕 그때의 기억이 떠오르자 춥고 공허해진다. 그리고 그 이후에 벌어진 일에 대해서는 전혀 아무것도 기억이 나지 않는다.

그녀는 다시 난간 너머로 시선을 돌려 뱃전을 두드리는 파도를 내려다본다. 짙은 회초록색 물마루가 주름 장식 같은 하얀 거품을 머리에 이고 있다. 머리카락 몇 가닥이 바람에 날려 그녀의 눈 속으로 들어가자…… 바다의 품속으로 들어가 그 힘에 굴복했던 그때의 느낌이 되살아난다. 바다가, 정체를 알 수 없지만 친근하게 느껴지는 어떤 기운이 그녀를 불렀던 그때의 느낌이 되살아난다. 누군가가 그녀를 집으로 부르고 있었다.

1912년

4장

1912년 4월 10일
잉글랜드 사우샘프턴

애니는 앞치마에 꽂아놓은 조그만 시계를 보았다가 헉하고 놀랐다. 벌써 오전 8시 38분이었다. 오전 10시면 승객들이 승선하기 시작할 것이었다. 에드워드 존 스미스 선장은 스케줄에 변경이 없을 거라고 못을 박았다.

그녀가 삐져나온 머리칼을 쓸어 넘겼을 때 늘 하고 다니는 얇은 금색 십자가 목걸이 줄이 손끝에 닿았다. 블라우스 네크라인 밖으로 삐져나온 모양이었다. 그녀는 얼른 다시 안으로 집어넣었다. 가톨릭교도인 직원들은 항해하는 동안 종교적인 상징을 눈에 띄지 않게 하라는 경고를 들었다. 묵주도 성인 메달도 십자가도 금물이었다. 하지만 그녀는 살갗에 닿는 차가운 금목걸이가 느껴지면 안심이 됐다.

그녀는 백조처럼 고운 다마스크직 냅킨을 다시 마저 치우기 시작했다. 예전에는 동굴처럼 소리가 울리는 식당에 있으면 오싹했지만 이제는 텅 빈 거대한 선박에 적응이 됐다. 승무원이 거의 9백 명에 달하는데도 여전히 텅 빈 느낌이었다. 승객 수천 명이 승선하면 어떤 분위기일지 상상이 되지 않았다.

타이태닉은 이제 그녀의 집을 넘어 그녀가 속한 세상이었다. 그녀는 과거라는 무덤에서 기어 나와 상쾌한 바닷바람과 더불어 다시 태어나기라도 한 듯, 이 배에 발을 들인 날부터 새 삶이 시작된 느낌을 받았다. 그리고 어린애처럼 모든 걸 처음 배우는 듯한 느낌이기도 했다. 빳빳한 화이트 스타 유니폼을 제대로 입는 법, 아일랜드 억양으로 대화를 주고받는 법, 살짝 흔들리는 배 위에서 걷는 법.

그녀는 모든 새로운 것에 겁먹지 않고 일에 몰두하기로 마음을 먹었다. 이 거대한 선박에서는 할 일이 끊임없이 이어졌다. 새로 다린 식탁보를 가져다 리넨용 벽장에 쌓기. 침대 정리하기. 이 배에 실린 이불이 7천5백 장이라는데 그 7천5백 장을 일일이 반듯하게 펴서 매트리스 사이로 집어넣고 개킨 듯한 기분이 들 때도 있었다. 컵과 받침 접시, 유리잔, 고급 식기 세트—일등실의 남녀노소 모두 풀 세트로 쓰고도 남을 만큼 충분했다—의 숫자를 세고 갑판 장부에 기입해 미국에 배를 대고 있는 동안 깨진 게 없는지 확인하기. 아직 빈 배인데도 모든 직원이 해가 뜰 때부터 질 때까지 바삐 움직였다. 그녀에게 배정된 열두 개의 선실이 살아 숨 쉬는 승객들로 채워지면 무슨 수로 감당할 수 있을지 상상이 되지 않았다.

"매일 열다섯 시간씩 서 있어야 할 거야." 룸메이트 바이얼 릿 제숍은 이렇게 경고했다. 애니는 바이얼릿과 한 조가 돼서 기뻤다. 그녀는 배에서 몇 년 동안 근무한 경력이 있었고 애니 의 기준에서는 세상 물정 모르는 게 없어 보이는 런던 출신이 었다.

하루 일과를 마치고 밤이 되면 바이얼릿은 승객들에게 어 떤 걸 기대해야 하는지 애니에게 가르쳐주곤 했다. "나는 아 일랜드의 조그만 마을 출신이거든." 첫날 애니는 그녀에게 이 렇게 고백했다. "우리는 하인을 써본 적이 없어서 어떤 식으로 행동해야 하는지 몰라."

바이얼릿은 그런데 무슨 수로 여기 취직했느냐며 놀라워했 다. "화이트 스타는 여직원을 까다롭게 뽑거든." 애니는 바이 얼릿이 경험을 근거로 하는 말이라는 걸 알았다. 그녀는 인사 담당자들이 바이얼릿처럼 젊고 예쁜 아가씨들은 남자 승객과 선원들의 정신을 어지럽힐 수 있다고, 그게 아니면 1년 안에 결혼해서 일을 때려치울 거라고 생각하기 때문에 얼마나 취직 하기 힘들었는지 바이얼릿에게 귀 따갑도록 들어서 알고 있 었다.

애니는 그냥 어깨를 으쓱했다. "담당자가 나를 보고 충분히 평범하다고 생각했나 봐. 그리고 내가 열심히 하겠다고 했거 든."

"그럴 줄 알았다." 바이얼릿은 실눈을 떴다. "네가 워낙 싹 싹하니까 인사 담당자가 한번 일을 시켜보자고 생각했을 거야.

다만 너무 싹싹하게 굴지는 마. 특히 자기들이 보기에 순진해 보이면 너를 얼마만큼 이용할 수 있겠는지 시험해보려는 남자들이 있을 테니까." 그러더니 그녀는 한쪽 눈썹을 추켜세웠다. "하지만 이왕 승객이랑 엮일 거면 가난뱅이보다는 부자를 선택하는 편이 낫지. 타이태닉에는 어마어마하게 돈이 많은 사람들이 더러 있을 거야. 눈이 시릴 정도로 커다란 보석을 하고 다니는 여자들. 황금 젖꼭지를 물고 다니는 아기들. 두고 봐."

이제 한 시간만 있으면 그녀도 직접 확인할 수 있을 것이었다.

애니는 잠깐 하던 일을 멈추고 아무도 없는, 넓고 고요한 방을 감상했다. 그녀는 이 배를 사랑했다. 이렇게 크고 이렇게 근사한 곳은 처음이었다. 그녀는 배식 당번으로 근무하게 될 식당에서 사기 접시를 만지며 종잇장처럼 얇고 섬세한 재질에 감탄할 수 있어서 좋았다. 실크 벽지와 근사한 가구와 크리스털 샹들리에와 마호가니 설비를 갖춘 특실—오리엔테이션 시간에 담당자가 뻐기며 설명한 바에 따르면 런던의 그 유명한 리츠 호텔이 모델이라고 했다—을 걸으며 이 모든 게 그녀의 것인 척 상상할 수 있어서 좋았다. 동료 직원이 간간이 고함을 지르는 소리, 막바지 공사를 하느라 망치질하는 소리, 그 모든 소리를 차단하고 위에서 크리스털 샹들리에 비즈가 우아하게 서로 부딪치는 소리만 귀에 담을 수도 있었다.

우리는 승객을 맞이할 마음의 준비가 됐을까? 식탁보를 마지막으로 반듯하게 펴며 그녀는 궁금해했다. 나는 이 배의 우아한 고요를 포기할 마음의 준비가 됐을까?

승무원 하나가 차임벨 세트를 들고 식당 저쪽 끝에 등장했다. 벨이 세 개였다. 승선까지 한 시간 남았다는 뜻이었다. "사무장님께서 일등실 흡연실에서 회의를 소집하셨어요." 그는 아무도 없는 식당 너머로 그녀에게 외치고 휙 사라졌다. 아이고, 내 팔자야. 일등실 흡연실로 가려면 갑판 세 개를 지나야했다. 서둘러야 했다.

그녀는 걸음을 재촉하다 통로에서 반대편으로 가는 존 스타 마치를 지나쳤고, 그가 모자챙을 건드리며 묵례를 하자 미소를 지었다. 존은 그녀보다 훨씬 나이가 많아서 아버지뻘이었다. 타이태닉에 실려서 뉴욕으로 배달되는 우편 행낭을 책임지는 우편계원이었지만 배식도 거들었다. 여덟 번의 해상 사고에서 목숨을 건졌기 때문에 직원들 사이에서 유명인이었다. 그는 그녀에게 웃으며 이렇게 말한 적이 있었다. "1년에 한 번씩, 규칙적으로. 이제는 사고에 대해서 걱정하지도 않아. 내가 하는 일의 일부가 됐거든." 다른 신입들처럼 애니도 존 마치라는 존재에서 위안을 느꼈다.

흡연실에 도착하고 보니 다행히 그녀가 꼴찌가 아니었다. 애니는 바이얼릿 옆자리로 슬그머니 가서 앉았다가 친구가 그녀의 손을 잡자 화들짝 놀랐다. 생각해보니 집을 떠난 이후로 누군가와의 스킨십이 처음이었다. 이 사소한 제스처의 효과가 놀라웠다. 갑자기 든든해지면서 안심이 됐다.

한자리에 모인 다른 승무원들은 벨파스트의 가난한 사람들을 연상시켰다. 다들 수척한 얼굴로 소심하게 흘끗거리며 불안해했다. 개중 몇 명은 술과 감자와 양배추 위주의 식단으로 부어서 덩치가 커졌다. 여자는 스물몇 명밖에 되지 않았다. 그녀와 바이얼릿은 그중에서도 가장 어린 축이었다. 이 회사는 부도덕이 양산될 수 있다는 확신 아래 미혼의 젊은 여자 승무원을 뽑을 때 까다롭기로 악명이 자자했다. 근무 후 시간에 그녀가 직원용 갑판에서 목격한 행태를 보면 틀린 판단도 아닌 듯했다. 남자들은 물론이고 여자들까지 흑맥주나 위스키를 들고 술동무를 찾아 이 선실 저 선실을 전전했다. 복도에서는 카드 게임과 주사위 게임이 벌어졌다. 남자들은 그러고도 별일 없을 거라는 생각이 들면 여자들의 귀에 대고 달콤한 말을 속삭였다.

하지만 따지고 보면 이 배의 거의 모든 것이 애니를 놀라게 했다. 그 생동감, 그 원초적인 가능성. 그녀가 이렇게 많은 남자들을 한꺼번에 만난 유일한 공간은 일요일 교회뿐이었고 그녀는 그들 모두의 이름을 알았다. 이제는 그들의 이름이 봄날의 엷은 안개 속으로 사라져 그녀의 기억에서 멀어졌지만.

초록색과 회색으로 수놓아졌던 그녀의 과거도 금세 흐릿해졌다. 남은 건 입 안을 맴도는 시큼한 느낌뿐이었다.

앤드루 래티머 사무장이 헛기침을 하고, 불안해서 수군대는 직원들에게 조용히 하라고 외치자 바이얼릿이 애니의 손을 다시 한번 꼭 쥐었다. 애니는 래티머와 마주친 적이 별로 없었지만 자기만의 일 처리 방식이 확고하고 유능한 사람인 것 같았다. 공정하거나 친절한 성격인지는 전혀 알 수 없었다. 유니폼에 달린 흰색의 하이칼라 위로 드러난 얼굴은 불그스름했다.

"지금 이 순간부터 목적지에 도착할 때까지 우리의 가장 큰 관심사는 승객들의 행복이라는 사실을 유념해주시길 바랍니다. 어떤 요청이 들어왔건, 어떤 해야 할 일이 있건, 시각이 몇 시가 됐건 간에 승객들의 요구 사항을 처리하는 것이 우리의 최우선 과제가 되어야 할 것입니다."

애니의 속이 불편해졌다. 저게 무슨 뜻일까? 예를 들어 애니가 몸이 안 좋아서 식당으로 내려갈 수 없는 승객에게 식사를 가져다주는 식으로 어떤 승객의 심부름을 하고 있는데, 다른 승객이 그녀를 불러 자기 선실에서 뭘 가져다달라고 하면 누구 말을 들어야 하는 걸까? 그녀가 맡아야 하는 특실이 열두 개였다. 그녀는 거의 예전 교구만큼 떠들썩한 승객들을 모시며 그들이 부를 때마다 달려가고 모든 비위를 맞추는 동시에 방을 청소하고 침대를 정리하고 식사 시간에는 식당에서 시중을 들어야 했다.

"우리 승객들, 우리 일등실 승객들에게 세계적인 수준의 호텔에 머무르고 있는 듯한 인상을 심어주어야 합니다. 그래요, 타이태닉은 우리의 자랑이죠. 이 배는 세계에서 가장 훌륭한 호화 원양 여객선이라는 사실을 잊으면 안 됩니다! 하지만 승객들에게는 그들이 어떤 편의 시설을 이용할 수 있는지 강조해서 알려야 합니다. 예를 들면 체육관이나 도서관 같은 시설을 말입니다." 일등실 도서관에는 비치된 장서가 1천 권이에요.

애니는 회사 측에서 입만 열면 술술 나올 수 있도록 그들의 머릿속에 주입한 수치를 떠올렸다. 이등실 도서관은 5백 권이고요. 그녀가 생각하기에는 그 책과 그 안에 담긴 방대한 이야기의 무게만으로도 다른 배 같으면 감당하지 못할 것 같았다. 한 번 입장할 때마다 단돈 1실링만 내면 되는 온수풀. 어린이 놀이방. 산책로.

래티머는 열심히 듣고 있는지 확인이라도 하려는 듯 그들을 한 사람씩 차례대로 쳐다보았다. "그리고 승객들에게 언급하지 말아야 하는 부분, 여행의 즐거움에 전혀 도움이 안 되는 부분들에 대해서도 잊지 말아야 하겠습니다. 승객들과 가까워지는 것도 권장하지 않습니다. 유혹에 넘어가 여러분의 속내를 드러내는 법은 없도록 하세요. 여러분을 이름으로 부르도록 허용하지도 말고요."

애니는 외워야 하는 수칙이 적힌 종이를 미리 받았지만 직접 말로 듣고 보니 차원이 다른 권위가 느껴졌다. 그녀는 원래 정해진 수칙이 있으면 안심이 됐다.

래티머는 말을 하다 말고 잠깐 멈췄다. 눈빛이 아주 험상궂었다. 애니의 눈에는 피부색에도 불구하고 그가 왠지 모르게 비정하게, 왠지 모르게 차갑고 냉혹하게 느껴졌다. 잠시 후에 그가 하던 얘기를 계속했다. "그리고 기질적으로 심약해서 망망대해에 대한 두려움과 그 위험성에 집착하는 승객도 가끔 있을 겁니다. 그럴 때는 최선을 다해 승객의 생각을 다른 방향으로 돌려야 합니다. 승객이 물으면 화이트 스타 해운사는 안전

성에 있어 업계 최고로 꼽힌다고 승객을 안심시킨 뒤 저녁에 열리는 음악 공연이나 셔플보드*, 고리 던지기 게임 쪽으로 관심을 돌리도록 유도하세요."

래티머가 이 말을 막 마쳤을 때 벨이 울렸다. 한 시간이 지나 그들 모두가 기다려왔던 순간이 닥쳤음을 알리는 벨 소리였다. 쇠 격벽 밖에서 들리던 소음이 일순 요란해졌다.

래티머가 뭐라고 외쳤지만 더는 아무도 그에게 주목하지 않았다. 애니도 다른 승무원들과 함께 복도로 달려 나가 난간 앞에서 걸음을 멈추고 숨을 토했다.

아래 계선장이 인산인해였다. 사람들이 체인에 몸을 바짝 대고 차례대로 서서 건널 판자를 지나 승선할 순간을 기다리고 있었다. 아니면 그들의 짐을 들고 낑낑대는 짐꾼들에게 잔소리를 늘어놓고 있었다. 그녀는 이렇게 많은 사람들이 한자리에 모인 것을 본 적이 없었다. 그 광경 하나만으로도 현기증이 났다.

그들은 선실 등급별로 나뉘어 있었다. 배에서 가장 먼, 맨 끝 쪽이 삼등실 승객이었다. 그들은 대부분 남자였고, 제일 번듯한 옷을 골랐겠지만 그래도 평상복을 입고 선원처럼 어깨에 더플백을 짊어지고 있었다. 그다음이 이등실 승객이었다. 그들 역시 대부분 남자였고, 예배용 양복을 입고 있어서 입성이 조금 나았다. 탄탄한 중산층 장사꾼과 전도사, 교사, 기타 등

---

* 판 위에 원반들을 얹어놓고 긴 막대를 이용하여 숫자판 쪽으로 밀면서 하는 게임.

등이었다.

하지만 일등실 승객은 전혀 달랐다. 그들은 남녀의 숫자가 비등했고 하나같이 그녀가 잡지에서나 보았던, 거의 왕족에 가까운 화려한 옷차림을 자랑했다. 발룬토이에서는 아무도 감당할 수 없는 차림새였다. 실크와 새틴과 타조 깃털과 리본 천지였다. 체형별로 몸에 딱 맞게 전문 침모나 만들 수 있는 옷을 입고 있었다. 대부분 까만색 유니폼을 단정하게 차려입은 하인을 한두 명씩 거느리고 있었다. 그들이 여행 가방을 들거나 아이들을 건사하고 있었다. 애니는 황금 치발기가 보이는지 열심히 찾았지만 바이얼릿이 그녀를 놀리려고 한 말이라는 걸 알고 있었다. 금은 너무 물러서 씹으면 망가진다는 것쯤이야 시골 처녀도 알았다.

오전 10시 정각에 건널 판자를 가로막고 있던 체인이 내려가고 승객들이 건널 판자 위로 쏟아졌다. 애니 눈에는 시커멓게 꿈틀대는 사람들의 물결이 간판 위로 흘러넘쳐 부글대며 그녀를 향해 다가오는 것처럼 보였다. 애니는 뒤로 물러났다. 밀려드는 인파와 소음이 빚는 불협화음. 비교적 조용한 한 주를 보낸 뒤라 감당이 되지 않았다. 그녀는 몸을 돌려서 도망치고 싶은 말도 안 되는 충동과 싸웠다. 바이얼릿과 함께 쓰는 방 안에 숨어 있다가 출항하기 전에 어찌어찌 이 배에서 내리고 싶었다. 그녀는 숨을 크게 들이마셨다. 그녀는 겁에 질렸을지 몰라도 지금 이 순간이, 이 배가 그녀의 운명이라는 것을 뼛속 깊이 느낄 수 있었다.

그녀는 좌우를 두리번거리다 헉하고 숨을 들이마셨다. 그녀보다 나이가 몇 살밖에 많지 않은 젊은 남자가 저지레를 하지 않게 아이를 안고 흔들며 느닷없이 그녀의 앞에 등장했다. 그녀는 당장 그가 안쓰러워졌다. 그는, 짜증 내고 꿈틀대며 품에서 벗어나려는 아이를 막지 못해 어쩔 줄 몰라 하는 눈치였다. 그녀가 보기에는 그 아이도 딱했다. 조용하고 상쾌하고 시원한 자기 방으로 얼마나 돌아가고 싶을까.

"제가 좀 도와드릴까요?" 그녀는 용기를 내서 말을 건넸다.

그는 눈을 크게 뜨고 그녀를 눈에 담았다. 두 눈이 숨겨진 동굴처럼 회색이 도는 파란색이고 다정해 보였다. 그리고 왠지 모르게 낯이 익었다.

"아—미안해요! 거기 서 있는 걸 못 봤어요."

아이가 꾸르륵거렸다. 남자의 모직 재킷 앞섶이 갑자기 하얀 침으로 뒤덮였다.

"제가 도와드릴게요." 그녀는 주머니에서 행주를 꺼내며 아이를 향해 손을 내밀었다. 남자는 그게 본능이라도 되는 듯 냉큼 아이를 건넸다.

아이는 몇 개월밖에 되지 않아서 작지만 건강했고, 눈이 까맸고, 옅은 벌꿀색 머리가 보닛 아래로 삐져나왔다. 아이를 품에 안자 편안한—거의 익숙한—느낌이 들었지만 사실 애니는 집안의 막내라 어린애를 다룬 경험이 거의 없었다.

그럼에도 아이는 꼼지락거리며 애니의 가슴에 코를 묻고 이내 잠잠해졌다.

아이 아버지는 그녀가 건넨 행주로 재킷 앞섶을 닦았다. "아이가 아가씨가 마음에 드나 봐요."

이제 보니 허둥지둥하는 표정이 가셔서 그런지 아이 아버지가 미남이었다. 게다가 너무 어디서 본 듯한 얼굴이라 그것 말고 다른 생각은 거의 할 수가 없었다. 경종 비슷한 것이 그녀의 머릿속에서 요란하게 울렸다. 혹시 발룬토이에 가본 적 있으세요? 그녀는 묻고 싶었지만 어처구니없는 발상이었다. 런던내기들이 발룬토이를 찾을 리 없었다.

"아이가 예쁘고 아주 건강하네요." 애니는 대신 이렇게 말했다. 분홍색의 조그만 주먹이 그녀의 얼굴 쪽으로 올라와 턱을 잡으려고 했다.

남자는 웃으며 고개를 저었다. "누가 보면 오래전부터 알던 사이인 줄 알겠어요. 성함이……?"

"승무원 헤블리예요."

"음, 미스 헤블리, 당신은 하늘이 주신 선물이네요. 도와줘서 정말 고마워요."

"제가 선실까지 안내해드릴까요? 선실 번호가 어떻게 되세요?"

그는 자기도 번호를 잘 모르는 듯이 표를 꺼내 그녀에게 보여주었다. 실망스럽게도 그녀의 담당 객실이 아니었다.

마크 플레처. 또다시 전기가 찌릿하고 그녀를 관통했다. 제가 아는 분이시네요. 그녀는 이렇게 말하고 싶었지만, 사실 그들은 만난 적이 없었고 어디선가 많이 본 듯했던 이 잘생긴 남자는 사실상 모르는 사람이었다. "제가 선실까지 안내해드릴 게요, 플레처 씨. 이쪽으로……"

하지만 바로 그때 한 여자가 건널 판자에서 내려 남편에게 손을 내밀었다. 애니는 실망감이라는 당치 않은 감정으로 속이 쓰렸다. 아이 엄마는 어찌어찌 그림에서 빠져 있길 바란 걸까? 그게 사실이라면 이 얼마나 끔찍한 바람일까. 하지만 마크 플레처가 그녀에게 보인 감정은 원초적이다 싶을 만큼 갑작스럽고 선명했다.

그녀는 가질 수 없는 남자에게 끌릴 운명인 모양이었다.

마크의 옆으로 등장한 여자는 폭죽이 인간의 몸으로 구현된 것처럼 화려하게 번쩍거리는 미녀였고 자신의 행운에 대한 확신으로 똘똘 뭉쳐 있었다. 옷차림은 애니가 상상한 이야기 속 여왕과 비슷했다. 섬세하고 우아한 망사로 그녀의 얼굴을 딱 알맞게 가리고 있는 모자 하나의 가격이 애니의 연봉에 맞먹을 것이었다. 애니가 보기에는 아이를 짐이 아니라 예쁜 수집품으로 간주하는 밝고 태평한 신세대 엄마인 것 같았다.

"기다리게 해서 미안해." 그녀가 마크에게 말을 건넸다. 애니는 날카롭고 비음이 섞였으며 강하고 스스럼없고 무심한 미국 억양을 단박에 알아차렸다. "부두에서 밴 앨런네 부부가 보이길래 요전 날 밤에 신세 진 거 고맙다고 인사하고 싶어서……" 여자는 쌀쌀맞지 않은 까만 눈을 돌려 애니를 쳐다보았다. "그런데 이분은 누구야?"

"우리 선실로 안내해줄 승무원." 마크는 소개하며 애니의 품에 안겨 있던 아이를 아내 옆으로 등장한 나이 많은 여자에게 건넸다. 보나 마나 유모일 것이었다.

애니는 안겨 있던 아이가 갑작스럽게 사라진 것처럼 느껴졌다.

"이제 갈까?" 플레처 부인이 남편의 팔짱을 끼며 말했다.

플레처 부부의 특실은 애니에게 배정된 구역 바로 옆이었다. 스위트룸이라 침실에 응접실이 딸려 있었다. 유모는 다른 하인과 승무원들과 함께 아래쪽 갑판을 쓸 것이다. 짐은 이미 옮겨져 한쪽 문가에 쌓여 있었다. 큼지막한 트렁크와 모자 상자, 그보다 작은 상자 대여섯 개였다. 작고 우중충한 여행 가방 두 개는 유모의 것일 테고 여기에 조그만 아기 침대가 추가됐다.

산더미 같은 짐을 보고 애니는 당황했다. "미국에 오래 계실 예정이세요?" 유모가 아마도 기저귀를 갈기 위해 아이를 데리고 얼른 방으로 들어가는 동안 그녀는 물었다. "아니면 거기에 살고 계신가요?"

여자는 애니의 시선이 향한 곳을 보고 웃음을 터뜨렸다. "이 짐 때문에? 어린애랑 여행을 하려면 필요한 게 많거든요." 여자는 핀을 빼고 모자를 벗어서 테이블에 내려놓고 자연스럽게 고불거리는 노르스름한 갈색 머리칼을 부풀렸다. "그쪽은 어때요? 미국 여행은 이번에 처음이에요?"

"네, 부인." 애니는 대답을 하자마자 아차 했다. 이것도 개인적인 정보에 해당할까?

"미국에 계속 있을 생각이에요? 미국으로 건너갈 방편 삼아 여기 취직한 직원들이 많다고 들었는데."

아마 맞는 말일 것이었다. 애니도 밤늦게 승무원 숙소에서 흑맥주와 진이 돌기 시작하면 이런 식의 대화가 오가는 것을 들은 적이 있었다. 하지만 사무장의 훈계가 귓전을 맴돌자 그녀는 조심스러워졌다. 필요 이상으로 가깝게 지내지 말 것. "저요? 저는 아니에요. 그러니까, 아직 잘 모르겠어요." 사실 그녀는 바로 여기, 바로 지금 말고는 단 한 순간도 생각해본 적이 없었다.

"하지만 가벼운 모험조차 거부하는 건 아니죠?" 질문 자체에는 아무 악의가 없었지만 애니는 조금 불편해졌기에 아무 말도 하지 않는 편이 낫겠다는 생각이 들었다. 바로 그때 짐을 푸느라 마크 플레처가 선실 여기저기로 움직이기 시작했다. 태양처럼 뜨겁게 그녀의 등을 달구며 왔다 갔다 하는 그의 움직임이 온몸으로 느껴졌다.

여자는 따뜻하게 진심 어린 미소를 지었지만 언뜻 스치고 지나간 그녀의 뭔지 모를 눈빛에 애니는 불안해졌다. "내 이름은 캐럴라인 플레처예요."

"만나서 영광입니다, 플레처 부인." 애니가 한쪽 다리를 뒤로 빼며 절을 하자 여자는 웃음을 터뜨렸다.

"그렇게 부를 것 없어요. 우리, 나이가 거의 비슷하지 않아요?" 애니는 그녀에게 한 방 먹이려는 의도가 아니라 미국식 친근감의 표현에 가깝다는 걸 알았지만, 그래도 플레처 부인과 그녀의 신세가 비교가 되면서 갑자기 초라해지는 건 어쩔 수 없었다. 플레처 부인의 모자 상자 하나면 모든 소지품을 담을 수 있는 미혼의 승무원. "나는 그쪽을 뭐라고 부르면 될까요?" 여자는 이렇게 물으며 벌써부터 으리으리한 소지품을 꺼내놓기 시작했다. 어찌나 자기 집처럼 왔다 갔다 하는지 애니로서는 당황스러울 정도였다.

"그냥 애니라고 불러주세요." 애니는 말하고, 플레처 부인이 제일 큰 트렁크를 열어 알록달록한 옷을 걸기 시작하는 것을 지켜보았다. 이 배를 타고 여행하는 일주일 동안은커녕 한 달이 지나도 다 입을 수 없을 만큼 옷이 많았다. 애니가 책을 꺼내 사이드 테이블에 쌓으며 거드는 동안 캐럴라인은 보석함을 꺼내 여기가 선실이 아니라 개인 숍이라도 되는 듯 은색과 금색 펜던트와 반지가 보이도록 뚜껑을 열었다. 저런 보석이 왜 필요할까? 게다가 뭘 믿고 누구든 곁눈질하며 군침을 흘릴 수 있게 그냥 늘어놓는 걸까? 목걸이, 팔찌, 반짝이는 브로치는 거의 애니의 주먹만 했다.

하지만 애니가 뭐라고 말을 꺼낼 겨를도 없이 누군가가 열려 있는 문을 두드렸다. 나이 지긋한 남자가 동물원 구경하듯 고개를 내밀고 객실 안을 들여다보았다.

마크가 자기 빗과 세면용품을 정리하다 말고 허리를 폈다. "저희에게 볼일이 있으신가요? 보시다시피 이 선실은 저희가 쓰고 있습니다만……"

남자는 마크의 말을 듣고 재밌어하는 눈치였다. "아뇨, 볼일이 있다기보다 내가 바로 옆방을 쓰고 있어요." 이 사람은 어딘지 모르게 사람을 불편하게 만드는 구석이 있었다. 애니의 고향 마을 아주머니들이 보았다면 으스스하다고 했을 분위기였다. 애니는 부스스하게 제멋대로 헝클어진 하얗고 덥수룩한 수염이 고급스러운 복장과 전혀 어울리지 않기 때문인가 보다고 결론을 내렸다. 계속 위아래로 훑으며 끊임없이 뭔가를 찾는 듯한 눈빛도 마찬가지였다. "여러분의 목소리가 들리길래 혹시 승무원이 있을까 싶어서 왔지요." 그는 말끝을 흐리며 마침내 애니를 똑바로 쳐다보았다.

옆 선실이라면 그녀의 관할이었다. 그녀는 한쪽 다리를 뒤로 빼며 절을 했다. 캐럴라인의 악의 없는 심문에서 탈출할 수 있어서 다행이었다. "맞습니다, 손님. 제가 그쪽 객실 담당입니다. 이분들께서 이제 제가 없어도 되겠다고 하시면……"

나이 많은 남자는 알겠다는 뜻에서 고개를 끄덕였다. "그래요, 그래요. 불편을 끼칠 생각은 없어요. 아가씨를 슬쩍하려던 것도 아니었고……"

"불편이라니 별말씀을요." 캐럴라인이 명랑한 목소리로 말했다. 애니는 그녀가 허공에서 손을 흔들었을 때 그 손이 실룩거리는 것을 보았다. "저희는 이제 미스 헤블리 없어도 돼요. 그렇지, 마크? 미스 헤블리는 이제 가도 돼요."

애니는 아이를 다시 한번 봐도 되겠느냐고 묻고 싶었지만 꾹 참았다. 그녀는 마크 플레처의 눈을 피하며―그 눈을 마주할 수 있을지 자신이 없었다―절을 한 다음 노인을 따라 좁은 통로로 물밀듯이 밀려오는 소란스러운 승객의 행렬을 헤치고 선실로 들어가 등 뒤로 문을 닫았다.

"정말 여승무원이 나를 상대한단 말인가?" 그는 그녀를 곁눈질했다. "혼자 여행하는 남자에게 이례적인 조치로군."

애니는 놀라서 흠칫했다가 꼼지락거리지 않도록 두 손을 포갰다. "저희는 여러 객실을 묶어서 구역별로 할당을 받았습니다. 하지만 남승무원이 더 좋으시면 사무장님께 한번 여쭤볼게요." 갑판을 이리저리 뛰어다녀야 할 테니 번거롭겠지만 그래도 처리할 수 있었다.

그는 자기만 들을 수 있는 목소리에 귀를 기울이는 사람처럼 고개를 갸웃했다. "아, 괜찮아요. 그래봐야 별 차이 없을 테니까." 그러고는 자기소개 삼아 이렇게 말했다. "W. T. 스테드요. 내가 누군지 알아요?"

그녀는 당연히 몰랐지만 그에게 들키고 싶지 않아서 머뭇거렸다. "제가 알아야 하는 분인가요?"

그가 뒷걸음질을 치자 그녀는 자기 때문에 마음이 상한 건가 싶어 겁이 났다. "아니, 그건 아니지, 그건 아니지…… 다만 사람들이 내 얘기 하는 걸 좋아하거든요. 저마다 의견이 있고."

"저는 어떤 의견을 가져야 할까요?" 그녀는 진심으로 궁금해서 물은 말이었지만 그는 마치 농담이라도 들은 것처럼 미소를 지었다.

"뭐, 나는 우선 신문기자예요." 자기만 들을 수 있는 목소리가 또 들리기라도 한 것처럼 그의 표정이 다시 어두워졌다. 그는 좀 전에도 선실 문을 열어서 붙잡고 있다가 그녀가 들어가자 흘끗흘끗 곁눈질을 했지만 그녀는 못 본 척했었다.

애니가 보기에 혼자서 쓰기에는 넓은 선실이었다. 심지어 플레처 부부의 선실보다 넓어서 곁방에 테이블과 의자가 있었고 그 방과 침실 사이에 문이 달려 있었다.

스테드는 그녀가 처리해줬으면 하는 일들이 많았다. 여분의 이불과 이 배에서 제공하는 문구류, 현창을 덮을 묵직한 커튼, 양초(그는 전등이 건강에 해롭다고 주장했다), 닭털이 아니라 오리털 베개. 아침으로는 뭘 좋아하는지 알려주었고(크림을 넣어서 끓인 오트밀, 반숙 오리알—오리알이 없으면 메추리알, 달걀은 최후의 수단—두 개, 이 모든 걸 오전 5시 30분 이전에 문 앞으로 가져다 놓을 것) 새벽 2시에서 4시 사이에는 절대 방해하지 말라는 엄명을 내렸다(그녀는 그 시각에 과연 어떤 사람이 방해하겠느냐는 생각이 들었지만 물어보지는 않았다). 그는 그 시각에 강연 원고와 신문 사설을 쓰기 때문에 집중해야 한다고 했다. 그녀는 다른 데로 배달된 짐을 찾아보겠다고 약속한 다음에야 그 선실에서 탈출할 수 있었다.

애니는 통로로 나와서 숨을 골랐다. 그녀는 햇빛이 들지 않는 서늘한 식료품 저장실에 달걀이 보관되어 있는 것을 보았지만—주방장이 천장까지 쌓인 쟁반을 보여주며 4만 개라고 했다—오리알이나 메추리알은 없다고 장담할 수 있었다. 날마다 그녀의 진을 빼놓을 게 분명한 이 남자에게 뭐라고 하면 좋을지 알 수가 없었다. 다른 승객들은 이렇게 유난히 요구 사항이 많지는 않길 바랄 따름이었다.

통로는 정신이 하나도 없었다. 흥분한 승객들이 모든 걸 한

꺼번에 눈에 담으려고 우왕좌왕했다. 승무원들은 산울타리에서 쫓겨 나온 토끼처럼 이쪽저쪽으로 달렸다.

바이얼릿이 그녀에게 다가왔다. "괜찮은 거지, 애니? 무슨 문제라도 생겼어?"

"그냥 좀 감당이 안 돼서."

바이얼릿은 인상을 썼다. "그럴 만도 하지. 이렇게 사람 많은 거 본 적 있니? 런던 시민 전체가 이 배 안에 꾸역꾸역 쑤셔 넣어진 것 같은 느낌이야. 그거 들었어? 프로 권투 선수도 두 명 탄 거. 나도 봤는데 한 명은 덩치가 크고 머리가 갈색이고, 다른 한 명은 그보다 작고 금발이었어. 그렇게 근육이 많은 남자는 처음 봤지 뭐야!"

그녀가 뭐라고 대꾸를 하려고 했을 때 부사무장 중 한 명인 토머스 화이틀리가 그들에게로 다가왔다.

"무슨 문제 있나, 아가씨들? 없어? 그럼 다시 열심히 일을 하도록 해. 지금은 빈둥거릴 때가 아니야." 그들이 걸음을 옮기려고 하자 그가 손가락 하나를 들어 보였다. "잠깐, 애니. 래티머 사무장님이 C-85번 선실의 부부가 너의 도움을 요청했다고 얘기를 전해달라고 하셨어. 너를 콕 집어서 보내달라며, 자기들 유모가 나가떨어져서 네가 도와줬으면 한다는군. 요청이 있을 시에만 가서 돕도록 해. 너의 평소 업무에 방해가 되면 안 되니까." 그는 그녀의 표정을 오해했는지 얼른 덧붙였다. "추가로 대가를 지불하겠다고 하셨대. 만약 이게 문제가 될 것 같으면……"

그녀는 아이의 솜털 같은 머리칼과 달콤한 체취를 떠올렸다. 장미 꽃잎처럼 보드라운 살결. 그녀는 폭풍의 전조와 같았던 마크의 눈빛도 떠올렸다. "아, 아니에요, 그럴 리가요. 기꺼이 도울게요."

"훌륭한 태도야. 래티머 사무장님이 들으시면 기뻐하실 자세로군."

하지만 화이틀리가 떠나자 애니는 두려움 비슷한 것이 엄습하는 것을 느낄 수 있었다. 그녀는 이 느낌을 알았다. 갈망. 수치심. 마크 플레처하고는 절대 단둘이서 있지 않겠어. 그녀는 다짐했다. 맹세해. 그녀는 생각하며 어렸을 때부터 걸고 다니던 십자가를 만지려고 유니폼 칼라 아래로 손을 뻗었다. 십자가에 대고 맹세해, 선하고 거룩한 모든 것에 대고.

주님은 착한 여자를 좋아하시지, 애니.

하지만 그녀는 목걸이를 찾을 수 없었다. 하루 종일 정신없이 돌아다니는 와중에 체인이 끊겼는지 목걸이가 사라져버렸다.

5장

데이비드 존 보언은 땀범벅이 된 오른손 새끼손가락에 끼고 있던 반지를 빼서 조끼 주머니에 넣고 옷을 체육관 탈의실 못에 걸었다. 조그맣게 B라고 새겨진 아무 무늬 없는 황동 반지라 얼마 되지도 않기 때문에 굳이 숨기려고 하지도 않았다.

하지만 습관은 무서운 법이다. 그리고 평범한 반지일지 몰라도 그에게는 개인적으로 의미가 있었다. 아버지에게 물려받은 것이기 때문이었다. 아버지는 그 반지를 어디에서 구했는지 몰라도―훔쳤을 가능성도 컸다―지금은 다이 자신의 것이었기에 잘 간직할 작정이었다. 일등실 승객용 체육관을 이용하는 번듯한 신사 숙녀들이 비열하게 이니셜이 새겨진 황동 반지를 훔칠 리는 없었다. 저 아래로 내려가면 이야기가 달라졌다. 삼등실에는 절박한 인물들이 있었다. 그는 여태껏 좀도둑이라면 볼 만큼 보았기 때문에 잘 알았다.

그가 재킷과 조끼를 벗는 것을 보며 레슬리 윌리엄스는 씩 웃었다. 레스는 겁이 없는 친구였다. 애초에 표를 산 것도 레스의 아이디어였다. 미국은 돈이 있는 곳이었다. 다이처럼 실력 있는 사람이 가지 않으면 바보라고 했다. 그는 타이틀 매치 한 번 하고 1만 5천 달러를 받은 권투 선수도 있다는 얘기를 들었다고 했다.

그들은 표를 샀을 때 추가로 체육관 이용료를 냈다. 체육관은 훌륭했지만 그와 레슬리가 훈련하던 폰티프리드의 체육관과는 전혀 달랐다. 그곳은 권투 선수 전용이었다. 제대로 된 링이 갖추어져 있었다. 펀치 백과 메디신 볼도 있었고 땀과 시가 연기와 피 냄새가 났다. 여기 체육관은 돈 많은 런던내기들을 위한 곳이라 체조용 안마와 곤봉과 텀블링 매트가 갖추어져 있었다.

프로 권투 선수 두 명이 스파링을 한다고 소문이 났는지 구경꾼들이 몇 명 모여 있었다. 예상하지 못한 바는 아니었다. 레스는 어딜 가든 사람들을 몰고 다니는 편이었다. 그의 미소, 허세, 즐길 줄 아는 태도 때문이었다. 그리고 뭔지는 몰라도 사람들이 그에게 바라는 것이 있었다. 무의식적으로 바라는 것이. 레슬리 윌리엄스가 곁에 있으면 여자들은 속옷을 벗었고, 남자들은 지갑을 열거나 자존심을 내동댕이쳤다. 오늘 오후에는 구경하러 온 여자가 거의 없었다. 대부분 삼등실의 네 배만큼 넓은 선실에서 아직까지 짐을 풀고 있거나 한참 동안 점심을 먹고 소화를 시키느라 낮잠을 자고 있을 것이었다. 다이로서는 실망이었다. 그는 이 돈 많은 여자들의 시선을 한 몸에 받는 것이 좋았다. 그는 그들의 남편이나 애인과 다른 종족이었다. 그들은 그의 근육을 좋아했고 그걸 어떻게 쓰는지 보고 싶어 했다. 그 눈빛에 돈이 들어 있단 말이지. 레스는 입버릇처럼 말했다.

뭐, 여자들은 별로 없었지만 남자들은 많았고 그중 몇 명은 다이도 아는 인물인 것 같았다. 지나가는 걸 보고 옆에서 누군지 가르쳐준 유명 인사들이었다. 미국 최고의 갑부라는 존 제이컵 애스터, 재산은 애스터보다 못하지만 거드름은 그의 두 배인 벤저민 구겐하임. 부유층 전담 디자이너를 아내로 둔 코즈모 더프-고든 경.

체육복을 입고 나와서 운동을 하던 다른 사람들이 멋쩍어하며 내뺀 덕분에 그와 레슬리는 금세 한 자리를 차지할 수 있었다. 그 주변이 그들의 공간이 되었다. 다이는 손을 풀었다. 그들은 맨손으로 대전하는 선수였다. 그들은 러닝셔츠와 평상복 바지를 입고 훈련에 나섰다. 그래야 더 훌륭한 그림이 나왔다. 떨어진 단추가 날아가고 몸에 꼭 끼는 면 셔츠가 땀으로 흠뻑 젖을 게 아닌가.

다이는 레슬리를 마주 보고 자세를 잡고, 지금까지 수천 번 그랬듯 레슬리의 앳된 얼굴과의 사이에 주먹을 들었다. 레슬리는 주먹이 아니라 그 얼굴로 먹고살았다. 레슬리가 눈을 찡긋거리고는 씩 웃었다. 제대로 보여주자.

다이는 힘 조절을 해가며 보기에 화려한 잽을 날렸다. 레슬리는 펀치가 얼굴 바로 앞으로 날아오는 것처럼 보이도록 위치를 잡았다. 그는 마지막 순간에 뒤로 휙 피하는 법을 알았다. 레슬리는 발이 상상 이상으로 가벼웠다. 본인의 설명에 따르면 하도 도망을 다녀서 그렇다고 했다. 밴텀급이라 다이보다 체중이 거의 13킬로그램 덜 나가고 주먹은 차이가 제법 컸다. 레슬리가 발재간은 있을지 몰라도 다이에게는 기술과 체중이 있었다. 둘이 진짜로 붙으면 다이가 2라운드 안에 레슬리를 때려눕힐 수 있을 것이었다. 그는 가끔 사람들에게 진실을 보여주고 싶었다. 진정한 진실을 말이다.

새하얗고 깨끗한 손을 한데 모으고 그의 일거수일투족을 눈으로 좇으며 벌써부터 내기를 걸고 있는 돈 많은 유명 인사들이 다이의 곁눈으로 보였다.

"나는 검은 쪽에 2 대 1로 걸겠소…… 응할 분 계신가요?"

"나는 3 대 1로 하지요."

"좋습니다."

몇 분이 지나자 그들의 몸이 충분히 데워졌다. 레슬리의 금색 곱슬머리가 땀으로 절어 얼굴에 들러붙었고, 러닝셔츠 속이 훤히 비쳤고, 위 팔뚝 근육이 기름을 바른 것처럼 번들거렸다. 다이는 레스가 이렇게 파란 눈을 이글거리고 온몸의 근육을 불끈거리며 숨을 거칠고 리드미컬하게 몰아쉴 때가 가장 좋았다. 이런 식으로 대전하면 레스를 독차지하는 느낌이었다. 그들은 승선한 이래 줄곧 모르는 사람들에게 둘러싸여 지냈다.

삼등실은 4인실이다 보니 어디로 몸을 돌리든 바로 옆에 사람이 있었다. 그래도 어느 갑판 한복판에 설치된 공동 침실보다는 그들의 선실이 나았다. 그곳에서는 2백 명이 2층 침대에 몸을 욱여넣어야 했다.

그는 잽을 날린 뒤에 무방비로 가드를 내려, 들어와서 턱을 날려보라고 사실상 레슬리를 도발했다. 하지만 레슬리는 미끼를 물지 않았다. 다이는 거의 꼬박 1초 동안 머뭇거리며 다시 한번 공격을 유도했다. 몇 초 상관으로 목숨이 왔다 갔다 하는 링에서는 절대 하지 않을 행동이었고, 레슬리에게 한 대 쳐달라고, 한번 덤벼보라고 애원하는 거나 다름없었다.

레슬리가 이번에는 눈치를 챘다. 그는 다이의 턱을 향해 날렵하게 어퍼컷을 날려 그를 두 발짝 뒷걸음질 치게 했다. 다이가 이빨끼리 서로 으드득거리는 것을 느꼈을 때 뒤에서 구경꾼들이 함성을 질렀다. 다이는 되받아치고 싶은 걸 꾹 참으며 비틀비틀 앞으로 걸어가 레슬리의 품속으로 쓰러졌다. 그들의 축축한 가슴이 서로 만났다. 그는 얼얼한 턱을 레슬리의 어깨에 얹었다. 레슬리의 숨소리가 그의 귓전을 때렸다. 잠시 후에 레슬리가 그를 떠밀었다.

대전은 끝났다. 뒤에서 욕하는 소리, 종이가 살을 철썩 때리는 소리가 들렸다. 돈의 주인이 바뀌는 소리였다. 다이는 수건을 집었다. 젠장, 고급스러웠다. 돈 많은 사람들이 쓰는 수건인데다 새것이었다. 삼등실의 수건은 마대 자루 같았건만.

"아까 그거 잘못 생각한 거야." 레슬리가 손가락으로 다이의 가슴을 찌르며 말했다. "네가 이겼어야지. 다들 네가 이길 줄 알았을 테니까. 저들을 방심하게 만든 다음 허를 찔러야지." 레슬리는 정산 중인 사람들을 다이의 어깨 너머로 쳐다보았다. "그래야 우리가 더 크게 돈을 딸 수 있잖아. 이런 식으로 하면 저들의 배만 불릴 따름이야, 저들한테는 그 돈이 거의 필요도 없을 텐데……" 그는 뚱한 눈빛으로 오고 가는 지폐를 쳐다보다가 다이의 못마땅한 기색을 느꼈는지 말끝을 흐리며 다이의 배를 철썩 때렸다. "됐다…… 이미 끝난 걸 어쩌겠어. 또 기회를 마련하지, 뭐. 이렇게 많은 화이트칼라를 또 언제 한자리에서 보겠냐?"

다이의 심장이 철렁했다. "안 돼, 레스. 너무 위험해."

구경꾼들이 휴게실이나 각자의 선실로 뿔뿔이 흩어지기 시작했다. 레슬리는 수건으로 땀을 닦는 와중에도 그들을 주시했다. 무릎 근처에서 오므라드는 풍성한 나팔바지 운동복을 입고 있어서 조금 유치해 보이지만, 이국적인 새처럼 분칠과 치장을 하면 근사하게 둔갑할 그런 여자들을 주시했다.

레스는 그의 말을 못 들은 체했다. "스리 카드 몰리◆ 어때?"

"소피가 없잖아." 다이는 핑계를 댔다.

그들은 스리 카드 몰리 사기를 칠 때 대개 소피 마빈이라는 사기꾼을 동원했다. 그는 손재간이 좋은 친구였다. 관절이 으스러지고 손가락이 부어서 권투는 하지 못했지만 손장난 쪽으

◆ 세 장의 카드를 뒤섞어 엎어놓고 그중에서 퀸을 찾으면 돈을 따는 도박.

로는 재주가 비상했다. 다이와 레슬리는 구경꾼들 안에 섞여서 바람잡이 역할을 했다. 대개는 매력을 타고난 레슬리가 첫 판에 알아맞혀 오늘따라 재수가 좋다고 으스대며 쉽게 돈을 딸 수 있을 것처럼 분위기를 띄웠다. 다이는 타깃이 우연히 맞는 카드를 고르면 금액을 더 높여서 지르는 역할을 맡았다. 분위기가 이상해지면 완력을 행사하는 것도 그의 몫이었지만 의문을 제기할 권리가 있는 사람들을 괴롭히는 건 체질상 맞지 않았다.

폰티프리드에서도 거친 동네에서 자라다 보면 주변의 거의 모든 사람들이 한 번쯤은 사기를 치게 되어 있었다. 다이도 남을 등쳐먹고 싶은 심정은 이해했지만 거짓말은 싫었다.

"저 사람들은 세상 물정에 밝잖아. 그렇게 쉽게 속아 넘어가지 않을 거야."

"아무나 앉혀놓고 하지 말고 타깃을 정하자. 아는 사람들끼리 판을 벌이는 거지."

저 턱선. 저 미소.

"안 돼. 너무 위험해." 그들은 이들과 최소 일주일 동안 같이 지내야 했다.

레슬리는 몸을 돌렸다. 그러자 마치 태양이 구름 뒤로 숨은 것 같았다. "알았어. 내가 다른 방법을 생각해볼게." 하지만 다이는 앞으로 어떤 식으로 전개될지 알았다. 그는 조만간 레슬리에게 굴복하고 말 것이었다. 누구라도 그럴 수밖에 없었다. 레스는 벌써부터 걸음을 옮기고 있었다. 그가 어깨 너머로 말했다. "우리, 올라가서 저녁 먹을 때 입을 옷 한번 걸쳐보자. 왕족들이랑 식사를 같이하려면 먼저 살짝 때를 빼고 광을 내야—"

"레스, 안 돼."

"오늘 저녁에 좋은 인상을 남겨야 해. 나리들이 좀 전에 우리를 봤잖아. 그러니까 우리 프로들한테 말을 걸고 싶어서 안달할 거야. 씻고 갑판에서 만나자."

두말하면 잔소리지만 이번 여행을 앞두고 그에게 특별히 양복을 맞추게 한 사람도 레슬리였다. 그 빌어먹을 양복이 준비가 안 되는 바람에 원래 예약했던 배를 타지 못하는 불상사까지 벌어졌다.

레슬리는 탈의실 문에 손을 얹은 채 잠깐 걸음을 멈추었다. 다이는 잠시 후에 이유를 알아차렸다. 체육관 맞은편에 흰색 테니스복을 입은 여자가 서 있었던 것이다. 그녀는 그들을 보며— 아니, 레슬리를 보며 웃고 있었다. 나이는 레슬리보다 열 살, 어쩌면 그보다 더 많았고 예쁘지 않았지만 그런 옷을 사서 입고 테니스를 칠 정도면 지금 당장으로서는 충분히 매력적이었다.

그러지 마. 다이는 하마터면 외칠 뻔했다.

하지만 레스는 이미 몸을 돌려서 수건을 어깨에 망토처럼 두르고 하얀 옷을 입은 여자에게로 다가가고 있었다. 분명 라켓 제대로 잡는 법을 가르쳐주겠다고 할 것이었다. 저 미소. 위험해.

6장

어린아이라서 가장 좋은 점은 아무도 눈여겨보지 않는다는 것이었다. 그리고 아무도 눈여겨보지 않는다는 건, 보직이 뭐가 됐건 들키지만 않으면 뭐든 거의 다 하고 싶은 대로 할 수 있다는 뜻이었다.

그리고 테디는 들키지 않는 것을 제일 잘했다.

그는 주먹을 쥐고 근육을 불끈거리며 가파른 뒤 계단을 달려 올라가고 있었다. 웨일스 출신의 권투 선수들이 저녁 식사 전에 여기 이 메인 갑판에 있을 가능성이 제일 크다는 얘기를 들었기 때문에 그들을 남들보다 먼저 만나고 싶었다. 그가 모시는 애스터 부인이 종일 두 권투 선수와 그날 오후에 체육관에서 열린 그들의 대전 얘기밖에 하지 않았고 그는 그 대전을 직접 보았더라면 얼마나 좋았을까, 그 생각뿐이었다. 지금까지 체육관이라고는 구경한 적이 없고 말로만 들었으니 더욱 그랬다.

산책로 출입문을 열자 찬바람이 훅 하고 불어왔지만 그는 외투도 없이 춥고 바람이 부는 이곳에 이렇게 나와 있어도 상관없었다. 테디는 그 정도로 다부졌다. 지금은 선실에서 애스터 씨가 키우는 에어데일테리어 키티(키티라니! 무슨 개 이름이 그럴까?)를 돌보고 있어야 하는 시각이지만 상관없었다. 중요한 사건이 벌어지는 무대가 여기였다. 일등실의 신사 숙녀들이 선실에서 올라왔고 테디의 주변이 이내 환한 실크 스커트와 두툼한 모직 코트와 부자들의 화통한 웃음소리로 뒤덮였다. 공교롭게도, 노부인들의 굵직한 손가락에 어떤 경우는 두 개씩 끼워진 반지와 테디의 눈높이가 같았다. 엄마는 죽기 전에 그에게 착한 아이로 살아야 한다고, 남의 물건을 슬쩍하는 건 나쁜 짓이라고 가르쳤다. 하지만 테디는 예전부터 반짝이는 게 최고라고 생각했고 이 위에서 반짝이는 것들을 이렇게 많이 맞닥뜨리고 보니 권투 선수를 찾다가 정신이 팔리고 말았다. 그가 잠깐 가져다 들여다보느라 한두 개 없어진들 알아차리는 사람이 있을까 싶었다.

그런데 그때 이보다 더 이상할 수 없는 일이 벌어졌다. 돌아가신 엄마가 그의 못된 생각을 듣기라도 한 것처럼 쯧 하고 혀를 차는 소리가 들린 것 같았다. 테디는 두리번거렸지만 당연히 그의 엄마는 없었고, 주인마님이 뭐라고 하건 그는 유령을 믿지 않았다. 그것도 엄마에게서 배운 것이었다. 엄마는 부자들이 하는 말을 믿지 말라고, 하느님도 알다시피 세상에는 삶과 죽음이 있을 뿐 그 중간은 없다고 했다.

하지만 그때 어떤 여자의 목소리가 들렸다. 아주 멀리서 나는 소리처럼 희미했다.

테디는 고개를 돌리고 이리저리 서성이는 사람들을 살폈지만 어디서 나는 소리인지 알 수가 없었다. 갑판에서 공연하는 소리일까? 들리는 소문으로는 유명한 가수가 이 배에 탔다는데, 테디는 권투 선수만큼은 아니었지만 가수도 좋아했다.

나지막한 멜로디가 이어졌다. 가사는 알아들을 수 없었지만, 그가 아주 어렸을 때 엄마가 저녁때 먹을 으깬 감자에 넣으려고 완두콩 깍지를 까면서 불렀던 노래가 생각났다. 그가 모르는 옛날 말로 된, 정말 아름다운 노래였지만 그는 들을 때마다 소름이 돋았다.

테디는 그때처럼 또다시 소름이 돋았다. 외투가 없어서 그런 건 아니었다.

바람이 그의 머리를 헝클어뜨렸고 테디는 소리가 들린 쪽으로 걸음을 옮기기 시작했다. 바람 소리인지 아니면 어디서 들리는 소리인지 갑자기 알아내고 싶어졌다. 노래를 부르는 보이지 않는 사람이 누군지, 그의 엄마는 아닌지 확인해야 했다. 물론 그의 엄마는 아닐 테지만.

그의 다리가 천근만근인 것처럼 느껴졌다. 알록달록한 치맛자락이 팔을 스치고 지나갔지만 그는 느끼지도 못했다. 그는 계속 걸었다. 난간이 나오고 잠시 후에 바다가 등장했다. 휘몰아치는 거친 바다였다. 파도가 파란 늑대 같았다. 그의 눈에 허연 송곳니가 보였다. 늑대들이 노래를 부르는 걸까? 아니다, 늑대들을 지휘하는 여자, 깊은 바다에서 사는 마녀가 있고 그녀가 부르는 노래였다. 그는 그렇게 생각했지만 어린애 동화 같다는 건 알았고 그는 어린애 동화를 읽을 나이가 아니었다. 그의 앞에 난간이 있었고 보는 사람이 아무도 없었다. 쇠 난간을 잡고 올라가기 시작하자 손바닥에 찬 기운이 느껴졌다. 테디에게는 근사한 구경이 허락된 적 없었지만 이번에는 그가 남들보다 먼저 장관을 목격할 것이었다. 아름다운 노래를 부르는 여자가 누군지 그가 알아낼 것이었다. 추위는 아무 문제 될 게 없었다. 이제는 추위가 좋았다. 그는 몸을 일으켰다. 노래가 이제는 포효하는 바람 소리가 되었다. 아, 그는 그 포효하는 소리가 좋았다.

누군가가 그를 난간에서 잡아당겼다. 처음에 테디는 멍하니 있다가 저항하며 싸우려고 했다. 하지만 누군지 모를 그 사람은 그를 단단히 붙잡았고, 이제 노랫소리는 사라지고 온 사방에서 헉하는 소리가 들렸다. 사람들이 그를 쳐다보고 있는데 테디는 주목을 받는 데 익숙하지 않았다.

"진정해라, 아가. 이제 괜찮아." 어떤 남자가 외쳤다.

테디의 눈앞이 맑아지자 분노 대신 희열이 밀려왔다.

그를 잡은 사람이 권투 선수였다! 애스터 부인이 보여주고 다닌 사진 속 그 사람과 닮은 걸 보면 알 수 있었다.

"너 지금 뭐 하는 거냐?" 남자가 테디의 어깨를 잡고 흔들며 물었다.

테디는 창피해서 울고 싶었지만 입술을 깨물었다. "별일 아니에요. 아무한테도 얘기하지 말아주세요." 하고많은 사람들 중에 권투 선수와 말썽을 일으키고 싶지는 않았다.

'다이'라고 불리는 그 권투 선수는 그와 눈높이가 거의 맞도록 쭈그리고 앉아서 손수건을 건넸다. "나도 알아. 나도 그 소리 들었거든. 이제 걱정할 것 없어."

그가 어느 댁 아이냐고 묻자—누굴 모시고 있니?—순간 머릿속이 흐리멍덩해진 테디는 하마터면 바다를 가리키며 저기요, 라고 대답할 뻔했다. 하지만 다시 정신을 차리고, 애스터 부인이 알게 된 지 얼마 되지 않은 사교계의 귀부인들과 함께 앉아 있는 야외 테이블을 가리켰다. 그들은 모두 밝은 파란색과 크림색과 금색 실크 드레스 위에 모피를 걸쳤고, 손에 그 반짝이는 보석을 끼고 있었다. 애스터 부인은 같이 앉아 있는 두 여자보다 훨씬 젊어서 그들보다는 테디와 나이가 더 비슷했다. 다른 두 여자는 캐럴라인 플레처와 더프-고든 경의 부인이었다. 테디가 그걸 아는 이유는 모든 하인들이 애스터 부부가 새로 사귄 친구의 이름을 외워야 하기 때문인데, 그는 뭐든 빨리 배웠다.

여자들은 대화를 나누느라 정신이 없었고 테디는 초조해졌다. 그는 이렇게 붙잡힌 데 적응이 되지 않았고 애스터 부인은 임신한 배가 불러올수록 짜증이 심해졌다. 그는 다이의 다리 뒤로 숨으려고 했지만 권투 선수가 그를 앞으로 떠밀어 모두가 볼 수 있게 했다.

"말씀 중에 죄송하지만 이 딱한 녀석이 어느 댁 아이일까
요?" 다이가 물었다.

그의 안주인이 비명을 질렀다. "테디! 우리 집 아이예요. 걔
를 어디서 찾았어요?"

"어머, 이게 무슨 일이래요?" 그녀와 같은 테이블에 앉아
있던 친구들 중에서 한 명이 물었다. 더프-고든 경의 부인이었
다. 그녀는 애스터 부인보다 나이가 세 배는 많아 보였고, 테디
가 지금까지 본 적 없을 만큼 약삭빠른 눈빛으로 다이를 위아
래로 훑어보았다가 테디에게로 시선을 옮겼다가 다시 권투 선
수를 쳐다보았다.

"아무것도 아닙니다, 부인. 아이가 난간에 올라갔다가 놀란
모양이에요. 높다 보니 조금 겁이 나서요." 다이가 테디를 보
며 윙크하자 테디는 자부심이 밀려드는 것을 느낄 수 있었다.
그는 좀 더 허리를 펴고 섰다. 그는 이 여자들이 무섭지 않았다.

애스터 부인이 끙끙대며 일어나자 테이블 위로 산만 한 배
가 고개를 내밀었다. 다른 하인들은 그걸 보고 터지기 일보 직
전이라고 했다. 그녀가 손을 내밀어 테디의 손을 잡았다. "테
디, 그 위에는 뭐 하러 올라갔니? 우리가 저녁 먹는 동안 아래
선실에서 키티랑 같이 있어야 하지 않아? 깜빡했니?"

"매들린, 몸도 그런데 속 끓이지 말아요." 캐럴라인 플레처
라는 여자가 말했다.

하지만 애스터 부인은 '그런 몸'이었을지 몰라도 테디의 팔

을 세게 잡아당기는 데에는 아무 문제 없었다. 그를 홱 당겨서 자기 옆에 세우고 자리에 앉았다.

"그나저나 저 아이를 구하다니 대단하네요." 더프-고든 경의 부인이 권투 선수를 보고 하는 말이었다.

테디가 유심히 들여다보니 이 여자가 입은 드레스에는 비즈와 자수가 빽빽이 박혀 있었다. 반짝이는 다이아몬드가 동그랗게 박힌 큼지막한 분홍색 보석 반지는 사람들이 줄지어 들어가 한 점당 1페니씩 돈을 내고 구경하는 세계 박람회에 전시되어야 할 만큼 엄청난 작품이었다.

"아닙니다, 부인." 권투 선수는 말했다. "저는 이제 그만 가 보겠습니다."

"말도 안 돼. 인사도 하지 않고 그냥 보낼 수 있나." 그녀는 손을 내밀었다. "우리 남편이 이야기하던 그 권투 선수 맞죠? 오늘 크게 맞았다던데."

테디의 안주인은 그를 계속 잡아당기고 있었다. 그는 그 손을 잡아 뺄 만큼 배짱이 두둑하지는 않지만 권투 선수에게서 눈을 떼지 않았다. 그러면 그 남자가 자기를 쳐다봐주기라도 할 듯이 그랬다. "아팠어요? 저는 사이먼 채들리한테 한번 코를 제대로 맞은 적이 있는데 울지도 않았어요." 그는 붙잡히지 않은 쪽 손으로 자기 가슴을 가리켰다. "셔츠랑 여기저기가 피범벅이 돼서 엄마한테 거의 죽을 뻔했지만."

그의 안주인이 신경질적으로 카랑카랑하게 웃음을 터뜨렸다. 테디는 자기 때문에 그녀가 당황했다는 걸 단박에 알아차렸다. "그만해, 테디. 아무 때나 끼어들지 말고."

다이가 그를 딱하게 여기는 미소를 지으며 테디를 흘끗 쳐다보았다가 더프-고든 경의 부인에게 다시 말했다. "별일 아니었습니다, 부인. 그냥 애가 놀랐을 뿐이에요."

"코즈모가 당신을 상당히 높게 평가했어요. 몇 파운드 잃은 것 같긴 했지만. 이제 우리랑 저녁 식사를 같이 해줘야겠어요. 같이 저녁을 먹을 기회가 생겼는데 내가 당신을 그냥 보냈다는 걸 알면 우리 남편이 짜증 낼 거예요."

"저는 이제 그만—"

"이유를 모르겠네." 그녀는 모든 걸 꿰뚫어 보는 쨍한 눈으로 다시 그를 똑바로 쳐다봤다. "당신은 일등실 승객이 아니죠? 어디로 그렇게 급히 돌아가려는 거예요?" 그녀는 말을 멈추었고, 옆에서 이 모든 걸 지켜보고 있던 테디는 그녀의 눈빛이 매서워지는 것을 간파했다. "여기서 우리랑 식사 같이해요. 내가 장담하는데 더 맛있는 식사와 함께 아주 즐거운 시간을 보낼 수 있을 거예요. 그리고 내가 보답하는 뜻에서…… 상속녀를 한두 명 소개해줄 수도 있고……"

권투 선수는 깍듯하게 미소를 지었다. "오늘 저녁에 상속녀 소개는 사양하겠습니다…… 저는 임자가 있는 몸이라서요."

"나는 남자에게 거절당하는 데 익숙하지 않은 사람이에요." 권투 선수는 더 이상 왈가왈부하는 건 무의미하다는 걸 아는 듯 입술을 깨물며 인상을 썼고 그녀는 느긋하게 웃음을 터뜨렸다. "그럼 그렇게 하기로 한 거예요. 우리 테이블까지 에스

코트를 부탁해도 될까요? 남편이 거기서 우리를 기다리고 있을 거예요. 이 배에 실린 와인이 2천 병밖에 안 된다는 얘기를 듣고 남들이 다 마셔버리기 전에 최고급 와인을 주문하고 싶어 하거든요."

"그분 생각에도 일리가 있을지 몰라요." 매들린 애스터가 말했다. "이번에 승선한 승객이 1천3백 명이라고 들었어요. 그러니까 일주일 동안 마실 수 있는 와인이 1인당 두 병이 안 된다는 거잖아요!"

"그러고 보니…… 그 말이 맞네. 그렇게 어처구니없는 실수를 저지르다니." 더프-고든 경의 부인이 웃으며 말했다. 그녀는 일어나 으리으리한 일등실 식당이 있는 실내로 앞장섰다.

매들린 애스터와 캐럴라인 플레처도 따라 일어났고, 애스터 부인은 테디를 잡아당겨 자기를 따라오게 했다. "해버퍼드 씨를 찾아서 너를 선실까지 데려다주라고 해야겠다." 그녀는 말하고 조그맣게 속삭였다. "말 잘 들으면 내가 약속한 대로 사탕 줄게."

하지만 테디는 부인들을 따라 메인 갑판에서 따뜻하게 북적거리는 복도로 들어가는 동안 더는 혀끝에서 녹는 설탕의 맛을 상상하지 않았다. 머릿속이 온통 바다의 노랫소리뿐이었다. 바다가 어떤 식으로 그를 불렀는가 하는 생각뿐이었다. 그 순간만큼은 뭐든 그 노래가 시키는 대로 할 수 있을 것 같았다. 그 노래를 듣고 있으면 모든 두려움이 사라졌다. 그는 몸서리를 쳤다. 그런 기분은 처음이었다. 뛰어내리고 싶은 기분은.

7장

1912년 4월 10일 9:15 p.m.
앨리스 리더 박사의 진료 기록
극비
환자: 캐럴라인 플레처
연령: 23세

　승선 첫날 저녁 늦게 플레처 부인이 나를 찾아왔다. 부인은 5개월 전에 딸을 낳은 뒤로 가끔 극심한 불안 수준으로 심각해지곤 하는 두통과 불편감을 해소하기 위해 아편 팅크를 복용 중인데, 여행 일정에 맞춰 추가로 주문한다는 걸 깜빡했다며 내게 새로 처방해줄 수 있느냐고 물었다. 이번 여행을 상당히 급하게 준비한 모양이었다. 그녀는 평소보다 두 배 더 먹어야 불안이 절반 정도 해소된다는 말도 덧붙였다.

　나는 플레처 부인에게 아편 팅크 대신 코카인을 복용하면 어떻겠느냐고 하고, 남편이 올로클린 박사의 방으로 들고가 정제 형태의 1온스*짜리를 받아 올 수 있게 처방전을 써주었다. 두 시간마다 또는 필요한 경우 4분의 1잔이나 반 잔의 물과 함께 4분의 1티스푼 이하로 복용하는 것이 정량이다. 코카인의 또 다른 장점이 있다면 아편 팅크와 다르게 중독성이 없다는 것이다. 매사에 조심하는 편이 낫지 않은가.

처방약이 잘 맞는지 하루 동안 플레처 부인을 관찰하려고 한다. 뿐만 아니라 플레처 부인의 변명에도 의구심이 생긴다. 정말 약을 깜빡했을까 아니면 진작 다 먹어버린 바람에 민망해서 주치의에게 추가로 처방해달라고 부탁하지 못했을까? 나는 아편 팅크에 중독된 부인들을 숱하게 목격했다. 집안 살림을 꾸리고 남편의 요구 사항을 처리하는 데 따르는 스트레스와 갑갑증을 해소할 방법이 없는 것이다. 코카인이 좀 더 순한 치료제가 될 수 있겠는지 지켜볼 것이다.

◆ 28.35그램.

8장

캐럴라인은 그날 저녁 식사 후에 선실 화장대 앞에 앉아서 거울에 비친 자신의 모습을 똑바로 응시하며 금색이 도는 부드러운 갈색 머리를 빗었다. 어머니에게 배운 대로 백 번을 빗었다. 이제는 손이 거의 떨리지도 않았다.

"내 평생 오늘 저녁만큼 불쾌한 시간은 처음이었어." 마크가 격하고 날카롭게 파이프 담배를 꾹꾹 다지며 말했다. "당신네 사람들이"—미국인을 두고 하는 말이었다—"원래 그런 식이라면 뉴욕에서 뭘 기대하면 좋을지 진심으로 회의가 드네."

마크는 매력을 발산하기로 마음먹으면 특유의 목소리와 느긋함으로 방 안을 가득 채울 수 있었다. 하지만 심통을 내기로 마음먹으면 그녀의 피를 얼어붙게 만들 수 있었다. 교령회*라는 유치한 발상이 그를 유치하고 뚱하게 만든 것 같았다. "그 사람들이 그냥 장난삼아 꺼낸 말이잖아. 그분의 심기를 건드리거나 놀리려고 한 게 아니라. 그리고 '내' 사람들도 아니야."

나이 많은 수다쟁이 더프-고든 경의 부인이 그의 영웅, 그러니까 하마터면 물속으로 빠질 뻔한 아이를 구한 권투 선수를 여봐란듯이 데리고 등장한 것이 문제의 발단이었다. W. T. 스테드가 그 사건을 가리켜— 뭐라고 했더라? 맞았다, "공허의 부름"이라고 했다. 그는 유령을 믿었다. 그는 저녁 식사를 하는 자리에서 사실상 혼령들이 사는 세상을 주제로 열변을 토했고, 그들이 애스터 부부의 꼬맹이 하인을 부른 거라며 교령회를 여는 것이 어떻겠느냐고 했다.

마크는 씩씩댔다. "그들이 가엾은 윌리엄 스테드를 조롱하는 꼴이라니. 그는 영국에서는 사실 유명 인사야. 그런 사람에 대한 예의가 전혀 없었잖아."

그녀는 한숨을 쉬었다. "잊어버려, 마크. 어쨌거나 매들린 애스터가 좋다니까 다들 참석하겠다고 했잖아. 그 여자의 머리로 그보다 더 재밌는 식후 오락거리는 생각해내지 못할 거야. 그리고 솔직히 당신도 궁금하지?"

그녀가 할 수 있는 말은 이뿐만이 아니었다. 그들의 머릿속을 온통 지배하고 있는 릴리언의 무게와 힘에 대해 그도 그녀만큼 궁금했을 것이다. 그녀는 자신의 어깨 뒤에서 내려다보

◆ 산 사람들이 죽은 이의 혼령과 교류를 시도하는 모임.

는 그 여인의 존재를 얼마나 자주 느끼는지 인정하고 싶지 않았다. 그녀는 파국의 순간까지 그들을 따라다닐 작정일까?

"불경스러운 짓이야. 역겨운 탐닉이고. 부탁할게, 캐럴라인. 죽은 사람은 편히 쉴 수 있게 내버려둬."

캐럴라인은 떨리는 손으로 드레스를 매만지며 마크의 시선을 외면했다. 죽은 사람은 편히 쉴 수 있게 내버려둬. 그럼에도 그는 여전히 무슨 숨기고 싶은 비밀이라도 되는 양 릴리언의 일기를 심장 바로 옆 가슴 주머니에 넣고 다니지 않는가. 캐럴라인은 모르는 줄 아는 걸까. 그가 악몽을 꾸는 날에 내는 그 끔찍하게 떨리는 숨소리와 귀청을 찌르는 비명 소리에 대해 그녀는 전혀 모르는 줄 아는 걸까. 그녀가 한숨이라도 눈을 붙인 날 밤마다 슬금슬금 찾아오는 악몽이 분명 그에게도 단골손님일 것이다.

스테드로 말할 것 같으면 성매매와 연관 있는 끔찍한 죄를 짓고 옥살이를 한 적이 있다고 들었는데, 캐럴라인은 자초지종을 전부 알지는 못했다. 그녀는 마크에게 스테드는 느낌이 안 좋다고 얘기하고 싶었지만—신문기자들은 항상 질문을 하려 들었기 때문에 함께 여행하면 불편했다—아직은 때가 아니었다. 어떤 단어가 마크의 부아를 돋울지 이제 더는 알 수가 없었다.

그녀는 서른일곱 번째 빗질을 하고 있었을 때 요란한 노크 소리를 듣고 화들짝 놀랐다. 그녀는 아이가 깰까 걱정하며 벌떡 일어났다. 마크는 묻는 듯한 눈빛으로 그녀를 쳐다보았지만 아무 말도 하지는 않고, 누군지 모를 손님으로부터 그녀를 보호하기라도 하려는 듯 앞질러 갔다. 그녀는 이런 식의 연극을 대할 때면 가끔 소리를 지르고 싶어졌다. 그녀를 아직도 보호할 수 있다고 생각하는 걸까. 그 충격과 공포가 그들 두 사람을 비껴갔다고 생각하는 걸까.

하지만 찾아온 사람은 그 예쁜 미스 헤블리였다. 캐럴라인은 그녀가 쟁반을 들고 문 앞에 서 있는 이유를 잠시 후에야 알아차렸다. 우유를 따뜻하게 데워서 매일 저녁 이 시각에 가져다달라고 한 것 때문이었다.

"들어와요." 마크는 그녀가 들어올 수 있게 옆으로 비켜섰다. 바로 그 순간 잠에서 깬 온딘이 면도날처럼 귀에 꽂히는 울음소리로 정적을 뒤흔들었다.

"우유를 병에 바로 부어드릴까요?" 미스 헤블리가 물었다.

"그래줄래요?" 미스 헤블리가 주전자에 담아 온 우유를 홀쭉한 유리병에 붓는 동안 캐럴라인은 그 조그만 손을 보며 그렇게 까다롭고 조심스러운 일을 하기에 안성맞춤이라는 생각을 하지 않을 수가 없었다. 그녀 자신은 손을 계속 떨어대니 믿을 수가 없어서 더구나 마크 앞에서는 뭘 따를 수가 없었다.

그러는 동안 온딘은 계속 울부짖었다. 처량한 음조가 메트로놈처럼 반복됐다. 그런 식으로 요구하고 비난했다.

"제가 뭐 더 도와드릴 일이 있을까요?" 미스 헤블리는 물으며, 캐럴라인이 왜 아이를 달래주지 않는지 모르겠다는 듯 우는 아이에게로 시선을 돌렸다.

"아니, 됐어요." 캐럴라인이 의도했던 것보다 더 퉁명스러운 말투가 튀어나왔지만 마크 때문에 생긴 불만이 더 엄청난 짜증의 먹구름으로 발전했다. 고집을 부리는 남편과 아이와 제3의 존재처럼 그들의 조그만 선실을 차지하고 있는 소음 그 자체에 짜증이 났다. 그녀는 어쩔 수 없는 상황이 되면 선의船醫를 찾아가 아편 틴크를 처방해달라고 할 것이다.

승무원이 나간 뒤에 마크는 아내를 돌아보았다. "그럴 필요는 없지 않았나? 저 아가씨는 도우려고 했을 뿐인데."

"저 여자가 온딘을 쳐다보는 눈빛이 마음에 안 들어." 말을 하는 순간 떠오른 이 생각이 진실로 굳어졌다.

캐럴라인은 마크가 아이를 안도록 내버려두었다. 우는 소리가 그치지는 않았지만 격한 폭풍이 저절로 소진되듯 강도는 약해졌다. 그녀는 그가 당황스러울 정도로 능숙하게 온딘의 속싸개를 다시 여미는 것을 지켜보다가 한숨을 쉬었다. 마크가 아이를 잘 다루는 것이, 그녀 이전에 사랑했던 사람이 있었던 것이 그의 잘못은 아니었다. 그렇다고 해서 그가 그녀를 덜 사랑하는 게 되지는 않았다. 오히려 그녀를 더 사랑할 수밖에 없지 않을까? 둘이서 함께 그걸 극복했으니 말이다.

스스로 만든 거미줄에 갇혀 몸이 근질거리는 듯한 기분이 느껴진다고 하면 그녀가 끔찍한 인간이 되는 걸까?

그리고 아이 문제도 있었다. 그녀는 아무리 많은 도움을 받아도 엄마 노릇 그 자체만으로 진이 빠진다는 사실을 피할 도리가 없었다. 두 번 다시 누리지 못할 자유에 대한 갈망이 그녀의 마음속을 갉아먹었다.

하지만 과거의 순진하고 자유로웠던 그녀는 숨을 헐떡이며 목이 졸려서 죽음을 맞이하지 않았을까?

캐럴라인은 숄을 집어서 어깨에 두르고 가장 좋아하는 브로치로 고정했다. 브로치는 마크에게서 받은 몇 개 안 되는 선물 가운데 하나였다. 두 사람 모두 알다시피 그 브로치의 예전 주인은······

"정말 안 갈 거야?" 그녀는 교령회를 대하는 그의 입장이 달라지지 않았다는 걸 알면서도 이렇게 물었다.

"나는 유령을 믿지 않아." 마크는 고개를 들지도 않았다. 그럴 필요가 없었다. 그의 말은 가시와도 같았다. 그녀는 건드리지 않는 편이 좋다는 것을 알고도 남았다.

이제 온딘은 진정하고, 마크가 완만한 각도로 들고 있는 젖병을 꼭 붙잡고 우유를 먹고 있었다. 그는 캐럴라인을 향해 고개를 끄덕였지만 시선은 계속 아이에게 고정했다. 그의 가시가 온딘을 에워싼 가시덩굴 요새가 되어 캐럴라인을 차단했다. 그녀는 격한 질투심을 느꼈지만 뭐에 대한 질투인지 알 수가 없었다. 그 안정감 때문일까 아니면 친밀감 때문일까 아니면 양쪽 모두일까.

왜 약이 들질 않을까? 그걸 먹으면 마음이 차분해져야 하는데. 복용량이 너무 적었던 게 문제였다. 가루 한 자밤을 물 한 종지에 타서 먹었으니.

그녀는 브로치를 손으로 만졌다. 그녀의 심장 바로 옆에서 대롱거리는 하트의 부드러운 곡선을 따라 쓰다듬었다.

그녀는 1층 갑판을 빙 돌아서 아마도 하인들 전용일 계단을 올라갔다. 그녀가 계단 맨 꼭대기에 다다랐을 때 애스터 부부의 꼬맹이 하인 테디가 그녀의 옆을 휙 하니 지나갔다. 그게 아니라 그 아이가 걸음을 멈추고 뭐라고 속삭였나? 그녀가 실은 쪼그려 앉아서 그와 눈높이를 맞추고 그의 의도를 파악하려고 했나? 왜 그러니, 테디? 나한테 몰래 할 말이 있어? 하지만 그녀는 머리가 쿵쾅거렸고, 통로는 너무 좁고 어두웠고, 얼른 약효가 나타나 밤공기 속으로 도피하고 싶은 마음뿐이었기 때문에 그 애가 뭐라는지 집중할 수가 없었다.

그녀가 산책로로 나섰을 때 고맙게도 약이 듣기 시작했다. 그녀는 바람을 조금 쐰 다음 스테드의 선실에서 열리는 교령회에 가서 다른 사람들과 만날 것이다. 그녀는 오늘 저녁에 사람들과의 대화가 얼마나 즐거웠는지 시인하고 싶지는 않았다. 선실과 남편과 아이를 두고 나올 핑계가 필요했을 뿐이라고 생각하긴 싫었다.

지금 이 시각에는 야외 갑판에 아까보다 사람이 훨씬 없었다. 여기저기서 드문드문 팔짱을 끼고 걷거나 난간에 기대고 서 별을 바라보는 젊은 커플들의 속삭임이 바다를 건너 실려 왔다. 거대한 벨벳처럼 까만 장막에 점점이 박힌 별빛이 반짝거렸다. 캐럴라인은 가만히 숨을 들이마셨다. 도시 밖의 밤하늘이 훨씬 아름다웠고 그래서 울고 싶어졌지만 그녀도 알다시피 눈물은 나오지 않을 것이다.

그녀의 어머니가 입버릇처럼 말하길 아름다운 게 존재하는 이유는 고통과 기쁨으로 이루어진 삶의 완벽한 조합을 느끼게 하기 위해서라고 했다.

고인이 된 전남편 헨리는 절대 인정하지 않은 발상이었다. 그녀가 맨 처음 마크에게 끌린 이유 가운데 하나가 그거였다. 그는 이해했다. 그는 슬픔과 한데 어우러진, 소소하게 아름다운 것들에서 감동과 경외를 느꼈다. 갑작스럽게 휘몰아친 바람에 휩쓸린 종잇장. 기름얼룩이 진 물웅덩이에서 날개를 퍼덕이며 먹을 감는 비둘기. 바람에 흔들리는 쐐기풀로 뒤덮인 바스러져가는 폐허. 아무도 모르는 슬픔을 꾹꾹 누르려고 하는 낯선 사람. 헨리는 그녀를 대책 없는 낭만주의자라고 불렀지만 마크는 단순한 낭만주의자가 아니라는 걸 알았다.

릴리언도 그랬다. 캐럴라인은 마크가 릴리언을 사랑하는 마음을 이해했다. 여러모로 그녀도 마크 못지않게 릴리언을 열렬히 사랑했다. 그녀는 복잡하고 성격이 불같고 **모색**으로 충만했다. 캐럴라인은 그녀에게 한눈에 반했고, 그녀의 열정과 그녀를 향한 마크의 열렬한 사랑에 질투심을 느꼈다. 어떻게든 그 일부가 되고 싶었다. 아니, 그 일부가 되어야 했다.

릴리언은 원래 그녀의 친구였다. 캐럴라인이 마크를 만난 것도 그래서였다. 릴리언은 침모에 불과했을지 몰라도—여러 세대에 걸쳐 몰락한, 좋은 집안 출신이었다—두 사람은 자매처럼 가깝게 지냈다.

어느 정도 기간 동안에는.

차가운 바람이 소매를 타고 스멀스멀 올라오자 그녀는 몸을 부르르 떨었다. 어깨에 걸친 숄이 풀렸다.

진실.

그녀는 난간 앞으로 다가가 얇은 숄로 덮인 팔을 힘차게 문질렀다. 오늘 저녁 식사 때 입은 이브닝드레스는 배에서 입으려고 주문한 여러 드레스 가운데 한 벌에 불과했지만, 파란색이 감도는 옅은 보라색의 이 드레스는 낸터킷에 있는, 그녀 가족의 여름 별장 앞에서 구름처럼 봉오리를 터뜨리곤 했던 수국을 연상시켰다.

이제는 드레스 선택의 이유가 너무 단순했다는 생각이 들었다. 봇물처럼 밀려드는 암울한 추억과도 같은 밤바람을 감안하지 않은 것이었다.

이 배는 저녁 식사 시간 이후에 그날 들어 두 번째로 기항한 프랑스의 셰르부르에서 출항했고 내일 아일랜드의 퀸스타운에 도착할 예정이었다. 하지만 지금은 육지와 멀리 떨어져 있어서 그 형체도 빛 무리도 보이지 않았다.

시커먼 바다가 사방에서 철썩거렸다.

그녀는 팔을 문지르며, 어디로 시선을 돌리든 펼쳐지는 그 아득함과 그 어둠에 짜릿함과 정처 없음을 동시에 느꼈다. 헤아릴 수 없을 만큼 광활한 세상과 인간이 그 안에서 차지하는 조그만 역할이 왠지 모르게 거의 선정적으로 느껴졌다.

어쩌면 그들은 육지에 두고 떠난 그 충격적인 사건에서 진정으로 탈출했을지 몰랐다.

어쩌면 여기서부터 모든 게 새로워질지 몰랐다. 다시 시작할 수 있을지 몰랐다.

남자용 흡연실에서 현창으로 담배 연기가 흘러나왔다. 어느 승무원이 캐럴라인에게 으스대며 밝힌 바에 따르면 일등실 남자 승객들을 위해 준비한 시가가 8천 대라고 했다. 그러거나 말거나. 냄새로는 그 8천 대를 오늘 밤에 한꺼번에 피우는 줄 알겠다. 하지만 캐럴라인은 죄책감을 느꼈다. 그녀가 나와서 걸으며 밤공기를 마시는 동안 마크도 애를 보는 게 아니라 브랜디와 담배를 앞에 두고 다른 남자들과 어울리고 싶지 않을까? 그런 식으로 뛰쳐나오는 게 아니었는데. 온딘을 지겨워지면 남한테 넘기는 장난감 취급하는 게 아니었는데. 그녀는 마크가 행복하길 간절히 바랐다.

하지만 서로 나지막이 속닥거리는 나이 많은 커플 앞을 지나는 순간 진실이 명료한 충격으로 캐럴라인을 강타했다. 마크는 행복하지 않았다.

그리고 그녀도 마찬가지였다.

결혼식이 워낙 번갯불에 콩 볶아 먹는 식으로 치러졌다. 미친 듯이 닥치는 대로 계획을 짜고, 다급하게 수소문하고, 막판에 필요한 물품을 장만하는 동안 실감이 나지 않았다. 이제 그들은 비밀의 소용돌이 안에 갇혀 서로 묶인 채 머나먼 바닷가를 향해 어쩔 수 없이 나아가고 있었다. 돌이킬 방법이 없었다.

캐럴라인이 스테드의 객실을 노크했을 때 문을 열어준 사람은 벤저민 구겐하임이었다. 그녀는 저녁 먹는 자리에서 보았던 그를 기억했다. 그를 다시 볼 수 있어서 다행이었다.

그도 그녀를 향해 미소 짓는 걸 보면 만나서 반가워하고 있었다. 그는 자욱한 담배 연기 안에서 타들어가는 시가를 손에 들고 있었다.

"혼자 오셨나요, 플레처 부인?"

그녀는 그 눈빛의 정체를 간파했다. 조심스럽게 추파를 던지는 눈빛이었다. 그녀가 예전에 읽은 신문기사를 제대로 기억하는 게 맞는다면 그는 그녀와 비슷한 나이의 자녀들을 둔 유부남이었지만 프랑스 출신의 가수인 정부와 공공연하게 바람을 피웠다. 캐럴라인은 순진하지 않았고 그런 식의 만남이 흔하다는 걸 알았다. 이렇게 대놓고 접근하는 경우는 거의 없겠지만. 하지만 저녁을 먹으며 대화를 나눴을 때 구겐하임은 그녀에게 깊은 인상을 남겼고 여자를 정복 대상으로만 여기는 그런 남자는 아닌 듯했다.

캐럴라인은 그런 생각을 하느라 얼굴이 화끈거리는 것을 느끼며 윌리엄 스테드의 선실을 둘러보았다. 그는 응접실을 개조해놓았다. 원래는 그녀의 선실 응접실과 똑같이 나무판자로 덮였고, 테이블 하나에 좁은 의자 네 개가 있으며 벽에는 칙칙한 전구가 달린 네모반듯한 공간이었을 것이다. 그런데 지금은 전등을 끄고 우아한 은촛대 한 세트를 들여 길고 가느다란 양초 위에서 촛불이 흔들리고 있었다. 의자를 추가해 하얀 식탁보를 우아하게 늘어뜨린 테이블을 동그랗게 에워쌌다. 현창은 빗장을 풀어서 살짝 열어놓았다. 열린 창을 통해 배 안의 소음이 흘러 들어왔다. 웅얼거리는 말소리와 웃음소리였다. 스테드 씨는 이런 장치를 통해 알맞은 분위기를 조성해놓았다. 뭐, 구겐하임의 말에 따르면 그는 유명한 신비주의자였다. 어쩌면 그는 외판원처럼 모든 장비를 상자에 담아서 가지고 다닐지 몰랐다.

캐럴라인은 약을 먹었는데도 긴장으로 몸이 떨리는 것을 느낄 수 있었다.

매들린 애스터는 같이 가자고 친구들을 설득하는 데 성공한 모양이었다. 더프-고든 경 부부가 이미 테이블 앞에 앉아 있는데, 부인은 장난스러운 미소를 짓고 있었다. 부인은 이 자리에 아무것도 기대하지 않는 거야. 그녀에게 이건 장난인 거지.

애스터 부부도 이미 테이블 앞에 앉아 있었다. 존 제이컵이 그녀에게 묵례를 했지만 표정은 뚱했다. 오로지 부인의 비위를 맞추느라 이 자리에 참석했을지도 모를 일이었다. 매들린이 턱을 당당하게 내밀고 그의 옆에 앉아 있었다. 눈썹을 아치 모양으로 짙게 그리고 통통한 입술은 빨갛게 칠하는 등 요즘 유행하는 온갖 화장법을 동원했는데도 얼굴이 동그란 귀염상이다 보니 사교계의 명사라기보다 여학생처럼 보였다. 나이가 워낙 어렸다. 그리고 임신부였다. 이브닝드레스를 교묘하게 디자인했지만 불룩한 배가 여실히 드러났다.

권투 선수 보언 씨는 보이지 않았다. 그가 그 어린아이를 구했음에도 아무도 그를 초대할 생각을 하지 않았던 것이다. 그녀는 순간 마크가 알면 뭐라고 할지 생각이 났다. 이 돈 많은 사람들 눈에 다른 계층의 사람들은 보이지 않는다고 할 것이다.

"내가 자리로 안내할까요?" 구겐하임이 그녀의 허리에 손을 대고 테이블 쪽으로 천천히 안내하며 중얼거렸다. "내 친구들 사이에서는 신비주의가 유행이지만 솔직히 나는 재미없어요." 그가 마지막 부분은 나지막이 속삭이자 그의 따뜻한 입김이 그녀의 귀를 간질였다.

"사후 세계를 믿지 않으세요?" 이것이 관건이었다. 캐럴라인은 그가 탁월한 식견을 갖추고 있길 바랐다. 우리는 죽어서라도 탈출할 가망이 있을까요?

그는 의자를 꺼내주었다. "내가 그 개념 자체를 반대하는 건 아니에요. 하지만 어느 누구도 만족할 만한 증거를 보여준 적이 없어요. 아직까지는." 그는 흔들리는 담배 연기를 동그랗게 내뱉었다. 장난스러운 미소가 그의 입술 위로 서서히 번졌다. "하지만 좀 전에 그 아이가 무엇에 홀렸는지 알아낼 작정이라면…… 나는 사이렌*에 돈을 걸겠어요. 예전부터 내가 사이렌이라는 존재를 좋아했거든요. 노래로 선원들을 홀려 배로 암초를 들이받아서 죽게 만든다는 그 바다의 님프 말이죠." 그는 웃음을 터뜨리며 고개를 저었다. "그런 데 매력을 느낀다고 하면 내가 어떻게 보일지 모르겠지만."

---

* 여자의 모습을 하고 바다에 살면서 아름다운 노래로 선원들을 유혹하여 위험에 빠뜨렸다는, 고대 그리스 신화 속 존재.

"낭만적인 분으로 보이죠."

"그렇게 해석해주시니 참으로 마음씨가 고우십니다, 플레처 부인. 하지만 다들 부인 생각에 동의하지는 않을 겁니다." 그가 씩 웃자 그녀는 그 새하얀 치아에 잠깐 눈이 부셨다.

스테드가 열어놓은 트렁크에서 물건들을 꺼내자 테이블을 앞에 두고 두런두런 이어지던 대화가 끊겼다. 먼저 아름다운 오리엔탈 무늬가 그려진 사발이 나왔다. 그가 뭔가를 사발에 넣고 성냥을 그었다. 가느다란 연기가 위로 올라왔고 사향이 방 안을 가득 채웠다.

"향인가요, 윌리엄?" 더프-고든 경의 부인이 물었다.

"내가 히말라야에서 구한 스페셜 블렌드예요. 수도승들이 망자와 소통하고자 할 때 피우는 거죠."

스테드는 그다음으로 큼지막하고 납작한 그릇을 꺼내 테이블 한가운데에 놓았다. 자개를 붙였는지 안쪽이 어둠 속에서 반짝거렸다. 스테드가 물병에 담긴 물을 그릇에 가득 따랐다. "수정점 치는 사발을 본 적 있으십니까?"

"없는 것 같은데요." 코즈모 더프-고든이 모두를 대신해 대답했다.

스테드는 물에 한 손가락을 담갔다. "운이 좋으면 혼령이 저기에 모습을 드러낼 겁니다. 아니면 이 수면 너머로 혼령들이 사는 세상을 볼 수 있을지도 모르고요."

"일종의 통로인가요?"

"바로 그겁니다." 스테드는 얼굴을 환히 빛냈다.

마지막으로 접시가 나왔다. 조그맣고 딱딱한 빵 조각이 담겨 있었다.

"우리가 저녁때 먹다 남긴 건가요?" 존 애스터가 껄껄대며 웃었다.

"망자들을 위해 준비한 겁니다. 혼령들은 이런저런 것들을 바라고서 우리를 찾아오니까요. 먹을 것." 스테드는 말하며 빵을 가리켰다. "불빛, 온기." 그가 이번에는 촛불을 가리켰다. "이 테이블 위의 모든 것에는 이유가 있습니다."

"그렇군요." 더프-고든 경의 부인이 한쪽 눈썹을 추켜세우며 말했다.

캐럴라인도 엉덩이가 들썩이기 시작했다. 시니컬해졌다. 그들 모두 무슨 연극을 하고 있는 건가 싶었다.

"드릴 말씀이 하나 더 있는데요." 스테드는 말하며 모두를 한 사람씩 차례대로 쳐다봤다. "오늘 애스터 씨 댁의 하인과 접촉한 혼령의 출처가 어떻게 되는지 우리는 모릅니다. 그 댁 하인과 관련이 있는 자인지, 그것도 알 수 없고요. 전혀 모르는 자, 심지어 여러분 중 한 분과 접촉하려는 자일 수도 있습니다. 혼령이 우리와 접촉하면 이 방 안에 계신 분이 십중팔구 알게 될 겁니다. 최근 들어 가까운 지인을 잃은 분이 계신가요?"

캐럴라인은 또다시 몸을 부르르 떨었다. 하지만 생각해보면 실없는 질문이었다. 그녀뿐만 아니라 모두가 그랬을 것이다. 질병, 전염병, 사고, 전쟁. 죽음은 항상 그리 멀리 있지 않았다. 그랬음에도 공포의 표정이 모두의 얼굴을 번뜩 스치고 지나갔다.

스테드가 말했다. "좋습니다. 세상을 떠난 소중한 사람, 고인이 된 사랑하는 사람. 그들의 이름을 떠올리세요."

방 안이 갑자기 좁고 답답하게 느껴졌다. 현창을 열어놓았는데도 공기가 부족했고 그 얼마 안 되는 공기마저 향냄새와 짭짤한 바다 냄새로 탁했다.

스테드가 테이블을 둘러보았다. "이제 자리에 앉읍시다." 너울거리는 촛불의 불빛에 얼굴을 담그고 모두 자리에 앉자 분위기가 훨씬 엄숙해졌다. 스테드가 말했다. "이제 손을 잡으세요. 그런데 숙녀분들께서는 장갑을 벗어주세요. 살과 살이 맞닿아야 하니까요."

캐럴라인은 손목에 줄줄이 달린 조그만 단추를 풀어서 장갑을 벗고 손가락을 꼼지락거렸다. 손을 적나라하게 드러낸 느낌이 들었다. 구겐하임의 따뜻한 손바닥을 손가락으로 지그시 누르자 찌릿한 전기가 두 사람 사이에 흘렀다. 모르는 남자의 맨살을 만지다니 자주 있는 일이 아니었다.

"조용히 해주세요." 테이블이 조용해졌다. 스테드는 사제처럼 엄숙하게 눈을 감았다. "오늘 밤에 저희는 망자와 소통하기 위해 모였습니다. 오늘 이 배 안에서 한 남자아이가 혼령과 접촉을 했습니다. 여기 모인 사람들은 무엇이 그 아이를 죽음으로 가까이 유혹하였는지 알아내고자 합니다. 혹시 그 혼령이 지금 이 자리에 계시다면 정체를 밝혀주시기 바랍니다……"

캐럴라인은 실눈을 뜨고 쳐다보았다. 촛불은 꺼질락 말락 했다. 그릇에 담긴 물은 배의 움직임에 따라 가볍게 찰랑거렸다.

스테드는 다시 한번 시도했다. "이 자리에 계신 혼령이 있으면 대화를 나누고 싶습니다. 부디 정체를 밝혀주시기 바랍니다……"

다른 데서 들리는 소음이 그녀의 의식 안으로 스멀스멀 들어오기 시작했다. 어떤 여자의 웃음소리. 듣기 좋은 고음의 바이올린 연주 소리.

"부디 정체를 밝혀주시기 바랍니다. 저희는 믿는 사람들입니다. 저희 가운데 임하여주십사 말씀드립니다." 스테드의 목소리에서 긴장의 기미가 느껴지기 시작했다.

매들린 애스터가 콜록거렸다. "연기가 너무 자욱한 거 아닌가요? 저는 오래 못 견딜 것 같은데—" 지금 이런 몸 상태로는 그렇다는 말이었다.

"여보, 당신이 참석하고 싶어 했잖소." 캐럴라인은 존 애스터의 말투를 잘 해석할 수가 없었다. 나무라는 걸까, 놀리는 걸까?

"네, 맞아요." 애스터의 아내는 그를 노려보며 짜증스럽게 대답했다. "나는 이걸 아주 진지하게 받아들이고 당신도 그래줬으면—"

"조용히 해주세요." 스테드는 헛기침을 했다. "오늘 밤 여기 이 방으로 찾아온 혼령이 있다면 저희에게 신호를 주시기 바랍니다.”

캐럴라인은 아무것도 달라지지 않는 걸 보고 다행이라고 생각했다.

하지만 잠시 후에 그녀는 방 안이 싸늘해진 것을 느낄 수 있었다.

현창을 열어놔서 바닷바람이 들어온 거겠지. 아무것도 아니야.

촛불에서 희미하게 피어오르는 연기가 오월제 기둥을 사이에 두고 빙글빙글 도는 아이들처럼 서로 꼬리에 꼬리를 물고 소용돌이치는 것처럼 보였다.

이번에도 현창 때문이겠지. 바람 때문에 소용돌이 현상 비슷한 게 벌어진 거야. 간단하게 설명할 수 있어.

스테드가 크리스마스 날을 맞이한 아이처럼 흥분한 목소리로 말했다. “이 방 안에 혼령이 우리와 함께 있습니다. 혼령이시여, 다시 신호를 주십시오. 당신의 의도를 확실하게 알려주십시오. 여기 저희와 함께 계시다면 테이블을 두드려주십시오……”

테이블이 뜨거운 기름이 담긴 프라이팬 안으로 튄 물처럼 캐럴라인의 손 아래에서 흔들렸다. 그녀는 이끼리 서로 맞부딪치지 않게 턱에 단단히 힘을 주었다.

매들린이 칭얼거렸다. “테디의 부모님일까요? 테디의 부모님이게 해주세요.”

갑자기 촛불이 화르르 타오르며 모두의 얼굴을 환히 밝혔다. 나지막한 신음 소리가 방 안을 뒤흔들었다.

현창으로 바람이 불어 들어오는 소리야. 그뿐이야.

스테드가 다그쳤다. "자! 말을 하세요! 이름을 밝혀주세요! 우리가 아는 분입니까? 우리에게 접촉한 이유가 뭡니까? 이유가!"

수정점을 치는 그릇에 담긴 물이 폭풍이 부는 바다처럼 일렁이더니 하얀 식탁보 위로 쏟아져 회색으로 점점이 번졌다.

"혼령이여, 말을 하세요! 우리에게 전하려는 말이 무엇입니까?" 스테드는 양옆 사람의 손을 손마디가 하얘질 정도로 세게 쥐고 이제 거의 고함을 지르다시피 했다. "누구에게 말을 하려는 겁니까?"

갑자기 문이 벌컥 열렸다. 복도의 불빛이 칼처럼 방 안으로 꽂혔다.

앤 헤블리가 문 앞에서 겁에 질린 고양이처럼 뒷걸음질 쳤다. "어머나, 다들 뭐 하세요?"

불어닥친 바람이 촛불을 후려쳤다. 그리고 잠시 후 촛불은 꺼지고 심지에서 구불구불 피어오르는 연기만 남았다. 그들은 어둠 속으로 곤두박질쳤다. 앤 헤블리의 등 뒤에서 쏟아지는 불빛 말고는 아무것도 없었다.

헤블리는 한쪽 다리를 뒤로 빼며 절을 했고 캐럴라인은 눈이 어둠에 적응되기 시작했다. "죄송합니다. 하지만 애스터 부인의 하녀 미스 비두아가 애스터 부인과 구겐하임 씨를 찾아달라고 해서요. 방해해서 죄송하지만, 미스 비두아가 의사를 모시고 애스터 씨의 응접실로 당장 와주실 수 있느냐고 합니다.”

애스터 부부는 서로 흘끗 쳐다보았다. 매들린은 반사적으로 배를 만졌다. 애스터는 자기를 골탕 먹이려는 수작이 아닌가 의심하는 사람처럼 눈을 가늘게 떴다. “그게 무슨 소린지…… 무슨 문제가 생겼는지 몰라도 우리가 없어도 될 텐데. 미스 비두아에게 알아서 처리하라고—”

“그 아이 때문이에요.” 헤블리는 불쑥 내뱉었다. 스테드가 결국 전등을 켰다. 캐럴라인은 미스 헤블리가 공포에 질린 눈빛이라는 걸 알아차렸다. “미스 비두아 말로는 테디가 발작을 일으켰다고 합니다. 혹시라도 아이가—”

흰색 시폰을 펄럭이며 매들린 애스터가 벌떡 일어나 남편을 뒤에 거느리고서 쏜살같이 밖으로 뛰쳐나갔다.

선실을 몇 개만 지나면 그들의 선실이 나왔지만 캐럴라인은 일어나서 따라갈 수가 없었다. 의자에 붙박인 듯 몸을 움직일 수가 없었다.

멀리서 문이 열렸다. 걱정하며 소곤대는 소리가 복도로 새어 나오는데— 까마득하니 멀게 느껴졌다. 애스터 부부의 다른 하인들일까? 문을 그냥 열어놓았는지 잠시 후에 매들린의 목소리가 들리는데 물결치는 탁류를 통과하기라도 한 것처럼 음색 자체가 뭉개졌다. 일순 온 사방이 고요하고 잠잠해졌다.

그리고 잠시 후에 비명 소리가 들렸다. 매들린 애스터의 목소리였다. 공포와 상심이 극에 달한 비명이라 캐럴라인은 그 소리를 따라 유체 이탈한 듯 달려가 두 눈으로 직접 확인하기 전부터 무슨 일인지 알 수 있었다.

그녀가 좀 전에 산책로에서 보았던 그 꼬맹이 하인이, 이제 겨우 여덟 살 아니면 아홉 살인 그 어린아이가 바닥에 꼼짝 않고 쓰러져 있는데, 애스터 부부의 기둥 네 개짜리 침대를 덮었던 침대보를 붙잡고 일어나보려 실패했는지 그 덮개가 그의 옆으로 반쯤 떨어져 있었다. 의사가 아이의 목에 두 손가락을 대고 멍한 눈빛으로 사람들을 쳐다보고 있었다. 캐럴라인은 습관적으로 브로치를 만지려고 했지만 브로치가 없었다. 결국 그녀는 할 수 있는 유일한 일을 했다. 매들린에게 다가가 꼭 끌어안았다. 어쨌거나 그녀도 이제 겨우 열여덟 살이었다. 그녀 자체가 사실상 어린아이였다.

9장

역겨운 향냄새가 그들을 나무라는 듯 허공에 맴돌았다. 스
테드는 오늘 밤 중으로 그 냄새를 없앨 방법이 없겠지만 그가
지금 목격한 광경에 비하면 그건 아무것도 아니었다. 그 아이
가 꾀를 부리려고 몰래 들어왔는지 애스터 부부의 침실 바닥
에 삐딱하게 쓰러져 있었다. 의사가 허리를 숙여 가만히 감겨
줄 때까지 눈을 번쩍 뜨고 있었다.

의사는 목격자들의 증언을 토대로 뇌졸중이라고 결론을 내
렸다.

스테드는 현창을 최대한 활짝 열었다. 얼굴에 와 닿는 공기
가 차갑고 습했다. 시커먼 바다 위로 가느다랗게 피어오른 안
개가 꼭 구름 같았다. 천국의 구름과 춥고 짭짤한 지옥이었다.

그는 현창에서 몸을 돌렸다. 교령회가 심란하게 끝났다. 그

는 테이블 위에 놓인 빵 조각을 집어 현창 밖으로 던졌다. 안개에 가려 보이지 않았지만 분명 바닷속으로 떨어졌을 것이다.

운이 좋으면 혼령이 그걸 따라갈 것이다.

환한 노란색 전등 불빛이 그의 선실을 가득 채웠다. 그는 원래 전등을 질색하지만 지금은 있어서 고마웠다.

그는 테이블 앞에 서서 일부러 눈의 초점을 흐렸다. 오늘 밤에는 본 게 너무 많아서 더는 아무것도 보고 싶지 않았다. 테이블에서 무슨 일이 벌어졌던 걸까? 초자연적인 현상이었던 건 분명하지만—그는 15년 동안 교령회에 참석하며 뻔뻔한 사기극과 논리적으로 설명할 수 없는 상황, 양쪽 모두를 경험했다—오늘 밤에 발생한 일을 이해하는 데에는 어려움이 있었다. 이 똑똑한 사교계 인사들은 저녁을 먹는 자리에서 그를 비웃었지만 소동이 벌어지자마자 누굴 찾았던가? 당연히 그였다. 그들은 그에게 도움을 청했다. 아무튼 어린 (너무 어린) 매들린 애스터는 도움을 청했고 매들린 애스터가 원한 대로 도움을 받았다.

그는 테이블을 치우며 헤블리라는 승무원에게 도움을 청할까 생각했지만—이 무거운 정적에서 벗어나기 위해서라도—그녀가 옆에 있는 걸 견딜 수가 없었다. 그가 다른 승무원을 배정해달라고 요구한 진짜 이유가 그 때문이었다.

인정하고 싶지는 않았지만 그 아이를 보면 일라이자 생각이 났던 것이다.

말도 안 되는 일이었다. 그는 1885년에 『폴 몰 가제트』에

「현대판 바빌론의 처녀 공물」이 연재된 뒤로 일라이자 암스트롱을 만난 적이 없었다.˙ 그 아이는 그때 열세 살이었으니 이제는 마흔 살이 됐을 것이다.

게다가 일라이자와 이 앤 헤블리는 닮은 구석이 없었다. 그런데도 그 승무원을 보면 그는 마음이 불편해졌다. 슬펐고…… 죄책감을 느꼈다. 엄청난 죄책감을 느꼈다.

그는 죄책감으로부터 도망칠 길이 없었다. 그는 죄책감을 해결한 줄 알았다. 그는 오늘날까지도 단순한 착오였다고 주장하는 일로 콜드배스 교도소에서 3개월 동안 징역살이를 했다. 하지만 그걸로는 부족했던 모양이다.

오늘 밤에 그를 찾아왔던 그 존재가…… 일라이자였을까?

그렇다면 그녀가 죽었다는 뜻이었다. 하지만 사설탐정의 보고에 따르면 아니라고 했다. 그리고 그 보고는 맞아야 했다. 스테드는 미국에서 마지막으로 그녀를 다시 한번 만나기 위해 모든 걸 걸었다.

그는 상념을 머릿속에서 떨쳐버렸다.

게다가 일라이자와 애스터 부부의 꼬맹이 하인 간에 무슨 연관성이 있을까?

그 아이에게 벌어진 일은 별개의 문제였다.

구겐하임의 주치의는 오늘 일찍부터 시작된 섬망에 따른

˙ 스테드는 아동 매매의 현실을 폭로하기 위해 일라이자 암스트롱이라는 여자아이를 부모로부터 샀고 그 실태를 「현대판 바빌론의 처녀 공물」이라는 기사를 통해 폭로했다.

간질 발작이었다고 주장하려고 했지만 스테드는 그 말을 믿을
만큼 어리석지 않았다.

발작은 가장 흔한 증거 가운데 하나였다.

스테드는 확신할 수 있었다. 이 배 안에 악마가 숨어 있었다.
모두가 여기 이 스테드의 방에서 혼령과 접촉을 시도하는 동
안 그들 곁을 빠져나간 악마가 혼자 있는 아이를 아무도 없는
곳으로 유혹해 그 섬뜩한 손가락을 아이의 가슴 속으로 넣어
서 아이를 안에서부터 목 졸라 죽일 수 있을 때까지 위로 빙글
빙글 비튼 것이었다.

아이는 죽을 운명이었던 듯이 죽었다.

그리고 혼령은 여전히 그들 곁에 있었다. 그 혼령은 뭔가 끔
찍한 것을 원했고 그게 무엇일지는 아무도 알 수 없었다.

10장

마크 플레처는 아내가 돌아왔을 때 침대에 누운 지 한 시간 째였지만 자고 있지는 않았다.

쌓여 있는 카드, 담배 연기로 자욱한 공간, 찰나의 짜릿한 모험을 잊지 못해 근질거리는 손에 대해 생각하고 있었다. 당 첨일지 낙점일지 그를 애태우던 빨간색과 검은색의 숫자에 대 해 생각하고 있었다. 엡솜과 뉴캐슬에서 지축을 뒤흔들며 번 개처럼 지나가는 경주마를 구경하던 것에 대해 생각하고 있었 다. 그런가 하면 런던의 지저분한 골목길에서 열리는 개싸움 과 닭싸움도 있었다. 그는 심지어 길모퉁이 술집에서 쥐잡이 꾼에게 돈을 걸 만큼 절박했던 적도 있었다. 하지만 이제는 그 모든 걸 포기했다.

수입은 얼마 되지 않았을지언정 번듯했던 법정 변호사라는 직업까지 포기하고 뭔가 새로운 일에 도전하기 위해 지금 이렇게 배를 타고 바다를 건너고 있었다. 캐럴라인과 함께.

금방 돌아올 줄 알았던 그의 짐작과 다르게 캐럴라인은 문을 박차고 나간 지 몇 시간이 지나도록 감감무소식이었다. 그는 화가 나지는 않았다. 그보다는 몸이 근질거리는 사람처럼 진정이 되지 않았다. 이 배는 수많은 통로가 미로처럼 엉켜 있을 만큼 거대했지만 그들은 여기에 이렇게 갇혀 있었다. 마크는 여행 첫날부터 이미 이 배가 지긋지긋했다. 이 배는 안에 뭔가 너무 많아서 터질 것 같은 괴물이었다. 모든 면에서 으리으리하고 호화롭고 지나쳤다. 마크는 그 정도로 어질어질한 호화로움에 적응이 되지 않았다. 불쾌했다. 이건 웅장하고 장엄한 바다에 대한 모독이었다.

어쩌면 그것이 이 배의 정체일지 몰랐다. 그는 신경이 닳아서 나달나달했다.

하지만 한참 만에 캐럴라인이 조용히 선실 안으로 들어오자 안도감이 파도처럼 그를 덮쳤다. 그는 팔꿈치에 기대고 몸을 일으켜 그녀를 마주 보았다. "어디 있다 왔어? 걱정했잖아. 구불구불 끝도 없이 이어지는 저 아래쪽 통로에서 길을 잃었든지……"

"금방 오려고 했는데 그렇게 됐어." 그녀는 장갑을 벗고 옷을 벗기 시작했지만, 그는 그녀에게서 이상한 낌새를 느꼈다. 딴 데 정신을 팔고 있었다. "끔찍한 일이 벌어졌어. 매디 애스터가 데려온 꼬맹이 하인이 죽었지 뭐야."

애스터 부부의 꼬맹이 하인이 당신이랑 무슨 상관인데? 그는 묻고 싶었지만 그녀가 워낙 정신이 없어 보였다. 꼭 선실에 같이 있는 게 아니라 물결을 타고 밤안개 속으로 멀리멀리 떠내려갈 위기에 놓인 사람 같았다. 그래서 그는 대신 이렇게 물었다. "하마터면 바다로 떨어질 뻔했던 그 아이? 권투 선수가 구해준?"

캐럴라인은 유령이라도 본 것처럼 계속 멍한 표정을 짓고 있었다. "아마도. 자다가 발작 비슷한 걸 일으켰대. 하인들이 의사를 불렀지만…… 이미 늦었고. 내가—내가 봤어, 마크."

"봤다니 뭘?"

"그 아이를!"

"애초부터 아파서 정신이 없었나 보다. 그래서 그랬나 보네." 하마터면 바다로 떨어질 뻔했고 그러고 나서 죽은 걸 두고 한 말이었다. 그 둘은 분명 서로 연관이 있을 것이었다. 우연의 일치라고 하기에는 둘 다 너무 묘한 사건이었다.

캐럴라인은 한숨을 쉬었고, 쳐다보고 있는 그를 앞에 두고 얇은 실크 나이트가운을 머리에서부터 입었다. "너무 끔찍하다. 그 어린 나이에 죽다니. 눈빛이 너무 이상하고 흐리멍덩했어."

죽은 아이라. 마크는 마른 우물 안으로 떨어진 양동이가 된 심정이었다.

거의 말로 표현할 수 없을 만큼 부드러운 배의 흔들림이 갑자기 너무 부담스럽게 느껴졌다. 그는 아이가 생긴 뒤로 죽음에 전보다 예민해진 것을 느꼈다. 예전에도 죽음을 의식했지만 그때는 배짱을 부렸다. 이제는 모든 게 고요할 때면 죽음이 그에게 속삭이고 어깨를 두드리며 정신을 흩트려놓았다.

"미안해." 그는 아내에게 이렇게 말했지만, 뭐가 미안한지는 알지 못했다. 다퉜던 거? 좀 전에 고집을 부렸던 거? 그녀 혼자 이 끔찍한 사건을 맞닥뜨리게 한 거? 이제는 잊어버릴 방법이 없는 광경을 보게 한 거?

그녀가 침대 쪽으로 걸어오자 그는 손을 내밀었다. 원래 그는 그녀의 육체에 격하게 반응했지만 지금은 그녀가 보호해주어야 하는 부드럽고 연약한 존재처럼 느껴졌다.

"나도 미안해." 그가 손목을 잡고 당기자 그녀는 나지막이 속삭이더니 그를 등지고 침대에 앉았다.

그는 맨살이 드러난 그녀의 어깨뼈를 손끝으로 훑었다. 창문 사이로 달빛이 비치자 어깨뼈가 또렷하고 완벽해 보였다. 그는 그림자가 생긴 곳에 입을 맞추고 그녀의 전율을 느꼈다. "미안해." 그는 팔을 쓰다듬으며 그녀의 살갗에 대고 다시 한번 속삭였다.

그는 그녀를 자기 쪽으로 끌어당기며 그녀의 체취를 마셨다. 그녀가 늘 쓰던 향수에 짭짤한 바다 냄새와 시가와 또 다른 뭔가가 섞였다. 뭔지 모를 매캐한 풀 냄새인데, 남자 화장품이 연상되는 냄새였다.

아내의 몸은 항상 그의 굶주림을 자극했고 지금은 그 어느 때보다 심했다. 잘록하게 들어간 허리. 그를 사춘기 소년처럼 감탄하게 만드는 완벽한 젖가슴.

그 지워질 줄 모르는 사향 냄새는 그녀의 몸에 남아 있으면 안 되는 냄새였다.

그는 아내의 헤어라인이 시작되는 목덜미에 입을 맞추기 시작했다. 그는 아내의 머리칼을 사랑했다. 그녀는 허리를 살짝 구부리고 고개를 기울이며 천천히 반응하다가 마침내 몸을 돌려 그에게 입을 맞췄다. 그녀가 돌아왔을 때 느낀 안도감이 문득 갈급으로 바뀌었다. 그는 그녀를 가져야 했다. 그러지 않으면 그녀는 다시 슬그머니 빠져나가 영영 자취를 감출 수도 있었다. 그가 그녀를 붙잡아야 했다.

그가 엷은 나이트가운을 위로 올리고 허벅지를 부여잡자 그녀는 살짝 숨을 토했다. 그녀는 그의 허리 양옆으로 다리를 벌리고 그의 무릎 위에 앉아 있었지만 그가 욕망의 파도에 몸을 맡기고 그녀의 몸을 돌려서 바로 눕혔다. 그녀가 엉덩이를 들었고 그는 그녀의 손목을 잡고 머리 위로 올렸다. 그들은 이제 신음 소리와 함께 숨을 헐떡였고 모든 게 너무 순식간에 이루어졌다. 그녀는 비명을 질렀다. 아파서일까, 흥분해서일까? 그는 갑자기 자신이 없어졌다. 그녀의 눈에 눈물이 고여 있었다. 그는 그녀의 뺨에 입을 맞추고 그녀의 안에서 계속 밀어붙이다 온몸이 흔들릴 정도로 격하게 마무리를 지었다.

"쉬이잇." 정사가 끝나자 그녀가 떨리는 목소리로 속삭였다. "이러다 애 깨겠어."

그는 계속 숨을 몰아쉬고 있었다. 그녀도 방금 전에 그 격렬함을 느꼈을까 아니면 그 혼자만의 느낌이었을까? 원래 그는 잘 알았다. 원래는 아내의 몸이 그의 몸에 어떤 식으로 반응하는지 알아차렸다. 하지만 오늘 밤은 모든 게 시커멓고 속을 알 수 없는 기묘한 바다 같았다. "우리 애 말이야." 그녀가 속삭였다.

"잠들었어." 그는 아내를 안심시켰다.

하지만 캐럴라인은 옆으로 몸을 돌려서 일어나 앉았다. "마크, 왜 애가 깨지 않았을까? 그렇게 시끄러웠는데, 그렇게……."

그녀는 흥분하며 진정하지 못했다. 그는 그녀가 예민한 상태라는 걸 알았다. 분명 그 아이 때문일 것이다. 얼마나 끔찍한 광경이었을까.

"내가 가서 보고 올게." 마크는 말했다. 그녀를 안심시키기 위해서이기도 하고 침대 밖으로 나오고 싶어서이기도 했다. 그는 갑자기 불안해졌다. 아내 때문에도 그렇고, 모든 게 다짜고짜 아무 맥락도 이유도 없이 전개된 것처럼 느껴졌다. 결혼도, 그들을 하나로 연결하고 있는 듯한 애정의 가느다란 실도. 오늘 밤에 캐럴라인은 그 아이의 죽음뿐 아니라 다른 일로도 심란해하고 있었다.

그는 잠옷 바지를 입고 연결된 옆방으로 들어갔다. 방이 전체적으로 조용했다. 런던의 아이 방에서 종종 들었던, 나지막한 숨소리조차 들리지 않았다. 온단의 침대 위로 허리를 숙이고 내려다보니 아이가 이불 아래로 들어가 있었다. 그의 머릿속에서 경보가 울렸다. 이불이 아이의 얼굴을 완전히 덮고 있었다. 아니, 재갈처럼 아이의 입 안에 들어가 있었다.

그는 생각하고 말고 할 겨를도 없이 이불을 옆으로 획 치웠다. 아이가 숨을 쉬지 않고 있었다.

그가 당장 어깨에 온딘을 얹고 등을 때리자 마침내 아이가 잠에서 깨어나 울음을 터뜨렸고 그제야 그의 심장이 다시 뛰기 시작했다. 아이의 울음소리를 듣고 이렇게 행복해지기는 처음이었다. 그 순간만큼은 다른 모든 건 사라지고 이 조그만 존재만 소중해졌다.

그가 상상한 거였을까? 아니다, 아이는 분명 숨 막혀 하고 있었다. 그들이 살펴볼 생각을 했기 망정이지……

그는 그의 귀에 대고 울부짖는 아이를 안고 잠깐 동안 가만히 서서 그저 숨을 쉬고 아이의 작고 거친 숨을 느끼며 온몸을 관통하는 공포를 달랬다. 흐느껴 울 수도 있을 것 같았다. 하지만 아이는 괜찮았다. 무사했다. 그들 모두 무사했다.

순간적으로 아찔했던 공포가 가라앉자 그는 아이를 다시 방으로 데려갔다.

"뭐였어?" 다시 들어온 그를 보고 캐럴라인이 물었지만 그는 아내를 놀라게 하지 않으려고 대답하지 않았다.

그는 팔을 내민 캐럴라인의 품에 아이를 내려놓았다.

"이제 울지 마, 아무 일 없으니까." 그녀는 중얼거리며 새끼손가락을 아이에 입 속에 넣었다. 온딘은 캐럴라인의 손가락을 꼭 잡고 잠잠해졌다. 흐뭇한 미소가 캐럴라인의 입술 위로 번졌다. 잠시 후에 그녀는 자장가를 부르기 시작했다. 마크는 캐럴라인의 노랫소리가 좋았다. 제대로 교육을 받은 적은 없지만 목소리가 깨끗하고 듣기 좋았다.

그는 침대 위에 웅크려 한 팔로 머리를 받치고 아내와 아이 곁에 잠깐 옆으로 누웠다. 그녀가 부르는 자장가 멜로디가 따뜻한 꿀처럼 귓속으로 흘러 들어와 그날 저녁의 이상했던 분위기를 가라앉히고 순간적으로 느껴졌던 공포를 잠재웠다.

두 눈이 이내 무거워졌다. 이불 아래 들어가 있으니 따뜻했다. 그는 뗏목을 타고 바다 한복판을 떠다니는 것처럼 정신이 몽롱해졌다. 올라갔다 내려갔다 부드럽게 까닥거렸다. 온 사방이 시커먼 바다였다. 올라갔다 내려갔다. 파도가 그의 팔을 때리다가 잠시 후에는 가슴을 때렸다. 다시 잠시 후에는 목을 때렸다. 수위가 조금씩 높아져 그를 완전히 감쌌다. 궁금해하는 연인의 손길처럼 물이 그의 온몸을 건드렸다. 물은 낯선 여자, 새로운 정부였고, 어떤 식일지 아직 예측할 수 없었다.

하지만 잠시 후에 바다가 그의 정수리까지 덮고 그를 아래로, 아래로, 아래로 끌어당겼다. 빠져나갈 방법이 없었지만 그는 빠져나오고 싶지 않았다. 그 손길이 입을 향해 달려드는데도 그랬다.

칠흑 속으로 가라앉자 캐럴라인의 아름다운 목소리는 점점 멀어져 속삭임이 되었다.

어둠과 정적뿐인 그 바닥에서 릴리언이 기다리고 있었다. 그가 두 번 다시 만날 수 없을 거라고 생각했던, 잊으려 애를

썼던 릴리언이 그를 기다리고 있었고, 그는 마지막으로 확실
하게 숨을 뱉으며 그녀를 향해 다가갔다.

1916년

11장

1916년 11월 17일
이탈리아 나폴리
브리태닉호

애니는 타이태닉호에서는 일등실 식당으로 쓰였던 메인 병
동의 온 사방에 달린 거대한 창문에서 묵직한 커튼을 하나씩
젖힌다. 환자들이 하나둘씩 깨어나 그녀를 부르며 줄 수 없는
걸 달라고 하는 바람에 병동을 한 바퀴 도는 데 거의 한 시간이
걸린다. 앞날에 대한 확신. 모르핀 추가 투여. 그녀는 오염시킬
수 있다는 이유로 부상당한 부위에 손을 댈 수도 없기 때문에
시간이 더 많이 들고 더 진이 빠진다. 그녀가 맡은 일은 아침을
가져다주고, 포리지를 젓고, 입을 닦아주고, 요강을 비우고,
시트를 갈고, 바닥의 틈새에 식초를 부어 남은 핏자국이나 토
사물이나 소변을 닦아내는 것이지만 무력감이 떠날 줄 모른다.
그리고 무엇보다 중요한 일은 분노와 공포와 고통의 중얼거림
이 끝없이 이어질 때까지 기도가 한데 뒤섞인 그들의 이야기를

들어주는 것이다.

놀랍게도 이 새로운 일과가 금세 일상이 된다. 타이태닉호로 돌아온 건가, 끔찍했던 사고와 지난 4년은 기나긴 악몽이었나 싶을 정도다. 두 배가 워낙 비슷해서 양쪽에서 보낸 시간이 하나로 뭉뚱그려지기 시작한다. 이 배도 통로가 길고 넓은 데다 같은 구조라 그녀는 수월하게 길을 찾아다닐 수 있다. 이 배에서도 물살을 가르는 동안 발바닥을 통해 계속 넘실거림이 느껴진다. 상쾌한 짠바람이 허파를 채우고 머리칼을 흩날린다. 배를 타고 있으면 타이태닉호를 떠난 적 없이 계속 바다에 있었던 듯한 착각에 휩싸인다. 바다가 그녀의 집인 것 같다.

물론 사람들과 환경은 전혀 다르지만 이상하게도 그녀는 브리태닉이 더 좋다. 옹졸한 부자 승객들보다 환자들 시중이 더 좋다.

그녀는 끈을 묶고 다음 커튼으로 넘어간다. 먼지가 날려, 바다를 비추는 비둘기색 새벽빛 속에서 소용돌이친다. 빗방울이 유리창을 때린다. 브리태닉호에 승선한 지 이제 거의 닷새가 지났지만 하루하루가 지금과 똑같이 흘러가기 시작해, 그녀가 서로 겹쳐져 길게 멀어지는 항적을 지켜보는 가운데 기억들이 흐릿해져간다.

적어도 그녀가 생각하기에는 기억들이다. 가끔 그녀의 진짜 어린 시절과 아실링 할머니에게 들은 옛날이야기와 제멋대로 떠올라 획획 바뀌는 희한한 상상이 서로 구분이 되지 않을 때도 있다.

그녀의 기억 속에서는 모슬린 원피스 위에 두툼한 털 스웨터를 입은 한 여자아이가 비를 맞으며 아일랜드해가 내려다보이는 거대한 절벽을 향해 달려간다. 차가운 공기가 여린 살갗에 꽂힌다. 하지만 그 기억들이 서로 번지고 한데 합쳐지자 그녀는 젊은 아가씨가 되어 런던의 시끄럽고 복잡한 길거리에서 춤을 추며 웃다가 하마터면 구운 땅콩을 파는 노점에 발이 걸려서 넘어질 뻔하고, 고개를 들어 하늘을 올려다보며 석탄 매연 때문에 맛이 씁쓸해진 빗방울을 향해 입을 벌린다. 그러다 반은 물범, 반은 인간인 제3의 인물이 된다. 총알처럼 쏟아지는 비를 맞으며 수면을 향해 헤엄치자 구불구불한 물결에 따라 몸이 일렁인다. 그녀는 변신한다. 미끈미끈한 물범 거죽이 보드라운 아이의 살결이 되고, 두 다리로 미친 듯이 저으며 물마루를 헤치고 고개를 내밀어 인간의 첫 숨을 힘껏 마신다.

애니 옆에서 어떤 남자가 숨을 헐떡인다. 그녀는 비가 내리는 창문 앞에서 몸을 홱 돌려 제일 가까운 침대 곁으로 달려간다. 환자가 캑캑대며 숨을 쉬지 못해 괴로워하고 있다.

그는 머리가 희끗희끗하고 뻣뻣한 수염이 얼굴을 덮은, 좀 더 나이가 많은 환자다. 공포로 눈이 휘둥그레졌다. 애니는 목에 뭐가 걸렸나 싶어 끙끙대며 그를 일으켜 앉힌다. 금세 당직 간호사와 의사가 달려온다. 의사는 빠르고 능률적으로 남자의 눈을 체크하고 입안을 들여다보고 목에 손가락을 갖다 대 맥을 짚은 다음 아무 이상 없다고 선언한다.

"그냥 공황 발작이에요." 상황을 의논하기 위해 침대에서 멀찌감치 자리를 옮겼을 때 의사가 애니에게 말한다. "모르핀을 처방할게요. 환자가 잠이 들 때까지 계속 지켜봐주세요."

애니는 침대 주변을 정리하며 그의 눈꺼풀이 감기길 기다리지만 몇 분이 지나도 그는 잠이 들려는 기미를 보이지 않는다. 모르핀이 듣지 않을 수도 있을까? 의사에게 한 번 더 처방해달라고 하면 되지만, 병동 저편에서 훨씬 위중한 환자를 처치하느라 정신이 없는 의사와 간호사를 성가시게 하기가 싫다.

"나도 어린애처럼 굴고 싶지 않아요." 남자가 멋쩍어하며 창문 쪽을 턱으로 가리킨다. "바다가 무서워서 그래요. 그래서 웬만하면 배를 타지 않는데, 군대에서는 선택권이 없으니까. 나는 수영을 못 배웠어요. 그런데 당장이라도 가라앉게 생겼잖아요, 안 그래요?"

아닌 게 아니라 창밖으로 보이는 잿빛 바다가 유난히 험악해 보이긴 한다. 그녀는 그걸 보고 왜 무서워하는지 이해할 수 있다.

"걱정 마세요. 절대 안전하니까. 이 배는 타이태닉의 자매선인 브리태닉—"

남자가 당나귀 같은 소리를 내며 그녀의 말허리를 자른다. "그러니까 안심하라고요? 그 배가 어떻게 됐는지 우리 모두 알잖아요?"

"이 배는 달라요. 더 훌륭해요. 그 침몰 사건에서 얻은 교훈을 토대로 여러 군데를 바꿨거든요." 그녀는 말하며 전혀 틀린 말은 아니길 바란다. 화이트 스타 해운사에서 뭘 하고 뭘 하지 않았는지 그녀는 잘 모른다. 들리는 소문에 따르면 회사 측에서는 구명정이 너무 부족했고 안전 수칙을 무시했던 것보다, 무선 신호가 혼선을 빚었던 것보다 빙산 탓을 한다고 했다. 지난 몇 년 동안 수많은 가설이 제기됐고 그녀는 더 이상 뭐가 뭔지 알지 못한다.

그녀는 실눈을 뜨고 햇볕에 탄 남자의 얼굴과 새살 위로 다시 돋아나려는 주근깨인 것으로 보이는 콧잔등 위의 거무스름한 얼룩을 쳐다본다. "아일랜드 출신이죠? 그럼 더바사 얘기 알겠네요." 그는 그녀를 보며 미간을 찌푸린다. "더바사 얘기 못 들어봤어요?" 할머니가 썼던 아일랜드식 발음 '더바사'가 전혀 어색하지 않게 그녀의 혀를 따라 흘러나온다. "할머니한테 못 들었어요? 더바사가 바다를 지나는 모든 선원과 남자들을 지켜준다는 얘기요." 그게 다는 아니지만 그의 공포를 한층 부채질하고 싶지는 않다. 그는 발룬토이에서는 누구나 말 그대로 태어나는 순간부터 존경하고 두려워하도록 교육을 받는 존재에 대해 들어본 적 없는 눈치다. "걱정 말아요. 선하게 살면 더바사가 당신을 구해줄 거예요. 무슨 일이 생기면 말이에요." 그녀는 뺨이 아릴 정도로 열심히 웃어 보인다. "그리고 당신은 선한 분 같아 보여요."

그는 미심쩍어하는 눈빛으로 그녀를 쳐다본다. "그건 잘 모르겠어요, 아가씨. 이러니저러니 해도 참전을 했으니 말이오."

하지만 그는 위안을 얻은 눈치고 결국 다시 잠이 든다. 근무 시간이 끝났으니 애니는 아침 식사를 하며 쉴 수 있다. 그녀는 식당으로 건너가 습관적으로 포리지를 챙기고 아무 장식 없는 길쭉한 테이블로 가서 바이얼릿 옆에 앉는다. 곤죽을 빤히 쳐다보지만 입맛이 없다. 어떤 날 아침에는 밤새 잊어버리기라도 한 듯 허기라는 게 뭔지 기억나지 않을 때가 있다.

"그런데 나올 수가 없었다고요?" 바이얼릿이 통신수인 찰리 에핑에게 묻고 있다.

찰리는 고개를 끄덕인다. 그는 테이블 맞은편 긴 의자에 다리를 벌리고 걸터앉아서 한쪽 팔꿈치를 포크 옆에 괴고 다른 손에 든 커피 머그로 이리저리 가리킨다. "한 세 시간 동안 문을 두드렸나 봐요. 모티머가 마침 그 앞을 지나가다 소리를 들었기 망정이지 안 그랬으면— 보급품 창고 안에서 굶어 죽었을 수도 있어요. 그 무슨 개죽음이에요?"

"누가 굶어 죽을 수도 있었다는 거예요?" 애니는 포리지를 저으며 묻는다.

찰스는 무슨 공모라도 하는 듯 그녀 쪽으로 몸을 기울인다. "스탠리 화이트라는 잡역병이요. 처음에는 수술실에서 메스가 쟁반째 사라지더니 그 친구가 그걸 다시 가지러 갔다가—"

"보급품 창고 안에 들어갔을 때 등 뒤에서 문이 잠겨버렸대! 그 사람이 메스 가지러 간 걸 아무도 몰랐고!" 바이얼릿이 대신 말문을 맺는다.

에핑 쪽 저 끝에 앉아 있던 다른 잡역병이 끼어든다. "그건 우연한 사고가 아니에요. 여긴 유령이 살아요." 그는 허공을 가리킨다. 이 배를 두고 하는 말이라는 거다.

바이얼릿은 웃음을 터뜨린다. 그녀가 웃으면 숱이 많은 적갈색 머리와 생글거리는 회청색 눈 때문에 완벽한 아일랜드의 처녀가 연상된다. 언제든 재밌게 놀 준비가 되어 있는 상냥하고 아리따운 아가씨가 말이다. "에이, 그렇게까지 생각하지는 않을래요. 당신도 그런 소리를 늘어놓으려거든 조심하는 게 좋을 거예요. 선장님이 들으면 좋아하지 않을 테니까요." 하지만 애니는 바이얼릿이 먼저 그녀 쪽을 얼른 쳐다보는 것을 놓치지 않는다.

애니는 아침을 먹을 수가 없어서 침을 꿀꺽 삼킨다. 유령 얘기는 전부터 있었고 그녀도 알다시피 그건 뱃삯이나 다름없다. 대형 선박, 으리으리한 저택, 깊고 어두컴컴한 숲마다 그런 얘기가 붙어 다니지 않던가. 어제도 한 기관사가 턱시도를 입은 남자가 통로에서 자기 쪽으로 걸어오다가 서로 부딪친 순간 허공으로 사라졌다고 맹세했다. 그 남자가 자기를 통과해 사라졌을 때 한기를 느꼈다고, 복도에 시가 냄새가 남아 있었다고 했다.

하지만 애니도 알다시피 밤이 되면 선원들이 통로에서 시가 한 대를 나눠 피우며 위안을 얻으니 시가 냄새가 난 이유는 그 때문이었을 것이다.

간밤에 애니가 그 얘기를 꺼냈을 때 바이얼릿은 이렇게 말했다. "뭐, 제정신이 아닌 환자들도 있잖아. 그러니까 뭐가 들리고 보이고 그럴 만도 하지. 우리가 아니라 환자들만 겪는 현상이면 걱정할 거 없어." 뒷말은 농담 삼아 덧붙인 거였지만 그 안에 담긴 모욕의 의미를 바이얼릿은 모르지 않았을 것이다. 애니는 불과 일주일 전까지만 해도 정신병원 신세를 지고 있었기 때문에 모를 수가 없었다. 바이얼릿은 살짝 웃으며 입을 꾹 다물었다.

그녀는 정신이상자가 아니다.

하지만 그녀에게는 쉽게 정신이 이상해질 수 있는 성향이 있다.

애니가 뭐라고 대꾸할 말을 찾을 겨를도 없이 바이얼릿이 그녀를 돌아보며 화제를 바꾸려고 한다. 애니의 앞치마에 꽂힌 브로치를 살짝 건드리며 외친다. "어머! 브로치 예쁘다. 내가 이걸 본 적이 있던가?"

애니는 브로치를 만지작거린다. 조그만 금색 하트가 화살에 매달려 있다. 그녀의 뺨이 벌게진다. 사람들의 시선이 몰리자 당황스러워진 것이다.

바이얼릿은 그녀가 부끄러워서 아무 말도 하지 않는다고 생각하는지 에핑과 다른 잡역병을 향해 눈을 찡긋거린다. "특별한 사람에게서 받은 선물인가 봐요."

이제 애니는 아까보다 얼굴이 더 벌게지는 걸 느낄 수 있다.

"하! 그럴 줄 알았다. 여자들이 자기 돈을 주고 살 만한 브로치가 아니거든요. 내가 그걸 어떻게 아는가 하면……" 바이얼릿은 언젠가 배를 타고 대서양을 건넜을 때 자기에게 반해서 어머니가 애지중지하던 팔찌를 선물하려던 남자가 있었다는 얘기로 넘어가지만, 맥락을 놓친 애니는 시선을 아래로 떨어뜨린 채 브로치만 계속 만지작거린다.

오늘 그녀가 브로치를 하고 나온 이유가 뭐였을까? 자신의 정체성을 일깨워줄 조그만 도구가 필요했을지 모른다.

금색의 조그만 닻처럼 말이다.

그런데 오히려 금서의 주홍 글씨가 가슴에 보란 듯이 새겨지기라도 한 것처럼 무방비 상태로 벌거벗겨진 느낌이다. 고개를 들어보니 찰스 에핑이 그녀를 빤히 쳐다보고 있다. 재밌어하는 표정이 그의 장난꾸러기 같은 얼굴을 스치고 지나간다. 그녀도 마주 미소를 짓자 홍조가 얼굴에서 가슴과 배로 내려온다. 그녀를 그런 식으로 쳐다보는 남자는 항상 화염처럼 느껴진다. 한편으로는 따뜻한 위로가 되지만 또 한편으로는 위험하다.

그 느낌이, 그녀를 쳐다보는 그의 눈빛이 왠지 모르게 섬뜩하다. 유령이 등장하는 그 모든 이야기도. 이 배에 살고 있다는 그 모든 혼령도. 시커먼 파도처럼 그녀를 에워싸고 끊임없이 고개를 드는 기억들도.

왠지 모르게 섬뜩하다. 시체를 파먹는 구더기처럼 그녀의 몸속 가장 깊숙한 곳으로 꿈틀꿈틀 파고드는, 파묻힌 채 썩어가는 진실은.

그런 생각을 하며 포리지를 삼킬 수는 없기에 그녀는 자리에서 일어나 쟁반을 치운다.

그날 오후 나폴리로 들어서는 병원선 위로 거센 비가 퍼붓는다. 애니는 몇몇 간호사들과 함께 갑판으로 나간다. 닷새 동안 항해한 뒤라 다들 뭍을 그리워하고 있다. 항구 너머로 얼기설기 펼쳐진 도시는 지저분하고 후줄근해 보인다. 내리는 비로 모든 건물이 부연 갈색과 축축한 회색이고 언덕 비탈을 비스듬히 타고 내려오는 시커먼 골목길이 도시를 혈관처럼 이리저리 가로지른다. 부두에서는 누더기를 걸친 아이들이 이 배에서 저 배로 뛰어다니며 동전이나 먹을거리를 구걸한다.

찰리가 그녀에게 알려준 바로는 연료와 물을 싣기 위해 기항하는 거라고 했지만 뱃전을 내다보니 사람들과 들것 행렬이 건널 판자를 향해 다가오고 있다. 그렇다면 부상병도 태운다는 뜻이다.

대륙에서 전쟁이 기승을 부리다 보니 전략적 요충지인 이 도시는 군인들로 넘쳐난다. 기지의 병원은 사상자로 발 디딜 틈이 없을 것이다. 그러니 최악의 사례를 떠넘길 수 있는 기회를 놓칠 리 없다.

애니는 망토 아래로 몸을 웅크리고 메릭 수간호사가 각 환자를 어디로 배정하고 어느 간호사가 그를 배정된 병동으로 안내할지 결정할 때까지 기다리며 상상으로 사라지기 놀이를 한다. 나 여기 있다, 나 여기 없다. 좀 전에 지나온 길거리와 색깔을 맞춘 듯 부연 갈색과 탁한 녹색 옷을 입은 긴 행렬이 한 명씩 비틀비틀 메릭 앞으로 다가간다. 대부분 목발을 짚었고 일부는 들것에 묶여 있다. 모두 전쟁 신경증 환자 특유의 생기 없는 표정을 짓고 있는 반송장이다.

항상 애니의 정신을 번쩍 들게 하는 건 냄새다. 참호에 들어가면 병사들은 자기들 분변과 창궐하는 쥐와 죽은 전우의 잔해와 더불어 가끔 며칠씩, 어떨 때는 몇 주씩 지내야 한다. 대부분 부상 부위가 워낙 깊고 파편과 오물로 감염돼 이미 곪기 시작했기 때문에 고열에 시달리며 비명을 지르는 그들을 묶어놓는 것 말고는 아무 방법이 없다.

"이 환자는 D병동." 메릭은 애니에게 말하며 들것에 누워 있는 남자를 가리킨다. 애니가 명령이 떨어지면 튀어나가야 하는 영리한 사냥개라도 되는 줄 아는 걸까. 메릭은 여학교 교장이 고분고분한 학생들 대하듯 간호사들을 대한다.

애니는 수간호사의 강철 같은 의지에 기꺼이 복종한다. 예전부터 순종은 그녀와 기질적으로 잘 맞았다. 거의 그랬다.

그녀는 메릭에게 무뚝뚝하게 살짝 묵례를 하고, 들것을 들고 있는 잡역병에게 "저를 따라오세요"라고 중얼거린다.

하지만 차가운 비를 계속 구경하지 못하는 건 슬프다. 빗방울이 살갗에 닿으면 항상 온전했고 지금과 전혀 달랐던 그녀의 어린 시절이 사무치게 떠오른다. 꼭 바다의 입맞춤 같다.

그녀의 시선이 다음 차례인 남자의 얼굴에 잠깐 머물고, 그 찰나의 순간에 그녀가 아는 사람이라는 생각이 머리를 스치고 지나간다. 어딘지 모르게 얼굴이 낯이 익다.

아니다. 이건 그리움에 다름 아니다. 리버풀에서 사우샘프턴까지 가는 동안 기차역과 길모퉁이에서 마크의 얼굴을 본 것 같은 착각을 불러일으켰던 그때의 그 그리움이다.

그들은 배에 몇 명만 태우지만 애니가 본격적으로 접수한 첫 환자고, 이제 그녀는 며칠 뒤에 무드로스에 기항해 부상병들에게 둘러싸이면 어떤 식인지 알 것 같다. 10여 명의 승객 시중을 들어야 했던 승무원 시절과 비슷할 것이다.

비를 피해 병동에 자리를 잡자 일부 부상병들은 활기를 되찾는다. 몇 명은 심지어 몇 시쯤 간식 카트가 도느냐며 간호사들에게 농담을 건넨다. 애니가 안내 중인 들것 위의 환자는 잉글랜드 출신 특유의 하얀 얼굴에 금색 주근깨가 넓게 자리 잡은 젊은 남자다. 눈을 뜨고 있지만 허공을 응시하고 있다. 끈을 풀고 담요를 젖혀보니 두 다리가 무릎까지밖에 없다. 그녀는 침대로 옮기는 것을 돕기 위해 끙끙대며 그의 몸 아래로 조심스럽게 두 팔을 넣는다. 경험을 통해 터득했다시피 아파 보이지 않는 환자라도 거칠게 다루면 비명을 지르는 경우가 많다. 그리고 남자를 이쪽에서 저쪽으로 옮기는 단순한 일도 어마어마하게 힘들 수 있다. 그녀는 숨을 헐떡이며 새로 지급된 담요를 환자의 가슴까지 올리고 그를 위해 휠체어를 하나 확보해놓아야겠다고 머릿속에 새긴다.

"물 드릴까요?" 그녀는 묻는다. 그가 아무 대답도 하지 않자 그냥 물 잔을 그의 입에 대고 기울여 몇 모금 마실 수 있게 한다. 반응을 보이는 것을 보니 긴장증 환자는 아니다.

그녀는 침대 옆의 조그만 테이블에 물 잔을 내려놓는다. "요강 필요하세요? 담요 한 장 더 드릴까요?" 그녀는 진득이 묻지만 아무 대답도 듣지 못한다. 그녀는 담요를 활짝 펼쳐서 그에게 덮어주고 가장자리를 매트리스 사이로 거침없이 끼워 넣는다. "자, 편히 쉬세요…… 필요한 게 있으면 저를 부르면 되지만 의사 선생님이 금방 오실 거예요."

젊은 남자는 시선을 내리깐 채 여전히 아무 말도 하지 않는다. "이제 안심해도 돼요." 그를 간절히 위로하고 싶은 마음에 이런 말들이 그녀도 모르게 흘러나온다. 오늘 아침에 느낀 불길한 예감이 그림자처럼 그녀에게 들러붙어 떠날 줄 모른다. "이 배는 브리태닉호예요. 함대 안에서 제일 크고 제일 으리으리한 병원선이에요. 그러니까 가라앉을 일 없어요."

여전히 아무 대꾸가 없다.

그녀는 일어나 걸음을 옮긴다. 바로 그때 그녀가 마크 플레처로 착각한 남자가 방을 가로지르는 것이 보인다. 두 잡역병이 그를 들것에서 침대로 옮긴다.

그녀는 바보 같은 짓이라는 걸 알지만 가슴이 아파서 마음이 쓰인다. 그녀는 보이지 않는 힘에 이끌린 듯 부상병들을 이리저리 지나 그쪽으로 다가간다.

환자 위로 이불을 덮고 매트리스 사이로 단단히 여미고 있는 간호사에 앞이 가로막힌다. 처음 보는 간호사다.

"상태가 어때요?" 애니는 그녀의 어깨 너머로 묻는다.

"의식이 없어요." 간호사는 고개를 돌리지도 않고 대답한다. "머리를 다쳤거든요. 사람들 말로는 어제 혼수상태가 됐대요, 딱하게도."

마침내 간호사가 자리를 비키자 애니와 그 남자, 단둘이 남는다. 이제 그녀는 실컷 그의 얼굴을 들여다보며 호기심을 해소하고, 그녀가 잘못 보았다는 것을, 또다시 착각에 빠져서 허우적거렸다는 것을 확인할 수 있다.

그녀는 남자의 얼굴을 쳐다본다.

한 시간처럼 느껴지지만 실은 몇 초밖에 안 됐을지 모르는 시간 동안 쳐다보며, 추억과 꿈이 반씩 섞인 환영이 또다시 눈앞에서 펼쳐지고 있는 건지 의아해한다.

하지만 아니다.

그가 맞는다.

이 남자는 마크다.

그는 마크를 닮았지만 전보다 나이 들어 보인다. 지금쯤이면 마크가 나이를 먹었을 테니 그럴 수밖에 없을 것이다. 관자놀이가 희끗희끗하고, 입가가 좀 더 처졌고, 실금이 생겨서 더욱 섬세하고 귀해 보이는 꽃병처럼 눈가에 주름이 몇 가닥 잡혔다.

하지만 누가 봐도 마크다.

다른 간호사들이 알은체하지 않고 그녀의 곁을 바쁘게 그냥 지나가는 동안 깨달음의 전율이 애니의 몸을 관통한다.

그다.

마크가 그녀를 찾아왔다.

마크 플레처가 그녀에게로 돌아왔다.

이것이 그동안 거친 그 모든 일의 목적이었다. 그녀가 바이얼릿의 편지에 답장을 보낼 수밖에 없었던 이유, 여기 이 배에 올라 죽어가는 환자들과 묘한 여행을 할 수밖에 없었던 이유였다.

그녀가 이 순간을 가능하게 했다. 그들 사이에 무언의 호출이 있었다. 그 오랜 시간이 지났음에도. 그 모든 일들이 벌어졌음에도. 이렇게 지금 그가 여기에 누워 있다. 죽은 거나 다름없지만 죽지는 않은 상태로.

그리고 이번에는 그의 곁에 아무도 없다. 혼자다.

그는 이제 그녀의 것이다.

1912년

12장

1912년 4월 11일
아일랜드 퀸스타운

애니는 망토를 걸치고 사방이 뚫린 갑판 위에 서서 차갑고 축축한 공기를 마시며 부들부들 떨었다. 고물이 짙은 안개 속에 잠겨 희미한 새벽빛이 어두침침해질 정도였다. 안개가 어찌나 자욱한지 6미터 앞에서 벌어지고 있는 움직임조차 잘 보이지 않을 정도였다. 앞에서 시커멓고 흐릿한 몸뚱이들이 흘러가는 흰색 사이로 등장했다가 사라지길 반복했다. 그들은 하인들일 수밖에 없었다. 하인을 수장하러 애스터 부부가 이렇게 이른 시각에 일어날 리 없었다.

바다가 안개를 소환해 호기심 어린 시선으로부터 아이를 보호하는 것으로 죽은 아이의 장례식에 협조하는 느낌이었다. 마지막 여행을 위해 세상에서 가장 포근한 구름 담요로 아이를 애지중지 감싼 느낌이었다.

애니는 머릿속에 안개가 낀 것 같았다. 사우샘프턴에서 출발해 셰르부르를 거쳐 퀸스타운에 도착한 지금 타이태닉호가 출항한 지 이제 겨우 이틀이 지났다. 오늘 마지막으로 기항하고 나면 앞으로 계속 망망대해였다. 일정표에 따르면 궂은 날씨로 지연이 되지 않는 한 그들은 바다에서 닷새 밤을 더 보낸 뒤에 뉴욕에 입항할 예정이었다. 그녀는 구겐하임을 찾아가 주치의를 호출할 수 있게 하고 그들을 애스터 부부의 응접실로 안내한 이후 밤새 잠을 설쳤다. 바이얼릿은 이미 잠이 들었고, 애니는 대화를 나누고 싶은 마음이 간절했지만 차마 깨울 수가 없었다. 그녀는 한참 동안 이리저리 뒤척이다 마침내 잠이 들었지만 개꿈에 시달렸다. 마크 플레처인 게 분명한 남자가 등장하는 꿈도 있었다. 그녀의 살갗에 닿던 누군가의 뜨거운 입김과 그녀의 목을 훑던 손길 말고는 아무것도 기억이 나지 않지만 그럼에도 그녀는 부끄럽고 얼굴이 화끈거렸다.

그녀는 망토를 좀 더 단단히 여몄다.

애니는 앞으로 슬금슬금 다가갔다. 망자에 대해 예의를 갖추기 위한 것도 있지만 솔직히 궁금한 마음도 있었다. 전에도 물론 시신을 본 적이 있었지만, 마을 할머니들이 씻기고 옷을 갈아입힌 다음 조문객을 맞이할 차비를 갖추고 응접실에 눕힌 다음이었다. 애스터 부부의 하인에게는 관이 없었다. 범포로 둘둘 말아서 배 밑바닥에 싣는 밸러스트를 매달아놓았다. 하얗고 단단한 꾸러미가 어찌나 조그만지, 묵직한 쇠사슬인가 싶은 것으로 감아놓은 빨래 아니면 구명대 더미 같아 보였다.

애스터 부부는 시신을 가능한 한 빨리 수장해달라고 했다. 아이가 고아라 선상에 둘 이유가 없다고 했다. 시신을 수습할 가족도 없고 뉴욕으로 출발하기 전 마지막으로 기항하는 퀸스타운까지 족히 예닐곱 시간은 걸리지 않느냐고 했다. 그리고 무엇보다 그들은 스캔들을 원치 않았다. 하지만 애니가 보기에는 너무 서두르는 느낌이었다. 돌연사에 이어 이런 장례식이라니 마음이 불편했다.

애스터 부부의 하인들이 장례식에 참석한다는 얘기를 들었을 때 그녀도 가서 부족한 머릿수라도 채워야겠다는 생각이 들었다. 그녀는 인원수를 세어보았다. 수석 집사와 애스터 부인의 시중을 드는 하녀 둘과 애스터 씨의 종자와 젊은 보조 집사 둘은 모두 검은색과 짙은 회색의 모자와 옷을 착용했고 여기에 운구를 돕는 선원이 둘 있었다. 조문객들은 그녀처럼 가만히 있지 못하고 이리저리 어슬렁거리거나 손을 맞잡고 비틀었다. 뭘 어쩌면 좋을지, 앞으로 뭐가 어떻게 될지 아는 사람이 없어 보였다. 원칙적으로는 선장이 장례식을 주관해야 하는데 꼬맹이 하인은 해당 사항이 없는 모양이었다.

마침내 검은 양복을 입고 겨드랑이춤에 성경을 끼운 나이 지긋한 남자가 안개를 뚫고 등장했다. 이등실로 여행 중인 여러 목사 중 한 명이었다. 수석 집사가 그에게 다가가 잠깐 대화를 나눈 뒤에 다른 조문객들을 천으로 감싼 시신 주변으로 동그랗게 모이게 했다.

목사가 성경을 펼치고 장례식을 시작했지만 바람 소리가

말을 삼켜버렸기 때문에 뒤쪽에 서 있던 애니는 잘 알아들을 수가 없었다. 그녀는 조문객들의 정신을 어지럽히지 않는 선에서 최대한 가까이, 앞으로 몇 걸음 다가갔다. 바다에서 죽은 자는 기념비 없이 잠들기 때문에 부자와 빈자의 구분이 없다는 부분을 들을 수 있어서 좋았다. 시어도어 우튼은—그 조그만 아이에게 어울리지 않는 너무 딱딱한 이름이었다—왕과 소작농들과 함께 잠들 테고, 하느님이 보기에는 그들 모두 똑같을 것이었다.

목사가 성경을 덮자 선원들이 시신 양옆으로 허리를 숙이고 둘둘 말린 범포를 올려놓은 널빤지를 들어서 어깨에 얹었다. 그들이 조금 서툴게 널빤지를 난간까지 들고 가서 그 너머로 기울이자 둘둘 말린 범포가 그냥 그렇게 바다로 스르르 떨어졌다. 그들이 있는 데서 수면까지는 거리가 제법 됐고, 시신이 수면과 만나자 물 튀기는 소리가 들렸다. 애니는 온몸이 오싹했다.

그녀는 원래 수영 선수나 다름없었다. 이모부가 바다에서 죽은 이후에 어머니가 확실히 가르쳤다. 그녀는 늦은 여름에 만조가 들었을 때 따뜻한 물속으로 들어가 눈을 뜨고 숨을 참는 것을 좋아했다. 어쩐지 그곳에는 궁극의 진실이, 깨어진 진실의 빛이 있는 것만 같았다. 하지만…… 희끄무레한 형체 위로 바닷물이 덮이는 광경을 보고 있으려니 그 끔찍한 바다의 품속으로 자꾸만 끌어 내리는 쇠사슬을 매달고 차가운 물속으로 던져진 것이 그녀의 몸인 것만 같았다.

젊은 하인 한 명이 숨죽인 신음 소리를 냈고 부인의 시중을 드는 하녀 중에서 나이 많은 쪽은 손수건에 대고 요란하게 울었지만, 놀랍게도 애니는 그들의 대열에 동참하고 싶은 생각이 들지 않았다. 아마 그들은 그 아이와 아는 사이였고 그녀는 모르는 사이였기 때문이겠지만, 별다른 감정을 느끼지 못하다니 마음이 불편했다. 너무 어린 나이에 죽었다는 아쉬움뿐이었다. 그렇다면 그녀에게 뭔가 문제가 있다는 뜻이 되는 건지 궁금해졌다.

그녀는 윌리엄 스테드가 아침에 시골 산책이라도 나선 사람처럼 트위드 재킷에 갈색 중절모를 쓰고 그녀의 옆에 서 있는 걸 그즈음에서야 알아차렸다. 그는 장례식을 처음부터 끝까지 참관한 듯했다. 애니는 깜짝 놀랐다. 그는 지위가 있는 사람이다 보니 단연코 눈에 띄었다.

"애스터 부부의 꼬맹이 하인이겠죠?" 그가 아무 감정 없는 투로 물었다.

"장례식 보러 오셨어요?" 애니는 물었다.

"그건 아니고…… 일을 하던 중간에 바람을 쐬러 나왔다가 사람들이 모여 있는 걸 보고……" 그는 모여 있는 사람들 쪽을 가리켰다. 그들은 조문객들이 삼삼오오 뿔뿔이 흩어지는 것을 지켜보았다. 잠시 후에 스테드가 그녀를 돌아보았다. "여기서 만나서 반가워요, 미스 헤블리. 어젯밤에 부탁한 물건들을 가져다줘서 고마웠다고 인사를 하고 싶었거든요."

그녀는 아이의 갑작스러운 죽음으로 정신이 멍한 와중이라

희미한 기억밖에 나지 않았다. 그는 희한한 물건을 몇 개 구해 달라고 했다. 흰 빵, 양초, 큼지막한 면도 그릇.

그는 그녀에게 할 말이 있는 눈치였다. "뭐든 필요하신 서비스를 제공할 수 있으면 저로서는 뿌듯할 따름입니다." 그녀는 일등실 승객이 대화를 나누고 싶어 하면 이렇게 말을 하라고 교육을 받았다.

그는 어깨를 으쓱할 뿐 그녀와 눈을 맞추지 않았다. "오늘 밤에도 빵과 양초가 필요할 것 같소만."

"알겠습니다. 어제 그걸로는 부족하셨나요?"

"굶주린 파도가 더 달라고 할 것 같아서요." 그는 바다를 물끄러미 응시하며 말했다.

"파도…… 요?"

"그 빵은 내가 먹으려던 게 아니라 배가 고파서 찾아온 망자들에게 주려던 거예요. 그들을 달래기 위해 아니면 그들이 하려는 말을 듣기 위해 빵을 바치는 거죠."

역겨운 충격이 그녀를 관통했다. 이 남자가 정신병자였나?

그는 그녀의 표정이 달라진 것을 간파했는지 안심시키려는 듯 미소를 지었다. "나는 교령회를 주관한 지 몇 년 됐어요. 아무것도 모르면서 허튼소리 늘어놓는 거 아니니까 걱정 말아요." 그는 잠깐 말을 멈추었고 그녀는 아무 말도 하지 않았다. "아가씨는 교령회에 참석해본 적이 있나요?"

"아뇨." 그녀는 얼른 대답했다. "발룬토이에서는 그런 모임이 열린 적 없어요." 그녀가 기억하기로는 그랬다. 고향 마을의 성직자들은 그런 모임을 용인하지 않았을 것이다.

그는 실눈을 뜨고, 안개에 감싸여 보이지 않는 바다를 응시했다. "나는 모든 휴가를 바닷가에서 보내지요. 해변을 걸으며 파도를 감상하면 기운이 나거든. 바다 위로 불어오는 바람소리가 왜 가끔 여자 목소리처럼 들리는지 그 이유를 알 것도 같아요. 바다에서 남자들을 꾀어 죽음에 이르게 하는 존재가 있다는 전설도 있지 않은가요? 사이렌이라고 불리기도 하고, 인어라고 불리기도 하는."

그런 전설이라면 애니도 손바닥 보듯 훤했다. 발룬토이는 어촌이라 어부에 얽힌 미신과 전설로 넘쳐났다. 남자들은 먼 바다에서 사이렌이 부르는 소리를 들었다고 주장했다. 실종된 남자들은 그들을 만나기 위해 배 밖으로 쓸려 가도록 폭풍우에 몸을 맡겼다고 했다.

애니의 머릿속에 기억 하나가 떠올랐다. 잊으려고 그렇게 애를 썼는데, 이제는 다른 모든 것을 덮어버리는 선명한 과거의 기억이 이것 하나밖에 남지 않은 느낌이었다. 그 기억 속에서 그녀는 아주 어린 나이였고 가족들과 이모의 오두막집으로 놀러 가 그 근처의 발룬토이 바닷가를 걷고 있었다. 리오나 이모는 어부의 미망인이었고, 애니가 부모님과 네 명의 오빠들과 함께 사는 집에서 조금만 걸어가면 나오는 바닷가 집에서 아실링 할머니와 함께 살았다. 원래 애니는 바다를 사랑했지만 부모님은 그녀에게 공포심을 심어주려고 했다. 거센 파도에 휩쓸리면 빠져나올 방법이 없다고, 윌멋 이모부처럼 영영 행방불명이 될 거라고 했다.

하지만 그날 돌을 밟으며 뛰어놀고 있었을 때 애니의 머리가 지끈거리면서 눈앞이 하얗고 흐릿해 보이기 시작했다. 춥고 쨍하며 화창한 봄날이었다. 그런데도 그날을 떠올리면 아직까지도 왠지 모르게 공포가 느껴지는 것이……

그녀는 그날 환상을 보았다. 다른 단어로 표현할 길이 없는 경험이었다. 너무 끔찍한 환상이라 그녀는 소풍 나온 가족들이 있는 곳으로 달려가 아버지의 무릎 위로 기어 올라가서 그의 가슴에 얼굴을 묻으려고 했다. 하지만 아버지가 받아주지 않았다. 아버지 무릎에 앉을 만한 나이가 아니지 않으냐고 했다. 뭣 때문에 그렇게 겁에 질렸느냐고 아버지가 따져 묻자 그녀는 뭘 보았는지 얘기했다. 더바사를 보았다고 말이다. 물속에서 사는 검은 여인. 바다의 여신. 악마. 눈독 들인 여자아이들을 계속 탐내고, 그들을 곁에 두고 보호하려고 하며, 그들을 두 번 다시 수면 위로 떠오르지 못하게 붙잡아놓는 여자. 아무튼 전설에 따르면 그랬다.

그는 그녀를 토닥이기는커녕 살갗 바로 아래에서 분노가 항상 부글부글 끓고 있는 사람처럼, 수염으로 덮인 얼굴이 점점 벌게졌다. 남들이 다 듣는 앞에서 그가 소리를 질렀다. 그 바보 같은 옛날얘기를 듣고 애가 어떻게 됐는지 좀 봐. 그는 애니의 어머니를 이런 말로 윽박질렀다. 멀로니 신부님이 보면 뭐라고 하겠어? 이게 다 장모님 때문에……

옛날 사람들은 다 그렇게 믿었어요. 제멋대로 고불거리는 까만 머리로 얼굴 사방이 덮인 리오나 이모가 턱을 내밀고 말했다. 온 집안을 통틀어 조녀선 헤블리에게 맞설 수 있는 사람이 이모뿐이었다.

그건 이교도적인 헛소리고 우리 집에서는 내가 그걸 용납하지 않겠어요. 알아들었니, 애니?

그날을 끝으로 그녀의 가족은 리오나 이모와 아실링 할머니와 함께 두 번 다시 소풍을 즐기지 않았고, 애니는 난쟁이와 요정과 그녀가 가장 좋아한 셀키* 이야기를 들려주었던 할머니네 집에 다시는 놀러 가지 못했다. 셀키는 예쁜 물범 가죽을 입었다 벗었다 하며 예전에 사랑했던 사람들을 땅 위에서 찾아다니는 여자들을 말했다.

애니는 그날의 기억을 애써 떨쳐버렸다. 여기는 발룬토이가 아니었고 그녀도 이제는 어린애가 아니었다.

눈을 떠보니 스테드가 아무 말 없이 그녀의 곁을 떠나 산책로를 다시 걸어가고 있었다. 그의 모습이 이제 막 안개 속으로 사라진 참이었다.

그녀가 이제 선실로 내려가 승객들 시중을 들어야 한다는 생각을 하며 정신을 수습하고 있었을 때 선원 하나가 그녀에게 다가왔다. 시어도어 우튼의 시신을 바다로 띄워 보낸 두 명의 선원 중 한 명이었다.

---

* 스코틀랜드 전설에서 때로는 사람 모습으로, 때로는 바다표범의 모습으로 등장한다는 가상적인 존재.

그가 자기 모자챙을 건드리며 말했다. "미안하지만 일등실 승무원 맞지요? 혹시 이걸 아가씨한테 주면 될까 해서요." 그가 자기 피코트* 주머니에서 손수건을 꺼냈다. 뭔가를 감싸고 있는 그 조그맣고 하얀 손수건 뭉치를 보고 그녀는 갑판 위에 놓여 있던 시신을 떠올렸다.

그가 그 손수건을 그녀의 손에 올려놓았다. 손수건을 펼쳐 보니 보석이 들어 있었다. 화살에 하트가 대롱대롱 매달려 있고 화살 뒤편에 걸쇠가 달린 브로치였다.

"내가 시신을 단장하는 부서 소속인데, 그 아이가 이걸 가지고 있더라고요." 선원이 설명했다. "이렇게 근사한 보석이니 분명 일등실 승객의 것이 아닐까 싶어서요. 아이가 슬쩍한 것일 수도 있는데 아가씨가 원래 주인에게 돌려줄 수 있을까요?"

애니는 브로치에서 선원에게로 시선을 옮겼다. 장례 준비를 맡은 부서 소속이라면 가장 낮은 등급이었다. 이걸 자기가 챙겨서 팔아넘길 수도 있었다. 그래도 아무도 몰랐을 것이다. 그녀는 그가 자신을 믿어주었다는 데서, 자신을 괜찮은 사람으로 보았다는 데서 감동을 받았다. "네, 그럼요."

그가 다른 일—삽으로 석탄 푸기, 기관실 내부 기계에 기름 칠하기—을 하러 자리를 뜨자 애니는 다시 보석을 들여다보았다. 제법 큼지막한 금브로치로 다른 보석은 없었고 곱고 섬세한 디자인이 곳곳에 숨어 있었다. 그녀는 어디에서 이 브로치

* 선원들의 방한용 코트.

를 보았는지 애써 기억을 더듬었다. 그녀가 맡은 모든 여자 승객들이 보석을 들고 탔고, 애니가 본 적 없을 만큼 귀한 그것들을 싸구려 장난감이라도 되는 듯 화장대에 늘어놓았다. 그래서 유혹에 넘어가지 않으려면 전적으로 무시해야 했지만— 이 브로치만큼은 보는 순간 당장 욕심이 났다.

잠시 후에 그녀는 어디에서 그 브로치를 보았는지 생각해 냈다. 캐럴라인 플레처의 화장대였다. 캐럴라인의 다른 보석과 묘하게 다르다는 생각이 들었던 기억이 났다. 그 아이가 정말 이걸 훔쳤을까? 그는 플레처 부부의 방에 들어갈 이유가 전혀 없었다. 그리고 선실은 들어가기가 쉽지 않았다. 사람들이 문을 잠그고 다니는 데다 방 주인 말고는 승무원에게만 열쇠가 있었다. 플레처 부부가 방으로 부르지 않은 이상 테디는 그 방에 들어갈 수가 없었다.

그리고 그들은 그를 방으로 부를 이유가 없었다.

그녀는 브로치를 손가락으로 쓰다듬으며 생각에 잠겼다. 그 반대라면 어떻게 되는 걸까? 테디가 플레처 부부의 선실에 들어간 게 아니라 캐럴라인이 테디를 만나러 간 거라면? 이유는 뭔지 모르겠지만 그녀가 그 아이를 찾아간 것일 수도 있을까? 그녀가 아이에게 브로치를 준 것일 수도 있을까? 이것 역시 말이 안 되기는 마찬가지였다.

하지만 미스터리의 시작은 늘 그렇지 않을까?

배가 물안개 자욱한 파도를 가르고 들썩이며 앞으로 계속 나아가는 동안, 그 아이가 죽은 이후로, 아니 승선하는 마크를 본 이후로 그녀의 가슴속에 자리 잡고 있었던 신경 거슬리는 불안이 막연하고 서늘한 두려움으로 증폭됐다. 뭔가가 꺼림칙했다. 그녀의 마음 저 밑바닥에서 메아리치는 의구심이, 출처를 전혀 알 수 없는 불편함이 느껴졌다. 이 배의 도처가 그랬다. 심지어 스테드가 얘기한 그 굶주린 혼령처럼 지금 그녀의 살갗을 타고 미끄러지는 차가운 공기에서도 느껴졌다.

애니는 브로치를 손수건으로 다시 감쌌다. 누가 그걸 보고 그녀가 훔쳤나 보다는 엉뚱한 결론을 내릴까 봐 겁이 났다. 그녀는 브로치를 캐럴라인 플레처에게 아직 돌려주지 않고 좀 더 가지고 있을 작정이었다. 그게 뭔지는 모르겠지만 아무튼 뭔가를 증명하는 것이었기 때문에 좀 더 가지고 있어야만 했다.

브로치를 들고 플레처 부부를 떠올리다 보니 희한하게도 온딘을 보고 싶은 마음이 하늘을 찔렀다. 그 아이를 품에 꼭 끌어안고 그 따뜻하고 달콤한, 기분 좋은 체취를 마시고 싶었다. 이제는 바다의 손에 맡겨진 가엾은 테디 우튼과 같은 운명을 맞닥뜨리지 않게 그 아이를 보호하고 싶었다.

그녀는 손수건으로 감싼 브로치를 주머니 깊숙이 넣고—이 불길한 예감과 안개의 와중에 브로치의 살짝 묵직한 느낌에서 안정감을 느낄 수 있었다—아침 일과를 시작할 준비를 하려고 어두컴컴해진 계단으로 얼른 도망쳤다. 다른 승객들이 조만간 일어나기 시작할 것이었다.

13장

1912년 4월 11일 10:30 a.m.
앨리스 리더 박사의 진료 기록
극비
환자: 매들린 애스터, 결혼 전 성은 탤메이지 포스
연령: 18세

상태: 전반적인 건강 상태는 훌륭함. 환자의 계산으로는 임신 6개월이라고 하지만 배의 크기를 감안했을 때 임신 말기일 수도 있을 듯(7개월? 8개월? 참고: 혹시 혼전 임신이라는 사실을 숨기려는 의도일까?). 안색은 창백하지만 체온은 정상이며 호흡과 맥박도 허용 범위 안에 있음. 관절이 심하게 부은 것은 임신에 따른 증상.

나는 이번 여행길에 진료를 볼 생각이 없었다. 매들린 애스터 부인이 찾아왔을 때 나는 친구인 케니언 부부와 마거릿 웰스 스위프트 부인과 휴가 여행 중이라 환자를 볼 준비가 되어 있지 않다고 말했다. 하지만 애스터 부인이 선상 의사인 올로클린 박사를 질색하게 됐다며 여의사에게 진찰을 받는 편이 더 편할 것 같다고 고집을 부렸다. 현재 상태와 상황을 감안했을 때 부인을 자극하는 것은 현명한 판단이라고 볼 수 없었다.

애스터 부인은 혼자 진찰을 받겠다며 남편 없이 왔다. (참고: 남편에게 허락을 받았다는 증거가 없다. 그에게도 별도로 설명을 해야 할까?)

환자는 피곤한 기색이 역력했고 잠을 제대로 자지 못한 얼굴이었다. 손을 가만히 두지 못했다. 나를 찾아온 이유를 물었지만 그녀는 대답하지 않고 오히려 나더러 오컬티즘을 믿느냐고 물었다. 나는 아주 잘 알지는 않지만 친구들 중에 몇 명이 아주 열렬한 신봉자라고 솔직하게 대답했다. 내 말을 듣고 그녀는 안심하는 눈치였다.

그녀는 이 배에 그녀를 해치려는 악령이 있다고 말했다. 내가 왜 그렇게 생각하느냐고 묻자 그녀는 데리고 온 하인 중에 어린아이가 있었는데 죽기 직전에 "물 위에서 어떤 여자가 자기한테로 오라고 부르는 소리를 들었다"고 그녀에게 말했다고 했다. 나는 아이들은 죽은 사람을 봤고 목소리를 들었다고 주장하는 경우가 많다고 그녀를 안심시켰다. 아이의 상황을 감안했을 때—애스터 부인의 말에 따르면 얼마 전에 고아가 됐다고 했다—이건 놀랄 만한 일이 전혀 아니다. 그 말을 듣고 그녀는 약간 진정이 된 것 같았지만 자기도 혼령의 존재를 믿는다고, 그뿐 아니라 이 혼령이 배

속 아이에게 나쁜 의도를 품고 있는 것 같다고 했다. 그러면서 자신이 애스터 씨와 결혼한 것과 이혼을 둘러싼 추문과 연관이 있는 것 같다고 실토했다. 그녀가 자세한 내막은 진술을 거부했지만 그럴 필요가 없었던 것이, 내가 남들 뒷이야기는 좋아하지 않지만 애스터 씨와 나이 차가 아주 많이 나는 여성 간의 충격적이고 폭풍 같은 로맨스를 다룬 기사를 신문에서 본 적이 있었다.

아무튼 그녀의 망상을 파고들어봐야 좋을 게 없다는 것을 알았기에 나는 애스터 부인에게 하인이 죽었으니 불안할 수밖에 없다고 말했다. 심란한 것이 당연하다고 말이다. 하지만 부인은 히스테리를 일으키기 직전이었다. 최근에 올린 결혼식, 이후에 쏟아진 언론의 관심, 임신. 이 모든 게 자극이었다.

희석된 아편 팅크를 1 대 20의 비율로 추가 희석해 두 시간 간격으로 4분의 1잔을 마시도록 처방을 내렸다. 애스터 부인은 다음 날 다시 만나기로 약속을 잡은 뒤, 의심스러워하긴 하지만 눈에 띄게 평온해진 모습으로 내 방에서 나갔다.

14장

황금빛 달걀노른자 같은 햇살이 애스터 부부의 선실 현창을 가르고 반짝이는 빛의 파편처럼 응접실로 쏟아져 들어와, 은식기 세트와 상아 머리빗에서부터 애들 장난감처럼 화장대 위에 아무렇게나 흩뿌려진 다이아몬드와 에메랄드와 사파이어에 이르기까지 모든 표면에 맞고 굴절돼 튕겨져 나왔다. 크리스털 향수병과 여러 면으로 깎인 위스키 디캔터와 만난 햇빛도 반짝거렸다. 간밤에 벗어 던진 드레스가 이 햇빛을 받고 눈이 부시도록 새하얗게 이글거려서 아주 잠깐 말고는 쳐다볼 수가 없었다. 꼭 자다가 거울이 달린 랜턴 안에서 눈을 뜬 느낌이었다.

매들린 애스터는 창가의 단독 테이블 의자에 앉아 움찔거렸다. 요즘 그녀의 몸은 벨벳 텐트처럼 풍성한 드레스 깊숙이 파묻혀 있어도 편안해질 줄을 몰랐다. 그들이 일어나기도 한참 전 새벽에 테디의 시신이 바다로 떨구어졌다는 것을 아는 이상 즐거운 마음으로 아침을 맞이할 수가 없었다. 상상만으로도 구역질이 났다. 그녀는 그 자리에 참석하고 싶었지만 존 제이컵이—본인은 잭이라고 불리길 좋아하는—단호하게 반대했다. "당신, 안 그래도 감정적으로 불안한데…… 하인의 장례식장에서 기절하면 되겠어?"라고 했다.

그녀는 임신 때문에 속이 울렁거리는 건가 싶어서 걱정스러운 마음에 여의사를 찾아갔다. 하지만 공감 능력이 없을지언정 예리한 리더 박사는 간밤에 벌어진 사건과 매들린의 마음속에 남아 있는 죄책감과 충격을 원인으로 지목했다.

박사는 그녀에게 죄책감을 느낄 필요가 없다고 했다. 이러니저러니 해도 테디의 죽음이 그녀의 잘못은 아니었다. 가끔은 아무 이유 없이 안 좋은 일이 벌어질 때도 있었다. 거기에 반드시 어떤 패턴이 있을 필요는 없었다. 거기에 어떤 의미가 담겨져 있을 필요도 없었다.

하지만 그건 그녀의 잘못이 아니었다. 그것만큼은 세상 어떤 것보다 확실했다.

"차를 다 드셨네요, 부인. 좀 더 가져다달라고 할까요?" 하녀가 이렇게 물었지만 말소리가 물속을 가르고 그녀를 향해 다가오는 것처럼 들렸다.

남편이 신문을 부스럭거렸다. "여보— 미스 비두아가 묻고 있잖소. 차를 더 마실 거요, 말 거요?" 잭은 그녀가 결혼한

지 겨우 몇 달 만에 질색하게 된 눈빛으로 그녀를 쳐다보고 있었다. 마치 학교 선생님이 말도 안 듣고 머리도 별로 좋지 못한 학생을 대하는 눈빛이었다.

"아니, 됐어요."

하녀는 고개를 끄덕이고 밖으로 나갔다.

유럽과 이집트로 장기 신혼여행을 떠난 이유는 언론을 피하기 위해서였지만—그들이 결혼한 시점을 두고 추측과 비방이 난무했다—그녀가 예상했던 것보다 훨씬 좋았다. 그들은 근사한 시간을 보냈다. 모든 것이 심지어…… 잠자리까지도 편안하고 스스럼없었다. 그는 나이가 그녀보다 거의 세 배 많고 그녀의 학창 시절 친구들은 침대에서 어떻겠느냐며 수군대고 키득거렸지만 놀랍게도 뭐 그리 끔찍하지 않았다. 잭은 서두를 줄 모르고 갈급함을 모르는 사람처럼, 기쁨을 중심으로, 필요한 것이 아닌 원하는 것 위주로 삶을 구축한 사람처럼 그녀의 욕구를 채워주었다. 육체적, 감정적, 금전적으로 그녀에게 너그러웠다.

물론 거기에 대한 보답으로 완전하고 완벽한 헌신을 원했다.

그녀는 그에게 헌신하지 못할 이유가 없었지만 사고 회로가 말썽이었다. 그녀는 가끔 자신이 반항아 기질을 타고난 게 아닐까 하는 생각이 들 때가 있었다. 예전에는 그걸 호기심이라고 생각했다. 그녀의 아버지가 그렇게 표현했다. 학교 선생님들은 늘 그렇게 평가가 후하지는 않았다. "고집 부리지 마라. 여자가 고집이 세면 보기 안 좋아." 그들은 여러 번 이렇게 말했다.

이제 와 생각해보면 선생님들 말이 맞지 않았을까 싶다. 그녀에게 내재된 것이 반항심에 가깝지 않나 싶다.

물론 남들 눈에는 그녀가 철이 없어 보일 것이다. 하지만 불행을 좋아하는 성향으로 태어난 사람도 있을 수 있을까? 고통이 아니라—고통을 겪고 싶은 마음은 추호도 없었다—현재 상황이 아무리 환상적이더라도 고요하고 간질간질한 불만감.

그렇다면 그것이 매들린의 병이자 그녀에게 내려진 저주였다.

그리고 이제 이렇게 6개월 만에 뉴욕으로 돌아가는데, 그녀의 가슴속에 자리 잡은 암울한 불안이 보이지 않는 나방처럼 퍼덕이며 그녀를 갉아먹고 갉아먹고 또 갉아먹고 있었다.

뭔가가 이상했다. 다른 어느 누구도 그걸 느끼지 못하는 걸까?

두통의 전조가 느껴지자 그녀는 막아보려고 눈을 질끈 감았다.

잭이 신문을 아래로 내렸다. "여보, 몸이 안 좋은가? 다시 눕는 게 좋지 않겠소?"

침대가 매들린을 부르고 있었다. 마침내 잠을 청할 수 있었던 게 몇 시였을까? 그녀는 꼬맹이 하인을 생각하며 한참 동안 뒤척였다. 그리고 그 예언도……

"그러는 게 좋겠어요." 그녀는 자리에서 일어나 퉁퉁 부은 말랑말랑한 발로 천천히 침실을 향해 걸어갔지만, 잠을 자기

보다 집에 가고 싶었다. 뉴포트가 아니라 함께 자란 진짜 친구들이 있는 뉴욕의 집에 가고 싶었다. 그녀에게 알랑거리는 젊은 여자들, 자연스럽게 여행 동무가 된 다른 상속녀와 후처와 사교계 인맥이라면 신물이 났다.

그녀는 실크 시트 사이로 스르르 들어가며 좋은 데로 시집가는 것이 오래전부터 그녀의 사명이자 소명이지 않았냐고 생각했다. 그녀의 가족은 어느 누구도 아닌 척하지 않았다. 그녀는 최상의 지원을 받았다. 사립학교를 졸업했고, 춤과 노래와 테니스 수업을 받았다. 손꼽히는 집안에서 열린 파티에 참석했고 알맞은 곳에서 휴가를 보냈다. 언니 캐서린이 이런 식으로 남들이 부러워할 만한 남편과 사회적 지위를 쟁취했다. 그녀에게도 이 방법이 효과가 있을 것이었다.

매디는 이런 주변의 기대에 부담을 느낀 적이 없었다. 그녀는 학교를 사랑했고 열심히 공부했고 친구들 사이에서는 타고난 리더였고 사교성이 뛰어났다. 모든 게 수월하게 이루어졌지만, 그녀는 모험을 갈망했다.

그녀의 집안을 가리켜 거만하고 욕심 많은 장사치라며 뒤에서 수군대는 사람들도 있었지만 부모님은 신경 쓰지 않았다. "몇백 년 전부터 이래왔는걸." 어느 집안의 안주인에게 무시당할 때마다 어머니는 콧방귀를 뀌며 이렇게 말했다. "원래 전략적인 제휴를 통해 발전해나가는 거야. 명문가는 그런 식으로 만들어지는 거라고." 두말하면 잔소리지만 그들은 명문가가 될 것이었다.

그녀는 1910년 여름에 바 하버에서 존 제이컵을 만났다. 그때 매들린은 17세, 잭은 45세였다. 양쪽 집안이 같이 아는 친구의 여름 별장으로 휴가 여행을 떠난 참이었고, 매디는 거기서 멋진 몸매를 뽐내며 친구와 테니스를 쳤다. 잭이 튀어나온 공을 주워서 테니스 코트까지 걸어가 그녀에게 돌려주었다. 그녀는 그가 공을 건네며 자기소개를 했을 때 지은 눈빛이 무슨 의미인지 알아차렸다. 이후에 그녀의 어머니는 좋아서 어쩔 줄 몰라 했다. "애스터 씨가 너에게 관심을 보였어! 우리 아주 조심스럽게 작전을 세워야 한다, 아주 조심스럽게!"

그 정도는 그녀도 알고 있었다. 매들린은 장기전을 아주 좋아했다. 다른 친구들과 마찬가지로 그녀 역시 소공자의 배필로 가꿔지고 길러졌다. 사교계 진출은 피 튀기는 경쟁이었다. 그리고 그녀는 전 세계를 통틀어 가장 재산이 많은 남자에게 프러포즈를 받았으니 성공한 셈이었다. 모든 친구가 그녀를 질투했다. 이 일로 한 친구는 심지어 신경쇠약증에 걸렸다.

매디의 결혼 전 성이 포스Force였다.

잭의 반려견인 키티가 그녀의 발치에 누웠다. 키티는 항상 그들과 침대에서 같이 잤다. 안절부절못하는 매디의 심리 상태를 반영이라도 하는 듯 키티가 가볍게 낑낑거렸다.

키티를 돌보던 하인이 테디였다는 데 생각이 미치자 죄책감과 공포로 시큼한 욕지기가 치밀어 올랐다. 이 개는 사라진 친구가 보고 싶어서 우는 것일지 몰랐다.

"오늘 아침에는 둘 다 꼴이 아주 말이 아니로군." 남편이 위에서 그들을 내려다보며 말했다.

"그 가엾은 아이가 그렇게 됐는데 설마 내가 아무 감정도 느끼지 않길 바라는 건 아니죠?"

"그 아이가 당신 친자식도 아니잖소." 잭은 나지막이 중얼거렸다.

그녀는 침대에서 일어나 화려한 마호가니 옷장 앞으로 갔다. 갈아입을 옷을 고르며 말없이 부글거리는 속을 달랬다.

생각해보니 그녀는 화가 났다. 심지어 불안했다.

이게 다 잭의 첫 번째 부인 에이바 때문이었다. 그녀의 남편은 그렇게 생각하고 싶지 않아 했다. 매디도 그렇게 생각하고 싶지 않았지만 그녀의 어머니가 들은 그 기분 나쁜 얘기가 알고 보니 사실이었다. 잭의 이혼 과정은 지저분했다. 다행히 그녀를 만나기 전에 있었던 일이지만 그럼에도 에이바 윌링 애스터는 앙심을 품었다. 전남편이 재혼하려는 생각을 밝히자 노발대발했다. 이혼한 지 1년도 되지 않았는데 이렇게 남부끄러울 정도로 금세, 남부끄러울 정도로 어린 여자와 재혼을 하겠다니. 에이바는 더 어리고 귀엽고 날이면 날마다 아버지와 함께 지내는 이복형제가 태어나면 그녀의 아들과 딸은 어떻게 될지 불안해했다.

매디의 어머니는 심어놓은 정보원을 통해 에이바가 집시를 동원해 그녀에게 저주를 걸었다는 정보를 입수했다. 얼마든지 웃어넘길 수 있는 정보였지만 하필 이 시대의 최대 유행이 오컬티즘이었고, 사교계의 수많은 여자들이 영매를 찾아가 망자와 대화를 나누고 손금을 읽었다. 에이바가 접촉한 집시는 뉴욕에서도 세련된 동네에 이국적이고 아담한 아틀리에를 운영하며 『타임스』에 광고를 싣는, 맨해튼에서도 유명한 사람이었다. 매디의 어머니가 심어놓은 정보원은 집시의 슬라브계 억양을 흉내 내가며 에이바가 어떤 저주를 주문했는지 소상히 알려주었다. "부인의 남편과 그의 후처는 오랫동안 행복하게 지내지 못할 겁니다. 그는 기존의 자식들보다 더 사랑하는 자식을 두지 못할 테고 후처는 사랑했던 모든 사람을 잃을 겁니다."

잭은 그 말을 듣고 웃었다. "에이바가 집시를? 말도 안 돼. 내 평생 에이바만큼 분별 있는 여자를 본 적이 없는데." 하지만 남자들은 예언의 힘과 중요성을 종종 간과했다. 자기들이 보거나 잡거나 가지지 못하는 것은 무엇이든 무시했다.

매디는 카이로에 도착할 때까지 기다려 알아낸 신비주의자에게 상의했다. 해외에 거주하는 미국인들 사이에서 유명한 외눈박이 노파였다. 그녀는 집시의 저주로 묶여서 매디를 따라다니는 악령이 보인다고 했다. "그 악령을 없애주세요." 매디는 말했다. 울지 않으려고 참느라 언성이 높아졌다. "저는 아이를 지켜야 해요. 돈은 달라는 대로 드릴게요." 하지만 노파는 매디가 직접 그 악령을 쫓아내야 된다고 했다. "부인이 적보다 더 강력하다는 걸 보여줘야 해요." 하지만 그 노파는 영어가 짧았고 매디는 그게 무슨 말인지 잘 알아들을 수가 없었다. 매디는 싸움을 앞두고 꽁지를 내리는 성격이 아니었지만 보이지도 않고 만질 수도 없는 것을 무슨 수로 물리친단 말인가. 그녀는 뉴욕에 가면 유명한 심령술사를 동원하기로 마음을 먹었다.

그런데 지금은 뉴욕에 도착할 때까지 기다리기로 한 게 후회가 됐다.

뉴욕에 도착하기 전에 뭔가 조치를 취해야 했다. 테디의 죽음으로 그녀와 그 모든 것들 위에 드리워진 그림자가 꺼림칙했다. 그것이 저주의 끝이 아닐 듯한 기분 나쁜 예감이 들었다.

그녀는 사실 테디의 부모님이 죽었다는 얘기를 들었을 때 안쓰러워하며 데리고 있자고 고집했을 정도로 그와 가까운 사이로 발전했다. 그는 거의 가족 비슷한 존재가 되었다. 그녀는 테디를 입양하고 싶은 마음도 있었다. 물론 정식 입양은 잭이 용납하지 않을 것이었고, 매디와 나이 차가 얼마 나지도 않고 아버지를 돈줄로만 아는 듯한 전처의 두 아이도 마찬가지일 것이었다. 그녀는 테디를 조카처럼 거두어 잘 먹이고 입히면 어떨까, 그러면 그가 그녀를 맹목적으로 따르고 심지어 사랑할 수도 있지 않을까 상상했다. 그는 그녀의 모든 장점을 대변하는 증거가 될 수 있었다.

그런데 이제 그럴 일은 없게 됐다.

리더 박사가 뭐라고 하건 간에 책임을 져야 할 사람이 있다면 그녀였다. 그녀도 그걸 안다는 것이 최악이었다. 그녀가 아니었다면 테디는 이번 여행에 따라나서지 않았을 것이었다. 다른 하인들과 함께 비치우드에 남아서 그들이 돌아올 때까지 은그릇을 닦고 심부름을 했을 것이었다. 그녀가 그를 데려오고 싶다고 했을 때 잭은 눈썹을 추켜세웠지만 그녀를 기쁘게 하려고 부탁을 들어주었다. 그는 테디가 이집트에서 키티를 잃어버리고 겁에 질려서 그들에게 비밀로 했을 때조차 싫은 소리를 하지 않았다. 그가 몇몇 하인들에게 돈을 쥐여주고 뒤에 남아서 개를 찾게 했지만 소득이 없었다. 며칠 뒤에 다른 부유한 미국인 관광객들이 타고 있던 유람선에서 키티를 맞닥뜨린 건 순전히 행운이었다. 그녀는 잭이 그 아이를 내보내자고 할 줄 알았는데 그는 그러지 않았다.

그녀는 나름대로 테디를 사랑했는데 악령이 그 아이를 데려가버렸다. 에이바의 노파가 장담한 대로 된 것이다.

남편은 그녀가 가운을 벗고 옷을 갈아입으며 개를 쳐다보는 것을 보았다. "당신이 테디 때문에 가슴 아파한다는 거 알아. 당신의 여린 면을 볼 수 있어서 좋군그래. 하지만 이제 그만 떨쳐버리도록 해. 우울해하는 것이 아이에게 좋을 리 없으니까."

그녀는 눈을 부라렸다. 그는 아이에게 뭐가 가장 좋은지 자기가 안다는 식이었다.

그들 부부는 모든 것에 시간과 공을 들였다. 그들에게는 하루를 시작하는 준비를 하는 것조차 이벤트였다. 테디의 죽음이라는 먹구름이 머리 위에서 맴돌고 있지만 오늘도 예외는 아니었다. 따라서 오후를 훌쩍 지나 매들린이 머리단장을 제대로 마친 다음에야 그들은 베란다 카페에서 카드를 치며 술을 마시는 친구들을 찾아 나설 수 있었다.

아니, 친구라기보다 같이 어울리는 무리. 지인이었다. 개중 일부는 원래 나머지와 격이 맞지 않고 선상에서 묘하게 뒤섞이며 잠깐 신분 상승이 된 낙오자라 배에서 내리자마자 필요 없어진 우산처럼 내동댕이쳐질 것이었다.

베란다 카페를 보고 매디는 열세 살 때 갔던 플로리다를 떠올렸다. 그때는 야자수와 모래사장과 조그맣고 귀여운 악어가 말로 표현할 수 없을 만큼 이국적으로 느껴졌는데, 카이로나 알렉산드리아와 비교하니 빛을 잃었다. 그래도 미니 야자수 화분과 등나무 가구가 있고 머리 위에서는 큼지막한 선풍기가 느릿느릿 돌아가는 그 카페가 행복했던 가족 여행의 추억을 소환했다. 밖에서 끝없이 이어지는 칙칙한 바다와 하늘에 비하면 밝은 초록색과 산호색 쿠션은 기분 좋은 쉼표였다.

하지만 여기 모인 사람들을 보고 그녀는 잠깐 불길한 예감을 느꼈다. W. T. 스테드와 더프-고든 부부, 캐럴라인 플레처와 그 남편이라니—마크라는 이름의 젊고 잘생긴 남편은 항상 얼굴이 수심으로 가득했다—교령회 참석자를 거의 그대로 재현하되 앨리스 리더 박사만 추가된 셈이었다. 간밤의 사건은 비극으로 막을 내렸는데, 이렇게 다시 한자리에 모이다니 좋은 생각이 아닌 듯했다. 그들은 아무도 입 밖에 내지 않은 **그것**을 통해 똘똘 뭉쳤다. 그런 식으로 모두 꺼진 촛불을 통해.

침실 바닥에 널브러진 테디를 처음 보았을 때 그녀의 목구멍에서 터져 나온 비명을 통해.

매디는 등나무 의자에 털썩 주저앉으며 푹신한 쿠션에 감사했고, 아무 생각 없이 키티를 너무 세게 쓰다듬는 남자들을 구경했다. 남자들은 반려동물을 좋아했고, 자기들 마음대로 그들을 다루어도 암암리에 용인이 된다고 생각했다.

"이런 착한 녀석을 보았나." 더프-고든 경이 키티의 뺨을 살짝 때리며 말했다.

"같이 치지 않을래요? 두 분이 합류하면 네 명이서 새로 한 조를 만들 수 있는데." 루시 더프-고든이 카드에 시선을 고정한 채로 말했다. 그녀는 잭보다 나이가 한두 살 더 많아서 쉰에 육박했지만 기껏해야 서른셋으로 보였다. 그 우아함과 오만함에 대부분의 여자들은 위축됐지만 매들린이 느끼기에는 그녀의 유머가 신랄하기는 해도 언제나 따뜻했다. 그녀는 아름답고 해박하고 기민하며 쉽게 감동을 받지 않았다. 이 모든 것이 매디가 앞으로 계발하고 싶은 자질이었다. 게다가 성공한 여성 사업가라는 희귀성도 있었다. 요즘 세간의 가장 큰 화제는 프랑스의 연극배우 가비 델리스가 포르투갈 국왕과 교제하던 시기에 입은 나이트가운과 네글리제를 그녀가 모두 가봉했다는 것이었다. 이후로 뉴욕에서 매디와 어울리던 무리는 모조리 그 비슷하게 몸에 착 달라붙는 실크 속옷을 주문했지만, 매디가 알기로 그걸 실제로 입을 수 있을 만큼 용감한 친구는 없었다.

"그럼 꿰다 놓은 보릿자루처럼 가만히 앉아 있는 플레처 씨와 스테드 씨를 활용할 수 있겠네요." 루시가 말했다.

"나는 직접 하는 것보다 구경하는 걸 훨씬 잘하는 사람이에요." 스테드가 특유의 시큰둥한 투로 말했다.

"내가 들은 소문하고 다르네요." 루시는 완벽하게 그린 눈썹을 활 모양으로 추어올리며 되받아쳤다.

매들린은 그녀가 무슨 말을 하는 건지 알았다. 신문기자로 활동한 스테드의 이력, 그중에서도 특히 일라이자 암스트롱 사건을 두고 하는 말이었다. 그 사건은 모르는 사람이 없었다. 모두들 수군거렸다. 그가 어떤 식으로 구경꾼 이상의 역할을 했는지. 그가 '조사'라는 명목 아래 어떤 식으로 자기 신분을 감추고 기껏해야 열세 살밖에 되지 않은 여자아이를 돈을 주고 사서 그날 밤에 하숙집으로 데리고 갔는지. 문명국이라는 여기 이 영국에서 성매매가 얼마나 공공연하게 이루어지고 있는지 폭로하려는 것이 그의 목적이었지만, 식자층 사이에서 의혹과 분노의 물결을 양산했을 뿐이었다.

생각해보면 상당히 미국적인 접근이었다.

하지만 이 모든 건 매디가 태어나기도 전에 벌어진 사건이었고 그녀는 여기에 대해 생각할수록 심란해졌다. 또다시 고향의 진짜 친구들이 갑작스럽게 보고 싶어졌다. 6개월은 여행을 다니며 보내기에는 끔찍하리만치 긴 시간이었다.

그녀는 문득 이 배에서 내리고 싶어 미칠 것만 같았다.

"나는 기본적으로 브리지를 좋아하지 않아요." 잭이 이렇게 말하고 있었다. "아무리 봐도 여자들이 카드 계산을 남자들보다 훨씬 잘하거든요. 여자들에게 숨겨진 많고 많은 미스터

리 중 하나죠." 그가 배를 긁어주자 키티는 혀를 입 옆으로 늘
어뜨리고 다리를 들고 뒤로 벌러덩 드러누웠다. 키티는 잭에
게 사랑받는 법을 알았다. 매디는 남편의 애정이라는 관점에
서 보면 그녀와 키티가 동급일지 모른다는 생각이 들었다. 그
녀도 어떻게 하면 남편을 고양이처럼 가르랑거리게 만들 수
있는지 알았다. 그런 비법은 금세 터득할 수 있었다.

"신비로운 능력이 그렇게 많은데 사업을 하는 여자는 왜 별
로 없는지 모르겠네요." 루시 더프-고든이 말했다.

그녀의 남편인 더프-고든 경이 자기 소매에 대고 기침을 했
다. "젊은 여자들이 전부 그렇게 사업에 관심이 있는 건 아니
지, 여보. 애스터 부인, 원하시면 저 대신 하셔도 됩니다." 그
는 테이블에서 일어나며 매들린에게 자기 카드를 건넸다. "하
지만 그러면 내 아내와 한 팀이 되어야 하죠. 위험한 도박이라
고 할까요."

"그 말 듣고 재밌다고 생각할 사람 없어요." 루시가 손에 쥔
카드를 다시 정리하며 말했다.

"저 못해요." 매들린은 얼른 사양했다. 사실 그녀는 브리
지를 좋아하지 않았다. 브리지 하면 어머니의 무리가 생각났
다. 일광욕실에서 차와 셰리주를 앞에 두고 유리 테이블 상판
에 카드를 부딪쳐가며 몇 시간씩 쑥덕거리던 그들. 그녀는 그
런 풍경이 자신의 미래라는 걸 알았지만 그렇게 살고 싶지 않
았다. 그들이 나눈 대화를 통해 이득을 얻기는 했지만.

그녀는 좀 더 활동적인 놀이를 좋아했다. 테니스, 승마, 심

지어 요트. 그녀는 선상에 발코니 관람석이 딸린 스쿼시 코트가 있다는 얘기를 들었다. 전문 강사며 모든 게 갖추어져 있다고 했다. 그녀도 스쿼시를 치고 싶었지만 이 몸으로는 어불성설이었다. 하늘도 알고 땅도 알다시피 그녀는 좀 움직여야 했다. 그들은 저녁 식사를 마치고 리셉션 룸에서 예정대로 피아노 연주회가 열릴 때까지 가만히 앉아 있을 게 분명했다. 다들 그 연주회에 참석할 생각인 듯했다. 오뷔송 태피스트리가 걸렸고 납틀 유리창이 달린 리셉션 룸은 그나마 예뻐서 다행이었다.

하지만 그녀는 그 자리에 남아서 구경했다. 더프-고든 경 부부, 플레처 부인과 앨리스 리더 박사의 2인 1조 게임이었다. 그녀가 남은 이유는 루시가 혹시나 다른 승객을 두고 신랄하게 이러쿵저러쿵 하는지 궁금해서였다. 매들린이 쑥덕공론보다 더 싫어하는 게 있다면 그 자리에 끼지 못하는 것이었다.

게다가 그녀는 사람들을 구경하는 것이 재미있었다. 어떤 사람이 보는 사람이 아무도 없다고 생각할 때 어떤 모습을 보이는가에 따라 미루어 짐작할 수 있는 부분이 얼마나 많은지 몰랐다.

하지만 앨리스 리더는 왠지 모르게 대하기 불편했다. 거무칙칙한 갈색 치마에 고리타분한 안경을 쓰고 머리를 단정하게 핀으로 고정한 의사가 이 틈바구니에 끼어 있다니 희한했다. 항상 멋진 옷차림을 자랑하는 더프-고든 경의 부인과는 정반대였다. 오늘 그녀는 자잘한 장미꽃 무늬의 옅은 분홍색 실크 드레스를 입고 있었다. 그 둘은 서로 극과 극이었다.

"구겐하임은 어디 있어요? 프랑스에서 온 여가수한테 성악 레슨을 받고 있나?" 잭이 묻자 남자들이 킬킬거렸다. 매디의 귀에는 부러워하는 말투처럼 들리는데 과연 그럴까? 모두들 알다시피 구겐하임이 데려온 가수는 밤마다 그에게 프랑스어를 가르치지 않았다. 프랑스 노래를 가르치지 않는 것만큼은 분명했다.

"이걸로 끝인 것 같은데." 더프-고든 경이 말하며 카드를 던졌다. 그가 쥐고 있었던 카드를 보고 그의 아내는 앓는 소리를 냈다.

"어젯밤 그 사건으로 흥분한 마음을 진정하느라 늦게까지 자고 있을 수도 있죠." 마크 플레처가 일부러 장난기 넘치는 투로 말했다.

리더 박사가 카드를 들여다보다 말고 눈을 들었다. "그 사건이요?"

의사 앞에서 교령회 얘기는 꺼내지 말아요. 매들린은 그들을 말리고 싶었지만 가망 없는 일이라는 걸 알았다.

"어젯밤에 교령회를 열었거든요." 더프-고든 경의 부인이 그녀답게 불쑥 내뱉었다. "아주…… 생동감 넘쳤어요."

"박사님은 그런 데 반감을 가지고 계시겠죠?" 스테드 씨가 선제공격에 나섰다. 매디도 예상한 반응이었다.

"제 동료들 중에서도 심령술에 흥미를 느끼는 사람들이 많습니다." 리더 박사가 말했다.

"상당히 두루뭉술한 답변이네요." 더프-고든 경의 부인이 경쾌하게 폭소를 터뜨리며 말했다.

"하지만 박사님은 아니란 말씀이시죠?" 스테드가 말했다. "그렇지만 아무리 믿지 않는 사람이라도 어젯밤에 우리가 저 세상과 접촉했다는 걸 부인하지는 못할 겁니다. 어떤…… 존재를 느꼈거든요." 그의 말이 매디의 살 속으로 슬금슬금 파고들었고 등골이 오싹해졌다. 그 노인장도 그녀처럼 어젯밤에 벌어진 일의 진실을 알고 있었다.

"우리가 손을 올려놓고 있던 테이블이 흔들렸어요." 그가 말을 잇자 그녀도 기억이 되살아났다. 간밤의 일이 꿈처럼 느껴졌었는데 이제는 현실이었다는 것을 알 수 있었다. 너무나 생생한 현실이었다. 스테드가 계속 말했다. "바람이 불어 들어와 촛불이 꺼졌고 방 안이 점점 싸늘해졌고요. 모두 혼령이 등장했을 때 나타나는 전형적인 현상이죠." 그만해요. 그녀는 그를 말리고 싶었다. 거론하는 것만으로 혼령이 소환되는 건 아닌가 싶어 덜컥 겁이 났다. 이 혼령은 장난감이나 신기한 물건이 아니에요. 위험하다고요.

그가 하던 얘기를 계속했다. "나는 오래전부터 오컬티즘을 시연했어요. 유명한 영매 앞에서 한 적도 많았고요. 하지만 어젯밤처럼 강하게 어떤 존재를 느낀 건 솔직히 처음이에요."

매디는 의자 속으로 점점 더 깊숙이 몸을 묻었다. 도망치고 싶은 마음이 점점 더 간절해졌다. 이제는 한기가 차디찬 바닷물처럼 배 속에서 소용돌이치다가 위로 빙글빙글 번져나갔다.

"여기가 바다라 그랬을 수도 있어요. 땅보다 물이 더 수월하거든요. 혼령에게 가해지는 저항이 덜해서. 그래요, 우리가 간밤에 목격한 광경의 많은 부분을 이런 맥락에서 이해할 수 있겠어요."

그는 아무도 반론을 제기하지 않는데도 고개를 끄덕였다. 마치 혼령을 실제 존재하는 인물처럼 간주하고 있었다.

"그러니까 물 위를 떠다니는 혼령이 육지에 있는 혼령보다 더 강력하다는 말씀인가요?" 캐럴라인 플레처가 손에 쥔 카드를 고르며 물었다. "맞닥뜨리는 저항이 적어서요? 전기처럼?"

"바로 그거예요." 스테드 씨가 못을 박았다. "전보처럼. 그 마르코스 전신기처럼. 한 가지 차이가 있다면—" 그가 잠깐 말을 멈추자 매디는 정적 속에서 몸서리쳤다. "—혼령은 허공에서뿐 아니라 사람들 안에서도 살 수 있다는 것이지만요."

"네?" 자기도 모르게 매디의 입에서 반문이 터져 나왔다. 남편이 그녀를 흘끗 곁눈질했다.

"귀신 들림 같은 현상 말씀이세요?" 루시가 말했다.

"맞습니다, 부인." 스테드가 대답했다. 그는 뚱한 표정으로 그들을 한 사람씩 쳐다보았다. "그리고 그들은 타인의 육신을 차지할 때 가장 위험해지죠. 실체가 있는 존재가 되니까요. 뼈와 살이 있는 존재요. 그럼 자신들이 원하는 대로 행동할 수가 있게 되죠."

"잠깐 실례할게요." 매디는 몸 상태가 허락하는 한도 안에서 최대한 벌떡 일어났다. 이 자리에서 도망치고 싶은 마음을 견딜 수가 없었다. 그렇게 갑자기 자리를 떠버리면 뒤에서 수군대겠지만 더는 그 자리에 앉아 있을 수가 없었다. "몸이 좀 안 좋아서요." 그녀는 그들이 꼬치꼬치 캐물을 리 없다는 것을 알기에 희미하게 미소를 지으며 자기 배를 가리켰다.

그녀는 남편이 부르는 소리를 무시해가며 유리문을 열고 산책로로 허둥지둥 빠져나갔다. 속이 너무 안 좋아서 그를 기다릴 수 없었다고 하면 될 일이었다. 그는 먼저 일어났다고 그녀에게 노발대발하지 않을 것이다. 그는 병명이 뭐가 됐든 아픈 사람을 대하는 데에는 재주가 없었다. 가면극, 개 다루기, 쓸데없는 것 발명하기 등 여러 가지 일을 잘했지만 환자를 대하는 건 아니었다. 천성적으로 그랬다.

그녀는 더는 1초도 견딜 수 없었다. 그들은 하나같이 교령회를 비웃고 무슨 속임수 취급했지만 그녀는 그렇지 않다는 걸 알았다. 그건 **진짜**였다.

그들은 테디를 데려간 악령과 접촉했다. 그 악령의 정체가 뭔지 몰라도 정말 사악하다는 것을 느낄 수 있었다.

그 악령은 아직까지도 여기 이 배 안을 떠돌아다니고 있었다. 그 악령이 어떤 승객의 몸속으로 들어갔다면, 그 방 안에 있던 사람, 복도에 숨어서 다음번 먹잇감을 기다리고 있는 어떤 사람의 몸속으로 들어갔다면 어떻게 되는 걸까? 스테드는 방금 전에 그럴 수도 있다고 했다. 이 악령이 살아 숨 쉬는 인간의 몸속으로 들어가 자기 마음대로 그를 조종할 수도 있다고 했다. 이제 와 생각해보면 그들이 유럽을 순회하는 동안 벌어진 위기일발의 불운한 사고들이 이해가 됐다. 하인이 카이로의 객실에서 키티를 잃어버려 온갖 걱정을 끼쳤던 것, 여행 가이드가 몽트뢰 등반에 너무 열을 냈던 것. 피렌체에서 좀도둑이 노천 시장 옆 골목길까지 그녀를 쫓아왔던 것. 잭의 말로는 그냥 소매치기라고 했지만 매디는 그의 눈빛에서 훨씬 불길한 느낌을 받았던 것. 이들이 모두 저주를 실현하려고 악령이 보낸 꼬나풀이었다.

두말하면 잔소리지만 테디가 죽은 것도 그 때문이었다. 이 배에 타고 있는 어떤 사람, 자기가 무슨 짓을 저질렀는지조차 모를 수 있는 사람의 손에 죽은 것이었다. 이 기분 나쁜 허탈감이 그녀에게서 떠날 줄 모르는 이유도 그래서일까?

웃으며 카드 게임을 하는 일등실의 이 과대평가된 유명 인사들에 비하면 그녀는 어리고 아무것도 모르고, 심지어 철이 없는 것처럼 보일지 몰라도 매들린 애스터는 무사안일이 뭔지조차 모르지는 않았다. 그들은 혼령과 유령의 존재를 믿고 싶어 했지만 유령이 얼마나 위험한 존재인지에 대해서는 무지했다. 그들 위에 드리워진 죽음의 장막에 대해서는 무지했다.

그들 모두의 위에 드리워진 죽음의 장막에 대해서는.

뒤에서 다가오는 발소리가 들리자 그녀는 휙 몸을 돌렸다. 캐럴라인 플레처가 따라 나온 것이었다. "괜찮아요? 선실까지 바래다줘야겠다는 생각이 들더라고요. 당신이 갑자기 벌떡 일어나서 다들 깜짝 놀랐지 뭐예요." 캐럴라인은 매디가 어떤 말이나 행동을 할 겨를도 없이 앞으로 달려와 그녀의 팔을 세게 잡았다. 매디의 어머니가 연상되는 대목이었다.

그녀는 캐럴라인에게 그냥 몸을 맡겼다. 그 순간만큼은 옆에서 붙잡아주는 따뜻한 육신을 느낄 수 있어서 안심이 됐다. "혼령 어쩌고 하는 얘기를 듣고 있으려니까 너무 마음이 불안해서요. 남편이랑 제가 여행 도중에 몇 번 섬뜩한 경험을 한 적이 있거든요. 고성을 하나씩 구경하던 길이었는데, 얘기를 들어보니 전부 유령이 출몰하는 곳 같았어요." 그녀는 터져 나오려는 흐느낌을 삼켰다. "그러고 나서 가엾은 테디를 보내고 나니……"

"임신의 여파도 가볍게 볼 게 아니에요." 캐럴라인이 불룩한 매디의 배를 턱으로 가리키며 말했다. "임신하면 주변의 모든 것에 훨씬 예민해지거든요. 거의 감당할 수 없을 만큼."

"맞아요…… 이해하시는군요…… 당신도 아이를 낳은 지 얼마 되지 않았죠?" 매디는 예쁘고 깜찍한 플레처 부부의 아이를 떠올렸다. 그 아이를 보면서 육아 실습을 할 수 있으면 좋으련만, 유모에게 맡겨놓을 때가 많아서 아쉬웠다. 캐럴라인은 그저 미소를 지었다. 얼마 전에 아이를 낳은 엄마만 지을 수 있는 더없이 행복한 미소였다. 매디는 자기도 그렇게 성스러운 미소를 지을 수 있는 날이 기다려졌다.

그들은 마구 하나로 연결된 한 쌍의 말처럼 일정한 리듬에 맞춰 걷기 시작했다. 그 순간만큼은 캐럴라인이 그녀의 예전 친구와 다를 바 없이 느껴졌고—다른 여자들에 비하면 그녀와 나이가 제일 비슷했다—그녀가 옆에 있어서 푸근했다. "나도 느껴져요. 이 배 안에는 뭔가가 있어요. 당신뿐만이 아니에요. 다들 그 얘기를 하고 있어요."

그녀가 걱정했던 부분이 근거 있는 것으로 밝혀지자 겁이 났지만 또 한편으로는 안심이 됐다. 그녀 혼자만의 상상이 아니었던 것이다. "우리가 유럽에서 묵었던 모든 곳에 유령이 사는 느낌이었어요. 남편은 계속 무서워할 거 없다고······ '유령이 당신 못 잡아먹어. 그냥 웃풍이 심한 거고 다 허풍이야!'라고 했지만 스테드 씨가 하는 얘기 들었죠? 정말로 유령이 어떤 사람의 몸속으로 들어갈 수 있을까요?" 만약 그렇다면 에이바의 저주가 진짜였다.

그리고 현재 상황으로 눈을 돌리면 승객 수가 2천 명이 넘는 배 안에서 누가 그녀에게 해코지를 하려 들지 무슨 수로 알 수 있을까? 그녀는 적일 가능성이 있는 사람들로 둘러싸여 있었다. 그들의 이야기에 걸신들린 신문사 기자들은 떼를 지어 다니며 유럽과 이집트 곳곳에서 그들을 기습했다. 그들이 타이태닉에 승선하는 순간에도 부두에서 기다리고 있다가 그들의 이름을 불렀다. 온 세상이 그녀에게 해코지를 하려고 작정한 느낌이었다.

캐럴라인은 매디의 팔을 자기 옆구리에 단단히 끼고서 앞장서 가고 있었다. 캐럴라인은 이제 그녀 쪽을 쳐다보지 않았다. 매디의 눈에는 보이지 않는 길을 따라가기라도 하는 듯 그들의 발치에 시선을 두고 있었다. "내가 어렸을 때 살았던 동네에는 가톨릭 신자들이 많았어요. 그중 한 명이었던 내 친구가 어떤 교구 신부님에 얽힌 이야기를 들려주었는데, 젊었을 때 퇴마 의식을 몇 번 한 적 있는 나이 많은 신부님이었어요. 그중에서도…… 신부님은 언급하지 않으려고 했지만 교구 주민들은 그렇지 않았던 한 경우가 있었거든요. 옆옆 마을에 사는 젊은 남자였고…… 자기가 결혼하고 싶었던 애인을 형이 가로채서 아내로 삼았다며 질투심에 눈이 멀어서 형을 죽였다고 의심을 사던 남자였어요."

매디는 피곤이 몰려오자—임신한 이후로 금세 숨이 찼다—캐럴라인의 손에서 벗어나려고 했지만 캐럴라인은 그녀를 단단히 붙잡고 아무도 없는 긴 복도로 계속 끌고 갔다. 고집 부리는 아이 대하듯 끌고 갔다. "그 가족은 형의 혼령이 동생의 몸속으로 들어간 게 분명하다고 생각했어요. 그 남자가 죽은 형의 집으로 들어가 형의 침대에서 잠을 자고 형수와 관계를 가졌거든요. 죽은 남자가 자기 동생을 통해 부정당한 삶을 살았다는 거죠."

매디는 코웃음을 쳤고 입단속을 할 수가 없었다. "그런 바보 같은 생각이 어디 있어요. 그건 귀신 들린 게 아니죠. 살인범은 처음부터 그럴 생각이었어요. 형을 죽여서 자기가 사랑했던 여자를 차지하고 귀신 핑계를 댄 거죠. 그 가족은 자기 아들이 그렇게 사악한 짓을 저지를 수 있는 사람이라는 걸 받아들일 수가—"

"경찰 측에서도 그렇게 생각했어요. 하지만 그 마을에서 영향력 있는 집안이다 보니 신부님에게 며칠 시간을 벌어줄 수 있었대요." 매디의 손가락이 눌려서 점점 아파왔다. "신부님은 평소에 쓰던 방법을 모조리 동원했어요. 남자를 묶어놓고 몇 시간 동안 계속 기도를 하고, 성수를 뿌리고, 십자가에 입을 맞추게 하고. 그래도 전부 소용이 없었어요. 벌어놓은 시간이 다 되어가자 신부님은 결국 절박한 마음에 남자를 집 뒤편 연못으로 끌고 가서…… 그 연못에 담갔어요. 물속으로 완전히. 이 남자가 죽게 생긴 것처럼 귀신을 속여서 쫓아내려고 말이에요."

매디는 헉하고 숨을 토했다.

"그 신부님이 쓴 방법이 그거였어요. 동생을 잡고 누른 거. 남자가 몸부림치면서 반항해도 놓아주지 않았어요. 그를 구하려고 계속 잡고 눌렀죠."

매디는 너무 아파서 기절하기 직전이었다. 캐럴라인이 그녀의 손가락을 곤죽이 될 지경으로 세게 쥐고 있었다.

"그 남자는 하마터면 물속에서 죽을 뻔했지만 신부님이 그 직전에 끄집어냈어요. 남자는 캑캑대며 숨을 몰아쉬었지만 죽지는 않았어요. 신부님은 그 방법이 효과가 있었던 걸 보고 안도의 한숨을 내쉬었죠. 죽은 형의 혼령이 몸속에서 빠져나가고 다시 동생으로 돌아왔던 거예요."

"그 살인범으로 말이죠." 매디는 분명하게 짚고 넘어갔다.

그들은 좁은 통로의 끝에 다다랐다. 캐럴라인이 산책로로 나가는 문지방을 넘었다. 그들은 선미 쪽 난간 앞에 섰다. 회녹색 바다가 두 줄의 나선형 항적과 함께 점점 멀어져가고 있었다. 매디는 차갑고 어두컴컴한 바다를 내려다보았다. 깊이를 알 수 없는 심연을 내려다보았다. 아주, 아주 까마득했다.

다들 어디 있을까? 이 외로운 한쪽 귀퉁이에서는 이 배의 승객이 단둘뿐인 것처럼 느껴졌다. 한기가 매디를 덮쳤다. 캐럴라인 플레처가 그녀를 여기로 데려온 이유가 뭘까? 그들은 좀 전에 포근하고 안전한 애스터 부부의 선실로 가는 계단을 그대로 지나쳤다.

드디어 캐럴라인이 손을 놓았다. 매디는 저렸던 손가락을 문지르며 그녀와 나란히 난간 앞에 서서 최면 효과가 있는, 넘실거리는 바다를 물끄러미 바라보았다.

"귀신이 나가고 제정신이 돌아왔을 때 동생은—당신 표현에 따르자면 살인범은—경악했어요. 형에게 붙들려 있었을 때 형수를 죽였거든요. 그는 죽은 형이 시켜서 저지른 짓이었다고 신부님에게 얘기했어요. 앙심을 품은 형의 혼령이 자기 몸속으로 들어왔다면서. 둘이 간통을 저질렀을 때 행복해하는 여자의 표정을 보고—그 여자는 처음부터 동생을 좋아했거든요—죽은 형이 폭발했다고. 그래서 여자를 죽이고 동생도 죽이려고 했다고. 그렇게 무덤을 뛰어넘는 것이 질투의 힘이에요."

질투의 힘. 그냥 이야기에 불과했지만 매디는 진위를 의심하지 않았다. 그 동생의 고통과 당혹감을 공감할 수 있었다.

캐럴라인은 계속 바다를 쳐다보았다. "이제 동생은 자지가 무슨 짓을 저질렀는지 깨닫고, 앙심을 품은 형이 그에게 무슨 짓을 저지르게 했는지 깨닫고 분노와 후회로 이성을 잃었어요. 그랬으니 스스로 목숨을 끊는 수밖에 없지 않겠어요? 그는 부모님의 집 안으로 다시 들어가자마자 칼로 심장을 찔렀답니다." 그녀는 매디에게로 시선을 옮겼다. 평소에는 따뜻하던 캐럴라인 플레처의 눈빛이 살짝 차갑게 느껴진 건 매디의 착각이었을까? "이런 이야기를 들으면 귀신에 들린다는 것이 실제로 있는 일인지 의심을 할 수가 없게 되죠. 그게 아니고서는 이 남자가 저지른 짓을 설명할 수가 없으니까요."

갑판이 갑자기 흔들리자 매디는 넘어지지 않게 난간을 붙잡았다. 배가 엄청난 파도를 타고 넘느라 위아래로 출렁였기 때문이었을까, 캐럴라인이 들려준 흉악한 이야기 때문이었을까? 앙심을 품은 귀신이 그녀를 찾아온 걸까?

저 아래는 아득했다. 회녹색 파도가 늑대처럼 발톱을 세우고 뱃전을 할퀴었다.

매디는 바로 그 순간 자기 자신과 배 속의 아이를 지키려면 어떻게 해야 하는지 깨달았다.

15장

그날 저녁에 다이 보언이 레스와 바이얼릿보다 한발 뒤에서 애스터 부부의 선실로 들어가자 크리스털 비즈가 희미하게 잘그락거리는 소리가 들렸다. 애스터 부부 중 한 명이나 하인이 안에 있다면 그들이 이 방에 들어온 이유를 설명할 방법이 없었다. 물론 이 선실 담당인 바이얼릿 제솝이 마스터키로 문을 열었지만 애스터 부부가 연주회 중간에 일찍 돌아온다면 그녀가 두 명의 권투 선수와 함께 있는 걸 보고 놀랄 것이었다.

바이얼릿이 오늘 밤에 열리는 피아노 연주회가 언제 끝나는지 착각했을 수도 있을까? 애스터 부부의 하인이 남아서 구두를 닦거나 내일 입을 옷을 꺼내놓고 있을 수도 있을까?

아니었다. 온 사방이 고요했다. 배가 위아래로 출렁이자 크리스털이 잘그락거린 거였다. 그들은 그날 오후에 마지막 기항지인 아일랜드 퀸스타운에 잠깐 들렀다가 지금쯤은 이미 뉴욕을 향해 바다로 나섰을 것이었다.

그들은 살금살금 방 안으로 들어갔다. 다이는 여승무원에게 일임하는 수밖에 없었다. 바이얼릿은 배짱도 있고 머리도 좋아서 모든 계획을 완벽하게 세워놓았다. 모든 일등실 승객의 하인들은 선원용 식당에서 특별식(장어 젤리와 비둘기 파이)을 먹고 있었다. 그녀는 선실에 아무도 없을 거라는 걸 알았기에 이 틈을 타서 살짝 구경시켜주겠다고 했다.

놀랄 만한 일은 아니었다. 그는 그와 레스가 여자들에게 어떤 매력이 있는지 잘 알았다. 그 마법에 걸려들면 그들은 전부 똑같아졌다. 듣기 좋은 웃음소리와 향수 냄새와 은밀한 속삭임의 바다가 되었다. 큼지막하게 부풀린 머리와 분홍색 입술과 새하얀 치아를 뽐내며 너무 바짝 붙어 서서 너무 독한 꽃향기를 풍겼다.

다이는 거기에 자부심을 느끼지 않았다. 게다가 얼굴 위로 쏟아지는 곱슬머리와 좌우 대칭인 보조개는 그가 노력해서 얻은 것이 아니었다. 미인이었던 어머니에게 물려받은 것이었다. 세상에 그런 곱슬머리와 턱과 근육을 소유한 남자는 많고 많았지만 그들은 권투 선수가 아니었다. 현대의 검투사가 아니었다.

그는 그녀에게 작업을 걸고 싶지 않았지만—미안하지만 아가씨는 내 타입이 아니야—훌륭한 작전이라 어쩔 수가 없었다. 그는 작전을 수행해야 했다.

게다가 그녀를 꼬드긴 것도 레스를 위해서였다.

다이는 마호가니 패널과 푹신푹신한 카펫, 벨벳을 씌운 의자, 웨일스의 한 마을 전체를 겨울 내내 따뜻하게 덮을 수 있을 만큼 넉넉한 침대 시트와 가운을 보며 그와 레스가 얼마나 어울리지 않나 생각했다. 그들이 다른 두 남자와 같이 쓰고 있는 삼등실과는 하늘과 땅 차이였다. 그 방은 너무 좁아서 2층 침대에 머리를 부딪히지 않고서는 몸을 돌릴 수도 없었다. 사실 그는 이 배 안의 어딜 가나 곁도는 느낌이었고, 이 배도 같은 결론을 내리고 그가 상갑판에 발을 들일 때마다 속으로 못마땅해하는 건 아닌지 혼자 의심스러워하는 중이었다. 주제 파악 좀 해라, 이 건달아, 이러면서 말이다.

바이얼릿은 이리저리 돌아다니며 등을 두 개 더 켰고—다이는 일등실 승객들은 참 환하게 지낸다는 생각이 들었다—레스는 그녀를 따라다녔다. 다이는 레스가 애스터 부부의 소지품을 살피며 눈을 번뜩이는 것이 불안했다. 레스는 애스터 부인의 고급스러운 물건들이 놓여 있는 화장대 앞에서 걸음을 멈췄다. 상아와 비취로 만든 빗과 은으로 만든 붓 세트였다. 중국 칠기 쟁반 위에는 애스터 씨가 일상적으로 착용하는 장신구 중에 커프스단추 두 세트와 체인 달린 시계가 담겨 있었다. 그걸 보고 바이얼릿도 불안해했다. 다이는 그걸 느끼고 왜 아니겠는가 생각했다. 뭐 하나라도 없어지면 그길로 그녀는 잘릴 수 있었다. 이제 그는 레스가 여길 왜 그렇게 구경하고 싶어 했는지 알 수 있었다. 그들과 다른 사람들은 어떻게 사는지 궁금해서가 아니라 사전 답사를 하기 위해서였다.

부지런한 하인이―어쩌면 바이얼릿이 그랬을 수도 있었다―침대를 정리해놓았지만 다이는 이등실과 삼등실 승객들이 하루 종일 수군댔던 소문을 떠올리며 그 앞으로 다가갔다. 다른 누구도 아닌 그가 바로 어제 바다에 빠질 뻔한 걸 구해주었던 남자아이에 얽힌 이야기였다.

"여기가 그 아이가― 그렇게 된 곳이로군요." 다이는 그러면 이 방에 얼룩이라도 남는 것처럼 죽었다는 단어를 입에 올리지 않고 피했다. 짜르르한 슬픔이 그를 훑고 지나갔다. 바로 어제 그 아이가 산책로에서 존경해 마지않는 눈빛으로 그를 올려다보지 않았던가. 그 순간만큼은 다이가 그의 영웅이었다. 그런데……

그 아이가 애초에 난간 위로 올라간 이유가 뭐였는지 몰라도 계속 거기에 시달림을 당하다 결국 다른 방식의 죽음에 무릎을 꿇고 말았다. 생각해보면 섬뜩한 사건이었다.

"그 애길 왜 꺼내고 그래요." 바이얼릿이 말했다. "나도 이 방에 올 때마다 계속 그 생각이 나서 오싹해지던데."

"미신을 믿는 성격이에요?" 레스가 수납장을 이리저리 들여다보며 물었다. "유명 인사들 중에 이 배에 귀신이 들렸다고 생각하는 사람들도 있던데."

바이얼릿은 레스가 수납장을 뒤지지 못하게 막으려는 사람처럼 그쪽으로 몸을 움직였다가 생각이 바뀌었는지 다이 곁에 그대로 있었다. "승무원들도 마찬가지예요. 배 안에서 묘한 분위기가 느껴진다는 건 부인할 수 없는 사실이에요."

레스는 폭소를 터뜨렸다. "이 배에 어떻게 귀신이 들릴 수가 있어요? 새로 만들어진 배라 이 안에서 죽은 사람도 없는데. 물론 한 명 있긴 하지만—"

"그 아이 말이죠." 바이얼릿은 으스스한지 팔뚝을 문질렀다. "그런데 그 아이 때문에 그렇다는 게 아니에요. 배로 여행을 하다 보면 매번 죽는 사람이 나올 수밖에 없거든요, 대부분의 승객들이 모르고 지나가서 그렇지. 대개는 승무원들이 사고로 죽죠. 하지만 이번 여행은 달라요. 내가 바다를 한두 번 건너본 게 아니라 잘 알아요."

다이는 레스가 귀신을 믿는지 어떤지 알지 못했다. 그는 동화 속 주인공과 악귀들이 난무하는 환경에서 어린 시절을 보냈다. 그의 경험에 따르면 이런 걸 믿는 가난하고 못 배운 사람들이 아이러니하게도 믿음이 가장 신실했다. 그들은 그의 마음속에서 어떤 은밀한 욕망이 꿈틀거리고 있는지 알아내면 공개 처형을 요구하고도 남을 사람들이었으니 그는 일찍부터 그들과 거리를 두기로 마음을 먹었다. 그건 그들이 믿는 주술도 마찬가지였다.

"찾았다!" 레스가 외치며 비싼 미국산 위스키로 보이는 술병을 집어 들고 몸을 휙 돌렸다. 그가 알기로 버번이라 불리는 술이었다. "한잔할래요, 바이?" 그가 술잔을 찾으며 친근하게 불렀다. "그리고 걱정 말아요. 마신 만큼 물을 타면 되니까. 술병 주인은 절대 알아차리지 못할 거예요."

"아뇨, 나는 마시면 안 돼요." 바이얼릿은 안절부절못하는 목소리로 대답했지만 레스를 말리지는 않았다. 이 세상에서 그를 말릴 수 있는 사람은 없었다.

"그럼 우리 신사들끼리만 마실게요." 그는 허세를 실어서 말하고 술을 따라 다이에게 한 잔 건넸다.

다이는 한 모금 마셔보았다. 따뜻하게 톡 쏘는 기분 좋은 느낌에 긴장이 풀렸다. 상반되는 감정이 동시에 고개를 들었다. 앞일은 전혀 신경 쓰지 말고 마음껏 웃어가며 레스와 함께 이 돈 많은 남자의 위스키를 취하도록 마시고 싶은 마음도 있었지만…… 또 한편으로는 두려움이 미세한 전류처럼 흘렀다. 이렇게 말하는 목소리가 들렸다. 마음의 준비를 하도록 해. 또 시작되려 하고 있으니까.

레스는 다른 잔에 좀 전보다 조금만 따라서 사이드 테이블에 두었다. "당신 생각이 바뀔 수도 있으니까." 그는 이렇게 말하며 바이얼릿에게 윙크를 날렸다. 그녀는 얼굴을 붉혔다.

그는 현창 옆에 놓인 보라색의 편안한 의자에 털썩 앉아서 다리를 꼬고 뒤로 기댔다. "이러면 안 된다는 거 알지만 부자인 느낌이 정말이지 너무 좋네요." 레스는 다시 특유의 사악한 미소를 지었다. 그는 신기한 동물이라도 되는 듯 의자 옆면을 쓰다듬다가 트럼프 카드를 꺼냈다. "여기서 그 포커 한 판 칠까요?" 레스가 바이얼릿에게 장난을 친답시고, 폰티프리드의 술집에서 배운 스트립 포커라는 게임을 가르쳐주겠다고 한 적이 있었다. "당신처럼 번듯한 아가씨는 알 만한 게임이 아니죠." 그가 이런 말로 짓궂게 놀리자 그녀는 콧방귀를 뀌었다. 그녀가 자유분방한 터프걸인 척하거나 말거나 다이가 상관할 바는 아니었지만, 그녀는 레스에게 말려들면 어떻게 되는지 전혀 모르고 있었다. 하지만 그는 바이얼릿 같은 여자들이 그와 레스 같은 남자들에게 매력을 느끼는 이유를 알았다. 같이 있으면 자유분방하고 자유로워지는 것처럼 느껴지기 때문이었다. 무모해지기 때문이었다.

그녀의 인생이 지금까지와는 달라지는 것처럼 느껴지기 때문이었다.

레스와 같이 있으면 그도 그 비슷한 기분을 느꼈다.

그래서 그들은 애스터 부부가 차를 마실 때 쓰는 테이블에 둘러앉았다. 레스가 카드를 돌리자 호수 위를 스치고 지나가는 새처럼 카드가 반질반질하게 반짝이는 테이블 위를 미끄러졌다.

바이얼릿은 카드를 전혀 칠 줄 모르든지 아니면 일부러 져주든지 둘 중 하나였다. 내리 세 판을 졌다. 처음에는 소심하게 액세서리도 쳐주어야 한다며 화이트 스타 해운사 배지와 빗을 내놓더니 마지막 세 번째 판에는 씩씩하게 앞치마를 벗었다. 그러고는 다음 차례를 예고하는 듯 블라우스 앞섶에 달린 단추를 만지작거렸다. 레스가 함박웃음을 지으며 그녀의 가슴에 시선을 고정하자 다이는 속이 불편해졌다.

다이는 두 판을 지고 넥타이와 인장 반지를 내놓았다. 마침내 레슬리가 지자 그는 호탕하게 조끼에 이어 추가로 셔츠까지 벗고는 으드득하는 소리가 날 때까지 목을 돌렸다. 다이는 그의 이두근이 아주 살짝 불끈거리는 것을 보고 일부러 그런 소리를 냈다는 걸 알아차렸다. 이쯤 되자 바이얼릿은 요란하게 깔깔대며 얼굴을 붉혔고, 다이도 레스의 장난에 웃음을 터뜨릴 수밖에 없었다.

그는 더워서 가만히 앉아 있을 수가 없었다. 다리도 풀고 술도 한 잔씩 더 따를 겸 자리에서 일어났다. 술을 따른 만큼 물을 채우며 어깨 너머로 흘긋 쳐다보니 바이얼릿이 레스를 향해 교태를 부리고 있었다. 자기에게 관심 있는 쪽이 레스라는 걸 알아차리고 반응하기 시작한 것이었다. 여자들이 그렇게 적응을 잘했다.

마침내 다이는 그 선실이 폰티프리드의 어느 오래된 술집 아니면 이 배의 행선지인 뉴욕의 어느 술집이라고 상상하며 긴장을 풀 수 있었다. 11시 전에 깨끗하게 치우고 몰래 빠져나가기만 하면 아무 문제 없을 것이었다. 그는 벽난로 선반에 놓인 멋들어진 황동 시계를 확인했다. 이제 겨우 8시 30분이었다. 애스터 부부는 지금쯤 앙트레* 접시를 앞에 두고 있을 것이었다.

레슬리는 카드를 치는 내내 두리번거리며 이런저런 물건에 대해 한마디씩 했다. 애스터 부부는 잠시 머무는 공간에조차 족적을 남겨야 직성이 풀리는지 자기들 소지품으로 선실을 빼곡히 채워놓았다. 애스터 씨의 양복이 담긴 트렁크와 애스터

◆ 생선과 고기 사이에 나오는 요리.

부인의 드레스가 담긴 트렁크가 찬찬히 들여다봐달라는 듯 입을 벌리고 있었다. 사이드 테이블 위에는 책이 편지지, 잉크통, 각양각색의 펜과 함께 지저분하게 쌓여 있었다. 매들린 애스터가 그날 저녁에 나가기 전에 여러 번 변덕을 부렸는지 화장대 위에는 보석들이 흩뿌려져 있었다.

레슬리가 자리에서 일어나며 느닷없이 선포했다. "우리, 다른 게임 해요. 둘 다 어찌나 내숭을 떠는지 재미없어서 못 해먹겠네." 그 말에 바이얼릿은 다시 웃음을 터뜨렸다.

그가 방 안을 이리저리 걷자 바이얼릿은 앉은 채로 몸을 돌려서 지켜보았다. "어떤 사람의 소지품을 보면 그 사람의 많은 면을 알 수 있다는 생각이 들지 않아요?" 레슬리의 손가락은 책 더미 위에서 춤을 추다가 잉크 얼룩이 진 페이지가 펼쳐져 있는 가죽 장정의 공책 위로 내려앉았다. "이게 뭘까요?"

"그분 소지품 만지지 말아요." 바이얼릿이 말했다. "장난꾸러기로군요, 레슬리."

"조심할게요. 이 손으로 말할 것 같으면," 그는 그녀를 향해 손가락을 꿈틀거렸다. "이보다 더 부드러울 수가 없거든요." 이 말에 그녀는 다시 얼굴을 붉히며 웃음을 터뜨렸다. "이 사람은 절대 눈치채지 못할 거예요." 그는 공책을 들어서 대충 훑어보다가 다음 장으로 넘겼다. "당신이 시중드는 애스터라는 사람은 엄청 생각이 많네요. 머리를 가만히 쉬게 두질 않는. 어떤 장비의 부품에 대해서 별의별 잡설을 적어놨어요. 자전거 관련 부품인 것 같은데." 그는 다시 한 장 더 넘겼다. "이거 무슨…… 발명품 같은데요?" 그는 해로운 동물의 냄새를 맡은 사냥개처럼 미간을 찌푸리고 공책의 앞부분을 열심히 들여다보았다.

바이얼릿은 카드를 정리했다. "전에 구겐하임 씨가 애스터 씨에게 특허인가 뭔가 받은 거 축하한다고 얘기하는 거 들은 적 있어요. 엄청 똑똑한 모양이에요."

레슬리는 미친 듯이 책장을 넘겼다. "그뿐만이 아니라 글도 몇 편 있네요…… 자기가 무슨 시인인 줄 아는 모양이에요." 그는 공책을 원래대로 펼쳐서 다시 테이블에 내려놓았다. 그런 다음에는 옷이 담긴 트렁크 앞으로 갔다. 그래도 그가 애스터의 물건을 함부로 다루지는 않는 걸 보고 다이는 안도의 한숨을 내쉬었다. 자기 물건인 양 소중히 다루고 있었다. "사교계 명사치고 복장이 요란한 것 같지 않아요? 남들이 자길 쳐다보며 감탄해주길 바라는 남자네요. 스포트라이트를 좋아하는 남자. 무대 위의 배우처럼 구는 남자."

그가 바이얼릿을 위해 자그마한 공연—누가 뭐래도 그건 공연이었다—을 선보이는 동안 다이는 현장에서 점점 멀어져 그 위에 둥둥 떠 있는 듯한 기분을 느꼈다. 레스와 위스키로 데워진 몸과 구경하는 일만 남은 느낌이었다. 레스는 항상 이런 식이었다. 점쟁이처럼 한 번 흘끗 보는 것만으로 상대방을 파악했다. 그는 따뜻하고 에너지 넘치고 아슬아슬해서 발산하는 것이 많았지만 흡수하는 것도 많아서, 같이 있으면 누군가가 나를 이해하고 보아주고 비춰주고 살아 숨 쉬게 하는 기분을 느낄 수 있었다. 남들은 못 보고 지나치는 세세한 부분과 기회와 희망과 소원, 그런 것들을 그는 놓치지 않았다.

애초에 다이가 그와 가까워진 이유 중에 그것도 있었다. 둘이 서로를 알게 된 건 트레이너 조지 컨딕을 통해서였다. 당시두 사람 모두 복싱 체육관 근처에서 얼쩡거리는 어린애에 불과했지만 컨딕이 다이에게서 가능성을 보았기 때문에 그가 서열상 한 수 위였다. 레스는 앙상한 팔과 오목가슴에도 불구하고 권투 선수가 될 생각을 한 부랑아에 불과했다. 다이는 뻐기기 대장과 기회주의자를 불신하는 성향이 있었기 때문에 처음에는 그와 멀찌감치 거리를 두었지만 점점 친구가 되었다. 컨딕을 향한 레스의 사랑과 존경이 진심이라는 걸 알게 된 것이가장 큰 이유였다. 컨딕이 금발의 말라깽이에게서 뭔가를 보았다면 다이도 볼 수 있어야 했다.

그들은 이후에 룸메이트가 되었지만 어느 날 이후부터 양상이 180도 달라졌다. 자기 자신에 대해 다이도 몰랐던 부분을, 적어도 말로 설명할 수 있을 만큼 제대로 알지는 못했던 부분을 레스가 어찌어찌 알게 됐기 때문이었다.

그래서 다이는 같이 있으면 벌거벗겨진 것 같았고, 레스는뭔가를 아는 것 같다는 생각이 들었지만…… 레스는 그 아는것을 한 번도 입에 올린 적이 없었다. 그 역시 마찬가지이기 때문이었을까 아니면 다이는 그의 수많은 취미 생활 중에서 그냥 스쳐 지나가는 일시적인 관심사에 불과하기 때문이었을까.

복도에서 덜거덕거리는 소리가 들리자 레스가 애스터 부부의 선실에 걸어놓은 마법의 주문이 깨졌다. 다이는 여기 있다가 들키면 어떤 난리가 벌어질지 생각하며 다시금 정신을 차렸다. 그와 바이얼릿은 미친 듯이 방 안을 정리한 뒤에 그들보다 덜 취한 것처럼 보이는 레스와 함께 웃음을 참으며 문밖으로 빠져나갔다. 뒤 계단에 다다르자 바이얼릿은 달려 내려가며 입을 두 손으로 가리고서 키득거렸다.

하지만 재밌는 장난은 거기서 끝난 게 아니었다. "자, 이쪽으로." 레스는 눈을 반짝이며, 줄줄이 이어지는 일등실을 지나 삼등실로 향하는 복도 끝에 달린 좀 더 좁은 문을 열었다. 두 사람은 피리 부는 사나이에게 홀린 어린아이들처럼 군소리 없이 천진난만하게 그를 따라 복잡한 통로를 지났다. 다이는 바이얼릿이 계속 화들짝 놀라며 사람들을 피하는 것을 보고, 그녀가 평소 하루 종일 들락거리는 일등실과 하늘과 땅만큼 다른 이곳은 초행길이라는 사실을 알아차렸다. 땀과 맥주와 집에서 들고 온 소시지 냄새로 공기가 탁했다. 아이들은 추격전을 벌이는 새끼고양이처럼 꼬리에 꼬리를 물고 그들 옆을 달려갔다. 통로 바닥에서 카드 게임 판을 벌인 사람들이 있으면 빙 돌아가야 했다. 콘서티나* 소리에 이어 리드미컬하게 쿵쿵거리는 지그 춤곡 소리가 복도로 흘러나왔다.

그들은 마침내 보일러실 근처의 아무도 없는 통로로 도망쳤다. 앞쪽 어딘가에서 석탄 배달부가 중얼거리는 소리와 석탄

◆ 작은 아코디언처럼 생긴 악기.

을 삽으로 떠서 보일러에 넣는 소리가 들렸지만 누가 보이지는 않았다. 그들밖에 없었다.

"우리를 위해서 준비한 게임이 또 있는 거예요, 레슬리?" 바이얼릿이 숨을 고르며 물었다.

"그럼요." 레스는 그녀의 가슴골 근처에 시선을 두고 엉덩이가 서로 거의 닿을 만큼 몸을 기울였다. "바이얼릿, 당신은 내 타입이에요." 그녀는 헉하고 숨을 들이마셨다. "똑똑하잖아요. 저 위쪽의 돈 많은 나리들에게 홀리지 않을 만큼. 아니, 우리 같은 사람들이 그자들 안중에 있겠어요? 그러니까 우리 쪽에서 그자들 눈치를 볼 필요도 없죠."

그는 두 손으로 그녀의 허리를 감싸 안고 있었다. 다이는 그 손이 어떤 요술을 부리는지 알았다. 레스는 자기가 뭘 원하는지 아는 남자였다. 바이얼릿은 몸을 꼼지락거렸지만 아직 도망치지는 않았다.

다이의 심장이 철렁 내려앉았다. 이것이 레스의 꿍꿍이였다.

"뭘 어쩌려는 거예요?" 그녀는 장난스럽게 물으며 조심스럽게 다이를 곁눈질했다. 다이는 믿음직한 사람이야. 다이라면 너무 황당한 일이 벌어지도록 그냥 보고 있지만은 않을 거야. 그녀의 표정은 그렇게 얘기하는 듯했다.

레스가 그녀를 보며 환하게 미소를 지었다. "내가 제안하고 싶은 게 있어요, 미스 제숩. 오! 이제 보니 줄렙이랑 발음이 비슷하네. 앞으로 민트 줄렙*이라고 불러야겠다. 아무튼 내 계획대로 되기만 하면 돈이 좀 생길 거예요. 저 돈 많은 유명 인사들에게 받는 팁하고는 비교도 안 될 만큼."

"그게 지금 무슨 소리예요?" 그녀는 다시 다이를 흘끗 쳐다봤다. 다이는 애써 웃으며 어깨를 으쓱했다. 그도 잘 모르는 얘기였다. 물론 감은 잡히지만……

"당신이 나를 그 사람들 선실 안으로 들여보내주기만 하면—"

"안 돼요, 레슬리. 뭐라도 하나 없어지면 승객들은 나를 제일 먼저 의심할 거예요. 여긴 내 근무지예요. 나는 면접 한 번 보기도 얼마나 힘든지 알아요? 혼자 여행하는 남자 승객들이 나한테 한눈팔 수도 있다고 나를 잘 쓰려고 하지도 않는다고요." 그녀는 상처받은 목소리였다. 아직까지도 그 부당함을 극복하지 못한 것이었다.

레스는 몸이 서로 닿을 정도로 바짝 허리를 숙였다. "그래서 모든 걸 잃게 될까 봐 겁이 날 때도 있지 않아요? 당신을 쳐다보는 자기 남편의 눈빛이 마음에 안 든다며 어떤 여자 승객이 불만을 제기할 수도 있잖아요. 성격 까다로운 할머니가 싸구려 브로치를 엉뚱한 데 두고서는 자기가 깜빡깜빡하기 시작했다는 걸 시인하지 않고 당신에게 뒤집어씌울 수도 있고요."

바이얼릿이 코웃음을 치자 다이는 그녀가 레스의 계략에 넘어갔음을 알아차렸다.

"없어지는 건 아무것도 없을 거예요. 날 믿어요." 레스는 그

◆ 박하 술이라는 뜻이다.

녀의 뺨 바로 앞에 입술을 갖다 대고 속삭였다. "내 계획은 더없이 안전하거든요."

"흠." 그녀는 말했다. 이번에는 그를 밀치지 않았다. 희미한 미소로 그녀의 입술이 실룩거렸다. 그녀가 조그맣게 한숨을 토하자 다이는 그가 사라져주어야 할 타이밍이라는 것을 알아차렸다. 그는 레스가 무슨 꿍꿍이인지 전혀 알 수가 없었고 알고 싶지도 않았다. 레스가 무슨 사기극을 치려는 건지 몰라도 거래 성사의 현장을 목격하고 싶지 않았다.

그는 어느 누구와도 같이 있고 싶지 않다는 생각을 하며 맨 꼭대기 갑판까지 계단을 올라갔다. 레스는 지금쯤 그 승무원과 입을 맞추고 있을 것이었다. 그는 바이얼릿이 안쓰러울 지경이었다. 그녀는 레스 같은 남자에게 키스를 받아본 적 없는 순진한 아가씨일 것이었다. 아마 남자 사촌이나 그녀와 결혼하겠다고 다짐하고 또 다짐하는 하갑판의 엔지니어에게 받아본 순수하고 무미건조한 입맞춤이 전부였을 것이다. 그녀에게 열정이라는 것은 상상 속에서만 존재하는 알 수 없는 것이었다가 레슬리의 키스를 통해 깨어날 것이다. 레슬리 윌리엄스에게 키스를 받으면 더 받고 싶어지고, 그의 모든 것과 그 이상을 바라게 될 것이다.

손에 닿지 않는 세상을 통째로 가지고 싶어질 것이다.

레스 윌리엄스를 가지려는 불가능한 시도만으로는 부족하게 느껴질 것이다.

16장

여행의 둘째 날은 하루가 길었지만, 태양이 일찌감치 바다 아래로 저물고 핏빛 노을이 마침내 시커먼 밤의 장막으로 바뀌어도 애니는 아직 잠을 이룰 수가 없었다. 아주 불길한 예감이 들었다. 처음에는 그 아이가 죽더니 이번에는 정체를 알 수 없는 브로치가 등장했다. 애니는 그 무게만으로도 머리가 어지러워서 누군가에게 털어놓고 싶었다. 불안을 달래기 위해서라도 그래야만 했다. 하지만 할 일이 너무 많아서 수많은 갑판을 바삐 오가느라 정신이 하나도 없었다.

이제 그녀는 이제 잠자리에 들기 전에 마지막 점검차 일등실로 돌아가고 있었다. 손수건으로 감싼, 하트와 화살 모양 브로치를 하루 종일 주머니에 넣고 다니는 동안 의구심이 오히려 점점 자라났다. 이제 캐럴라인 플레처에게 브로치를 돌려주고, 용기를 낼 수 있으면 애스터 씨 댁의 하인이 간밤에 죽기 전에 이걸 가지고 있었던 이유가 뭔지 아느냐고 물어보아야 할 시점이었다.

애니는 계단 꼭대기에서 잠깐 멈추어 섰다. 이 배의 꼭대기 층인 보트 갑판까지는 한참을 올라가야 했다. 그녀는 일등실 승객용 휴게실 앞에 서서 숨을 골랐다. 근사한 드레스를 차려 입은 여자들이 어깨에 두른 모피 숄로 한기를 막으며 둘씩 셋씩 짝을 지어서 산책로를 걷고 있었다. 창문 너머로 휴게실이 들여다보였다. 열대지방 분위기로 등나무 테이블과 의자를 설치한 베란다 카페에서 사람들이 식후 커피를 마시거나 카드 게임을 하고 있었다. 리셉션 룸에서 열린 피아노 연주회에 참석하지 않은 사람들이었다.

휴게실 문 앞을 지나는 그녀의 눈에 구석 자리에 앉아 있는 어떤 사람이 들어왔다. 마크였다. 그녀는 창문 너머로도 그를 알아볼 수 있었다. 그는 휴게실 뒤편에 혼자 웅크리고 앉아서 책을 들여다보고 있었다. 애니는 다른 사람들이 있는 곳을 얼른 훑어보았지만 캐럴라인은 보이지 않았다.

애니는 골치 아픈 일이 벌어지지 않도록 마크를 피해 다니기로 결심한 참이었지만—주님은 착한 여자를 좋아하시지, 애니— 이건 운명처럼 느껴졌다. 이상하게도 그녀는 그에게 자꾸 마음이 끌렸다. 그를 맨 처음 만난 이후에 혼자 곱씹으며 잘 알지도 못하는 이 남자에게 이토록 매력을 느끼는 이유에 대해 고민해보았지만, 그녀가 유일하게 마음을 허락했던 고향 마을의 그 남자를 생각나게 한다는 것 말고는 도무지 알 수가 없었다. 포근한 눈빛과 수줍고 서글서글한 미소 말고는 둘이 서로 별로 닮지도 않았다. 하지만 너무나도 다정하고 따뜻한 그의 말투와 그녀를 대하는 태도에서 친근감을 느낄 수밖에 없었다. 둘이 서로 아는 사이인 듯한 기분을 느낄 수밖에 없었다. 마크는 데즈먼드가 아니라고 몇 번씩 속으로 되뇌고 그와 너무 가까워지지 않으려 했지만, 그의 파란 눈을 들여다보는 순간 모든 게 잊혔다.

그가 아내의 브로치에 대해 알지 모르잖아. 그녀는 이런 핑계를 댔다. 그에게 물어보면 안 될 것도 없지 않을까.

그녀는 오한이 들자 습관적으로 십자가를 만지려고 쇄골 사이로 손을 뻗었다가 잃어버렸다는 걸 기억해냈다. 십자가가 없으니 벌거벗은 느낌, 옷을 덜 입은 느낌이었다.

문을 지나 휴게실로 들어가서 사람들 사이로 마크가 앉아 있는 테이블까지 다가가는 동안 그녀의 머릿속에 이야기가 하나 떠올랐다. 목에 계속 초록색 리본을 묶고 다니는 여자아이가 등장하는 옛날이야기였다. 무슨 일이 있더라도 이 리본은 절대 풀지 마세요. 아이는 사람들에게 계속 경고하고 다녔다. 그 리본이 풀리면 모든 게 끝장날 것이었다. 그녀의 머리를 붙잡아주는 리본이라 그게 없으면 그녀는 걸어 다니는 송장이나 다름없었다. 애니는 그 이야기가 생각날 때마다 모욕적인 내용과 그 안에 담긴 경고 때문에 섬뜩했다. 그럼에도 경고의 의도는 알 수가 없었다. 여자아이들은 한 번 묶은 리본처럼 연약

하니 세상없어도 보호해야 한다는 걸까? 인간은 자기 말이 농담이 아니라는 걸 증명하려면 목숨을 바치는 수밖에 없다는 걸까?

아니면 인간들은 리본으로 묶인 예쁘장한 꾸러미고 포장을 벗기면 마법이 사라져 값어치를 잃게 된다는 걸까?

바로 그때 사람들 저편에서 마크가 고개를 들더니 그녀를 향해 웃어 보였다. 마치 달이 현창을 가로지르며 환하고 따스한 빛으로 방 안을 가득 채우고, 초록색 리본의 기억은 밤바람에 실려 펄럭이며 날아가는 느낌이었다.

그녀는 그의 옆으로 다가가 한쪽 다리를 뒤로 빼고 무릎을 구부리며 인사했다. "안녕하세요, 마— 플레처 씨. 책 읽으시는데 방해해서 죄송해요."

"아니에요. 잠깐 머리 식힐 핑곗거리를 찾고 있었어요."

"이 배에는 머리 식히고 싶으실 때 할 만한 게 많지 않은가요?" 일등실 도서관에 비치된 1천 권의 장서. 1회 입장 요금이 1실링인 수영장.

"그냥 시간을 때우는 게 아니라 생각을 정리하고 싶어서요." 그는 눈을 반짝였지만 그녀는 그 눈빛에서 불안하게 동요하는 기미를 느낄 수 있었다. "실은 미스 헤블리— 잠깐 시간 좀 내줄 수 있을까요? 의논하고 싶은 게 있어서요. 승객이 이렇게 선뜻 속 얘기를 꺼내다니 거의 없는 일이겠지만—" 그의 뺨이 발그스름해졌다. "—당신이라면 믿을 수 있을 것 같아서요. 당신도 나와 같은 생각이면 좋겠네요."

그녀는 심호흡을 했다. 그녀 혼자만의 착각이 아니라 그도 둘 사이에서 흐르는 유대감을 느끼고 있었던 것이다. "그럼요." 정신을 차려보니 그녀는 이렇게 대답하고 있었다. 그가 북적대는 사람들 사이로 걸음을 옮기기 시작하자 그녀는 보이지 않는 끈이 잡아당기기라도 하는 듯 뒤따라갔다. 그들은 통로 끝에 달린 문을 지나 산책로로 나섰다. 산책로는 아까보다 조용하고 어두컴컴했다. 밤 10시가 넘었을 것이었다. 승객들이 조만간 선실로 들어갈 테고 이미 들어간 승객도 많았다.

왁자지껄한 소음에서 벗어나 조용한 구석 자리로 갔을 때 그가 그녀를 돌아보았다. 완벽하게 고요할 때 말고는 느낄 수 없는, 배의 가벼운 흔들림만 발바닥을 통해 전해질 뿐, 그곳에는 그들 둘뿐이었다. "내가 설명이 안 되는 어떤 현상을 목격해서 당신도 그 비슷한 걸 본 적 있는지 궁금해서요. 온딘하고 관련된 일인데요, 오늘 아침에 내가 눈을 떴을 때 아이의 얼굴에 분명 긁힌 자국처럼 보이는 상처가 있었거든요. 그런데…… 사라졌어요. 내가 보는 앞에서. 벌겋게 파이고 피가 맺혀 있었는데 하얀 실선으로 바뀌더니…… 아예 없어졌어요. 그냥 반질반질한 살만 남았어요." 그는 그녀가 비웃을 경우에 대비해 마음의 준비를 하려는 듯 숨을 참았다.

그녀가 맨 처음 느낀 감정은 불안이었다. 지금 그녀가 자기 아이에게 상처를 낸 것 아니냐고 혐의를 제기하는 걸까? "자기가 할퀸 거 아닐까요? 아기들이 원래 잘 그러잖아요."

"내가 직접 아이 손톱을 살펴봤는데 깔끔하게 깎여 있었어요. 미스 플래틀리가 그거 하나는 철저하게 관리하는 모양이에요." 그는 입술을 굳게 다물었다. 잠시 후에 뭔가 말을 꺼내려다 말고 머뭇거리다 결국 털어놓았다. "인정하기 싫지만 맞아요. 아주…… 특이한 현상이에요. 거의…… 초자연적이라고 할까요. 그뿐만 아니라…… 간밤에 벌어진 또 다른 일이 있었거든요. 온딘이 지금은 괜찮지만 그때는……" 그는 몸을 부르르 떨었다.

차가운 손이 애니의 등골을 훑고 지나갔다. 그녀를 밀치며 쿡쿡 찔렀다. 말을 해.

"자다 일어나 보니까 온딘이 캑캑거리고 있는데… 아내는—" 그는 목이 멘 사람처럼 말을 잇지 못했다.

캐럴라인이 아이의 숨통을 조르고 있었던 걸까? 긁힌 자국도 아내가 낸 거라고 생각하는 걸까? 애니는 엄마들이 가끔 자기 아이에게 어떤 못된 짓을 저지르는지 들은 바가 있었다. 캐럴라인 플레처는 그런 짓을 저지를 것처럼 보이지는 않았다. 하지만 — 그게 아니라면 뭘까? 애니는 온딘이 안쓰러워졌다. 그 가엾은 것을 어쩌면 좋을까.

그런가 하면 죽은 아이가 가지고 있었고 손수건에 감싸인 채 아직까지 애니의 주머니에 들어 있는 브로치도 수수께끼였다.

이 딱한 남자가 괴로워하고 있다는 것만큼은 누가 봐도 알수 있었다.

이 남자는 자기 아내를 의심하는 거야. 그녀는 이런 생각이 들자 그 때문에 속이 불편해지는데도 떨쳐버릴 수가 없었다.

"제가 도와드릴 방법이 있을까요?" 그의 눈빛이 너무나 슬퍼 보였다. 그녀는 그 눈빛을 지울 수만 있다면 무엇이든 할 수 있었다.

"좀 더 조용한 곳으로 자리를 옮깁시다. 여기는 사람이 너무 많네요." 그는 이렇게 말했지만 사실 그렇지는 않았다. 산책로에 나와 있던 사람들이 대폭 줄었고 밤바다만 시커멓게 반짝거리고 있었다. 그런데도 그는 아무도 없는 한결 어두컴컴한 곳으로—여승무원이 유부남 승객과 왜 거기 있었는지 이유를 설명하기 어려울 만큼 은밀한 곳이었다—그녀를 데리고 가서 다시 그녀를 돌아보았다. 바람을 맞은 머리칼이 그의 얼굴 위로 나부끼자 그녀의 안에서 뭔가가 울컥 치밀어 올랐다. "내가 이런 식으로 속내를 털어놓는 걸 이상하게 생각하지 말아줘요, 미스 헤블리. 부적절하고 엄청난 부담이라는 걸 나도 알지만…… 이럴 얘기를 할 만한 상대가 아무도 없는 느낌이라…… 이 사람들은—" 그녀가 보기에는 일등실 승객들을 두고 하는 말인 듯했다. "내가 아니라 내 아내 쪽 지인들이거든요."

"네?" 그녀는 반문했지만 문득 생각해보니 처음부터 그렇다는 걸 알고 있었다. 그녀가 애초에 그에게 마음이 끌린 이유도 그 때문이었다. 그 강렬한 눈빛이 그녀 안의 무언가를 건드린 것도 있지만, 그녀처럼 겉도는 사람이라는 인상을 받았기 때문이었다. 이 배는 온갖 편의 시설을 갖추었어도 그녀가 있을 곳이 아니듯 그 역시 마찬가지였다.

"나는 돈 많은 집안 출신이 아니에요." 그는 어색한 미소를 지으며 말했다. "그런 집안 출신들은 그렇지 않은 사람들의 심정을 이해하지 못할 거예요. 너무나……"

"무력하고." 그녀는 속삭였다.

"절박하고."

"덫에 갇힌 듯하고."

"맞아요." 그는 눈을 깜빡였다. "맞아요, 바로 그거예요. 아 이러니하지 않은가요? 이 배가 이렇게 넓은데 여기 꼼짝 없이 갇혀 있다니."

그녀는 몸을 부르르 떨었다. "하지만 인간은 언제나 자기 안에 갇혀 있죠." 어디서 이런 생각이 떠오른 걸까? 어딘가에서 들었거나 책에서 읽었겠지만 출처가 기억이 나지 않았다.

그는 이마를 찡그린 걱정하는 표정으로 그녀를 빤히 쳐다봤다. 그녀가 주제넘게 나섰나? 하지만 잠시 후에 그의 눈가에 주름이 잡혔고 아까보다 훨씬 환한 진짜 미소가 그의 만면에 번졌다.

"왜요?"

"아니에요, 그냥." 그는 수면을 비추는 햇살처럼 입가에 계속 미소를 머금은 채 고개를 저었다. "예전에 내가 아는 사람도 똑같은 말을 했었거든요."

"누군데요?"

순간 마크 플레처가 다른 사람으로 돌변했다. 잔뜩 찌푸리고 있던 얼굴에서 따스하게 빛이 났다. 애니도 질투가 날 만큼 강렬한 사랑을 떠올릴 때만 지을 수 있는 표정이었다. "나에게는 아주 특별했던 사람이에요. 이름은 —" 하지만 그는 말을 하다 말고 멈추었고 미소가 바람결에 사라졌다. "아니에요. 내가 당신에게 몹쓸 짓을 저지르고 있네요. 내 일상의 개인적이고 자질구레한 부분들로 당신을 괴롭히다니. 내가 지나친 부담을 지웠네요. 이 배의 직원인 당신에게."

그가 한 말이 사실이기는 했지만 그녀는 뺨을 한 대 얻어맞은 듯한 심정이었다. 그들은 이렇게 단둘이 있으면 안 되는 거였다. 서로에게 속내를 털어놓으면 안 되는 거였다. 그녀는 이 남자를, 이 모르는 사람을 이렇게 가까운 사이인 것처럼 느낄 자격이 없었다. "아 — 죄송합니다. 제가 —"

"그런 뜻에서 한 말이 아니었어요…… 승객이 고민을 털어놓으면 당신이야 선택의 여지가 없겠죠. 그게 당신이 해야 할 일이니까요. 미안해야 할 사람은 나예요. 더는 시간을 빼앗지 않을게요. 이제 가서 볼일을 보세요."

그녀는 메슥거리는 속을 달래며 한쪽 다리를 뒤로 빼고 인사했다. 그녀가 걸음을 옮기기 시작했을 때 그가 뒤에서 불렀다. "애니?"

그녀는 돌아보았다. "네?"

그는 잠깐 동안 아무 말 없이 그녀를 물끄러미 바라보았다. 그녀는 그가 이제 처음 만난 사이처럼, 모르는 사람인 것처럼 그녀의 이목구비를 아주 찬찬히 들여다보는 듯한 기분을 또다시 느꼈다. 그가 뭘 찾고 싶었는지 몰라도 그녀의 얼굴에는 없었다. "아니에요." 결국 그는 이렇게 말했다.

그녀는 다시 휴게실로 돌아가는 그를 지켜보는 동안 영혼이 육신을 빠져나오기라도 한 것처럼 맥이 빠졌다. 승객용 의자에 잠깐 앉아서 실컷 울고 싶어졌다. 혼란스러웠고 감정을 주체할 수가 없었다. 캐럴라인의 브로치를 아직까지 품속에 고이 간직하고 있는 것이 문득 추잡하달 수 있는 나쁜 짓을 저지른 것처럼 느껴졌지만 지금 당장은 죄책감이 너무 커서 그의 아내를 찾아갈 수가 없었다. 그녀가 거기서 죽음의 냄새를 맡지 못했다니 이상한 일이었다. 따지고 보면 아이의 시신에서 수거한 브로치였다. 하지만 온딘이 그녀의 소맷부리를 잡아당기는 것을 보고 싶은 마음이 워낙 컸다.

"미스 헤블리! 여기 있었군요." 갑판 저편에서 외치는 소리가 들렸다. 우편계원 존 스타 마치였다. 그가 봉투를 손에 들고 그녀를 향해 달려왔다. 죄책감으로 그녀의 온몸이 화끈거리고 있었지만 어둠 속이라 그가 알아차릴 수는 없을 것이었다.

"어디 있나 찾아다녔어요, 미스 헤블리. 전할 게 있어서요." 그가 그녀에게 봉투를 내밀었다. 순간 두 사람의 시선이 봉투에 꽂혔다. 젖었다가 마르기라도 한 것처럼 봉투가 우글쭈글했다. 그가 계면쩍은 미소를 지었다. "그게, 항해하는 동안에는 우편배달을 하지 않아요. 육지에 도착하면 미국 당국에 넘기는데, 이 행낭이 젖어서 훼손을 최대한 막으려고 말리던 도중에 당신 이름이 적혀 있는 걸 봤지 뭐예요! 배달 주소지가 이 배로 되어 있었어요. 지금 당신에게 전해도 별문제가 되지 않을 것 같아서……"

그보다는 그가 우편실에 틀어박혀 있다 보니 지긋지긋해져서 상갑판으로 나와 콧바람을 쐴 핑계를 찾느라 우편물을 뒤지고 있었을 공산이 컸다.

그녀는 봉투를 뒤집어보았다. 덮개가 열려 있었다. 누가 뜯어본 모양이었다. 그녀는 마치를 쳐다보았다. 너무 불안해서 남의 편지를 왜 뜯어보았느냐고 화를 낼 겨를도 없었다.

"읽어봐야 해요, 애니. 내가 들고 온 이유도 그 때문이에요."

그녀는 편지를 꺼냈다. 물기 때문에 번져서 뭐라고 쓰였는지 거의 읽을 수가 없었지만 아는 글씨체였다. 데즈먼드 플래너리 신부가 보낸 편지였다. 안 그래도 마크 때문에 그를 생각하고 있었는데 이렇게 글로 적힌 그의 이름을 보고 나니 추억이 시커먼 봇물처럼 밀려들었다. 성난 바다를 닮은 짙은 파란색 눈. 호리호리하지만 탄탄한 체구. 음악가인가 싶게 길고 우아한 손.

애니— 정말 당신 맞나요? 멀쩡히 살아서 배를 타고 미국으로 건너가고 있다고요? 당신이 사라진 그날부터 내가 당신을 얼마나 찾았는지 몰라……

애니는 마치의 시선을 느끼고 편지를 내렸다. "이 편지에 대해서 아무한테도 얘기하지 않겠다고 약속해주세요. 아무한테도 얘기하지 않겠다고."

"하지만 이 남자는 당신이 걱정돼서 어쩔 줄 몰라 하고 있잖아요. 당신이 어쩌다 이 배에 타게 됐는지는 모르겠지만—"

애니는 뒷걸음질 쳤다. "그 얘기는 하고 싶지 않아요. 모두 지난 일이에요. 묵은 상처를 끄집어내고 싶지 않아요. 무슨 말인지 알겠어요?"

"어휴, 알다마다요. 하지만 운명은 당신을 거기 붙잡아두고 싶어 할지 모른다는 생각은, 그래서 이 친구가 당신이 어디 있는지 알게 됐을지 모른다는 생각은 해본 적 없어요? 작년에 아내가 죽었을 때 우리 딸들이 나를 붙잡고 바다에 대한 미련을 접어달라고 사정했어요. 생사를 넘나든 경험은 그 정도면 충분하지 않으냐면서." 존 스타 마치의 생사를 넘나든 경험은 선원들 사이에서 전설과 같았다. 그가 타는 배마다 사고가 났다. "하지만 나는 다시 돌아왔지요, 여기가 내 운명이기 때문에. 나도 아이들이 원하는 대로 해주고 싶었지만 바다를 떠나면 절대 그 상황을 받아들일 수 없다는 걸 알았거든. 그래서 이렇게 내가 있어야 할 곳으로 왔지요. 아가씨도 마찬가지이지 않을지 한번 고민해봐요."

마치의 말이 거대한 파도처럼 그녀를 덮쳐 아래로 끌어 내리고 올라가지 못하게 붙잡았다. 그의 말이 틀렸다는 건 그녀도 알았다. 계속 도망치지 않으면 그녀는 과거에 매몰될 것이었다. 그는 과거와 화해할 수 있어서 다행이었지만 그녀처럼 나쁜 짓을, 저주받을 짓을 저지르지 않았기에 가능한 일이었다.

데즈먼드 플래너리―플래너리 신부님―가 떠오르자 그녀는 겁에 질렸다. 왜 그랬는지 이유는 정확히 알 수 없었다. 그녀의 기억을 차단해 그 너머에 뭐가 있는지 보지 못하게 하는 커튼 같은 뭔가가 있었다. 하지만 부드럽고 설득력 있는 그의 음성은 기억이 났다. 장난꾸러기 같은 미소를 지을 때 그의 입술이 어떤 모양이 되는지도. 그녀는 그 입술의 감촉과 그 손길의 느낌을 알았다. 그녀의 입 안에서 속삭여진 그의 이름도 알았다. 데즈.

"당신이 이 편지에서 뭘 읽었든 그건 제 운명이 아니에요." 그녀는 말하며 편지를 다시 봉투에 넣어서 앞치마 주머니에 쑤셔 넣었다. 새빨간 머리카락이 몇 가닥 모자 밖으로 삐져나오자 짜증 섞인 손길로 쓸어 넘겼다. "아까도 말씀드렸다시피 이건 제 일이니까 아무한테도 얘기하지 않고 비밀을 지켜주시면 감사하겠어요. 그럼 저는 그만 가볼게요. 선실 정리해야 하는데 늦었어요."

그녀는 그의 대답을 기다리지 않고 얼른 자리를 피해 일등실로 가는 통로를 걸었다. 마치가 시야에서 사라진 뒤에도 정처 없이 계속 걷다가 정신을 차리고 보니 일등실 흡연실 앞이었다. 그녀는 여기에 볼일이 없었고 여기로 발길이 향한 이유도 알 수 없었다. 시가를 피우고 있던 몇 안 되는 승객들이 무심한 표정으로 혼자 온 여승무원을 쳐다봤다. 그녀는 연기가 자욱한 방 안을 둘러보다가 자신이 마크를 다시 만나고 싶어서 왔다는 사실을 깨달았다. 헤어진 연인일 게 분명한 여자 얘기를 꺼냈을 때 그랬던 것처럼 환하게 빛나는 그의 얼굴을 다시 보고 싶었다. 마크라면 그녀를 위로하고 토닥일 수 있을 것이었다.

그녀가 마크를 탐하는 마음은 데즈먼드 플래너리와 아무 상관 없었다.

그건 부인할 수 없는 사실이었다.

마치 씨의 짐작은 틀렸다. 그녀가 타이태닉호에 끌린 이유는 그것이 그녀의 운명이었기 때문이었다. 그녀는 마크를 만날 운명이었다. 그가 그녀의 운명이었다. 그녀는 그렇다는 것을 뼛속 깊이 느낄 수 있었다.

과거에 대해서라면— 사우샘프턴으로 건너가 회사 측을 설득해 이 배에 승선한 것이 바로 과거를 어떻게 할지 마음을 정한 증거라고 볼 수 있지 않을까?

그녀는 시가 라이터—이 근사한 흡연실용으로 특별 제작된 묵직한 놋쇠 라이터였다—를 집어 봉투 모서리에 불을 붙이고 저녁 이용객을 위해 정성스럽게 지펴진 벽난로 장작불 위로 던졌다. 그녀는 주황색 불길이 위로 치솟는 것을 지켜보며 조그맣게 기도를 드렸다. 불길이 그녀의 과거를 깨끗이 태우고 데즈를—그의 말과 약속과 심지어 그의 믿음까지도—구불구불한 연기에 실어 멀리 날려버릴 것이었다.

17장

마크는 담배를 피우고 싶었다.

캐럴라인은 어디 갔을까? 그녀가 휴게실이나 리셉션 룸에서 만나자고 했는지 기억이 나지 않았다. 유모는 저녁을 먹는 동안 옆에서 온딘을 챙겼고 오래전에 아이를 재우러 갔다. 마크도 잠자리에 들어야 했지만 뭔가가 신경에 거슬렸다.

먼저 승무원 미스 헤블리와 나눈 대화와 그녀가 한 묘한 말이 그랬다. 인간은 언제나 자기 안에 갇혀 있죠. 릴리언이 그 비슷한 말을 한 게 몇 번인지 셀 수도 없었다. 그녀는 영혼을 진정한 자아로 간주했다. 하지만 다른 많은 사람들과 다르게 가끔은 영혼이 육신이라는 껍데기에서 벗어날 수 있길 갈망했다. "자기 자신한테서 벗어나면 얼마나 기분이 좋을까?" 그녀는 여러 번 이렇게 물었지만 그는 솔직히 그게 무슨 말인지 이해하지 못했다. 그녀는 자신을 혐오하게 된 순간이면 그 아름다운 몸과 예쁜 얼굴에서 벗어나고 싶다는 이상한 말을 했다. 그녀의 칠흑 같은 머리와 반짝이는 눈을 가질 수 있다면 뭐든 내놓겠다는 여자가 한둘이 아닐 테니 어처구니없는 발언이었다. 릴리언은 가끔 모순덩어리였다. 사고방식이 너무 이상하고 어두웠다. 그는 그녀의 우울한 성정과 변덕에 끌리면 안 된다는 걸 알았지만 어쩔 수 없었다. 그는 그녀의 변덕을 사랑했다. 방 이쪽과 저쪽에 앉아도 느낄 수 있는 그 감정의 꿈틀거림을 사랑했다. 긴장이 점점 고조되고 조만간 싸움이 시작되겠다는 것을 무의식적으로 감지할 수 있었던 순간, 그녀의 한쪽 눈썹이 올라가는 각도나 발로 바닥을 두드리는 소리만으로도 알 수 있었던 순간을 사랑했다.

릴리언은 싸움을 좋아했다. 그리고 싸움을 했다 하면 가차없었다. 말로 할퀴어댔다. 그녀가 그건 아니라고 한 적이 있었다. 그녀가 악랄한 게 아니라 그가 발끈해서 그녀가 내뱉은 모든 잔인한 말을 믿어버렸기 때문에 그렇게 느껴지는 것일 뿐이라고 했다.

하지만 그는 믿을 수밖에 없었다. 그녀의 말이 그에게는 신의 말씀이나 다름없었다. 그는 심지어 신을 믿지 않고 릴리언을 믿었다. 잔인하고 우울하며 이상하고 놀라운 릴리언. 그가 그녀를 너무 사랑한다는 건 알았다. 도박을 사랑하는 것과 같은 맥락이었다. 그는 지나친 사랑으로 인해 언젠가는 침몰할 운명이었다.

그녀 생각은 멈추어야 했다. 여기 이 바다 위에서 그녀가 주변을 맴돌고 있기라도 한 듯 또다시 바로 옆에 있는 것처럼 느껴지는 이유가 뭘까?

그는 고개를 저었다. 식후에 브랜디 딱 한 잔을 마셨을 뿐인데 취기가 느껴졌다. 그는 오늘 저녁에 잘 참았다. 한 게임 하고 싶은 근질거림이 저 멀리서 낑낑대는 개처럼 집요하게 그를 불렀지만 계속 못 들은 척했다. 책을 들고 나와 미스 헤블리에게 끌려 나왔을 때까지 거기에 코를 박고 있었다.

됐다.

그가 원하는 건— 그에게 **필요한** 건 빌어먹을 아내였다.

하지만 이 배에 승선하고 나서부터 캐럴라인은 수시로 사라졌다. 그러고는 입가에 묘한 미소를 살짝 머금은 얼굴로 돌아와서는 그에게 괜한 상상을 한다며 어딜 다녀왔는지 얘기하기를 거부했다.

그는 교령회가 열린 날 밤에 교령회 말고 또 뭐에 캐럴라인의 정신이 팔렸었는지 이제는 알았다. 구겐하임이었다. 그녀가 그날 밤에 둘이 대화를 나누었다고 얼결에 흘렸기 때문에 알게 되었는데, 이후로 그 백만장자가 하루 종일 짜증 날 정도로 일정하게 여기저기서 출몰하는 느낌이었다. 아침 식사 때는 그들 옆 테이블에 앉았는가 하면 그날 오후에는 브리지를 하는 자리에 슬그머니 끼었고 시선을 번번이 캐럴라인에게로 돌려 한참 동안 떼지 않았다.

마크는 솔직히 벤저민 구겐하임처럼 돈 많은 유명 인사의 관심에 캐럴라인이 반응하는 이유를 알 수 있었다. 구겐하임은 세상을 떠난 캐럴라인의 전남편 헨리와 상당히 비슷했다. 나이가 많았고 지혜로운 아버지 같은 분위기를 풍겼다. 캐럴라인과 나이 차가 거의 나지 않는 마크로서는 시도할 수 없는 분위기였다. 그리고 자신만만했다. 구겐하임은 막대한 부에서 비롯된 자신감을 분출했다.

그는 씩씩대며 흡연실 안으로 들어갔다. 안에 아무도 없는 것을 보고 난 다음에야—다들 자러 들어간 모양이었다—그는 자신의 심장이 쿵쾅거리고 있다는 것을 깨달았다. 수치심이 식은땀처럼 그를 덮었다. 그는 그 둘이 함께 있는 현장을 덮칠 수 있을지 모른다는 얼토당토않은 생각을 하며 이곳을 찾은 참이었다. 그는 백만장자와 결판을 내고 그의 아내에게서 손을 떼게 하고 싶었다. 그도 알다시피 황당한 발상이었다. 그 둘 사이에는 아무 일도 없었다. 그가 이렇듯 집착이 심한 정신병자처럼 행동하는 이유가 뭘까?

예전에는 그가 이렇게 질투가 심하고 치졸하지 않았다. 릴리언을 상대로는 그러지 않았다. 그들의 열정은 쌍방적이었고 서로 잘 맞았다. 그는 다르게 생각한 적이 없었다. 질투심이 많고 다혈질이었던 쪽은 릴리언이었다. 그런데 지금은…… 그녀에 얽힌 추억이 그의 어깨에서 속닥거리며 마크의 머릿속에 질투심을 주입하는 듯한 느낌이었다.

이제 그만 선실로 돌아가야 했다. 캐럴라인이 돌아와 온딘에게 콧노래로 자장가를 불러주고 있을지 몰랐다. 따지고 보면 자리를 비운 사람은 캐럴라인이 아니었다. 길을 잃고 갈피 없이 방황한 사람은 그였다.

그는 문 쪽으로 걸어가다가 매캐한 연기 냄새를 맡고 걸음을 멈추었다.

그는 경계하며 뒤를 돌아보았다.

반질반질하게 윤을 낸 묵직한 오크 테이블 뒤편에서 불똥이 튀었다.

탁 하는 소리가 났다.

테이블 뒤편에서 벽난로가 화르르 타올랐다.

야트막한 안락의자가 옹기종기 모여 있는 뒤편에서 주황색 불길이 너울거리고 벽 위에 그림자가 어른거렸다.

맙소사.

불이다.

뜨거운 불길이 탁탁거리며…… 걷잡을 수 없이 번지고 있었다.

마크는 생각하고 말고 할 겨를도 없이 벽난로를 향해 곧장 달려가다가 하마터면 앞을 가로막은 테이블에 발이 걸려서 넘어질 뻔했다.

주변에는 아무도 없었다. 선원도 승무원도 없었다. 그가 조치를 취해야 했다.

직원용 출입문 옆쪽 벽에 모래를 담은 양동이가 여러 개 걸려 있었다. 마크는 두 개를 집어서 이미 벽난로 입구를 넘어 푹신한 카펫 한 귀퉁이를 삼키고 있는 화재 현장으로 달려가 불

위로 모래를 부었다. 불길이 어느 정도 잡혔다.

이렇게 두 번 더 왕복하자 불이 완전히 꺼졌다.

그의 얼굴 위로 땀이 쏟아졌다. 카펫은 모래를 뒤집어쓰고 서걱거렸다. 벽에는 그을음이 꼈다. 벽난로 안에서 불이 붙다니 정말 황당한 일이긴 했지만 이 배에서는 묘한 사건이 잇따라 벌어지고 있었다. 마크는 본능적으로 손을 위로 뻗어 연통을 체크했다. 갖다 대기만 해도 지글지글 익는 소리가 나서 손을 얼른 빼야 했지만 연통이 닫혀 있다는 걸 알 수 있었다. 직원의 어처구니없는 실수였다.

그는 예전에 불 때문에 인생을 망칠 뻔한 적이 있었다. 릴리언이 끔찍한 비극을 피할 수 있었던 것은 오로지 신의 은총 덕분이었다. 릴리언이 아침부터 저녁까지 일하던 공장이 화재로 전소돼 같이 근무하던 여자 동료들이 거의 대부분 목숨을 잃었던 것이다.

하지만 릴리언은 갑작스럽게 사장의 심부름을 다녀오느라 목숨을 건졌다. 그때 마크는 이 여자, 이 특별한 피조물은 죽을 때가 되지 않았다고 운명의 여신에게 확인을 받은 거라고 생각했다.

그로부터 9개월도 안 돼서 그녀가 세상을 떠났으니 그 기적과도 같았던 사건은 어찌 보면 아이러니했다.

마크는 손수건을 꺼내 얼굴을 닦으려고 주머니에 손을 넣다가 반쯤 탄 장작더미 사이에 끼어 있는 종잇조각을 곁눈으로 보았다. 대부분 불에 타 없어지고 검게 그을린 쪼가리만 남왔다.

그는 종잇조각을 끄집어냈다. 맨 처음 눈에 들어온 것이 애니 헤블리의 이름이었다.

내용이 뭔지는 잘 알 수 없었다. 남자의 글씨체로 이어지는 다급한 몇 단어만 알아볼 수 있을 따름이었다.

마크는 비틀비틀 야트막한 안락의자로 걸어갔다. 종잇조각은 이미 잊어버렸다. 오늘 밤은 너무 견디기 힘들었다. 그가 릴리언과 함께할 수 있을 거라고 생각했던 과거의 삶에 대한 기억이 불길과 함께 되살아났다.

그러면 안 된다는 걸 알았지만 어쩔 수 없었다. 그는 재킷 주머니 안에서 얇고 너덜너덜한 일기장을 꺼냈다. 릴리언의 골수가 장마다 새겨진 일기장이었다.

마지막으로 남은 그녀의 일부분이라 차마 버릴 수가 없었다.

1916년

18장

1916년 11월 17일
이탈리아 나폴리
브리태닉호

그는 그녀의 것이지만 아니기도 하다.

그는 깨어날 줄 모른다. 나중에 눈을 뜰 수 있을지 잘 모르겠다.

애니는 마크의 침대 옆 접의자에 앉는다. 그녀의 옆에, 손을 내밀면 닿을 곳에 마크가 있다니 아직까지도 잘 믿기지가 않는다. 몇 년 동안 죽었을 거라고 생각해왔는데 이렇게 살아 있다니. 그는 머리에 붕대를 칭칭 동여매고 침대에 누워 있다. 달라졌지만 알아보지 못할 만큼 많이 달라지지는 않았다. 애니는 그를 찬찬히 뜯어본다. 4년이라는 세월보다 훨씬 더 나이를 먹은 것처럼 보인다. 마크가 중년이 되면 이렇지 않을까 싶은 모습이다. 붕대 위로 보이는 군대식으로 짧게 깎은 머리칼이 아주 빠릿빠릿하고 산뜻해 보이지만 그녀는 예전의 헤어스타일이 그립다. 살짝 길어서 소문에 따르면 압생트와 매독으로 망가졌다던, 파리로 망명한 여러 영국 출신 예술가처럼 보헤미안 분위기를 풍기던 예전의 헤어스타일이 말이다.

그래도 얼굴에 새겨진 연륜과 아픔과 고통 때문에 오히려 전보다 잘생겨 보인다. 전보다 남자다워 보인다. 그는 이제 겨우 30대 초반이지만 상상하지도 못했던 장면을 목격했다. 최전방에 투입됐다. 목숨을 내놓았다.

그리고 살아남았다.

생각해보니 그녀가 마지막으로 그를 보았을 때는 이전이었다. 이 모든 끔찍한 일들이 벌어지기 이전이었다.

타이태닉에서 겪은 그날 밤의 기억이 너무 순식간에 되살아난다. 비명과 공포, 달려가는 그녀를 붙잡고 구명정에 태우려고 했던 선원들. 비스듬히 기운 산책로를 거스르며 들이닥쳐 그녀를 할퀴던 시커먼 바닷물……

그녀는 몸을 부르르 떤다. 마크의 두 손이 담요 위로 포개어져 있다. 흉터가 있고 하얗고— 반지가 없다. 타이태닉에서는 결혼반지를 끼고 있었는데 지금은 아니다.

일어나요, 일어나. 그녀는 말하고 싶다. 그의 어깨를 붙잡고 흔들어 그 파란 눈이 번쩍 뜨이는 것을 보고 싶다. 그녀는 그에게 전할 소식이 있다. 그가 들으면 기뻐할 소식이 있다. 그 소식을 들으면 그는 고마워서 어쩔 줄 몰라 할 것이다. 두 팔을 벌려서 그녀를 자기 가슴에 꼭 끌어안고 어쩌면……

어떤 상상이, 또 다른 환상 아니면 기억 아니면 다른 무언가가 그녀의 머릿속 깊은 곳을 번쩍 스치고 지나간다. 그녀의 입술과 맞닿은 그의 입술. 지금보다 훨씬 긴 그녀의 머리칼을 쓰다듬는 그의 손길. 그녀의 손가락에 감기는 그의 머리칼도 느껴지고, 그의 머리칼과 얼굴과 몸이 익숙하게 다가오지만⋯⋯ 그건 있을 수 없는 일이다. 오래됐지만 칼날처럼 예리하고 분명한 허기가 안에서 고개를 든다.

그녀는 그 이미지와 그 갈망을 떨쳐버리려고 고개를 젓는다. 그녀를 붙잡아주던, 의지가 되어주던 십자가가 없어진 것을 아쉬워한다.

하지만 브로치는 여전히 옷깃에 꽂혀 있다. 그녀는 하트와 화살을 어루만지며 마음을 달랜다. 잊지 말아야 할 것을 상기한다.

그녀는 마크에게 줄 선물이 있다. 그는 그 선물이 뭔지 듣기 위해서라도 눈을 떠야 한다.

그의 딸 온딘이 그날 밤에 죽지 않았다.

아직 살아 있다.

바이얼릿이 편지에서 그 소식을 전하며 애니가 그날 밤에 바다로 뛰어든 것이 헛수고가 아니었다고 했다. 구명정이 카파시아호 근처에 다다랐을 때까지 바이얼릿이 밤새도록 아이를 안고 있었다고 했다. 하지만 구명정에서 카파시아로 옮겨 타는 혼란스러운 와중에 누군가가 바이얼릿의 품에서 아이를 데려갔다. 그녀의 추측에 따르면 공무 집행을 대행한 카파시아의 선원이었다. 배가 뉴욕에 도착하자 아수라장이 벌어졌다.

언론이 생존자들에게 달려들었고 환영 행사와 축사가 정신없이 이어지는 와중에 바이얼릿은 온딘의 행방을 놓쳤다. 화이트 스타 본사에서는 침몰로 고아가 된 아이들은 다른 가족과 재회하거나 적절한 행정기관에 맡겨졌다고 했다. 그녀로서는 더 이상 어쩔 방법이 없었다.

애니는 마크의 고요한 얼굴을 바라본다. 밋밋하고 무표정해서 꼭 허깨비 같다. 그녀가 고통과 슬픔으로 가득했던 그의 삶에 환희를 다시 불어넣어줄 것이다.

그녀는 손을 내밀어 그의 손을 잡는다. "마크, 내가 긴히 할 말이 있어요." 그녀는 그가 들을 수 있기라도 한 것처럼 이렇게 말한다.

몇 시간이 이런 식으로 흘러간다. 브리태닉호가 나폴리항을 출발하고 시간이 한데 뭉뚱그려지는 와중에도 애니는 그의 곁을 지키고 있다.

아주 야심한 시각이 되어서야 그에게서 움직임이 감지된다.

그녀는 그에게로 몸을 숙인다.

"마크?" 그녀는 아주 나지막이, 아주 조심스럽게 속삭인다.

그가 눈을 뜬다.

그녀는 너무 놀라서 하마터면 비명을 지를 뻔한다.

"하느님 맙소사……" 속삭이는 그녀를 향해 그가 눈을 깜빡인다.

그가 그녀를 빤히 쳐다본다. 유령이라도 본 사람처럼 시선을 이리저리 돌리며 그녀의 미소와 손과 심지어 옷깃에 달린 금색의 반짝이는 브로치까지 눈에 담는다.

그러더니…… 발작 비슷한 것을 일으킨다.

그는 아프다. 몸이 안 좋다. 어딘가가 잘못됐다. 이게 무슨 일일까? 그녀는 의사를 부르고 싶지만 너무 야심한 시각이다. 응급 상황이 아니면 그들을 깨우지 말라는 얘기를 들었지만…… 혼수상태였던 환자가 눈을 뜨면 그들도 호출을 받고 싶지 않을까?

마크는 그녀를 보더니 광분하며 몸을 웅크리고 그야말로 뒤로 기어간다. 겁에 질린 말처럼 눈을 까뒤집는다. 순간 그녀는 엄청난 돌덩이에 눌려 가슴이 으스러지는 듯한 기분을 느낀다. 왜 그는 그녀를 보고 그녀처럼 반색하지 않는 걸까? 이건 정상적인 반응이다. 눈을 떠보니 낯선 곳이지 않은가. 얼마 전까지만 해도 나폴리의 군 병원에 있었는데 지금은 이리저리 까딱이고 흔들리는 배를 타고 있지 않은가. 그거다. 그는 혼란스러워진 거다. 이게 무슨 일인가 싶은 거다.

"저예요, 마크. 애니예요. 타이태닉호에서 근무했던 미스 헤블리. 저 기억하시죠?" 그녀는 그의 손을 문지르고 뺨을 토닥이며 진정시키려고 한다. 그는 부들부들 떨고 있다. 딱한 사람 같으니라고.

왜 아무 말도 하지 않을까? 그는 붕대를 감고 있어도 말을 할 수 있을 것처럼 보이지 않긴 하다. 머리에 부상을 당했으니 그게 흉보일 수 있다. 뇌 손상이나 뇌졸중일지 모른다. 그녀는 다리가 멀쩡해도 휠체어에 앉아서 허공을 멍하니 응시할 뿐

꼼짝하지 못하는 긴장증 환자들을 본 적 있다. 그런 거라면 정말 골치 아파질 수 있다. 안 돼요, 하느님, 제발요. 저희 이제야 만나게 하셨잖아요. 이 사람 데려가지 마세요. 저 지금까지 착하게 지냈잖아요. 이제 상을 주세요.

"여기서 기다려요, 마크." 그녀는 몸을 돌리며 말했다. "내가 의사 선생님 모셔올게요." 어쨌든 이제 날이 밝고 있고 조만간 야간조의 근무가 끝날 것이다. "얼른 다녀올게요. 아무일 없을 거예요. 당신 괜찮아질 거예요. 내가 약속해요. 이제우리가 다시 만났잖아요. 중요한 건 그거 하나예요."

19장

1916년 11월 19일
브리태닉호

통신실은 야간에 일부러 불을 환하게 밝히지 않는다. 불 하나만 희미하게 켜놓는다. 찰리 에핑은 그렇게 해놓는 것을 좋아한다.

그는 동 트기 직전인 지금 이 시각을 가장 좋아한다. 아무것도 꿈틀거리지 않는다. 가끔 바늘이 나지막이 탁탁거리며 전보를 수신하는 리드미컬하고 기분 좋은 소리만 들릴 뿐 사방이 고요하다. 바다는 그의 앞에 펼쳐진 거대한 은빛의 벌판과도 같다.

그는 혼자 근무하는 중이다. 원래는 이등 통신수 토비 설리번이 같이 근무해야 하지만 에핑이 아침까지 쉬라고 했다. 해야 할 일이 많지 않고 그는 바쁘게 움직이는 것을 좋아한다. 게다가 토비가 신경질적으로 떠벌리는 재미없는 얘기를 듣느니

241

고요함을 즐기고 싶다.

에핑은 날이 밝으면 다이크 부사령관이 읽을 수 있게 어제 여러 사령부에서 발송한 공문을 분류한다. 식당 운영 시간이나 오락 시설 이용 시 지켜야 하는 새로운 규칙처럼 일상적인 내용도 있고 중요한 내용도 있다. 그는 모든 공문을 읽어보고 자신의 기준에 따라 중요한 순서대로 대충 정리하지만 어느 것이 바틀릿 사령관에게 보일 만큼 중요한 문건인지는 다이크가 결정할 것이다. 모르는 사람이 없다시피 바틀릿 선장이 일상적인 업무는 다이크에게 일임하고 있다. 바틀릿은 자칭 거물급이랍시고 자질구레한 일에까지 신경을 쓰지 않으려 한다.

에핑의 뒤편에서 바늘이 탁탁거리기 시작한다. 이상하다. 보통은 이 시각에 전보가 그렇게 많이 수신되지 않는데. 그는 메시지를 받아 적기 시작한다. 몇 개의 메시지가 뭉뚱그려져 전송되는 걸 보고 그는 암호라는 걸 깨닫는다. 첩보 보고서다. 그렇다면 일이 그리 간단치 않다는 뜻이다. 다이크가 일어나면 읽을 수 있게 암호를 해독해 평문으로 작성해놓아야 한다. 사령부에서는 오늘 아침 행낭으로 보내고 싶었겠지만, 태풍이 충분히 지나간 덕분에 브리태닉호가 예정보다 조금 늦게나마 이미 출항을 해버렸다.

에핑은 자리를 잡고 암호 해독을 시작하기 전에 블라인드를 내린다. 그래야 그가 암호를 평문으로 바꾸는 동안 지나가던 사람이 통신실을 들여다보는 사태를 미연에 방지할 수 있다. 야간 근무조 몇 명 말고는 깨어 있는 사람도 없지만 그래도 그게 원칙이다. 기밀 정보를 보호하는 것이 그의 임무고 그는 그 임무를 허투루 여기지 않는다. 그는 블라인드를 내린 뒤에 서랍을 열고 암호장을 꺼낸 뒤에 그날의 키가 뭔지 찾는다. 키를 파악해야 어떤 글자를 대치해 암호를 만들었는지 알 수 있다. 키는 날마다 바뀌고, 알맞은 키를 모르면 뭔지 모를 헛소리가 된다. 그런 다음 그는 모눈종이와 뾰족하게 깎은 연필을 꺼내서 암호문을 기입하기 시작한다.

거의 한 시간이 걸리지만 에핑은 전송된 메시지를 전부 해독한다. 암호를 해독하는 동안 메시지의 내용에는 관심을 기울이지 않는다. 무슨 단어인지 알아내는 데 집중한다. 해독이 끝나자 그는 의자에 기대고 앉아 보고서를 처음부터 끝까지 읽어본다. 모든 게 제대로 해독이 돼서 앞뒤가 맞는지 확인하기 위해서이기도 하지만 내용이 궁금하기도 해서다.

독일 측 정보원이 케아 해협에 기뢰가 설치되어 있다고 영국에 알려왔다. 에핑은 벽에 걸어놓은 항법 지도를 들여다보지만 사실 그럴 필요는 없다. 그들은 부상병 이송을 위해 무드로스에 다섯 번이나 다녀왔고 그때마다 케아 해협을 지났다. 전에도 해협에 기뢰가 설치되어 있다는 소문이 돌았지만 선장은 모험을 감행했다. 영국 해협을 방어 중인 소해정을 일부 끌어내기 위해 독일 측에서 거짓 정보를 퍼뜨리는 것일 수도 있었다.

그는 너덜너덜한 종이 지도를 손가락으로 더듬으며 섬들이 점점이 박힌 케아 해협에서 첩보 보고서가 말한 위도와 경도가 어딘지 짚는다. 기뢰가 설치되어 있다는 곳이 브리태닉이 지나는 경로상이다. 에핑은 지도상의 그 지점을 빤히 쳐다보는데, 예민하지 않은 성격인데도 불구하고 온몸이 오싹해진다. 그의 어머니였다면 누가 그의 무덤을 밟고 지나가는 느낌이라고 했을 것이다.

그는 타자기 앞에 앉아서 새 종이를 넣고 타자를 치기 시작한다. 다이크는 날이 밝자마자 이 문건을 보고 싶어 할 것이다.

1912년

수신: 아서 라이어슨 부부,
    일등실 승객

귀하께서 요청하신 대로 아드님 아서 2세의 장례식 준비가 완료되었음을 알려드립니다. 장례식은 4월 19일 오후 3시, 로커스트가의 성 마가 성공회 교회에서 치러질 예정입니다. 여행을 중단하고 이 가슴 아픈 자리에 참석하셔야 하다니 유감스러울 따름입니다. 이 비극적인 사건에 온 마을이 충격과 슬픔에 잠겨 있습니다. 삼가 조의를 표합니다.—뉴욕 쿠퍼스타운 화이트 장례식장

수신: 크리스토퍼 미첼,
    뉴욕 시 세븐스 애비뉴 사우스

비밀 상담 예약을 하고 싶습니다. 양쪽 모두를 아는 지인을 통해 선생님이 얼마나 입이 무거우신지 얘기 들었어요. 저는 현재 뉴욕으로 가는 길이고 4월 18일에 입항 예정이니 곧바로 연락할게요. 다시 한번 강조하지만 절대적인 비밀 보장이 가능하다고 믿고 있을게요.—매들린 탤메이지 포스 애스터 부인

수신: 벤저민 구겐하임,
      일등실 승객

뉴욕 입항 시 신중을 기하셔야겠습니다. 미스 오바르의 이름이 신문에 등장하면 부인께서 이혼소송을 제기할 생각이라고 그쪽 변호사가 알려왔습니다. 이제 미스 오바르를 시골로 휴가를 보내면 어떨까 합니다. 펜실베이니아의 리조트에서 2주 어떨까요? 부두에 자가용을 대기시켜놓았다가 태우고 가는 걸로요. 허락만 내려주시면 당장 조치를 취하겠습니다.—맨체스터 앤드 코츠 법률사무소 조지프 세브링

20장

1912년 4월 12일
타이태닉호

오르락내리락.

위로, 위로 점점 솟아오르던 바닥이 일순 허공에 부유하다가……

완만하게 기울더니……

둥실둥실 아래로, 아래로, 아래로 내려간다.

마치 배의 흔들림처럼 리드미컬하다.

마치 말을 타는 것 같다. 힘센 근육질의 거대한 파도를 타는 것 같다.

애니의 바로 옆에 누군가의 몸이 있다. 따뜻하고 단단하며 튼튼하다. 그들은 함께 오르락내리락하며 서로 부딪치고 또 부딪치다가 한데 맞물려 뒤엉킨다. 손, 팔, 다리. 그들의 살갗은 땀으로 끈적끈적하다. 열기가 용광로의 불길처럼 그녀를 관통한다.

하지만 그녀의 안에는 다른 뭔가가 있다. 안이 텅 빈 것처럼 느껴질 만큼 깊숙한 곳에 간절함이 자리 잡고 있다. 주님은 착한 여자를 좋아하시지, 애니.

애니는 눈을 깜빡였다. 눈앞이 부옇게 빙글빙글 돌아가다가 마침내 선명해졌다.

그녀는 일등실 선실 밖의 좁은 통로에 있었다. 조그만 전등이 어둠 속에서 반딧불이처럼 반짝였다. 애니는 가운도 슬리퍼도 없이 얇은 면 잠옷만 입고 있었다. 옅은 금색 머리칼은 풀려서 어깨 주변으로 흘러내렸다. 추워서 온몸에 닭살이 돋았고 이가 덜덜거렸다. 어쩌면 그 덜덜거림 때문에 깼을 수도 있었다.

그녀는 눈을 비볐다. 잠결에 걸어 나온 모양이었다. 처음 있는 일이었다.

그녀는 두 팔로 몸통을 감싸 안아 가슴을 가렸다. 여기가 어딜까? 그녀는 빈약한 불빛에 비춰가며 선실 번호를 읽어보려고 하지만, 거기가 어딘지 알 것 같았다. 플레처 부부의 선실 문 앞이었다.

문 아래로 소음이 스며 나왔다. 그녀가 아는 소리였다. 남녀가 사랑을 나눌 때 나는 소리였다. 둘이 말은 한마디도 하지 않더라도 그들의 목소리라는 것을 알 수 있었다. 으르렁거리고 키득거리고, 한숨을 토하고 신음할 때 그들의 음색과 음의 높낮이를 알아들을 수 있었다. 마크가 꿈속에서 애니와 했던 그대로 아내와 희열을 만끽하고 있었다.

추위가 가시면서 민망함에 그녀의 온몸이 화끈 달아올랐다. 마크를 향한 갈망이 잠든 그녀를 한 걸음 한 걸음 그의 문 앞으로 데리고 올 정도로 깊숙이 뿌리박혀 있다는 것을 부인할 도리가 없었다. 선실에서 두 사람이 내는 소리를 들은 뒤에도, 마크가 그녀를 두고 바람을 피우는 현장을 발견한 뒤에도 이 느낌을 떨쳐버릴 수가 없다는 것이 최악이었다.

애니는 따뜻한 겨드랑이 안에 두 손을 넣고 두 뺨 위로 차가운 눈물을 흘리며 얼른 자리를 피했다. 정신 나간 아내의 유령처럼 복도를 배회하는 그녀의 모습을 본 사람이 아무도 없길 기도했다. 본 사람은 아무도 없을지 몰라도 이 배는 알 거라는 생각이 들었다. 이 배는 알고 있고 이제 나한테 실망할 거야. 내가 자기가 생각했던 것만큼 착하지 않다는 걸 알게 될 테니까.

그녀는 선원용 숙소로 걸어가며 중얼중얼 다짐했다. 앞으로 더는 마크 생각을 하지 않을 것이었다. 이제 그와는 끝이었다. 그리고 캐럴라인과도 마찬가지였다. 플레처 가족 중에서 그녀의 도움을 필요로 하는 사람은, 그녀가 기꺼이 돌볼 사람은 온딘뿐이었다. 아무 힘도 없는 딱한 온딘. 애니는 그 아이를 처음 본 순간부터 그 아이에게는 그녀가 있어야 한다는 것을 알았다. 아니, 느꼈다. 애니에게 뭔가 할 말이 있는 듯 그녀의 얼굴을 살피던 천진한 그 눈. 그 눈에 메시지가 담겨 있었다. 나를 보호해주세요. 나를 구해주세요. 나는 언니가 필요해요. 그리고 요즘 들어 그 아이가 전보다 안색이 안 좋고 면전에서 점점 수척해져가는 것 같지 않던가. 그렇다, 애니는 절대 온딘을 거부할 수 없을 것이다.

잠시 후에 하얀 빛이 애니의 눈꺼풀을 할퀴며 눈을 뜨게 만들려고 했다.

이른 아침의 춥고 하얀 빛이었다. 그녀는 날마다 일찍 일어나야 하는 하인이기에 알 수 있었다.

동이 트기 전에 일어나야 하는 하인이기에.

그녀가 늦잠을 자고 말았다.

애니는 벌떡 일어났다. 본능적으로 방 저편에 있는 바이얼릿의 좁은 침대를 확인했다. 아무도 없었다. 바이얼릿이 일어나 그녀를 깨우지 않고 나간 것이었다.

그녀는 이불을 홱 젖히고 물병 앞으로 달려갔다. 물이 얼음처럼 차가웠지만 오늘만큼은 그래서 고마웠다. 상쾌한 냉수에 정신이 번쩍 들었다. 그녀는 눈을 질끈 감은 채로 더듬더듬 수건을 찾았고 벅벅 문질러 얼굴을 다시 덥혔다.

다시 눈을 떴을 때 바닥에 떨어져 있는 하얀색의 조그만 직사각형이 그녀의 눈에 들어왔다. 보아하니 타이태닉호에 비치된 편지지를 누가 접어서 문 아래로 넣은 것이었다. 그녀는 얼른 집어 들었다. 모르는 글씨체였다. 비뚤배뚤하고 색이 옅은 것을 보니 증세가 심한 환자의 글씨체였다. 그리고 말이 안 되는 것이, 이렇게 쓰여 있고 끝이었다.

너는 내가 누군지 알지.

너는 내가 뭘 원하는지 알지.

순간 그녀의 머릿속에 떠오른 것이라고는 어렸을 때 바닷가에서 한 번 본 적 있는 여자의 얼굴뿐이었다. 해초로 알몸과 머리칼 사이사이를 덮고 바위 위에서 햇볕을 쪼이던 미인이었다. 여자가 까맣고 끝을 알 수 없는 눈으로 애니를 빤히 쳐다보았다. 애니는 바로 그 순간 그 여자의 정체를 알아차렸다. 더바사였다. 할머니에게 들은 이야기에 등장하는 여인. 순진한 여자아이들을 데려다 불멸의 아이로 삼아서 파도 저 아래에 안전한 곳에 가두어놓는 바닷속 어둠의 정령.

애니는 몸을 부르르 떨었다.

그녀는 쪽지를 이리저리 뒤집으며 뭐가 더 없는지 찾았지만 잉크 한 방울도 없이 그걸로 끝이었다. 그녀는 쪽지의 정체를 파악해보려고 열심히 머리를 굴렸다. 다른 사람에게 보내려던 건데 번지수를 잘못 찾은 걸까? 아니다, 이건 기분 나쁜 장난이었다. 그럴 수밖에 없었다. 왜 그렇게 숫기가 없느냐며 그녀를 놀리는 선원이 한 명 있었다. 보일러실에서 일하는 남자들 몇 명은 어린애처럼 철이 없었다. 애니는 옷을 갈아입고 앞치마 주머니에 쪽지를 넣었다. 이 쪽지의 진실을 밝히고 말 작정이었다.

그녀는 잠시 후 배정받은 객실을 정리하던 도중에 바이얼릿을 만났다. "이거." 그녀는 쪽지를 흔들어 보이며 바이얼릿에게 나지막이 쏘아붙였다. "무슨 뜻에서 보낸 거야?"

"그게 무슨 소리야?" 바이얼릿은 쪽지를 건성으로 훑어보며 물었다.

"네가 보낸 거 아니었어?" 애니는 거미줄 같은 글씨체를 들여다보았다. 배 속이 뜨거운 철판 위에 올려놓은 물주전자처럼 부글거렸다.

"그런 쪽지는 본 적도 없는데?"

애니가 스테드의 선실을 청소하다 말고 그 쪽지를 들여다보고 있을 때 윌리엄 스테드가 들어와 그녀의 손에 들린 쪽지를 턱으로 가리키며 물었다. "그게 뭐지요? 여기서 주운 건가요?"

그는 부드럽게 물었지만 그녀가 자기 소지품을 뒤지고 있었나 보다고 생각하는 눈치였다. 좀도둑으로 오해를 받자 그녀의 속이 한층 더 뒤틀렸다. "아뇨. 제 선실 바닥에서 주운 거예요."

그는 자상하게 미소를 지었다. "연애편지인가? 아가씨에게 반한 선원이 있는 모양이지요?"

"아니에요. 그런 게 아니라…… 실은 이게 뭔지 모르겠어요." 그녀는 갈피를 잡을 수 없는 마음에 아무 생각 없이 그에게 쪽지를 건넸다.

쪽지를 읽는 동안 그의 미소가 사라졌다. 그는 미간을 찡그리며 그녀에게 다시 쪽지를 떠넘겼다. "무슨 소린지, 원. 누가 장난을 친 모양이로군요."

"누가 이런 장난을 쳤을까요?"

"이 배에 비치된 편지지니 알 수가 있나." 그는 그녀가 쪽지를 주머니에 넣는 것을 지켜보았다. "사이가 안 좋은 직원이 있나요?"

그녀는 고개를 저었다. 기분이 찜찜했다. 승객들과 이런 문제로 의논을 한다면 래티머 사무장이 못마땅하게 여기겠지만 스테드에게는 왠지 몰라도 자연스럽게 비밀을 털어놓게 됐다. "혹시 말이에요. 선생님은 이런 분야에 대해서 아는 게 많으시니까 여쭤보는 건데— 혼령이 제게 접촉을 시도하는 것일 수도 있을까요?"

"혼령이?"

그녀는 손을 맞잡고 비틀며 뒤로 한 걸음 물러났다. "죽은 아이가 바다에서 어떤 여자가 그 아이를 부르는 소리를 들었다고 하길래 어렸을 때 아실링 할머니께 들은 얘기가 생각났거든요. 바다에 사는 정령 얘긴데—"

"아가씨." 그가 다정한 목소리로 말했다. "이 배의 혼령 전문가로서 설명하자면 그들은 무형의 존재로—"

"무형이요?"

"육신도 형체도 없다는 뜻이죠. 그들은 유령이라 펜을 쥘 수도 문 아래로 쪽지를 밀어 넣을 수도 없어요. 그러니까 이런 쪽지를 써서 미스 헤블리에게 줄 수 있는 유령은 없어요. 물론 몸속으로 들어갈 사람을 찾았다면 얘기가 달라지겠지만."

그녀의 얼굴이 다시 화끈거렸다. 너무 화끈거려서 열이 있나 싶을 정도였다. "아까 말씀드렸던 것처럼 제가 할머니께 들은 얘기가 있거든요. 그리고 저는 바다에 그런 혼령들이 산다는 걸 알아요. 한번 만난 적이 있어요. 아주 어마어마한, 바다를 다스리는 여왕 마녀였는데―"

스테드는 고개를 저었다. "바다의 여왕?"

"제가 할머니의 오두막집 근처 바닷가에서 빠져 죽을 뻔했던 날이었고―"

"빠져 죽을 뻔했던 날이었다? 흠, 그걸로 설명이 되겠군요. 정신적인 충격으로 환영을 보았다고." 스테드는 친절하지만 다른 데 정신이 팔린 말투였다. 노련한 기자의 말투였다. "하지만 수영을 잘한다고 하지 않았나요? 어렸을 때 날마다 몇 킬로미터씩 헤엄을 쳤다고. 어느 쪽이 진실인가요, 미스 헤블리? 양쪽 모두일 수는 없잖아요."

그녀는 뒷걸음질 쳤다. 열이 나서 정신이 몽롱했다. 선실이 빙글빙글 돌았다. 그녀가 정신 나간 소리를 늘어놓는 것처럼 들렸겠다는 생각이 들었다. 심지어 유명한 오컬티스트조차 그녀의 걱정을 근거 없고 바보 같은 발상으로 간주하고 있지 않은가. 그녀는 반론을 제기하고 싶었다. 그녀는 뭘 모르고서 한 얘기가 아니었지만, 이 영국인이 하도 심하게 왜곡하는 바람에 그녀 자신조차 의구심이 생겼다. 그는 무슨 겁먹은 동물 대하듯 말투가 다정하고 부드러울지 몰라도……

그녀는 이마를 만져보았다. 땀으로 축축했다. 바다의 여왕 마녀― 그런 발상은 어디에서 시작됐을까? 누구한테 들었나? 아니면 책에서 읽었나? 정체불명의 귀신처럼 흐릿한 형체가 그녀의 기억 속에서 춤을 추었지만 그게 환영이 아니라 진짜였다고 무슨 수로 장담할 수 있을까? 생각하면 할수록 더 꿈 같았다.

모든 게 앞뒤가 맞지 않았다. 어쩌면 그녀는 정말 환자였을지 모른다. 땅속의 늪에서 거품이 보글보글 올라오듯 그녀의 머릿속 어딘가에서 이 깜찍하고 장난스러운 얘기가 생겨났을지 모른다. 그녀의 손이 구겨서 주머니에 넣은 편지지 쪼가리에 닿았다. 너는 내가 누군지 알지.

그녀는 손등으로 이마의 땀을 훔치고 한쪽 다리를 뒤로 빼며 비틀비틀 절을 했다. "죄송합니다, 스테드 씨. 제가 무슨 말을 하고 있는지 모르겠네요. 제가 왜 그랬는지 모르겠어요. 어디가 아팠는지……"

그는 그녀의 팔꿈치를 잡고 의자 쪽으로 데려가려고 했다. "아닌 게 아니라 안색이 안 좋아 보이네요, 아가씨. 이런 말 하기는 싫지만…… 의사를 만나보는 게……"

"아니에요—" 그녀는 그에게 붙들린 팔꿈치를 뺐다. "바람을 좀 쐬면 괜찮아질 거예요."

그녀는 무릎이 꺾이지 않도록 벽에 기대가며 허둥지둥 선실 밖으로 나갔다. 아직은 의사를 만나러 갈 수 없었다. 앞치마에 꽂아놓은 시계에 따르면 플레처 부부의 선실로 따뜻한 우유를 가져다주어야 할 시간이었다.

그녀는 비틀거리며 주방으로 향하는 계단을 내려가 바쁜 주방장을 피해가며 조그만 냄비에 우유를 붓고 너무 팔팔 끓여서 덩어리가 생기지 않게 새끼손가락으로 테스트해가며 우유를 데운 다음 불을 껐다. 그런 다음 잠깐 그 자리에 서서 우유가 조금 식길 기다리는 동안 이제 주머니가 지정석이 되어버린 캐럴라인의 브로치를 꺼냈다. 그 매끈한 형체를 손가락으로 더듬었다. 그런 다음 우유가 너무 식기 전에 다시 주머니에 넣었다.

애니는 쟁반을 간신히 들고 허둥지둥 플레처 부부의 선실로 갔다. 의도했던 것보다 더 세게 문을 두드리고 서서 문을 열어주길 초조하게 기다렸다. 안에서 들리는 웅얼웅얼하는 말소리와 카펫을 조용히 밟는 소리에 귀를 기울였다. 이제 신음 소리와 한숨 소리는 들리지 않았지만 그때의 기억이 가슴속에서 되살아나 다시금 열이 나고 머리가 어지러웠다.

그녀는 문이 열리자마자 들어오라는 말도 기다리지 않고 얼른 들어갔다. 뭘 어떻게 하면 되는지 알기에 평소와 같은 자리에 쟁반을 내려놓고 주전자 뚜껑을 열고 유리 젖병을 가지고 오려고 몸을 돌렸다.

캐럴라인이 하얀 침대 이불 한가운데에 아이를 눕혀놓았다. 애니는 온딘이 전과 다르다는 것을 한눈에 알아차릴 수 있었다. 아이가 이상스레 조용했다. 힘이 없었다. 그리고 눈 아래에 반달 모양으로 그늘이 졌다. 아이가 아파 보였다. 어딘가 탈이 난 게 분명했다. 간밤에 마크가 불안해했던 것도 이유가 있었다.

애니는 캐럴라인이 침대에 아이와 함께 몸을 눕히는 것을 지켜보았다. 엄마가 자기 아이를, 그렇게 무방비한 존재를 그런 눈빛으로 바라보는 게 맞나 싶었다. 뭔가를 계산하는 눈빛이었다. 고심하는 눈빛이었다. 애니는 다시금 온딘이 걱정스러워졌다.

"내가 한 말 들었어요, 애니? 미스 헤블리?" 캐럴라인이 그녀에게 얘기하고 있었다. "이제 그만 나가봐요. 내가 알아서 할게요." 캐럴라인은 목소리가 냉랭했다. 이틀 전에 승선했을 때만 해도 그렇게 명랑하고 수다스럽던 그녀가 이제는 다른 사람이 되었다.

"네, 부인, 알겠습니다." 애니는 철제 쟁반을 꼭 부둥켜안고 좁은 통로를 천천히 걸었다. 갑작스럽게 달라진 캐럴라인 때문에 오싹해진 가운데 스테드에게 들은 말이 머릿속에서 계속 맴돌았다. 혼령은 무형의 존재라고 했던 것.

하지만 몸속으로 들어갈 사람을 찾았다면 얘기가 달라진다고 했던 것.

바뀌친 아이. 아일랜드에서 바뀌친 아이에 얽힌 전설을 모르는 엄마는 없었다. 요정들이 밤이면 아이 방에 몰래 숨어들어 와 침대에 누워 있던, 아무것도 모르는 인간의 아이를 데려가고 대신 요정의 아이를 놓고 간다고 했다. 아픈 아이가 바로 바뀌친 아이라고 했다. 어떻게 보면 인간이 아니라고 할 수도 있는 기형아. 그녀의 아버지는 뭘 모르는 사람들이나 그런 얘기를 하는 거라고 했다. 가엾은 어린애를 낳은 책임을 피하려고 그런 핑계를 대는 것에 불과하다고 했다.

발아래에서 배가 휘청거리더니 야생마처럼 날뛰며 애니를 벽에 대고 내동댕이쳤다. 그녀는 넘어지지 않으려고 난간을 붙잡았다. 온 사방이 뱅글뱅글 돌았다.

이제 그녀는 그 어떤 것도 이해할 수가 없었다.

아이가 아니라 아이 엄마가 바꿔치기당한 거면 어쩐다? 요정이 아니면 야속한 혼령이 자기들 중 한 명을 대신 두고 캐럴라인을 데려간 거면 어쩐다? 그도 그럴 것이, 캐럴라인의 행동이 전과 달랐다. 애니가 알고 지낸 그 얼마 안 되는 기간 동안 영리하고 따뜻하고 정이 많았던 사람이 차갑고 종잡을 수 없는 사람이 되었다. 생김새도 달라졌다. 안색이 전보다 창백했고 전보다 경계하는 눈빛이었고 보는 사람이 아무도 없다 싶으면 손을 떨었다. 그녀의 남편조차 애니에게 그렇게 얘기하지 않았던가. 아니, 그런 뉘앙스를 풍기지 않았던가.

혼령이 이 육신의 세상 속으로 비집고 들어올 방법을 찾고 있었다. 처음에는 죽은 소년을 통해. 이번에는 캐럴라인을 통해.

애니는 불쾌한 생각을 떨쳐버리려는 듯 고개를 저었다. 너무 터무니없는 발상이었다. 황당한 발상이었다. 그녀는 이 말을 들으면 아버지가 뭐라고 할지 알았다. 자기 딸이 미쳤다고, 주술을 믿는 자기 장모처럼 미쳤다고 할 것이다.

어쩌면 그녀는 정말로 미쳤을지도 몰랐다.

애니는 땀에 젖은 얼굴을 한 손으로 문질렀다. 아니다, 그녀는 미친 게 아니라 몸이 안 좋았다. 선의를 만나러 가던 길이 아니었던가.

하지만 애니가 보기에 정답은 둘 중 하나였다. 동화 속 세상에서 건너온 악령이 캐럴라인의 몸속으로 들어갔든지 아니면 그녀가 미쳐가고 있든지. 그리고 그녀는 자기가 미쳐가고 있다고 생각하지 않았다. 그녀는 중요한 일을 하고 있었다. 수십 명의 승객을 관리했고 모든 걸 완벽하게 기억했다. 맡은 선실을 청소하고 승객들의 시중을 들었고, 밤에 선실로 차를 가져다주길 바라는 승객은 누구이고 전등 대신 촛불을 좋아하는 승객은 누구인지 기억했다. 지금까지 불만 사항이 접수된 적도, 사고가 벌어진 적도 없었다.

그녀는 멀쩡했다. 완벽하게 멀쩡했다.

그렇다면 남은 정답은 하나였다.

21장

매디 애스터는 이제 더는 자기 자신을 알 수 없었다.

그녀는 몇 달 만에 동창생을 마주치더라도 알아보지 못할 인물이 되었다. 신분뿐만 아니라 겉모습으로도 그랬다. 그녀의 몸은 이제 그녀의 것이 아니었다.

그녀는 끙끙대며 침대에서 몸을 돌렸다. 잭이 잠결에도 밤새도록 더듬는 통에 이대로는 단 하루도 늦잠을 잘 수가 없었다. 어린애 같았던 그녀의 몸에 튼살이 생기고 배가 팽팽하게 당겨지며 불룩 나오고 발이 부어서 좋아하는 구두가 끼기 시작했는데도 그는 여전히 그녀를 탐했다.

간밤에 들은 피아노 연주가 머릿속을 집요하게 행진하고 스테드의 혼령들이 부스럭거리며 생각을 어지럽히는 바람에 그녀는 거의 한숨도 자지 못했다.

그녀는 캐럴라인에게 들은 귀신 들린 남자 이야기를 계속 곱씹었다. 이제 이틀 전 일이 된 교령회를 계속 떠올리며 그 안에서 단서를 찾았다. 혼령이 자기 모습을 드러내려던 찰나 교령회가 중단됐다. 승무원 미스 헤블리가 테디 일로 의사를 부르러 왔기 때문이었다. 그러니까 에이바 윌링 애스터가 보낸 악령이 스테드의 선실이 아니라 테디에게 들러붙어 있었다는 뜻이었다. 그녀는 이 세계의 원리를 알아내고 싶었다. 혼령이 동시에 양쪽에 존재할 수도 있을까?

그녀는 스테드가 혼령이 인간의 몸속으로 들어올 수도 있다고 했던 것을 떠올렸다. 혼령이 테디의 몸속으로 들어왔던 걸까?

그녀는 교령회를 처음부터 끝까지 다시 한번 되짚어보았다. 반복됐던 질문, 촛불. 그리고 미스 헤블리가 문을 벌컥 열자 바람이 훅 불어 들어와 모든 촛불이 한꺼번에 꺼졌던 것.

그녀는 잭을 깨우지 않게 조심해가며 일어나 앉았다.

미스 헤블리의 등장으로 촛불이 꺼진 걸까? 그녀는 보이지 않는 손이 일거에 꺼버리기라도 한 것처럼 불꽃이 갑자기 으스스하게 꺾였던 것을 떠올렸다. 어둠 속에 등장한 애니 헤블리의 귀신처럼 새하얗던 얼굴을 떠올렸다.

미스 헤블리가 귀신에 들렸을 수도 있을까?

물론 기상천외한 발상이었다.

하지만 그 승무원은 누가 봐도 어딘지 모르게 이상했다. 그녀가 방에 들어오면 묘한 분위기가 만들어졌다. 아무도 오래

버티지 못했다. 뭔가를 찾는 듯한 그녀의 굶주린 시선을 떠올리기만 해도 매디는 소름이 돋았다.

그녀는 캐럴라인이 한 말을 다시금 곱씹었다. 뭔가 끔찍한 사태가 벌어지고 있는 건 아닌지 의심하는 사람이 매디 혼자만은 아닐 것이었다. 예언을 믿는 것이 문제는 아니었다. 리더 선생은 히스테리 반응이라고 할지 몰라도 그건 아니었다. 이건 실제 상황이었다.

아닌가?

그녀는 침대 밖으로 나왔다. 다른 사람들과 함께 있고 싶었다.

그녀는 하녀를 부르지도 않고 혼자 허겁지겁 옷을 갈아입으며 임신을 못 견디겠다는 생각을 했다. 아이가 기를 쓰며 그녀에게서 빠져나오는 것으로 끝이 난다는 것이 싫었다. 악령이 들어가 있던 인간의 몸에서 쫓겨나는 것과 비슷하게 느껴졌다. 인간의 탄생이 그렇다니.

그녀는 트렁크에 쌓여 있는 옷더미에서 검은색 숄을 집었다. 이러니저러니 해도 그녀는 상중이었다. 테디뿐 아니라, 놀고 공부하고 사람들과 어울리고 이리저리 추파를 던졌던 예전의 그녀와도 작별하는 중이었다. 수많은 가능성으로 살아 숨쉬었고 온갖 것들이 그녀를 기다리고 있었던 그때. 그때만 해도 그녀는 젊고 생기발랄했고 창창한 미래가 펼쳐지기 직전이었는데, 모퉁이를 돌자마자 이렇듯 하루 종일 피곤하고 터지기 직전인 풍선처럼 온몸이 팽팽하게 당겨진 느낌이라니 이상하고 끔찍했다.

그녀가 침실 문 앞에 다다랐을 때 남편이 몸을 돌리며 하품을 하고 기지개를 켰다. 그녀는 어깨 너머로 말했다. "나 기다리지 말고 먼저 식사하러 가세요. 다른 여자분들이랑 같이 갑판을 좀 걸을게요. 프렌더개스트 선생님이 그러는데, 발목이 퉁퉁 부었을 때는 걸으면 좋대요."

A갑판 휴게실에서 포천가의 세 자매 앨리스, 에설, 메이블이 머리를 맞대고 쑥덕대고 있었다. 이들 세 자매는 나이가 20대 초중반이라 그들 그룹의 다른 여자들에 비해 매디와 나이가 훨씬 비슷했다. 사실 위니페그로 돌아가면 결혼할 예정인 에설 옆에서 산전수전 겪은 유부녀 행세를 하면 좀 재밌었다. 그들은 이른바 방중술에 대해 궁금한 게 많았다.

이로써 그 예언을 잠깐 동안이나마 확실히 잊을 수도 있었다.

"어머, 매디, 이리 와서 앉아요." 세 자매는 그녀가 관심을 보이자 우쭐해했다. 메이블이 자기 옆 의자를 토닥였고 앨리스는 차를 따랐다.

그녀는 두툼한 쿠션이 있다는 데 감사하며 의자에 몸을 앉혔다. "뭐 하고 있었어요?"

에설이 몸을 앞으로 숙였다. "윌리엄 슬로퍼 씨가 보이나 살피는 중이에요. 슬로퍼 씨 알죠? 그분이 앨리스한테 반했거든요."

앨리스는 가정교육을 제대로 받은 아가씨답게 속눈썹을 내리깔며 얼굴을 붉혔지만, 실은 첫 사냥에 성공한 사자처럼 의기양양하다는 것을 매디는 알 수 있었다.

"우리는 파리에서 만났어요. 유럽 여행에 나선 같은 미국 동포로서." 앨리스가 조용히 말했다.

"그분이 원래는 좀 더 일찍 출항하는 배를 타기로 되어 있었는데 둘이 좀 더 시간을 보낼 수 있게 예약을 바꿨대요. 낭만적이죠?" 메이블이 말했다.

"그분 잘생겼어요?" 매디는 물었다. 문제의 핵심을 건드리는 편이 나았다. 앞으로 20년 아니면 30년 동안 아침 식탁에서 마주 보아야 하는 얼굴이지 않은가.

"엄청요." 에설이 말했다. 앨리스는 또다시 속눈썹을 내리깔고 아까보다 두 배 더 얼굴을 붉혔다.

"그럼 우리 얼른 찾아봐요. 나도 직접 보고 싶으니까." 잘생긴 남자를 만날 생각에 매디의 맥박이 빨라졌다. 잭이 못생긴 건 아니었지만 미안하게도 그녀의 타입이 아니었다. 용모가 아주 수려한 편은 아니었다. 그녀가 보기에는 얼굴이 어린애 같고 좀 바보스러웠다. 그녀는 기회가 닿을 때마다 잘생긴 젊은 남자를 구경할 자격이 있었다. 그것이 아무도 모르는 그녀의 취미 생활이었다.

운이 좋았다. 그들은 갑판을 한 바퀴 다 돌기도 전에 슬로퍼 씨를 찾을 수 있었다. 그는 다른 일등실 승객들과 함께 체육관에서 또다시 시작된 권투 스파링을 구경하고 있었다. 다들 그 권투 선수들은 보고 또 봐도 질리지 않는 모양이었다. 남자들 관점에서는 그들이 우승마나 스포츠카와 다를 게 없는 감탄의 대상이라 체격 조건과 뛰어난 운동 능력에 주목했다. 반면에 여자들은……

매디는 이 자리에 여자들도 남자들만큼 많은 이유를 알았다. 이렇게 몸이 좋은 남자의 웃통을 볼 수 있는 기회가 몇 번이나 되겠는가. 그들은 손바닥만 한 복싱용 리넨 속바지와 소매도 칼라도 없는 시원한 러닝셔츠를 입고 있었다. 여자들은 남자의 몸을 이 정도로 훤히 볼 수 있는 기회가 거의 없었는데―화가들도 헐벗은 여자라면 모를까 남자는 그리 자주 그리지 않았다―기회가 생기고 보니 매디도 눈을 뗄 수가 없었다.

그녀는 배 속의 아이가 딸이 아니라 아들일지 모른다는 생각이 들었다. 지난 몇 개월 동안 누가 봐도 남성적인 욕망이 치밀어 오르는 것을 가끔 느낄 수 있었다.

두 남자는 양쪽 모두 아주 멀끔했다. 금발이 좀 더 매디의 타입에 가까웠다. 다른 쪽은 얼굴이 어째 앳돼 보이기는 했지만 덩치가 너무 크고 위압적이었다. 그 근육에 짓눌려 으스러지는 광경을 쉽게 상상할 수 있었다. 금발은 그보다 작고 호리호리했다. 댄서가 됐어도 잘했을 것 같았다. 좀 더 세련되게 생겨서 알맞은 옷을 입혀놓으면 멋쟁이로 불릴 수도 있겠다. 게다가 얼굴에 깜찍한 구석이 있었다.

그녀가 다가가 말을 걸면 그는 얼른 차려 자세를 취할 것이다. 그녀가 누구인가. 존 제이컵 애스터의 부인이지 않은가. 이 꽃미남을 여행 내내 끌고 다니며 마실 것을 가져와달라, 베개를 부풀려달라, 발을 주물러달라고 하면 얼마나 즐거울까. 그녀가 해달라면 그는 발도 주물러줄 것이었다. 하지만 진심으로 관심이 있어서가 아니라 보여주기 위해 비위를 맞추는 것일 테니 보고 있노라면 부아가 치밀지 몰랐다.

승무원 애니 헤블리가 매디의 곁눈에 들어왔다. 불과 한 시간 전에 그녀를 생각하고 있었는데 이렇게 느닷없이 등장하다니 소름이 돋았다. 금발의 권투 선수를 과시용으로 데리고 다니는 상상이 연기처럼 사라졌다. 매디의 시선은 회색 유니폼을 입고 사람들 사이를 누비는 창백한 유령에게 꽂혔다. 그 무표정한 얼굴과 뭔가를 찾는 듯한 굶주린 눈빛은 능묘의 프리즈* 같았다. 그녀에게 관심을 보이는 사람은 아무도 없는 듯했다. 매디 말고는 어느 누구의 눈에도 그녀가 보이지 않는 듯했다. 꼭 여기 없는 사람 같았다.

그뿐만이 아니었다. 그 승무원은 산책로가 내다보이는 창문 앞을 줄줄이 지나도 유리창에 모습이 비치지 않았다. 매디는 눈을 깜빡이며 열심히 집중했지만 애니 헤블리의 흔적조차 찾을 수 없었다. 어떤 기미도 얼룩도 없었다. 특이한 아일랜드 여자의 터럭 하나 보이지 않았다.

그녀는 온몸에 오한이 들었다.

◆ 방이나 건물의 윗부분에 그림이나 조각으로 띠 모양의 장식을 한 것.

22장

진실을 공개하자면 다이는 비참한 심정이었다.

알록달록한 실크와 새틴을 차려입고 긴 장갑으로 팔을 감싼 상류층 귀부인들이 저녁을 먹는 자리에서 다이와 레슬리를 에워쌌다. 오른쪽은 금발, 왼쪽은 빨간 머리, 가운데는 갈색 머리 셋이 팔찌에 달린 참charm처럼 테이블을 사이에 두고 그의 맞은편에 앉았다. 표정을 봐서는 그들이 무슨 생각을 하는지 알 수 없었다. 상류층 남자들은 종종 권투장으로 찾아와 그와 잡담을 나누곤 했지만 그들의 여자들은 만난 적이 거의 없었다. 그들은 웃고 있을지 몰라도 눈빛은 뾰족한 단검처럼 예리했다. 레슬리가 쓰고 있는 가면에서 실금이라도 찾는 걸까. 그가 열심히 연극을 하고 있지만 이게 본모습이 아니라는 걸 아는 걸까.

레슬리가 텔레파시를 쓸 줄 안다는 소문이 이미 널리 퍼졌다. 그가 잽싸게 손을 쓴 덕분이었다. 다이는 소문이 삽시간에 번지는 데 바이얼릿이 결정적인 역할을 했을 거라고 미루어 짐작하지 않을 수 없었다. 그리고 지금 이렇게 여자들이 희희낙락 그의 주변으로 모여들어 자기들에 대해 알아맞혀보라고 졸라대는 꼴이라니. 저요, 저요, 저요. 그들의 높고 맑고 상큼한 목소리가 울려 퍼졌다. 두말하면 잔소리지만 레스는 못 들은 척할 것이다. 그는 몇 군데 선실에 슬그머니 들어가 타깃을 미리 선정할 시간밖에 없었다. 하지만 그 여자들 앞에서는 점잔을 빼느라 솜씨를 발휘하지 않는 척 연극을 할 것이다.

그것이 정해진 수순이었다.

현재 그의 타깃은 돈 많은 캐나다 집안의 큰딸인 에설 포천이었다. 레스는 그들의 선실에 한 번 잠깐 다녀온 것으로 그녀에 대해 많은 것을 알아낼 수 있었다. 딸 셋, 아들 하나, 무신경한 부모로 이루어진 그 가족은 유럽 일주를 이제 막 마친 참이었고, 미스 에설은 이번 여행을 통해 혼수를 잔뜩 마련했다. 하지만 레스는 그녀의 드레스와 실크 나이트가운 사이에서 몇 가지 흥미로운 사실을 발견했다.

"아, 왜 이러실까." 다이가 알맞은 타이밍에 끼어들었다. "레슬리, 네가 보여드리지 않으면 저분들이 어떻게 믿겠어. 숙녀분들, 제가 장담하는데 이 친구 능력이 기가 막혀요. 본인은 절대 아니라고 하지만요."

레스는 가짜로 앓는 소리를 냈지만 반짝이는 그의 눈을 보고 다이는 마음이 풀어졌다. 그는 사기꾼을 혐오하지만 이 순간만큼은 레스와 함께 판을 벌이고 있어서 좋았다. 같은 편이라서 좋았다.

"아, 알았어요, 알았어. 한 분 해드릴게요— 딱 한 분!" 레스는 에설 쪽으로 고개를 돌려 그녀의 눈을 똑바로 쳐다봤다. "고국에서 당신을 기다리는 남자가 있군요, 미스 포천." 그는 생각이 조금씩 구체화되기라도 하는 듯 느릿느릿 말했다. 다이가 보기에 그는 배우였다. 이런 식으로 진지한 동시에 망연하고 괴로워하는 듯한 표정을 짓는 법을 도대체 어디서 배웠을까?

미스 에설의 여동생들은 헉하고 탄성을 내뱉었지만 다른 구경꾼들은 의심스러워하는 눈빛으로 서로 흘끗거렸다. "맞아요!" 메이블 포천이 두 손을 맞잡으며 외쳤다. "토론토에서 약혼자가 기다리고 있어요. 돌아가자마자 결혼식을 올릴 예정이고요."

"하지만 이 약혼자가 나이가 제법 많네요." 레스가 진지하게 말했다.

"네, 맞아요." 에설 포천이 대답했다. "그런데요?"

"뭐가 어떻다는 건 아니지만…… 많은 구혼자들이 당신을 에워싸고 있는데요, 미스 포천." 그는 허공을 통해 전달되는 생각들을 가려내기라도 하는 듯 손을 흔들었다. "젊은 남자 여럿이 당신의 마음을 얻으려고 했어요. 그중 일부는 아직까지도 포기하지 않았고요."

여동생들이 다시 키득거렸고 에설은 얼굴이 점점 벌게졌다.

"그중에서도 특별한 한 명이 있네요…… 당신에게 아주……
특별한 존재가." 레스는 아주 열심히 집중하는 것처럼 눈을
감고 자기 이마를 건드렸다. 혼령을 불러내 자기 귀에 대고
정답을 속삭이게 만드는 스와미* 같았다. "그분은 승마를 아
주 좋아하지 않나요? 말을 아주 잘 타요. 그리고 이니셜이……
R…… J…… 아니다, 죄송해요. R. K.인가? 잘 안 보이네……"

메이블 포천이 비명을 질렀다. 고음의 비명 소리가 크리스
털 샹들리에 비즈와 와인 잔을 맞고 튕겨져 나왔다. 식당 저편
에서 사람들이 고개를 돌렸다.

그들의 테이블이 와글와글 시끄러워졌다. 옆에서 아무리
졸라도 에설 포천은 손수건 뒤로 숨어서 레슬리의 말이 맞는
지 확답을 거부했다. 하지만 사실 확답은 필요 없었다. 에설 포
천의 새빨개진 뺨이면 증거로 충분했다.

이 정도는 땅 짚고 헤엄치기였다. 레스는 그들의 선실에서
런던의 유명한 마구 제조업체 상자를 발견했고, 그 안에는 손
잡이에 'RJK'라고 새긴 은단추가 달린 고급 수제 채찍이 담겨
있었다. 에설이 쓴 쪽지도 함께였다. 그녀의 수많은 물품 가운
데 약혼자를 위해 준비한 선물은 은도금이 된 신사용 싸구려
세면용품 세트뿐이었다. 거기에는 심지어 이니셜을 새기지도
않았다.

---

* 힌두교의 종교 지도자.

저요, 저요, 저요. 테이블의 다른 여자들이 레스에게 몸을 던지며 외쳐댔다. 하나같이 입술과 눈을 곱게 칠했고 피부는 크림처럼 매끈하고 하앴다. 레스는 방금 전의 묘기로 그들을 열광시키고는 근사한 미소로 그들을 감질나게 했다. 레스는 자신이 얼마나 천재적인 사기꾼인지 입증해 보였다. 그들 셋 모두 애스터 부부의 선실에서 화려한 옷과 보석에 넋을 잃었지만 오직 레스만 거기서 기회를 포착했다. 다이는 그런 친구를 보고 감탄해야 하는지 두려워해야 하는지 알 수 없었다.

이 와중에 레스가 다이를 보며 잽싸게 고개를 끄덕였다. 다음 먹잇감을 찾으라는 신호였다. 며칠 있으면 목적지에 도착할 테니 최대한 빨리 타깃을 정해야 했다. 돈 많은 미국 상인의 딸들을 레슬리의 텔레파시로 속일 수 있을지 몰라도 보석한 점이나 뺨에 가볍게 입맞춤을 받는 것 이상의 대가가 따르지는 않았다(레스가 이 입맞춤을 받겠다고 너무 적극적으로 나설까 봐 그게 걱정이기는 했지만). 하지만 레스의 장광설에 홀릴 만큼 심심해졌거나 호기심이 왕성한, 제법 돈 많은 남자들이 더러 있었다. 다이는 잠깐 실례하겠다고 말하고 자리에서 일어났다. 일등실 승객들의 대화를 엿듣고 그들과 잡담을 나누며 정보를 캐는 것이 그의 역할이었다. 자기 자신에 대해 떠벌리기 좋아하는 사람을 속이기가 제일 쉬웠다. 그건 사기판에서 터득한 진리였다.

그는 일등실 흡연실로 향했다. 저녁 식사가 끝나면 대부분의 남자들이 그곳으로 자리를 옮겼다. 짙고 알싸한 연기가 방 안을 감싸고 있었다. 다이는 담배를 피우지 않았고 대다수의 운동선수들이 그렇듯 흡연이 폐활량에 악영향을 미친다고 생각했다. 흡연실을 둘러보는 것만으로도 불쾌했다.

안에 남자들이 많았지만 2부 타임이 끝나면 이 정도는 우스워질 것이었다. 흡연자들이 둘씩 셋씩 사이좋게 앉아서 담배를 피우는 사이사이 브랜디와 위스키 잔을 서로 부딪쳤다. 뒤쪽 테이블에서는 카드 게임을 했다. 다이는 가장자리를 걸어다니며 여기는 오르지 못할 나무가 아닐까 하고 잠깐 걱정했다. 길거리에서 카드 게임을 벌이는 것과는 차원이 달랐다. 아는 얼굴이 몇 명 보였다. 그는 사람을 찾는 척하며 오가는 대화를 엿들었고, 웨이터와 맞닥뜨리면 일등실에서 뭐 하는 거냐고 물을 테니 계속 피해 다녔다. 하지만 어느 승무원도 다가오지 않기에 그는 고개를 숙이고 계속 이리저리 걸어 다닐 수 있었다. 어쩌면 양복이 진가를 발휘해 그가 생각보다 훨씬 잘 어우러지고 있을지도 모를 일이었다.

그는 보는 사람이 아무도 없다는 판단이 들자 반쯤 남은 위스키 잔을 집어서 자기 것인 양 들고 다니며 좀 더 매끄럽게 배경 속으로 녹아들어 갔다. 이리저리 배회하며 오가는 대화를 귀담아들었다. 그가 찾는 것은 순진하거나 절박하거나 뭔가 됐든 물고 늘어질 만한 부분을 보이는 사람이었다. 레스는 그걸 '훅'이라고 불렀다. 파고들어 갈 틈새라는 뜻이었다. 다이는 그걸 아킬레스건과 같은 약점으로 간주했다. 그들을 양성한 조지 컨딕 코치도 그렇게 가르쳤다. 상대방의 장점과 특유의 움직임만 볼 게 아니라 그 움직임 뒤에 숨겨져 있는 것을 보라고 했다. 그들이 힘이 덜한 뒷다리 때문에 어떤 각도를 좋아하게 됐는지를 보라고 했다.

약점을 공략해.

조지는 레스와 다이의 은인이었다. 그들 같은 아이들의 성공을 보장해주지 않는 세상에서 살아갈 방법을 가르쳐주었다. 다이는 조지에게서 배운 모든 것을 신성시했다.

약점을 공략해.

다이는 정신을 바짝 차리고 다수의 사람들이 쓰는 미국식 억양을 해독하는 데 집중했다. 미국인들은 고국에서 벌이고 있는 사업—소도시의 기업, 사료 가게와 제재소, 주물공장—과 기타 재미없는 얘기만 늘어놓는 듯했다. 아니면 야구라는 스포츠. 권투 얘기는 아무도 하지 않았다. 그들은 하나같이 시가를 뻐끔거리고 게슴츠레한 눈으로 허공을 응시하며 아내의 호출이 올 때까지 기다리는 데 만족하는, 무신경한 배불뚝이였다. 이런 인간들이라면 레스에게 먹잇감으로 물어다 준다 한들 미안하지도 않을 것 같았다.

그가 말끝마다 껄껄대고 웃는 경향이 있는 나이 많고 약간 뚱뚱한 남자에게 접근하려던 찰나, 근처 테이블에서 고함 소리가 들렸다. 고개를 돌려보니 남자들이 카드를 두고 옥신각신하고 있었다. 그중에 마크 플레처도 있었다. 사실 그가 다른 네 명을 진정시키려고 하고 있었다. 누군가가 속임수를 쓰지 말라고 외친 모양이었다. 다이는 어제 마크를 찬찬히 살핀 적이 있었다. 젊고 괜찮은 친구 같았지만 이 사업가들 사이에서 조금 겉도는 느낌이었다. 다이가 보기에는 번듯한 집안 출신 인 게 분명한 아내와 어울리지 않는 커플이었다.

마크가 주머니에서 여자 팔찌를 꺼내 테이블 위에 내려놓 았다. 화려하지는 않지만 누가 봐도 고급스러웠다. 한 줄짜리 우아한 금색 체인에 묵직한 장식용 걸쇠가 달려 있었다. 아내 의 팔찌일 수밖에 없었다.

다이는 자신이 그 팔찌를 슬쩍한 장본인이라도 되는 것처 럼 익숙한 수치심이 물밀듯 밀려오는 것을 느낄 수 있었다. 그 는 테이블에 앉아 있던 남자들이 한 명씩 팔찌를 확인하고는 그걸로는 안 되겠다는 뜻에서 차례대로 고개를 젓는 것을 지켜 보았다. 마크는 팔찌를 집어서 다시 주머니에 넣고 테이블 위 에 얹은 손을 뒤집고 일어나는 수밖에 없었다.

다이는 몇 분 뒤에 그가 바에서 술을 마시고 있는 것을 발견 했다. "아, 여기서 이렇게 만나네요, 플레처 씨. 담배를 피우시 는 줄 몰랐는데 말이죠."

"그쪽도 담배를 피우는 줄 몰랐습니다만." 바텐더가 두 번 째 잔을 들고 오자 마크는 주머니에서 지폐 한 장을 꺼내 바 테 이블에 올려놓았다. 위스키 스트레이트였다. "여긴 어쩐 일이 세요?"

"미국에서 복싱 사업을 한다는 분을 만나기로 했는데 안 나 온 모양이에요." 다이는 요즘 들어 그의 입에서 거짓말이 술술 나온다는 데 가책을 느꼈다. 레스가 보았다면 자랑스러워했을 것이다. 그는 바텐더와 눈이 마주치자 마크의 잔을 턱으로 가리켰다. 그는 슬쩍했던 술잔을 버렸지만 돈이 들더라도 사교적인 차원에서 위스키를 한 잔 마시기로 했다.

그들은 잠깐 동안 아무 말 없이 술잔을 기울였고 다이는 할 말을 찾느라 끙끙댔다. 상투적인 말밖에 생각이 나지 않았다. "아름다운 부인은 오늘 저녁에 어디 계신가요?"

마크는 한숨을 쉬었다. "모르겠네요." 그의 목소리에서 찬바람이 불었다. "저녁을 먹던 도중에 사라졌어요."

"아. 아내들이 독립적인 존재가 될 수도 있다고 들었습니다. 저는 결혼한 적이 없어서 모르겠지만."

마크는 첫 잔을 비우고 두 번째 잔을 집었다. "결혼한 지 이제 겨우 1년밖에 안 됐지만 감히 추천은 하지 못하겠습니다."

"설마 그렇게 심각하려고요."

마크는 쓸쓸하게 미소를 지을 뿐 아무 설명도 하지 않았다.

"부인께서 아주 매력적인 분인 것 같던데. 사랑했으니 결혼하신 거 아닌가요?"

마크는 턱을 불끈거렸다. "솔직히 본능이 시키는 대로 해서 좋을 게 뭐가 있나 싶습니다."

"그 분야에 대해서는 저도 아는 게 없어놔서." 마크 플레처와 왜 이런 대화를 나누고 있는지 그도 모를 일이었다. 이 남자는 그야말로 생판 남이었다. 하지만 그 순간만큼은 그에게 친밀감을 느꼈다. 자기 마음을 믿지 못한다는 게 어떤 건지 너무나 잘 알기 때문이었다. 다이도 너는 바보라고 속으로 몇 번을 되뇌었는지 모른다. 그랬음에도 떠나지 못했다. 아무리 기를 써도 사랑으로부터 자유로워질 방법은 없었다. 상처를 안고 살아가는 법만 배울 수 있을 따름이었다.

다이는 인사 대신 마크를 향해 잔을 기울이고 남은 위스키를 비웠다. 온기가 파도처럼 온몸으로 번져나갔다. "부인을 사랑해서 결혼하신 거잖아요." 그는 하던 얘기를 계속했다. 몸 안에서 열꽃이 피자 점점 대담해졌다. "부인을 선택했으니 이제 서로를 책임지셔야죠. 그걸 돌이킬 방법은 없어요. 아무리 힘들고…… 아무리 상황이 안 좋아도."

"듣자 하니 무슨 형벌 같네요." 마크는 자기 잔에 대고 중얼거렸다.

다이는 자신이 한 말에 놀라워하며 웃음을 터뜨렸다. 잠시 후에 마크도 덩달아 웃음을 터뜨렸다.

"맞아요, 마크 플레처 씨. 맞아요, 가끔은 그렇죠. 하지만 인간이 누릴 수 있는 가장 신비롭고 가장 놀라운 경험이기도 하죠." 바텐더가 잔을 채워주려고 오자 다이는 됐다는 뜻에서 손을 흔들었다. 아무리 생각해도 마크를 표적, 그러니까 마크로 삼을 수는 없겠다. 이 우연한 일치에 다시 웃음이 터졌다.

마크도 마침내 미소를 지었다. 이제 보니 그도 마음만 먹으면 얼마든지 출중한 외모를 자랑하는 젊은 남자가 될 수 있었다. 그는 그렇게 훌륭한 여자와 결혼해 예쁘고 건강한 아이를 낳았으니 수월한 인생을 살았는데도 그런 줄 모르는 눈치였다. 마음이 시키는 대로 따라가다가 행운의 클로버를 찾게 됐는데

도 말이다. 이 세상에서 행복해할 줄 알아야 하는 사람이 있다
면 그런 사람들인데 말이지. 다이는 이런 생각이 들었다.

23장

누군가가 문을 세게 두드리는 소리에 애니는 잠에서 깼다. 비가 주룩주룩 내리고 기억이 변형돼 정신없고 몽롱한 꿈을 꾸던 도중이었다. 도로가 길게 관통하는 초록색 클로버 들판. 발룬토이의 낭떠러지를 때리는 바다. 하얀 송곳니를 드러낸 바다. 하얀 팔을 내민 바다. 그 안에 갇힌 목소리들이 외치고 울부짖는 바다 —

그녀는 눈을 비볐다. 잠이 든 지 얼마 되지 않았을 것이다. 체감상으로는 방금 전에 유니폼을 벗고 좁은 침대 안으로 기어 들어간 것 같았다. 얇은 잠옷 하나 걸친 그녀의 몸이 작고 벌거벗은 것처럼 느껴졌다. 어둠 속 저편에서 바이얼릿이 끙하는 소리가 들렸다. 누군지 몰라도 두 사람 모두를 깨운 것이었다.

문을 열어보니 알렉산더 리틀존 부사무장이 문 앞에 몸을 기대고 서 있었다. 그는 갑판 의자를 바로 놓고 난간을 반질반 질하게 닦고 물품 창고를 채우고 재떨이와 타구를 비우는 등 다음 날 손님들을 맞이할 준비를 하는 야간조를 진두지휘했다. 한밤중에 여승무원의 선실 문을 두드리고는 불안한지 잡고 있 던 모자를 비틀었다.

"깨워서 미안하지만 직원 휴게실에서 미스 헤블리를 찾는 벨이 울려서요."

애니와 바이얼릿은 서로 흘끗 쳐다봤다. 특정 시각 이후에 승객이 승무원을 호출하다니 거의 없는 일이었고 설령 호출이 있다 하더라도 대개는 리틀존의 조원들이 처리했다.

"어느 선실에서요?" 애니는 신발을 집으려고 손을 뻗으며 물었다.

"애스터 부인이요."

거긴 애니 담당이 아니었다. 리틀존이 착각한 거였다. "그 럼 바이얼릿을 데려가셔야죠."

리틀존은 한숨을 쉬었다. "나도 알아요, 미스 헤블리. 하지 만 내가 왜 여기까지 찾아왔겠어요? 애스터 부인이 당신을 요 청했어요. 그분들이 이즈메이 씨와 친구지간인 거 알죠?" 화 이트 스타 해운사 사장인 J. 브루스 이즈메이를 두고 하는 말이 었다. 그 역시 타이태닉호의 처녀항해에 동참한 길이었다. "애 스터 부인이 뭘 원하든 비위를 맞춰드릴밖에요."

애니는 잠옷 위에 얇은 외투만 걸치고 허둥지둥 복도를 달려갔다. 밤이 되면 칠흑 같은 어둠이 배를 덮었고 복도의 불빛이 깜빡이며 명멸했다. 온몸으로 다급함이 느껴졌다. 가장 최근에 애스터 부부의 선실로 호출된 때가 그 꼬마 하인이 죽은 날 밤이었다.

그녀는 브로치를 만지려고 했지만 유니폼 앞치마 주머니 안에 들어 있었다. 브로치가 없으니 왠지 모르게 붕 뜬 느낌이었다.

매들린 애스터가 그녀를 호출한 이유가 뭘까? 그리고 바이얼릿은…… 애니가 나중에 두둑한 팁을 챙기고 싶어서 자기 승객을 가로채려는 건 아닌지 의심하는 표정이었다. 그렇지 않다고, 그녀는 매디 애스터를 거의 알지도 못한다고 맹세해봐야 소용없었다. 그 상처 입은 표정을 바이얼릿의 얼굴에서 지울 방법은 없었다.

애니가 도착해보니 애스터 부인은 이미 가장자리에 모피가 달린 외투를 입고 있었다. 어깨에는 숄을 걸치고 신발을 단추까지 채워서 신었고 가장자리에 레이스가 달린 잠옷 소맷부리가 외투 소매 밖으로 고개를 내밀고 있었다. 남편과 에어데일테리어 키티는 옆방에서 깊이 잠들어 있는지 그녀만 깨어 있을 뿐 한밤중의 선실답게 컴컴하고 고요했다. "내가 불면증이 있어서요." 그녀는 자기 배를 가리켰다. 애니는 그 배가 산만하다는 걸 알았지만 묵직하고 천막 같은 외투를 입고 있어서 티가 거의 나지 않았다. "그래서 좀 걸어야겠는데 당신이 같이 가주었으면 해서요."

왜 제가요? 애니는 묻고 싶었다. 하인이나 남편이나 심지어 바이얼릿이면 왜 안 되나요? 이상한 일이었다. 정말이지 이상한 일이었다. 그보다 더 이상했던 건 마치 몽유병 환자처럼 멍하기 그지없는 매들린의 눈빛이었다. 애니는 자신이 몽유병 환자처럼 걸어 다닌 게 불과 어젯밤이었다는 생각이 들었고…… 이 모든 게 꿈은 아닌지 퍼뜩 불안해졌다. 그녀가 또다시 잠결에 방황하고 있는 걸까? 이게 전부 현실이 아닐 수도 있을까?

현실이 아닌 것처럼 느껴지기는 했다. 캄캄한 꿈들이 아직까지 의식의 경계선에 매달려 있는 오밤중이라 배의 흔들림이 애니의 발을 통해 더욱 뚜렷하게 전달됐고 인간의 진보를 향한 오만, 발명을 향한 오만에 의해 깊고 깊은 바다 위에 매달려 있는 느낌이었다. 크기가 이 정도인 배가 물 위에 떠 있다니 논리적으로 설명할 방법이 없었다. 그녀는 물리학에 대해 아는 것이 전혀 없었기 때문에 그게 어떻게 가능한지 상상조차 되지 않았다.

하지만 그것이 오늘날의 삶이었다. 불가능한 것투성이였다.

그리고 삶 자체가 불가능한 것들의 연속이라면…… 애니는 진저리를 쳤다. 그렇다면 모든 게 가능하다는 뜻이었다. 귀신에 들리거나 귀신에 쫓기거나 언제든 광기 앞에 무릎을 꿇을 수 있다는 뜻이었다. 이 모든 것이 진실일 수도 있고 거짓일 수도 있었다.

매디는 가볍지만 확실하게 애니의 팔에 손을 얹었고, 애니는 그들이 태평하게 이 복도 저 복도를 걸으려는 게 아니라는 것을, 한밤중에 느긋하게 산책을 나서려는 게 아니라는 것을 느낄 수 있었다.

매디가 그녀를 어디로 데려가려는 걸까?

"무슨 고민거리가 있으신가요?" 애니는 물었다. 그녀는 아무 이유 없이 곤두선 신경을 달래려고 했다. 애니보다 나이도 어린데 결혼에 임신까지 한 이 딱한 여자는 아마 외로웠을 것이다. 테디라는 그 아이가 죽어서 심란했을 것이다. 나이로 따지면 남편보다 그 아이가 더 가까웠으니 말이다.

"임신 중이라 그런지 너무 불편해서 잠을 못 자겠어요. 따뜻한 우유를 마셔도 책을 읽어도 소용이 없고…… 한참을 걸어야 그나마 좀 도움이 돼요. 머릿속이…… 셰익스피어의 작품 읽어본 적 있나요, 미스 헤블리?"

애니에게는 옷 사이로 들어와 아프게 찌르는 바늘 같은 질문이었다. 애니 같은 여자들은 셰익스피어의 작품을 읽지 않았다. 글이나 읽을 줄 알면 다행이었다.

"아뇨."

"뭐, 괜찮아요. 아무튼 『맥베스』에 이런 구절이 있는데— 아차." 그녀는 두 손으로 입을 가렸다. "남편이 부정 탄다고 그 작품 제목을 입 밖으로 내지 말랬는데. 내가 미신을 믿는 건 아니지만요. 아무튼 거기에 내가 좋아하는 구절이 있어요." 그녀는 소곤소곤 이렇게 말하며, 아무도 없는 다른 통로를 향해 또다시 모퉁이를 돌았다.

"어떤 구절인데요?" 매디가 하는 모든 말이 애니의 귀에는 수수께끼처럼 들렸다.

"아, 내 마음속에는 전갈이 가득하다오. 완벽하지 않아요? 밤이면 떠올라 사람을 뒤척이게 만드는 생각들을 전갈에 비유하다니."

심란한 이미지가 떠올랐다. 애니는 전갈을 본 적이 없지만 어떤 녀석들인지는 알았다. "그러게요, 애스터 부인." 애니는 이렇게 대답했지만 그 말에 동의하지는 않았다. 수북한 독충이 몸을 뒤틀며 꿈틀꿈틀 자기들끼리 타고 오르는 상상만 해도 소름이 끼쳤다.

"그냥 매디라고 불러줘요." 그녀가 말했다. 역시 허물없이 대하길 좋아하는 미국인이었다. 그러면 누가 속을 줄 아나. 두 사람은 동등한 관계가 아니었다.

어느 선실에서 남자가 코를 고는 소리가 희미하게 들렸다. 부드러운 동시에 거친, 묘한 소리였다. 익숙한 동시에 불안했다. 화가 나는 동시에 마음이 놓였다. 그 소리를 듣고 애니는 온 집 안을 쩌렁쩌렁 울려가며 코를 골았던 아버지가 생각났다. 몇 마디 독설로 아내와 아이들을 벌벌 떨게 만들었던 폭군.

매디와 함께 이 밤에 이렇게 걷다 보니 모두 잠든 집 안을 소리 없이 둥둥 떠다니는 요정 아니면 도깨비가 된 것 같았다. 훔칠 아이나 금화를 찾는. 그게 아니라 어쩌면 다른 차원에 가두어진, 산 사람들과 멀찌감치 떨어진 곳에 포로로 붙들린 혼령에 가까울 수도 있었다.

그녀는 지나가는 선실의 문에 적힌 호수를 눈에 담으려고 했지만 전부 한데 뒤엉켜버렸다. 위치를 파악할 수가 없었다. 여기가 어디일까? 매디가 길을 잃어버리지 않게 같이 걸어달라고 해놓고 계속 앞장섰기 때문에 애니는 돌아가는 길을 찾을 수 있을지 자신이 없었다.

"아니, 그런데 미스 헤블리, 고향이 어디예요? 내가 듣기로는 그거, 영국식 억양이 아닌데."

승객들과 지나치게 가까워지지 말 것. "아일랜드의 조그만 마을이에요. 말씀드려도 모르실 거예요."

"아마 그럴 거예요, 나는 아일랜드에 가본 적이 없으니. 임신의 괴로움은요? 거기에 대해서는 경험을 공유할 수 있나요? 아이 있어요?"

왠지 모르겠지만 그 질문을 듣고 그녀의 배 속에 짜르르하게 한기가 돌았다. "아뇨, 부인." 그녀는 천천히 대답했다. "아니, 매디. 아이는 없어요……"

"남편도 없고요?" 그녀는 캐물었다. "아니면…… 애인도?"

"네, 매디." 애니는 대답했다. 배 속이 점점 싸늘해지는가 싶더니 가슴에 얼음이 맺혔다.

"그러게, 그럴 줄 알았어요."

"그게 무슨 말씀이세요?" 애니는 조용히 물었다.

"아, 뭐랄까…… 미스 헤블리는 어딘지 모르게 사람의 손이 닿지 않은 분위기를 풍기거든요."

"사람의 손이 닿지 않은 분위기요?" 그녀는 반문했지만 상대가 무슨 뜻에서 한 말인지 알았다.

"순수하고. 어린애 같다고요."

그녀는 속이 울렁거렸다. 주님은 착한 여자를 좋아하시지, 애니.

매들린은 하던 얘기를 계속했다. "하지만 그래도 관심사는 있지 않아요, 미스 헤블리? 취미랄지. 신조랄지."

"신조요?"

"믿음 말이에요. 예를 들면 혼령이 있다고 믿어요?"

그들 앞에 아무도 없는 뒤 계단이 등장했다.

"이제 왔던 길을 돌아가야 하지 않을까요?" 애니는 조용히 물었다. "이 많은 계단을 오르락내리락하실 생각은 아니죠? 건강에 좋을 리 없을 텐데요."

"아, 무슨 소리예요. 우리, 뭐가 나오는지 한번 가봐요." 매디가 이상하게 결의에 찬 목소리로 말했다. 재밌어하는 척하고 있지만 사실은 의도적으로 애니를 여기까지 데려온 듯한 분위기였다. 하지만 그랬을 리 없지 않을까?

그게 아니라 삶이 원래 하나의 거대한 불가능일까?

뭐가 진짜고 뭐는 아닌지 더는 모르겠다는 생각이 다시금 애니 안에서 고개를 들었다. 하지만 불안한 느낌만큼은 분명했다.

그들은 어두컴컴한 배 안쪽의 더욱 깊숙한 곳을 향해 천천히 계단을 내려갔다.

"내가 물어보고 싶은 게 있었어요." 매디가 불쑥 말을 꺼냈다.

오늘 밤에 그녀가 애니를 부른 이유가 드디어 공개되려는 순간이었다. 애니는 숨을 죽이고서 기다렸다.

"그제 밤에…… 의사를 불러달라고 스테드 씨의 선실로 찾아왔을 때 말이에요. 그때…… 뭘 봤는지 궁금해서요. 우리가 뭘 하는 걸로 보였는지 듣고 싶었어요."

애니는 그들이 뭘 하고 있었는지 이미 알고 있었다. 그녀가 스테드에게 필요한 준비물을 가져다주었다. 하지만 그래도 가만히 듣고 있었다.

"우리는 교령회를 열고 있었어요. 혼령을 소환하는 모임이요. 그냥 재미삼아 시작한 거였어요. 누가 바다 너머에서 자기를 부르는 소리를 들었다는 둥 하길래. 그런데 당신이 등장하더니 잠시 후에 테디가……"

"그런 일이 벌어진 것에 대해 정말 안타깝게 생각해요, 애스터 부인. 얼마나 끔찍하셨을까요." 애니는 조심스럽게 말했다.

매디는 애니의 팔을 좀 더 세게 붙잡았다. "맞아요, 그런데 그게 다가 아니에요. 내 생각에는 이 배 안에 뭔가 위험한 게 있어요. 우리 모두를 해치려는 뭔가가 이 배에 타고 있어요. 당신도 가끔 느껴지지 않아요?"

애니는 말을 막고, 근거도 없는 바보 같은 걱정은 하지 말라고 얘기하고 싶었다.

하지만 그날 아침에 그녀도 스테드 씨에게 똑같은 말을 하지 않았던가.

이게 단순한 우연의 일치일 수 있을까?

"글쎄요……" 그녀는 래티머 사무장이라면 뭐라고 대답하는 게 적절하다고 생각할까 고민하며 느릿느릿 말문을 열었다. "이렇게 큰 배를 타고 가다 보면 가끔 아주…… 아슬아슬하게 느껴질 때가 있긴 하죠."

"그리고 아주 답답할 때도 있고요. 이 안에서 뭔가 끔찍할 일이 벌어지더라도 도망칠 방법이 없잖아요."

애니가 바로 지금 그런 심정이었다.

"이제 그만 누우시는 게 좋지 않을까요?" 그녀는 나지막이 말했다.

매디는 갑자기 걸음을 멈추었다. "어머, 저것 좀 봐요."

이제 보니 그들이 수영장으로 가는 문 앞에 서 있었다. 물론 지금 이 시각에는 닫혀 있었지만 문에 달린 동그란 현창이 수영장 주변의 불빛을 받고 청록색으로 어른어른하게 반짝거려 딴 세상 같은 분위기를 풍겼다.

"어디 보자." 매디가 속삭이며 문을 밀자 문이 열렸다. 애니도 알다시피 공용 공간의 출입문은 잠가놓는 경우가 거의 없었다. 도서관, 흡연실과 오락실, 심지어 아이들 놀이방까지 그랬다. 그 어떤 것도 출입이 통제되지 않았다. 일등실 승객들에게는.

"우리, 들어가요. 수영이 임신부한테 좋대요." 매디가 문을 열고 안으로 들어가며 말했다.

"그러면 안 될 것 같은데요." 애니는 말했지만 매디는 그녀의 말을 들을 생각이 전혀 없어 보였다.

그녀는 매디를 따라 아무도 없는 수영장 안으로 들어갔다. 안은 휑뎅그렁했다. 흰색 타일 벽이 어둠 속에서 섬뜩하게 반짝거렸다. 부드럽게 철썩거리는 수면에 반사된 불빛이 천장에 이리저리 어른거려 살아 있는 무언가가 그 안에 그들과 함께 있는 것처럼 느껴졌다. 어두컴컴한 데서 짐승이 그들을 기다리고 있는 것 같았다.

매디는 묵직한 외투를 벗어 의자 위에 두었다. 그런 다음 헐렁하고 얇고, 거미줄처럼 가는 최고급 수입사로 만들었을 게 분명한 잠옷을 머리 위로 벗었다. 전 세계를 통틀어 가장 돈이 많다는 여자가 애니 앞에서 판탈롱과 프랑스제 실크 캐미솔 차림이 되었다.

애니는 무릎을 꿇고 앉아서 그녀의 신발을 벗겨주는 수밖에 없었다.

그런 다음 애니도 외투를 벗고 냉기에 숨을 참으며 먼저 물속으로 들어갔다. 물이 데워져 있어야 하는데 예상과 전혀 다르게 차가웠다. 그녀는 매디가 계단을 내려와 물속으로 들어올 수 있게 잡아주며 이 여자가 이러는 이유에 대해 계속 궁금해했다. 그녀는 전혀 즐기는 눈치가 아니었다. 이를 악물고 조금씩, 조금씩 물속으로 들어왔다.

"어렸을 때는 어떻게 지냈어요?" 매디가 이를 살짝 부딪쳐가며 물었다.

왜 이렇게 계속 사적인 부분에 대해서 물어보는 걸까? 지긋지긋했다. "말씀드릴 만한 게 아무것도 없어요." 애니는 미끄러운 대리석 바닥을 따라 아장아장 움직이는 매디가 넘어지지 않게 팔꿈치를 잡아주며 말했다. "저는 다른 아일랜드 출신들처럼 그냥 평범한 시골 아가씨예요."

매디는 그녀를 보며 묘한 미소를 지었다. "그건 아닌 것 같은데. 당신에게는 흥미진진한 구석이 많다고 나는 자신할 수 있어요. 나는 애니 헤블리의 본모습을 알고 싶어요."

"그게 무슨 말씀인지 저는 잘 모르겠네요, 부인." 이제 애니는 짜증 나는 수준을 넘어 무서워지기 시작했다. 이 여자는 조금 이상했다. 아니, 이 여자가 아니라 이 아가씨라고 해야 할까. 고급스럽고 비싼 옷을 걸치고 다니고 배가 불렀지만 매디 애스터는 아직 어린 아가씨였다. 아무리 애니라도 그건 알았다. "제 과거에 대해서 더는 묻지 말아주세요, 애스터 부인. 지나간 일에 대해서는 생각하고 싶지가 않아서요."

"어떻게 그럴 수 있어요?" 매디는 코웃음 쳤다. "과거가 우리를 만들었고, 우리가 과거에서부터 비롯됐는데." 그녀는 물을 헤치며 좀 더 깊숙이 들어갔다. 이번에도 애니는 따라가는 수밖에 없었다.

돈 많은 아가씨는 쉽게 그렇게 얘기할 수 있을 것이다. 그녀의 과거는 장밋빛 추억들로 가득했을 테니까. 눈물 나는 일, 태어난 걸 후회하게 되는 일은 없었을 테니까.

애니는 입술이 파래지고 온몸에 소름이 돋는 것을 느낄 수 있었다. 이제는 물이 가슴 중간까지 왔다.

"아직도 졸리지 않으세요, 부인? 이제 그만 선실로 돌아가서—"

하지만 매디는 그 자리에서 우뚝 걸음을 멈추었다. "내가 미스 헤블리를 여기로 데려온 데에는 이유가 있어요. 답을 알아내야 하는 일이 있거든요." 애니의 팔을 붙잡은 손에 갑자기 힘이 들어갔다. 애니가 상상했던 것 이상으로 힘이 셌다. 그녀는 애니가 도망칠지 모른다고 생각하는지 이제는 위 팔뚝을 잡고 있었다.

애니가 도망칠 이유가 뭐가 있을까. 이들은 그녀가 모셔야 하는 승객인 것을……

"그리고 그게 뭔가 하면 겉으로 드러난 모습이 당신의 본모습이 맞는지 파악하는 거예요."

이런 이상한 혐의를 듣고 공포가 단검처럼 애니의 심장에 꽂혔다. 그녀는 추워서, 뭐라고 대답하면 좋을지 알 수 없어서 오싹해졌다. 그녀도 가끔 자신의 본모습이 뭔지 모르겠다는 생각이 들 때가 있었다. 그녀의 과거는 그냥 고통스럽기만 한 게 아니라 부연 안개로 덮여 있었다. 미래도 마찬가지였다. 그녀는 일종의 시간의 구름 안에 갇혀 지금 이 순간, 육지 사이의 이 묘한 통로 안에서만 존재했다.

나는 누굴까? 그녀는 매디의 입을 물끄러미 바라보며 생각했다. 그녀의 입은 무참하게 꼬집힌 것처럼 일그러져 있었고, 애니가 아니라 물을 쳐다보고 있었다. 스테드가 들고 다니는 수정점 치는 사발처럼, 거길 보면 미래를 점칠 수 있기라도 한 듯 그러고 있었다.

잠시 후에 매디 애스터가 애니의 팔을 잡아당겼다. "이걸 봐요, 애니. 당신은 그림자가 비치지 않아요."

애니는 수면을 들여다보았다. 수영장 안은 어두웠다. 불빛이 없어서 그림자는커녕 아무것도 볼 수가 없었다.

"당신은 왜 그림자가 비치지 않을까요? 이상하지 않아요?"

"지금 무슨 말씀을 하시는 건지―"

그들이 움직일 때마다 파문이 일어 동그랗게, 동그랗게 퍼져나갔다.

"아, 애니." 매디가 나지막이 속삭였다. "정말 미안해요."

이 말을 끝으로 그녀는 애니를 떠밀었다. 있는 힘껏 떠밀어 애니의 머리를 물속으로 집어넣었다.

애니는 너무 놀라서 반항조차 하지 못했다. 이게 도대체 무슨 일인가 싶었다. 하지만 매디의 손은 점점 거세고 단호하게 그녀를 눌렀고 그제야 애니는 이것이 다분히 고의적인 사태라는 것을 알아차렸다.

매들린 애스터가 그녀를 물에 빠뜨려 죽이려고 하고 있었다.

그녀가 애니의 머리칼을 단단히 붙잡고 고개를 들지 못하게 했다. 애니는 사태를 파악할 겨를도 없이 밀쳐졌기 때문에 입과 눈과 코에 당장 물이 가득 들어찼다. 소금을 탄 물이라 눈이 따끔거렸다.

그녀는 벗어나려 했지만 매디가 몸집에 비해 힘이 셌다. 아무리 발버둥 쳐도 애니의 머리를 누르고 있는 손이 꿈쩍하지 않았다. 게다가 애니는 임신부를 다치게 하거나 배 속의 아이를 해칠까 봐 신경이 쓰일 수밖에 없었다. 그건 절대 안 될 일이었다.

고통스러운 시간이 흘러갔다. 그녀는 물을 마시고 캑캑거렸다. 가슴이 타들어가기 시작했다.

묵직한 뭔가가―모피 코트인가 보다고 그녀는 어슴푸레 생각했다―돌덩이처럼 위에서 그녀를 눌렀고, 수영장이 깊지 않았지만 애니는 타일 바닥을 향해 눌리며 허우적거렸다.

얼른 숨을 쉬지 않으면 조만간―

이건 꿈이 아니었다. 그녀는 계속 발버둥 쳤지만 싸우려는 의지가 서서히 사라지고 있었다.

어떻게 보면 죽는 게 나을지 몰라. 이런 생각이 들자 그녀는 화들짝 놀랐다. 어디서 떠오른 생각이었을까? 애니는 이제 싸우는 것도 지쳤다. 도망치는 것도 지쳤다. 그녀가 당한 모든 일을 잊으려 애를 쓰는 것도 지쳤다.

주님은 착한 여자를 좋아하시지, 애니.

주님은 그녀도 받아주실까?

그녀의 발버둥으로 생긴 물거품이 그녀를 위로 떠받치는 느낌이었다. 그녀를 멀리 데려가고 싶어 하는 느낌이었다.

날 데려가줘. 그녀는 생각했다.

바로 그때 그녀의 머릿속이 아니라 물속에서 여기에 대한 대답이 들렸다.

안 돼, 너는 아직 죽을 때가 되지 않았어.

지금까지 들은 그 어떤 말도 이보다 더 또렷하지는 않았다.

너는 아직 죽을 때가 되지 않았어.

전에도 들은 적 있는 목소리였다.

그녀를 아래로 누르는 손과 싸우고, 물을 좀 더 마시고 싶은 마음, 숨을 쉬고 싶은 마음과 미친 듯이 싸우던 그 잠깐의 순간에 아주 어린 꼬맹이였을 때 바닷가에서 바위를 따라 깡충깡충 뛰어다니며 놀던 그날이 그녀의 머릿속을 스치고 지나갔다. 절대 돌아오지 않을 연인을 기다리던 길고 검은 머리의 미녀. 젖빛 비늘처럼 묘하게 번들거리던 그녀의 다리. 외로움과 자기 아이들을 향한 갈망이 밑바탕에 깔려 있는 그 목소리가 다시 들렸다.

너는 아직 죽을 때가 되지 않았어.

거대한 손이 집어 올리기라도 한 것처럼 그녀가 수면을 뚫고 물 밖으로 옮겨졌다. 그 솟구치는 힘으로 인해 매디 애스터가 중심을 잃고 물속에 빠졌다.

애니는 어푸어푸 가장자리로 움직여 수영장 밖으로 나갔다. 엉금엉금 기어가며 기침을 하고 마신 물을 게워냈다. 그녀를 짓누르는 차갑고 축축한 옷 때문에 타일 바닥에서 꼼짝할 수가 없었다. 그녀는 손끝만으로 거길 붙잡고 버틸 수 있을 것처럼 위험한 수영장을 에워싸고 있는 타일에 대고 두 손을 세게 눌렀다. 아래에 바닥이 있어서 고마웠다. 그녀가 달디단 공기를 헐떡헐떡 마시는 동안 얼굴 위로 폭포수처럼 물이 쏟아졌다.

매디가 흠뻑 젖은 성모마리아처럼 그녀의 옆 바닥에 무릎을 꿇고 털썩 주저앉았다. 온몸을 부들부들 떨고 있었다. "애니, 용서해줘요! 내가 무슨 정신으로 그랬는지 모르겠어요. 정말 미안해요, 나는 다만—"

애니는 본능적으로 움찔하며 그녀에게서 뒷걸음질 쳤다. "내 몸에 손대지 말아요—"

매디는 항복하는 뜻에서 두 손을 들었다. "모르겠어요? 확실하게 알아낼 수 있는 방법이 그거뿐인 거? 사람들 말로는 그렇다고 하잖아요. 당신은 그림자가 비치지 않았어요, 애니. 내가 이상한 낌새를 느낀 게 그래서예요. 나는— 나는 당신이 귀신에 들린 줄 알았어요."

"네?" 애니는 뱉듯이 반문했다.

매디는 희한하게도 이제는 눈물을 흘렸다. "당신을 물에 빠뜨려서 죽일 생각은 아니었어요, 애니. 나는 다만 그 혼령을 몰아내려고……"

그렇다. 그녀는 하마터면 죽을 뻔했다. 애니는 그들이 벌인 몸싸움의 여파로 아직까지도 가볍게 출렁이며 그녀를 향해 하얗게 깜빡거리는 수영장을 바라보았다.

"악령이 나를 따라다니고 있어요. 나는— 나는—" 매디는 숨을 크게 들이마셨다. "그 악령이 당신 안에 있다고 확신했어요. 그게 당신 몸속으로 들어갔다고. 나는 내 아이를 지키고 싶었어요. 그래서 그랬던 거예요. 엄마는 아이를 지키기 위해서라면 뭐든 못 할 게 없어요, 당신도 분명 이해하겠지만……"

애니는 낑낑대며 일어나려다 물에 젖은 잠옷을 밟고 하마터면 넘어질 뻔했다. 그녀는 매디 애스터 쪽을 절대 쳐다보지 않았다. 그녀가 원하는 게 있다면 이 미친 여자에게서 최대한 빨리 벗어나는 것뿐이었다.

"영매가 그러는데 내가 사랑하는 사람은 전부 죽을 거예요. 내 말을 믿어줘요." 매디는 추워하며, 물에 젖어 맨살이 드러난 두 팔을 부둥켜안고 그녀를 따라 터벅터벅 몇 걸음을 옮겼다. "테디는 내게 남동생과 같았어요. 내가 가진 전부였다고요! 아이마저 잃을 수는 없었어요. 내 마음 알겠죠, 네? 잭, 그러니까 애스터 씨한테는 비밀로 해줄래요? 이 얘기를 들으면 노발대발할 거예요. 그이가 무슨 짓을 저지를지 몰라요. 신문 기자들이 우리를 두고 하도 끔찍한 기사를 써대서…… 이 일을 신문사에 알리지 않겠다고 약속해줘요. 보답은 할게요ㅡ"

애니는 한쪽 팔에 외투를 걸치고 다른 쪽 손으로 신발을 대롱대롱 들고 얕은 물 자국을 남기며 복도를 종종걸음 쳤다. 매디 애스터의 목소리는 점점 희미해지다가 아예 사라졌다.

이번 일은 걱정할 필요가 없는데, 매디 애스터는 그런 줄 몰랐다. 돈 많고 제정신이 아닌 이 여자는 애니가 신문사를 찾아갈 리 없다는 걸 몰랐다. 자기도 악마에게 쫓기는 사람은 신문사를 찾아가지 않는 법이다.

게다가 애원하는 매디의 얇은 목소리가 어찌나 애처롭고 처량하던지 그 안에서 슬픔과 절망으로 얼룩진 괴로움을 어렴풋이 느낄 수 있었다. 그녀의 것이라도 되는 듯 어렴풋이 느낄 수 있었다.

1916년

24장

1916년 11월 19일
브리태닉호

애니의 발아래에서 배가 휘청거린다. 밖에서는 파고가 9미터에 달했다. 그 너울에 병원선이 허공으로 들린다. 한순간 이물이 거의 수직으로 하늘을 가리키고 바로 다음 순간 이번에는 고물의 차례다. 그들은 나폴리에 하루 더 정박하며 좀 잠잠해지길 기다렸지만 태풍이 그대로 머물며 움직일 기미를 보이지 않자 선장이 출항 명령을 내렸다. 환자들 절반은 뱃멀미를 심하게 해서 똑바로 누운 채 양동이에 대고 토하며 끙끙대고, 똑바로 서 있는 몇 안 되는 선원들에게 징징거린다. 갑판에 튀겨 문 아래로 스며든 물이 바닥 위로 쏟아져 걸어 다니는 것이 극도로 위험해진다. 환자들에게 부상을 예방하는 차원에서 가능한 한 침대 밖으로 나가지 말라는 지시가 내려진다.

축축한 모직물—선원 하나가 담요를 모두 적셔버렸는데

스펀지처럼 어찌나 물을 잘 흡수하는지 모른다—과 토사물 양동이 때문에 병동에서는 시큼한 동시에 퀴퀴한 악취가 풍긴다. 속을 뒤집어놓는 이 냄새가 어떤 불길한 기운처럼 공기 중에 무겁게 걸려 있다. 간호사와 잡역병들이 뱃멀미를 이기지 못하고 숙소에 틀어박혔기 때문에 병동이 최소한의 인원으로 운영되고 있다. 무드로스에서 환자를 잔뜩 태우기 전에 좀 쉬려고 험한 바다를 핑계 삼아 꾀병을 부리는 사람들도 있다는 불만이 제기된다. 거기에서 수많은 부상병들이 그들을 기다리고 있다. 그렇다고 한들 뭐가 달라지는 건 아니다. 이 배는 정원의 3분의 1밖에 차지 않았고 처치가 필요한 환자에 비해 의사와 간호사들이 더 많다.

애니는 일한다. 남들은 그러거나 말거나 그녀는 계속 바쁘게 움직이는 것이 더 좋다. 그래야 이 환자 곁에서 맴도는 이유가 뭐냐는 질문 세례에 시달리지 않고 마크를 계속 지켜볼 수 있다. 그가 다시 의식을 되찾았다는 소식을 듣고 그녀의 가슴이 옥죄어온다. 그가 전에 얼마나 혼란스러워 보였는지, 얼마나…… 겁에 질린 듯이 보였는지 생각이 난다. 하지만 그는 이제 전보다 괜찮아졌을 것이다. 그녀가 그를 안심시킬 수 있을 것이다. 모든 게 제자리를 찾을 것이다.

그녀는 그에게 차와 수프 크래커를 가져다주려고 간식 카트에 들른다. 줄을 서서 기다리는데, 앞에서 간호사 둘이 머리 부상을 당하고 얼마 전에 의식을 되찾은 잘생긴 중위 어쩌고 하는 소리가 들린다. 마크일 수밖에 없는데. 그가 메릭 수간호사에게 병동을 바꿔달라고 한 모양이다. 다른 간호사를 배치해 달라며.

두 간호사는 계속 조잘거린다. 언제부터 환자들이 담당 간호사를 정했대? 뻔뻔하기도 하지. 당연히 장교지. 장교들은 뭐든 자기들이 결정하는 줄 안다니까? 하지만 애니는 경악한다. 그녀는 순간 여기가 어딘지도 거의 잊어버린다. 마크는 그녀의 병동에 있다. 그녀가 그의 담당 간호사다. 뭔가 착오가 있었던 모양이다. 다른 교대 근무 간호사 때문일지 모른다. 그녀와 헤어지게 된다는 걸 알았더라면 그가 간호사를 바꿔달라고 했을리 없다.

그나저나 그렇다면 그가 이제는 말을 할 수 있다는 뜻이 아닌가! 생각만 해도 문득 가슴이 너무 벅차서 숨이 잘 쉬어지지 않는다.

하지만 병동 안으로 들어가보니 그의 침대에 아무도 없다. 순간 분노가 확 치밀어 오른다. 안 돼, 이제 겨우 다시 만났는데. 안 돼, 이제 겨우 이렇게 가까워졌는데.

애니는 20분 동안 각 병동을 돌아다닌 끝에 드디어 침대가 대여섯 개 놓여 있고 그중 두 개에만 환자가 누워 있는 조그맣고 독립적인 공간을 찾는다. 간호사는 없다. 사실상 아무 움직임도 없다. 묵직한 분위기가 허공에 감돌고 애니는 좀 더 심각한 환자들을 수용하는 특수 병동인가 하는 생각을 한다. 두 환자 모두 머리에 붕대를 감았고, 똑같은 담요를 덮은 두 환자 모두 가슴이 가볍게 오르락내리락하는 것 말고는 섬뜩할 정도로 가만히 누워 있다.

애니는 문 앞에서 잠깐 머뭇거린다. 그가 맞을까 봐 안으로 들어가기가 겁이 난다. 담당 간호사 명단을 보니 아는 이름이 이 방에 배정되어 있다. 미스 제닝스와 미스 홀리, 둘 다 경험이 많은 베테랑이다. 왔다가 그녀가 있는 걸 보면 조금 이러쿵저러쿵 따질 타입이다.

구석 자리에 마크가 누워 있다.

그녀가 다가가자 그가 그녀 쪽으로 몸을 돌린다. 턱에 붕대가 감겼고 흉측한 상처가 오른쪽 뺨을 유린하고 있지만 누가 봐도 그의 얼굴이다. 그는 눈을 뜨고 있다.

바로 그 순간 그녀의 심장이 철렁 내려앉는다. 방 안의 기운의 변화를 통해, 뻣뻣해지는 듯한 그의 몸을 통해 그가 그녀를 보고 언짢아하고 있다는 것을 알 수 있기 때문이다. 그걸 느낄 수 있기 때문이다.

그러니까 소문이 사실이다. 그가 그녀가 없는 곳으로 옮겨 달라고 한 게 맞는다. 하지만 왜 그랬을까?

"눈을 떴다고 들어서요." 그녀는 억지로 명랑한 척 말을 건넨다.

그가 담요 아래에서 불편해하며 뒤척인다. 이러지도 못하고 저러지도 못해 한다. 만약 그녀가 뭘 잘 몰랐다면 그가 다시 겁에 질린 줄 알았을 것이다. 문득 그가 단순히 트라우마로 괴로워하고 있는 걸지 모른다는 생각이 든다. 그녀도 마찬가지만 그런 일을 겪은 뒤에 또다시 거대한 배 위에 똑바로 누워 있지 않는가. 그녀의 경계심이 연민으로 누그러진다.

"애니." 그가 말한다.

"제가 누군지 아시는군요." 그녀는 대답한다. 안도와 기쁨으로 목소리가 갑자기 커진다.

"나를 찾아냈군요."

"운명이 우리를 한데 불러 모은 것에 가깝죠." 그녀는 뺨이 화끈거리는 것을 느낀다.

"나는 운명이라는 걸 믿지 않은 지 오래됐어요."

딱한 사람. 그녀는 옆으로 다가가 그의 손을 잡으려고 하지만 그가 손을 멀찌감치 치운다. "보다시피 내가 병동을 옮겼어요. 그럼 이제는 당신의 환자가 아니라는 뜻 아닌가요?"

"그건 얼마든지 바꿀 수 있어요. 제가 미스 제닝스한테 말—"

"아니— 그러지 말아요." 그는 입술을 핥으며 망설인다. 삐져나온 머리칼이 그의 이마 위로 흘러내린다. 새치가 섞여 있다. "이게 최선이에요. 그렇지 않아요? 우리 둘 모두에게 좋을 게 없어요. 그 기억이." 그는 몸서리를 친다. "과거는 흘려보내는 게 최선이에요."

이질적인 기억 하나가 물밀듯 밀려온다. 그가 말한 기억은 아니다. 그 많은 사람들이 비명을 지르며 싸늘한 심연으로 추락하던 타이태닉호가 아니라 그보다 오래된 기억이다. 그 이전에 겪은…… 회색의 거대한 물결에 얽힌 기억이다. 그 이전의 시기와는 연결 고리가 거의 없어서 그냥 꿈일 수도 있다. 그녀는 기억한다. 새벽을 가르던 요란한 총소리. 아버지와 오빠들이 집으로 끌고 온 붉은 사슴. 그들이 사슴의 가죽을 벗겨서 말리고 내장을 제거하던 그 대서사시 같은 과정. 그녀의 머릿속에서 영원히 지워진 줄 알았던 남자가 했던 말이 메아리치며 되살아난다. 젊은 사제의 부드러운 목소리. 그녀는 그 앞에 무릎을 꿇고 앉아서 흐느꼈다. 너무 잔인해요. 사냥을 두고 한 말이었다. 도륙당한 사슴을 두고 한 말이었다. 아니에요. 그는 달래는 투로 말했다. 그녀의 머리칼에 닿던 그의 따스한 손길. 아니에요, 애니. 죽은 것은 그냥 잊어버려요.

하지만 데즈—

"하지만 마크—"

"부탁할게요." 그의 목소리가 갈라진다. "과거는 잊어줘요. 나도 마찬가지고."

"하지만 할 얘기가 너무 많아요."

그는 한쪽 눈썹을 추켜세운다. 궁금하긴 하지만 괜히 긁어 부스럼을 만들지는 않으려는 것이다.

"타이태닉에서 우리 둘 사이에 어떤 일이 있었는지는 당신도 알고 나도 알잖아요." 이런 말들이 급하게 쏟아져 나온다. 가뜩이나 다른 환자가 들을 수도 있는 마당에 이렇게 단도직입적으로 얘기하고 싶지는 않지만 시간이 없다. 마크가 그녀의 손이 미치지 않는 곳으로 옮겨졌고 담당 간호사가 언제 들이닥칠지 모른다.

"그게 지금 무슨 소리예요?"

"잊어버렸어요? 당신이— 당신이 나를 어떤 식으로 어루만 졌는지? 어떤 식으로 끌어안았는지? 그날 밤에 말이에요. 우리가 서로의 감정을 확인한 날. 불이 나서 연기가 자욱했던 날." 그녀의 말과 그 말이 대변하는 이미지가 뒤죽박죽이다. 그 혼란스러웠던 손길과 느낌, 그 욕망과 당혹감이 그녀의 가슴속 워낙 깊은 곳에 묻혀 있어서 예전에는 뭐가 뭔지 알 수 있었을지 몰라도 이제 더는 아니다. "흡연실에서. 그날 밤에. 당신이 내게 했던 거요." 그녀는 숨 돌릴 틈 없이 말을 잇는다. "우리 둘이서 했던 거 말이에요." 그녀는 쏟아지려는 눈물을 막으며, 밀려드는 추억을 막으며 열띤 목소리로 속삭인다. 뜨거웠던 그의 입술. 그의 손길에 현기증을 느끼며 그의 목에 대고 그의 이름을 외쳤던 그녀. 그녀의 안에서 타오르는 불길이 어찌나 생생한지 살갗을 가르며 터져 나오지 않는 것이, 그 욕망의 분출로 그녀의 몸이 불살라지지 않는 것이 놀라울 정도다.

하지만 그는 알아듣지 못하는 말을 하는 사람 대하듯, 하늘에서 떨어진 사람을 대하듯 그녀를 쳐다보고 있다. 처음 보는 사람 대하듯 쳐다보고 있다.

"지금 무슨 얘기를 하는지 모르겠네요. 우리 둘 사이에는 아무 일도 없었어요, 애니. 서로 조금 추파를 던졌을 수는 있겠죠. 당신이 어쩌다 그런 생각을 하게 됐는지는 알겠어요. 하지만 그게 전부였잖아요."

그가 그녀를 한 대 쳤다 한들 이보다 더 아프지는 않았을 것이다. 이렇게 면전에 대고 딱 잡아떼다니 믿기지가 않는다. 하지만 그는 진짜로 의아한 표정을 짓고 있다. 영문을 몰라 하며 화를 내고 있다.

그녀는 본능적으로 십자가를 만지려고 목을 부여잡는다. 하지만 당연히 십자가는 없다. 4년 전에 타이태닉호에서 잃어 버렸다.

"마크……" 그녀는 꾹 다물어진 마크의 턱과 아직까지 머리에 단단히 묶여 있는 붕대를 쳐다보며 그가 웃어주길 바란다. 그녀에게 꽂은 비수를 거두어주길 바란다. 그러다 그녀는 깨닫는다. 머리 부상. 그것 때문일 것이다. 그가 어쩌다 혼수상 태에 빠지고 턱을 다쳤는지 몰라도 그것 때문에 기억이 손상 된 것이다. 그래서 그들이 서로에게 어떤 존재였는지 기억을 못 하는 것이다.

그는 기억을 못 하는 것일 뿐이다. 언젠가는 하게 되겠지! 하지만 수치심에, 거짓말쟁이 대하듯 그녀를 바라보는 눈빛에 그녀는 숨이 막힌다.

바로 그때 뒤에서 발소리가 들린다. 얼굴이 좁고 코가 작고 눈이 한데 모인 금발의 미스 제닝스가 돌아온 것이다. "여기서 뭐 하는 거예요, 미스 헤블리? 여기 담당 아니잖아요." 그녀는 근육만 남은 깡마른 팔로 팔짱을 낀다. 애니에 대해서 이미 경고를 들은 것이다.

"아, 이제 그만 가려던 참이에요." 그녀는 황급히 중얼거리며 마크의 옆에서 몸을 돌려 얼른 다른 침대들 앞을 지난다. 마크와 그의 냉랭한 시선으로부터 갑자기 도망치고 싶어진다.

"실례가 많았습니다." 그녀는 무덤이라도 밟은 듯한 심정으로 이렇게 속삭인다. 죄와 상처와 배신감이 흙더미처럼 그녀의 위로 켜켜이 쌓인다. 그렇다면 무단 침입은 없었던 셈이다. 그 무덤은 그녀의 것이다.

늦은 시각, 애니는 수술용 트레이를 내려다보며 서 있다. 현창 너머는 아직 밤이지만, 줄줄이 깔끔하게 놓여 그녀를 올려다보며 반짝거리는 철제 도구처럼 점점 은빛으로 변해가고 있다.

수술에 앞서 준비물 파악을 해야 하는데 자꾸 딴생각이 나서 집중을 할 수가 없다. 그녀는 체크리스트에 따라 도구를 하나씩 차례대로 건드리며 마음을 다잡아본다. 클램프, 리트랙터, 겸자, 메스, 랜싯, 투관침.

하지만 전혀 소용이 없다. 앞으로 어떻게 될까, 자꾸 그 생각만 든다. 마크는 기억을 되찾을 것이다. 지금은 일시적으로 방향을 잃었을 뿐이다. 어쨌거나 그는 그녀가 필요하다는 걸 알게 될 것이다. 미국으로 건너가 그의 딸을 찾을 때 그녀가 필요할 것이다. 애니의 차분한 성정과 든든한 응원이 필요할 것이다. 관계 당국에 그의 신원을 보증해줄 사람, 그가 캐럴라인 플레처의 남편이라는 걸 아는 사람도 필요할 것이다. 그리고 그의 딸을 키워줄 여자도 필요할 것이다.

그녀는 손을 베였다는 사실을 뒤늦게 알아차린다. 메스를 만질 때 딴생각을 하고 있었던 것이다. 칼날이 하도 예리해서

살을 베이고도 몰랐는데, 내려다보니 눈앞이 온통 붉은색으로
축축하게 번들거린다. 손을 타고 흘러내린 피가 치맛자락으로
뚝뚝 떨어지고 있다.

공포가 밀려든다. 피가 이렇게 많이 나다니 심하게 베인 모
양이다. 꿰매야 할지 모른다. 의사를 찾아가야 하는데 엄두가
나지 않는다. 어쩌다 베였는지 설명해야 할 테고 그러면 딴생
각을 했다고 실토해야 할 것이다.

애니는 피가 덜 흐르도록 손을 위로 들고 붕대가 있는 벽장
으로 달려간다. 쌓여 있는 더미에서 하나를 꺼내려다 다른 몇
개를 쳐서 떨어뜨린다. 바닥에 부딪친 붕대들이 실 뭉치처럼
온 사방으로 데굴데굴 굴러가며 풀어진다. 그녀는 들릴락 말
락 하게 욕을 하며 붕대를 집으려고 허리를 숙였다가 아니다,
상처부터 먼저 수습해야 한다는 걸 깨닫는다. 하지만 붕대를
감으려고 하고 보니— 상처가 없다.

피도 나지 않는다. 손이 깨끗하다. 아주 깨끗하다.

그녀는 실눈을 뜨고 자세히 들여다본다. 이미 나았을 수도
있을까? 저절로?

하지만 핏자국이 없다. 손에도 옷소매에도 치맛자락에도.
이해가 되지 않는다. 방금 무슨 일이 벌어진 걸까? 기적이 벌
어졌나? 또다시?

수술실 바닥이 그녀를 향해 달려든다. 그녀가 쓰러지고 있
는 듯한 느낌이다. 불빛에 눈이 부신다. 너무 눈이 부신다. 그
녀에게 무슨 일이 벌어지고 있는 걸까?

애니……

누군가가 그녀를 부르고 있다. 들리지 않는 목소리다.

밀려든 공포로 입 안이 시큼해진다.

영원히 나를 피해서 숨을 수 있다고 생각한 건 아니겠지?

바다다. 거품이 이는 회색 파도가 그녀의 맨발을 할퀴는 발룬토이의 바닷가에 서 있었던 그 어린 시절부터 바다가 그녀에게 말을 걸었다.

그녀의 온몸이 차가워진다. 냉골처럼 차가워진다.

내 것을 찾으러 왔어. 네가 나에게 빚진 그것을. 기억하고 있겠지?

바다에게 반항할 방법은 없다. 바보가 아닌 이상.

공포의 와중에, 널찍한 선상 수영장에서 매들린 애스터가 그녀를 물속에 빠뜨리고 누르고 있었던 그날 밤의 기억이 떠오른다. 그녀는 다음 날 아침에 설명을 듣고 싶은 마음에 윌리엄 스테드—고마운 사람이었다—에게 달려갔다. "매디 애스터 말로는 제가 귀신에 들린 줄 알았대요." 그녀는 말했다. 그녀를 보고 이런 생각을 하는 사람이 있었다니 수치스러운 비밀이었다.

"그런 경우가 있긴 하지요." 그의 설명은 전혀 위안이 되지 않았다. "나도 본 적 있어요. 영매들은 세상을 떠난 혼령에게 자기 몸을 기꺼이 내어주거든요, 살아 있는 사람들과 대화를 나눌 수 있게. 하지만 죽은 혼령이 살아 있는 사람의 뜻을 무시하고 그 사람의 몸속으로 들어가는 경우도 있다고 들었어요.

평범한 사람이 특수한 상황에 놓이게 되는 거죠. 귀신에 들린다는 건 간단치 않은 일이에요. 그 몸을 두고 영혼끼리 싸움을 벌일 테니. 밤이 되면 혼령들의 힘이 더 강해지죠. 정신이 잠이 들면, 그래서 활동을 중단하면 육신을 좀 더 쉽게 통제할 수 있을 테니까요. 이제 우리는 조심스럽게 접근해야 해요. 이 악령이 이미 한 명의 목숨을 앗아 갔을지 모르니까요. 우리 모두가 위험한 상황일 수도 있어요."

그녀는 그 모든 것에서 탈출한 줄 알았다. 타이태닉의 그 모든 공포와 혼란으로부터 탈출한 줄 알았다. 정신병원에서 4년을 보내는 동안 거기에서 위안을 얻었다. 그녀를 괴롭히던 뭔지 모를 것이 그 배와 함께 바닷속으로 가라앉았을 거라는 확신에서. 하지만 지금 이렇게 그녀는 속삭임과 공포, 알고 보니 아직 끝나지 않았다는 확신을 혼자서 마주하고 있다.

1912년

수신: 루실 더프·고든 부인
        일등실 승객

루시, 소방 검열국에서 우리에게 볼일이 남은 모양이에요. 당신이 출국했다는 얘기를 듣고 그쪽에서 못마땅해했지만, 내가 당신은 모든 질문에 성실히 답변할 준비가 되어 있다고 안심시켜놓았어요. 검열국의 마지막 리스트를 우편으로 보내요. 절망하지 말아요. 시련은 결국에는 끝날 테니. 코즈모에게 안부 전해줘요.―뱅크스 앤드 뱅크스 사무소 변호사 H. 베네딕트 리질리

25장

캐럴라인은 소지품에 세심하게 주의를 기울이는 성격이 절대 아니었다. 비싼 소지품은 하고 다니면서 주변 사람들의 감탄을 누리고 뽐내야 제 맛이지, 미래의 언젠가를 기다리며 조심스럽게 보관하면 의미가 없다고 생각했다. 하지만 그런 그녀라도 날이 환하게 밝자 루비가 박힌 빗이 두 개 없어졌다는 것을 알아차릴 수 있었다. 좀 더 자주 쓰는 액세서리를 담아놓는 쟁반을 뒤져보니 거기에 빗이 있었다. 하지만 이참에 소지품을 살펴보았다가 그녀는 깜짝 놀랐다. 없어진 게 제법 됐던 것이다. 그중 한두 개는 들고 타지 않았거나 아버지의 집으로 보낸 짐에 딸려 들어갔을 수도 있지만, 이번 여행 때 분명 챙겨 가지고 온 물건 몇 개가 보이지 않았다. 팔찌 두어 개, 반지……그리고 화살에 금색 하트가 달린 브로치.

브로치가 없어졌다는 걸 알았을 때 심장 뛰는 속도가 빨라졌다. 릴리언이 그 브로치를 마음에 들어 했고, 루실 오브 런던에서 만든 캐럴라인의 파란색 원피스를 가봉하러 왔을 때도 브로치 얘기를 꺼낸 적이 있었다. 그날 두 사람은 진짜 친구처럼 오후 내내 수다를 떨었다. 사별 여행 중이었던 캐럴라인은 런던에 아는 사람이 거의 없었다. 아버지의 동료들에게서 소개받은 몇 명뿐이었다. 차를 마시고 박물관을 구경하고 음악 살롱 몇 군데를 드나들기는 했지만 진짜 친구는 없었다. 그날까지는 그랬다.

그녀는 조그만 보석함을 칸칸이 헤집으며 점점 치밀어 오르는 짜증을 달랬다. 분노와 함께, 거미 떼가 온몸을 기어 다니고 있기라도 한 것처럼 심장이 벌렁거렸다. 이러다 펄쩍 뛸 수도 있을 것 같았다. 뭐 이런 불길한 여행이 다 있을까! 그녀는 하마터면 벽에 대고 보석함을 던질 뻔했다.

캐럴라인은 원래 남을 잘 의심하지 않았다. 그녀는 많은 하인들이 드나드는 데 이골이 나 있었고, 귀중품을 남들 다 보이는 데 두고 다니는 것으로 워낙 유명했다. 심지어 1층 창문을 열어둔 채 집을 비우기도 했다. 시원한 공기와 햇빛을 들이고 나쁜 기는 내보내기 위해서였다. 그녀라는 사람 자체가 열려 있는 창문 비슷했다. 그래서 이용당했다는 데 더 기분이 나쁘고 속이 상했다. 그녀가 화장대에 몸을 기대고 울음을 참고 있었을 때 뒤에서 문이 열리면서 퀴퀴한 공기와 빨지 않은 리넨 냄새가 따라 들어왔다. "웬 난리야?" 마크가 잠이 덜 깬 목소리로 물었다. 사과를 바라는 말투였다.

하지만 사과라니 오늘은 물 건너간 얘기였다. "마침 잘 일어났네. 의논할 문제가 생겼어."

마크는 익숙하지 않은 그녀의 말투를 듣고 긴장했다. 하지만 미끼에 걸려들어서 무슨 소릴 하는 거냐고 반문하지 않고 좌우를 두리번거렸다. "애는 어디 갔어? 침대에 없네?"

"칭얼대서 유모가 산책로로 데리고 나갔어. 상쾌한 공기를 마시면 진정이 될까 싶어서." 캐럴라인은 깍지를 끼며 애써 침착한 목소리로 말했다. "마크, 내 보석이 몇 개 없어졌어."

그는 충격과 분노라는 묘한 조합으로 반응했다. 이 두 개의 감정이 서로 다투는 것 같았다. 그는 얼굴을 시뻘겋게 붉히고 휘청거리며 뒤로 한 걸음 물러났다. 잠깐 동안 꿀 먹은 벙어리처럼 있다가 이렇게 물었다. "확실해?"

"확실하냐고? 당연하지." 그녀는 쏘아붙이고 싶었지만 참았다.

"당신을 못 믿는 게 아니라 그냥…… 워낙 있을 법하지 않은 일이라서. 안 그래? 아니, 이 배 안에서 누가 그걸 훔쳐 가겠어?"

"왜 이래, 마크. 프라이버시가 엄청 보장되는 것도 아니잖아. 사람들이 이 선실을 수시로 들락거리는걸. 나를 어이없는 사람 취급하지 마."

"캐럴라인, 당신 속상한 거 알겠지만 진정해. 먼저 선실을 샅샅이 뒤져보자."

어디 잘못 됐을지 모른다고 하지는 마. 내가 애도 아니고.

"뭐가 없어졌는지 모르겠지만 당신이 어디 잘못 됐을 수도 있잖아."

그녀는 비명을 지르고 싶었지만 참았다.

"당신 지금 나를 어이없다고 생각하지? 불안하다고. 당신, 그녀에 대해서도 그렇게 얘기하지 않았어? 막판에는 릴리언을 그렇게 생각하지 않았어?"

"캐럴라인." 그의 목소리가 낮아지고 갈라졌다. 그녀는 고통으로 일그러진 그의 얼굴을 보고 자신의 말이 너무 심했다는 것을 알아차렸다. 그들은 그녀의 이름을 다시는 언급하지 않기로 약속한 적이 있었다.

하지만 캐럴라인은 고삐를 늦출 수가 없었다. 분노가 한계점에 다다랐다. 방향만 바꿀 뿐 오로지 전진 또 전진이었다. "어젯밤에는 어디 갔었어? 한밤중에 일어나보니까 옆에 없던데. 한참을 기다려도 오지 않더라?"

그는 난생처음 보는 사람을 대하는 듯한 묘한 눈빛으로 그녀를 바라보았다. "잠이 안 와서. 걸으러 나갔다가 길을 잃었어."

반박하기 어려운 설명이었다. 하지만 그녀는 수긍하지도 않았다.

하지만 그는 자리를 비운 이유를 설명하는 대신 화제를 바꿨다. "내가 보기에는 온딘 상태가 더 심각해진 것 같은데, 안 그래?"

"그게 무슨 소리야?"

그는 빈 침대 앞으로 가서 쓸쓸한 눈빛으로 들여다보았다. "기운도 없고 입맛도 없어 하고……"

캐럴라인은 가만히 듣고 있을 생각이 없었다. "선의한테 진찰을 받자는 건 아니겠지? 그 인간은 천하에 쓸모가 없어. 뉴욕에 도착하면 병원에 데리고 갈 거야."

"그래, 그래, 알겠어…… 하지만 문제가 뭐라고 생각해? 걱정돼서 그래. 솔직히 미스 헤블리하고 얘기를 하고 났더니—"

그 여승무원의 이름은 칠판을 못으로 긁는 것과 같은 효과를 낳았다. "그 승무원한테 우리 애 얘기를 했다고?"

"그게 뭐 어때서. 온딘을 돌보는 데 **도움**을 주기도 하고—"

캐럴라인은 너무 화가 나서 아무 말도 할 수가 없었다. 지금 입을 열었다가는 횡설수설하게 될 것이 뻔했다. 하지만 마크가 미친 사람 대하듯 쳐다보고 있었기 때문에 그녀는 억지로 말문을 열었다. "앞으로는 그러지 말아줬으면 좋겠어, 마크. 나는 솔직히 그 승무원, 어딘지 모르게 이상하다고 생각해. 계속 우리 곁을 맴돌면서 시도 때도 없이 등장하는 거 싫어. 꼭 우리한테 집착하게 된 사람 같다고. 어쩌면 단순한 집착이 아닐지도 몰라. 내 보석도—"

"집착? 이제 겨우 사흘째야. 설마하니 승무원을 의심하는 건—"

"승무원이 아니면 누구겠어?" 두 사람은 유모가 평소에 잘 앉는 의자 쪽을 동시에 흘끗 쳐다보았다. "미스 헤블리가 이

방에 혼자 있을 때 어쩌고 다니는지 알 수가 없잖아. 마크, 당신이 승무원 편을 들다니 섭섭하다."

"말도 안 돼. 내가 누구 편을 들었다고—"

"내가 바보인 줄 알아? 그 여자가 상사병에 걸린 강아지처럼 당신을 따라다니는 걸 나도 봤어. 당신은 그러거나 말거나 손을 놓고 있고. 관심을 즐기는 거 아니야?"

그녀는 이제 성공했다. 그의 부아를 돋우는 데 성공했다. 그녀는 점점 더 릴리언을 닮아가고 있었다. 그게 가능한 얘긴지 모르겠지만. 그는 고개를 홱 치켜들었고 그녀에게 달려들고 싶은 걸 억지로 참는 눈치였다. 목욕 가운 허리띠에 손을 얹은 채 온몸을 부들부들 떨었다. "어젯밤에 어디 갔었냐니까?"

"얘기했잖아, 잠이 오지 않았다고. 나가서 복도를 걸었어."

"당신이 그러는 거 본 사람 있어?"

"내 얘기를 뒷받침할 사람 있느냐고? 뭐야— 증인을 원하는 거야?" 그는 공허한 웃음을 터뜨렸다. "밤이 늦어서 깨어 있는 사람이 거의 없었어. 지나가다 선원과 마주쳤을 수도 있겠지만…… 그러다 미스 헤블리를 만났어. 사고를 당하고 옷이 다 젖었길래 선실까지 데려다줬어."

"사고? 무슨 사고?" 그의 설명은 앞뒤가 맞지 않았다.

그는 그대로 얼어붙었다. "미안. 미스 헤블리가 비밀로 해달라고 해서."

캐럴라인은 버럭 소리를 질렀다. "참 편리하기도 하지. 아니, 마크. 솔직히 내가 어떤 반응을 보여주길 바라?"

"아내로서 남편이 하는 말을 믿어주길 바라."

그녀는 앞에 서 있는 그가 낯선 사람처럼 느껴졌다. 약을 한 움큼 다시 먹고 싶어서 손가락이 움찔거렸다. 폭발하기 직전이었다. 하지만 마크의 잔소리를 들을 기분이 아니었다.

문득 낯선 사람은 앞에 서 있는 마크가 아닐지 모른다는 생각이 들었다. 어쩌면 낯선 사람은 그녀일 수도 있었다. 그녀는 이 배에서 보낸 짧은 시간 동안 달라졌다. 그 시간에 지배당했다. 어쩌면 점점 미쳐가고 있는지도 몰랐다.

"나는 그냥…… 혼자 좀 있을게. 이 문제는 나중에 얘기하자."

그녀는 목욕 가운 차림으로 입을 떡 벌리고 서 있는 남편 곁을 떠났다. 차갑고 단단하게 느껴지는 손잡이를 잡고 등 뒤로 문을 닫았다.

26장

메인 계단에서 옥신각신하는 소리가 여기까지 들렸다.

윌리엄 스테드는 안으로 들어가기 전에 심호흡을 했다.

여행이 끝나는 순간이 이렇게 기다려질 수가 없었다. 배 때문이 아니라—배 자체는 너무나 아름답게 잘 만들어진, 장인의 자부심이 느껴지는 작품이었다—불쾌한 사람들로 들끓는다는 것이 문제였다. 그리고 그들에게서 벗어날 도리가 없다는 것이 문제였다. 아침 식사를 하려고 카페 파리지앵에 가보니 다들 거기 모여 있었다. 애스터 부부와 더프-고든 부부가 고리버들 테이블에 한데 앉아 있었다. 비위에 거슬리는 호색한 구겐하임도 불륜의 구린내를 풍기며 앉아 있었다. 그 프랑스 여자와 함께 승선해 별도의 선실에 데리고 있는 걸 아무도 모르는 줄 아는 모양이었다. 그리고 그의 옆자리에는 새로운 얼굴인 캐럴라인 플레처가 앉아 있었다.

스테드가 테이블 쪽으로 다가오는 것을 보고 애스터가 손짓하자 승무원이 당장 달려왔다. 그들은 애스터가 어디에 있건 1초도 기다릴 필요가 없게 계속 지켜보고 있는 모양이었다. "의자가 하나 더 있어야겠어." 그가 스테드를 가리키며 말했다. 스테드가 거동이 불편한 할아버지라도 되는 양, 승무원이 허둥지둥 의자를 들고 왔다. 그는 무뚝뚝하게 자리에 앉았다.

애스터는 스테드를 쳐다보며 말을 먼저 걸지 말지 고민했다. "오늘 저녁에 열리는 행사 얘기를 하고 있었어요. 참석하실 생각인가요?"

"행사요?" 스테드는 처음 듣는 얘기였지만 워낙에 시시하게 노닥거리는 자리를 피하고 있었다. 그에게는 해야 할 일이 있었다. 『폴 몰』에 사설을 넘겨야 했고, 뉴욕에 도착하고 몇 주 뒤에는 신지학 협회에서 강연을 할 예정이었다.

"선장이 주최하는 파티요." 코즈모 더프-고든 경이 말했다.

"조지프 브루스 이즈메이가 주최하는 파티라고 하니 얼른 해치우는 게 낫지 않겠어요? 그가 배후의 인물인 게 분명한데. 처녀항해이니만큼 뭔가 으리으리한 행사를 벌이고 싶겠죠." 더프-고든 경의 부인이 말했다.

"부인에게는 무료 홍보의 기회가 되겠군요. 부인이 어떤 식으로 스타일의 기준을 정할지 도저히 모르겠네요. 다음 컬렉션 작품을 입으려고 숙녀들이 줄을 서겠죠?" 구겐하임이 말했다.

"역시 자본주의자는 다르네요!" 루시는 웃음을 터뜨렸다.

"최선을 다해서 눈부신 작품을 만들어볼게요."

스테드는 비웃고 싶었지만 꾹 참았다. 돈은 넘쳐나지만 겸
손은 부족한 여자들을 겨냥해 터무니없이 비싼 가격에 판매되
는 누더기 역시 이 사회의 수많은 병폐 중 하나였다. 이야말로
자본주의였다. 탐욕과 경박, 바로 그거였다.

더프-고든 경의 부인은 테이블의 토스트 랙에 남아 있던 빵
을 이제 막 먹기 시작한 캐럴라인 쪽으로 고개를 돌렸다. 보아
하니 캐비어와 스크램블드에그가 나온 모양인데 저들이 싹싹
긁어 먹었는지 테이블 정중앙의 접시에 아무것도 없었다. 사
기 접시의 파란색 장식이 길게 남은 크림으로 덮여 잘 보이지
않았다. "유행의 선두 주자가 우리 중에 한 명 더 있는데. 오늘
저녁에 뭐 입을지 정했어요?"

캐럴라인은 토스트를 내려놓고 힘없이 미소를 지었다. "뭔
가 생각해보려고요. 옷이 거의 짐칸에 있어서 선택지가 몇 개
안 되긴 하지만. 그리고 제가 제일 좋아하는 팔찌가 없어졌어
요. 오전 내내 찾았는데 안 보이네요."

애스터의 눈빛이 갑자기 초롱초롱해졌다. "플레처 부인, 누
가 훔쳐 간 게 아니고요?"

"훔쳐 갔다고요?"

"일등실 여기저기서 도난 사고가 빗발치고 있어요, 캐럴라
인." 그의 아내 매들린이 말했다. "소문 못 들었어요?"

"아니." 스테드가 끼어들었다. "빗발치고 있다고요? 그건
좀 극단적인 표현인 것 같은데요. 섣불리—"

"나도 당했어요!" 루시가 외쳤다. "그게 유행이었을 줄이야! 하지만 오팔하고 다이아몬드가 박힌 내 반지는 누가 훔쳐 간 게 분명해요. 세상에 하나밖에 없는 거라 다시 살 수도 없는데. 이 배에 승선했을 때 그 반지를 끼고 있었다고요!"

스테드도 당연히 어떤 반지인지 기억했다. 이 여자가 하도 번쩍이며 다녔으니 보지 못한 사람이 없었을 것이다. 그쯤 되면 훔쳐 가달라고 한 거나 다름없었다.

"저는 저만 그런 줄 알았어요." 캐럴라인은 테이블을 두리번거렸다. "저도 몇 개 없어졌거든요. 부인의 그 반지처럼 귀한 건 아니지만 그래도 저에게는 의미가 있는 보석인데."

"직원을 의심하는 건 아니겠죠?" 구겐하임이 말했다. "배 안에 갇혀서 증거를 숨길 방법이 없는데 바보가 아닌 이상 그렇게 무모할 리 없으니까요."

"범죄자들이 대개 대책이 없는 타입 아니던가요?" 애스터가 반문했다. 그는 샴페인 잔을 빙글빙글 돌려 향을 발산했다. 스테드는 아침 햇살을 머금은 황금빛 소용돌이를 지켜보았다. 남자들이 이 시각부터 독극물을 부어라 마셔라 하는 이유를, 그러면서 희희낙락하는 이유를 그는 절대 이해하지 못할 것이다.

스테드는 유명한 신문기자, 살아 있는 전설로 공개 석상에서 강연을 할 때만 동원하는 근엄한 표정을 지었다. "출항하고 며칠 안 되는 짧은 기간 동안 이 배에서 희한한 일들이 벌어지고 있습니다. 그 희한한 사건들의 배후가 아닐까 의심이 가는 주체가 하나 더 있는데요, 여러분은 전혀 염두에 둔 적이 없겠습니다만 —"

캐럴라인이 잔을 내려놓았다. "지금 저더러 저희 선실에서 어떤 일이 벌어지고 있는지도 잘 모르고 있다는 말씀이세요? 제 보석이 없어졌어요. 그게 사실이에요."

그는 마음이 불편해졌다. 젊은 여자들과 대적하고 싶지는 않았다. 그는 자신의 재판정 앞에서 벌어졌던 피켓 시위와 신문사 앞에서 벌어졌던 항의 시위를 기억하고 있었다.

그녀는 한쪽 눈썹을 추어올렸다. "스테드 씨는 여성을 높이 평가하지 않으시죠?"

스테드는 헛기침을 했다. "그럴 리가요. 내 전적을 보면 알 수 있다시피 나로 말할 것 같으면 여성해방론자예요. 부인은 미국인이라 모르겠지만 영국에는 내 이름을 딴 법도 —"

"스테드 법이요. 우리 다 알아요. 일라이자 암스트롱 사건도 그렇고요." 더프-고든 경의 부인이 말했다.

일라이자의 이름을 언급할 때 그녀의 말투가 왠지 모르게 불안을 유발했다.

"그 사건으로 감옥살이를 하셨죠?" 애스터가 살짝 웃으며 물었다.

지금쯤이면 면전에서 과거의 치부가 들쑤셔지는 데 익숙해졌을 법도 한데, 스테드는 올가미가 목을 조이는 느낌이었다.

"스테드 씨야 무죄를 주장하겠지만 영국에서 유명 인사를 죄도 없는데 교도소로 보내지는 않을 거라고 보는데요." 캐럴라인이 놀라울 정도로 거친 말투로 이렇게 얘기했다. "저는 다른 신문사에서 진실을 폭로한 뒤에서야 스테드 씨가 시인했다고 읽었거든요."

그녀는 그래도 재판의 세세한 부분까지 잘 알고 있었다. 그도 그 부분만큼은 인정하는 수밖에 없었다. "나한테서 원하는 게 뭔가요, 플레처 부인? 나도 그날 밤의 일을 돌이킬 수만 있다면 그러고 싶어요. 이제 와 생각해보니 내가 몇 가지 측면에서 끔찍한 실수를 저질렀더군요. 하지만 나는 콜드배스에서 3개월 복역하는 것으로 대가를 치렀어요. 그 정도면 일라이자 암스트롱과 비슷한 소녀들을 주기적으로 착취하는 난봉꾼들도 할 말이 없을 거라고 봅니다만."

그는 그녀의 따지는 눈빛 아래에서 진땀을 흘렸다. 하지만 그녀가 다른 이야깃거리를 끄집어내려 했다 한들 남편의 등장으로 흐지부지돼버렸다. 그날 아침에 그들 부부 사이에서 무슨 일이 있었다는 것을 누구라도 금세 알아차릴 수 있었다.

"갑자기 배가 안 고프네요." 캐럴라인은 말하며 자리에서 일어났다. 스테드는 지금까지 이런 장면을 수도 없이 목격했지만 이 남편은 입을 떡 벌리고서 멀어져가는 아내를 바라보기만 했다.

"아니, 이런." 그녀가 가버리자 스테드는 조금 서운해졌다. 마크는 아무 말도 하지 않고 부인이 앉았던 의자에 쓸쓸히 착석했다.

애스터 부부와 더프-고든 부부는 웨이터들이 와서 접시를 치우는 동안 적당히 핑계를 대고 자리에서 일어났다.

이렇게 해서 스테드와 마크만 남았다. "부인을 따라가서 사과를 해야 하는 거 아닌가요?"

"나중에요. 진정할 시간을 주려고요."

"이런 말을 해도 될지 모르겠지만 오늘 아침 따라 플레처 씨가 슬퍼 보이네요."

"제가요?" 마크는 생각에 잠긴 듯한 미소를 지었다.

스테드는 남은 커피를 마저 마셨다. "부인께…… 난감한 문제가 생겼다면서요? 누가 부인의 물건을 건드렸다고요. 혼령의 소행일지 모른다는 생각은 안 해보셨나요?"

마크의 얼굴에서 핏기가 가셨다. "그게 무슨 말씀이십니까? 혼령이라니……"

"유령이요." 스테드는 거두절미하고 말했다. "플레처 씨가 과거에 알고 지냈던 사람. 최근에 죽은 사람. 그런 사람 없습니까? 플레처 씨의 머릿속을 계속 맴돌고 있었던 사람이?"

마크는 미간을 찌푸렸다. "캐럴라인이 스테드 씨에게 릴리언 얘기를 한 모양이로군요."

이제 물꼬가 트였다. "릴리언이요." 스테드는 중얼거렸다. "스테드 씨의……" 전처였을까? 첫사랑이었을까?

"네, 릴리언이요. 저의…… 저와 아주 가까운 사이였습니다."

스테드는 몸을 앞으로 숙였다. "그런데요?"

마크는 뻣뻣하게 굳었다. "끔찍한 사건이 벌어졌어요. 그게 답니다."

"그렇군요." 스테드는 부드럽게 말했다. "플레처 씨, 산 자가 죽은 자의 닻 역할을 할 때가 많아요. 죽은 자에 대한 감정이 너무, 너무 사무쳐서 그들의 발목을 잡게 되는 경우도 가끔 있고요. 저세상으로 건너가지 못하게 막는 거죠. 죽은 여자분이 누군지는 모르겠지만 그분을 향한 플레처 씨의 애정 때문에 그분의 혼령이 이승에 갇혀 있는 것일 수도 있어요. 어쩌면 이 배 안에요. 그런 생각은 안 해보셨나요?"

스테드는 자신의 말을 곰곰이 생각하는 마크를 지켜보며 또다시 일라이자 암스트롱을 떠올렸다. 침대에 누워 있었던 그 작고 마른 체구와 그가 저지른 일탈이 아직까지도 머릿속에서 떠날 줄 몰랐다.

하지만 마크는 냅킨을 요란하게 펴서 무릎을 덮었다. "네, 해본 적 없습니다. 말도 안 되는 소리라서요. 스테드 씨도 그 얘기를 다시는 꺼내지 말아주셨으면 합니다." 마크가 이렇게 얘기하는 동안 웨이터가 다시 왔다.

스테드는 혀를 깨물었다. 캐럴라인 플레처가 남편에게 화가 났을 만도 하다는 생각이 들었지만 그걸 입 밖으로 낼 일은 아니었다. 그는 그저 고개를 끄덕이며 냅킨을 옆으로 치웠다. "거울을 오랫동안 열심히 들여다보세요. 플레처 씨의 양심을 갉아먹고 있는 뭔가가 분명 있을 겁니다. 그걸 해결하세요, 플레처 씨의 인생과 결혼 생활이 거기에 잠식당하기 전에."

이 말을 끝으로 그는 뒤를 한번 돌아보지도 않은 채 자리를 떴고 어수선하고 요란하게 북적거리는 복도를 지났다. 무지가 온 사방을 뒤덮고 있군. 그는 생각했다. 그들은 위험한 상황이었다. 생각이 있는 사람이라면 누구라도 그걸 알 수 있었다. 그런데도 이 한심하고 하찮은 인간들은 선장이 주최하는 파티를 운운하고 있었다. 승객들이 승무원을 부르는 벨 소리가 이 끝에서 저 끝까지 울려 퍼졌다. 백만 개의 차임벨이 사나운 바람을 만난 것처럼, 허영의 벨 소리가 귀청을 찢을 듯 딸랑거렸다.

27장

1912년 4월 13일 5:45 p.m.
앨리스 리더 박사의 진료 기록
극비
환자: 애니 헤블리
연령: 18세

선실에서 쉬고 있을 때 애니 헤블리라는 승무원이 찾아왔다. 그녀는 하루 종일 서 있느라 피곤해 보였다. 선장이 주최하는 파티에 참석할 준비를 하느라 일등실의 숙녀들이 쉴 새 없이 벨을 울려댔으니 그럴 수밖에 없었다. 나는 그런 파티에 관심이 없는 편이기 때문에 책을 읽으며 시간을 보내고 있었는데, 그때 그녀가 정신을 못 차리고 눈을 번득거리며 비틀비틀 찾아왔다.

이 아가씨는 이상한 구석이 있다. 보고 있으면 내가 윌러드 정신병원에서 치료했던 저소득층 하녀와 여공들이 생각난다. 돌보고 있는 아이의 살갗이 긁힌 자국처럼 길고 빨갛게 부풀어 올라서 겁이 난 모양이다. 아이 스스로 상처를 냈을 수도 있다. 나는 아이들이 원래 잘 그런다며 그녀를 다독였다. 그러자 그녀가 본론으로 들어갔다. 죽은 어린 하인도 이런 증상을 보였다는 소문이 있다는 것이었다. 그녀는 이 배에서 기괴한 일이 벌어지고 있는 것 같다며 두려워했다. 미스 헤블리는, 내가 지금까지 보아왔던 수많은 환자들처럼 흥분한 눈빛이었다. 제대로 잠을 자고 있지 못한 것이다.

나는 그녀가 "전해 들었다"는 소문에 대해 캐물었지만 그녀는 매들린 애스터 어쩌고 하며 실없는 소리를 중얼거릴 뿐 제대로 대답하지 못했다. 어차피 그녀의 머릿속에서 펼쳐지고 있는 망상증을 건드리기 위해 던진 질문이었다. 일단 그녀에게 이상한 증상이 나타났다는 헛소문을 퍼뜨리지 말라고 주의시켰다. 사람들이 괜히 겁에 질릴 수 있다고 말이다.

현재로서는 애스터 부인과 승무원 헤블리 양쪽 모두 가벼운 히스테리를 일으킨 것으로 보인다. 나도 경험상 알고 있다시피 머리를 식힐 거리가 거의 없는 폐쇄된 공간에서는 이런 증상이 쉽게 나타날 수 있다. 누군가가 고민을 토로하면 금세 모든 사람들의 입방아에 오르내린다. 망상증 자체가 일종의 전염병이다. 인간의 기본 성향이다. 내가 오래전부터 견지한 바에 따르면 원시 선조들로부터 이어져 내려온 방어기제다. 신중한 인간이 그렇지 않은 인간보다 수명이 길다.

나는 정신병원에서도 유사한 경우를 목격한 바 있다. 여자들이 히스테리를 일으키는 이유는 여러 가지가 있는데, 천사나 악마나 (현재 이 배에서 유행 중인) 죽은 자와의 접촉을 핑계로 댈 때도 있지만 그보다는 감추고 싶은 비밀로 인해 마음의 지옥을 경험하는 경우가 더 많다. 남녀를 불문하고 인간은 누구나 선한 욕구와 불손한 욕구를 모두 가지고 있다. 하지만 모든 것에는 대가가 따르고 불손한 짓을 탐닉했을 때 따르는 대가는 죄책감일 때가 많다. 그리고 죄책감을 너무 심하게 느끼면 마음의 병이 생긴다. 우리의 분별력이 오염되는 것인데, 오염된 것은 나중에 치료하지 않으면 썩기 마련이다.

하지만 미스 헤블리는…… 자기에게 무슨 문제가 있는 건 아닌지 걱정하는 눈치다. 그녀는 시인하지 않겠지만, 혼란스러운 마음은 자기 자신에 대해 절대 알지 못한다고, 그것이 정신병의 슬픈 진실이라는 내 얘기를 들었을 때 그녀의 입술이 실룩이고 눈꺼풀이 떨리는 것을 나는 보았다. 정신이상자는 대다수가 자신을 그렇게 생각하지 않는다. 그녀의 억측이 어디에서 비롯됐는지 나는 모르겠다. 하지만 겁에 질렸고 넋이 나간 그 눈을 보고 있노라면 악마와 혼령의 존재를 나도 믿을 수 있을 것만 같다.

28장

"너 이 옷 입으면 근사하더라." 레스가 다이의 귀에 대고 속삭였다. "물론 벗고 있을 때가 더 근사하지만."

한심한 대사라는 걸 레스도 알았지만 다이는 상관하지 않는 눈치였다.

레스는 뒤로 물러서며 다이의 양복 어깨에서 있지도 않은 실밥을 떼어내는 척했다.

"아무튼 그렇게 괴로워하는 표정 짓고 있을 것 없어. 미국에서 프로모터를 상대할 때를 대비해서 훌륭한 연습이 될 테니까. 거울 한번 쳐다봐봐, 네가 얼마나 잘생겼는지."

다이가 고개를 돌려서 자기 모습을 점검하며 동여맨 나비넥타이를 바로잡는 동안 레스는 오늘 밤을 위해 생각해놓은 네 개 항목의 체크리스트를 속으로 점검했다. 전날에는 바이얼릿을 만나서 모르는 사람들의 선실로 몰래 들어가 소지품을 뒤지느라 정신이 없었다. 그는 점찍어놓은 선실을 헷갈릴까봐—기억하고 있어야 할 소소한 부분들이 워낙 많았다—종이에 참고 사항을 적어놓았다. 그중에 할아버지에게서 받은 막대한 후원금으로 전 세계를 여행하며 출싹대기 좋아하는 헨리 하퍼가 있었다. 그들 부부는 여행을 마치고, 중동에서 만난 통역사와 함께 귀국하는 길이었다. 통역사는 하사브라는 이름의 잘생긴 남자였다. 레스는 선실 곳곳에 버려진 쓰레기를 흘끗 보기만 해도 두 남자가 무슨 짓을 벌이고 있는지 알 수 있었다.

그리고 사교계에 처음으로 데뷔했고 어머니를 무서워하는 미스 헬렌 뉴섬과 사랑 때문에 괴로워하는 그녀의 애인 칼 베어가 있었다. 은시계가 어찌나 예쁘고 감동적이던지—나중에, 어쩌면 미국에서 큰 시합에서 처음으로 승리를 거뒀을 때 딱 그런 시계를 다이에게 선물하고 싶었다—주머니에 챙기지 않을 수가 없었다.

그리고 신문사에서 일한다는 나이 많은 W. T. 스테드도 있었다.

다이가 고개를 돌려 그를 마주 보았다. "뭘 그렇게 열심히 고민해?" 그가 레스의 눈을 똑바로 쳐다보며 물었다.

레스는 어깨를 으쓱했다. "미래의 표적. 스테드라는 영감에 대해서 생각하고 있었어."

"그 기자?"

레스는 고개를 끄덕였다. "이렇게 큰 배를 타고 있으면서 물에 빠져 죽을까 봐 걱정이라고 거침없이 떠들고 다니잖아. 구명정도 제대로 준비하지 않고 항해하는 것이 얼마나 위험한지 신문에서 다루어야 한다고 아무나 붙잡고 얘기를 하고 말이야. 카드점이나 뭐 그런 걸 통해 불안한 마음을 달래지 않겠느냐고 슬쩍 떠볼 수도 있고—"

"너 지금 제정신이야?" 다이가 손바닥만 한 그들의 선실에서 뒷걸음질 치자 2층 침대에 부딪혔다. "스테드는 바보가 아니야. 네가 사기를 치려고 하는 것 같으면 가만히 앉아서 당할 타입도 아니고. 개혁 운동가라고."

레스는 안 된다는 말을 들으면 더욱 고집을 부렸다. "그 노인네는 귀가 얼마나 얇은지 몰라. 귀신이니 유령이니 하는 헛소리를 믿고. 표적으로 안성맞춤이야."

"아니야, 레스. 스테드는 안 돼."

"그럼 다른 표적을 찾을 수 있게 도와주든지." 레스는 나비넥타이를 매는 것으로 부아를 달래며 말했다. "오늘 밤이 실적을 거둘 수 있는 기회야. 그러니까 최대한 활용해야지. 내가 연극을 하는 동안 네가 다른 표적을 찾아줘."

다이는 차라리 독약을 마시겠다는 표정이었다.

"바이얼릿한테 찜해놓은 선실 중에서 한 군데에 들여보내 달라고 하고 쓱 둘러본 다음 나한테 뭐가 있었는지 알려주면 돼. 식은 죽 먹기야. 나머지는 내가 알아서 할게."

"남의 선실에 몰래 들어가서 돌아다니고 싶지는 않아." 다이는 구두코를 내려다보며 말했다. 마음의 결정을 내리기 힘들 때 항상 등장하는 습관이었다. "적당한 사람을 알 것 같기도 한데…… 아니면 아무것도 아닐 수도 있고. 잘 모르겠지만—"

"누군지 얘기해봐. 그럼 내가 판단할게." 레스는 짜증 내지 않으려고 애를 쓰며 말했다. 그런 티를 냈다가는 다이가 움츠러들 수 있었다.

"그보다 너 그거 아주 잘못 맸어." 다이는 말하며 레슬리의 손에서 나비넥타이를 빼앗았다. 그가 칼라에 넥타이를 두르고 조여주자 레스는 다이의 도움과 눈길, 양쪽 모두가 고맙게 느껴졌다. 그 눈길에서 느껴지는 무게감이 반가웠다. 다이가 그를 보고 있다는 것, 그와 함께 있다는 것을 아는 것보다 더 큰 만족은 없었다.

다이는 더듬더듬 넥타이를 매주며 마크 플레처가 카드룸에서 아내의 보석으로 빚을 갚으려고 하는 것을 봤다고 했다. 슬픈 표정을 하고서 죄책감으로 벌벌 떨더라고 말이다. 레스는 조금 충격을 받았다고 인정하는 수밖에 없었다. 그가 보기에 플레처는 들킬까 봐 겁이 나서 원칙을 지키는 사람 같았던 것이다. 하지만 생각하면 할수록 이해가 됐다. 의뢰인을 위해 법을 우회할 방법을 찾던 변호사가 아닌가.

"워, 워, 워." 레스가 말했다. "가망성이 있어 보여. 돈 많은 여자와 결혼한, 찔리는 구석이 있는 남자."

"그 친구가 진창 속에서 허우적거리고 있긴 하지만—"

"나한테 비밀로 하고 싶었으면 얘길 꺼내지 말았어야지. 그 친구라면 완벽해, 다이. 그리고 내가 장담하는데 그 친구는 자기가 사기를 당하는 줄도 거의 모를 거야."

"얘길 꺼낸 내가 바보지." 다이는 뭔가를 한 대 치고 싶은—아니, 쳐야만 하겠는—사람처럼 한쪽 팔을 들며 그에게서 몸을 돌렸다. 그 좁고 빽빽한 선실에 한 대 칠 만한 물건은 차고 넘쳤지만 그는 어찌어찌 참았다. "레스, 계획을 꾸미고 거짓말하고 속이고 그러는 것도 이젠 지긋지긋해. 선이라는 걸 그어야 하지 않겠어?"

"나는 네가 계속 사마리아인 행세하는 게 지긋지긋하다." 그가 자제할 겨를도 없이 이 말이 튀어나와버렸다. "우리는 한 동네에서 자랐어, 다이. 사마리아인들이 어떻게 되는지 너도 알잖아."

"맞아. 너 같은 인간들에게 사기를 당하지."

지금까지 다이가 그에게 날린 그 어떤 펀치보다 그 말이 더 아팠다. "너는 내가 하는 일을 못마땅하게 여기지만, 우리 둘을 위한 일이야." 그는 다시 다이에게 다가갔다. "내가 지금까지 했던 모든 일이 생활비를 벌기 위해서였어. 평생 권투 선수로 지낼 수는 없을 거 아냐. 나중에는 얻어맞는 걸로 먹고살 수 없는 날이 오겠지. 다른 사람은 몰라도 나는 짐마차에 묶인 채 죽어가는 늙은 말처럼 링 위에서 죽고 싶지 않아."

"그 수많은 거짓말과 속임수와 사기극 때문에…… 나는 가끔…… 너를 모르겠다 싶을 때가 있어. 너를 못 믿겠다 싶을 때가."

대포알이 레스의 가슴으로 곧장 날아온 거나 다름없었다. "어떻게 그런 식으로 말할 수가 있어? 다른 사람도 아닌 나한테? 내가 지금까지 얼마나 많은 일을—"

하지만 다이는 이미 쾅 하고 문을 닫으며 나가버렸고 레스는 그의 땀 냄새와 포마드 냄새와 함께 남겨졌다. 허름한 옷이 수북이 쌓여 있고 청어 냄새가 코를 찌르는 조그만 선실은 그들의 인생이 얼마나 보잘것없고 답답한지를 보여주는 증거였다. 한마디로 말해서 아무리 열심히 싸워도 끊임없이 다시 시작하고 끊임없이 나자빠지는 것이 그의 인생이었다. 그는 너무 열심히 싸워서 지쳐가고 있었다. 너무 열심히 싸워서 늙은 말처럼 쓰러지지 않는 이상 끝날 날이 없을 것만 같았다.

그것이 그들 두 사람을 위한 노력이었다는 것만큼은 사실이었다. 그 때문에 다이 보언을 잃는다면 이보다 더 엄청난 아이러니가 있을까? 그것이 그에게는 가장 큰 두려움이었다. 어느 날 다이가 결국에는 진실을 깨달을지 모른다는 것. 레슬리 윌리엄스는 애초에 그에게 어울리는 상대가 아니었다는 것을.

29장

막대 모양의 비즈와 크리스털로 장식한 짙은 크림색 실크 드레스가 은은한 물결처럼 그녀의 부른 몸을 감싸자 매디는 양손을 만지작거렸다. 간밤에 그런 일이 있은 뒤로 손이 터서 프림로즈 향이 나는 오일을 계속 발랐는데도 쩍쩍 갈라졌다. 다행히 드레스와 완벽하게 어울리는 이브닝 장갑이 있었다. 옅은 호두나무색이었고 여기에 걸맞은 다이아몬드 초커도 있었다.

그녀는 다크서클을 감추느라 화장한 얼굴을 거울로 유심히 뜯어보았다. 아주 긴 밤이었다. 두말하면 잔소리지만 완전히 젖었고 수영장의 소금 냄새가 코를 찌르던 나이트가운은 잘 처분했다. 간밤에 무슨 일이 있었는지 알아차릴 사람은 아무도 없었다. 그녀가 물을 뚝뚝 흘리며 직원용 계단을 가까스로 올라와 조용히 선실로 들어가서 옷을 벗고 물에 젖은 나이트 가운을 베갯잇으로 싼 다음 코트를 입고(평범한 갈색 모직 코트라 변장용으로 제격이었다) 몰래 다시 밖으로 나가서 그 수상한 꾸러미를 난간 너머로 던지고 시커먼 밤과 바다 속으로 사라지는 것을 끝까지 지켜본 덕분이었다. 힘이 많이 들었고 바람이 거셌지만 무사히 잘 끝났다. 그녀가 순간 이성을 잃었던 증거가 모두 사라졌다. 기억도 그렇게 쉽게 지울 수 있다면 얼마나 좋을까.

마침내 침대 안으로 다시 들어갔을 무렵에는 태양이 수평선을 가르고 있었다. 그녀는 실크 안대를 끼고 잠을 청했지만 끔찍한 악몽이 계속 이어졌다. 시커멓고 짭짤한 파도가 그녀의 목을 졸랐고, 수영장의 섬뜩한 조명이 그녀를 감싸고 빙글빙글 돌았다. 동그랗게 빛나는 조명을 자세히 들여다보노라면 도와달라고 외치는 핏기 없는 얼굴처럼 느껴지는데…… 그게 아니라 함께 가자고 외치는 걸까? 그녀가 일종의 집단 광기에 잠깐 휩쓸렸던 것만큼은 분명했다. 그게 다 이 배 때문이었다. 선실이 다닥다닥 붙어 있으니 단체 생활에서 벗어날 도리가 없었다. 꼭 벌집에서 생활하는 느낌이었다.

그녀는 하녀가 남편이 먹은 점심상을 치우려고 들어왔을 즈음에서야 일어났다. 그래서 멍하고 정신이 없었고 밤에 열리는 파티를 위해 준비할 시간이 아주 빠듯했다.

파티에 불참하고, 머리가 아프다는 핑계로 선실에 있을 수 있는 가능성은 없었다. 애스터 부부는 계층 피라미드의 정점이었다. 잭은 참석해야 한다고 주장할 테고 혼자 얼굴을 비추는 불명예를 감수하지 않을 것이었다. 그녀는 뉴욕 사교계의 나이 지긋한 부인들에게 주눅이 들지 않았음을 보여주기 위해서라도, 이제 J. J. 애스터 부인으로서 거기에 걸맞은 대접을 요구하기 위해서라도 참석해야 했다.

매디는 손에 대고 미친 듯이 크림을 발랐다. 간밤에 뭐에 씌어서 그랬을까? 그녀의 기준으로는 분명한 이유가 있었지만 다른 사람들을 이해시킬 수는 없을 것이다. 그녀는 에이바와 그 일당의 장단에 놀아났고 신문사에서 낌새를 알아차리면 그 길로 파멸이었다. 잭이 노발대발하며 아이가 있건 말건 어떤 조치를 취할지 몰랐다.

그녀는 혼자서 드레스의 마지막 단추를 가까스로 채웠다. 미스 비두아가 삼등실에서 침모를 찾아 밤새 수선을 맡긴 드레스였다. 허리와 엉덩이를 트러니 아까웠지만 아이를 낳은 뒤에 다시 줄이면 될 일이었다. 그녀는 더프-고든 경의 부인이 의상실을 열면 찾아가기로 마음먹었다. 임부복을 맞추기로 말이다. 영국 출신이니 뭔가 세련된 작품을 생각해낼 것이다. 대부분의 임부복이 너무 볼품없었다. 그녀는 부대 자루처럼 걸어 다니고 싶지는 않았다. 무슨 일이 있어도 잘 꾸미고 다니는 것이 중요했다.

"준비 다 끝났어요?" 그녀는 자기 드레스 룸에 틀어박혀 있는 남편에게 큰 소리로 물었다. 남편에게서 고치고 싶은 부분을 딱 하나만 꼽으라면 옷에 대해 너무 까다롭게 구는 것이었다. 잭이 옷을 갈아입는 데 걸리는 시간이 그녀보다 길었다. 그녀가 아는 사교계의 그 어떤 여자보다 옷이 많았다. 그게 다 연극배우 같은 성향 때문이었다. 그는 차려입는 것을 사랑했다.

그가 드레스 룸에서 웅얼웅얼하는 소리가 들렸다. 그녀는 그가 뭐라고 말하려는 건지 알았다. "나 먼저 내려갈게요. 친구들이랑 9시에 만나기로 해서 시간 맞춰 가려고요." 그녀는 대답을 기다리지도 않았다.

나가보니 헬렌 뉴섬이 약속한 대로 메인 계단 옆에 서 있었다. 둘은 바 하버에서 열린 테니스 시합 때부터 알고 지낸 사이였다. 매력적인 아가씨인데, 과보호하는 어머니가 문제였다. 미망인들이 가끔 그럴 때가 있었다. 헬렌의 어머니는 능력 있는 상대와 재혼했지만 안정적인 사윗감을 찾는 데 목숨을 걸었다. 그래서 미국에서 괜찮은 신랑감을 점찍어놓았지만 헬렌은 유럽 여행 중에 미국 테니스 선수와 사랑에 빠졌다. 칼 베어라는 그 딱한 바보는 심지어 이번 여행에 동행해 사나운 예비 장모의 환심을 사려고 했다. 헬렌은 비교적 평범한 집안 출신이었고 매디는 전적으로 그녀에게 공감할 수 있었다. 사랑하는 사람과 결혼하고 싶지 않은 사람이 어디 있을까? 그녀는 가끔 씨받이용 암말로 전락한 듯한 기분이 들 때가 있었다. 단 한 가지 용도를 위해 주도면밀하게 사육된 암말. 그녀는 이 역할에 충실하면, 고분고분하게 말을 잘 들으면 평생 비교적 편안하게 지낼 수 있었다. 사랑해서 하는 결혼은 너무 무모하고 반항적인 선택인 것 같았다. 그녀는 이미 자신의 길을 선택한 사람으로서 거기에 전적으로 찬성한다고 말할 수 없었지만 다른 사람의 시도를 구경하는 건 재미있었다.

그들은 프랑스 여자처럼 서로 뺨에 입을 맞췄다. 매디는 헬렌의 연보라색 드레스를 보고 감탄했다. 하긴 워낙 여신 같아서 낡아빠진 마대 자루를 입혀도 근사해 보일 것이었다. 게다가 하녀도 없이 머리를 그렇게 예쁘게 하고 나오다니. 매디는 나중에 비법을 물어봐야겠다고 생각했다.

이내 메이블 포천이 합류했다. 매디는 포천 집안을 잘 몰랐지만 메이블이 애틋한 사촌처럼 헬렌을 따라다녔기 때문에 따돌릴 방법이 없었다. 매디는 헬렌이 그녀와 아는 사이라는 걸 알아차린 순간부터 메이블의 집착이 시작됐다고 장담할 수 있었다. 괜히 의심스러워하기는 싫지만 모르려야 모를 수가 없었다.

"애스터 씨는?" 헬렌이 물으며 두리번거렸다.

"나중에 올 거야. 일이 좀 있어서." 그녀는 대수롭지 않다는 듯 손을 흔들었다. "우리 이제 내려가자." 여느 때처럼 이 배는 폐소공포증을 유발하기에 충분했지만 친구들 덕분에 견딜 만했다. 불안이 가시기 시작했다. 예쁜 드레스, 까만색 정장을 입은 남자들, 왁자지껄한 대화로 이루어진 시끌벅적한 현장에 있고 보니 마치 총포 소리와 화약 냄새에 반응하는 늙은 군마가 된 느낌이었다. 그녀는 이런 자리를 위해 태어났고 길들여졌다. 연회장이 그녀의 야전 테이블이고 무도회장이 그녀의 전장이었다.

로비가 무도회장으로 적절하게 개조됐다. 다마스크 천을 씌운 소파와 안락의자는 치워졌지만 액스민스터 카펫은 남았다. 샹들리에가 수많은 빛의 조각으로 아름답게 반짝거렸다. 원래는 피아노가 놓여 있었던 저쪽 끝에서 음악 소리가 흘러나왔다. 이 배에는 훌륭한 음악가가 여럿 탑승했다던데 얼른 만나보고 싶었다. 연회실은 이미 최고로 근사하게 차려입은 승객들로 가득했다. 남자들은 대부분 연미복에 검은색 조끼를 입고 흰색 넥타이를 맸지만 더러는 좀 더 트렌디하게 흰색 조끼를 입었고, 과감하고 패션에 관심이 많은 소수의 몇 명은 검은색 넥타이에 흰색 조끼를 입었다. 연미복 대신 야회복을 입은 남자들도 제법 있었다. 이러니저러니 해도 선장이 주최하는 파티일 뿐이니 드레스 코드가 그렇게 엄격하지 않았다. 구겐하임은 연미복에 흰색 조끼를 입었는데, 조끼에는 금세 유행이 지나버린 숄 칼라가 아니라 V자 모양의 칼라가 달려 있었다.

"우리, 더프-고든 경의 부인이 어디 있는지 찾아볼까요?" 예전 같았으면 매디는 루시 오브 런던 의상실이 당대의 여러 귀족과 유명한 가수와 여배우들의 옷을 디자인했다고 한들 관심이 없었을 것이다. 하지만 훌륭한 만듦새와 고급스러운 원단을 가까이서 확인하고 보니 호기심이 생겼다. 게다가 그녀의 환심을 사놓는 편이 좋을지 몰랐다. 어젯밤 수영장에서 승무원과 어떤 일이 있었는지 말이 새어 나간다면 그녀가 같은 편으로 엄청난 힘을 실어줄 수 있을지 몰랐다.

더프-고든 경의 부인을 찾았을 때 매디는 숨이 멎었다. 그녀가 지금까지 본 적 없을 만큼 전혀 다른 스타일의 옷을 입고 있었던 것이다. 실루엣이나 주름이 잡힌 형태는 일본의 기모노와 가장 비슷했다. 세상에서 가장 오묘한 보라색이었고 세로로 길쭉했다. 보디스에 쓰인 원단에는 우아한 타일 패턴이 금색으로 수놓아져 있었고 소매는 같은 보라색이었다. 옅은 금색과 아이보리색의 띠가 이중으로 허리를 감싸고 골반 쪽으로 늘어뜨려졌다. 자연스러워 보이는 동시에 고도의 디자인을 갖춘, 숨이 막히도록 아름다운 작품이었다.

매디는 숨을 죽이고서 더프-고든 경의 부인에게 말을 건넸다. "이렇게 우아한 드레스는 처음 봐요."

"가장 최근에 발표한 컬렉션의 작품이에요. 〈일본 여자〉에게서 영감을 받았고요." 더프-고든 경의 부인은 장난꾸러기 소녀처럼 눈을 반짝였다. "부인의 의상도 한번 만들어보고 싶네요."

수완이 좋은 여자였다. 대서양을 횡단하는 이번 여행이 그녀에게는 꼼짝없이 이 안에 붙들린 돈 많은 사람들을 앉혀놓고 사업을 홍보하는 훌륭한 기회였다.

중앙 계단을 내려오는 남편의 모습이 매디의 곁눈으로 들어왔다. 매디는 헬렌의 손을 잡고 그 반대편으로 몸을 돌렸다. "우리 이제 가요. 뭘 좀 마셔야겠어요."

인파를 헤치며 연회실 안쪽으로 걸어가고 있을 때 뒤에서 누군가가 그들과 부딪혔다. 남자의 목소리가 들렸다. "아, 이런. 죄송합니다." 매디는 고개를 돌렸을 때 테디를 난간에서 끌어 내렸던 권투 선수를 보고 반색했다.

"어머, 보언 씨. 오늘 밤에 이렇게 만나다니 반가워요."

그는 뭔가가 뚝뚝 떨어지고 있는 컵을 한쪽 옆으로 들고 있었다. "제가 딴 데 정신을 팔고서 걸어가다가 이 여자분의 드레스에 펀치를 쏟은 것 같아요." 그가 메이블 포천을 가리키며 말했다. 메이블은 인상을 쓰며 치맛단을 내려다보았다.

"아, 신경 쓰실 것 없어요, 보언 씨. 오늘 밤이 지나면 주인 때문에 더 엉망진창이 될 텐데요, 뭘." 매디는 기분 나빠하며 노려보는 메이블을 무시한 채 이렇게 말했다.

권투 선수는 갑자기 엄숙한 표정을 지으며 고개를 숙였다. 키가 워낙 커서 그래도 그녀가 올려다보아야 했다. "애스터 부인, 조의를 전합니다. 그 아이가 세상을 떠났다는 소식을 들었어요. 기회가 닿지 않아서 유감스럽게도 이제야 말씀을 드립니다."

"그러게요, 딱하기도 하지. 하지만 그냥 하인이었는걸요." 메이블이 불쑥 내뱉었다. "아들이었던 것도 아니고 말이죠."

"그래도 아주 슬픈 일이죠." 헬렌 뉴섬이 말했다.

"고마워요." 매디는 그 얘기를 하고 싶지 않았다. 메이블 포천이 하는 말을 단 한마디도 더는 듣고 싶지 않았다. 그녀는 사람들의 시선이 의식되기 시작했다. 사람들이 그녀의 배를 쳐다보며 신문에서 읽은 가십성 기사를 떠올리고 있을 게 분명했다. 지금 임신 몇 개월일까? 언제 결혼을 했더라?

"이렇게 아리따운 여자분들이 오늘 밤에 혼자 계시다니 너무한데요. 더프-고든 경의 부인이 이 배에는 제대로 된 신랑감이 부족하다고 하셨을 때 믿지 않았는데 말이죠." 권투 선수는 만면에 미소를 지으며 말했다.

매디가 말했다. "우리는 신랑감 필요 없어요. 당신도 알다시피 나는 유부녀고 여기 이 미스 뉴섬은 애인이 있거든요. 그냥 지금은 에스코트 없이 다니고 있을 뿐이에요."

"그럼 에스코트를 찾아야겠네요. 여러분처럼 사랑스러운 여성분들에게는 달갑지 않은 관심을 차단해줄 사람이 필요하니까요."

그는 손을 뻗어 지나가던 남자의 소매를 잡아챘다. 남자는 잘생긴 금발이었고 나이는 데이비드 보언과 비슷했지만 덩치는 그에 못 미쳤다. 하지만 보언이 귀엽게 생겼다면 이 남자는 가까이서 보니 어딘지 모르게 정이 안 가는 구석이 있었다. 사실상 온몸으로 교활한 기운을 발산했다.

보언이 말했다. "제 친구 레슬리 윌리엄스를 소개합니다. 초면이실 텐데요."

"우리도 윌리엄스 씨 알아요!" 메이블이 그를 독점하려는 듯 레스의 팔에 손을 얹으며 말했다. "이분이 우리 언니 점을 쳐줬거든요! 고수예요."

매디는 전에 없이 관심을 드러내며 그를 쳐다보았다. 어쩌면 뉴욕에 도착할 때까지 기다릴 필요 없이 여기서 도움이 될 만한 사람을 찾을 수 있을지 몰랐다. "진짜예요, 윌리엄스 씨?"

그는 겸손한 척 고개를 숙였다. "그 방면에 재능이 있다고 듣긴 했습니다."

"그럼 저를 좀 도와주실 수도 있을지 모르겠네요." 헬렌이 말했다. 이번에는 그녀가 레슬리 윌리엄스에게 바짝 다가갔다. "제가 엄청 소중한 물건을 잃어버렸거든요."

금발의 남자는 그녀 쪽으로 움직였다. 당장 친근한 분위기를 풍기며 그물이라도 던진 것처럼 그녀를 휘감았다. "도움이 될 수만 있다면야 기꺼이 도와드려야죠."

"손목시계예요. 남자용이고 은시계예요." 그녀는 메이블의 시선을 느끼고 얼굴을 붉혔다.

그는 허락을 구하지도 않고 그녀의 손을 덥석 잡았다. "그 시계를 최근에 만진 적이 있나요? 그럼 거기에 당신의 기운이 남아서 찾는 데 도움이 될 수도 있거든요."

"제 보석이랑 같이 있었어요."

"당신의 소지품과 한데 있었다는 얘기로군요." 그는 사람을 홀릴 만큼 사근사근한 목소리로 말을 건네며, 그와 동시에 고양이라도 되는 듯 그녀의 손을 어루만지며 눈을 감았다. "뭔가가— 뭔가가 느껴지네요. 어떤 존재가. 아주 희미하게. 하지만 그 시계에서 어떤 기운이 느껴져야 하는지 알게 됐으니까 이 느낌을 계속 붙들고 있으면 당신의 시계가 있는 곳으로 나를 안내해줄 수도 있겠어요."

헬렌은 그의 손을 부여잡았다. "아, 윌리엄스 씨, 그 시계를 찾아주신다면 정말 감사하겠어요. 사례는 당연히 섭섭하지 않게 챙겨드릴게요."

"사례는 필요 없습니다. 그러니까, 어떤 보상이든 전적으로 당신의 재량에 맡길게요." 그는 함박웃음을 지었다.

매디는 이 남자를 경계해야겠다는 걸 알 수 있었지만 해답을 찾아야겠다는 갈급함이 두려움보다 더 컸다. 그녀는 자기도 모르는 새 그의 팔을 잡고 남들과 몇 발 떨어진 곳으로 끌고 갔다. 지금 하려는 얘기는 아무도 엿들으면 안 되기 때문이었다.

"당신이 에설 포천의 점을 쳐주었다는 애기 들었어요." 에설을 떠올리자 그녀는 잠깐 부아가 치밀었다. 그녀는 에설이 하우스 오브 워스에서 혼수용 드레스를 맞추는 등 파리에서 쇼핑 잔치를 벌였다는 것을 소문으로 알고 있었다. 매디는 잭과 결혼 당시 그러질 못했다. 전처의 친구들이 입방아로 그를 괴롭히지 못하게 쉬쉬하며 진행했다. 시골에 있는 존 제이컵 어머니의 집에서 조촐하게 결혼식을 치렀고 모든 게 번갯불에 콩 구워 먹듯이 진행됐다. 그래서 6개월 동안 도망치다시피 해외여행에 나선 것이었지만 그래도 기자들을 철저하게 피해 다녀야 했으니……

"아주 심각한 문제로 당신의 도움이 필요해요." 그녀는 손깍지를 끼며 말했다.

금발 남자의 얼굴이 하얘졌다. "애스터 부인, 저의 도움이 필요하시다니요. 도대체 어떤 일로 그러시는지 저로서는 도무지—"

이런 자리에서 그와 상의하는 것만으로도 괴로운데—헬렌과 메이블은 물론이고 또 몇 명이나 보고 있을지 모를 일이었다—꼭 이렇게 흥정까지 하려고 들어야 하나? 잭이 언제 들이닥칠지 모르는데 실랑이를 벌일 겨를이 없었다. 그녀는 화가 나려고 했다. "윌리엄스 씨의 도움이 반드시 필요해요. 그게 당신이 하는 일 아니에요? 당신이 돈을 받고 하는 일이 그거 아니냐고요. 두말하면 잔소리지만 돈은 얼마든지 드릴 수 있어요. 액수는 전혀 문제가 되지 않아요." 그녀는 항상 잔돈을 들고 다녔다. 그녀는 비즈가 달린 조그만 이브닝 백에서 백 달러짜리 지폐를 꺼내 그의 손에 쥐여주었다. "자요. 됐죠? 내 돈을 받았으니까 이제 점을 쳐줘요."

그는 당황스러워하며 누가 이쪽을 보고 있는지 어깨 너머로 확인했다. 그는 그녀의 팔꿈치를 잡고 식료품 저장실과 연결된 직원용 복도로 데려갔다. "부인의 심기를 건드릴 생각은 없었어요. 부인께서…… 초자연적인 세계를 그렇게 열렬히 신봉하시는지 전혀 몰랐거든요."

그 세계를 열렬히 신봉한다고? "내가 그렇지는 않지만…… 당신의 도움이 절실히 필요한 건 맞아요."

그는 입가를 어루만졌다. "음, 어떤 문제로 그러시는데요?"

그에게 어디까지 공개해도 될까? 심령술사라면 얘기를 듣지 않아도 알아차려야 하는 거 아닌가? 그녀는 입술을 오므리고 얘기를 꺼낼 적당한 방법을 고민했다. "한심하게 들릴 수도 있겠지만 내가 저주에 걸린 것 같아요. 누군가가 돈을 주고 사람을 사서…… 내게 저주를 걸었다고…… 믿을 만한 정보원에게 들었거든요. 이런 말이 어떻게 들릴지 알아요. 나도 처음에는 믿지 않았으니까. 하지만 그걸 알게 된 이후로 내 주변에서 나쁜 일이…… 끔찍한 일이 계속 벌어지고 있어요."

그는 점점 조용해졌다. 귀를 기울이고 듣느라 그랬다. 드디어 누군가가 그녀의 이야기에 귀를 기울이고 있었다.

"내가 사랑하는 사람을 모두 죽게 만드는 저주래요. 내가 그 소식을 전해 들은 게 몇 달 전이었어요." 그녀의 턱이 떨렸다. "그런데 이번에 테디가—"

"정말이지 유감스러운 사건이었죠, 애스터 부인. 하지만 애들이 원래 잘 죽잖아요. 워낙 약하고 여려서요. 제가 태어난 지역에서는 열두 살 생일날까지 목숨을 부지한 아이와 그렇지 못한 아이의 비율이 거의 반반이에요."

그녀도 그의 말이 맞는다는 걸 알았지만 테디는 건강상 아무 문제가 없었다. 그 긴 여행을 하는 내내 씩씩했다. 물론 사우샘프턴에서 승선하기 직전에 코를 조금 훌쩍거리긴 했지만 그냥 가벼운 감기였다. 애들은 노상 감기를 달고 살았다. "테디의 죽음을 둘러싼 정황이…… 말로 설명이 되지 않아요. 왠지 모르겠지만 아주 불길해요…… 그렇다는 게 느껴져요. 아무튼 모험을 감수할 수는 없어요. 걱정해야 하는 아이가 하나 더 있으니까요." 그녀의 손이 배로 향했다.

남자의 표정이 아주 어두워졌다. 그는 계속 턱을 만지다가 한참 만에 입을 열었다. "그 점에 있어서만큼은 저도 동의하는 수밖에 없겠네요. 저는 이 배에 승선한 순간부터 불길한 예감을 느꼈어요. 이 안에 사악한 뭔가가 있어요. 그것이 부인의 꼬맹이 하인을 데려갔을까요? 제가 어찌 감히 단정할 수 있겠습니까만. 제가 부인을 도울 수 있을 방법이 하나 있긴 한데…… 상당히 위험한 일입니다. 이 악령과 접촉을 시도해보려고 하는데요. 부인께서 제 입장을 이해하실지 모르겠습니다만, 그런 위험 부담을 감수하려면 보상을 제대로 받아야겠습니다."

"이해해요."

"그럼 제가 진지하게 하나 여쭤볼 게 있는데요." 그는 턱을 숙이고 게슴츠레한 눈으로 그녀를 올려다보았다. "이런 질문을 드려도 될지 모르겠습니다만, 부군께서도 부인과 같은 생각이십니까? 그러니까, 그분도 초자연적인 현상을 믿으십니까?"

내 남편이 믿는 건 즐겁고 유쾌한 시간뿐이에요. 다른 건 거의 없어요. "아뇨, 그렇지는 않아요."

"그렇다면— 무례한 질문이 될 수도 있겠습니다만 부인과 저, 양쪽 모두 괜한 시간 낭비가 될 수도 있으니까요. 제가 요구하는 추가적인 보상에 부군께서도 동의하실까요? 아닐 거라고 보는데요."

나의 안전과 태아의 안전이 걸려 있는데 이 인간은 계속 쓸데없는 돈 얘기만 늘어놓으려는 건가? 그녀는 그의 어깨를 붙잡고 흔들고 싶었다. "돈 걱정은 하지 말아요. 여기 이 배 안에서 얼마든지 내 재량껏 보수를 줄 수 있으니까. 얼마를 받고 싶어요? 1천? 2천? 그 정도는 당장 조달할 수 있어요. 내 남편은 여행할 때 아무리 못해도 수중에 2만 5천 달러씩 들고 다니거든요."

이 얘기를 듣고 그는 멈칫하는 기미를 보였다. "하지만 부인 마음대로 그걸 쓰실 수 있나요? 부군께서 돈이 비는 걸 알아차리실 텐데요."

"알 리가 없어요! 화물 창고에 넣어놔서. 뉴욕에 도착할 때까지 들여다보지도 않을 테고 뉴욕에 도착하면 우리 집 금고로 고스란히 옮겨질 거예요."

그는 다시 턱을 문질렀다. "이러면 어떨까요, 애스터 부인? 제가 부인의 난처한 상황에 대해 고민해보겠습니다. 어떤 조치를 취하기 전에 부인을 도울 수 있겠다는 확신을 다지고 싶어서요. 제게 생각할 시간을 좀 주세요."

"하지만 우리 아이가—"

"오래 걸리지 않을 겁니다. 그리고 아직은 안심하셔도 돼요. 지금 당장은 부인을 감싸고 있는 나쁜 기운이 느껴지지 않거든요." 그는 그녀의 팔꿈치를 잡고 연회장으로 다시 데려다주려고 했다. 지금 이런 상황에서 그녀가 춤을 출 마음이 생길 거라고 생각하는 걸까?

"하지만 윌리엄스 씨……" 그녀는 그를 말리려고 했지만, 대화를 시도해보았지만 헛수고였다. 회전목마가 그녀를 감싸고 미친 듯이 돌아가는 것처럼 알록달록하고 눈부신 만화경이 펼쳐졌다. 빙글빙글 돌아가며 반짝이는 보석, 조명을 받고 반

짝이는 실크와 새틴, 남자들이 입은 야회복 재킷의 짙은 검은
색. 그리고 향도 한몫했다. 향수와 포마드, 장식으로 쓰인 장
미, 샴페인 소스에 적셔진 새우와 바닷가재, 이등급 소갈비. 바
이올린의 달콤한 선율, 웽웽거리는 벌집처럼 점점 커지는 배경
음, 들이쳤다가 빠지는 저음의 남자들 목소리. 그 사이를 칼처
럼 가르는 높고 낭랑한 여자들 웃음소리.

　잭. 그녀는 말 그대로 그를 들이받았다. 초록색 벨벳으로 감
싼 그의 가슴이 자수가 놓아진 이끼 담벼락처럼 그녀 앞에 느
닷없이 등장했다. 둘이서 못된 짓을 저지르다가 들키기라도
한 듯 권투 선수가 갑작스럽게 그녀의 팔꿈치를 놓는 것이 느
껴졌다. 어쩌면 둘이서 정말 그랬던 것일 수도 있었다.

　그녀의 남편은 미간을 찌푸리고 있었다. 왜 그녀에게 언짢
아하고 있을까? 그녀의 팔을 잡고 있던 그 손 때문일까? 이 남
자가 누군지 알기 때문일까? 당연히 그는 이 남자가 누군지 알
았다. 거의 날마다 체육관으로 그를 구경하러 가지 않았던가.

　"갑시다, 매들린." 그는 그녀의 팔을 잡으며 냉랭하게 말했
다. 그녀는 까치발로 종종걸음 치며 어깨 너머를 애써 돌아보
았다. 나중에 다시 얘기해요. 그녀는 표정으로 이렇게 얘기했
다. 잊어버리면 안 돼요.

30장

마크는 캐럴라인을 처음 만난 순간을 절대 잊지 못할 것이다. 릴리언이 일하던 공장에서 끔찍한 화재가 벌어진 직후였다. 릴리언이 화마에 스러지지 않은 이유는 단 하나, 캐럴라인이라는 고객을 응대하느라 자리를 비웠기 때문이었다.

캐럴라인은 런던의 아파트로 그를 호출했다. 그가 이렇게 다소 도도한 호출에 응한 이유는 어떻게 보면 그의 애인을 살린 은인이었기 때문이었다. 그리고 릴리언과 그렇게 금세 자매처럼 가까운 사이로 발전한 여자의 정체가 의심스럽기도 했다. 그래서 어떻게 된 영문인지 직접 확인하고 싶었다.

하지만 그녀를 만난 순간 한눈에 알아차릴 수 있었다. 그녀는 솔직 담백한 동시에 매력적이었고 미국인답게 햇살처럼 환했다. 누가 봐도 릴리언을 진심으로 아꼈다. 그런 점에서 그와 같았다.

그도 이내 릴리언처럼 캐럴라인의 진가를 인정하게 됐다. 그가 그녀를 사랑한 이유는 그녀가 릴리언을 사랑했기 때문이었다. 그의 머릿속에서 두 여자는 하나로 뭉뚱그려졌다. 한 여자를 생각하면 거의 자동적으로 다른 여자가 떠올랐다. 하지만 어느 정도 시간이 지난 다음부터 처음에는 미묘하게, 이후에는 갑작스럽게 상황이 달라지기 시작했다. 릴리언이 질투와 분노로 똘똘 뭉친 다혈질이 되었다. 그에게는 캐럴라인이, 캐럴라인에게는 그가 위안이 되었다. 동맹의 변화는 그의 통제를 넘어선 필연처럼 느껴졌다.

막판에는 그가 릴리언을 사랑했던 것처럼 격하게 그녀를 미워하는 건 아닌지 가끔 궁금해질 때가 있었다. 캐럴라인도 그처럼 릴리언이 사라져주길 기도하지 않았을지 가끔 궁금해질 때가 있었다.

또 다른 게 궁금해질 때도 있었다. 훨씬 끔찍한 일이 벌어진 건 아닌지. 캐럴라인이 그녀를 사라지게 만든 건 아닌지. 그가 속아서 캐럴라인을 신뢰하고 사랑하게 된 건 아닌지. 그녀는 항상 밝고 강인해 보였다. 그녀가 곁에 있으면 모든 두려움과 의구심이 사라졌다. 하지만 그녀가 곁에 없으면 음흉하고 위협적인 의문들이 다시 고개를 들었다. 끈질기고 잔인하게 고개를 들었다.

때문에 그날 밤에 선장이 주최하는 파티장에 도착한 캐럴라인을 보고 여전히 숨이 막혔을 때, 우울했던 기분이 달래졌을 때 그는 홍수처럼 밀려드는 묘한 안도감을 넘어 희열을 느꼈다. 그는 자신이 이 파티에 참석한 이유를 알 수 없었다. 아침에 미스 헤블리 문제로 아내와 말다툼을 벌이고, 정신적 지주와 릴리언을 주제로 스테드와 심란한 대화를 나누고 났더니—그 노인네가 어디까지 알고 있을까?—혼자 있고 싶지 않았다. 뱀처럼 스멀스멀 그를 관통하는 생각들을 견딜 수가 없었다.

경찰에서는 릴리언의 죽음을 자살로 간주했지만 증거가 없었다.

여자의 질투는 막강했고 여러 형태로 발현될 수 있었다. 그가 산증인이었다.

하지만 이제 캐럴라인이 로비로 들어서자 여왕이라도 맞이하듯 인파가 좌우로 갈라지는 느낌이 들었다. 그의 머릿속도 지금까지 하던 생각들과 결별했다. 그녀는 가짜라고 하기에는 너무 눈이 부셨고 사기꾼이라고 하기에는 너무 따뜻했다. 죄책감 때문에 그가 진실이 아닌, 있을 수 없는 두려움을 그녀에게 투사하는 것이었다.

그녀는 금색 새틴 드레스를 입었다. 길쭉한 칼럼 드레스라 가장 값진 귀금속으로 만든 지팡이, 왕의 홀처럼 보였다. 검은 머리는 위로 올리고 토파즈를 꽂아서 머리에 불꽃을 문대놓은 것처럼 짙은 주황색이 예쁘게 반짝거렸다. 그는 이렇게 아름답고 지적인 여자와, 그것도 모든 삶이 잿더미로 변하기 직전에 결혼하다니 얼마나 운이 좋았는지 다시금 되새겼다.

그녀는 신의 개입과도 같았다.

그녀가 사람들 사이에서 그를 발견하고 그의 쪽으로 다가왔다. 이 얼마나 우아한 몸짓인가. 그는 나비처럼 가볍고 앙증맞은 그녀의 손을 잡았다.

"음악이 끝내준다. 춤추자, 마크."

"당연하지." 그는 안 그래도 그 말을 꺼내려고 했는데 그녀를 보고 말문이 막혀버렸다고 굳이 설명하지는 않았다. 주문을 깨뜨릴 말은, 그날 아침 화가 나서 냉랭했던 그녀를 다시 소환할 수 있는 말은 하고 싶지 않았다.

그녀는 춤을 아주 잘 췄다. 자신감이 넘쳤고 즉각적으로 반응했다. 너무 열광적으로 뛰어다니고 항상 리드하려고 들었던 릴리언보다 훨씬 더 우아했다.

그녀의 허리를 감싸자 손바닥으로 전해지는 새틴 드레스의 감촉이 살갗보다 더 친밀하게 느껴졌다. 그래서 그는 정확히 행복은 아니더라도 그 비슷한 것으로 현기증을 느꼈다. 안도와 감탄과 무엇보다 감사였다. 이 경이로운 존재가 내 아내라니.

그 모든 것에도 불구하고.

그러고 나면 항상 연달아 떠오르는 그림자 같은 생각이 있었다. 그녀도 떠날 거라는 생각이었다.

하지만 아니었다. 지금 이렇게 그의 품 안에 있지 않은가. 다른 모든 건 멀어졌다. 좀 전의 싸움으로 생긴 분노, 의구심, 온딘에 대한 걱정. 이 모든 게 녹아 없어졌다. 그는 북적대며 춤을 추는 사람들 사이로 가볍게 그녀를 빙글빙글 돌렸다. 둘

다 몸이 워낙 가벼웠다. 마치 바람에 날리는 나뭇잎 같았다. 날 수도 있을 것 같았지만 그건 둘이 한 쌍일 때만 가능한 얘기였다. 그의 입에서 웃음소리가 물방울처럼 터져 나오자 그녀도 따라서 웃음을 터뜨렸다. 그들은 어쩌면 이렇게 잘 맞을까. 그의 몸과 그녀의 몸은 어쩌면 이렇게 잘 맞을까.

그들은 천생연분이었다. 이 세상의 나머지는 사라져주면 얼마나 좋을까.

미국으로 거처를 옮기는 것은 좋은 생각이었고 두말하면 잔소리지만 캐럴라인이 낸 의견이었다. 미국으로 건너가면 마크는 계속 릴리언을 떠올리지 않을 것이다. 난처한 질문을 하는 친구나 친척도 없을 것이다. 그의 과거는 소멸되고 그를 캐럴라인의 남편으로만 아는 사람들에게는 중요하지 않은 문제가 될 것이다. 그는 지나간 생애는 없는 남자, 캐럴라인과의 관계 안에서만 존재하는 남자가 될 것이다. 초라하지만 필요한 조치였다. 도박이라는 경솔했던 이력은 금세 잊힐 것이다. 그는 영국에 작별을 고하고 싶은 마음이 없었지만 이 길이 최선이라는 사실은 인정하는 수밖에 없었다.

온딘을 위해서도 그것이 최선이었다. 그들 세 식구는 함께 새롭게 시작할 것이다.

"좋다." 캐럴라인이 황홀해하는 목소리로 말했다. "우리 좀 더 자주 춤을 춰야겠어."

"앞으로 그러자. 전혀 새로운 인생이 우리 앞에 펼쳐질 거야."

그녀는 고개를 반대편으로 기울이고 다음 스텝을 예측해가며 그의 리드를 따랐다. "탈출하기까지 왜 그렇게 시간이 오래 걸렸나 몰라. 미스 플래틀리하고 같이 지낸 시간이 그보다 더 괴로울 수가 없었는데. 정말이지 얼마나 이제 그만 자르고 싶었는지 알아?"

그는 애매한 소리를 냈지만 뭔가가 그의 머릿속 깊은 곳을 건드렸다. 이제 그만 자르고 싶었다. 그가 깜빡하고 하지 않은…… 뭔가 중요한 일이 있었다. 다른 데 정신이 팔려서……

그가 기억해낸 순간 캐럴라인이 물었다. "미스 헤블리한테 얘기했어? 이제 우리 도와주지 않아도 된다고 얘기할 겨를이 있었어?"

그의 심장이 철렁 내려앉았다. 그는 비틀거렸고 하마터면 두 사람 모두 바닥으로 넘어질 뻔했다.

그녀는 춤을 추다 말고 멈추었다. 다행히 그들은 다른 사람들이 없는 댄스 플로어 가장자리에 있었다. 온 세상이 그들만 뒤에 남겨둔 채 계속 움직이는 듯한 기분이 들었다. 어지러웠다. "안 했구나?" 그녀가 조용히 물었다.

거짓말을 해봐야 상황만 악화될 뿐이었다. 그가 그걸 모를 정도는 아니었다. "응. 못 만났고 그러다 깜빡했어—"

"어떻게 그럴 수가 있어? 언제든 우리 애를 보겠다고 찾아올 수 있는데. 심지어 오늘 밤에 우리가 이렇게 나와 있는 동안 선실로 찾아갈 수도 있잖아. 우리가 없을 때 그 여자가 어떤 짓을 저지를 수 있는지 생각하고 싶지도 않아."

"쓸데없는 걱정 한다." 그는 그녀가 얼마나 바보같이 굴고 있는지 자기가 일깨워줄 수 있을 거라고 생각했다. 하지만 이 말을 내뱉은 다음에야 이보다 큰 말실수는 없다는 것을 알아차렸다.

황금빛으로 반짝거렸던 따뜻했던 분위기가 온데간데없이 사라져버렸다.

캐럴라인은 그 자리에서 얼어붙었다. "우리 아이 얘기야. 미스 헤블리는 왠지 모르게 이상하다고, 그래서 온딘 곁에 얼쩡거리지 않았으면 좋겠다고 우리 둘이 합의를 본 거 아니었어?"

"나는 미스 헤블리가 왠지 모르게 이상하다는 데 동의한 적 없ㅡ"

그녀가 그에게서 몸을 뺐다. 그녀의 뺨과 맞닿아 있었던 그의 얼굴 옆면과 두 손이 갑자기 춥고 허전하게 느껴졌다. "마크, 어떻게 그럴 수 있어? 당신도 동의했잖아! 나 지금 배신당한 기분이야."

그 말이 비수처럼 그에게 꽂혔다. 그녀가 사람들 사이를 헤치며 허둥지둥 멀어져가는 동안 그는 그 자리에 멍하니 서 있었다.

그녀는 그 길에 구겐하임과 맞닥뜨렸다. 그는 사람들의 물결 사이로 그녀를 바라볼 수만 있을 따름이었다. 손을 내밀어도 아슬아슬하게 닿지 않을 곳에 있는 아내. 그녀가 열심히 고개를 끄덕였다. 구겐하임이 그녀의 어깨에 손을 얹었다. 진정해요, 진정해. 그 손에서 왠지 모르게 소유욕이 느껴졌다. 이미 서로 구면이었던 것처럼 그랬다. 그녀는 결혼 전부터 구겐하임과 알던 사이였을까?

나 지금 배신당한 기분이야.

그는 절대 그녀를 쫓아가지 않을 것이다. 그는 몸을 돌려서 바를 찾았다. 그곳은 연회실을 돌아다니는 샴페인 쟁반을 레모네이드와 다를 게 없이 여기는 남자들로 발 디딜 틈이 없었다. 그는 그중 한 명이 되기로 결심하고, 그나마 사람들이 제일 없는 쪽을 골라서 차례를 기다렸다. 불행해 보이는 시무룩한 얼굴들 중에 그가 아는 얼굴은 없었다. 카드를 같이 쳤던 사람들이 보이기는 했지만 그들과 친분을 쌓지는 않았다. 아무도 그의 주변에 있는 사람들과 대화를 시도하지 않았다. 심지어 몇 명은 손목시계를 쳐다보기까지 했다. 자의로 이 파티에 참석한 남자가 한 명이라도 있을까?

누군가가 그의 어깨에, 작정하고 단호하게 손을 얹었다. 누군가 싶어 고개를 돌려보니 다이 보언과 같이 있는 걸 보았던 금발의 남자가 웃는 얼굴로 서 있었다.

"우리, 구면인가요?" 마크는 물었다.

윌리엄스는 껄껄댔다. "저는 레슬리 윌리엄스라고 합니다. 같이 가실 데가 있는데요, 플레처 씨. 저를 믿고 따라와주세요. 이게 다 플레처 씨를 위한 길이니까요."

별로 좋은 생각 같지 않았지만 그는 남자를 따라나섰다. 호기심과 두려움 때문에 좀 전에 마신 샴페인이 배 속에서 부글거렸다. 이자가 원하는 게 뭘까?

윌리엄스는 사람들 틈바구니에서 떠나 직원들만 이용하는 듯한 통로로 앞장섰다. 그가 아무것도 없는 벽장을 찾았고 두 사람은 그 안으로 들어갔다.

"무슨 일로 이러십니까?" 마크는 물었다. 그는 발끈할 수밖에 없었다. 이자의 입에서 풍기는 술 냄새와 포마드 냄새를 맡으며 어두컴컴한 벽장 안에 같이 있고 싶지 않았다.

"데이비드 보언이 내 친구인데, 그 친구한테 전부 들었어. 모두 다. 당신이 어떤 식으로 취미 생활을 유지하고 있는지 부인한테 들키고 싶지 않으면 나한테 잘 보이는 게 좋을 거야." 그는 그게 무슨 말인지 알아들은 마크의 충격이 가라앉을 때까지 잠깐 기다렸다. "내가 제안하고 싶은 일이 하나 있는데."

마크는 반론을 제기할까 고민했다. 어떻게 보일지 나도 알지만 그런 게 아니야. 내가 현금이 좀 부족했을 뿐이야. 네 친구가 엉뚱하게 오해한 거야. 캐럴라인은 내가 어쩌고 있는지 알아. 하지만 이 남자를 보면 말을 아끼는 편이 낫겠다는 것을 한눈에 알 수 있었다.

"왜 그렇게 죽상을 하고 그래. 그렇게 끔찍하게 생각할 것 없어. 내가 부탁하는 일 하나만 해주면 그걸로 끝이야."

그 말에 마크도 귀가 솔깃했다. 오늘 밤에는 분위기 반전이 필요했다. 어쩌면 그는 끔찍하게 운이 나쁜 것이 아니라 끔찍하게 운이 좋은 걸지 모른다는 황당한 생각이 언뜻 머릿속을 스치고 지나갔다. 항상 그가 자신이 저지른 실수에 걸려 넘어지더라도 항상 그를 일으켜주는 기적의 손길이 있는 것 아닐까.

월리엄스는 그의 침묵을 동의로 해석했다. "화물 창고에서 뭘 좀 꺼내줬으면 해. 그뿐이야. 그리고 그 절반은 당신이 가지고. 당신 절반, 나 절반."

월리엄스는 그가 뭘 훔쳐주길 바라고 있었다. 그렇다면 운이 좋은 게 아니었다. 점입가경이었다. "난 도둑질 같은 건 하지 않아."

"내 생각은 다른데."

그를 두고 그런 식으로 말한 남자와 싸웠던 시절도 있었지만 이제는 그것이 비열한 거짓말도 아니었다.

월리엄스는 표정이 단호했다. "내가 시키는 대로 하지 않으면 부인이 모든 걸 알게 될 거야. 내 말 믿어, 별로 어려울 것도 없어. 그리고 당신은 수중에 쥔 돈으로 부인에게 새 반짝이를 몇 개 사줄 수 있을 테고."

세상에 쉬운 돈은 없었다. 그가 변호한 그 많은 범죄자들을 보면 알 수 있지 않은가. "원하는 게 뭔데?"

"애스터가 돈 상자를 화물 창고에 보관 중이라고 믿을 만한 소식통한테 들었거든."

"말도 안 돼. 다른 귀중품이랑 같이 선내 금고에 넣지 않고 왜 그랬겠어?"

월리엄스는 어깨를 으쓱했다. "부자들의 습성을 누가 알겠어. 금고에 또 얼마를 넣어놨을 수도 있겠지. 내가 아는 건 그가 거액의 현금을 보유하고 있다는 것뿐이야. 당신이 가서 찾아내. 하지만 상자는 훼손하면 안 돼. 겉보기에는 멀쩡해야 들여다보지 않을 테니까."

마크는 어안이 벙벙한 표정을 지었다. "그게 다야?"

"애스터 부부의 짐은 스쿼시 코트 옆 G갑판 창고에 보관돼 있어. 이게 필요할 거야." 그는 황동 열쇠를 그에게 건넸다.

그는 열쇠를 들어 불빛에 비춰보았다. 선원들이 쓰는 걸 본 적 있는 평범한 황동 열쇠였다. "이건 어디서 구했지?"

"알 거 없어. 오늘 밤 안으로 돌려주기만 하면 돼."

"지금 하라고?"

"이보다 더 타이밍이 좋을 수도 없어. 이 한심한 행사 때문에 하루 종일 짐을 창고에 넣었다 뺐다 했거든. 여자들이 미국 가면 입으려고 아껴뒀던 드레스를 꺼내달라고 하는 바람에. 하도 많은 사람들이 드나드니까 일일이 따질 수도 없어. 그리고 지금은 여기서 모두들 신나게 놀고 있잖아. 스쿼시 코트나 터키탕에 아무도 없을 거야. 텅 비었을 거라고." 이 권투 선수는 철저하게 준비한 눈치였다.

마크는 열쇠를 만지작거렸다. 묵직했다. 걱정할 필요가 없을 것 같았다. "금액이 얼만데?"

마크는 다른 모든 생각을 머리에서 털어내려고 했다. 캐럴라인, 말다툼, 미스 헤블리를 해고하는 문제. 제일 먼저 해야 할 일은 그의 선실로 돌아가 빈 여행 가방을 챙기는 것이었다. 그는 간밤에 도박판에서 돈을 많이 잃은 다음 날 아침처럼 멍하니 움직였다. 이제는 익숙해진 패턴이었다. 머리로는 열심히 집중하려고 애를 쓰고 몸으로는 열심히 숙취를 이기려고 애를 쓰면서 비척비척 집으로 돌아갔던 것. 따끔거리는 화장수와 새 양복으로 술 냄새를 가렸던 것. 근무시간 내내 손에 쥐었던 카드의 느낌만 떠올리고 다음 날 밤은 어떤 식으로 달라질지 생각했던 것. 마크는 몸으로는 일상을 헤쳐나가면서 머리로는 미래에 대한 꿈과 행복했던 과거의 추억을 떠올리며 부옇고 몽롱한 상상의 시간을 보내는 거라면 이골이 나 있었다.

미스 플래틀리가 잠이 든 온딘 곁을 지키고 있었지만 악의 없는 거짓말로 그녀를 쉽게 따돌릴 수 있었다. 그는 거기서 곧장 뒤쪽 계단을 통해 G갑판으로 내려갔다. 윌리엄스 말이 맞았다. 그곳은 무덤처럼 고요했고 그의 발소리만 빈 복도에 울려 퍼졌다.

북적대던 위쪽의 인파에서 벗어나자 흥분이 가라앉았다. 마음이 평온해졌다.

그는 화물 창고에서 난장판을 정리하려고 분투 중인 선원과 맞닥뜨리면 어떻게 해야 하나 궁금해졌다. 그러면 맡긴 짐에서 뭘 꺼내러 온 척하고 그냥 나와야 할 것이다. 하지만 화물 창고에는 지하실처럼 정적만 흘렀다. 과연 크기가 2인승 마차에 버금가는 트렁크와 궤짝들이 통로에 무더기로 놓여 있고 엉망진창이었다. 여행 가방은 구석구석 아무렇게나 쌓여 있었다. 구석에서 찍찍대는 소리가 들리자 그는 생쥐가 통로를 쪼르르 달리거나 여행 가방 사이에 숨어 있다가 그를 향해 뛰쳐나오는 광경을 상상하지 않으려고 애를 썼다.

그는 빽빽하고 구불구불한 통로를 따라 오르내리며 화물 창고의 체계를 파악했다. 알고 보니 선실별로 정리가 되어 있었다. 그렇다면 애스터 부부의 짐은 그의 짐 근처에 있어야 했다. 그는 약 30분 동안 이 동굴 같은 곳을 헤맨 끝에 그야말로 줄줄이 이어지는 더프-고든 부부의 짐을 발견했다. 그렇다면 이 근처에 애스터 부부의 짐이 있을 것이었다.

과연 그의 짐작이 맞았다. 산더미 같은 상자와 여행 가방이 세 칸을 통째로 차지하고 있었다. 마크는 그렇게 고급스러운 여행 가방을 본 적이 없었다. 테두리 끈과 JJA라는 모노그램으로 장식이 된 칙칙한 적갈색 가죽 가방이었다. 매들린의 가방은 옅은 갈색으로 염색한 섀그린 가죽이었고, 모자와 페티코트와 기타 여성용 액세서리를 담는 용도라 크기가 제각각이었다. 남편과 아내, 양쪽 모두 슈트 케이스와 트렁크가 한 세트였다. 신기하게도 대부분 열쇠로 잠겨 있지 않았다. 애스터 집안의 하인들은 화물 창고를 열쇠로 잠가놓을 테니 그걸로 충분하다고 생각한 모양이었다.

정말이지 식은 죽 먹기였다. 이들은 전부 비슷했다. 그의 아내처럼 세상이 자기들 발치로 엎드러지고 뭐든 쉽게 이루어지니 누구든 마찬가지일 거라고 믿는 듯 숨김이 없고 무방비 상태였다. 스스럼없고 자유로운 분위기, 열린 창문, 잠기지 않은 문이 이들의 상징이었다.

마크는 황동 걸쇠를 향해 손을 내밀다 말고 멈추었다. 이제 내가 도둑질까지 하게 되는 건가? 그건 아니었다. 그는 자신에게 거짓말을 하지 않기로 했다. 레슬리 윌리엄스도 얘기했던 것처럼 그는 도둑질을 시작한 지 좀 됐었고 소심한 좀도둑이었다. 자기를 믿었던 여자들, 진실을 알아차리게 되더라도 비난하지 않을 여자들의 물건만 훔치는 도둑이었다. 애스터 부부의 돈을 훔치면 그는 전문 절도범의 반열로 옮겨 갈 것이고 들통이 나면 분명 한 치의 에누리도 없이 법의 엄중한 심판을 받게 될 것이다.

그의 직업이 변호사였다. 그러니 모를 수가 없었다.

그는 원위치시켰을 때 의심을 사지 않게 여행 가방들이 어떤 식으로 정리돼 있었는지 정신을 똑바로 차리고 열심히 외웠다. 대부분 옷이 잔뜩 들어 있었지만—특히 잭의 옷이 차고 넘쳤다—그들 부부가 여행하는 동안 사서 모은 장식품도 많았다. 하지만 잠시 후에 생각해보니 이것들이 단순한 장식품이 아니라 비싼 작품과 골동품일 수도 있었다. 그는 포장지로 둘둘 말려 있는 물건들 사이를 돈이 있는지 없는지 확인할 수 있을 정도로만 헤집었다. 잠겨 있는 상자들은 크리스마스 선물처럼 흔들어 안에 뭐가 들어 있는지 짐작했다. 돈이 들어 있음 직한 상자가 보이면 잠금장치를 부수거나 가죽 끈을 잘라야 할 것이었다.

그는 어느 트렁크 바닥, 고기용 종이로 싸놓은 골동품 도자기 아래에서 원하던 걸 드디어 발견했다. 평범한 나무 상자였다. 뚜껑 아래에 종이가 담긴 얕은 트레이가 있었고(중요한 서

류일지 모르겠지만 대충 보고 넘겼다) 그 트레이 아래에 그가 찾던 게 있었다. 20센티미터 높이의 미국 지폐 다발이었다. 액면가가 여러 종류였다.

그는 들고 온 여행 가방을 채우며 금액이 얼마나 될지 추측해보았다. 2만 5천 달러? 그 정도는 우습게 넘길 것 같았다. 하마터면 경박한 웃음소리가 그의 입에서 터져 나올 뻔했다. 하늘을 날 수 있을 것 같은 이런 기분은 처음이었다. 이제 그는 인간이 아니었다. 천하무적이었다. 앞으로는 두 번 다시 불행해질 일이 없었다. 직접 벌거나 딴 게 아니다 보니 진짜 돈이 아닌 것처럼 묘하게 비현실적인 느낌이 들었다.

하지만 이게 꿈이건 생시건 기뻐서 어쩔 줄 모르겠다는 것만큼은 마찬가지였다. 그는 눈물이 날 때까지 웃고 싶었지만 한편으로는 생각만으로도 두려웠다. 그 긴 폭소의 끝은 뭐가 될지 알고 싶지 않았다.

그는 공포와 흥분으로 널을 뛰는 마음을 달래며 그의 선실까지 반쯤 간 다음에야 그가 어디 있고 무슨 짓을 저질렀는지 알아차렸다. 몇 분 뒤면 선실로 들어가 아내 모르게 이 여행 가방을 숨길 수 있을 것이다. 문득 윌리엄스에게 사실대로 얘기할 필요는 없지 않을까 하는 생각이 들었다. 절반을 덜어내고 남은 돈으로 그와 반씩 나누어 가질 수도 있었다. 아니면 천 달러만 주고 그것밖에 없었다고 할 수도 있었다. 그게 거짓말인지 아닌지 윌리엄스가 무슨 수로 알 수 있을까. 이번만큼은 그가 주도권을 쥐고 있다는 데 머리가 빙빙 돌았다.

이것이 전문 절도범의 사고방식이었다.

그도 이제 거기에 익숙해져야 할지 몰랐다.

그렇다면 이제 그는 전문 절도범처럼 생각해야 했다. 전문 절도범이라면 자기 방에 증거를 남기지 않을 것이다. 아무라도, 그중에서 특히 캐럴라인의 눈에라도 띄면 큰일이었다. 그걸 들고 권투 선수를 찾으러 다닐 수도 없었다. 증거가 가득 담긴 여행 가방을 들고 다니다가 잡히기라도 하면 어쩔 건가? 사람들이 보물을 벽이나 땅속에 숨기듯, 들키더라도 그와 아무 연결 고리가 없어서 딱 잡아뗄 수 있는, 아무도 모르는 곳에 숨겨놓아야 했다.

이 배는 워낙 넓어서 뭘 숨길 만한 곳이 차고 넘치겠지만 안타깝게도 그가 아는 곳은 한 군데도 없었다. 그런 곳을 찾아다닌 적이 없었다. 예컨대 부모님 모르게 숨으려던 삼등실 어린아이가 이 여행 가방을 발견하면 얼마나 황당할까? 어떤 난리가 벌어질지 상상이 되고도 남았다. 백 퍼센트 안전한 곳을 생각해내야 했다. 그의 선실과 가까워서 여행 가방을 잽싸게 다시 들고 나오더라도 의심을 사지 않을 만한 곳으로.

이때 흡연실에서 불이 났던 사건이 그의 머릿속을 스치고 지나갔다. 불이 난 곳은 조그맣고 희한한 벽감이었다. 이 배의 특이한 구조를 최대한 활용하기 위해 만들어진 곳일 텐데 그때 그 주변에 아무도 없었다. 흡연실 안에서 불이 났다는 걸 알아차린 사람이 한 명도 없었다. 어쩌면 지금도 주변에 아무도 없을지 몰랐다.

그는 시선을 모으지 않는 한도 안에서 최대한 빨리 복도를 달리다시피 했다. 하지만 옆문을 통해 흡연실로 들어가보니 놀랍게도 애니 헤블리가 의자에 앉아 있었다.

희한한 일이었다. 그는 선원이 앉아 있는 것을 본 적이 없었다. 단 한 번도 없었다. 생각해보면 그게 원칙일 수도 있었다. 선원들은 승객에게 쉬는 모습을 보이면 안 되는 거였다.

그녀는 깨어 있는 것처럼 상당히 우스꽝스러운 포즈로 앉아 있었지만 누가 봐도 잠들어 있었다. 딱하기도 하지. 승객들 파티 준비를 돕느라 녹초가 된 모양이었다. 그는 어느 선원이 "뱃일을 시작한 이래 가장 힘들었던 날"이라고 미스 플래틀리에게 얘기하는 것을 지나가다 들은 적도 있었다. 그 둘은 아무 승객도 듣지 못하게 머리를 모으고 쑥덕거리던 중이었다. 하인에게 투덜거리는 건 괜찮은 걸까.

그는 그녀를 깨우지 않고 가방을 처리하려고 했지만 그녀가 갑자기 부스럭거리며 눈꺼풀을 바르르 떨었다. "마크, 당신이에요?"

그의 등골을 타고 소름이 돋았다. 그녀는 지금까지 한 번도 그를 이름으로 부른 적이 없었다. 말투며 몸놀림이며 모든 게 전과 달랐다. 자기와 동등한 사람 대하듯, 가까운 친구 대하듯 훨씬 스스럼없었다.

그런가 하면 뭔가가 분명히 이상했다. 그녀는 혀 꼬부라진 소리로 웅얼거렸다. 자리에서 일어났지만 만취한 사람처럼 비틀거렸다. 술에 취한 걸까? 그랬거나 아니거나 그녀가 여행 가

373

방을 봤을 수 있었다. 나중에 문제가 제기되면 그가 그걸 들고 있는 걸 봤다고 증언할 수 있었다. 공포가 그의 가슴을 채우고 팔과 다리로 흘러넘쳤다. **도망쳐. 도망쳐.** 모두 두고 떠나, 뒤처리는 다른 사람에게 맡기고.

아니다. 이럴수록 침착해야 했다.

그는 여행 가방을 발치에 떨어뜨리고 한 발 앞으로 다가갔다. "미스 헤블리, 괜찮아요? 부축해줄까요?" 그가 팔을 내밀고 다가가려는데, 그녀가 의식을 잃고 앞으로 고꾸라졌다. 그는 그녀가 바닥으로 넘어지기 전에 간신히 붙잡을 수 있었다. 그녀를 꼭 끌어안고 의자에 다시 앉히려다 보니 둘의 머리가 맞닿아서 그녀의 머리칼에서 풍기는 향기를 맡을 수밖에 없었다. 릴리언에게서 풍기던 향기와 같았다. 그녀는 헝클어진 머리를 정리하느라 섞어서 쓴 오일 때문에 항상 라벤더와 오렌지 향을 풍겼다. 그는 다른 여자에게서 비슷한 향을 맡은 적이 없었고, 분명 전에는 미스 헤블리에게서 그런 향을 맡은 기억이 없었다.

지금 그의 품 안에 안긴 미스 헤블리의 느낌은 또 어떤가. 딱 알맞은 체중. 딱 알맞은 온기. 부드럽게 탄력이 있는 살성. 연한 피부. 릴리언.

생김새는 전혀 닮지 않았다. 그럼에도 지금 이 순간만큼은 그녀가 릴리언과 너무 비슷해서 눈을 감으면 릴리언과 함께 있다고 맹세할 수도 있을 정도였다.

그는 눈물이 여승무원의 얼굴 위로 떨어지지 않게 눈을 감왔다. 이건 환각이었다. 그럴 수밖에 없었다. 이 빌어먹을 배, 이 빌어먹을 여행. 돈을 훔친 스트레스. 캐럴라인과의 말다툼. 이 모든 것 때문에 그가 이성을 잃어가고 있었다. 릴리언은 저세상으로 떠났다. 아무리 소원해도 그녀를 살릴 방법은 없었다.

하지만 지금 이 순간은, 옆에 아무도 없이 단둘이 있는 지금 이 순간만큼은 그녀를 다시 품을 수 있을지 몰랐다.

31장

다이 보언은 임시 개장한 연회실의 소음을 뒤로하고, 이목이 집중되는 기분을 느끼며 통로를 뻣뻣하게 걸었다. 그가 지금 있는 곳은 삼등실이 있는 시끄럽고 답답한 동굴로부터 3층 위에 자리한 갑판이었다. 일등실이 있는 이곳은 모든 게 조용하고 평화로웠다. 저 아래쪽 벽은 흰색이고 바닥은 니스 칠도 거의 되어 있지 않은 널빤지였고 처녀항해를 시작한 지 겨우 며칠 만에 쏟은 음식과 맥주 얼룩으로 뒤덮였다. 이곳 벽은 반질반질한 마호가니이고 바닥에는 카펫이 깔렸다. 어찌나 묵직하고 으리으리한지, 만약 바다가 산더미 같은 사치품 아래에 붙들린 이 돈 많은 악마들에게 복수하기로 작정한다면 그는 그 엄청난 무게에 짓눌린 채 춥고 가차 없는 물결 속으로 속절없이 끌려들어 갈 것이다.

온몸의 신경이 그에게 여기 있으면 안 된다고 외쳤다. 아무한테라도 들키기 전에 내려가. 이건 이유 없는 공포였다. 그는 일등실 승객을 웬만큼 알기 때문에 누가 물으면 적당히 핑계를 댈 수 있었고 게다가 그들은 아직까지 으리으리한 파티장에서 즐거운 시간을 보내고 있었다. 하지만 여기는 그가 있을 곳이 아니고 이번 나들이로 골치 아픈 문제가 생길 듯한 예감을 떨쳐버릴 수가 없었다.

요전 날 밤에 레스와 바이얼릿과 함께 왔을 때는 모든 게 하찮고 심지어 신나게 느껴졌었다. 물론 그때도 불안하기는 했지만. 하지만 이번에는 달랐다. 그는 레스가 어떤 폭탄이 되었는지 이제는 알 수 있었다.

더는 선을 넘지 못하게 말려야 한다는 것도 알 수 있었다.

문제는 레스가 자취를 감추었다는 것이었다. 그가 애초에 당황한 이유가 그 때문이었다.

다이가 생각할 수 있는 유일한 가능성은 그가 새로운 표적을 찾아 나섰나 보다는 것이었다. 분명 이 층의 어느 선실 안에 있을 텐데 문들은 말이 없었다. 레스가 안에서 대답해주길 바라며 문을 두드리고 다닐 수도 없었다. 어떻게 하면 그를 찾을 수 있을까? 마냥 기다릴 수도 없었다. 레스를 설득해야 했다. 걱정이 돼서 속이 탔다. 미국에 도착할 때까지 이런 식으로 지낼 수는 없었다. 그랬다가는 난간 위로 올라가 바닷속으로 뛰어들 판이었다.

그는 엄마가 아기 때 불러주었던 웨일스어로 된 자장가를 흥얼거리기 시작했다.

어떤 것도 네 잠을 방해하지 않아

아무도 널 해치지 않아

레슬리가 들으면 다이가 부르는 노래인 줄 알 것이었다.

그런데 잠시 후에 레스가 선실이 아니라 주머니에 손을 넣은 채 휘파람을 불며 모퉁이를 돌아 나왔다.

"뭐 하고 있었어? 그냥 걷고 있었어?" 다이는 놀란 목소리로 물었다.

레스도 그를 보고 똑같이 놀란 눈치였다. "사실은 누굴 기다리는 중이야. 너는 여기 어쩐 일이야?"

"너를 찾으러 왔지. 이 미친 계획을 포기하라고 다시 한번 설득하려고." 다이는 레스의 어깨를 부여잡았다. "그만해. 지금 당장. 들통 나서 체포되기 전에."

레스는 입술에 한 손가락을 얹고—**조용히** 하라는 뜻이었다—다이의 소매를 잡아서 끌고 갔다. 단둘이서 조용히 얘기를 나눌 수 있는 어두컴컴한 계단 입구에 다이를 밀어 넣었다. "너 미쳤어? 이렇게 짭짤한 건은 예전에도 없었고 앞으로도 두 번 다시 없을 거야. 며칠만 더 참으면 돼, 다이. 그럼 우리는 이 배에서 내릴 수 있을 테고 저들과는 두 번 다시 만날 일이 없을 거야. 소심하게 왜 이래?"

"너 도대체 뭘 잘못 먹었냐, 레스? 우리 그 돈 필요 없잖아. 지금 우리한테 있는 돈이면 뉴욕까지 가는 데 충분하고……"

레스는 음침하게 웃음을 터뜨렸다. "충분하다고? 지금 장난해? 네 주변을 돌아봐. 우리가 지금 이 유명 인사들이랑 일 등실에 묵고 있냐? 아니야. 삼등실에서 네 명이 한방에 끼여 지내고 있어. 이 사람들은 우리를 무시해, 다이. 그럴 권리도 없으면서. 우리가 저들만큼 괜찮은 인간이냐고? 물론이지. 하지만 그렇다고 저들을 설득할 방법이 없어."

"너는 지금 그 사람들한테 사기를 치고 있잖아. 우리는 저들만큼 괜찮은 인간이 아니야."

"바보 같은 소리 하지 마. 저들은 우리 같은 사람들한테 사기를 치고서 지금 그 위치까지 올라간 건데 모르겠어?"

"저들은 너한테 해코지한 적이 없잖아. 너한테 이런 짓을 당할 이유가 없다고."

"왜 없냐? 우리한테 해코지한 적은 없을지 몰라도 우리 같은 사람들을 해코지했을 텐데."

"그러다 들키면 어쩌려고? 그러면 뭐가 어떻게 될지 모르는 남의 나라에서 철창신세를 지게 될 거야. 네가 너무 무모해져서 이제 더는 두고 볼 수가 없어. 나는 답을 들어야겠고 그럴 자격이 있다고 생각해. 너를 위해 모든 걸 포기했잖아. 가족도 뒤로하고 선수 생활도 그렇고. 너를 위해 모든 걸 걸었는데―"

"그만해." 레스가 말허리를 잘랐다. "말하지 않아도 아니까."

다이는 목이 점점 메었다. "너는 나하고 생각이 달라서 그래?"

"무슨 헛소리야. 내가 이렇게 네 옆에 있잖아."

다이는 냉기가 오한처럼 온몸으로 번지는 것을 느낄 수 있었다. 열이 났고 추웠고 금방이라도 토가 나올 것 같았다. "그래? 내 옆에 있다고? 어느 순간에는 있는가 싶다가도 다음 순간에는 사라지면서? 무슨 일이 벌어질지는 아무도 모르지. 네가 나를 버리고 그 승무원이나 아니면 추파를 던지는 어느 돈 많은 부인에게—"

레스가 앓는 소리를 냈다. 발뒤꿈치를 딛고 몸을 돌려 다이를 마주 보았다. "너 지금 바보처럼 굴고 있는 거 알아? 우리는 같이 있잖아, 아니야? 내가 지금 네 옆에 있잖아. 그런데 다른 게 뭐가 중요해?"

다른 것도 중요했다. 항상 그랬다. 그도 레스를 믿고 싶었지만…… "너는 모든 게 거짓이야. 말과 행동이 달라. 오늘 밤에도 어쩔 계획인지 너한테 들었지만— 여기 이 일등실에서 흥얼흥얼 휘파람을 불고 있었잖아! 그건 또 뭐야? 누구한테 사기치는 중인데, 레스? 내가 다른 표적인가?"

레스는 성을 내며 그의 얼굴에 대고 소리를 지르고 싶었지만—다이는 친구를 워낙 잘 알았기 때문에 새로 산 근사한 양복 아래에서 근육이 꿈틀거리는 것을 보고 그렇다는 걸 알 수 있었다—어찌어찌 화를 참았다. "훨씬 괜찮은 기회를 발견했어. 훨씬 돈이 되는 기회를. 그리고 그 일이 지금 진행 중이야. 내가 지금 여기서 하고 있는 일이 그거야, 데이비드 보언. 나를 좀 믿어보지 그래? 나를 아낀다며, 믿지도 않으면서 어떻게 그럴 수가 있겠어?"

"내가 레스, 널 믿어야 한다고? 진심으로 그렇게 생각해?" 다이는 떨리는 목소리로 물었다. 이건 진지한 질문이었고 그는 답을 알 수 없었다.

"나야 너한테 이래라저래라 할 수 없지, 다이. 너는 나한테서 멀리, 아주 멀리 도망쳐야 할지도 몰라. 내가 대답할 수 있는 건, 내가 뭘 원하는가 하는 것뿐이야."

다이는 숨을 참았다. "그럼 너는 뭘 원하는데?" 그는 갈라지는 목소리로 조그맣게 물었다. 레스의 손이 그의 팔 위에 있었다.

레스는 그의 등이 계단 입구 벽에 부딪힐 때까지 그를 가볍게 밀었다. 그런 다음 그의 귀에 대고 속삭였다. "너." 그 단어가 깃털처럼 가볍게 그의 턱을 스치고 지나가자 오한이 일었다. 레스의 입술이 그의 턱 모서리에서 그곳을 찾았다. 예전에 한번 워낙 세게 얻어맞아서 3주 동안 죽 말고는 아무것도 먹지 못했던, 아픈 기억이 있는 곳이었다. 그의 입술이 다이의 입술 위로 움직였다.

허기가 거의 감당할 수 없을 정도였다. 두 사람 모두 허기 때문에 몸이 떨렸다. 격한 몸싸움이 벌어졌다. 끔찍하고 답답한 나비넥타이와 단추가 풀렸다. 다이가 레스를 잡고 돌려 벽에 등을 대고 서게 했다. 이러니저러니 해도 힘이 센 쪽은 다이였다. 그걸 시시때때로 드러내지 않았을 뿐 원래부터 그랬다.

레스도 마찬가지였다. 그도 지금처럼 영혼의 속내를 시시때때로 드러낸 적이 없었다. 그들을 잇는 이 미친 인연의 끈.

이 둘만의 순간에 다이를 숭배하고 그의 몸을 숭배하고 그의 몸을 갈망하고 그와 하나가 되고 싶어 하는 레스. 눈물이 고인 그의 눈. 다이는 레스를 이런 식으로 바라본 사람이 아무도 없다는 걸 알았다. 그밖에 없다는 걸 알았다. 이것이 레슬리 윌리엄스의 본모습이었고 그런 그가 그의 것이었다. 계단통에서 보낸 이 다급하고 격렬한 찰나의 순간 동안에는 그랬다. 그는 내거야. 다이는 레스의 손과 옷자락을 잡아당기며, 이로 레스의 혀를 스치고 지나가며 생각했다.

심장이 원하는 건 어쩔 수 없었다. 그걸 반박할 방법은 없었다.

나중에 그가 벽에 기대고 숨을 고르는 동안 레스는 다시 번듯하게 매무새를 가다듬었다. 다이는 셔츠 자락을 넣고 숨을 크게 쉬자 온몸이 뜨거워졌다. 그가 재킷을 입고 있었을 때 또각또각 계단의 철제 디딤판을 밟는 여자의 구두 소리가 들렸고, 고개를 들었을 때 그들은 둘의 사이가 들통 났다는 걸 알 수 있었다.

32장

더프-고든 경의 부인은 일찌감치 파티장을 나섰다. 충분히 즐겁기는 했지만 아무리 타이태닉호라 한들 배 안에서 뭘 기대할 수 있을까? 파티장도 훌륭하게 꾸민 건 맞았지만 정식 연회실은 아니었다. 제대로 된 댄스 플로어라고 하기엔 카펫이 너무 여기저기 깔려 있었다. 천장도 배치고는 높긴 했지만 사운드의 강약을 제대로 살리기에는 너무 낮았고 완전한 오케스트라도 아니었다. 음식은 훌륭해서 카나페는 귀여웠고 샴페인도 펀치로 희석되긴 했지만 마실 만했다. 그녀도 트집을 잡고 싶어서 이러는 게 아니라 사업가다 보니 본능적으로 뭐든 개선할 방법을 찾게 됐다. 오늘 밤 행사를 주관한 화이트 스타 해운사 사장 J. 브루스 이즈메이에게는 아무 말도 하지 않겠지만 이건 제대로 된 무도회라기보다 어느 시골 목사관에서 열린 댄

스파티에 가까웠다.

하지만 코즈모는 아주 재밌는 시간을 보내고 있었기 때문에 굳이 끌고 나오지 않았다. 그가 존 제이컵 애스터나 벤저민 구겐하임 같은 사람들과 어울리는 기회가 날이면 날마다 오는 건 아니었다. 그 한심한 미국 사교계 인사들은 그녀의 신경을 건드렸다. 심지어 애스터마저 그랬다. 그는 괴짜였다. 옷을 항상 너무 기상천외하게, 너무 현란하게 입었다. 게다가 자기 자식들과 나이가 비슷한 그 아가씨와 결혼을 하다니. 부끄러운 줄 모르는 남자였다. 그런 애스터를 끔찍이 좋아하는 남편을 보면 짜증이 치밀었지만 그는 예전부터 워낙 이해하지 못할 짓을 많이 저질렀다.

취향은 사람마다 다른 법이다. 그것이 두 사람이 암묵적으로 합의한 부분이었다.

루시는 계단을 천천히 걸었다. 그녀는 중앙의 메인 계단보다 뒤쪽 계단이 좋았다. 메인 계단을 걸을 때는 항상 쫓기는 기분이 들었고, 구두 굽이 카펫에 걸려 데굴데굴 구르지 않을까 불안했다. 이 뒤쪽 계단은 한껏 여유를 즐길 수 있었다. 누구의 시선도 신경 쓸 필요가 없었다.

그녀는 얼른 선실로 돌아가 구두를 벗고 발을 어디 올려놓고 싶었다. 그녀는 계단통에서 두 권투 선수를 맞닥뜨렸을 때 그동안 어떤 일이 벌어지고 있었는지 알아차렸고, 남들은 아무도 모르는 정보를 입수하면 늘 그렇듯 기분이 좋아졌다. 덩치 큰 쪽이 얼굴을 붉히며 모조리 실토했다. 그렇게 힘이 센 남자치고 어처구니없을 정도로 속수무책이라 말을 제대로 꺼내지도 못했다. 그가 설명한 바에 따르면 그들이 사기를 치고 있긴 하지만 뭘 훔친 적은 없었다. 점을 몇 번 봐준 게 전부였다. 아무에게라도 해를 끼칠 생각은 없었고, 뉴욕에서 새 출발 할 때 필요한 돈을 마련하려다 보니 그런 거였다.

여러 사람 앞에서 그를 치켜세웠는데 뭐 그리 훌륭한 인간이 아니었다니 실망이었다. 다른 여행객들에게 그의 사기극을 폭로하고 싶었다. 그들의 면전에 대고 터뜨리고 싶었다. 그들은 뭔가를 실제 도난당했다고 증명할 방법이 없는데도 불구하고 귀중품을 걱정하느라 전전긍긍했다. 구겐하임이 특히 요란하게 떠들었지만 그녀의 남편은 구겐하임이 그의 선실에 침입한 '도둑'들에게 뭔가를 들킬까 봐 걱정하는 것 아니겠느냐고 의심했다. 이제 이 권투 선수의 말을 듣고 보니 과연 그들은 비밀 말고는 아무것도 들고 나온 게 없었다.

바보가 아닌 이상 작은 여행 가방이나 모자 상자 안이나 실크로 된 민망한 제품 아래처럼 빤한 곳에 비밀을 숨겨두지 않을 것이다. 시종이나 하녀도 도둑 못지않게 제대로 협박을 할 수 있었다. 루시는 성인이 된 이후로 비밀을 단속하며 보낸 기간이 워낙 길었기 때문에 누구보다 잘 알았다.

그 권투 선수는 자기들을 신고할 거냐고 물었을 때 진심으로 두려워하는 눈빛이었다. 그녀가 자기와 같은 비밀을 공유하는 이 두 남자를 신고할 수는 없었다. 그는 그 부분까지 실토하지는 않았지만 표정을 보면 알 수 있었다. 다른 권투 선수 쪽을 흘끗거릴 때마다 그의 눈빛이 부드러워졌다.

"당신들은 위험한 게임을 하고 있어요." 그녀는 이렇게 얘기하고 그들에게 작별을 고했지만 어떤 게임을 의미하는지 정확히 설명하지는 못했다.

그녀는 그가 얼마나 괴로운 상황에 놓였는지 느낄 수 있었다. 그의 옆을 지나갈 때 그녀의 얼굴 위로 끼얹어지기라도 한 것처럼 그랬다. 그렇게 느낄 수 있었던 이유는 그녀도 똑같은 고통을 겪었기 때문이었다. 그녀는 맨 처음으로 실연의 상처를 안긴 여자를 아직까지 기억하고 있었다. 끔찍하리만치 다급했던 그들의 입맞춤과 모든 손길, 모든 생각에 담긴 비밀을 아직까지 기억하고 있었다.

그건 비현실적일만치 잔인했다. 아니, 얼마든지 그 정도로 잔인할 수 있었다. 그걸 관통하는 법을 배워야 했다. 그 위를 살짝 미끄러지는 법을 배워야 했다. 남자들─남편, 회사 사장, 이 사회의 진정한 지배자─을 이용하는 법, 그들이 상처를 주지 못할 만큼 높은 자리까지 올라가는 법을 배워야 했다. 그 안에서 충분히 높이 올라가면 안전했다. 그러면 편안하게 비밀 걱정을 할 수 있었다.

하지만 이제는 다른 비밀을 지켜야 했다. 거기에 비하면 과거의 가슴앓이쯤은 유치하고 귀엽고 순진하게 느껴졌다. 지금 그녀가 지켜야 하는 비밀은 별빛 하나 없는 도시의 밤하늘처럼 시커멨고 잿더미의 냄새를 머금고 있었다.

그녀는 선실로 돌아가자마자 새로운 공장 부지를 결정하는 일을 돕고 있는 변호사가 보낸 여러 통의 편지를 훑어보기로 결심했다. 그녀는 뉴욕에 도착한 다음 날 호텔에서 그를 만나 부지 후보를 구경하기로 되어 있었다.

그녀는 런던의 공장이 전소된 것을 어떤 징조로 받아들였다. 그녀는 그 비극적인 사건으로 상품과 재고뿐 아니라 거기서 빠져나오지 못한 재봉사와 재단사까지 잃었지만 그걸 기회로 삼기로 했다. 미국으로 눈을 돌리라는 운명의 계시였다. 거기가 영국보다 확실히 시장이 더 넓었다. 들리는 소문에 따르면 아일랜드와 잉글랜드뿐 아니라 이탈리아와 폴란드에서까지 이민자들이 쏟아져 들어와 솜씨 좋은 재봉사들이 넘쳐난다고 했다. 매주 그 숫자가 점점 더 늘어난다고 했다. 그녀가 잃은 직원을 대체할 인력이었다.

게다가 미국으로 건너가면 모든 손가락질을 뒤로할 수 있었다. 사고 처리는 변호사와 보험회사에 맡기면 그만이었다. 그녀의 회사 루실은 뉴욕에서 스캔들의 오점 없이 위풍당당하게 사업을 시작할 수 있을 것이다.

그녀가 런던에서 화재의 원흉으로 지목당한 건 아니었다. 조사를 받았을 때도 수사관들이 그런 눈치조차 준 적이 없었다. 그 건물은 오래되긴 했어도 노후 시설은 아니었다. 불이 나면 탈출할 길이 없는 그런 건물이 아니었다. 무슨 빈민 수용소가 아니었다.

그 공장은 의상 제작이 이루어지는 곳이었다. 더프-고든 경의 부인은 출근을 하더라도 하노버 광장의 의상실에서 돈이 많고 작위가 있는 친구 겸 고객들을 만났다. 그녀가 그들과 수다를 떠는 동안 모델들이 현재 판매 중인 의상을 입고 이리저리 걸어 다녔다. 예전에는 공장에도 드나들었지만 마지막으로 가본 게 언제인지 가물가물했다.

그 사고가 그녀의 뇌리에서 떠나지 않는 이유가 그 때문이었다. 죄책감 때문이었다. 그녀가 관리를 소홀히 했던 게 아닐까? 공장을 좀 더 자주 찾아갔어야 했다. 그랬더라면 뭔가 눈에 띄었을지 아무도 모를 일이었다. 공장장을 원망하는 건 아니었다. 관리인은 사장에게 공장이나 창고를 개보수하는 데 돈을 투자해야 한다고 조언할 수 없는 법이었다. 그녀가 공장 일에 좀 더 관여했다면 상황이 달라졌을 수 있었다.

그럼 그 사랑스러운 여직원들이 죽지 않았을지 모른다.

추도식이 며칠 동안 신문 기사로 다루어졌고 가난한 노동자들에 대한 부끄러운 처우에 항의하는 서한이 빗발쳤다. 거리의 선동가들은 상류층과 대중의 착취에 대해 울분을 토했다. 사람들은 유족들과 결속을 다지는 뜻에서 검은 완장을 차고 다녔다.

그녀는 이런 생각들을 애써 떨쳐버렸다.

목숨을 건진 여직원은 한 명, 딱 한 명이었다. 릴리언 노팅. 더프-고든 경의 부인이 고객에게 옷 배달 심부름을 보내지 않았더라면 그녀도 그날 죽었을 것이다. 그녀는 고객들과 마지막 가봉을 할 때 시중을 드는 여직원들의 미모를 따졌다. 그래야 올바른 인상을 심어줄 수 있기 때문에 가장 미모가 출중한 여직원들을 선발해 그 일을 맡겼다. 더프-고든 경의 부인은 릴리언 노팅이 어느 날 유난히 까다로운 고객이 맡긴 샘플 드레스를 공장에서 의상실로 들고 왔을 때 눈여겨보았다. 그녀가 옷상자를 품에 안고 헝클어진 검은 머리를 모자 밖으로 늘어뜨리고 두 뺨이 빨간 사과처럼 상기된 얼굴을 하고 숨을 헐떡이며 들어왔을 때 더프-고든 경의 부인은 그녀의 바느질 솜씨가 얼마나 좋은지 몰라도 공장에서 일하기에는 아까운 인력이라는 것을 한눈에 알아차렸다. 그리고 그녀도 기억하다시피 그 아리따운 여직원을 향한 갈망으로 가슴이 살짝 아렸다. 나중에 그녀를 집으로 불러서 차를 마시며 앞으로의 계획에 대해 물어볼까? 더프-고든 경의 부인은 가끔 그들을 집으로 초대해 나쁠 것 없는 제안을 했다. 나랑 같이 좀 더 긴밀하게 일을 하자. 그럼 네 운이 트일지 몰라. 이것이 루시와 젊은 여직원, 양쪽 모두에게 좋은 결과로 이어질 때도 있었다. 그리고 코즈모는 절대 신경 쓰지 않았다.

취향은 사람마다 다른 법이었다.

릴리언 노팅이 그날 캐럴라인 플레처에게 옷을 배달하던 길이었고 그 캐럴라인 플레처가 현재 이 배에 타고 있다는 사실에 생각이 닿자 더프-고든 경의 부인은 움찔했다. 그녀는 그걸 잊어버린 자신을 나무라지 않았다. 당시 그녀는 캐럴라인 싱클레어였고 아직 재혼을 하지 않은 젊은 미망인이었다. 더프-고든 경의 부인은 심지어 그녀가 어떤 옷을 주문했는지조차 기억했다. 특이한 히아신스 빛깔이 도는 파란색으로 만들어달라고 한 실크 드레스였다. 왜 이제야 캐럴라인이 생각난 걸까?
일단 더프-고든 경의 부인이 루실 의상실의 루시라는 걸 몰랐
는지 캐럴라인이 그때 일을 언급하지 않았다. 그녀의 온몸에
소름이 돋았다. 이건 조짐이 좋은 우연의 일치가 아니었다. 스
테드라는 그 한심한 노인네가 한 얘기 중에 하나는 맞았다. 망
자의 혼령이 온 사방을 떠돌아다녔다. 그들이 보이지 않는 연
기처럼 이 배를 덮고 있었다.

한 줄기 찬바람이 그녀의 어깨를 지나 실크 드레스 사이로
들어왔다. 이런 생각들이 떠오르자 한기가 느껴졌다. 선실로
들어가자마자 캐모마일 차를 달라고 해서 몸을 덥히고 마음을
가라앉혀야겠다.

배가 갑자기 요동치는 바람에 그녀는 하마터면 넘어질 뻔
했다. 그녀는 첫날 이후로 배의 느릿느릿한 리듬에 익숙해져
서 이제는 거의 느끼지 못했다. 오늘 밤처럼 파도가 조금 거칠
어질 때만 예외였다.

통로 끝, 산책로로 나가는 문에 달린 창문 안쪽에서 어떤 실
루엣이 보이자 더프-고든 경의 부인은 깜짝 놀랐다. 갑판 위에
어떤 여자가 서 있는 것 같았다. 하지만 이 늦은 시각에 그건
있을 수 없는 일이었다. 게다가 하루 종일 기온이 꾸준히 떨어
져서 밖은 지독하게 추웠다.

더프-고든 경의 부인은 그녀의 선실을 지나 문 쪽으로 계속
걸음을 옮겼다. 문이 잠겨버려서 딱한 여자가 안으로 다시 들
어오지 못하는 것일 수 있었다. 여자가 겁에 질려서 다른 입구

를 생각하지 못하는 것일 수 있었다. 저렇게 밖에 있다가는 조만간 얼어 죽을 것이었다. 이번만큼은 그녀가 조치를 취할 수 있는데 또 어떤 여자가 죽어가도록 내버려둔다는 건 생각하기조차 싫었다. 그녀는 밟고 넘어지지 않게 드레스 자락을 들고 달리기 시작했다.

그녀는 문 앞에 다다라 문고리를 향해 손을 내밀다 말고― 그대로 얼어붙었다.

날이 어둡고 복도의 불빛이 희미했지만 가까이 다가가자 여자가 제대로 보였는데 일등실 승객 같지 않았다. 이 여자는 얼굴이 흉측하게 일그러져서 끔찍했다. 마치 자기 얼굴을 손톱으로 잡아 뜯은 것 같았다. 칼이나 면도날로 깊이 베인 징그러운 흉터가 한쪽 눈썹에서 콧잔등을 지나 다른 쪽 뺨까지 사선으로 이어졌다. 더프-고든 경의 부인은 그녀가 정신병원에서 탈출한 여자처럼 보인다는 데 점점 커져가는 공포를 느꼈다. 머리칼은 쥐 뜯어먹은 듯 짧게 잘려 있었다. 두 눈은 잉걸불처럼 이글거렸다.

가장 심란한 사실은 여자가 어딘지 모르게 낯이 익다는 것이었다.

더프-고든 경의 부인은 손을 거두었다. 이 여자가 정신병자라면 그런 여자가 일등실을 돌아다니게 방치할 수는 없었다. 이 딱한 여자는 삼등실에서부터 제일 위 갑판까지 오게 된 모양이었지만―그게 아니면 달리 어떤 식으로 설명할 수 있을까―그렇다고 해서 일등실로 들여야 하는 건 아니었다.

하지만…… 정신병자건 아니건 이대로 두면 여자는 얼어 죽을지 몰랐다.

더프-고든 경의 부인은 옆에 도움을 청할 만한 사람이 있었으면 했지만 아무도 없었다.

아무리 생각해도 이 여자를 죽게 내버려둘 수는 없었다. 그러기엔 양심이 벌어진 상처처럼 쿡쿡 쑤셨다.

더프-고든 경의 부인은 잠깐 더 고민을 하다가 문을 열고 (끈적거리는 걸 조금도 느끼지 못했다) 갑판으로 나갔다.

하지만 어디로 간 걸까? 여자가 보이지 않았다. 더프-고든 경의 부인은 왼쪽으로, 다시 오른쪽으로 고개를 돌렸다. 어두워져서 멀리까지 보이지가 않았다. 입김이 유령처럼 하얗게 얼굴 앞으로 피어올랐다.

손 하나가 난데없이 다가와 그녀의 입을 꾹 눌렀다.

그녀는 움찔했지만 또 다른 손이 이번에는 그녀의 팔을 잡았다.

"쉬이잇." 어떤 남자가 그녀의 귀에 대고 속삭였다. "움직이지 말아요. 저 여자가 겁을 먹고 사라질 수 있으니."

신비주의를 믿는 그 이상한 노인 스테드 씨였다. 그녀가 고개를 끄덕이자 스테드는 그녀의 입을 막고 있던 손을 치웠다. 한참 동안 글을 쓰고 있었던 사람처럼 손에 잉크 얼룩이 잔뜩 묻어 있었다. "스테드 씨도 그 여자를 봤어요?"

"혼령이에요."

루시는 몸이 벌벌 떨렸다.

"이런. 이제는 가버렸네." 그는 당혹스럽고 속상해하고 심지어 슬퍼하는 표정을 짓고 있었다.

그녀는 주변을 두리번거렸지만 어둠과 휘몰아치는 바람과 그들이 타고 있는 거대한 선박을 감싼 밤과 저 멀리서 차갑게 반짝이는 바늘구멍 같은 별들 말고는 아무것도 없었다.

거품 같은 바닷물이 그녀의 머리를 감싸고서 부글부글 소용돌이치며 밀려들었다가 빠져나가기를 반복했다. 바닷물이 온 사방에서 그녀를 뒤흔들었다. 물은 가만히 있거나 잠이 들거나 만족하는 법이 없었다. 항상 어딘가로, 모든 곳으로 달려갔다.

물결에 실려 온 목소리가 멀리, 널리 퍼졌다.

너는 이해하지 못할 거야. 그이는 회사를 날렸어. 그 못된 스탠더드 오일 녀석들 손에 쫓겨났대. 어떻게 그 소식을 모를 수가 있어? 모든 신문에 기사로 실렸는데……

그녀는 거기에 넘어가서 임신을 했다. 그렇게 자기 인생을 망쳤다. 누구를 위해서였을까? 누가 봐도 그의 의도는 불손했다. 동네 사람들이 알게 되면 어떻게 해야 할지 잘 모르겠다……

그이는 미국에서 전망이 더 밝다고 해. 여기에는 일자리가 없다고. 자리를 잡으면 우리를 데리러 오겠다고. 아니, 나는 싫어, 하지만 뭘 어쩔 수 있겠니……

거품이 그녀의 뺨을 스쳐 지나고, 길고 까맣고 해초처럼 흔들리는 머리칼을 들어 올려서 파도에 실었다. 그녀는 반대편으로 고개를 돌리지만 그래도 그 소리가 들렸다. 그 목소리에서 도망칠 방법은 없었다.

나는 죽을 때까지 하녀로 일하고 싶지 않아……

점점 괜찮아질 거라고 생각한다면 너는 너 자신을 속이고 있는 거야……

그들은 절대 깨닫지 못하는 듯했다. 절대 달라지지 않는 듯했다. 그들을 말릴 방법이 없었다. 젊고 의지가 있고 아무 죄가 없는 몇 명이라도 구할 수 있길 바라는 수밖에 없었다.

1916년

33장

1916년 11월 19일
브리태닉호

밤이 되어도 병동은 가만히 생각할 수 있는 공간이 되지 못한다.

무드로스로 향해 가는 지금, 브리태닉호의 병상은 거의 대부분 비어 있다. 그가 들은 바에 따르면 거기서 다수의 환자를 태울 예정이라고 한다. 나폴리에서 마크와 함께 승선한 환자들은 간호사와 잡역병들의 편의에 따라 한곳에 배정됐고, 거기에서 지냈을 때 마크의 주변은 온통 잠이 고통스러운 사람들이었다. 그는 침대에 누워서, 악몽 때문에 훌쩍이고 이를 가는 그들의 소리를 들었다. 어떤 사람들은 대화를 나누는 것처럼 중얼거렸다. 또 어떤 사람들은 머나먼 바닷가에서 낙오된 적들과 싸우느라 몸부림쳤다. 이제 좀 더 작고 오붓한 병동으로 옮기자 비명 소리를 견뎌야 하는 환자가 한 명으로 줄었다.

여기에 그가 추가되지만.

그가 침대에 누워 있는 가장 큰 이유는 탈진이다. 하지만 움직이지 못하는 건 아니다. 지팡이가 필요하긴 해도 그래도 걸어 다닐 수 있다. 제닝스 간호사는 그 혼자 걷는 것을 좋아하지 않지만, 그는 이제 더 이상 가만히 누워 있을 수가 없다. 눈을 감을 때마다 그 섬뜩하게 낯익은 창백한 얼굴이 그를 내려다보고 있을 것 같은 공포 때문에 눈이 계속 떠진다. 그 묘하게 무표정하고 뭔가를 살피는 듯한 눈빛. 지금은 밤이지만 그래도 마찬가지다. 어차피 그에게는 밤이나 낮이나 다를 게 없다. 그는 침대에서 일어나 칙칙한 군용 가운을 걸치고 지팡이를 집는다. 그 번들번들한 감촉이 생경하게 느껴진다.

식당에서는 그처럼 잠을 포기한 사람들이 듬성듬성 보인다. 대부분 남자들이고 어둠 속에 혼자 앉아 있다. 한 남자는 전구하나가 불을 밝히는 곳에서 책을 읽고 있다. 저쪽 테이블에서는 네 명이 심각한 표정으로 카드를 돌리고 있다. 예전 같으면 그도 끼고 싶어서 손이 근질거렸겠지만 요즘은 카드 더미를 보기만 해도 속이 울렁거린다.

그는 의자 하나를 고르고 어두컴컴한 데 앉아 오래된 환부를 달래듯 지팡이 끝을 만지작거린다. 애니 헤블리가 살아 있다니. 그녀를 보자 애써 가두어놨던 기억들이 봇물처럼 밀려들었다. 타이태닉호가 침몰한 뒤에 그는 뉴욕의 병원에서 눈을 떴고 온 세상을 통틀어 단 두 명뿐인 소중한 사람을 모두 잃었다는 소식을 들었다. 캐럴라인과 온딘을. 그 충격에서 조금씩 벗어나는 데 몇 달, 아니 몇 년이 걸렸다. 처음에는 아무 노력도 기울이지 않았다. 미쳐버리거나 스스로 목숨을 끊는 것이 계속 살아갈 방편을 찾는 것보다 비교할 수 없을 만큼 쉽고 덜 고통스럽게 느껴졌다.

그는 거의 반년이라는 시간이 지난 다음에야 타이태닉호 사망자 명단을 보며 함께 그 배를 타고 있던 사람들 중에 누가 고인이 되었는지 확인할 수 있었다. 사망자 숫자가 그렇게 많다니 충격적이었다. 기사도 정신이라는 것을 고수한 미국의 부유층이 그렇게 많다니 특히 충격적이었다. 반면에 더프-고든 경이나 J. 브루스 이즈메이 같은 영국의 귀족층은 어찌어찌 구명정의 한 자리를 차지했다. 더프-고든 경의 경우에는 구명정을 타고 탈출하려다 문제가 생기자 선원을 매수해 침몰하는 배에서 도망치려고 했다. 꼴좋다. 마크는 생각했다. 애스터, 구겐하임, 스테드처럼 그보다 훌륭했던 사람들은 실종 후 사망한 것으로 간주됐다. 진상 조사와 소송이 몇 년 동안 이어질 예정이었다.

그는 자신도 이 죄 많은 겁쟁이 집단 중 한 명이라는 생각이 들었다. 그는 의식을 회복했을 때 자신이 어떻게 구조됐는지 들었다. 구명 튜브가 물에 잠기지 않은 덕분에 혹한의 바다를 떠다니다가 건져졌다고 했다. 자리에 여유가 있었던 구명정 근처로 떠내려갔다가 타고 있던 한 사람이 다른 사람들을 설득해 그를 태운 덕분이었다. 침몰 사건 이후로 그의 인생은 기나긴 악몽이었고, 뉴욕 시립병원에서 눈을 뜬 순간이 그 시발

점이었다. 병원 측에서는 그에게 발가락을 몇 개 절단해야 했지만 아주 운이 좋은 편이었다고 했다. 그 혹한의 바다에서 목숨을 부지한 사람이 거의 없었다는 것이었다. 그는 며칠 동안 혼수상태였고, 그가 의식을 되찾았을 무렵에는 전 세계가 그 엄청난 비극의 소식을 접했다. 타이태닉호의 생존자들을 위해 고향 마을에서 환영 행사가 거행됐고 강연 요청이 들어왔고 신문에 소개됐다.

그는 그 선한 사마리아인을 찾아서 왜 그랬느냐고 묻고 싶었다. 그 배에서 그만큼 목숨을 부지할 자격이 없는 사람도 없었다. 그 여자는 스테드라는 노인이나 평생 단 한 번이라도 선행을 베풀었던 사람을 구했어야 하는 거였다. 그 기회를 그에게 낭비한 거였다.

아내와 아이는 죽고 그만 살아남았으니 더 끔찍했다.

그래도 한 가지 위안이 있다면 릴리언의 일기장은 살렸다는 것이었다. 그는 일기장을 항상 넣고 다니는 가슴 주머니 쪽으로 손을 뻗었다. 타이태닉호가 침몰하고 몇 시간 동안 바닷물 속에 잠겨 있었는데도 일기장은 마치 그럴 운명이었다는 듯이 살아남았다. 다른 모든 게 사라져도 릴리언의 기억은 오랫동안 살아남을 운명이었다는 듯이 그랬다. 그가 손을 갖다 대자 젖었다 마른 종잇장들이 나지막이 바스락거렸다. 그래, 그래.

그는 한참 동안 그 소식을 받아들일 수가 없었다. 특히 온딘의 경우가 그랬다. 그는 아이가 어딘가에 살아 있다고, 구조됐지만 관계 당국에서 아이의 신원을 전혀 알 수 없으니 보호소

나 고아원에 맡겼을 거라고 믿고 싶었다. 아이는 디킨스의 우울한 작품 속 주인공처럼 삭막한 환경에서 사랑을 받지 못한 채 자라고 있을지 몰랐다. 아니면 어느 집에 입양돼서 타이태닉호와의 연관성에 대해서는 전혀 모른 채 다른 아이로 자라고 있을 수도, 입양한 부모는 아이가 그 비극적인 진실을 받아들일 수 있는 나이가 될 때까지 기다리고 있을 수도 있었다. 살아 있다면 온딘은 이제 네 살이 됐을 것이다. 어느 정도 시간이 지나자 그는 딸아이가 아직 살아 있다고 상상할 때 태양처럼 환하게 빛나지만 까만 머리는 한데 엉켜서 제멋대로 뻗쳐 있는, 릴리언과 비슷한 모습으로 상상하고 있다는 사실을 깨달았다.

그는 자신의 인생 안에서 자신의 껍데기를 뒤집어쓰고 자신인 척 행세하는 사기꾼이 되었다. 과거의 그는 오래전에 죽었다. 어쩌면 그 배에 승선하기 전에 죽었을 수도 있었다. 현재의 그는 누구인지 알 수 없었다. 어쩌면 허깨비이고 이 모든 게 일종의 연옥일 수도 있었다.

그는 캐럴라인의 가족에게 그들이 결혼했다는 사실을 알리지도 않았다. 그럴 필요가 없었다. 타이태닉호의 화물 목록이 공개됐을 때—두말하면 잔소리지만 그와 캐럴라인은 부부로 입력돼 있었다—마크는 슬퍼하는 캐럴라인의 아버지에게 표기가 잘못된 거라고, 그는 그의 딸과 일면식도 없다고 맹세했다. 캐럴라인의 유산에 조금도 관심이 없었고 세상을 떠난 사랑하는 딸과 아버지의 추억에 오점을 남기고 싶지 않았기 때문이었다. 그녀는 아버지의 딸이었다. 이제 와 생각해보면 마크는 그녀에 대해 전혀 몰랐던 것도 같았다.

결국 마크는 해상 여행의 공포를 견디고 런던으로 돌아가 어두컴컴하고 조그만 아파트에서 숨어 지내다 전쟁 소식을 접했다. 그 소식에 그는 묘하게 위안을 얻었다. 모두가 미쳐버린 것처럼 세상이 스스로 무너지고 있다니 덜 외로웠다. 어쩌면 세상은 원래 잔인하고 거친 곳이었는데 이제야 진실이 공개된 것일 수도 있었다. 이제는 그것이 그의 개인적인 고통, 그를 안에서부터 갉아먹는 어두운 비밀로 남을 필요가 없었다.

게다가 참전이라는 발상이 매력적으로 느껴졌다. 괴로움과 고독 속에서 서서히 미쳐가느니 차라리 전쟁터에서 죽는 편이 나았다. 어쩌면 발칸반도의 진흙 벌판이나 갈리폴리 언덕에서 명예를 회복할 수 있을지 몰랐다.

마크는 타이태닉 사건 이후 4년 동안 거의 아무것도 남지 않을 때까지 인생을 축소하고 또 축소하는 데 성공했다. 방 두 개짜리 아파트, 낮에는 회계 사무소에서 근무하고 밤에는 지쳐서 곯아떨어질 때까지 집 안을 왔다 갔다 하거나 집 밖을 걷는 생활. 속죄일인 일요일에는 이런저런 공동묘지에 찾아가 수장된 릴리언과 캐럴라인과 온딘의 안식처를 대신할 수 있는 다른 무덤 앞에 앉아 있었다.

어쩌다 그가 이렇게 은둔자에 가까운, 비참하고 외로운 삶을 살게 됐을까? 그는 가장 행복했던 시절을, 온딘이 태어난 직후 그와 릴리언이 캐럴라인과 함께 지냈던 시절을 떠올려본다. 특이하고 부자연스러운 상황이라 당시에는 아무에게도 공개하지 못했다. 하지만 지금은 그 시절로 돌아갈 수만 있다면 뭐든 내줄 수 있을 것 같다.

그는 선내를 빙 돌아서 딱딱하고 좁은 침대로 다시 발걸음을 옮긴다. 지팡이를 짚은 터라 가파른 계단에서는 특히 걸음이 더디다. 그의 발소리와 지팡이 소리가 밤의 정적 속에서 저 혼자 요란하게 느껴지고 그는 겁에 질린 어린애를 뒤쫓는, 악몽 속의 괴물이 된 심정이다. 그는 애니가 보일까 싶어 환자들이 누워 있는 병동을 들여다본다. 그날 이후로 복도에서도 병동에서도 그녀를 만난 적이 없다. 어디에서도 그녀를 찾을 수 없는 이런 상황은 심란하도록 익숙하다. 그는 예전에도 이와 똑같은 처지에 놓인 적이 있다.

그가 그녀를 밀어냈다. 그녀는 당황스러워하며 상처를 받은 눈빛을 지었다. 그는 이유는 모르겠지만 배신의 칼날이 얼마나 날카로웠는지 알았다. 그 칼날에, 거리를 두자는 그의 말에 그녀가 속으로 얼마나 무너져 내리는 듯해 보였는지 알았다.

무슨 짓을 저지른 거야, 애니?

그녀가 물속으로 뛰어내렸을 수도 있을까? 이 사람아, 정신 차려.

그녀는 그가 저주받은 인간이라는 것을, 그를 사랑하면 저주가 내려진다는 것을 모르는 걸까? 그로 인해 여자 둘이 죽었다. 그에게는 과분하리만치 똑똑하고 생기 넘쳤던 여자 둘이. 그들은 그를 사랑하게 된 이후에 그냥 죽은 게 아니었다. 그에게서 상처를 받고 심장에서 피를 흘리고 난 이후에 죽었다.

이런 상황에서 똑같은 실수를 저지를 수는 없다.

오늘 밤에 잠을 자기는 글렀다. 술이 없이는 안 되겠다. 그는 병동으로 돌아가 발치에 놓인 조그만 사물함을 열고 휴대용 술병을 꺼내 흔들어본다. 4분의 1쯤 남았다. 당직 간호사는 알면 좋아하지 않겠지만 술을 마시는 환자들이 많다.

그는 맛을 음미할 겨를도 없이 벌컥벌컥 술을 들이켠다. 그냥 곯아떨어지고 싶을 뿐이다. 하지만 애니에 대한 걱정 때문에 다급해진 건 아니다. 잊어버릴 수도 용서할 수도 없는 것, 그가 릴리언에게 저지른 짓 때문이다.

그리고 그 이후에 저지른 짓 때문이다. 릴리언의 시신이 템스강에서 끌어 올려지고 며칠 뒤에 말이다. 그가 짙은 잠 속으로 빠져 들어가는 동안 그때의 기억이 머릿속에서 몇 번이고 재생된다.

그가 어떤 식으로 무릎을 꿇고 캐럴라인에게 청혼을 했는지가.

34장

"아무 말도 하지 않아도 돼요." 애니는 속삭인다.

마크는 화들짝 놀라서 깬다.

그녀는 그에게서 풍기는 술 냄새를 맡는다.

그는 그녀를 다시 만나고 싶어 하지 않는다. 두 눈 가득 증오가 담겨 있다. 하지만 이번에는 그녀도 만반의 준비를 마쳤다. 그가 잠들어 있는 동안 반항하거나 그녀를 밀어내지 못하게 두 팔을 살짝 침대에 묶어놓았다.

"쉬이잇." 애니는 차분하게 얘기한다. "이해해요, 마크. 진심으로요. 과거를 되새기고 싶지 않은 거 말이에요. 그래서 마음이 아프지만 용서할게요. 하지만 — 내게 얘기할 기회를 줘요. 내가 찾아온 데에는 또 다른 이유도 있어요. 당신의 인생을 복원할 수 있게 내가 돕고 싶거든요. 당신은 외로운 인생이라고 했죠? 하지만 아니에요, 마크. 온딘이 아직 살아 있어요. 그 침몰 사고 때 죽지 않았어요. 그 소식 못 들었어요?"

마치 스위치가 켜지면서 삶의 의욕을 잃고 포기했던 남자가 그녀의 앞에서 되살아난 느낌이다. "지금 그게 무슨 소리예요?"

그녀는 이 소식을 전하는 사람이, 그의 삶에 기쁨을 다시 불어넣는 사람이 자신이라 행복하다. 그는 침몰 사고 이후로 고생한 기미가 역력하다. 이제 그는 좀 더 행복해질 테고 그렇게 됐다는 데 그녀에게 고마워할 것이다. "캐럴라인이…… 바다에 빠졌을 때 내가 옆에 있었어요. 내가 그녀를 따라서 물속으로 뛰어내렸어요. 아이를 구하려고요. 그런데 다쳐서 정신을 잃었죠. 그 뒤로 아이가 어떻게 됐는지는 모르지만 온딘이 살아 있다는 건 알아요, 마크."

그는 못 미더워하는 눈빛으로 그녀를 바라본다. "그 얘기를 왜 이제야 하는 거예요? 사고 이후에 왜 나랑 연락을 시도하지 않고요."

그녀는 비난당하는 느낌이다. "그날 밤에 당신이 살아남은 줄 내가 어떻게 알았겠어요? 얘기했잖아요, 나도 다쳤었다고. 계속 아팠다가 얼마 전에야 좀 괜찮아졌어요."

그녀는 자세한 내막을 밝히고 싶지는 않다. 그에게 모닝게이트와 잃어버린 시간들과 머릿속에서 들리는 목소리와 불안한 현재 상태에 대해 얘기하고 싶지는 않다. 과거는 과거다. 그녀는 존재하지도 않았던 것처럼 과거의 일들을 전부 잊기로 결심했다.

그녀는 그의 손을 잡으려고 하지만 손이 아직 침대에 묶여 있다. "내가 온딘을 찾을 수 있게 도울게요, 마크. 먼저 뉴욕으로 가야 해요. 거기에 생존자 명단이 있을 거예요. 거기서 당신 딸이 어떻게 됐는지, 어디로 보내졌는지 알아낼 수 있을 거예요. 내가 같이 가줄게요. 당신 혼자 온딘을 찾으려고 하지 않아도 돼요."

하지만 그의 표정은 편안해지지 않는다. 계속 그녀에게 화가 나 있다.

애니는 불안한 마음에 다시 시도한다. "나를 믿어줘요, 마크. 나는 온딘을 위해서 최선을 다하고 싶은 마음뿐이에요. 전부터 그랬어요. 이런 얘기 꺼내서 정말 미안하지만 진실을 공개하자면 다른 일이 있어요, 당신은 모르는 일이."

하지만 그는 그녀의 얘기를 귀담아듣고 있지 않다. "그건 어디서 났어요?" 그는 브로치를 쳐다보고 있다. 그걸 손으로 가리키려다 자기 몸이 침대에 묶여 있다는 것을 알아차린다. "아내한테서 훔쳤나요?"

그녀는 집요하다. "당신 부인은 죽었어요, 마크." 그녀는 그가 이 사실을 받아들일 때까지, 그 무게를 느낄 때까지 기다린다. "타이태닉호에서 끔찍한 일들이 벌어졌죠? 스테드 씨가 얘기한 그대로였어요. 그게 다 혼령이 저지른 일이었어요."

"됐어요, 애니! 그만해요." 마크는 버럭 외치며 손목을 홱 당겨 묶인 데서 풀어낸다. 말투가 뺨을 치듯 날카롭고 퉁명스럽다. 그녀는 놀라서 뒷걸음질 친다.

그는 먹구름이 낀 것처럼 잔뜩 찌푸린 얼굴을 손으로 문지른다. "이런 헛소리를 더는 못 듣겠어요." 그가 찔리는 표정을 짓고 있는 것처럼 보이는 게 그녀의 착각일까 아니면 진짜일까? "당신이 거기에 대해서 뭘 안다고 그래요. 이제 보니 제정신이 아니로군요. 타이태닉에서 겪은 일 때문에 그렇게 된 모양이지만."

애니의 몸이 부들부들 떨리고 눈물이 흐른다. 굴욕적이다. 하지만 그가 또다시 그녀를 밀쳐내려 한다니 버틸 수 없을 것 같다.

"울지 말아요. 당신한테 화난 거 아니에요. 걱정이 돼서 그러지."

하지만 그의 연민은 감당하기 벅차다. 상황을 악화시킬 뿐이다.

그녀는 그 자리에서 뛰쳐나온다. 이렇게 절망적이고 혼란스러웠던 적은 없다. 온딘의 얘기를 들으면 그가 달라질 줄 알았다. 그가 깨달을 줄 알았다.

하지만 무언가 아니면 누군가로 인해 그는 애초부터 그녀에게 등을 돌리고 있었다.

그녀는 주머니 안에 손을 넣어, 그의 손목을 묶고 침대를 토닥이며 정리하다가 발견한 물건을 집는다. 수첩 비슷한 거였다. 나중에 보려고 슬그머니 챙겨놓았는데, 열어볼 겨를도 없이 그가 눈을 떠버렸다.

그런데 이제 꺼내보니 조그만 일기장이다. 마크가 타이태닉호에서도 이걸 품 안에 항상 넣고 다니며 흡연실에서 아무도 자기 쪽을 보는 사람이 없다 싶으면 꺼내서 들여다보는 것을 그녀도 본 적 있다. 아무도 그의 쪽을 보지 않았을지 몰라도…… 그녀는 예외였다.

　거기 뭐라고 적혀 있을지 알고 있었음에도, 처음부터 그럴 거라고 짐작하고 있었음에도 첫 장을 펼치고 거기에 적힌 이름을 본 순간 그녀는 오싹해진다.

　릴리언 노팅이다.

1912년

발신: 카로니아호

7:10 a.m.

타이태닉호 선장님께. 4월 12일 서행하던 선박들로부터 42N,
49~51W에서 빙산, 빙원이 보인다는 보고가 접수되었습니다.
―바 드림.

발신: 볼틱호

11:55 a.m.

타이태닉호 스미스 선장님께. 출항 후 미풍의 변화가 잦고 날이
맑습니다. 그리스 선박 아테나이의 보고에 따르면 오늘 41.51N,
49.52W에서 빙산과 다량의 빙원을 지나쳤다고 합니다…… 선장
님과 타이태닉호의 건승을 기원하며.―함장.

발신: 캘리포니안호

6:30 p.m.

타이태닉호 스미스 선장님께. 42.3N, 49.9W에서 빙산이 목
격되었습니다.―로드 선장 드림.

35장

1912년 4월 14일
타이태닉호

캐럴라인은 비명 소리를 듣고 잠에서 깼다.

여자의 비명 소리였다.

그녀는 어느 정도 시간이 지난 다음에야 그녀의 꿈, 그녀의 과거에서 들린 소리였다는 것을 알아차렸다. 마크와 함께 보냈던 그날 밤의 기억은 1분 1초까지 영원히 잊을 수 없을 것이다. 둘이서 들킬 염려가 전혀 없는 조그만 다락방으로 숨어들어 갔던 것. 심지어 옷을 다 벗지도 않고 서둘렀던 것. 소리가 새어 나갈까 봐 서로 단속했던 것. 릴리언에게 들키면 안 됐으니까.

캐럴라인은 눈을 뜨고 선실의 어둠에 적응이 될 때까지 기다렸다. 침대 아래에서 배가 가볍게 흔들렸다.

그녀는 마크라는 위안이 되는 존재를 찾으려고 손으로 더듬었지만 찾을 수 없었다. 매트리스에 그의 체온과 누웠던 흔적만 남아 있을 뿐이었다. 베개도 움푹 들어가 있었다. 이런 사실에도 불구하고 그녀는 모든 게 어긋난 듯한 느낌을 떨쳐버릴 수가 없었다. 마크는 원래 침대에 이런 형태의 흔적을 남기지 않았고, 허공에 맴도는 진한 시트러스와 머스크 향도 마크의 체취가 아니었다. 그녀가 덮고 있는 이불도 마찬가지였다. 이렇게 기분 좋은 실크 이불은 처음이었다.

여기가 어딜까?

벌떡 일어나 앉자 방 안이 빙글빙글 돌았다. 그녀는 토악질이 나올까 봐 손으로 입을 꾹 눌렀다. 방 안이 몇 번 더 끔찍하게 흔들리다가 멈췄다.

비명 소리는 이제 머나먼 메아리로 머릿속에 남았고 그 대신 물 흐르는 소리가 들렸다. 욕조에서 물이 철벅거리는 소리였다. 가끔 나지막이 웅얼거리는 남자 목소리도 들렸다. 남자가 목욕을 하면서 혼잣말을 중얼거리고 있었다.

그런데 마크의 목소리가 아니었다.

그녀의 속이 다시 울렁거렸다. 머릿속에서 단편적인 장면들이 몇 토막 재연됐다. 꿈은 흩어지고 그 자리가 현실로 대체됐다. 마지막으로 기억이 나는 것은 무도회였다. 너무 눈이 부셨던 샹들리에. 야회복을 입고 연회장을 가득 메운 남자와 여자들. 촛불을 받고 반짝거리던 실크와 새틴, 보석과 금붙이. 음악과 대화.

마크와의 말다툼. 그녀의 심장을 감싸고 뒤엉키던 의심. 그가 애니와 농탕을 치거나 그러고 싶어 한 건 아니었다. 그녀를, 캐럴라인을 사랑하지 않는 것, 그간의 모든 일들로 인해 그녀를 사랑할 수 없는 것이 문제일 따름이었다.

잠시 후에 그녀는 기억이 났다. 누군가의 품에 안겨서 댄스 플로어를 나섰던 것이.

그녀는 쏜살같이 침대 밖으로 뛰쳐나가 다리를 부들부들 떨며 루비색 액스민스터 카펫 한가운데로 가서 섰다. 어쩌다 이렇게 됐을까?

그녀는 손으로 눈을 덮고 눌렀다. 약을 좀 많이 먹은 기억이 났다. 다른 때 같았으면 온딘과 함께 선실에 있었겠지만 마크가 이미 무도회장으로 갔고 그를 바람맞혔다가는 더 부아를 돋울 수 있었다. 마크가 그녀의 손을 잡고 댄스 플로어로 앞장섰고 오랜만에 남편과 함께 황홀하게 춤을 춘 기억이 났다. 정말 행복했다. 이보다 더 행복할 수 없을 정도였다. 그러다 그들은 그 승무원을 두고 옥신각신했고 마크가 사라져버렸다.

드레스가 의자에 걸쳐져 있는 품새를 보니 객실 담당 승무원의 솜씨였다. 외간 남자의 침대에 누워 있는 그녀를 본 또 다른 사람이 있다는 뜻이었다. 수치심이 가슴을 치받았다. 정신이 아득해졌다.

내가 끔찍한 실수를 저질렀어.

간밤에 마크가 떠나버렸을 때 그녀는 마음이 상했다. 그래서 구겐하임과 맞닥뜨렸을 때 바람을 쏘여야겠다고 했는데, 그러면 깍듯하게 인사하고 자리를 피해주겠거니 했던 그녀의 짐작과 다르게 이 백만장자가 그녀를 따라 나왔다. 그들은 난간 앞으로 가서 섰다. 밤공기가 처음에는 상쾌하게 느껴졌고 부글거리던 분노를 씻어주는 듯했다. 그는 심란해하는 것 같아 보인다며 뭣 때문에 그러는지 얘기를 해보라고 했다. 그리고 아뿔싸, 그녀는 얘기를 하고 말았다. 그는 귀담아들었고 세상에 단 한 명뿐인 소중한 사람 대하듯 그녀를 바라보았다. 말허리를 자르거나 자기 생각을 밝히거나 마크가 왜 그랬는지 이유를 설명하려고 하지 않았다. 가만히 듣기만 했고 그것이 캐럴라인에게는 가장 큰 위안이었다.

이러다 결국에는 이런저런 대화가 이어졌다. 그녀는 펜실베이니아에 계시는 아버지 얘기를 꺼내며 아버지를 다시 만나는 날이, 미국으로 돌아가는 날이 손꼽아 기다려진다고 했다. 미국에서는 어떤 말을 하고 어떤 식으로 행동하면 되는지 알 수 있어서 좋다고 했다.

"해외에서 아이를 낳다니 상당히 용감했네요." 넓고 거대한 어둠 속을 응시하며 구겐하임이 말했다.

그녀는 뺨이 벌게졌다. 온딘을 아버지에게 설명하는 것이 가장 두려운 숙제였다. 마크와 함께 간다고 편지에 쓰긴 했지만 그래도 결혼은 깜짝 소식이 될 것이다. 아버지에게 마크를 먼저 소개한 뒤에 결혼 소식을 전하는 편이 나았다. 아버지는 침착하고 지적이며 깍듯한 마크를 마음에 들어 할 것이다.

원래는 그렇게 생각했었다. 하지만 지금은 뭘 어쩌면 좋을지 알 수가 없었다.

"추운가 보네요." 벤저민이 소름이 돋은 그녀의 팔을 한 손 가락으로 훑으며 말했다. 축복 같았던 안도감이 섬뜩함으로 바뀌면서 그녀의 이가 덜덜 떨렸다. 모피와 두툼한 외투를 입고 지나가던 사람들이 호기심 어린 눈빛으로 그녀를 쳐다보았다. 어쩌면 호기심이 아니라 경멸하는 눈빛일 수도 있었다. 구겐하임의 악명을 익히 아는 사람들이 그의 얼굴을 알아본 걸까. "내 방에 가서 술 한잔합시다. 몸을 덥히는 데 그만인 게 있어요."

구겐하임은 하인들을 내보내고 코냑을 직접 따랐다. 그가 술을 준비하는 동안 캐럴라인은 선실을 둘러보았다. 그녀의 선실과 달라 보였지만 그럴 리는 없었다. 그래도 더 따뜻하고 더 부유하게 느껴지기는 했다. 의자에는 화려한 태피스트리가 드리워져 있었다. 돌을 깎아서 만든 근사한 체스 세트가 두어지다 만 채 테이블 위에서 기다리고 있었다. 향신료와 사향이 섞인 진한 향수 냄새가 공기 중에 맴돌았다. 문 너머로 보이는 침실에는 암적색 실크 가운이 벽에 걸려 있었다. 어느 모로 보나 남자의 방이었다. 그녀가 지금까지 접했던 그 어떤 서재나 당구실이나 사냥용 오두막보다 더 심하게 구겐하임의 발자국이 도처에 찍혀 있었다.

그는 술을 마시며 자기 얘기를 했다. 캐럴라인에게는 아버지뻘일 텐데 같이 있어도 부담스럽지 않았다. 마크하고는 어떤 대화든 조심스러웠다. 온딘, 돈, 거처, 앞으로의 생활 등 모든 게 골치 아픈 문제이자 갈등 유발 요소였다. 이제는 그의 옆에서 살얼음판을 걷는 것도 지긋지긋했다. 항상 그녀 자신을 변호하거나 품고 있는 소망에 대해 미안해해야 할 것처럼 느껴지는 것도 지긋지긋했다.

구겐하임은 같이 있어도 불편하지 않았다. 둘 다 돈이 있어서 그럴지도 몰랐다. 물론 그의 재산이 훨씬 더 어마어마하게 많았지만 기본적으로는 같았다. 두 사람은 인생을 대하는 시각이 비슷했다.

"부인이 한 번의 잘못된 판단 때문에 고생하는 건 보고 싶지가 않은데요." 구겐하임은 이렇게 말하며 집게손가락으로 그녀의 손등을 아주 가볍게 쓸고 지나갔다. 그녀의 결혼 생활이 다시 거론된 참이었다. "한 번의 잘못되고 성급한 판단 때문에. 나도 잘못된 판단을 여러 번 내린 적 있어요. 다들 그렇지 않나요? 그런데 그것 때문에 평생 고생하면 되겠어요?"

그녀가 마크를 상대로 그랬다. 성급하게 행동했다. 그녀가 마크와 가까워진 것도 오로지 릴리언 때문이었다. 어쩌면 애초부터 그녀가 줄곧 사랑했던 사람은 마크가 아니라 릴리언이었을지 몰랐다. 마크는 릴리언과의 연결 고리이자 잘생긴 곁다리였다. 그녀가 마음에 품은 사람은, 진심으로 애도한 사람은 릴리언이었다.

이런 생각이 들자 눈물이 고였다.

구겐하임이 방금 뭐라고 했지? 달콤한 몽롱함 속에 몇 분이 그냥 지나갔다. 그들은 이제 소파에 나란히 앉았고, 구겐하임이 팔로 그녀의 어깨를 감싸고 무겁게 누르며 자기 쪽으로 끌어당기고 있었다. 이제는 한결 강렬해진 향신료와 사향 냄새가 그녀의 허파와 머릿속을 가득 채웠다. 코냑 때문에 입술이 마비돼 말이 잘 나오질 않았다. 그는 자신이 현재 어떤 상황이고 그녀가 뭘 기대할 수 있는지 설명했다. 아내와 소원해진 지 오래됐지만 헤어질 수는 없다고. 아버지에게는 관심이 없는 아이들이 전 재산을 물려받게 될 거라고. 하지만 그에게는 동반자가 필요하다고.

"내가 보기에는 우리 둘이 서로 아주 잘 맞을 것 같거든요, 캐럴라인. 내 느낌이 맞는지 알아보고 싶은데. 당신 생각은 어때요?" 그의 숨결이 시가와 코냑 냄새를 풍기며 그녀의 귓가를 따뜻하게 간질였다. 그의 손은 그녀의 뺨을 쓰다듬었다.

그녀가 고개를 돌리자 그의 입술이 그녀의 입술 위로 포개어졌다. 기습적인 입맞춤이 아니라 점잖은 입맞춤이었다. 마크처럼 격렬하지도 않았다. 마크는 항상 굶주린 사람처럼 입을 맞췄다. 구겐하임은 그녀를 시험하는 중이었다. 가볍게, 거의 장난하듯이 머뭇거렸다. 그녀는 코냑의 힘을 빌려서 마주 입을 맞췄다. 그의 매끈한 뺨을 손으로 감싸고 어루만졌다. 나는 이런 남자를 만나야 해. 그녀는 여러 번 되뇌면 설득이 되기라도 하는 듯 이런 생각을 했던 기억이 났다.

그와 있으면 안심할 수 있었다.

아니, 외로운 가운데서도 안심할 수 있었다. 왜 그런지 몰라도 둘이 서로 비슷하다는 느낌이 들었다.

그녀는 몇 안 되는 승무원들이 이 새벽에 일어나 조용히 부스럭부스럭 하루를 준비하는 소리를 들으며 텅 빈 복도를 걷는 동안 어둠 속에서 진실을 확인했다. 그녀가 끔찍한 짓을 저질렀다는 것이었다. 그녀의 인생이 잿더미로 변해 온 사방에서 바스러지고 있었다.

그녀는 문이 눈곱만치 열려 있는 걸 보고 불안해하며 선실 안으로 슬그머니 들어갔다. 간밤에 제대로 닫히지 않는 바람에 배가 흔들리면서 저절로 열린 것일 수도 있지만 어째 불길했다. 그녀는 등 뒤로 조용히 문을 닫았다. 기적적으로 마크가 자고 있었다. 가운 차림으로 팔짱을 끼고 당장이라도 그녀에게 달려들듯이 씩씩대며 말똥말똥 깨어 있을 줄 알았더니 아니었다. 어디 있다 왔어? 밤새 어디 있다 온 거야? 하지만 그가 가만히 코를 고는 소리가 다른 방에서 흘러나왔다.

그녀는 드레스—이제는 불륜의 증거로 불태워 마땅한 흉물이 되었다—를 벗고 가운으로 갈아입었다. 화장대 앞에 서서 리더 박사에게 처방받은 코카인 봉지를 찾았다. 마음이 너무 급해서 하마터면 봉지에 담긴 약을 화장대 위로 엎지를 뻔했지만 물 잔에 가루를 붓고 처방받은 대로 물을 부었다. 정해진 용량보다 가루를 더 부었지만 그래도 벌컥벌컥 삼켰다. 어쩌다 한 번씩 용량을 살짝 넘긴들 뭐 어떨까?

그녀는 침대 앞에 서서 온딘을 내려다보았다. 잠자는 아이를 보고 있으면 항상 마음이 차분해졌다. 아이는 지극히 평화롭고, 인생의 고난을 전혀 알지 못하는 지극한 축복을 누리고 있었다. 가끔 이제는 또 한 생명을 책임져야 한다는 생각이 들면 덜컥 겁이 났지만 대개는 행복해졌다. 무조건적으로 그녀를 사랑해줄 사람이 생겼다는 데 행복해졌다. 양육하고 보호해야 할 사람, 항상 그녀의 곁에 있을 사람이 생겼다는 데 행복해졌다. 오늘 밤에는 잠이 든 아이를 내려다보는데 죄책감이 느껴졌다. 그녀가 온딘의 아버지를 배신하고 말았다. 이제 미래가 갑작스럽게 아주 불확실해졌다. 아주 불분명해졌다.

아이가 느닷없이 울음을 터뜨렸다. 아니, 정확히 말하면 울음을 터뜨린 건 아니었다. 지금까지 낸 적 없는 소리였다. 목이 졸린 듯 캑캑거리는 소리에 가까웠다. 부모에게 순전한 공포를 유발하도록 의도된 소리였다. 캐럴라인은 아이를 얼른 안아 올렸지만 아이가 눈을 깜빡이며 울어대자, 아니 캑캑대자 뭘 어쩌면 좋을지 생각이 나지 않았다. 도대체 온딘이 뭣 때문에 숨을 못 쉬는 걸까? 그녀는 무의식적으로 품에 안고 있던 아이를 뒤집어 등을 세게 두드렸다. 소용이 없는 듯했다. 공포가 그녀를 덮쳤다. 그리고 비논리적이고 당황스러운 질문들이 아우성치며 머릿속으로 쏟아져 들어왔다. 그 조그만 입에 뭐가 들어갈 수 있을까? 그 끔찍한 미스 플래틀리가 아이 침대에 뭘 흘린 건 아닐까? 캐럴라인은 아이를 들어서 입 안을 들여다보려고 했다. 시간은 째깍째깍 흐르고 울걱거리는 소리는 계속되고 온딘이 점점 벌게진 얼굴로 숨을 헐떡이기 시작하자 캐럴라인은 달리 뭘 어쩌면 좋을지 알 수 없었기에 온딘의 목구멍으로 손가락을 쑤셔 넣었다.

그래, 그래. 뭔지 모르겠지만 이상한 게 느껴졌다. 딱딱하고 금속성이었다. 그녀는 그걸 잡아당기기 시작했다.

누군가가 그녀의 어깨를 잡았다. 그녀는 획 하니 돌아보느라 하마터면 아이를 떨어뜨릴 뻔했다. 마크가 눈을 이글거리며 서 있었다. "지금 뭐 하는 거야? 아이 이리 줘." 그는 캐럴라인이 온딘을 건넬 때까지 기다리지도 않고 그녀의 손에서 낚아채 갔다.

캐럴라인은 벌벌 떨며 서서 흥분을 가라앉혔다. 방금 전에 무슨 일이 벌어진 걸까? 울음소리가 그쳤다. 마크가 온딘을 어깨에 걸치고 거실 저편에 서 있었다. 아이는 늘 그렇듯 마크를 향해 옹알거렸고, 그는 대답 삼아 나지막이 달랬다. 그래, 그래, 이제 괜찮아……

"아이가 이상했어." 캐럴라인은 말했다. 말투가 겁에 질렸고 사과하는 것처럼 들렸다. "나는 문제를 해결하려고—"

"지금 무슨 소릴 하는 건지 모르겠네. 아이는 아무 문제 없어." 마크는 어깨 너머로 그녀에게 말했다. 왜 그렇게 온딘을 멀찌감치 안고 있는 걸까? 그녀도 딸아이를 안고 아무 문제 없는지 확인하고 싶었다.

"아까 못 들었어? 애가 끔찍한 소리를 내면서—"

"난 당신이 내는 소리밖에 못 들었는데." 마크가 말했다. 말투에서 비난의 기미가 뚝뚝 묻어났다. "당신 지금 제정신이 아니야. 요즘 들어 계속 그렇잖아. 약을 전보다 많이 먹고 있지? 내가 보기에는 너무 많이 먹는 것 같은데."

"무슨 얘기를 하고 싶은 건데?"

"지금 날이 밝기 직전이야. 그걸 이 시각에 먹어야겠어?"

그랬다. 현창 밖으로 하늘이 점점 환해지고 있었다. 그녀는 그 생각을 미처 하지 못했다. 약을 먹는 것이 이제는 반사적인 행동이 되었다.

마크는 그녀 쪽을 턱으로 가리켰다. "코카인 때문에 건강이 나빠지는 사람도 있다고 들었어. 그리고 아편처럼 중독성도 있다고 하고. 좀 줄여야―"

그녀는 화장대를 내리쳤다. "나는 의사의 지시에 따라서 복용하는 중이야. 이건 약이라고."

그녀는 그가 달래주길 기다렸다. 그래, 그래, 알겠어. 당신 요즘 많이 힘들었지? 그녀의 등을 쓰다듬고 물을 가져다주길 기다렸다. 하지만 그는 그러지 않았다. 아이를 계속 어르며 등을 돌렸다.

그녀는 숨을 마시고 그대로 참았다. 모든 게 어긋난 것처럼 느껴졌다. 죄책감 때문에 인지 기능이 왜곡된 건 아닌지 자신이 없었다. 공기가 전보다 쌀쌀하고 침묵이 전보다 불길했다. 하지만 마크는 분명 어딘지 모르게 이상했다. 그녀가 사라져주길 바라는 듯한 그 눈빛. 그녀를 증오하는 듯한 그 눈빛. 그리고 그는 어디 있다 왔느냐고 묻지 않았다. 상관없는 건가? 눈치챈 건가? 그녀에게서 다른 남자의 체취를 맡았을까? 아니면 슬픈 그녀의 입가를 보고 알아차렸을까?

"온딘 내 옆에 눕혀서 재울게." 마크는 피곤한 목소리로 이렇게 말하며 방으로 건너갔다. 등 뒤로 문을 닫았다.

캐럴라인은 아기 침대 위로 허리를 숙이고 지친 눈빛으로 아이가 있었던 자리를 물끄러미 응시했다. 마크의 말이 맞을지 몰랐다. 약 때문에 이런 현상이 벌어지고 있는 건지 몰랐다. 그녀는 서서히 미쳐가고 있는 것 같았다. 요즘 들어 그걸 너무 많이 먹고 있다는 그의 말은 맞았다. 그녀는 심란한 일이 생길 때마다 가루를 찾았다. 봉지에 남은 게 거의 없는데, 리더 박사를 찾아가 추가로 처방을 받으려니 끔찍했다. 어쩌면 차라리 잘된 일일지 몰랐다. 조금씩 줄일 때도 됐다.

그런데 온딘은 어떤다? 그녀가 이 약에 중독됐다는 결론이 내려지면 마크가 아이를 떼어놓을 수 있었다. 그들은 결혼한 사이였으니 그에게 법적으로 그럴 권리가 있었다. 생각만 해도 등골이 서늘해졌다. 온딘을 영영 잃을 수도 있다니.

담요의 접힌 부분 안에 들어가 있는 이게 뭘까? 딱딱하고 차갑고 금속성이었다. 그리고 축축했다.

그녀는 알았다. 온딘의 목구멍에 걸려 있었던 게 이거였다. 온딘은 정말로 캑캑거리고 있었다. 그녀가 아이를 살린 것이었다.

그녀는 쇠고리에 둘둘 묶인 리본을 풀듯 그 물건을 복잡한 담요 안에서 끄집어냈다. 에덴동산의 뱀처럼 온딘의 침대 속에 숨어 있었던 이게 뭘까?

체인에 달린 십자가였다. 조그만 금색 십자가였다.

36장

세상이 심하게 요동치며 애니에게 홀연히 들이닥쳤다. 흙과 돌이 거대한 벽처럼 무너져 바닷속으로 떨어지던 발룬토이의 그 낭떠러지에 서 있었을 때처럼 세상이 그녀의 아래에서 흔들렸다.

그런데 그 흔들림이 멈출 줄 몰랐다. 그녀는 이게 무슨 일인지 이해해보려고 애를 썼다. 그녀는 타이태닉이라는 휘황찬란한 배를 타고 있었다. 그런데 흔들리는 이유가 뭘까?

마침내 눈이 초점을 맞출 수 있게 되었을 때 앞을 쳐다보니 바이얼릿이 허리를 숙여서 풀어 헤친 머리를 애니의 얼굴 위로 대롱거리며 그녀를 흔들어 깨우고 있었다. 놀란 그녀의 표정에 애니까지 불안해졌다.

바이얼릿이 애니의 어깨를 놓았다. "어휴, 드디어 일어났네. 너 어디 아픈 줄 알았어. 방금 발작을 일으켜서 눈을 까뒤집고 입술을 양옆으로 쫙 찢더라고. 누가 그 정도로 심하게 발작 일으킨 거 처음 봤어. 학교에서 신부님들이 경고했던 것처럼 악마가 네 몸속에 들어간 줄 알았지 뭐야."

애니는 바이얼릿을 올려다보았다. 친구가 장난을 치는 것이길 바랐지만 누가 봐도 장난이 아니었다. 온몸이 부르르 떨렸다.

"전에도 발작 일으킨 적 있어?" 바이얼릿이 물었다.

애니는 얼굴을 문질렀다. "한 번도 없어." 그녀가 가장 최근에 발작을 일으켰다는 얘기를 들은 사람은 애스터 부부의 그 어린 하인이었다.

"선의한테 진찰받는 게 좋겠다. 아무 이상 없는지."

애니는 위 팔뚝을 문질렀다. 추웠다. 너무, 너무 추웠다. 거대한 엔진이 요란하게 돌아가고 밤낮으로 불을 때는 이 배에서 어쩌면 이렇게 추울 수가 있을까? 그 조그만 선실이 냉골이었다. 뺨이 차가웠고 코끝과 귀 끝도 마찬가지였다. 손가락과 발가락도 그랬다.

좌우 선실에서 웅얼거리는 소리와 다른 소음이 들렸다. 다른 승무원들도 슬슬 일어나기 시작했다는 뜻이었다. "안 돼, 안 돼. 일 시작해야지." 애니가 결의를 다지며 일어나 앉아 숨을 들이마시자 추위가 맨머리와 맨팔을 옷처럼 덮었다. 그녀는 허둥지둥 침대에서 빠져나와 얼른 옷을 갈아입었다. 밖에 놓아두기라도 했던 것처럼 옷이 얼음장 같았다. 그녀는 이를 악물고 곱은 손가락을 움직여 최대한 잽싸게 페티코트를 입었다. 마지막으로 얼굴에 듬성듬성 물을 뿌렸다. 얼음이 낀 개울 물을 직접 받은 것처럼 차가웠다.

바이얼릿은 서서 그녀가 옷을 입는 것을 지켜보았다. "어떻게 된 거야, 애니?"

애니는 원피스를 손에 든 채 그대로 멈췄다. "뭐가?"

바이얼릿은 애니의 팔을 가리켰다. 그녀의 손을 따라 내려다보니 손가락 크기의 멍이 들어 있었다. 발목에도, 위 허벅지에도 끔찍한 멍이 하나씩 있었다. 그녀는 어쩌다 그렇게 됐는지 전혀 기억이 없었다. 일을 하는 와중에 생긴 모양이었다. 날이 굳어지면 배가 야생마처럼 걷잡을 수 없이 흔들려서 특히 무거운 쟁반을 들고 좁은 직원용 복도를 종종걸음 치다가 난간이나 벽으로 내동댕이쳐지기 십상이었다.

그러다 그녀는 매들린 애스터 때문에 생긴 것임을 깨달았다.

"아무것도 아니야. 안 아파." 그녀는 이렇게 말하며 바이얼릿의 호기심을 누를 수 있길 바랐다.

바이얼릿은 어깨를 으쓱하고, 그날 아침에 식사를 하며 들은 얘기에 대해 조잘거리며 준비를 마쳤다. 일등 항해사가 날이 너무 추워서 바다에 얼음이 떠다닐 수 있다고 경고했다는 것이었다. 애니는 듣는 둥 마는 둥 하며 옷을 입고 신발을 신는 동안 공포가 스며들지 않도록 애써 가로막았다. 윌리엄 스테드에게 들은 이야기, 그러니까 이 배에 악령이 깃들어 있을 가능성이 크다는 이야기가 맞을지 모른다는 공포였다. 그리고 그녀가 그 악령의 제물일 수도 있다는 것.

그녀는 얼른 침대를 정리하고 하루를 시작하려고 했지만, 파란색과 하얀색 담요를 잘 당겨서 침대 가장자리에 넣으려고 했을 때 뭔가 반질반질한 것이 손끝에 닿았다. 뱀이라도 나올까 봐 걱정하는 사람처럼 궁금해하면서도 조심스럽게 담요 모서리를 들추어보니 앙증맞은 무늬가 그려진 파란색 새틴이 언뜻 보였다.

남자 넥타이였다.

화끈거리는 얼굴을 달래며 어깨 너머를 흘끗 확인해보니 바이얼릿은 이미 나갔고 그녀 혼자 남아 있었다.

그 생경한 물건을 조심스럽게 침대에서 꺼내 불빛에 비춰보았다. 분명 격식을 갖출 때 매는 남자 넥타이였고 전에 본 적 있는 넥타이였다. 간밤에 남자들이 무도회에 참석하느라 이런 넥타이를 맸다. 그녀는 그 위로 손을 얹자마자 마크의 넥타이라는 것을 알아차렸다. 헉하는 소리가 그녀의 입술을 비집고 조그맣게 새어 나왔다.

간밤에 무도회가 끝나고 무슨 일이 있었던 걸까? 그녀는 기억이 났지만 꿈속인 듯, 깜빡거리는 불빛에 비춰보는 듯 희미했다. 흡연실에 서 있었던 것. 거긴 왜 들어갔을까? 이글거리는 불길을 바라보았던 것. 그 속으로 뛰어들까 생각했던 것. 그리고 잠시 후에 그가 숨을 헐떡이며 다급한 눈빛으로 등장했던 것. 단편적으로 번뜩이는 장면들을 완벽하게 기억할 수 있었지만 제삼자에게 벌어진 일이라도 되는 듯 멀게 느껴졌다. 그의 이름이 그녀의 목구멍에서 흘러나왔고, 그녀는 더 가까이 있고 싶은 마음에 숨을 헐떡이며 그의 목을 움켜쥐었다. 그녀가 꿈꿔왔던 이 일들이 전부 실제로 벌어진 거 아니었나?

하지만 너무 엄청나서 믿기지가 않았다. 두 사람이 드디어 서로의 마음을 확인했다는 생각이 들자 그녀의 가슴이 벅차올랐다. 그녀는 마크를 사랑했다. 고작 며칠이 아니라 몇 달, 심지어 몇 년 전부터 그와 아는 사이였던 느낌이었다. 그를 갈망했던 느낌이었다. 다른 생에서 헤어졌다가 지금 여기서 드디어 다시 만난 것 같았다. 교구 신부님이 보면 눈살을 찌푸렸던 그런 책에 소개된 아름다운 이야기와 같았다.

무슨 짓을 저지른 거야, 애니?

손이 떨렸다. 덜컥 겁이 났다. 부끄러웠다. 살과 살이 맞닿았던 곳마다 그슬리기라도 한 듯, 그래서 이제 속살이 드러나도록 화상을 입은 환자라도 된 듯 몸을 주체할 수가 없었다. 간밤의 기억이 파도처럼 그녀를 겹겹이 덮치자 그 짠물이 폐부로 쏟아져 들어와 숨을 쉴 수가 없었다.

문 앞을 지나는 발소리가 들렸다. 그녀는 화끈거리는 얼굴을 달래며 브로치가 담긴 주머니 안으로 넥타이를 쑤셔 넣었다.

그날의 첫 번째 일과는 조식 배식이었지만 그 전에 온딘이 먹을 따뜻한 우유를 준비해야 했다. 플레처 부부가 우유를 기다리고 있을 것이었다. 하지만 마크와 다시 맞닥뜨리는 순간을 상상하자 다리의 힘이 풀려서 주저앉을 것 같았다. 그녀는 얼른 주방으로 계단을 올라가 요리사들이 오트밀을 만들기 위해 대형 냄비에 우유를 끓이고 있는 뒤편으로 갔다. 그들은 이제 그녀가 조그만 양철 냄비를 솥단지에 담가 우유를 조금 떠가면 그러려니 했고, 그날 포리지를 맡은 수석 주방장은 거치적거리지 않게 옆으로 비켜주었다.

그녀는 식료품 저장실에서 준비를 마쳤다. 냄비 위에 커버를 씌우고 그 위에 손을 얹어 누비 플란넬을 뚫고 올라오는 온기를 잠깐 보듬었다. 그런 다음 캐럴라인 플레처의 브로치를 넣어둔 앞치마 주머니 속으로 손을 넣었다. 아무 때고 그걸 쓰다듬으면 기분이 좋아졌다. 왠지 모르게 진정이 됐다. 꼭 고양이를 쓰다듬는 것 같았다. 캐럴라인에게 돌려줘야 한다는 걸 알았지만 마음이 움직여지질 않았다. 너무 예뻤다. 그녀의 것일 운명이라도 되는 듯 어딘지 모를 부분이 마음에 그대로 꽂혀버렸다. 하지만 이렇게 가지고 있으면 안 되는 것이었고, 혹시 이것도 이 배 안에서 그녀를 따라다니는 것처럼 느껴지는 악령과 연관이 있는 부분인지 궁금해졌다. 그걸 훔치는 나쁜 짓을 저질렀으니, 나쁜 사람에게는 나쁜 일이 벌어지지 않나? 브로치를 돌려주어야 하는 이유가 늘었다.

그녀는 마스터키로 플레처 부부의 선실 문을 열고 안으로 들어갔다. 이상하게 커튼이 모두 쳐져 있었다. 방 안이 무덤처럼 어두컴컴했다. 그녀는 테이블에 쟁반을 내려놓고 현창 앞으로 다가가 묵직한 커튼을 젖혀 아침 햇빛을 좀 들어오게 하려고 손을 위로 뻗었다.

그러다 의자에 캐럴라인이 앉아 있는 것을 보고 하마터면 비명을 지를 뻔했다. 핏기 없는 얼굴로 기절한 것처럼 의자에 기대고 누워 있어서 처음에는 유령인가 싶었다. 어두컴컴한데 캐럴라인 혼자 앉아서 뭐 하는 걸까? 그리고 아이는 어디 있을까?

캐럴라인이 자기 목을 향해 손을 뻗으며 벌떡 일어나 앉았다. "미스 헤블리! 우리 선실에서 뭐 하는 거예요?" 애니는 자기가 캐럴라인을 깨웠음을 깨닫고 허탈해졌다. 캐럴라인은 안 그래도 그녀를 싫어하는데 이로써 불난 데 부채질하는 격이 되고 말았다.

애니는 살금살금 빠져나갈 수 있길 바라며 몸을 돌렸다. "우유요, 부인. 우유 들고 왔어요." 하지만 문고리를 향해 손을 내밀었을 때 반짝이는 금붙이가 곁눈으로 들어왔다. 그녀의 십자가 목걸이였다! 그 목걸이가 화장대 한쪽 구석에 놓여 있었다. 그녀가 이 방에 왔을 때 풀려서 바닥에 떨어진 걸 누가 주웠나? 미스 플래틀리가 주웠을까?

그녀는 그 앞을 지나면서 목걸이를 집어 조용히 주머니에 넣었다.

캐럴라인이 당장 비난조로 카랑카랑하게 외쳤다. "뭐 하는지 다 봤어요! 당신이 그 도둑이로군! 보석을 훔치고 다닌."

애니의 심장이 철렁 내려앉았다. 이건 악몽이었다. 그녀는 캐럴라인이 무서웠지만 몸을 돌려서 똑바로 마주 보았다. "하지만 이건 제 목걸이예요. 며칠 전에 잃어버렸—"

"거짓말. 내가 방금 전에 주운 건데. 도둑질에 거짓말까지 하는군요." 왜 캐럴라인은 계속 그런 식으로 얘기하는 걸까?

이제는 숫제 애니를 손가락질하며 면전에 대고 손가락을 흔들고 있었다. "당신 어젯밤에 여기 왔었지? 그때 목걸이를 흘리고 간 거야. 어젯밤에 왔다가 나가면서 문을 제대로 닫지 않았지?"

애니의 무릎이 벌벌 떨렸다. 이게 무슨 일일까? 캐럴라인 플레처가 무슨 오해를 하고 있는 걸까? 애니는 간밤에 이 선실에 왔던 기억이 없었다. 하지만 넥타이가, 마크의 넥타이가…… 말없는 증인처럼 바로 그 순간 그녀의 주머니 안에 들어 있었다.

커튼을 젖혔어도 방 안은 여전히 어두웠다. 애니는 스위치를 켜려고 했지만 전등에 문제가 있는 것 같았기에(안 그래도 복도 이쪽 구역이 그렇다고 승무원들이 투덜거리고 있었다) 주머니에서 양초를 꺼내 불을 붙였다. 그녀는 캐럴라인을 좀 더 제대로 보려고—그리고 억울한 누명을 쓰고 그녀가 얼마나 화가났는지 캐럴라인에게도 보여주려고—촛불을 들었다가 충격을 받았다. 그 여자는 동공이 열렸고 눈은 밤하늘처럼 까맸고 얼굴은 땀범벅이었다. 밤을 꼬박 샌 것처럼 보였고 가운이 이상하게 몸을 휘감고 있었다.

뭔가 아주 이상한 일이 벌어지고 있었다.

"온딘은 어디 있어요, 플레처 부인?" 애니는 촛불을 들며 아기 침대 쪽으로 몸을 돌렸다.

침대에 아무도 없었다.

캐럴라인이 그녀를 향해 달려들었다. "근처에 가지 마! 내

435

아이 건드리지 마! 내 아이한테 다시는 관심 두지 마, 내 말 알 아들었ㅡ" 캐럴라인이 그녀의 갈비뼈에 손을 얹고 뒤로 밀치 는 것이 느껴졌다. 그녀는 비틀거리며 벽에 부딪혔다.

불붙은 양초가 바닥으로 떨어졌다. 그 순간 배가 파도에 실 려 위로 들린 것도 한몫 거들었다.

애니는 캐럴라인의 가운 자락에 불이 붙어 눈 깜빡할 새 주 황색 불길이 길게 날름거리는 것을 경악하며 지켜보는 수밖에 없었다. 캐럴라인은 비명을 지르며 뒤로 펄쩍 뛰었다. 근처에 담요도 없고 불을 끌 만한 게 아무것도 없었다. 애니는 문을 등 지고 서서 어떻게 하면 좋을지 생각해보려고 했지만 머릿속이 마비돼버렸다.

"맙소사, 이게 무슨 일이야?" 마크의 목소리였다. 어디에선 가 마크가 잠옷 바람으로 등장했다. 불길이 그의 얼굴을 환히 비췄다. 잠시 후 사라졌다가 다시 등장한 그의 손에 세면대의 대야가 들려 있었다. 물살이 허공에 잠깐 떠 있다가 캐럴라인 의 위로 쏟아졌고 뒤이어 연기 냄새가 풍겼다.

애니가 허둥지둥 그 방에서 빠져나왔을 때 마지막으로 본 것은 마크의 표정이었다. 충격과 분노와 믿기지 않아 하는. 캐 럴라인의 말이 그녀의 귓전에서 울렸다. "저 여자 이상해, 마 크…… 방금 전에도 나를 죽이려고 했어!"

그러자 마크가. 그녀의 심장에 비수를 꽂았다. "우리 근처 에 오지 말아요, 애니 헤블리! 우리 가족 근처에 오지 말아요! 우리를 건드리지 말아요."

37장

애스터의 돈뭉치가 가득 든 여행 가방이 마크 플레처의 손에 가볍게 들려 있었다. 그렇게 많은 돈이 수중에 있다니 현기증이 나고 머리가 빙빙 돌았다. 그는 흡연실에 가서 여행 가방을 수거했고 이제 사전에 애기한 금액을 윌리엄스에게 건네려는 참이었다.

메인 계단의 일등실 쪽 입구에 줄줄이 달린 현창 앞을 지나자 첫새벽의 햇살이 눈을 찔렀다. 그는 여행 가방을 들지 않은 쪽 손으로 눈을 비볐다. 계속 여행 가방 생각을 하느라 밤새 잠을 설쳤다. 죄책감과 흥분이 두 마리 전갈처럼 눈언저리에서 종종걸음 쳤다. 방금 전에 지나간 승무원이 간밤에 그가 광분한 모습을 봤을까? 그가 자는 동안 여행 가방이 숨겨진 곳을 우연히 발견한 사람이 있었을까?

어떻게 보면 창창한 미래가 그의 앞에 펼쳐져 있는 셈이기도 했다. 여행 가방과 훔친 돈— 한몫으로 이렇게 많은 돈을 거머쥐기는 처음이었다. 그 위험성과 가능성을 생각하면 피가 끓었다. 그는 이 많은 돈으로 뭘 할 수 있을지 계속 상상했다. 미국 도박은 어마어마하다고 들었다. 리버보트 카지노, 광활하고 쓸쓸한 서부 평야를 횡단하는 열차의 도박 칸, 뉴올리언스의 악명 높은 도박장. 이런 돈이 있으면 어디든 끌리는 대로 가서 영국에서는 들어본 적 없는 쾌락을 맛볼 수 있었다. 하지만. 애니가 어젯밤에 뭘 봤을까? 그를 현행범으로 체포하려고 잠복이라도 하고 있었던 것처럼 섬뜩한 분위기였다. 그리고 방금 전 선실에서 그 희한한 광경까지. 캐럴라인이 주장한 것처럼 그녀가 캐럴라인을 죽이려고 했던 걸까? 지금은 그런 생각을 할 겨를이 없었다. 나중에 윌리엄스의 몫을 정산하고 나면 편히 쉴 수 있을 것이다. 정신을 차릴 수 있을 것이다. 하지만 그때까지는 마음이 어지러울 수밖에 없었고, 헤블리의 흘긋거리는 커다란 눈은 그녀가 보기보다 아는 게 더 많다고 얘기하는 듯했다. 간밤에 그녀는 뭐랄까, 제정신이 아니었다. 불과 사흘 전에 처음 만났을 때만 해도 소심한 승무원이었는데 그 모습은 온데간데없이 사라지고, 적극적이고 과격하며 절박하고 단호한 여자가 되었다. 그에게 뭔가를 놓치고 있는 듯한 느낌, 연극 중간에 들어간 듯한 느낌을 유발해 괜히 짜증 나게 한다는 점에서 왠지 모르게 익숙하기도 했다.

끔찍하고 끔찍한 밤이었다. 그는 불안과 황홀을 오가며 진

땀을 흘렸다. 당장이라도 폭발할 것 같았다. 캐럴라인이 그를 두고 사라졌다는 데 화가 났지만—아직까지 분노가 가라앉지 않았다—그가 그렇게 이상하게 구는 이유를 설명할 필요가 없었기 때문에 한편으로는 다행스러웠다.

하지만 지금 윌리엄스를 만나러 가는 동안 마크는 묘한 기분에 휩싸였다. 미칠 듯이 어지러웠던 마음은 밤새 가라앉았고 차가운 아침 햇살이 비치자 양심이 다시 고개를 들었다. 간밤에 그런 짓을 저질렀으니 그는 이제 도둑이 아닌 척할 수 없었다. 그는 심각한 짓을 저질렀고 그래서 마음이 불편했다. 그는 법원에서 만난 수많은 사람들과 다를 게 없었다. 월세를 내거나 아이들에게 저녁을 먹이는 데 쓸 수 있었던 마지막 남은 돈을 도박으로 탕진한 사람들. 도박을 계속하려고 자기 자신까지 속여가며 끔찍한 짓을 저지르는 사람들. 그런 사람들을 경멸했건만 이제는 같은 부류로 전락하고 말았다.

이 돈은 가지면 안 됐다. 지폐 한 장도 안 됐다. 지금 이 돈을 가지면 다음번은 더 쉬워질 테고, 지금 이 돈을 가지면 다음번은 반드시 찾아올 것이다. 돈맛을 알게 되면 그것이 중독이자 권리이자 자격이 되어버릴 것이다. 그가 교도소에서 면담한 사람들처럼 도둑질을 합리화하게 될 것이다. 그리고 그도 언젠가는 그들처럼 될 것이다. 그런 인간들의 말로는 항상 그랬다. 변호사에서 범죄자로 전락한다면 그 수치심을 감당할 수 없을 것 같았다. 모든 게 감질나도록 쉬워서 겁이 났다. 타락하는 것도.

추락하는 것도.

그는 계단을 따라 삼등실이 있는 G갑판으로 내려갔다. 이 갑판은 상당한 공간이 거대한 보일러에 할애돼서 보일러가 웅웅거리고 끙끙대며 돌아가는 소음이 무시무시했다. 엔진 내부에 이 정도로 가까이 와본 적은 처음이었고 여기 승객들은 어떻게 견디나 싶었다. 길고 긴 통로 한쪽 끝에 터빈으로 가득한 엔진실이 있었다. 빙글빙글 돌아가는 그 거대한 기계는 사람 하나쯤 우습게 으스러뜨릴 수 있게 생겼다. 마크는 여행 가방을 그 안으로 던져 돈을 갈가리 찢긴 쓰레기 나부랭이로 만들까 잠깐 고민했지만 그러면 정신적으로는 만족스러울지 몰라도 실질적으로는 아무 소득도 얻지 못할 것이었다. 그런다 한들 윌리엄스의 협박을 막을 수는 없을 것이었다. 그렇기 때문에 그는 윌리엄스를 만나기로 한 뱃머리 쪽으로, 우편과 소포실이 있고 이등실 화물 창고가 있는 그곳으로 계속 걸음을 옮겼다.

삼등실 승객들이 하나둘씩 하루를 시작하고 있었다. 그가 지나가자 싸구려 밀짚모자를 쓰거나 머리에 스카프를 동여맨 여자들과 거칠거칠한 모직 바지에 워크 부츠를 신은 남자들이 호기심 어린 눈빛으로 빤히 쳐다봤다. 그들은 삼등실 식당—농장의 일꾼과 하인들 식당처럼 긴 테이블과 벤치가 놓여 있었다—으로 가는 중이었다. 거기서 흘러나오는 포리지와 훈제 청어 튀김과 키드니 파이 냄새를 맡고 그의 배에서 천둥소리가 났다. 이 빌어먹을 거래를 얼른 끝내고 그에게 익숙한 것들이 있는 위쪽 갑판으로 얼른 돌아가고 싶은 마음이 굴뚝같았다.

그는 문이 열려 있는 객실마다 안을 흘끗 들여다보았다. 방마다 최소 네 명씩 꽉꽉 쑤셔 넣어져 있었다. 누구는 겁에 질린 눈빛으로, 또 누구는 의심스러워하는 눈빛으로 그를 빤히 쳐다봤다. 그는 살짝 소심해졌다. 누가 여긴 뭐 하러 왔느냐고 물으면 뭐라고 대답해야 할까? 그게 아니라 누가 여행 가방을 뺏으려고 하면? 여기가 아닌데 길을 잘못 들었나? 결국 그는 선수를 쳐서 어디 가면 권투 선수들을 만날 수 있을지 아는 사람 있느냐고 물어보기로 했다. 성직자용 칼라를 달고 있고 유해 보이는 나이 지긋한 남자를 선택했다.

"객실이 스쿼시 코트 근처라고 들은 것 같은데요." 그는 막연하게 앞쪽을 가리키며 이렇게 말했다.

다행히 그쪽은 선실 수가 적어서—나중에 아무 데나 되는 대로 선실을 만들어놓은 듯한 분위기였다—금세 맞는 방을 찾을 수 있었다. 문이 열려 있었지만 다이 보언만 있고 그에게서 갈취하려는 자는 보이지 않았다.

보언은 놀란 한편으로 살짝 당황한 눈치였다. "플레처 씨, 여긴 어쩐 일이세요?"

"당신 친구 윌리엄스 씨를 만나러 왔어요."

보언은 뒤통수를 문질렀다. "여기 없는데 어쩌죠? 어젯밤 이후로 보지 못했어요."

그런 남자는 간밤에 자기를 받아주는 여자를 찾고도 남았을 것이다. 실망스러웠다. 그를 예전의 생활, 예전의 고민거리에서 벗어나지 못하게 하는 이 빌어먹을 족쇄, 이 빌어먹을 사슬에서 벗어날 수 없게 돼버렸다. 그 삶을 끝내고 싶은 마음이 컸지만 유혹도 그 못지않았다.

마크는 몸을 돌리려고 했지만 보언이 그의 팔을 잡았다. "무슨 일로 그러세요? 제가 도울 방법이 있을까요?"

마크는 고개를 저었다. "아뇨, 아무것도 아니에요."

하지만 보언은 손을 놓지 않았다. "레스와 관련된 일이면 제 일이기도 해요."

마크는 다시 한번 반론을 제기하려다 그의 말이 맞는다는 것을 깨달았다. 윌리엄스에게 그가 캐럴라인의 보석을 훔쳤다고 알려준 사람이 있다면 보언일 수밖에 없었다. 그는 죄가 없지 않았다. 그는 여행 가방을 보언에게 내밀었다. "좋아요, 그럼. 자―이거 받아요. 이 빌어먹을 물건이라면 신물이 나네. 당신 친구한테 내가 찾은 돈은 이게 전부라고 전해요. 그리고 전부 가지라고. 나는 빌어먹을 동전 한 닢 가지고 싶지 않다고." 마크는 할 말을 다 하고 싶었기 때문에 보언이 어떤 말이나 행동을 보이기 전에 한발 뒤로 물러났다. "친구한테 이제 끝났다고 전해요. 내가 진 빚을 갚았다고. 이제 손 떼고 싶다고. 그리고 당신 친구는 만약 체포되면 이걸 기억하는 게 좋을 거예요. 이 모든 게 그의 책임이라는 거. 나는 손 씻고 나왔다는 거."

"지금 그게 무슨 소리예요?" 그는 마크를 향해 여행 가방을 흔들었다. "이건 뭐고요?"

그의 안에서 소용돌이치고 있던 노여움, 분노, 두려움, 이 모든 감정이 와르르 무너지면서 마크는 묘하게 당황스러워졌다. 보언은 윌리엄스가 틀어쥐고 있는 그의 약점을 아마 전부 알고 있겠지만, 그 둘은 동업자겠지만, 그럼에도 불구하고 다르게 느껴졌다. 그가 자기 자신을 기만하고 있는 건지 몰라도 보언은 나름대로 좀 더 정직하다는 것을 알 수 있었다. 마크는 그 작고 답답한 공간의 문을 닫고, 혹시라도 지나가는 사람이 있을 경우에 대비해 거의 웅얼거리는 수준으로 윌리엄스가 어떤 계획을 세웠는지 그 권투 선수에게 설명했다. 돈이 담긴 상자를 찾은 부분까지 하나씩 세세히 설명하고 상대방의 얼굴 위로 번지는 경악하는 표정을 보며 뿌듯해했다.

보언은 혐오스러운 물건이 들어 있기라도 한 것처럼 여행 가방을 멀찌감치 들었다. "그리고 여기 이게 그 돈이고요?"

"마지막 한 푼까지 들어 있어요. 나는 당신 친구가 시킨 대로 했어요. 그러니까 이제 나랑 캐럴라인을 건드리지 말아요. 내— 내가 훌륭한 남편이 못 됐다는 걸 알지만 그건 과거의 일이에요. 이제 캐럴라인과 화해를 시도해볼 거예요. 우리는 새로운 삶을 함께 시작하기 위해 미국으로 건너가는 중이고 나는 제대로 한번 해볼 생각이에요." 그는 이것이 그가 가장 원하는 일이라는 사실을 말하는 동안 깨달았다. 악마가 일부 몸 밖으로 쫓겨났다.

보언은 뒤편의 2층 침대에 몸을 기댔다. 머리가 천장에 닿을락 말락 했다. "그렇다니 다행이네요. 내 일 아니니 신경 끄라고 해도 어쩔 수 없지만 그래도 한마디 하자면 부인이 아주 훌륭한 분 같아 보이던데—"

"그런 여자한테 이런 짓을 저지르면 안 된다?" 마크는 씁쓸해하는 투로 이렇게 반문했다. "맞아요. 아내는 세상에 둘도 없을 만큼 훌륭한 여자예요, 나 같은 실패작을 선택한 게 문제긴 하지만. 내가 파멸을 자초한 게 이번이 처음도 아니에요."

"카드 때문에요?"

카드뿐만이 아니었다. 그는 시골 경마장, 런던 뒷골목에서 열리는 개싸움과 닭싸움, 길모퉁이 술집 지하에서 열리는 흰 담비 대 쥐 싸움을 찾아다녔다. 심할 때는 누가 맥주를 제일 빨리 마시는지를 두고 내기를 벌이기도 했다. 하지만 시인할 수 있는 건 카드뿐이었다. 신사들은 카드를 쳤으니까. 그리고 그게 그의 가장 큰 약점이었다. 마크는 권투 선수를 상대로, 가장 끔찍했던 날 밤이 어땠는지 털어놓기 시작했다. 릴리언이 모은 돈을 날렸던 날. 판을 거듭할수록 쌓아둔 돈이 줄어들어갔을 때 느꼈던 자유낙하의 공포를, 아래에서 바닥이 보이지 않는 구덩이가 열리는 것 같았던 그 기분을 그는 아직도 기억하고 있었다. 분위기가 바뀔 거라고 생각하며 베팅을 하고 또 했지만 절대 그렇게 되지 않았던 것도. 그날 밤이 저물었을 때 그의 수중에 남은 돈은 동전뿐이었고 그의 돈을 탈탈 털어 간 남자는 허공으로 사라진 듯했다.

권투 선수는 처음에는 가만히 듣고 있다가 점점 관심을 보였다. "딜러는요? 딜러는 성적이 어땠는데요?"

"나랑 거의 비슷했어요. 그날 밤에 돈을 제법 잃었죠."

"그런데 하우스에서 아무 조치도 취하지 않았어요? 새로운 딜러로 교체하거나 그 남자를 다른 테이블로 보내거나 그러지 않고요?"

"워낙 순식간에 벌어진 일이라 그럴 만한 시간적 여유가 없었을 거예요."

다이는 다문 이 사이로 숨을 뱉으며 고개를 저었다.

"왜요?"

"이건 어딜 보나 사기극인데요, 플레처 씨."

"그게 무슨 소리예요?"

"그 남자와 딜러— 내가 보기에는 그 둘이 짜고 친 거예요." 그는 조심스럽게 설명했다. "남자가 당신 돈을 그 정도로 순식간에 탈탈 털다니. 자연스러워 보이게 딜러도 돈을 잃게 했겠죠. 그런 수법을 '덤핑'이라고 해요."

"아니에요, 아니에요. 그런 거 아니에요. 그런 게— 그럴 리가 없어요. 사기극이었다면 내가 눈치챘겠죠." 마크는 더듬더듬 반발했지만 그러는 와중에도 깨달음이 뜨거운 파도처럼 그를 덮치는 것을 느낄 수 있다. "당신은 그런 수법을 어떻게 알아요? 당신도 그런 일을 겪었나요?" 하지만 마크는 대답을 들을 필요가 없었다. 다이의 얼굴이 무안함으로 벌게지는 것과 그가 뺨 안쪽 살을 씹는 것을 보면 알 수 있었다. 다이는 사기극의 피해자가 아니라 가담자였다. 어쩌면 한두 번이 아니었을 수도 있었다. 그와 레슬리는 둘 다 전문 사기꾼이었다. 그런데 이 남자는 마크에게 진실을 공개하는 배려를 베풀었다.

마크는 어젯밤에 그랬던 것처럼 온몸이 점점 뜨거워지는 것을 느낄 수 있었다. 팔을 타고 손가락까지 저릿저릿했다. 그는 그의 인생을 영영 바꾸어놓은 그날 밤과, 그날 밤 이후로 태엽을 감은 시계처럼 순차적으로 벌어진 모든 일을 미친 듯이 다시 떠올렸다. 몇 주 동안 이어지며 심신을 너덜너덜하게 만들었던 릴리언과의 끔찍한 말다툼 그리고 추악하게 부글거렸던 원망. 그리고 릴리언답게 필사적이고 다급하며 뜨거운 입맞춤과 함께 눈물을 흘리며 베푼 용서. 가족들에게 손을 벌렸던 것. 거절과 거부. 굴욕. 마침내 날아든, 릴리언의 승진이라는 희소식. 하는 일이 재봉에서 배달과 재단으로 바뀌었던 것. 이제 정도를 걷게 됐으니 모든 게 잘될 거라는 희망.

그녀가 캐럴라인을 만나게 된 경로가 그것이었다.

하지만 이미 벌어진 일을 바꿀 도리는 없었다. 그는 수천 번도 더 되뇌었다. 과거는 변경이 불가능했다. 바꿀 수 있는 건 미래뿐이었다. 릴리언은 세상을 떠났다. 그녀를 되살릴 방법은 없었고 그걸 바라봐야 그만 비참해질 따름이었다. 그리고 괴로워하고 억울해하느라 가지고 있는 것을 도둑질당할 따름이었다. 그에게는 캐럴라인과 온딘이 있었다. 이것이 그가 처한 상황이었다. 그는 두 사람을 생각해서라도 이 상황에서 최선을 다해야 했다. 앞으로 벌어질 일을 통제할 수 없을지 몰라도 노력은 기울여보아야 했다.

"괜찮으세요, 플레처 씨?" 권투 선수가 걱정 가득한 목소리로 말을 건네 그를 절망에서 깨웠다. 마크는 눈을 떴다. "갑자기 어디 안 좋으세요?"

"아뇨. 그 반대예요. 오랜만에 기분이 이보다 더 좋을 수가 없네요."

그는 캐럴라인이 조그만 테이블에 혼자 앉아서 찻잔을 입에 대고 있는 것을 보고 안도의 한숨을 내쉬었다. 그는 그녀가 알아차리기 전에 잠깐 그 상태로 지켜보았다. 그날 아침 선실에서 끔찍한 광경이 벌어졌고 불이 났었고 간밤에 둘이 싸웠던 티가 나지 않았다. 하지만 그는 그녀를 워낙 잘 알기 때문에 목의 굽은 각도나 아래로 살짝 처진 그 예쁜 입술에서 슬픔을 감지할 수 있었다. 그녀가 심란한 마음을 세상에 공개할 일은 없을 것이다.

그녀는 세상이 어떤 고난의 구렁텅이에 빠뜨리더라도 견딜 사람이었다. 남편이 죽은 뒤에도 영국으로 바다를 건너와 릴리언과 친자매 같은 사이가 된 것을 보라. 그런 그녀가 약점과 부족함이 있는 그를 선택했다는 데 생각이 미치면 울고 싶어졌다. 그로서는 이유를 도무지 알 수 없었다.

릴리언은 항상 폭풍과 같았다. 사람을 흔들고 옷깃을 붙잡고 속수무책으로 만들었다. 사람을 흥분시켰다. 하지만 캐럴라인은 등대와 같았다. 며칠 동안 바다를 항해하다, 며칠 동안 그 곁을 떠나 있다 그녀를 보면 고마움과 집에 도착했다는 깊은 안도감이 동시에 느껴졌다.

그는 용기가 없어지기 전에 맞은편 의자를 꺼냈다. "여기 있었네. 어디 있는지 못 찾는 줄 알고—"

그녀는 뒤로 의자에 기댔다. "기다리려고 했는데, 마크, 당신이 그런 식으로 선실 밖으로 뛰쳐나가서 언제 돌아올지 알 수가 없어서……"

그는 지금까지 그녀에게 한 거짓말이 너무 많았다. 그는 그녀의 손을 잡았다. 지금 손을 떨고 있는 쪽은 그일까, 그녀일까? "얼마든지 나더러 꺼지라고 해도 돼. 하지만 나랑 같이 둘이서 조용히 얘기를 나눌 만한 곳으로 가주면 전부 설명할게."

아내가 그에게 들은 거짓말이 너무 많아서 다시는 믿지 못하게 된 사람처럼 경계하는 눈빛으로 쳐다보자 그는 억장이 무너졌다. 하지만 그녀는 냅킨으로 입을 닦으며 고개를 끄덕였다. 그녀는 그가 앞장서는 대로 카페를 나서 여러 문을 지나 산책로로 나갔다. 상층 갑판이 머리 위를 막아주었지만 그래도 바람이 많이 불었다. 그는 외투를 벗어 그녀의 어깨에 걸쳐주었다. 나와서 산책하는 커플과 무리가 아직까지 여럿인데, 대부분 한 방향으로 움직이고 있었다.

제일 뒤쪽 난간 근처는 사람이 거의 없었다. 바람 때문에 오래 있기 힘들어서 그런 게 아닌가 싶었다. 두 사람은 그 앞에 서서, 배가 잿빛이 도는 초록색 바다를 지나며 그 위에 양옆으로 남긴 하얀 흔적을 쳐다보았다. 소매에서 흰색 손수건을 꺼내고 또 꺼내는 마술사의 공연처럼 최면 효과가 있었다. 바람이 집적거리자 틀어 올린 캐럴라인의 긴 머리가 얼굴 사방으로 나부꼈고 연보라색 드레스는 빨랫줄에 널린 시트처럼 나풀거렸다. 그녀가 들이닥친 바람에 날려 난간 너머로 추락해 죽을까 봐 무서워하는 사람처럼 불안한 표정으로 이리저리 두리번거리자 그는 그녀를 바짝 끌어당겼다.

"고백할 게 있어." 그녀는 그의 말허리를 자르려고 했다. 그녀는 항상 그를 대신해 핑계를 대주었지만 이제 더는 그럴 수 없었다. "이거 진짜 고백이고 나 지금 진지해. 끝까지 들어줘."

"마크, 나한테 고백할 필요 없어—" 그녀가 어찌나 슬픈 표정을 짓고 있는지 마크는 그녀가 무슨 생각을 하고 있는지 확실히 알 수 있을 것 같았다. 밤새 고민한 끝에 헤어지는 편이 낫겠다는 결론을 내린 것이다. 그들은 서로 어울리지 않는다고, 둘 사이의 간극이 너무 크다고 말이다.

"있어. 당신은 내가 얼마나 심각한지 모를 거야."

그녀의 눈썹이 한데 모아졌고 금방이라도 울음을 터뜨릴 것처럼 입술이 일그러지기 시작했다. "마크, 내 말 끝까지 들어봐. 당신 혼자 잘못을 저지른 게 아니야."

그녀가 이런 말을 하는 이유는 그가 듣고 싶어 하는 말이기 때문이었다. 그는 그렇다고 장담할 수 있었다. "그런 소리 하지 마. 못 믿겠으니까. 당신은 내게 과분한 여자야. 나는 자존심만 앞세우느라 그걸 인정하지 못했지. 하지만 이제는 다 알겠어. 그러니까 내 말을 끝까지 들어줘, 부탁이야." 그는 그녀의 손을 꼭 쥐었고 그녀가 알겠다는 뜻에서 고개를 끄덕일 때까지 계속 그렇게 잡고 있었다.

이렇게 무서웠던 적은 처음이었다. 애스터의 돈을 훔쳤을 때보다, 릴리언에게 그녀가 힘들게 벌어서 모은 돈을 모두 날렸다는 고백을 했을 때보다 더 무서웠다. 그가 화물 창고로 몰래 들어가는 것을 본 사람은 없었을 듯했고 있었다 한들 얼마든지 해명할 방법이 있었다. 이러니저러니 해도 그는 일등실 승객이었고 일등실 승객은 범죄자로 잘 몰리지 않는 법이었다. 타이태닉 측에서는 불쾌한 오해를 해소할 수 있다면 어떤 해명이 됐든 고마워할 것이었다. 릴리언이었다면 그의 얘기를 듣고 실망하겠지만 그를 떠나지는 않을 것이었다.

캐럴라인의 경우에는 상황이 전혀 달랐다. 그는 진실을 고백하면 모든 걸 잃을 수 있었다. 하지만 고백하지 않으면 결혼 생활이 깨지는 건 시간문제였다. 그가 무슨 짓을 저질렀는지 실토하는 것이 그녀에게 존경받을 수 있는, 그리고 그가 자기 자신을 존경할 수 있는 유일한 길이었다. 그리고 그래야만 한다는 것을 이제는 알 수 있었다. 그녀의 존경과 용서와 용인이 필요하다는 것을, 그녀의 사랑이 필요하다는 것을 이제는 알 수 있었다. 그는 가끔 자신이 원하는 게 뭔지 모를 때도 있었지만 그에게 필요한 것은 분명했다. 캐럴라인이 없으면 그에게 남는 것은 아무것도 없었다. 캐럴라인이 없으면 그는 아무것도 아니었다. 이것이 그가 경험한 사랑의 가장 참된 정의일 수도 있었다. 릴리언과 경험한 사랑은 그렇지가 않았다. 그 사랑은 그를 뒤흔들고 미치게 했다. 하지만 캐럴라인과 경험한 사랑은 그를 든든하게 붙잡고, 남자로서 갖추어야 할 모습을 갖추게 하는 힘이 있었다.

그래서 그는 모두 털어놓았다. 도박을 했던 것, 그녀의 보석을 훔쳤던 것(그 말을 듣고 그녀의 얼굴이 하얘졌지만 분노가 아니라 그보다 더 끔찍한 연민 때문이었다). 릴리언이 모아둔 돈도 날렸던 것. 여전히 릴리언을 생각하고 사랑하지만, 캐럴라인도 그녀보다 더는 아닐지언정 그만큼 사랑한다는 것. 처음에는 그들의 결혼에 의구심을 품었지만 그건 캐럴라인 같은 여자가 그 같은 남자를 사랑한다는 사실을 믿을 수 없는 데서 온 불안함이었을 뿐이었다는 것.

그녀는 그의 뺨을 손으로 감쌌다. 손가락이 얼음장이었다. 그는 그녀의 손을 잡고 입김을 불었다. "아, 마크, 나는— 나는 당신이 고민거리가 있다는 걸 알았고…… 꺼림칙해서 그런가 보다 했어. 당신이 나랑 결혼한 걸 후회하는 건 아닐까 걱정했어." 이제 그녀는 본격적으로 눈물을 흘리고 있었다.

그는 눈물을 닦아주었다. "왜 이래, 여보. 제발 울지 마. 당신이 날 용서해주면 좋겠어."

그녀는 손등을 자기 뺨에 대고 눌렀다. "인간은 누구나 죄를 짓고 누구나 용서를 받을 자격이 있다고, 목사님들은 그렇게 얘기하지 않아? 당신이 지금 이 순간부터 달라지겠다고 하면 믿을게. 그리고 나도 달라질게. 지금 이 순간부터." 그녀는 숨을 참고 있었던 사람처럼 한숨을 터뜨렸다. 애써 마음을 가라앉히려는 듯 바다를 내다보았다. "미국에 도착하면 괜찮아질 거야. 당신이 우리 가족을 만나고 새집으로 이사하면 모든 걸 잊을 수 있을 거야." 그리고 절대, 두 번 다시 예전 일을 생각하지 말자. 그는 다짐했다. 릴리언마저도. 마크는 결혼 생활을 구제할 수만 있다면 릴리언에 얽힌 모든 생각과 기억을 접을 수 있었다.

갑자기 들이닥친 바람이, 캐럴라인이 쓰고 있던 모자를 벗겨 바다로 내동댕이쳤다. 모자는 거품이 부글거리는 항적 속으로 사라져 차가운 바다 밑으로 가라앉았다.

캐럴라인이 다시 뭐라고 말을 꺼낼 겨를도 없이 마크는 그녀의 두 손을 잡은 채 한쪽 무릎을 꿇었다. 지나가던 사람들이 고개를 숙이며 속삭이는 것이 곁눈으로 보였다. 어머, 저것 좀 봐, 프러포즈하려나 봐. "캐럴라인, 내 아내로 남아준다면 당신에게 걸맞은 남자가 될 수 있도록 죽을 때까지 노력할게."

그녀는 그를 일으켜 세우고 진하게 입을 맞췄다. 조그만 우박처럼 차가운 그녀의 눈물이 그의 뺨 위로 떨어졌다. "아유, 이 바보. 당연한 소리를 뭐 하러 해? 이제 안으로 들어가자, 이러다 얼어 죽겠어!"

그는 두 팔로 그녀를 감싸고 꼭 끌어안은 채 같이 산책로를 지나 따뜻한 배 안으로 들어갔다. 캐럴라인과의 갈등을 해결했다니 믿기지가 않았다. 이 멋진 여자가 그를 용서했다는 것만 알 수 있을 따름이었다. 이제 새로운 삶이 그들을 기다리고 있었다. 과거는 깨끗이 씻기고 반짝이는 미래만 남았다.

38장

다이의 어두컴컴한 생각의 공간 안에서 분노가 별처럼 지글거렸다. 그는 배를 이 잡듯이 뒤진 끝에 삼등실 계단에서 아침 10시부터 남자 둘을 꼬드겨 카드 게임을 벌이려고 하고 있던 레스를 찾아냈다. 그는 실례지만 제 친구하고 할 얘기가 있어요, 라는 식의 인사를 건네지도 않았다. 아무 말 없이 레스의 팔을 잡아서 끌고 갔다.

그들은 관처럼 좁은 승무원용 벽장으로 숨어들어 갔다. 다이가 전등 줄을 찾았다. 레슬리 윌리엄스의 얼굴은 유령처럼 하였다. 응분의 처벌이 기다리고 있다는 것을 알고 있기 때문이었다.

"너 도대체 왜 이래?" 레스는 딱딱거렸다.

"나도 똑같이 묻고 싶다." 다이는 여행 가방을 들어서 레스의 면전에 대고 흔들었다. "마크 플레처를 만났어. 이게 네가 그렇게 자랑스럽게 여기던 사기극이냐? 나한테는 언제 얘기할 작정이었어? 언제?"

그는 사실 자기 자신에게 화가 났다. 인간이 인간을 얼마나 끔찍하게, 얼마나 가차 없이 사랑하면 수없이 반복되는 거짓말을 받아줄 수 있을까? 그것도 자신이 쓰레기로 전락하는 기분을 참아가며.

레스는 당황하지 않고 황갈색의 조그만 여행 가방을 태연히 쳐다보았다. "솔직히 네게 알려야 한다고 생각하지 않았어."

배를 한 대 얻어맞은 것보다 그 말이 더 아팠다. 그는 숨이 막혔다.

"그래서? 돈을 들고 나한테서 도망치려 그랬나?"

왜 아니겠는가. 도의를 따지고 불평하고 계속 따지고 필요한 게 많은 다이를 옆에 둘 이유가 뭐가 있을까. 결국에는 그것 때문이었다. 원흉은 사랑이 아니라 필요였다. 다이에게는 레스가 필요했지만 그 반대는 아니었던 것이다.

"바보 같은 소리 하지 마. 난 그냥 카드 판에서 떼돈을 벌었다고 하려고 그랬어. 포커를 어처구니없게 못 치는 돈 많은 노인네를 물었다고."

다이는 그를 목 조르지 않게 두 손을 허공으로 던졌다. "거짓말, 너는 거짓말로 똘똘 뭉친 인간이야, 레슬리 윌리엄스. 나한테 단 한 번이라도 진실을 얘기한 적이 있냐?"

레스는 좁은 공간에서 뒤로 몸을 기대며 어색하게 팔짱을 꼈다. "네가 진실에 그렇게 목을 매는 이유를 모르겠다, 다이. 진실이 너를 죽일 수도 있어. 모두가 그걸 감당할 수 있을 만큼 강한 건 아니야."

"그게 무슨 뜻인데?" 다이는 귀 끝이 점점 뜨거워지는 걸 느낄 수 있었다.

레스는 한숨을 쉬었다. "네가 왜 그렇게 발끈하는지 이유를 모르겠다. 작전대로 됐잖아, 아니야? 보아하니 마크 플레처가 성공한 모양이고 아무도 모르잖아."

하지만 그가 여행 가방 쪽으로 손을 내밀자 다이는 가방을 뒤로 숨겼다. "안 돼, 레스. 이 돈 가지면 안 돼. 너무 위험해."

"너 미쳤어?"

"아니, 미친 쪽은 너야. 애스터가 자기 돈이 없어졌다는 걸 알게 되면 무슨 일이 벌어질 것 같아? 그가 화물 창고에 이 돈을 넣어뒀다는 걸 아는 사람이 또 누가 있어?"

레스는 미간을 찌푸렸다. "쓸데없는 걱정이야. 내가 알기로는 그 인간 마누라가 만나는 사람마다 얘기하고 다녔을 거야. 나한테도 넙죽 알려주더라고."

"관계 당국에서 그자의 사교계 친구들을 전부 붙잡고 물어볼 것 같아? 그 사람들끼리는 서로 뭘 훔칠 이유가 없잖아. 하지만 땡전 한 푼 없는 권투 선수라면……"

레스는 그를 보며 인상을 썼지만 아무 말도 하지 않았다.

"내가 이걸 다시 가져다 놓을 거고 안 된다는 말은 듣지 않겠어, 알아들어? 그리고 이 배를 타고 가는 동안 황당한 계략은 두 번 다시 세우지 마." 다이는 말했다. 레스가 여행 가방을 향해 달려들려고 하자 그는 친구를 뒤로 밀쳤다. "나를 시험하지 마라, 레스." 그가 이 말을 나지막한 으르렁거림처럼 내뱉자 겁에 질린 표정이 레스의 얼굴을 스치고 지나갔다. 그걸 보고 그는 잠깐 만족감을 느꼈다.

"농담이지? 여기 이렇게 돈이 있잖아. 우리는 걱정할 이유가 전혀 없고—"

"아니. 그건 모르는 거야. 플레처를 본 사람이 있을 수도 있고, 그 사람이 지금 이 순간 선장한테 얘기를 하고 있을 수도 있어. 네가 또다시 우리 둘을 위험에 빠뜨렸어. 그것도 이것 때문에. 우리는 이 돈 필요 없어." 그는 이번만큼은 레스가 반대해도 듣지 않을 작정이었다. "이 돈이 없어졌다는 걸 알아차리는 사람이 생기기 전에 내가 다시 가져다 놓을 거야."

레스는 목을 졸리기라도 하는 것처럼 눈이 튀어나오고 얼굴이 벌게졌다. "그러면 안 되지. 그 돈은 네 것이 아니야. 내 것이고—"

당장 웃음이 터져 나왔다. "지금 뭐라는 거야. 이 돈은 네 것도 아니라는 걸 너도 알잖아. 내 입으로 얘기할까, 레슬리 윌리엄스? 알아듣기 쉽게 설명해줘? 좋아, 그럼. 이 돈이야 아니면 나야? 지금 당장 선택해. 이 여행 가방을 선택할 거면 여기서 우리는 갈라서자."

그는 레스가 돈을 선택할까 봐 겁이 났다. 돈에 대한 갈망이 얼마나 깊게 뿌리박혀 있고 얼마나 심한지 알기 때문이었다. 지금까지 그들 둘은 먹을 것도 없고 불도 때지 못하고 교회에서 준 것 말고는 입을 옷도 없었던 적이 너무 많았다. 얻어맞아가며 식탁에 내놓을 빵 값을 벌었고 그들이 지금까지 한 노동은 모두 그들보다 애스터 같은 인간들에게 더 많은 이득을 가져다주었다. 이건 거의 도둑질처럼 느껴지지도 않았다. 그들이 받아야 하는 몫을 드디어 일부 챙긴 것에 가까웠다. 하지만 판사는 그렇게 해석하지 않을 것이다.

레스는 저러다 구멍이 뚫리는 건 아닐까 싶을 정도로 뺨을 부풀렸다가 꺼뜨리며 씩씩댔지만 결국에는 황동 열쇠를 다이에게 건넸다.

다이는 그 거대한 창고에서 애스터의 짐이 어디 있는지 마크에게 들은 대로 기억한다고 자신할 수 있었다. 어느 트렁크에서 찾았다고 했는지도. 다이는 기억력이 아주 좋아서 링에서 대적할 상대를 연구할 때 도움이 많이 됐다. 마크에게 다시 가져다 놓게 할 걸 그랬다는 생각이 지금에서야 들었지만 마크를 믿어도 될지 아무도 모를 일이었다. 그 딱한 인간이 이 지경에까지 이르렀는데, 이런 미끼를 그의 앞에서 대롱거리고 싶지는 않았다.

그는 넋이 나간 듯한 승무원을 붙잡고 조심스럽게 물어본 다음에야 정확한 위치를 알아낼 수 있었다. 아직 이른 시각이라 갑판 이쪽 끝은 돌아다니는 사람이 거의 없었다. 하지만 무도회 다음 날 아침이라 파티 참석자들이 승무원을 보내 입었던 옷과 보석을 다시 짐칸에 보관할 수도 있었다. 그는 발걸음을 재촉했다.

화물 창고는 엉망진창이었고 마크의 설명과 더는 맞아떨어지지 않았다. 온 사방이 트렁크와 궤짝 천지였고 아슬아슬하게 쌓인 짐들이 통로를 막고 있었다. 크고 작은 여행 가방들이 폭풍이라도 휩쓸고 지나간 것처럼 여기저기 내동댕이쳐져 있었다. 어쩌면 레스의 말이 맞을지 몰랐다. 여행 끝에 없어진 짐이 있더라도 그걸 찾아낼 방법이 없어 보였다. 아무라도 여기 들어와 남의 것을 슬쩍할 수 있었다. 다이는 마크를 맞닥뜨린 이래 처음으로 기분이 살짝 풀렸다.

그가 그 자리에 여행 가방을 버리고 어찌어찌 주인을 잘 찾아가기만을 바라려던 찰나, 애스터 부부의 구역이 눈에 들어왔다. 지금까지 이보다 더 난장판인 곳은 없었다. 마크가 이렇게 만들어놓았을까 아니면 이후에 애스터 부부의 하인들이 내려와서 헤집어놓았을까? 후자라면 돈이 없어진 걸 누가 알아차렸을 수도 있는데…… 그의 이마에 땀이 맺히기 시작했다. 이 난장판 속에서 맞는 트렁크를 무슨 수로 찾을 수 있을까? 이 트렁크와 저 트렁크가 거의 비슷해 보였다. 어느 트렁크에 돈이 들어 있었는지 무슨 수로 알아맞힐 수 있을까?

다이는 수하물의 산을 넘어 그 칸의 끝으로 걸어갔다. 여행 가방을 옆으로 치워가며 마크에게 들은 설명과 맞아떨어지는 가방을 찾았다. 칙칙한 적갈색이고 끈에 황동 버클이 달려 있는 가방이었다. 자물쇠는 열려 있었다. 뚜껑을 열고 안에 든 내용물을 헤치기 시작했을 때 그의 쪽으로 점점 다가오는 나지막이 웅얼거리는 소리가 들렸다. 그는 당황해서 어찌할 바를 몰랐다. 링 위에서는 머리가 잘 돌아가는데, 몸으로 생각하는 법은 아는데, 이런 상황에서는 머리가 굳어버렸다.

그가 마크의 여행 가방을 트렁크 안으로 욱여넣으려고 하고 있을 때 남자 하나가 석유등을 들고 모퉁이를 돌아 나왔다. 남자가 다이를 향해 곧장 석유등을 들었다.

"아니, 이게 누구십니까. 그 권투 선수 아니에요? 그 권투 선수를 여기서 만나다니." 남자―유니폼을 보아 하니 승무원이었다―는 다이를 보고 환하게 웃었다.

다이는 돈을 쥐여줘서라도 그 입을 막고 싶었다. 오늘은 그의 인생 최악의 날이었고, 그 사실을 아는 사람이 적으면 적을수록 좋았다.

잇따라 등장한 두 남자는 다이를 보고 그렇게 반색하지 않았다. 가장 나이가 많은 남자는 다이를 예리하게 위아래로 훑어보았다. "여기서 뭐 하시는 겁니까? 승객은 출입 금지 구역이에요."

"손님은 심지어 일등실 승객도 아니잖아요. 내가 알기로는 그런데." 세 번째 남자가 말했다. "그리고 애스터 씨 부부와는 아무 관계도 없다고 장담할 수 있는데, 그분들 구역에서 뭐 하는 거예요?"

다이가 아무 대답도 하지 못하자 승무원들은 당직 장교가 한 명은 있을 거라며 보트 갑판의 함교로 그를 데려갔다. 다이는 배의 이쪽 끝에서 저쪽 끝까지 끌려가는 것이 못마땅했다. 모든 승객의 시선이 그에게 꽂혔고 다들 그가 뭔가 나쁜 짓을 저질렀나 보다고 생각했다. 아니, 그의 눈에는 그렇게 보였다.

"이걸 주워서 제자리에 가져다 놓으려고 했던 거예요. 이건 심지어 내 여행 가방도 아니에요." 그는 함교에 도착했을 때 일등 항해사인 윌리엄 맥매스터 머독 중위에게 말했다. 머독은 다이의 설명에도 눈 하나 깜빡하지 않았다. 뒷짐을 진 채 발뒤꿈치를 딛고 서서 몸을 계속 앞뒤로 흔들었다. 그들이 여행 가방을 살폈지만 다행히 마크 플레처를 지목할 만한 단서는 발견되지 않았다. 모노그램도 없고 그가 흘린 영수증도 없었다. 이 한심한 작전에서 적어도 그 부분만큼은 안심해도 됐다.

"이 여행 가방에 대해 아무것도 모른다면서 애스터 씨 부부의 수하물 구역에 다시 가져다 놓으면 된다는 건 어떻게 알았어요?" 머독이 물었다.

다이는 거기에 대해 대답할 방법이 없었다. 미루어 짐작한 거라고, 그만한 돈을 소유하고 있을 만한 사람이 애스터 부부밖에 없지 않느냐고 할 수도 없었다. 이 배에는 불경스럽다고 할 수 있을 만큼 많은 백만장자가 타고 있었다. 다이가 신문을 받다가 알게 된 사실에 따르면 애스터는 안전 금고에도 돈을 넣었지만 자리가 모자라서 나머지를 화물 창고에 보관할 수밖에 없었다고 했다.

"여행 가방을 어디서 찾았어요? 다른 사람에게 받았나요?"

머독이 물었다. 누가 봐도 인내심이 바닥을 드러내고 있는 것이 느껴졌지만 그가 다그치면 다그칠수록 다이의 머릿속은 점점 더 혼란스러워졌다. 그는 이런 식으로 추궁당하는 데 익숙하지 않았다. 그의 인생은 단순했다. 누가 그를 때리면 그도 맞받아쳤고 그걸로 끝이었다.

"엔진실 옆에서 찾았어요. 애스터 씨 부부가 이 여행 가방을 들고 다니는 걸 봤던 것 같았거든요. 그래서 화물 창고에 다시 넣으려고 했던 거예요." 다이는 목소리를 떨지 않으려고 애를 썼다.

"애스터 씨 부부의 여행 가방이라고 생각했다면 왜 그분들 선실로 들고 가지 않았어요?" 이제는 이등 항해사 찰스 라이톨러까지 합류했다. 그는 안절부절못하는 성격이었고 상사에게 잘 보이려고 애를 쓰는 기미가 역력했다. 머독은 콧수염을 쓰다듬으며 그들 주변을 왔다 갔다 했다.

"글쎄요. 그— 그분들을 괜히 신경 쓰이게 하고 싶지 않았어요."

문밖에서 갑자기 사람들끼리 서로 밀치고 날카롭게 언성을 높여가며 옥신각신하는 소리가 들렸다. 다이는 그중 한 사람이 웨일스 억양을 쓰고 있다는 것을 알아차렸다. 그가 배 이쪽 끝에서 저쪽 끝까지 끌려가는 것을 레스가 보았거나 소문을 들은 모양이었다. 잠시 후에 문이 활짝 열렸고 레스가 비틀비틀 안으로 들어왔다. 몸싸움을 벌여가며 들어왔는지 옷이 엉망이고 머리도 헝클어져 있었다.

"이 친구는 놓아줘요. 아무 짓도 저지르지 않았으니까." 레스가 다이를 가리키며 말했다. "전부 내 책임이에요. 내가 죄인이에요. 전부 내가 저지른 일이에요."

머독과 라이톨러는 레스가 있는 쪽으로 고개를 홱 돌렸다. 다이는 이 런던 출신들이 무슨 생각을 하고 있는지 알았다. 당연히 말썽을 일으킨 쪽은 웨일스 출신이겠지. 훔치고. 싸우고. 시골 무지렁이한테 뭘 기대할 수 있겠어?

"다이는 그 돈을 훔친 게 아니라 제자리에 다시 가져다 놓으려던 참이었어요! 훔친 물건을 다시 가져다 놓는 도둑 본 적 있어요? 나예요. 내가 그 돈을 훔쳤어요." 레스가 어떤 식으로 이런저런 일등실에 몰래 들어가—당연히 바이얼릿은 거론하지 않았다—사기극을 계획했는지 낱낱이 설명하는 동안 다이는 놀라서 아무 말도 하지 못한 채 가만히 서 있기만 했다. 제법 큰 돈을 받고 점을 봐주는 남자가 있다고 일등실 승객들끼리 하는 얘기를 못 들어보셨나요? 그는 거기서 한 걸음 더 나아가 애스터 부부의 선실을 어슬렁거리던 와중에 그들이 돈을 화물 창고에 맡겼다는 걸 알게 됐다고 설명했다. 심지어 계획이 들통 났을 때 관계 당국의 추적을 따돌리려고 다른 승객의 여행 가방을 훔쳤다고 주장하기까지 했다. 그는 얘기를 하는 내내 다이의 눈을 피한 채 충혈된 눈을 바닥에 고정하거나 사정하는 눈빛으로 장교들의 얼굴을 쳐다보았다. 다이는 레스가 자기만 외면하는 이유를 알았다. 그를 보면 무너질 것이기 때문이었다.

"다이를 범인으로 몰면 안 돼요. 저 친구는 내 잘못을 바로 잡으려고 하고 있었어요. 저 친구는 복사*였어요. 착한 녀석이 에요. 나 같은 사람의 친구로 지내기에는 너무 착한."

이러는 내내 다이는 아무 말도 할 수가 없었다. 목이 메어서 한마디도 할 수가 없었다. 레스가 이런 일을 벌이는 날을 맞이할 줄은 꿈에도 몰랐다. 레스가 저지른 부적절한 짓은 수도 없이 보았다. 그는 앞을 못 보는 걸인의 바구니에서 동전을 훔쳤고, 팔푼이에게 마지막 1실링을 갈취해 길거리에서 굶어 죽게 했다. 그들은 예전에 지역 경찰에게 체포된 적도 두어 번 있었다. 그때마다 레스는 교활한 핑계를 대거나 지키지 못할 약속을 하거나 푼돈을 찔러주거나 이 사람의 여동생 아니면 저 사람의 사촌의 비밀을 무기 삼아 풀려날 길을 마련했다. 그들이 살던 곳은 여기와 달랐다. 서로 모르는 사람이 없었다. 정말 끔찍한 짓을 저지르지 않는 한 철창신세는 지지 않았다.

하지만 이곳은 거함 타이태닉호였고 여기서 레스는 알지도 못하는 법 집행관에게 자수하려고 하고 있었다. 어떤 벌을 받게 될지 전혀 모르는 상황에서. 이건 말이 안 됐다. 다이는 세상이 거꾸로 뒤집힌 느낌이었다. 고마워해야 할지 경악해야 할지 알 수가 없었다. 레스 혼자 덤터기를 쓰도록 내버려둘 수는 없었다. 물론 전부 레스가 저지른 짓이었으니 덤터기는 아니었지만 그래도—

◆ 가톨릭교회에서 미사 집전을 돕는 소년.

뜻밖의 파도를 만난 배가 걷잡을 수 없이 흔들리자 다이는 움찔하며 공상에서 깨어났다.

"어째 구린내가 나는데요." 라이톨러가 턱을 어루만지고 있는 일등 항해사 머독에게 말했다. "둘 다 어디 가두어놓았다가 뉴욕에 도착하면 관계 당국에 넘겨야 하지 않을까요?"

레스가 울부짖었다. "그럼 부당한 처사가 될 겁니다. 데이비드 보언은 아무 죄가 없어요. 죄 없는 사람을 가두면 안 되죠. 아무나 붙잡고 물어봐요. 이 친구는 첫날 바다로 떨어질 뻔한 아이를 살렸어요! 영웅이라고요. 그런 사람을 가두면 안 되죠."

두 항해사는 얼른 작전 회의를 열었다. 다이는 그들의 목소리가 영 마뜩잖았다. 화가 난 투로 으르렁거리는 것이 꼭 보금자리를 공격당한 말벌 같았다. 마침내 머독이 문 앞을 지키고 있던 승무원들을 불러 레스를 가리켰다. "이 승객을 닻줄 격납실로 모시고 가." 그는 레스를 돌아보았다. "이 배에는 함내 영창이 없습니다. 그런 게 필요할 줄 몰랐거든요." 그는 경멸하는 투로 덧붙였다. "좀 더 적합한 곳을 찾을 때까지 닻줄 격납실에 계셔야겠습니다. 뉴욕 당국에 전보로 무슨 일이 벌어졌는지 알릴 겁니다. 뉴욕에 도착하면 그쪽에서 손님을 보호 관리할 겁니다."

"그건―" 다이는 말문을 열었지만 아무도 그의 말에 관심을 보이지 않았다. 그는 한 승무원을 향해 달려들었지만 승무원의 표정을 보고 잡았던 팔을 당장 놓았다. 그가 이성을 잃고 난리를 부리면 어떤 사태가 벌어질지 알 수 있었다. 그도 끌려갈 것이다. 그러면 정말이지 희망이 없었다. 하지만 그는 승무원들이 그에게 작별 인사도 하지 못한 레스의 양쪽 팔을 잡고—그가 도망이라도 칠 거라고 생각하는지, 이 배 안에 갇혀 있는데 어찌어찌 탈출이라도 할 거라고 생각하는지—끌고 가는 것을 지켜보며, 화가 나서 문짝을 떼어내고 싶은 걸 있는 힘을 다해 참아야 했다.

39장

애니는 플레처 부부의 선실 앞에서 걸음을 멈추었다. 이쪽 복도는 잠잠한가 싶었는데, 다른 승무원이 요동치는 배에 맞춰 살짝 기우뚱한 자세로 저쪽에서 걸어왔다. 그는 애니 옆을 지나며 묵례를 했다.

애니는 그가 아무 소리도 듣지 못할 만큼 멀어질 때까지 기다렸다가 문을 두드렸다.

응답이 없었다. 안에서 아무 소리도 나지 않았다.

그녀는 마스터키로 문을 열고 들어갔다. 다른 방에서 웅얼웅얼하는 말소리도, 온딘이 까르륵거리며 웃는 소리도 들리지 않았다. 선실이 묘지처럼 고요했고 움직이는 거라고는 먼지뿐이었다. 다들 나가고 없었다. 마크도 마찬가지였다.

그녀는 기다릴 작정이었다. 그에게 할 말이 있었다.

문밖에서 마크의 발소리가 들리는지 귀를 쫑긋 세우고 이 방 저 방을 왔다 갔다 걸었다. 하루 종일 시간이 더디게 흘렀다. 모든 일이 몇 분 만에 끝나는 느낌이라 계속 바삐 움직이려면 다른 일거리를 찾아내야 했다. 머릿속에서 떠오르는 것이라고는 오늘 아침에 벌어진 소동뿐이었다. 캐럴라인이 어둠 속에서 유령처럼 그녀를 향해 달려들었던 것. 캐럴라인이 그녀를 도둑으로 몰며 애니는 나쁜 사람이라고, 이 배에서 벌어진 나쁜 일들이 그녀 때문이라고 마크를 설득하려고 했던 것.

그녀 때문이 아니라고 그를 납득시켜야 했다. 캐럴라인은 그녀에게 앙심을 품고 있었다. 누가 봐도 캐럴라인에게는 문제가 있었다. 마크는 진실을 직면해야 했다. 진실을 알아야 했다. 애니는 믿을 수 있는 사람이라는 것을 알아야 했다. 온딘이 위험한 상태라는 것도.

이제 보니 온딘에게 먹일 우유를 가져다주느라 이 방을 10여 번 드나들었지만 제대로 구경한 적은 없었다. 그녀는 천천히 한 바퀴를 돌았다. 플레처 부부의 소지품에 그녀의 시선이 머물 때마다 그 위로 냉기가 서렸다. 모자. 숄. 책. 양산. 온딘의 용품, 아기 침대와 차곡차곡 쌓인 아이 옷, 유리 젖병과 공갈 젖꼭지. 이게 내 것이 될 수도 있었어. 이런 생각이 정말 아무렇지 않게 떠올랐다. 마크와 결혼하면 이게 내 방이 될 수 있어. 내 물건이. 내 아이가.

내 삶이.

황당하고 불가능한 상상이었지만 그의 소지품과 홀로 있는 지금 이 순간에는 그리 멀지 않게 느껴졌다.

화장대 위에는 캐럴라인의 보석이 흩뿌려져 있었다. 애니는 도둑으로 몰렸었으니 본능적으로 멀찌감치 거리를 두고 싶었지만 아무 무늬 없이 단순한 은색 로켓에 시선이 꽂혔다. 그 로켓이 그녀의 것이라도 되는 양 그쪽으로 자연스럽게 손이 향했다. 열어보니 두 여자의 사진이 있었다. 한 명은 캐럴라인이고, 나머지 한 명은 그녀가 모르는 사람이었다. 너무 예뻐서 비누나 향수 광고 모델인가 싶을 정도였지만 캐럴라인 플레처는 잡지에서 오린 사진을 보관할 성격이 아니었다. 애니는 조심스럽게 사진을 꺼내 뒤집어보았다. 적힌 글도 없고 아무것도 없었다.

그의 옷이 담긴 트렁크를 열어보고 옷걸이에 걸린 재킷과 바지도 훑어보았다. 그녀가 모르는 브랜드였지만—런던의 양복점에서 맞췄을 것이다—옷들이 최고급은 아니었고 대부분 헐고 닳은 흔적이 있었다. 짜깁고 천을 덧댔고 단추가 덜렁거렸다. 그의 구두도 마찬가지였다. 밑창을 간 구두가 여러 켤레였다. 승선하던 날에 입은 양복만 새것이었다. 반면에 캐럴라인의 옷은 대부분 새것 같은 데다 남편보다 훨씬 개수도 많고 최고급이었다. 그녀는 산책로에서 둘이 처음으로 대화다운 대화를 나눴을 때 마크가 뭐라고 했는지 생각이 났다. 여기서 겉도는 느낌이라고, 이 배의 승객들은 '내가 아니라 아내 쪽 지인들'이라고 하지 않았던가. 그것이 그가 행복하지 않다는 것을 알리는, 그는 여기가 아닌 다른 데 있어야 할 사람이라는 것을 알리는 첫 번째 신호이자 첫 번째 단서였다.

그녀는 화장대를 내려다보았다. 보석과 화장품과 빗을 헤집고 싶어서 손이 근질거렸다. 캐럴라인의 소지품이 거의 모든 공간을 차지했고 마크의 소지품은 네모반듯한 가죽 쟁반에 담긴 게 전부였다. 칼라 스테이*, 커프스버튼 두 개, 인장 반지, 시곗줄, 뭔지 모를 상징이 찍힌 낡은 가죽 열쇠고리였다.

그의 침대 옆쪽의 조그만 협탁에는 단편집이 한 권 놓여 있었다. 책갈피가 꽂힌 책장이 펼쳐져 있는데, 러디어드 키플링의 「왕이 되려던 사나이」였다. 애니는 그 작가의 이름은 알지만 작품은 들어본 적 없었다. 그녀는 그 두꺼운 책을 집어 들었다. 오로지 마크가 들고 있었던 책이기 때문이었다. 책장을 넘기자 단어들이 머릿속을 그대로 스치고 지나갔다. 그녀는 소설을 읽으면 죄를 짓는 것이라는 교육을 받고 자랐다. **주님은 착한 여자를 좋아하시지, 애니.** 그녀의 눈앞 모서리가 잠깐 시커메졌다. 아니다, 이제 와 그런 생각들을 떠올리기에는 너무 늦었다.

그녀는 책을 다시 내려놓았다. 그 옆에 접힌 종잇조각이 몇 개 있었다. 수하물 보관증과 처음 보는 글씨체로 적힌 쪽지였다.

침대 정리가 끝나 시트가 매트리스 아래로 팽팽히 당겨져 있었지만 그녀는 눕고 싶은 유혹을 참을 수 없었다. 단순한 호기심이 아닌 무언가가 그녀를 사로잡았다. 욕구 비슷한 것이

---

* 칼라를 빳빳이 고정하는 데 쓰이는 도구.

었다. 이전에는 그녀라는 존재가 있지도 않았던 것처럼 생의
모든 아침을 이 배에서 맞이한 듯한 느낌이었다. 그녀는 베개
에 머리를 묻고 그의 헤어 오일 냄새를 맡았다. 코를 더 깊숙이
파묻었다. 이불을 접었다. 여기가 그가 잠을 자는 곳이야. 그녀
는 여기 이 침대에 누운 그의 몸을 상상하며 남아 있는 그의 분
과 비누 향을 마셨다. 그러자 울고 싶어졌다. 그걸로는 **부족했**
다. 더는 견딜 수 없는 지경에 이르자 그녀는 그가 누웠을 바로
그 지점에 몸을 눕히고 매트리스에 남은 자국을 느꼈다. 그의
베개에 다시 머리를 대고 아래에 손을 넣어 베개로 그녀를 완
전히 감쌌다.

조그만 협탁 위에 반질반질한 나무 상자가 있었다. 뚜껑을
열어보았다. 흔한 기념품이 가득 들어 있었다. 말린 코르사주.
댄스 카드*에 묶여 있었던 빛바랜 리본 조각. 가장자리가 말린
채 누르스름해져가고 있는 사진들. 그녀는 사진을 잽싸게 훑
어보았다. 마크와 닮은 사람이 없는 걸 보니 전부 캐럴라인의
가족들 사진인가 보았다.

잠깐, 로켓 안에 얼굴 사진이 들어 있던 그 여자가 여기에도
있었다. 검은색의 뻣뻣한 드레스를 입고 의자에 앉아서 갓난
아이를 안고 있었다. 그냥 갓난아이가 아니었다. 온딘이었다.
누가 봐도 신생아 시절의 온딘이었다.

◆ 정식 무도회에 참석한 여자가 같이 춤을 추고 싶은 상대의 이름을 차례대로 적은
   명단.

애니는 사진을 얼굴 앞에 대고 좀 더 자세히 들여다보았다. 여자가 아이를 그냥 안고 있는 게 아니라 젖을 먹이고 있었다.

누군가가 뒤에서 살금살금 다가와 그녀의 어깨를 두드리기라도 한 것처럼 방 안이 갑자기 기울었다. 캐럴라인 말고 누가 온딘에게 젖을 먹인단 말인가.

아니, 바보 같으니라고. 캐럴라인은 젖을 먹이지 않았다. 애니가 하루에도 몇 번씩 직접 우유를 가져다주지 않았던가.

이렇게 희한한 사진이 다 있을까. 하지만 애니는 수유하는 사진이 유행이라는 얘기를 들은 적 있었다. 어머니와 발룬토이의 할머니들이 그걸 두고 수군대는 소리를 들은 적 있었다. 한심한 런던 사람들이 이다음에는 또 무슨 짓을 저지를지 누가 알겠어.

그녀는 사진을 뒤집어보았다. 이번에는 이름이 적혀 있었다. 두 개 적혀 있었다.

릴리언 노팅. 온딘.

쿵쾅거리는 그녀의 심장 소리를 뚫고 어떻게 그 소리가 들렸는지 모르겠지만, 문이 긁히는 소리가 들린 것 같았다. 열쇠가 돌아가는 소리일까? 그녀는 죄책감을 달래며 나무 상자 안에 사진을 내동댕이치고 뚜껑을 세게 닫았다. 이렇게 기웃거리다가 마크에게 들키고 싶지는 않았다.

하지만 문은 열리지 않았다. 그게 무슨 소리였는지 몰라도 다시는 들리지 않았다. 선실은 다시 무덤처럼 고요해졌다.

그녀는 허둥지둥 방에서 나왔다. 더는 거기 있을 수도 없었다. 갑자기 모르는 사람의 방처럼 느껴졌고, 그녀는 거기 있을 이유가 없는 것처럼 느껴졌다.

새롭게 알게 된 혼란스러운 사실들이 너무 많았다. 그것들이 다 어떤 의미일까? 캐럴라인은 아이 엄마가 아니었다. 그 사실이 그녀의 전신을 강타했다. 다른 여자가 아이 엄마였다. 그 릴리언 노팅이. 그렇다면 캐럴라인이 지금 그 아이를 키우는 이유는, 마크가 그녀와 함께 있는 이유는, 그 둘이 이 배에 승선한 이유는 뭘까?

퍼뜩 생각이 났다. 두 사람은 도망치고 있는 것이었다.

어쩌면 캐럴라인 플레처가 이 배에서 벌어진 끔찍한 사건들과 연관이 있을지 몰랐다. 그녀로 말할 것 같으면 다정하고 따뜻했다가 하룻밤 새 냉랭하고 서먹서먹하게 바뀌지 않았던가. 마크도 자기 아내가 무슨 잘못을 저지르고 있는 것 같다고 고백했었다. 그게 뭘까? 캐럴라인이 반짝이는 브로치로 그 어린 하인을 유혹하고는……? 알 수 없는 일이었지만 그랬을 가능성이 전혀 없다고 볼 수는 없었다. 캐럴라인은 마크까지 홀려 릴리언에게서 빼앗았을 수 있었다.

그녀로서는 다르게 설명할 방법을 찾을 수가 없었다.

애니는 몸서리를 치며 복도를 달렸다. 중간에 마주친 승무원들이 묘한 표정을 지으며 어깨 너머로 돌아보았지만 그녀는 아랑곳하지 않았다. 몸에서 열이 났고 머리가 뱅글뱅글 돌았다. 이 모든 게 너무 끔찍했다. 마크도 알고 있을까?

이 릴리언이라는 여자나 그녀의 친척이나 아무라도 찾아내

아이가 무사하다고, 최대한 빨리 아이를 돌려주겠다고 알려야
했다. 이런 생각을 하는 와중에도 그녀의 머릿속 저 깊은 곳에
서는 이보다 더 사악하고 끔찍한 또 다른 생각이 꿈틀꿈틀 고
개를 들었다.

자기 아이를 제 손으로 내주는 여자는 없었다. 애니의 등골
이 섬뜩하도록 서늘해졌다. 그녀가 아는 한 이보다 더 분명한
사실은 없었다. 사진 속의 그 여자, 표정은 강인하고 눈빛은 강
렬했던 그 여자는 순순히 자기 아이를 포기하고 다른 여자에게
넘겼을 리 없었다. 애니는 확신할 수 있었다. 그녀는 사실상 모
든 능력을 동원해서라도 온딘을 지켰을 것이다. 온딘을 빼앗기
지 않으려고 마지막 남은 한 톨의 기운까지 동원했을 것이다.

통신실로 가서 통신수에게 런던 경찰에 전보를 보내달라고
해야겠다. 그리고 아이의 친엄마인 릴리언 노팅이 고인이 되
었다는 답신에 대비해 마음의 준비를 해야겠다. 그 릴리언 노
팅이 살해당했다는 답신에 대비해서 말이다.

애니는 꼭대기 층에 있는 통신실로 달려갔다. 승객들은 조
신하지 못한 그녀를 보고 뭐라고 수군거렸다. 승무원과 선원
들은 살짝 놀란 눈빛으로 그녀를 쳐다봤다. 누가 앞을 가로막
으려고 하면 그녀는 쌩하니 피했다. 설명할 시간이 없었다.

마침내 보트 갑판에 도착하자 그녀는 계단 꼭대기에서 걸
음을 멈추고 숨을 골랐다. 지금 이게 무슨 짓인지 고민하고 말
고 할 겨를이 없도록 계속 달려야 하겠지만 숨을 쉴 수가 없었

다. 그녀는 몸을 반으로 접어서 머리를 사실상 무릎 사이에 끼워 넣고는 벌컥벌컥 큰 숨을 들이마셨다.

이 정도로 함교 근처까지 온 것은 처음이었다. 그녀도 알다시피 이곳은 장교들이 있는 곳, 항해가 이루어지고 중요한 결정이 내려지는 곳이었다. 하지만 그녀는 선장은 먼발치에서만 보았을 뿐이고, 장교들이 여덟 개의 놋쇠 단추가 달린 더블 리퍼 재킷을 벗고 있으면 알아볼 수 있을지 자신이 없었다. 래티머 사무장은 그들 모두에게 장교들과 거리를 두라고 경고했다. 그는 예전에 승무원 미팅 때 이렇게 얘기했다. "여러분은 메인 계단 앞쪽의 보트 갑판에 갈 이유가 없습니다. 여러분 중 아무라도 거기에서 목격됐다는 얘기가 들리면 그럴 만한 충분한 이유가 있어야 할 겁니다."

이게 충분한 이유가 될 수 있을까? 애니는 자신할 수 없었다. 하지만 아이의 미래가 걸린 문제였다. 어떻게든 해내야 했다. 마음이 너무 급해서 현기증이 났다. 바다 건너에서, 무덤에서 릴리언의 분노가, 그녀의 상심과 바람이 느껴지는 것만 같았다.

게다가 옳은 일을 해야 했다. 그 어느 때보다 지금 더.

주님은 착한 여자를 좋아하시지, 애니.

첫 번째 굴뚝 뒤편에 있는 벽장만 한 크기의 조그만 통신실은 아무도 드나들지 않았다. 통신수들만 바삐 오가며 승객들에게 우편물을 배달했다. 애니가 듣기로는 뭔지 모를 점과 대시를 듣고 모두 받아 적어야 하는 힘든 일이라고 했다. 두 통신수가 블랙커피와 담배로 근근이 연명하느라 중독자처럼 신경이 예민하고 성질이 고약하다고 들었다. 그녀는 문을 앞에 두고 어두침침한 복도에서 걸음을 멈추었다. 지지직거리는 소음만 불쑥불쑥 들렸다. 벼룩 떼가 사방에서 버글거리는 느낌이었다.

애니는 문을 살그머니 눈곱만큼 열었다. "안녕하세요."

알전구 하나가 방 한가운데 놓인 테이블을 비추고 있을 뿐, 전체적으로 어두침침했다. 폭풍이라도 휩쓸고 지나간 듯 난장판이었다. 책꽂이 하나가 아예 옆으로 쓰러져 있었고, 온 사방에 쌓여 있는 종이 더미는 뒤죽박죽이었다. 잔과 받침 접시는 누가 그걸로 쌓기 놀이라도 한 것처럼 3단으로 포개어져 있었다. 당직 근무 중인 직원은 일등 통신수 잭 필립스였다. 이등 통신수 해럴드 브라이드가 당직을 서고 있길 바랐던 애니는 그를 보고 조금 낙심했다. 필립스도 이제 겨우 스물다섯 살이라 나이가 아주 많은 건 아니었지만 신경질적이고 까다로워서 옆에 있으면 같이 불안해졌다.

그는 고개를 거의 들지도 않았다. "무슨 일이에요?"

그녀는 그대로 얼어붙었다.

"누구세요?" 그는 이제 그녀를 제대로 훑어보았으니 얼굴을 기억해낼 것이었다. "여기 오면 안 되는 거 아니에요?"

"전보를 좀 보내줬으면 해서요. 아주 중요한 일이에요."

그는 종이 더미를 가리켰다. "여기 놓고 가요. 차례를 기다려야 할 거예요. 어제 기계가 먹통이 돼서 밀린 양이 어마어마하거든요. 이 사람들이 지금까지 친구들한테 전보를 보낸 적 없는가 하면 그것도 아니에요. 전부 타이태닉호에서 적어도 한 번은 보낸 적 있다고요. 레이스곶의 반경 안으로 이제 막 진입했으니 짧은 시간 동안 이 전보를 모두 보내야 해요. 그러니까 이제 그만 나가줘요, 일하게."

"이것만큼 중요한 전보는 없을 거예요." 하지만 그녀가 이 말을 하자마자 생쥐가 전보 더미를 할퀴기라도 하는 것처럼 지지직, 지지직, 지지직하는 소리가 들렸다. 끈질긴 잡음이 그녀의 신경을 건드렸다. 여길 봐. 맨 위에 놓인 용지로 그녀의 시선이 향했다.

해상에서 빙하가 목격됨. 위치는……

그 뒤로 알 수 없는 숫자들이 이어졌지만 그래도 그녀는 심장이 두근거렸다. 아마 좌표일 것이었다.

캘리포니안호가 빙원에 발이 묶였고……

그녀는 그 전날에 승객 두 명이 빙하 어쩌고 하는 것을 지나가다가 들은 적이 있었다. 산책로를 나서던 백발의 두 남자였다. 이 정도로 큰 배의 경우에는 걱정할 게 빙하뿐이죠. 둘 중 한 남자가 말했다. 그러자 다른 남자가 맞받아쳤다. 빙하 그리고 독일군. 맞닥뜨릴 확률을 따지면 양쪽이 서로 비슷하죠. "이거 수신 중인 전보 아니에요? 함교로 전달해야 하는 거 아니에요?" 그녀는 전보를 집고 싶어서 손이 근질거렸지만—이것 좀 봐요, 중요한 전보예요—집자마자 근질거림이 멈췄다.

"미쳤어요? 저리 가요. 그거 아무나 봐도 되는 거 아니에요." 그는 그녀에게 쏘아붙였다. "지금 나더러 이래라저래라 하는 거예요? 얘기했잖아요, 레이스곶 전신국과 연결되는 시간이 얼마 되지 않는데 이 많은 전보를 다 보내야 한다고. 브라이드가 근무를 시작하기 전에 이걸 다 모아서 선장님한테 가져다드릴 거예요."

안 돼, 안 돼, 안 돼. 애니는 전보를 손에 쥔 채 필립스가 팔을 뻗어도 닿지 않을 만한 곳으로 폴짝 물러났다. 그녀의 머릿속에서 들리는 웅웅거리는 소리가 지지직거리는 소리에 보태졌다. 요란한 비상벨처럼 다급하게 울렸다. 경고, 경고. 주목하시오. 애니, 그들에게는 네가 필요해. 이 배에 승선한 아무 죄 없는 승객들에게는 네가 필요해. 그녀가 평소에는 관심도 없던 일기예보에 시선이 끌린 이유가 그 때문이었다. 그녀가 그들을 구해야 하기 때문이었다. 그녀의 애초 임무는 잠깐 기억 저편으로 사라졌다. "그게 언젠데요?"

"이제 조용히 해요. 레이스곶에서 뭐라는지 잘 안 들리…… 그거 듣고 어디 가려고요? 내가 얘기했죠—"

"하지만 — 하지만 중요한 전보예요. 빙하가 있대요! 이 구간에 특히 위험한 곳이 있다고……" 그녀의 손이 그 위로 휙 지나가자 종이들이 눈보라 날리듯 바닥으로 흩뿌려졌다. "전보를 무시하면 안 돼요……" 그녀는 그를 이해시켜야 했다. 그녀가 아는 사실을 그도 깨달을 수 있게 해야 했다. "하지만 내 전보도 잊어버리면 안 돼요. 그것도 중요하니까. 없어진 아이가 있어요. 아니, 도둑질당한 아이가." 자기도 모르게 그녀의 언성이 높아졌다.

"그게 무슨 소리예요? 도둑질당한 아이라니." 그는 씩씩댔다.

"아니, 내가 지금 설명을 제대로 못해서 그렇지 엄청 급하고 개인적인 문제예요. 어떤 여자가 있는데— 느껴지지 않아요?" 애니는 이제 릴리언의 두려움과 분노, 그녀의 바람을 느낄 수 있었다. 그것이 그녀를 감싸고 파도를 건너……

"진정해요, 아가씨. 진정하라고요."

"아니, 모르겠어요? 나는 그 여자의 목소리가 들려요. 그러니까, 그 여자의 얼굴이 보여요. 똑똑히. 그러면 안 되는 거잖아요. 모르겠어요?"

"지금 무슨 소리를 하는 건지 도무지 모르겠지만 한 번 더 얘기할게요. 이제 그만 나가줘요. 안 그러면 사람을 불러서—"

"하지만—" 애니는 바닥으로 몸을 날려 빙하를 운운한 전보를 향해 손을 뻗었다. 걱정할 게 빙하뿐이죠. 그녀는 횡설수설하는 와중에도 자기가 하는 말이 앞뒤가 맞지 않는다는 걸 알았다. 게다가 절박감에서 비롯된 새로운 공포로 몸이 떨렸다. 무섭지만 귀에 익은 그 목소리가 들렸다.

너는 내가 뭘 원하는지 알지.

너는 내가 뭘 필요로 하는지 알지.

창문 너머로 장교용 산책로가 보였다. 장교들이 바다의 상태를 확인하거나 바람을 쏘이고 싶을 때 애용하는 야외 갑판인데, 아무도 없었다. 산책로까지만 무사히 갈 수 있으면 선장이 있는 함교까지 거칠 게 없었다. 이 전보를 스미스 선장에게

478

전할 수 있는 최고의 기회였다.

맞아, 맞아, 맞아. 시끄럽던 머릿속에서 확신을 심어주는 모기만 한 목소리가 들렸다. 그녀가 해야 하는 일이 이것이었다. 이 전보를 선장에게 전해 그들이 위험한 곳을 향해 가고 있다고 알려야 했다. 그는 진상을 파악할 것이다. 이런 맹활약을 펼치면 그녀가 캐럴라인 플레처에 대해 하는 얘기를 모두 귀담아들어줄 것이다.

"정말 미안해요." 그녀는 조그맣게 속삭였다. "내가 잠깐 제정신이 아니었나 봐요." 그녀가 나가는 척하자 필립스는 넌더리 내는 표정으로 고개를 저으며 발송할 전보를 다시 기호로 바꾸기 시작했다. 하지만 그녀는 그가 일에 정신이 팔린 틈을 타서 중요한 전보가 담긴 행낭을 품에 안고 몸을 홱 돌려, 그가 자리에서 일어나기도 전에 문밖으로 뛰쳐나갔다.

야외 갑판 위로 휘몰아치는 바람이 그녀의 얼굴을 있는 힘껏 후려쳤다. 너무 추워서 몸이 거의 마비가 될 지경이었다. 유니폼은 아무 도움이 되지 못했다. 공기가 어찌나 차가운지 아래로 지나가는 시커먼 바다가 빙하로 가득 찼다 해도 믿을 수 있을 것 같았다. 이번 항로에서는 빙하를 특별히 조심해야 한다는 얘기를, 그런 경고를 그들 모두 들었다. 그런데 필립스는 왜 저러는 걸까? 왜 경고에 좀 더 진지하게 대처하지 않는 걸까? 왜 돈 많은 바보들이 보내려는 전보를 더 중요하게 여기는 걸까? 뭐가 위험한지 전혀 모르고 어이없는 요구나 하는 인간들. 선장은 지금 당장 이 전보를 보아야 했다. 벌써 시간이 너무 많이 지체돼버렸는데……

옆에서 무언가가 날아와 그녀를 갑판으로 넘어뜨렸다. 그녀는 차갑고 축축한 널빤지에 머리를 세게 부딪쳤다.

그녀의 손에서 빠져나온 하얀색 네모들이 바람을 타고 한들한들 날아갔다. 전보였다. 전보들이 파닥파닥 난간을 넘어 바람에 이리저리 뒤집혀가며 망망대해 위로 날아갔다. 점점 작아져 어둠 속의 하얀 점이 되었고, 펄럭이는 소리는 바다의 울부짖음 속에 묻혀버렸다. 그리고 잠시 후 영영 사라졌다.

빙하의 위치가 적힌 경고장이 날아가버린 것이었다.

"잡았습니다, 필립스 씨." 누군가가 텃밭에서 붙들린 토끼처럼 그녀를 붙잡아 일으켜 세웠다. 해럴드 브라이드가 그녀를 쓰러뜨렸다며 히죽히죽 웃고 있었다. 토끼를 잡은 사냥개였다.

그녀는 그의 손아귀에서 빠져나왔다. "봐요! 지금 당신이 무슨 짓을 저질렀는지 모르겠어요? 전보들이—"

"그건 애초부터 당신이 신경 쓸 문제가 아니었어."

"경고문이었어요! 앞에 빙하가—"

"이러니 뭘 모른다는 소리를 듣지." 여자 앞에서 으스댈 기회가 찾아오자 브라이드는 반색하며 거드름을 피웠다. "이 배는 조그만 빙산 따위 걱정할 필요가 없어. 침몰할 일이 없는 배라는 얘기 못 들었어?"

"당신은 이제 큰일 났어." 브라이드가 끙끙대며 애니를 통신실로 다시 끌고 들어오자 필립스가 말했다. 세 사람이 동시에 있기에는 너무 작은 공간이라 두 남자의 몸이 그녀와 딱 붙었다. 그들은 그녀가 난감해하는 것을 즐기는 눈치였다. "내가 래티머 씨에게 사람을 보냈거든."

래티머 사무장은 화이트 스타 유니폼이 거의 맞지 않을 정도로 덩치가 큰, 곰 같은 인물이었다. 그녀는 그가 화를 내는 것을 전에 본 적이 있었다. 점점 말수가 없어졌고 끔찍한 대가를 각오하라는 듯 얼음처럼 서늘한 눈빛으로 상대방을 응시했다. 하지만 아무리 앤드루 래티머라도, 그녀가 예전에 자기 자신에게 저지른 짓보다 더 끔찍한 처벌을 내릴 수는 없었다. 그걸 아는데도 속이 울렁거리기는 마찬가지였다.

"도대체 뭐에 씌어서 전보를 훔친 거야?" 이제는 통신실 안의 인원이 네 명으로 늘어 래티머가 위에서 애니를 내려다보았다. 너무 덥고 답답해서 그녀는 정신을 잃을 것 같았다.

"여자들 히스테리 때문이죠." 브라이드가 자기 나이답지 않게 딱 잘라 말했다. "전에도 본 적 있어요. 어떤 경우에는 발진티푸스에 걸리기도 해요. 바다가 체질이 아닌 여자들이 더러 있어요."

"아니에요, 저는—" 하지만 남자들은 그녀의 말을 듣지 않았다.

"이 아이는 승선한 순간부터 문제가 있다는 걸 알았지." 래티머는 자기 옆에 서 있는 애니를 없는 사람 취급했다. 그는 모자를 들어 이마에서 땀을 닦았다. 애니는 땀이 그의 얼굴을 타고 뚝뚝 떨어지는 것을 지켜보았다.

그가 그녀의 위 팔뚝을 잡았다. 브라이드와 똑같이 그랬다. 그녀는 어렸을 때 붙들려서 끌려간 적이 워낙 많았는데, 그때의 느낌은 묘하게 감각을 마비시켰다. 어떤 물건이나 야생 짐승 취급을 당하면 머릿속의 선을 끊어버리는 것이 가장 쉬운 대처법일 때도 있었다. 사라지기 놀이와 비슷한 거였고 그러면 그들은 진짜 나를 건드릴 수 없었다. 그가 이렇게 얘기하는 소리가 들렸다. "승무원 숙소에서 한 발짝도 나오지 마. 내가 선장님께 말씀드리고 선장님이 어떤 조치를 취할지 결정하실 때까지."

그녀는 바이얼릿과 함께 쓰는 선실에서 기다리라는 말인 줄 알고 고분고분 따라나섰지만 그게 아니었다. 그가 데려간 곳은 다른 청소 용품을 넣는 벽장만큼 작고, 침대도 없이 벽에 해먹 하나 매달려 있는 방이었다. 전등이나 촛불도 없었고 안쪽 방이다 보니 외부에서 빛이 들어오지도 않았다. 그녀는 어두운 데 있으면 무섭다고, 그녀의 선실에 있으면 안 되느냐고, 그래도 된다는 허락이 떨어질 때까지 그 안에서 꼼짝하지 않겠다고 떨리는 목소리로 말했지만 그는 그녀의 말을 듣지 못한 사람처럼 일말의 반응조차 보이지 않았다.

사라지기 놀이가 너무 효과 만점이었던 걸까.

그녀는 바닥에 앉아서 무릎을 끌어안았다. 엔진실과 가까운 방일 텐데도 추웠다. 브라이드의 말이 맞았을까? 그녀가 히스테리를 부린 걸까? 여자들 히스테리라니, 그게 무슨 말일까? 상태가 최악이었을 때 그녀의 아버지가 그랬던 것처럼 남자들이 흥분하고 소리를 지르고 쿵쿵거리고 뭘 집어 던지는 것과 다른 걸까? 어쩌면 그녀는 생각보다 아버지를 더 많이 닮았을지 몰랐다. 그녀는 장교용 산책로에서 무슨 일이 벌어졌는지 기억을 더듬었다. 전혀 그녀답지 않은 행동이었다. 그녀는 원래 말이 없고 온순한 성격이었다. 도대체 뭐에 씌었길래 그 전보를 들고 장교용 갑판으로 뛰쳐나갔던 걸까? 다른 여자의 행동을 옆에서 구경하고 있었던 것처럼 모든 장면이 생생하게 기억에 남았다. 어쩌면 그녀는 정말 미쳐가고 있는 건지 몰랐다.

그녀는 일련의 사건들과 그간 알게 된 사실을 곱씹고 또 곱씹었다. 이해할 수 없는 것들이 아직도 너무 많았다. 이제는 그 섬뜩한 쪽지가 어떤 광기 어린 경고처럼—너는 내가 누군지 알지—그녀의 머릿속을 계속 맴돌았다. 스테드는 누가 장난친 것이거나…… 아니면 혼령의 소행일 수도 있다고 했다.

오, 주여.

몸이 너무 심하게 떨려서 생각을 거의 할 수가 없었다. 흐르는 눈물도 주체할 수가 없었다. 그녀의 머릿속에서 조각들이 제자리를 찾아서 맞추어져갔다. 이제 그녀는 어떻게 된 영문인지 알 것 같았다.

캐럴라인이 릴리언의 아이를 훔쳤고……

그리고 릴리언 노팅은 죽었다.

릴리언이 혼령이었다. 스테드의 교령회 때 테이블을 흔들고 촛불을 끈 혼령. 그녀의 선실 문 아래로 쪽지를 넣고 어쩌면 발작까지 일으키게 한 혼령.

릴리언. 분노하고 절망하는 그녀였다.

애니는 어두운 방 안에서 얼마 동안 아무 말 없이 혼자 웅크리고 있었는지 알 수 없었다. 산 채로 묻힌 것 같은 기분이 들기 시작했지만, 심란하게도 그러거나 말거나 별로 상관이 없다는 생각이 마음 한쪽에 자리 잡고 있었다. 그녀는 땅속이 아니라 테디처럼 물속에 묻혔다. 그녀는 거즈로 감싸인 채 심연을 가볍게 부유했다. 평화롭게 부유했다. 오랜만에 처음으로 그녀가 어디로 향하고 있는지, 고통스럽고 외로운 이 여행의 끝이 어디인지 정확히 알 수 있었다. 목적지가 어디인지 알 수 있었다.

하지만 눈을 떠보니 그녀는 여전히 이 방에 갇혀 있었다. 지난 며칠 동안의 시련이 아직 끝나지 않았다. 여전히 해결해야 할 수수께끼와 내쫓아야 할 혼령이 남아 있었다. 그녀는 어떻게든 여기서 빠져나가 스테드에게 그녀가 알아낸 사실을 전해야 했다. 릴리언의 혼령에 씐 사람이 있고 그 사람이 누군지 몰라도 온딘을 되찾겠다는 미명 아래 이 배에서 끔찍한 짓을 저지르고 있다고 말이다. 하지만 이미 죽은 사람이 무슨 수로 자기 아이를 되찾을 수 있을까?

당황하면 안 됐다. 정신을 똑바로 차려야 했다. 냉정을 유지해야 했다. 여기서 금방 나가더라도 정신 나간 사람처럼 보이면 어느 누구도 그녀가 하는 말을 귀담아듣지 않을 것이다. 처신에 신경 쓰고, 흥분을 가라앉히고, 머리를 써야 했다.

그녀는 앞치마 주머니에 손을 넣어 브로치를 꺼냈다. 이제는 이것이 새로운 습관이 되었다. 브로치를 손끝으로 만져보았다. 하도 자주 들여다보아서 커브와 소용돌이가 어떤 식으로 새겨졌는지 디자인을 외울 지경이었다. 이제는 이 브로치가 그녀의 것이나 다름없었다. 브로치를 만졌더니 왠지 모르게 기분이 좋아졌다. 전처럼 사무치게 외롭고 막막하고 답답하지 않았다.

그녀의 손가락이 본능적으로 걸쇠를 찾았다.

걸쇠?

걸쇠가 달려 있었을 줄이야.

그런데……

탁 하는 경쾌한 소리와 함께 하트가 열렸다. 알고 보니 미니 코담뱃갑이었다.

그리고 안에 뭔가가 들어 있었다. 아니, 뭔가가 들어 있었던 흔적이 보였다.

그녀는 가루의 냄새를 맡아 보았다. 뭔지 알 수 있었다. 캐럴라인이 보는 사람이 아무도 없다 싶으면 몰래 흡입하던 '약'이었다. 그녀는 이걸 하고 나면 차분하고 침착해졌다.

남은 약이 별로 없었다. 테두리에 딱딱하게 굳어 있는 게 전부였다. 애니는 손가락에 침을 묻혀서 가장자리를 따라 훑었다. 가루가 손끝의 물기를 흡수하는 것이 느껴졌다. 애니는 생각하고 말고 할 겨를도 없이 손가락을 입에 넣어 끝에 묻은 가루를 빨아 먹었다.

아무 변화가 없었다.

그녀는 손톱으로 볼록한 덩어리를 긁어서 나무 가시만큼 떼어내 삼켰다.

아무 변화가 없었다.

그녀는 남은 덩어리를 긁어 네 조각을 더 떼어냈다. 맛이 소다처럼 썼다.

혓바닥 위에서 조그만 고드름처럼 녹았다.

얼음.

빙산이 바다 위를 떠다니며 이 배를 기다리고 있었다.

아이가 바다 위를 떠다니고 있었다. 송장처럼 파랬다.

온딘이었다.

이제 생각해보니 아는 이름이었다. 할머니가 들려주신 이야기에 등장하는 인어의 이름이 온딘이었다. 그 이야기가 전설 아니었나? 애니는 전설에 대해 알면 안 되는 거였다. 전설도 소설처럼, 동화처럼 죄로 얼룩졌다.

주님은 착한 여자를 좋아하시지, 애니.

그녀는 울고 싶었다. 뭐라도 하고 싶은데 배 밑바닥의 이 차디찬 감방 안에서 뭘 할 수 있을까? 동화 속 잠자는 공주처럼 그녀 자체가 얼어붙은 채로 관 속에 갇혀서 영원히 앞만 쳐다보고 있었다.

그런 채로 왕자님을 기다리고 있었다. 풀려나는 순간을 기다리고 있었다.

여기에 갇힌 이유가 뭐였더라? 그녀는 그러면 뭔가 떠오르기라도 하는 듯이 머리를 건드려보았다. 맞았다, 생각이 났다. 전보 때문이었다, 맞았다. 빙산. 아니다, 릴리언 때문이었다.

아니다, 캐럴라인과 이 브로치 때문이었다. 효과가 막강한 가루약이 들어 있었던 이 브로치 때문이었다. 애스터 부부의 어린 하인이 발작을 일으켰을 때 그 아이의 수중에 있었던 이 브로치 때문이었다.

그녀는 이제 진상을 파악했다. 그 아이를 살해한 범인은 캐럴라인도 악령도 어떤 꿍꿍이가 있는 혼령도 아니었다. 브로치였다. 아니, 그 안에 들어 있던 가루였다.

애니는 이제 어떻게 된 일인지 가슴이 저리도록 확실하게 알 수 있었다. 그녀는 쉭쉭거리며 그녀를 향해 덤벼들려는 코브라 대하듯 손에 쥔 브로치를 쳐다보았다.

온딘이 점점 쇠약해진 원인이 캐럴라인 때문이었다. 캐럴라인이 온딘에게 병을 심어주고 있었다. 일부러. 브로치가 그녀에게 진실을 속삭였다. 캐럴라인이 여행 내내 자기 아이에게 독극물을 먹이고 있었다. 모든 사람들이 보는 앞에서.

하지만 캐럴라인은 온딘을 원했다. 그 고생을 해가며 온딘을 자기 아이로 만든 이유가 오로지 죽이기 위해서였을까?

발룬토이 외곽에서 어느 어부의 아내가 자기 아이들에게 비소를 먹이다 잡힌 적이 있었다. 그녀는 악령을 몰아내기 위해서였다고, 아이들의 영혼을 구제하기 위해서였다고 주장했지만, 그녀의 언니가 한 말에 따르면 남편은 줄곧 바다에 나가 있으니 혼자서 고생스럽게 아이들을 키우다 지친 탓이라고 했다. 어머니 노릇이 그 나름의 무덤이 될 수 있다고 했다. 아이들이 죽거나 어머니가 죽는 끔찍한 형태가 아닌 한 거기서 벗어날 길이 없었다.

아실링 할머니도 교구 구호품을 챙기고 사람들의 동정심을 자극하려고 자기 아이들을 학대한 여자 이야기를 들려준 적이 있었다. 여자들은 말도 안 되는 짓을 저질렀다. 히스테릭한 짓을.

히스테리.

이제 여러 이야기들이 그녀의 머릿속을 아찔한 속도로 빙글 빙글 돌았다. 듣거나 읽은 이야기, 어쩌면 꿈에서 접한 이야기.

애니는 가루를 전부 먹어버린 걸 후회하며 브로치 덮개를 탁 하고 닫았다. 이제 의혹만 있을 뿐 남은 증거가 없었다. 미친 사람은 그녀가 아님을 증명할 방법이 사라져버렸다.

40장

거의 자정이 다 됐겠지만 윌리엄 스테드는 손목시계를 꺼
내 확인하고 싶은 마음을 꾹 참았다. 그의 손목시계는 조끼 주
머니 안에서 여러 겹의 모직 아래에 숨겨져 있었다. 그는 쌀쌀
한 겨울밤에 대비해 옷의 단추를 단단히 잠갔다. 그는 북극지
방이나 다름없는 날씨 속에 거의 한 시간 동안 나와 있었다. 배
가 경로상의 최북단 지점에 다다랐는지 봄 날씨가 오늘 밤에
는 혹한으로 바뀌었다. 코와 뺨이 뻣뻣해졌고 입술은 당겨서
불편했다. 그는 추위를 이기려고 발을 구르며 뜨거운 차를 병
에 담아 가지고 오지 않은 것을 후회했다.

이런 날씨에 여기 이렇게 나와 있는 나를 보고 구겐하임, 더프-
고든 부부, 선장은 어떻게 생각할까. 지금 자기들끼리 정신 나간
노인네라고 수군대고 있을지도 모르지. 선장은 이미 승무원을

한 명 보내 그의 상태를 체크했다. "안에 계시는 편이 더 편안하지 않을까요?" 그는 공손하게 이렇게 물으며 양치기 개처럼 스테드를 문 쪽으로 살살 몰고 가려고 했다. 하지만 스테드가 들어가도 될 만하면 들어가겠다는 뜻을 분명하게 전하자 승무원도 포기했다. 그 스스로 냉정하게 결론을 내렸다시피 공인으로서 그의 삶은 어쩌면 이런 식으로 막을 내릴 수도 있었다. 놀림감으로 막을 내릴 수 있었다. 강연 요청은 이미 점점 줄어들고 있었다. 시골에서 휴일을 같이 보내자고 하거나 심지어 디너파티에 초대하는 사람들도 거의 없다시피 했다. 악명도 감당하기 힘든데 별종 취급이라니 자신이 없었다.

"누구십니까? 우리한테 원하는 게 뭡니까?" 그는 똑같은 말을 나지막이 반복하며 산책로를 천천히 돌았다. 평소에는 이 늦은 시각에도 갑판에 승객이 어느 정도 나와 있었는데, 기온이 뚝 떨어지자 다들 실내에 틀어박혔다. 그가 춥고 피곤해도 자리를 뜨지 않는 이유는 이 배에 뭔가가 도사리고 있다고, 그뿐 아니라 무슨 일인가가 조만간, 어쩌면 오늘 밤에 벌어질 거라고 확신하기 때문이었다. 허공에서 탁탁거리며 정전기가 일었고 어떤 사람들, 그러니까 다른 세계에 민감한 사람들, 그와 같은 사람들만 감지할 수 있는 특별한 전류가 느껴졌다.

그 혼령이 앙심을 품고 있다면…… 뭔가 끔찍한 사건이 벌어진다면 스테드는 자기 자신을 용납하지 못할 것이다. 어린 하인이 죽었을 때도 넌더리가 났었다(물론 비난을 받아야 하는 쪽은 아이를 애완동물 취급한 애스터 부부겠지만). 일라이자 암스트롱에게 벌어진 일을 떠올리면 처참한 기분이 드는 것과 마찬가지였다.

아무 잘못 없는 사람이 희생당하도록 또다시 방치할 수는 없었다.

그는 산책길을 다시 천천히 한 바퀴 돌았다. 기온이 계속 떨어지자 다리가 뻣뻣해졌다. 그는 온 마음을 다해 조용히 혼령을 불렀다. 그의 손이 닿을락 말락 한 곳에 뭔가가 있는 것이 느껴졌다. 감질나게 현실적이고 완전한 뭔가가 있었다.

그는 흡연실 근처의 출발 지점으로 돌아간 다음에야 바다 위로 드리워진 안개가 점점 짙어지고 있다는 것을 깨달았다. 마치 공중 부양한 사람처럼 철썩거리는 시커먼 파도 위에 걸려 있었다. 이건 안개가 아니라고 스테드는 장담할 수 있었다. 그는 이게 뭔지 알았다. 전에도 본 적이 있었다. 혼령이 그에게 대답하려 하고 있었다. 형체를 드러내려고, 예전의 유체로 돌아가려 하고 있었다. 희망과 놀라움으로 스테드의 가슴이 부풀어 올랐다. 그리고 공포도 있었다. 어찌 두렵지 않을 수가 있을까? 그는 혼령이 형체를 드러내는 과정을 두 눈으로 목격하고 싶은 마음이 컸지만 시신이 무덤에서 기어 나오는 것만큼 섬뜩한 광경일 것이었다.

기다리고 있노라니 어마어마한 냉기가 마치 무게가 있는 것처럼, 실체가 있는 것처럼 그를 내리누르는 것을 느낄 수 있었다. 이처럼 거대하고 압도적인 출현과 마주하고 보니 그는 벌레나 다름없는, 아무것도 아닌 존재인 것 같았다. 두 세계가 워낙 가까워지다 보니 다른 세계의 무게가, 그 어느 때보다 엄청난 중력이 느껴졌다. 지금까지 살면서 이런 느낌은 처음이었다.

하지만 조금씩 형체를 갖추어가는 안개가 어떤 형상이나 어떤 인물이 되어 점점 다가오지는 않았다. 그보다 더 방대하고 알 수 없는 어떤 것이 되었다. 응결된 수증기로 만들어진 팔다리가 아니었다. 그 존재는 점점 커지고 점점 하얘졌다. 수면 바로 위를 떠다니는 구름 속에서 등장해 그를 향해 달려드는 것의 정체는 확연했다.

런던의 그 어떤 빌딩 못지않게 우뚝하고, 또 그만큼 거대한.

빙산이었다.

41장

꽃이 핀 벚나무 아래에 나란히 누운 마크와 애니 위로 분홍색 꽃잎이 눈처럼 쏟아졌다. 그의 시선은 부드러웠고 그의 입가에는 힘이 들어가 있었다. 그가 그녀에게 입을 맞추려 하고 있다는 데 의심의 여지가 없었다.

그 기대감이 그렇다는 깨달음 못지않게 달콤했다.

그의 손이 그녀의 뺨에 닿자 그녀의 몸에서 전율이 일었다……

입술과 입술이 포개어지자 그녀의 숨결에 부딪히는 그의 숨결이 느껴졌고 두 사람의 숨결은 하나가 되었다. 그의 입술이 머뭇거리며 그녀의 입술을 벌렸다. 잠시 후에 그가 고개를 뒤로 뺐다.

"우리 이러면 안 되는데……" 그가 속삭였다.

그런데 이제 보니 마크가 아니었다.

데즈였다.

데즈먼드 플래너리. 그녀가 사랑했던 남자. 이미 신에게 바쳐진 사람이었기에 그녀가 사랑하면 안 됐던 남자.

하지만 하느님도 이런 천국 같은 느낌을 죄로 간주하지는 못할 것이었다. 그렇지 않을까? 그 순간만큼은 이것이 있을 수 없는 일처럼 느껴졌다. 온 세상에 그들 두 사람뿐이었다. 애니와 데즈. 벌판에서 한 몸이 된 그들. 저 멀리서 파도가 절벽을 때렸다. 그곳에서는 그 어떤 것도, 심지어 신의 분노도 그들을 건드리지 못했다. 그녀의 손을 잡고 자기 심장 위로 갖다 댄 데즈. "나한테 왜 이러는 거예요?"라고 말하는 데즈. "주여, 저희를 용서해주소서"라고 중얼거리고 또 중얼거리는 데즈. 울부짖음과 하나가 된 기도.

애니는 번쩍 눈을 떴다. 비명 소리가 그녀를 두 동강 낸 느낌이었다. 그녀는 잠결에 흐느끼고 있었고 끔찍한 소음이 그녀의 밖에서, 위와 주변, 온 사방에서 계속 메아리치자 몸이 벌벌 떨렸다.

어떤 소음인지 말로 표현할 방법이 없었다. 유리가 쏟아지는 소리 아래에서 나지막한 신음 소리가 쩌렁쩌렁하게 울렸다. 오래된 철판이 자기 뜻과 상관없이 뒤로 비틀리는 것처럼 날카로운 굉음이 이어졌다.

잠시 후에 배가 발작을 일으킨 것처럼 크게 요동쳤다.

위에서는 배 전체가 잠에서 깨어났는지, 사람들의 요란한 말소리와 비명 소리가 들렸다. 그녀는 본능적으로 문을 향해 돌진했다. 손잡이를 돌려보았지만 문은 여전히 잠겨 있었다. 그녀는 귀를 대고 열심히 들어보았다. 울부짖는 소리, 고함을 지르는 소리, 계단을 오르내리는 소리, 통로를 달리는 소리. 이 중에서 뭐가 제일 가까울까? 다들 어느 쪽으로 달려가고 있을까? 말소리가 웅얼웅얼하게 들렸고 단어들이 뭉개졌다. 뭐라는 걸까?

그녀의 머릿속은 산산조각 난 것처럼 느껴졌고 꿈의 무게, 혼령과 릴리언의 사진에 대한 공포, 흰색 가루의 이상한 효과로 인해 돌아가는 속도가 더뎠다. 시간이 얼마나 지났을까?

잠시 후에 모든 기억이 떠올랐다. 아이에게 독극물을 먹이고 있었던 캐럴라인.

벨 소리가 그녀의 생각을 흐트러뜨렸다. 이것이 승무원들과 소통하는 방식이었다. 문제가 생기면, 전 승무원이 대기해야 하는 상황이 벌어지면 벨이 울렸다. 래티머 사무장이 첫날 오리엔테이션 시간에 비상조치에 대해 설명했을 때 애니는 겁에 질렸지만 바이얼릿은 걱정할 필요 없다고 했다. "비상조치가 동원될 일은 없을 거야." 그녀는 이렇게 달래며 애니의 팔을 토닥였다. "진짜 심한 태풍이 불거나 배에 물이 들어오면 모를까." 애니는 그 말을 믿었다. 바이얼릿은 바다에서의 생활에 대해 모르는 게 없었다.

바이얼릿은— 애니가 어디 갇혔는지 알까? 이제 와서 그녀를 구해줄까?

그녀는 문을 두드리기 시작했다. 너무 세게 미친 듯이 두드려서 금세 주먹이 아팠다. 소리도 질렀지만 듣는 사람이 아무도 없는 듯했다.

벨 소리에 다른 모든 소음이 묻혔다.

그녀는 진정하고 정신을 집중해보려고 했다. 벨 소리에 정신을 집중해보려고 했다. 패턴을 들어보니 승무원을 호출하는 신호였다. 그렇다면 비상사태가 벌어졌다는 뜻이었다. 정말 끔찍한 일이 벌어지지 않은 이상 이런 벨 소리가 들릴 리 없었다.

잠시 후에 그녀는 기억이 떠올랐다. 전보. 다른 선박에서 좌표와 경고를 적어서 보낸 전보. **빙하가 목격됨**. 선장에게 보고하려던 와중에 그녀의 손에서 날아가버린 메시지.

얼음 덩어리처럼 차갑고 단단한 공포가 온 사방에서 그녀를 포위했다.

맙소사. 그녀가 무슨 짓을 저지른 걸까?

그녀는 주먹에서 피가 날 때까지 다시 문을 두드리기 시작했다. 그 앞을 질주하는 발소리가 들렸다. 여전히 아무도 걸음을 멈추지 않았다.

승무원 숙소와 삼등실이 있는 아래층은 잠금장치가 부실하다고 했다. 어쩌면 퍽 하고 열 수 있을지 몰랐다. 그녀는 있는 힘을 다해 문손잡이를 잡아당겼지만 문이 열리기 전에 그녀의 어깨가 빠질 것 같았다.

그녀는 문을 발로 차고, 그 위로 몸을 던지고, 도와달라고 소리를 질렀다. 1초 1초가 점점 더 빠르게 흐르고 이내 몇 분이 지나지만 그녀의 외침은 사람들이 계단과 복도를 달리는 소리,

승무원들이 승객을 안내하느라 고함을 지르는 소리에 계속 문혀버렸다. 다들 공포에 질려서 자기 살 궁리만 하느라 그녀를 잊어버린 걸까?

하지만 잠시 후에 발이 복도를 쓸고 지나가는 소리가 들렸다. 문 바로 앞에서 들렸다. 확실했다. 그녀는 다시 한번 주먹으로 문을 두드렸다. "밖에 누구 있어요? 도와주세요! 제가 이 안에 갇혔어요. 도와주세요!"

문손잡이가 덜거덕거렸다. "문이 잠겼네요."

그녀는 헉하고 숨을 토했다. 남자 목소리였다. 누군지는 알 수 없었다.

"래티머 사무장님께 열쇠가 있어요." 그녀는 큰 소리로 외쳤다.

"그럴 시간이 없어요." 남자는 툴툴거렸다. 닫힌 문 때문에 목소리가 이상하게 뭉개져 들렸다. "뒤로 물러서요." 애니가 좁은 공간의 뒤편으로 물러나자마자 무거운 뭔가가 문을 들이받는 소리가 들렸다. 문이 크게 흔들렸지만 열리지는 않았다. 남자가 몇 번이고 몸으로 부딪히자 마침내 문틀이 쪼개지며 문이 활짝 열렸다.

두 권투 선수 중에서 덩치가 더 크고 더 친절한 쪽이었다. 그가 그녀의 손을 잡았다. "여기서 뭐 하고 있어요? 지금 비상사태가 벌어졌는데—"

"오— 오해가 있었어요." 그녀는 말을 더듬었다. 설명할 시간이 없었다. 어차피 그녀가 무슨 짓을 저질렀으며 사람들에게 어떤 식으로 정신병자 취급을 당했는지 그에게 실토할 수는 없었다. "이게 무슨 일이에요?"

"빙산에 부딪혔어요."

그녀는 그녀의 주먹에서 빠져나온 하얀 종이가 허공을 가르며 날아가 시커먼 물속으로 가라앉던 광경을 떠올렸다. 선장에게 일찍 알리지 않은 무선 통신수들의 잘못이었다. 이건 그녀가 아니라 그들이 책임져야 하는 일이었다. 그렇지 않은가?

남자는 그녀를 사실상 끌고 가다시피 하며 계단을 향해 좁은 복도를 달렸다. 닫힌 문 앞을 지날 때마다 이상하게 문을 두드렸다. "직원들이 승객들에게 구명복을 입고 추가 안내를 기다리라고 했지만 그 말을 귀담아듣지 않는 사람들도 있어요. 이 배는 가라앉을 리 없다는 희망을 부여잡고 있는데, 나는 정말 그런지 시험해보고 싶지 않아요." 그는 고개를 길게 빼고 드문드문 조명이 켜진 통로를 내려다보았다. "누가 잘못을 저지르면 여기다 가둬요? 이쪽 구역에 갇힌 사람 또 있는지 어떤지 모르죠?"

"찾는 사람이 있어요?"

"내 친구 레스요. 그 친구도 음, 오해가 있었거든요. 닻줄 격납실에 가두겠다고 했는데 거기가 어딘지 알아요?"

그는 그 친구를 무척 아끼고 있었다. 희미하게 긴장한 목소리를 들어보면 알 수 있었다. "미안해요. 어딘지 모르겠어요. 하지만 닻줄 격납실이라니 제일 아래층 갑판에 있을 것 같아요."

권투 선수는 문을 부수는 데 동원된 쪽 팔을 문질렀다. "그럼 나는 계속 찾아볼게요." 그는 그녀를 계단 위로 가볍게 밀었다. "당신은 위쪽 갑판으로 올라가요. 승객들을 피난시키라는 지시가 내려질지 모르니까."

"고마워요." 그녀는 친구를 같이 찾겠다고 해야 하는 건가 싶었지만 그 순간 그녀의 관심사는 오로지 온딘뿐이었다. 아이가 혼자 방치돼 있을지 몰랐다. 서늘한 공포가 애니의 목젖을 눌렀다. 온딘에게 무슨 일이 벌어지면 그녀는 자신을 용서하지 못할 것이다.

그녀는 계단을 달려 올라가, 정처 없이 돌아다니며 울고 가족들을 찾고 있는 승객들을 지나쳤다. 대부분 잠옷 바람이었다. 그들 모두를 돕고 싶었지만 비상사태가 종료되면 선장이 그녀를 다시 배 가장 밑바닥에 가둘 것이었다.

그녀는 점점 불어나는 인파와 반대 방향으로 움직였다. 두툼한 구명조끼를 입고 거추장스러워진 사람들이 갑판으로 올라가려고 기를 쓰느라 점점 흥분하고 있었다. 몇 명은 그 자리에 얼어붙은 채 단 한 걸음도 내딛길 거부했다. 하지만 애니는 꿋꿋하게 걸음을 재촉했다. 정어리와 치즈 냄새를 풍기며, 인파에 몰려 서로 잃어버리지 않게 투실투실한 팔로 팔짱을 낀 삼등실의 두 여자를 지나쳤다. 장례식 옷을 입고 세 걸음마다 숨을 헐떡거려가며 천천히 계단을 올라가는 백발 남자 3인조도 젖혔다. 그러다 울며 엄마 아빠를 졸졸 쫓아가는 두 아이를 쳐서 넘어뜨릴 뻔했다. 아이 아빠가 뒤에서 욕을 퍼부었지만 전혀 신경 쓰지 않았다. 상관없었다. 지금은 그 어떤 것도 상관 없었다.

할퀴고 잡아채고 몸부림치며 인파를 헤치는 동안 이 사람들 이 전부 죽을 것 같다는 예감이 점점 커져만 갔다. 그동안 타이 태닉호가 인성을 갖춘 인간이라도 되는 양 탁월하다는 둥, 설 계가 훌륭하다는 둥, 아름답고 우아하다는 둥 말들이 많았지 만 이들을 살리는 데에는 아무 도움이 되지 않을 것이다. 타이 태닉호는 갑판을 기어 다니는 인간들에게 관심이 없었다. 얼 마든지 그들을 바다의 제물로 바칠 것이다.

바다의 냉기가 전쟁터를 덮은 아침 안개처럼 한 층 한 층 천 천히 올라와 배 속으로 스며드는 것을 느낄 수 있었다. 잠시 후 면 얼음처럼 차갑고 시커먼 물이 들이닥칠 것이다. 굶주렸고 탐욕스러운 물이 자기 몫을 요구하러 올 것이다. 물이 그들을 한 명씩 통째로 집어삼킬 것이다. 그들은 놀란 표정을 지었다 가 그 표정 그대로 박제될 것이다. 이렇게 죽을 거라고 생각한 사람이 어디 있을까.

그녀는 아등바등 자기 옆을 지나가는 사람들을 한발 멀리 서 지켜보았다. 지팡이를 짚고 절뚝절뚝 통로를 걸어가는 노 인을 한 걸음 뒤에서 쫓아가는 나이 든 딸은 아버지의 곁을 지 키기 위해 치밀어 오르는 공포를 누르고 있었다. 너덜너덜한 숄로 갓난아이를 감싼 가난한 여자는 삼등실 승객이라 구명정 을 타지 못할까 봐 걱정하고 있었다. 어느 천식 환자는 갑판 의 자에 주저앉아 가쁜 숨을 몰아쉬었다. 그들의 몸부림, 그들의 희생, 그들의 공포. 애니의 눈에는 그들이 다른 생에서 건너와 현재라는 시간 안에 동결된 유령처럼 보였다.

하지만 동결이 풀리면 그들은 자기들이 이미 오래전에 죽었다는 것을 알 수 있을 것이다.

42장

어두컴컴한 혹한의 밤이었지만 횃불과 전등이 모든 갑판을 밝힌 데다 승객들의 왁자지껄한 소음 때문에 거의 대낮처럼 느껴졌다. 하지만 이제 막 승선한 여행객들의 기분 좋은 웅성거림이 아니라 어수선한 공포와 잇단 불협화음으로 이루어진 북새통이었다. 여기에서는 어느 승무원이 노파를 부축하고 있었다. 저기에서는 부모를 잃어버린 아이가 울고 있었다. 여기에서는 한 음악가가 악기 케이스를 열고 있었다. 저기에서는 저녁을 먹은 뒤에 한가롭게 산책을 나오기라도 한 것처럼 어떤 남자가 시가에 불을 붙였다. 몇몇 승객들은 이 상황을 무시하려고 작정했는지 비상사태가 벌어진 김에 훌륭한 이야깃거리나 만들면 된다고, 밤늦게 깨어 있는 거 그거 하나만 피곤할 뿐이라고 우겼다. 다른 승객들은 생이 끝나기라도 한 것처럼,

신에게 버림이라도 받은 것처럼 대놓고 울며 기도했다.

캐럴라인은 온딘을 끌어안고 듬성듬성한 사람들 틈바구니에 서 있었다. 미스 플래틀리가 평소처럼 차양 아래 안전한 곳에서 기다리고 있다가 안도의 한숨을 내쉬다시피 하며 아이를 건네주었다. 이런 상황이니 그녀를 나무랄 수도 없었다.

마크는 어디 있는지 보이지 않았다. 장교 하나가 구명정 준비를 도와줄 자원봉사자를 찾으며 돌아다니자 마크는 캐럴라인이 무사한지 확인한 뒤 도우러 갔다. 그녀는 그가 돌아올 때까지 그 자리에서 꼼짝 않기로 약속했다.

그녀는 품에 안긴 아이를 내려다보았다. 바닷바람 때문에 그 귀여운 얼굴의 볼이 빨개졌다. 온딘이 큰 소리로 울음을 터뜨리자 캐럴라인은 들어서 등을 토닥여주지만 우는 소리는 점점 더 커지고 이와 더불어 캐럴라인의 공포도 고조됐다. 몸부림치는 사람들. 그리고 그 너머에서 시커멓게 요동치는 차디찬 바다.

심판이 기다리고 있었다. 그렇다는 것을 피부로 느낄 수 있었다.

"릴리언." 그녀는 속삭였다. 주르륵 흘러내린 눈물이 얼음으로 변했다.

하지만 과거를 돌이킬 방법은 없었다. 캐럴라인도 그건 알았다.

"널 사랑했어." 그녀는 속삭였다. 여기 이 자리에 그녀와 함께 있는 게 분명한, 그 난폭하고 맹목적인 영혼을 달래려고 이런 말을 하는 걸까?

그녀는 친구를 보살피려고 했다. 하지만 릴리언이 워낙 고집불통이었다. 캐럴라인의 주치의에게 진찰을 받자고 해도 도무지 말을 듣지 않았다. "내가 무슨 권리로 여기 조금 아프고 저기 조금 쑤신다고 투덜댈 수 있겠어? 나랑 같이 일하던 동료들은 죽고 나만 살았는데." 캐럴라인이 그 얘기를 꺼낼 때마다 릴리언은 이렇게 말했다. 하지만 가실 줄 모르는 통증이 때로는 릴리언의 온몸을 뒤흔들 정도로 심해졌고 캐럴라인은 점점 걱정이 됐다. 결국에는 릴리언이 고집을 꺾었다.

진찰 후에 릴리언이 옷을 입는 동안 캐럴라인은 진료실에서 기다렸다. 브레스웨이트 선생이 웃으며 검사실에서 돌아왔다. "캐럴라인 씨가 왜 그렇게 친구분 걱정을 했는지 알겠어요. 그런 비극을 아슬아슬하게 피했으니 얼마나 엄청난 충격이었을까요. 이렇게 헌신적인 친구가 옆에 있다니 저 아가씨는 운이 좋네요." 그는 캐럴라인을 등진 채 수건에 손을 닦으며 여자들이 워낙 신경쇠약증에 걸리기 쉽다고 계속 주절거렸다. "친구분은 건강에 아무 문제가 없으니 안심하셔도 됩니다."

캐럴라인은 참았던 숨을 토했다.

"임신부에게는 위경련이 아주 흔한 증상이죠." 의사는 이렇게 덧붙였다.

이렇게 해서 캐럴라인도 그 소식을 알게 됐다.

캐럴라인의 첫 번째 남편인 헨리는 아이를 간절히 원하는 캐럴라인의 심정을 결코 이해하지 못했다. 무슨 수로 그걸 설명할 수 있을까? 그녀는 평생 사랑을 갈망했다. 사랑의 모든 표현을 갈망했다. 하지만 결혼을 하고 났을 때 감지할 수 있었다. 달콤함 사이에 숨겨져 있고 고요한 순간 속에 도사리고 있는, 피할 수 없는 실망의 순간들. 하지만 아이가 생기면 드디어 느낄 수 있을 거라고 자신할 수 있었다. 그녀는 엄마가 될 운명이라고 장담할 수 있었다.

하지만 병원에서는 그게 불가능하다고 했다.

그래서 그 순간 캐럴라인은 늘 해왔던 대로 했다. 문을 열어 릴리언을 그녀의 집 안으로, 그녀의 삶 속으로, 그녀의 마음속으로 들였다. 마크와도 사랑에 빠지게 될 줄은 몰랐다. 그는 아직 만나기 전이었다. 릴리언을 통해서 전해 듣기만 했을 뿐이었다. 그러다 이렇게 될 줄 무슨 수로 알 수 있었을까?

살을 에는 차가운 바람이 그녀의 위치를 일깨웠다. 그녀는 침몰해가는 선박의 갑판에 서 있었다. 살다 보면 생기는 모든 문제를 극복할 수 있다고 믿어왔지만 이제는 자신을 속이며 살아온 게 아닌가 하는 생각이 들었다. 승마 시합과 성악 수업, 저세상으로 건너가는 동안 헨리의 손을 잡아주었던 것 등 지금까지 했던 모든 일은 지금 이 순간의 서곡에 불과했다.

캐럴라인은 친구 릴리언이 유일하게 남긴 온딘을 내려다보았을 때 아이가 얼마나 아파 보이는지 깨달았다. 얼굴이 흙빛이었고 힘이 없었고 숨을 거의 쉬지 않는 듯했다. 충격이 그녀를 관통했다. 그동안 애니 헤블리에 집착하고 마크에게 화를 내고 구겐하임과 시시덕거리느라 온딘을 방치했던 것이다. 무슨 엄마가 이럴 수 있을까?

바로 그때 한 승무원이 눈을 휘둥그레 뜨고 머리칼을 흩날리며 그녀의 코앞으로 다가왔다. "여기 가만히 서서 뭐 하시는 거예요?! 구명조끼는요?"

그녀는 좌우를 두리번거렸다. 전부 투박한 캔버스 천과 코르크로 된 조끼를 옷 위에 입고 있었다. 왜 그걸 여태 몰랐을까?

"됐습니다, 이거 입으세요." 그는 빽 소리를 지르며 투박한 구명조끼를 우악스럽게 그녀에게 들이밀었다. "구명보트까지 안내할게요."

하지만 그가 손으로 허리를 세게 밀어도 그녀는 머뭇거렸다. "아직 못 가요. 남편 기다리는 중이에요. 나는—"

승무원은 험상궂은 표정으로 단호하게 그녀를 쳐다보며 고개를 저었다. "부녀자와 어린이들만 탈 수 있다는 거 못 들으셨어요? 부인, 아이 안고 보트에 탑승하세요! 얼른!"

43장

루시 더프-고든은 공포를 전혀 느끼지 않았다. 짜증만 날 따름이었다. 자라온 환경에 감사해야겠지만 그녀를 흔들 수 있는 일은 별로 없었다. 그녀는 어쩌다 그런 확신이 생겼는지 모르겠지만 자신의 미래가 창창하다는 것을 알았다. 살아남고 싸우고 할퀴고 주도면밀하게 계획하고 작전을 수립하고 — 평생 이렇게 지낸 사람은 실패할 수가 없었다. 추락은 없었다. 오로지 상승만 있을 따름이었다. 침몰은 없었다. 오로지 유영만 있을 따름이었다. 대중들과 살짝 거리를 두기만 하면 됐다. 그런 채로 계속 전진하면 됐다. 제국은 무너졌다. 거함은 침몰했다. 하지만 루시 같은 사람들은 계속 버텼다.

"항상 너부터 생각해야 해, 루시." 어머니는 예전에 이렇게 얘기했다. "남이 널 돌봐주겠거니 믿으면 안 돼, 아무리 남편이라도. 특히 남편을 믿으면 안 되지. 여자로서 이 세상에서 살아남으려면 너는 네가 지켜야 해."

그녀는 그 말을 듣고 첫 번째 남편 곁을 떠났다. 술꾼이었고 별로 좋은 사람이 못 됐다. 그녀는 어머니의 충고를 가슴에 새기며 자신을 존중하고 보이지 않는 방패—어느 누구도 볼 수 없을 최고의 패션 디자인—로 무장하는 법을 터득했다. 사람들의 예상을 완전히 뛰어넘는 법을 터득했다.

그런데 그 고생을 해놓고 이제 와 바다 한복판에서 죽을 수는 없었다.

그들은 구명보트 근처에 서서 한 보트에 사람들을 태우는 것을 지켜보았다. 라이톨러 중위라는 그 답답한 장교가 감독이었다. 그는 여자들이 대기 중인 보트 뱃전을 넘어 승선할 수 있도록 한 명씩 직접 손을 잡아주었다. 속도는 느렸지만 그녀가 짐작했던 것보다 훨씬 체계적이었다.

코즈모는 그녀의 인생에 있어 중요한 역할을 했다. 남편이 없는 여자는 일부 집단에서는 의심스러운 인물로 간주됐고 그녀를 쉬운 먹잇감으로 찜한 사람들이 벌이는 사기극에 걸려들기 쉬웠다.

그녀는 코즈모를 돌아보았다. "코즈모, 나랑 같이 타요."

그는 지친 눈빛으로 그녀를 바라보았다. "나를 알잖소, 루시. 나는 영웅이 아니라는 걸. 이 물속에서 얼어 죽느니 어떻게든 목숨을 건지려고 할 거라는 걸. 하지만 장교들이 하는 얘기를 들었잖소. 부녀자와 어린아이들이 먼저라고 한 거 말이오.

라이틀러는 나를 절대 태워주지 않을 거요."

"드레스를 입고 깃털 목도리를 두르는 한이 있더라도 나랑 같이 구명보트에 타는 거예요." 그녀는 이를 악물고서 말했다.

첫 번째와 두 번째 구명보트에 사람들을 태우기 시작했을 때만 해도 승객들은 반신반의했지만 배 안으로 물이 들어왔다는 소문이 퍼졌다. 이제는 남편을 두고 갈 수 없다고 맹세했던 여자들마저 고민에 빠졌다. 남자들 몇 명이 자기들도 구명보트에 태워주어야 한다고 주장하고 나섰고 권총이 최소 한 번 이상 등장했다. 하층 갑판에서 폭력 사태가 벌어졌고 구명보트의 자리를 차지하지 못하게 사람들이 부녀자와 아이들을 선실에 가뒀다는 소문이 돌았다. 더프-고든 경의 부인은 상황이 금세 걷잡을 수 없는 지경으로 치달을 수 있겠다는 것을 감지했다. 대중은 아주 사소한 계기에 의해 폭도로 변할 수 있었다.

잠시 후에 기회가 찾아왔다. 라이틀러 중위가 호출을 받자 장교 서열 여섯 번째인 무디 중위에게 이 일을 맡기고 자리를 비운 것이었다. 그는 장교 중에서 가장 어렸다.

그는 겁에 질려서 어쩔 줄 몰라 했다. 자기가 조만간 죽게 생겼다는 것을 아는데, 라이틀러와 다르게 장렬한 최후를 맞이할 생각이 없는 눈치였다. 그는 선원들이 한자리에 모인 여자들을 보트에 태우고 또 다른 선원들은 거의 비다시피 한 보트를 붙잡고 있는 것을 멍하니 바라보기만 했다.

"당신 모자 벗고 이걸 써요." 그녀는 남편에게 숄을 건넸다. 큼지막하고 속이 비치는 숄이었다. 그녀는 숄 가장자리를 들어서 콧수염을 가리게 했다. "아무한테도 말 걸지 말고 나만 따라와요."

그녀는 무디에게 다가가 오른손에 낀 반지를 보여주었다. 큼지막한 오팔과 다이아몬드가 박혀 있고 얼마 전까지만 해도 잃어버린 줄 알았던 반지였다. 첫사랑이자 유일한 사랑에게 선물 받은 것이었다. 그녀 수중의 그 어떤 보석보다 귀한 그 반지가 이제 코즈모의 목숨을 구하는 데 쓰일 것이었다. "잠깐 얘기 좀 할 수 있을까요, 무디 중위님?"

그는 퍼뜩 정신을 차리고 여기가 어디이고 그들이 어떤 운명에 직면하고 있는지 기억해낸 눈치를 보였다. "보시다시피 제가 많이 바빠서 그럴 시간이―"

단도직입적으로 말해. 변죽 치지 말고. 너를 믿어도 된다는 걸 보여줘. "저기, 무디 중위님. 중위님은 오늘 밤에 목숨을 잃을 가능성이 큰데 그럼 중위님의 가족들에게는 뭐가 남을까요? 화이트 스타 해운사에서 보낸 그럴듯한 편지와 중위님의 마지막 월급 몇 푼? 이거 보여요?" 그녀는 혀로 핥을 수 있을 만큼 가깝게, 그의 눈앞으로 반지를 들이밀었다. "이 반지, 엄청 비싼 거예요. 나랑 내 남편이―" 그녀는 숄로 어깨까지 덮어 성별을 어찌어찌 감춘 코즈모 쪽을 턱으로 가리켰다. "―구명보트를 타고 이 배에서 안전하게 탈출할 수 있게 손을 써주면 중위님 가족에게 이 반지를 전달할게요. 그러면 가족에게 경제적으로 도움이 될 수 있어요."

그의 눈빛이 처음으로 반짝거렸다. 하지만 주저함도 있었다. 쉽게 남을 신뢰할 수 있을 만한 상황이 아니었다.

"내가 죽은 사람한테 사기를 치겠어요, 무디 중위님? 내 말 믿어도 좋아요."

그는 그럴듯하게 연기해가며 병약한 노파라도 되는 양 코즈모를 부축해 보트에 태웠다. 더프-고든 경의 부인은 남편을 재촉해 뱃머리 제일 안쪽에 앉히고 자기는 그 바깥쪽에 앉아 다른 승객과 그를 분리했다.

"루시, 무사히 버틸 수 있을지 자신이 없어요." 코즈모는 그녀에게 속삭였다. 하지만 바로 그때 오른편에서 엄청난 굉음과 함께 그들이 타고 있던 구명보트 바로 옆 보트를 매달고 있던 기둥 하나가 쓰러지기 시작했다. 그 보트는 바다를 향해 곤두박질치다가 반대편 기둥에 달린 밧줄에 홱 낚아채였다. 이 사고는 갑판에서 기다리던 승객들에게 묘한 영향을 미쳤다. 혹시라도 낙오될까 두려운 마음에 그 보트로 우르르 몰려가기 시작한 것이다. 그중 몇 명은 뒤에서 떠밀려 비명을 지르며 바다로 추락했다. 보트에 타고 있던 승객들도 밧줄에 대롱대롱 매달려 같이 비명을 질렀다. 몇 명이 밧줄로 몸을 던져 보트 위로 올라타려고 했지만 대부분 힘이 없어서 보트가 흔들리자 나가떨어졌다. 순식간에 온 사방에서 아수라장이 펼쳐졌다. 코즈모는 입을 떡 벌린 채 지켜보았고 몇몇 여자들은 고개를 돌리거나 울거나 기도하기 시작했지만 더프-고든 경의 부인은 아니었다. 그녀는 빈 의자를 기어서 넘어 뱃전으로 이동했다.

그녀가 무디 중위에게 큰 소리로 외쳤다. "우리가 한 약속을 잊지 말아요. 가족에게 이 반지를 선물하고 싶으면 지금 당장 이 보트를 물 위로 띄워요."

"하지만 빈자리가 절반이나 남았는데―"

"그리고 노 저을 사람이 두어 명 필요해요." 그녀는 쓸데없이 왈가왈부하지 말라고 그에게 알려주고 싶었다. 그녀는 뭐가 필요한지 알았고 그걸 쟁취하고 말 작정이었다. 중요한 건 오로지 그녀의 생존, 그 하나였다. 명예도 기사도도 필요 없었다. 어쨌거나 후일담도 생존자들이 쓰지 않겠는가.

모든 이야기가 그랬다.

무디가 다시 머뭇거렸다.

"반지 줘요, 말아요?" 그녀는 세게 나갔다.

무디는 선원 네 명을 태우고 보트를 내리게 했다. 여자들이 구시렁거리기 시작했다. 왜 자리를 꽉 채우지 않는 거야? 좀 더 태울 수 있는데. 그리고 왜 선원들을 태워? 보트에 타는 대신 노를 젓겠느냐고 남자 승객들한테 선택권을 줘야 하는 거아니야? 더프-고든 경의 부인은 선원들에게 히스테리 부리며 소리 지르는 여자들은 신경 쓰지 말라고 할 것이다. 노려볼 테면 노려보라지. 이제는 그녀가 책임자였다.

그녀는 노를 집어서 가장 가까이 있는 선원의 손에 쥐여주었다. "저어요."

44장

레스는 평생 별의별 일을 많이 겪었다. 그랬기 때문에 거의 놀라지 않았다.

하지만 지금은 눅눅한 감방의 잠긴 문을 부질없이 주먹으로 치는 동안 공포가 엄습해 뒤편의 축축한 어둠 속에 거대하게 똬리를 틀고서 번뜩이고 있는 앵커 체인처럼 그의 목을 조이기 시작했다. 이번에는 정말이지 골치 아픈 상황이었다.

"배에서 닻을 내리면 어쩝니까?" 레스가 걱정이 돼서 쉰 목소리로 이렇게 물었을 때 그를 여기까지 끌고 온 선원은 대놓고 비웃었다. "뉴욕에 도착할 때까지 그럴 일은 없어요. 그때까지는 아직 며칠이 남았고요."

선원이 조그만 등을 주었지만 좀 전에 배가 요동치며 비명을 질렀을 때—위에서 쇠가 부러지는 소리에 이어 허둥지둥

어지럽게 달리는 발소리가 들렸다—차가운 바닷물이 고인 바닥으로 떨어져 박살 났고 어둠 속에 희미한 연기 냄새만 남긴 채 꺼져버렸다.

그는 자구책을 강구했다. 문을 두드리고 발로 차고 목이 쉴 때까지 소리를 질렀다. 하지만 그도 알다시피 이 주변에는 아무도 없었다. 다이가 그를 찾아다니겠지만 소용없었다. 아무도 그에게 열쇠를 주지 않을 테고 아무리 덩치가 큰 녀석이라 할지라도 저 철문을 뜯어내지는 못할 것이다.

그는 문에 기대고 털썩 주저앉아 뼛속까지 스며드는 차가운 바닷물을 느끼며 이제 끝이라는 생각을 했다. 어쩌면 그는 이 배에 승선한 순간부터 이렇게 끝날 줄 본능적으로 알고 있었을지 몰랐다. 이 배는 정말이지 어딘지 모르게 이상했다. 타고난 사고뭉치는 문제가 생기면 낌새를 알아차리기 마련이었다. 그는 자신을 걱정할 사람이 아무도 없다는 것도 알았다. 심각한 사태가 발생했다면 그 장교와 선원들의 머릿속에 그라는 존재는 없을 것이었다. 그들은 돛대 꼭대기에 달린 망대가 물속으로 가라앉은 다음에야 그를 기억할 것이었다.

지금 바닥에서 철벅거리는 물이 5센티미터쯤 되는 것처럼 느껴지는 건 그의 상상일까 현실일까?

그가 체인 꼭대기로 기어 올라갔을 때 문밖에서 무슨 소리가 들렸다. 손잡이가 덜거덕거리고 쇠가 열쇠 구멍을 긁는 소리였다. 환청인가? 이건 있을 수 없는 일이었다. 그 같은 사람에게 기적은 벌어지지 않았다.

천사들이 헷갈리지 않는 이상 기적이 벌어질 이유도 없었다.

문이 홱 열리면서 매들린 애스터가 등장했다. 모피 코트 위에 구명조끼를 입고 타조 깃털이 달린 챙 넓은 모자를 쓴 어처구니없는 모습이었다. 젖지 않게 하느라 손끝으로 치맛단을 잡고 있었다. 그녀가 앳된 얼굴을 돌려 그를 올려다보았다. "윌리엄스 씨? 거기 윌리엄스 씨 맞죠? 내가 구해주러 왔어요. 얼른 나와요."

그녀는 두 번 물을 필요가 없었다. 그는 그녀가 정신을 차리기 전에 허둥지둥 기어 내려왔다. 그녀가 뭐에 씌어서 도우러 왔는지 알 수 없었지만―그가 여기 갇힌 이유를 모른단 말인가? 아무한테도 얘기를 듣지 못했나?―그는 굳이 진실을 폭로할 생각이 없었다. "애스터 부인! 부인은 내 구세주이자 수호천사이자―" 그는 요란하게 철벅거리며 그녀의 옆쪽 물 위로 뛰어내렸다. "열쇠를 어떻게 받아냈어요?"

"백 달러로 어떤 것까지 받아낼 수 있는지 알면 놀랄걸요?" 그녀는 간직할 기념품이라도 되는 듯 열쇠를 그에게 건네며 말했다. "못 들었겠지만 비상사태가 발생했어요. 배가 가라앉고 있는 것 같은데―"

그는 자기 발치를 내려다보았다. 물이 이제 그의 발목까지 찼고 그녀도 발목까지 젖었다. 급류가 물살을 갈랐고 급속도로 수위가 높아지고 있었다. "그럼 얼른 상부 갑판으로 올라가야겠네요."

그녀는 그가 자기 손을 잡고 다른 쪽 손은 허리에 살짝 얹고 인도하는 대로 치맛단을 철벅거리며 좁은 통로를 따라갔다. 이 모든 것이 그에게는 꿈처럼 느껴졌다. 부인이 왜 그를 살렸을까? 언제부터 부잣집 인간들이 가난한 사람들에게 관심을 기울였지? 그에게 무슨 일이 벌어지건 존 제이컵 애스터 부인과 무슨 상관일까?

"내가 찾아온 데에는 이유가 있어요." 그녀가 그에게 떠밀려가며 어깨 너머로 말했다.

"그래요? 그게 뭔데요? 아니, 멈추지 말아요. 계속 걸어요." 그는 겁에 질린 목소리를 내지 않으려고 애를 쓰며 물었다.

"당신에게는 재능이 하나 있거든요. 나한테 필요한 재능. 당신이 없으면 나는 이 일을 해낼 수 없어요. 잠깐 쉬었다 가면—"

그는 다시 가볍게 그녀를 떠밀었다. "안 돼요. 목소리 잘 들려요, 애스터 부인. 얘기해주세요, 내가 뭘 어떻게 도와드리면 될까요?"

그녀는 간청하는 가냘픈 목소리로 말했다. "내가 어떻게 될지 알고 싶어요. 오늘 밤 여기서 죽을 수는 없어요." 그녀는 품은 아이를 달래려는 듯 자기 배를 잠깐 손으로 건드렸다.

여린 고사리손으로 배를 만지는 그 동작이 결정타였다. 그때까지만 해도 그는 돈을 구걸할 생각이었다. 이 여자가 이제 막 그를 살려준 건 맞지만 백 달러짜리 지폐를 마구 뿌려대고 있었다. 자기 입으로 방금 전에 얘기하지 않았던가. 오래된 버릇은 고치기 힘든 법이었다.

그런데 이제는 차마 그럴 수가 없었다. 그녀가 아무리 돈이 많고 그런 취급을 당해도 싸다 한들 그럴 수가 없었다.

"그리고 잭은 어떻게 해요? 선장님 말로는 부녀자와 어린이만 구명보트에 탈 수 있대요. 잭은 배에 남겠다고 해요. 겁쟁이처럼 보이기 싫다고." 그녀의 목소리가 떨렸다.

"부군이 용감하시네요." 레스는 말했다. 나는 구명보트에 탈 수만 있다면 할머니가 교회 갈 때 입는 원피스도 마다하지 않겠지만.

그들은 이제 좁은 철제 계단을 올라가고 있었다. 석탄을 넣어서 엔진에 불을 때는 선원들과 차가 담긴 쟁반이나 담요를 가져다주는 승무원들용이라 허술하고 보잘것없었다. 치맛자락이 모서리에 채이고 구두가 홈에 걸려서 레스는 그녀가 앞으로 넘어지지 않게 여러 번 팔꿈치를 잡아주어야 했다.

"나—남편 없이 나 혼자 뉴욕으로 갈 수는 없어요." 그녀는 이제 어린애나 다를 바 없는 겁에 질린 목소리로 말했다. "거기 사람들은 나를 미워해요. 나는 거기 가면 천덕꾸러기예요. 산 채로 잡아먹힐 거예요."

계단 밖으로 보이는 풍경을 감안하건대 이제 위쪽 갑판까지 올라온 듯했다. 구명보트에 사람들을 태우고 있는 보트 갑판 바로 아래층인 것 같았다. 사람들이 겁에 질려서 웅성거리며 우르르 이쪽으로 몰렸다가 저쪽으로 몰렸다가 하는 걸 보면 알 수 있었다. 그는 매디 애스터의 팔을 잡고 최대한 그녀를 보호해가며 인파를 헤쳤다. 외투를 입지 않았기 때문에 추워서 이가 딱딱 부딪쳤고 목의 힘줄에 힘이 들어갔다. 그래도 걸음을 멈출 수 없었다.

"이제 보트에 태워드릴게요, 애스터 부인. 그럼 괜찮을 거예요. 아무 일 없을 거예요. 부인은 그래야 하니까요." 그들은 이제 구명보트에 사람들을 태우고 있는 곳 근처에서 걸음을 멈추었다. 그는 그녀의 손을 잡고—그녀는 최고급 송아지 가죽 장갑을 끼고 있었지만 그는 맨손이었고 얼음장 같았다—꼭 쥐었다. "이제 내 말 잘 들으세요. 부인은 이 아이를 위해서라도 살아야 해요. 선택하고 말고 할 문제가 아니에요. 오로지 부인만이 이 아이를 살릴 수 있어요. 부군께서 부인에게 원하는 게 그거예요. 그러니까 하셔야 해요. 부군을 위해서라도."

그녀는 울고 있었다. 그의 눈을 쳐다보며 울고 있었다.

"힘들겠지만 부인은 잘 견뎌낼 거예요. 내가 모든 미래를 알 수는 없지만 그건 알겠어요. 아이와 부군을 생각해서라도 마음 단단히 먹어야 해요. 두 사람 다 부인만 의지하고 있으니까. 이제 이 보트에 타세요. 얼른." 그는 그녀가 허공에 매달려 흔들리는 보트 안으로 어정쩡하게 올라타는 동안 손을 잡아주었고, 결혼식장에서 신랑에게 딸을 인도하는 신부 아버지처럼 안에서 대기 중이던 선원에게 그녀를 맡겼다. 미래의 손에 그녀를 맡겼다. 희한하게도 그 순간만큼은 더 이상 춥지 않았다. 아까보다 기분이 훨씬, 훨씬 좋았다. 심지어 두렵지도 않았다.

옆에서 누가 거칠게 떠밀길래 돌아보니 다이였다. 그를 보고 어안이 벙벙한 한편 충격을 받은 표정을 짓고 있었다. 남자

아이들이 학교에서 한두 번 싸워본 적이 있답시고 터프한 척하다가 난생처음 비틀비틀 링 위로 올라갔을 때 짓는 표정이었다. 다이는 그를 미친 듯이 찾아다니다 하느님이 보우하사 보트 갑판에 멀쩡히 서 있는 그를 만났다는 데, 둘이 함께 최후를 맞이할 수 있게 됐다는 데 울컥한 모양이었다. 시간이 지나면 지날수록 지금이 최후의 순간이라는 확신이 점점 커져만 갔다.

애스터 부인과 다른 여자들을 태운 보트가 서서히 내려가다가 멈추어 섰다. 그들이 그를 향해 소리를 지르고 있었지만 인파의 소음에 묻혀 뭐라는지 알아들을 수가 없었다. 매들린 애스터가 그를 향해 팔을 흔들며 손짓하고 있었다. "노를 저을 사람이 필요해요." 선원이 손나팔을 하고 외쳤다. "뛰어내려요. 뛰어내려요. 부인이 당신 덕분에 목숨을 건졌다고 하니 태워줄게요."

레스는 사람들을 가득 태운 구명보트를 내려다보았다. 노 걸이 바로 옆에 손바닥만 한 공간이 비어 있었다. 딱 한 사람만 탈 수 있는 자리였다.

그는 폰티프리드의 빈 창고에 설치된 작고 허접한 연습장에서 다이를 처음 만난 날을 떠올렸다. 그게 엄청 오래된 일처럼 느껴졌다. 덩치 크고 건장한 녀석이 톱밥을 채워서 서까래에 매단 부대 자루를 때리고 있었는데, 어찌나 힘이 센지 한 대 칠 때마다 건물이 흔들릴 정도였다. 금세 부대 자루가 터져 톱밥이 바닥으로 쏟아졌다. 누가 봐도 다이 보언은 출세할 친구였다. 폰티프리드는 그를 담을 만한 그릇이 되지 못했다.

레슬리와 친해지지 않았다면 그가 거기 있을 이유도 없었다.

레슬리는 걸어 다니는 말썽꾸러기였다. 관계 당국이 됐건 마권업자가 됐건 들이받는 게 일이었다. 그럴 때마다 다이가 옆에 있었다. 프로모터와 돈 많은 미래의 후원자들이 온갖 계약을 제시해도 그는 절대 런던으로 진출하지 않았다. 고개를 저으며 이유를 설명하지도 않고 아직은 폰티프리드를 떠날 수 없다고만 했다.

미국이 그들에게는 새로 시작할 수 있는 기회였다.

마지막 기회였다.

그들은 갑판 끝에 함께 서 있었다. 구명보트를 내리느라 난간을 치운 상태였다. 보트는 거기서 2미터 아래에 있었다. 승객과 선원 할 것 없이 무디 중위를 부르며 그 마지막 자리에 자기를 태워달라고 아우성쳤다. 옥신각신할 겨를이 없었다.

모든 것을 바로잡을 수 있는 마지막 기회였다.

그는 다이의 귀에 입을 맞출 수 있을 만큼 바짝 허리를 숙였다. "내가 너를 선택했다는 걸 절대 의심하지 마."

그러고는 그를 밀쳐 구명보트 안으로 떨어뜨렸다.

45장

누군가가 달려가는 애니의 팔을 붙잡았다. 라이톨러 중위였다. "승무원, 이 보트에 타세요."

그 보트는 아무렇게나 걸친 외투와 모피 위에 어색하게 구명조끼를 걸치고, 더러는 산발한 머리 위에 희한한 모자를 쓴 나이 지긋한 여자들로 발 디딜 틈이 없었다. 모두 겁에 질린 표정이었고 몇 명은 울고 있었다. 애니는 키를 맡은 남자를 알아보았지만─만나면 묵례를 하던 사이였다─노를 쥔 선원 둘은 모르는 얼굴이었다.

그녀는 팔을 잡아 뺐다. "타지 않을래요…… 찾는 사람이 있어요."

그는 어린애 대하듯 인상을 찌푸렸다. "이건 명령이에요. 나이 많은 저 두 승객을 돌볼 승무원이 필요하단 말이에요. 보이죠?" 그는 보트 정중앙에 앉아 있는 두 노파 쪽을 남들 모르게 턱으로 가리켰다. 잠옷이 구명조끼 밖으로 삐져나왔는데, 속이 비치는 흰색 치마와 소매가 바람에 나부껴 꼭 유령 같았다. 그러면 목숨을 구할 수 있다고 생각하는지 둘이서 길을 잃은 초등학생처럼 서로 손을 맞잡고 있었다.

저분들은 이미 죽은 목숨인데요. 그녀는 라이톨러에게 이렇게 얘기하고 싶었다.

반항할 겨를도 없이 그가 완력으로 애니를 보트에 태웠다. 정신을 차려보니 보트가 아래로 내려가고 있었다. 키를 잡은 남자는 겁에 질린 표정으로 손마디가 하얘질 정도로 세게 손잡이를 쥐고 있었지만 그걸 감추려고 그녀를 향해 인상을 썼다. "라이톨러 중위님 얘기 들었죠? 저분들 옆자리에 앉아서 중위님이 시킨 대로 해요."

하지만 애니는 그 자리에 서서 마크나 온딘이 보이는지 갑판을 살폈다. 시간이 째깍째깍 흐를수록 마음이 점점 무거워졌다. 승객이 너무 많았다. 생각했던 것보다 훨씬 많았다. 그녀는 일등실 칸에서만 왔다 갔다 했기 때문에 그들 대부분을 보지 못했다. 마크나 아이를 두 번 다시 볼 수 없겠다는 생각이 들기 시작했다.

그런데 자리에 앉으려고 몸을 돌린 순간 기적 같은 일이 벌어졌다. 캐럴라인이 온딘을 안고 구명보트 저쪽 끝에 앉아 있었던 것이다. 아이는 엄마에게서 벗어나려고 하는 듯 울며 버둥거리고 있었다. 그리고 캐럴라인은 유령을 보고 있는 사람처럼 말로 설명할 수 없는 겁먹은 표정을 짓고 있었다. 나 때문이야. 애니는 퍼뜩 깨달았다. 내가 무서운 거야.

왜냐하면 그녀는 알았다. 애니는 그녀의 비밀을 알았다. 그녀에게는 켕기는 구석이 있었다. 누가 봐도 분명했다. 애니는 그녀를 향해 달려갔다. 하지만 그걸 보고 당황한 캐럴라인이 앉은 자리에서 휙 하니 몸을 돌리다 비틀거리며 뱃전에 부딪혔다. 무게중심이 갑작스럽게 이동하자 보트가 흔들렸다.

타고 있던 모든 사람들이 도미노처럼 쏠려 배가 다시 한번 요동치자(아니면 위에서 선원 하나가 밧줄을 잘못 다루는 바람에 보트가 까딱거린 것일 수도 있었다) 애니는 좌석을 부여잡았다. 바로 그때 캐럴라인이 비틀거리더니—

보트 안쪽 가장자리에 부딪혀 뱃전을 타고 뒤로 넘어갔다.

온딘을 안은 채.

애니는 숨 돌릴 틈도 없이 뱃전으로 달려가 캐럴라인이 어느 지점에서 빠져 시커먼 바다에 하얀 거품이 일었는지 확인했다. 바다가 탄성을 터뜨리듯 소금물 냄새가 허공으로 버섯처럼 번졌다.

온딘.

일말의 망설임도 한순간의 고민도 없었다. 애니는 그들을 따라 뱃전에서 뛰어내렸다.

얼어붙을 듯이 차가웠다. 누군가가 그녀의 목에 대고 숨을 쉬는 듯 거품이 몸을 간질였다. 더러운 소금물 맛이 깊숙이 간직한 기억처럼 그녀의 입 안을 가득 채웠다.

자궁 같은 시커먼 물이 꼬박 1분 동안 그녀를 감쌌다. 그녀
는 잠시 후에서야 수면을 박차고 올라갈 수 있었다.

그래도 여전히 칠흑 같은 어둠이었다. 애니는 팔을 허우적
거렸다. 어두컴컴한 밤바다 곳곳에서 파도가 계속 그녀를 덮
쳤다. 그녀는 겁에 질린 물장구 소리를 듣고 어느 쪽으로 가면
되는지 방향을 알아내려고 했지만 온 사방이 시끄러웠다. 다
른 구명보트가 바다 위에서 첨벙거리는 소리, 타이태닉호의
갑판에서 뭔가가 내던져지는 소리. 더는 잠시도 공포를 견딜
수 없는 사람들이 그걸 해소하기 위해 뛰어내리고 있었다.

그리고 그 모든 소음 아래에 깔려 있는, 나지막이 쉭쉭대며
할짝거리는 소리. 배의 무게가 점점 늘어가는, 힘차게 빨아들이
는 심연에 굴복하는 그 섬뜩한 소리가 사방으로 울려 퍼졌다.

그녀는 추운 바다 속에서 선헤엄으로 천천히 원을 그렸다.
이미 물속으로 가라앉은 게 아닌 이상 캐럴라인은 그 근처에
있을 수밖에 없었다.

잠시 후 불협화음 속에서 가장 또렷하게 구분이 되는 소리
가 그녀의 귀에 들렸다. 아이 울음소리였고 바로 앞이었다. 그
녀는 소리가 들리는 곳으로 자신 있게 헤엄쳐 갔다. 그녀는 물
개나 다름없었다. 물은 항상 그녀의 편이었다. 캐럴라인이 바
로 앞에서 물속으로 가라앉아가는 와중에도 시퍼런 손으로 아
이를 찰랑거리는 물살 위로 높게 들고 있었다.

애니에게는 선택의 여지가 있었다. 손을 내밀어 온딘을 당

장 품에 안고, 버둥거리는 캐럴라인은 파도에 쓸려가도록 내버려둘 수도 있었다. 아니면—

그녀는 얼굴을 수면 밖으로 내밀 수 있게 캐럴라인을 위로 끌어 올렸다.

"온딘을 꼭 붙잡고 계세요, 플레처 부인. 제가 받쳐드릴—"

양쪽 모두를 살릴 수도 있었다.

캐럴라인이 무슨 짓을 저질렀건 그렇다고 해서 죽어 마땅한 인간이 되는 건 아니었다. 설령 그렇다 한들 그건 애니가 아니라 신과 사법기관에서 판단할 문제였다.

하지만 캐럴라인은 균형을 잡지 못하고 꾸르륵거리며 소리를 질렀다. 아이를 들어 애니에게 건넸다. "그렇게는 안 될 거예요. 내가 구명조끼를 안 입고 있어서……"

휘몰아치는 어둠 사이로 흠뻑 젖은 유령처럼 빙글빙글 너풀거리는 파스텔색의 묵직한 외투가 보였다. 캐럴라인이 좋아하던 옷이었다. 애니는 모직 옷이 젖으면 샌드백처럼 무거워진다는 걸 알았다. 그녀는 닻에 휘감긴 거나 다름없었다.

별빛에 비쳐 보이는 캐럴라인의 얼굴이 퍼렇다. 애니가 온딘을 어깨에 걸치는데—아이가 그녀의 귀에 대고 울었지만 그 소리를 듣지도 못했다—온 세상이 고요해졌다. 캐럴라인이 말을 하고 있지만 애니는 뭐라는지 알아들을 수가 없었다.

"아이를 구해줘요." 캐럴라인은 이렇게 벙긋거리는 것 같았다. "아이를 구해줘요."

굽이치는 짠물 위로 입을 내밀 수 있게 캐럴라인의 옷깃을 잡아당기는 동안 기억 하나가 애니의 머릿속에 떠올랐다. 캐럴라인은 기력이 다해가고 있었다. 얼굴이 피곤해 보였다. 물을 너무 많이 마셔서……

애니, 바다에서 살아남고 싶을 때 기억해야 하는 가장 기본적인 원칙이 있다면 물에 빠진 사람을 조심하라는 거예요. 겁에 질려서 당신까지 끌어 내리거든요. 그녀는 이런 정서를 숱하게 접했지만 데즈가 이 말을 했을 때는 다른 의미가 담겨 있었다. 나는 당신을 구할 수가 없어요, 라는 뜻이었다.

하느님이 우리 둘을 모두 구할 수는 없어요, 라는 뜻이었다.

당신 아니면 나예요, 라는 뜻이었다.

그리고 그는 선택을 했다.

위에서 조난 신호탄이 나팔꽃 모양으로 펑펑 터져 바다를 환하게 비췄고, 순간 캐럴라인의 표정이 바뀌는 것 같았다. 파도가 일그러진 얼굴을 핥고 지나가 장담할 수는 없었지만 사람이 달라 보였다. 예뻤던 얼굴이 성난 물결에 난도질당했다.

이름 하나가 그녀의 머릿속에서 메아리쳤다. 릴리언.

애니는 그 얼굴과 그 이름에 강한 기시감을 느끼고 고함을 지르며 릴리언을 놓았다.

아니, 캐럴라인을 놓았다.

그때 애니는 알았다. 릴리언이 딸을 되찾고 싶은 마음에 그들 곁을 맴돌고 있었다.

그녀는 물살을 맞고 화들짝 깨어났다. 며칠 만에 처음 그런 것 같았다.

이제 수면 위로 내려진 구명보트가 두 여자를 향해 다가오고 있었다. 20미터, 15미터…… 하지만 너무 늦었다. 그들은 제때 도착하지 못할 것이다.

릴리언은 죽었고 캐럴라인은 앞에 있지만 애니의 손에서 빠져나가 물속으로 점점 가라앉고 있었다. 눈을 감았고 이제 그 예쁜 얼굴이 모두 수면 아래로 잠겼다. 캐럴라인의 펄럭이는 옷자락과 거뭇해진 머리칼이 마지막으로 백기를 흔들고 새까만 물속으로 소용돌이치며 사라지는 동안 애니는 아이를 떨어지지 않게 잡은 채 숨을 헐떡이고 선헤엄을 치며 소리 없이 울부짖었다.

46장

　윌리엄 스테드는 난간 너머로 몸을 내밀었다. 무슨 일이 벌어지고 있는지 파악하기가 거의 불가능했다. 이 사람들과 알고 지낸 지 며칠밖에 되지 않았어도 가까운 사이처럼 느껴졌는데, 그런 그들이 이제 위기에 봉착했다.

　그는 방금 전에 목격한 광경을 믿을 수가 없었다. 그를 담당했던 여승무원이 캐럴라인 플레처와 아이를 구하려고 구명보트에서 용감하게 뛰어내린 것이다. 그는 애니 헤블리가 캐럴라인 플레처의 머리를 수면 위로 지탱하려고 애를 쓰지만 파도가 그 젊은 여자의 머리를 몇 번씩 쓸고 지나가는 것을, 좌현의 다른 모든 사람들과 함께 숨을 참고 지켜보았다. 캐럴라인을 걱정하며 그녀를 기억하고자 실눈을 뜨고 그 얼굴에 초점을 맞추었다가…… 일라이자 암스트롱의 얼굴이 보이자 화들짝 놀랐다. 일라이자가 물속에서 까딱거렸다. 일라이자가 애니 헤블리의 손에서 빠져나갔다. 그의 눈 아니면 머리가 농간을 부리는 게 분명했다. 저 바다 안에서 일라이자가 위기에 봉착했다. 스테드의 머릿속에서 일라이자는 항상 위기에 봉착해 있을 것이었다.

"애를 데리고 구명보트로 헤엄쳐 가지 않는 이유가 뭘까요?" 그의 옆에서 한 남자가 화난 목소리로 툴툴거렸다. "애 엄마는 가망 없는데. 정말이지 무책임하네요. 저러다 다 같이 빠져 죽겠어요."

저러다 다 같이 빠져 죽겠어요. 스테드는 얼굴을 한 대 맞은 것처럼 정신이 번쩍 들었다.

저 용감한 아가씨가 빠져 죽게 생겼다니.

이 배에 영웅은 저 아가씨밖에 없단 말인가.

앞으로 하려는 일에 대해 고민하지 마. 그냥 저질러.

구명조끼가 그의 손에 대롱대롱 들려 있었다. 아직 입지 않았다. 그는 외투를 벗고 모자를 옆으로 내동댕이친 다음 투박한 구명조끼를 어깨 위로 걸쳤다. 난간 위로 올라가 근처에 서 있던 사람들이 그의 의도를 알아차리기도 전에 아래로 뛰어내렸다.

나이 생각을 해야지, 스테드. 이건 미친 짓이야.

마지막으로 수영을 한 게 언제인지 기억조차 나지 않았다. 아마도 10년 전에 휴가를 맞아 브라이턴에 갔을 때 바닷가에서 살짝 멱을 감은 게 마지막이었을 것이다. 그가 입었던 회색 수영복이 아직까지도 기억이 났다. 그는 바닷가는커녕 휴가를 떠난 적도 없었다. 그때가 이례적인 경우였다.

물이 이렇게 차가울 수 있다니 믿기지가 않았다. 심장이 멎지 않은 게 놀라울 정도였다. 입을 벌리고 뛰어내리는 바람에 바닷물을 제법 마셨다. 모두 상관없었다. 움직여, 계속 움직이지 않으면 죽어.

다행히 애니 헤블리와의 거리가 그리 멀지 않았다. 그녀는 캐럴라인 플레처를 포기하고 왜 그러는지 몰라도 타이태닉호를 향해 헤엄쳐 가려 하고 있었다. 이 사실을 알았을 때 스테드는 경악을 금할 수가 없었다. 그녀는 한쪽 어깨에 아이를 얹고 다른 쪽 팔로만 몸이 가라앉지 않도록 버티고 있었다.

저래 가지고 되겠나.

그는 어찌어찌 그녀의 옆으로 헤엄쳐 갔다. "미스 헤블리, 뭐 하는 거예요? 바로 뒤에 구명보트가 있는데 구명보트 쪽으로 가야죠."

그녀는 그가 전에 본 적 없는 묘한 표정을 짓고 있었다. "아뇨. 배로 돌아가야 해요. 마크에게로 가야 해요."

"아이를 생각해요. 그러다가는 아이가 죽어요."

그녀는 피곤하고 멍한 상태였어도 생각이 없지 않았다. 그의 말에 귀를 기울였다. 그는 끈질기게 그들을 향해 노를 저어 오는 구명보트 쪽으로 그녀를 유도할 수 있었다. 둘이서 힘을 합쳐 아이의 머리가 물속으로 가라앉지 않게 막을 수 있었다. 하지만 스테드가 구명보트 위에서 손을 내민 사람들 품속으로 아이를 넘기자마자 여승무원은 몸을 돌려서 다시 타이태닉호를 향해 가기 시작했다.

어리석은 아가씨 같으니라고. 추워서 정신이 마비된 모양이로군. 내가 따라가야겠어. 하지만 차가운 물속에 있느라 기운이 다했고, 여승무원은 뭔가에 쓴 여자처럼 헤엄치고 있었다.

뭔가가 위에서 타이태닉호의 불빛을 받고 반짝거렸다. 갑판 의자였다. 애니 헤블리가 구명대처럼 써주길 바라며 누가 던진 모양이지만 그녀의 위로 떨어지고 말았다. 그녀는 예상치 못했던 공격을 당하고 그 아래로 사라졌다. 스테드는 끔찍하리만치 오랜 시간 동안 숨을 참고 그녀가 다시 부상하길 기다렸다. 하지만 감감무소식이었다. 나무 의자만 파도에 실려 까딱거릴 뿐이었다.

그는 얼른 그쪽으로 헤엄쳐 갔다. 그가 다다랐을 무렵 그녀는 수면 위로 떠올라 있었다. 그는 허우적거리며 하고 있던 구명대를 벗어 그녀에게 끼웠다. 구명대는 금세 무용지물이 되었지만 그래도 그녀를 가라앉지 않게 막는 역할을 했다. 그녀는 의식이 없어서 헤엄을 칠 수 없었기 때문에 그가 구명보트까지 앞에서 끌고 갔다. 여자들이 손을 내밀어 그녀를 보트에 태웠다.

하지만 스테드가 물에서 빠져나와 뱃전을 넘으려 하자 키를 맡은 선원이 저지하고 나섰다. "죄송하지만 손님을 태울 만한 공간이 없어요. 보다시피 이미 정원 초과라서요."

"하지만 영웅이신걸요." 한 여자가 말했다. "배에 태워드려야 해요."

"뱃전을 붙잡고 계세요." 다른 여자가 말했다. "그럼 무사할 거예요.”

바닷물이 얼마나 차가운지 모르고서 하는 소리였다. 그 여자의 말은 그보다 더 틀렸을 수가 없었다. 선혜엄을 치는 동안 이가 걷잡을 수 없이 덜거덕거렸다. 의식이 몽롱해지기 시작했다. 너무 춥고 기운이 없어서 더는 아무 감각도 느낄 수 없었다.

졸음이 쏟아지기 시작했다. 물속에 얼마 동안 있었는지 시간 감각을 잃었다. 10분쯤 됐나? 잠이 들면 빠져 죽을 텐데. 하지만 무슨 수로 계속 깨어 있을 수 있을까.

그는 타이태닉호 위에서 펼쳐지는 일들을 구경하려고 했다. 구명보트가 내려지고 있었다. 남자들이 극적인 구조는 없다는 사실을 알아차리면서 공포가 엄습하자 선상에서 점점 더 거친 몸싸움이 벌어졌다. 결국에는 지켜보고 있기 너무 괴로워져서 고개를 돌리는 수밖에 없었다.

그는 점점 멀어져가는 구명보트 뱃전에 매달린 구명 밧줄을 잡고 있었다. “침몰하는 배와 함께 빨려 들어가고 싶어서 그래요?” 두 선원이 노를 집는 걸 보고 여자들이 남아서 물속으로 뛰어든 사람들을 좀 더 구조해야 하는 것 아니냐고 하자 키잡이가 짜증을 내며 쏘아붙였다. 옥신각신이 이어지는 동안 스테드의 손에서 구명 밧줄이 스르르 빠져나갔지만 그가 뒤에 남겨져 물속으로 가라앉는 동안 아무도 알아차리지 못했다. 사랑했다, 일라이자. 그가 마지막으로 한 생각은 이것이었다. 그리고. 너를 영원히 지켜주고 싶었어. 그것만큼은 알아줬으면 좋겠다.

릴리언 노팅의 일기

1912년 1월 8일

내 딸.

드디어 태어났구나.

이렇게 품에 안고 보니 내가 너를 왜 그렇게 두려워했는지 이해가 안 될 따름이야. 네가 내 삶에 어떤 의미일지, 나와 네 아빠의 삶에 어떤 의미일지를 왜 그렇게 두려워했는지 말이야.

예쁜 아가. 너는 풍족한 삶을 누릴 자격이 있어. 내가 키우면 사람들이 너를 어떻게 생각할지 알아. 네 평생 사생아라고 손가락질당하고 남들과 차별 대우를 받겠지. 장래가 어두워지겠지. 네 세상이 더 작고 힘들어지겠지. 그 모든 게 나 때문이니 얼마나 불공평한 일이니.

엄마라는 자가 어떻게 너에게 그럴 수가 있을까?

내가 합의안을 수락하는 이유가 그 때문이야.

너는 지금보다 나은 환경에서 살 자격이 있으니까.

출생에 얽힌 과거가 너에게 아무 흠집도 남기지 않았으면 좋겠다. 나하고는 다르게 너만은 끝까지 아무것도 모르는 채 아무 탈 없이 지냈으면 좋겠다.

1916년

47장

1916년 11월 20일
브리태닉호

릴리언 노팅의 일기장을 난간 앞으로 들고 가는 애니의 손
이 덜덜 떨린다. 발아래에서 시커먼 바다가 깜빡거린다. 그녀
는 1912년 1월에 갑작스럽게 끝난 마지막 장까지 일기를 모두
읽었다. 1912년 1월이면 타이태닉호가 처녀항해를 시작하기
불과 석 달 전이었다.

그녀는 마크와 그런 말다툼을 벌이고 일을 할 자신이 없었
기에 메릭 수간호사에게 몸이 안 좋으니 저녁 근무를 빼달라
고 하고, 의심스러워하며 지켜보는 그녀의 눈초리를 뒤로한
채 병동에서 빠져나왔다.

그러고는 난간 위로 올라가 바다로 뛰어내릴까 고민한다.

외투 없이 나온 길이라 그녀는 추위를 달래기 위해 자기 몸
을 끌어안는다. 그런 희망을 품었다니 어쩌면 그렇게 어리석

었을 수가 있을까. 마크는 그녀에게 아무 감정도 느낀 적이 없었다. 내가 잘못 알았나? 당시에는 착각 같지 않았다. 그가 진심으로 그녀에게 마음이 있는 것 같았다. 그 따뜻한 느낌이야말로 그녀가 그때까지 느껴본 감정 중에서 가장 진짜 같았다.

그런데 그게 없어져버렸으니 막막하다. 일기를 읽고 나자 모든 게 이해가 되지 않는다. 세상이 거꾸로 뒤집혔다. 그녀는 일기장을 펼치고 근처 창문에서 흘러나오는 희미한 불빛에 비춰가며 다시 한번 내용을 훑는다.

1911년 5월 17일

이유는 모르겠지만 운명의 여신이 나를 살려주었다.

친하게 지냈던 친구들은 모두 죽었다. 베스, 탠지, 마거릿. 마거릿의 어린 아들이 계속 생각난다. 이제 엄마 없는 아이가 되었구나. 탠지가 얼마나 비명을 질렀을지 계속 생각난다. 워낙 겁이 많아서 온갖 것을 무서워했는데. 탠지는 건물이 불안하다고 했었다. 나는 진짜 그럴 줄은 상상도 못 했다.

이제 나의 하루를 채웠던 공장 친구들이 떠난 자리에 남은 건 아무도 없다. 검게 그은 벽돌 껍데기 말고는 공장도 남은 게 전혀 없다.

1911년 5월 23일

오늘 깨달은 게 있다. 내가 목숨을 건진 이유는 마크가 도박을 하기 때문이었다. 그는 눈물을 흘리며 용서를 구했고 나는 불같이 화를 냈던, 참담했던 그날 밤의 사건이 없었다면 나는 땡전 한 푼 없는 절박한 상황에 처하지 않았을 테니까. 몇 푼 안 되나마 모아둔 돈이 있었다면 내가 용감하게 월급을 인상해달라고 하지도 않았을 테고, 그래서 사장님 앞으로 불려가지도 않았을 테니까. 사장님이 나를 보고 고객 응대를 맡겨도 될 만큼 '번듯하다'는 평가를 내리고 가봉을 위해 캐럴라인 싱클레어의 집으로 보내지 않았을 테니까. 그 오래된 공장에서 불이 났을 때 나는 무릎을 꿇고 앉아서 싱클레어 부인의 치맛단을 들고 있었다. 그 집 응접실에서 그녀의 재치 넘치는 얘기를 들으며 웃고, 그녀가 건네는 사탕과 칭찬을 넙죽넙죽 받고 있었다. 그녀가 손을 잡고 이끄는 대로 그 넓은 저택 곳곳에 들어가 유럽 여행에서 샀다는 온갖 색상의 수많은 의상을 구경하고 있었다. 그녀의 의상은 상상을 뛰어넘는 수준으로 모던한 스타일이었다. 차를 마시며, 인생의 목적은 즐기는 것이고 여자도 남자만큼 인생과 자유를 누릴 권리가 있다는 그녀의 이론을 넋 놓고 듣고 있었다. 그녀는 자신이 지금까지 주문한 모든 의상은 자신의 존재를 주장하는 용도라고 했다. 나는 허리둘레를 재는 동안 거울에 비친 그녀의 모습을 훔쳐보며 내가 캐럴라인 싱클레어를 만나게 된 데에는 이유가 있다는 생각을 했다. 그녀와 나란히 비친 내 모습을 바라보며 이렇게 다른 두 여자가 어떻게 서로 한눈에 반했을까 하는 생각을 했다.

그러니까 마크와 캐럴라인, 두 사람이 나를 살린 셈이다.

1911년 6월 14일

캐럴라인의 집은 공원이 내려다보이는 햄프스테드 히스의 언덕에 있다. 우리는 가끔 켄우드 하우스*가 가장 잘 보이는 그 집 응접실에 앉아 거기 사는 유명한 러시아 부부*를 만나러 오는 사람들을 구경하며 몇 시간씩 대화를 나눈다. 사랑과 인생과 우리의 모든 시련을 주제로 쉴 새 없이 대화를 나눈다. 세상을 떠난 그녀의 남편에 대해서도, 심지어 성생활에 대해서도. 두말하면 잔소리지만 마크에 대해서도 전부 알려주었다. 나는 그녀와 보내는 시간이 좋다. 우리는 심지어 그녀가 내게 의상을 부탁한 척하지도 않는다. 그건 그저 형식적인 행위이자 우리를 하나로 연결하는 사소한 일부분에 불과하다.

그리고 나는 이 집과 사랑에 빠졌다. 캐럴라인이 사는 집이기 때문이다. 캐럴라인이 미국으로 돌아가지 않으면 좋겠다. 나는 이제 이 집에서 내가 제일 좋아하는 자리와 그녀의 옷 중에서 가장 좋은 옷을 모두 기억한다. 그녀의 표현을 빌리자면 현대판 미망인을 기념하기 위해 온갖 색상으로 만든 옷이다.

이 말을 듣고 나면 그녀가 무신경해 보일지 모르지만 전혀 그렇지가 않다. 원래 부잣집 출신인 데다 이제 남편의 유산까지 받게 됐으니 어마어마하게 돈이 많을 텐데도 너무나 순수하고 너무나 선한 다정함과 상큼함을 간직하고 있다. 내가 런

◆ 햄프스테드 히스 북단에 있는 대저택. 현재는 미술관으로 쓰이고 있다.
◆ 러시아의 마지막 황제 니콜라이 2세의 6촌이었던 미하일 미하일로비치 대공 부부를 말한다.

던에서 만난 사교계의 다른 귀부인들과 정말 다르다. 나도 모르게 그녀의 가장 좋은 옷 한 벌이면 마크의 빚을 모두 탕감할 수 있을 거라는 생각이 자꾸만 든다. 그녀 앞에서 그 얘길 꺼내는 건 절대 아니다. 동정은 받고 싶지 않으니까.

1911년 7월 1일

캐럴라인은 날마다 얘기한다, 나는 죽지 않을 운명이었다고. 그러니까 다른 친구들은 죽었는데 나만 살아남았다는 데 죄책감을 느낄 필요가 없다고. 하지만 그게 사실이라면 매일 아침마다 정상적인 생활을 할 수 없을 만큼 아픈 이유는 뭘까? 두통, 뼛속까지 욱신거리는 통증, 위경련. 내가 보기에는 죄책감 때문인데, 캐럴라인은 절대 아니라고 한다. 자기 주치의에게 진찰을 받자고, 비용은 자기가 부담하겠다고 한다. 그냥 넘길 일이 아니라고.

그래서 나는 고집을 꺾고 내일 진찰을 받기로 했다.

1911년 7월 5일

마크에게는 아직 얘기하지 않았다. 그에게 알리면 돌이킬 수 없는 현실이 되어버릴 뿐이다. 게다가 내가 계속 고민 중인 사악한 생각을 그이가 알아차릴까 봐 겁이 난다. 여기에만 공개할 수 있는 생각, 그걸 지우고 싶은 생각.

얘기를 들은 적 있다. 무당이나 그런 사람이 주는 약을 먹으면, 그 독약을 살짝 먹으면 배 속에 있던 아이가 핏덩이로

왈칵 쏟아져 나온다고. 아프지만 몇 주만 참으면 된다고. 하지만 엄마까지 잘못되는 경우도 있다고 한다. 안전한지 절대 알 수 없다고.

캐럴라인— 다정한 캐럴라인. 그녀는 날 돕겠다고 한다. 우리를 돕겠다고 한다. 이미 마크와 나에게 자기 집으로 들어와 같이 살자고 했다. 거기서 지내면 내가 더 훌륭한 보살핌을 받을 수 있다고. 특이한, 심지어 어처구니없는 제안이지만 받아들이고 싶은 유혹을 느낀다.

1911년 9월 2일

모든 게 정말이지 비상식적이다. 나도 안다. 하지만 지난 몇 달은 황홀한 소설 속에나 있을 법한 여름이었다. 캐럴라인은 아이가 태어나면 내 생각이 바뀔지 모른다고 걱정하지만, 아니다. 그녀는 아이에게 우리가 줄 수 없는 삶을 줄 수 있다. 그리고 그 대가로 우리는 마크의 빚을 모두 갚고, 추잡했던 과거는 모두 잊고 영원히 풍족한 삶을 누릴 수 있을 것이다. 이것이 우리의 합의안이다. 나는 약속을 어기지 않을 것이다.

마크도 잘 지내고 있다. 2개월째 도박장에 얼씬도 않는다. 그리고 동거 생활에 처음에는 반대했지만 결국에는 저녁마다 삭막한 자기 아파트로 돌아가는 시늉을 포기했다. 그이도 우리와 함께 살기 시작했고 그래서 나는 정말 행복하다. 마당을 같이 걷고, 밤이면 괴상한 예술 작품들로 가득한 서향의 응접실에서 시간을 보내고, 캐럴라인이 그에게 방을 따로 주었지만 내 방에서 같이 잘 때가 많다.

가끔 캐럴라인이 언뜻 질투 비슷한 표정을 짓는 것 같아 보일 때도 있는데 그럴 만도 하다. 우리처럼 사랑에 흠뻑 취할 수 있는 것도 축복이다. 캐럴라인은 세상을 떠난 남편 헨리와 그런 사랑을 나누지 못했을 것이다. 그녀도 사는 동안 그런 사랑을 한 번쯤은 맛보고 싶을 것이다. 하지만 어떻게 보면 이미 누리고 있을지도 모른다. 내가 그렇듯 그녀를 향한 마크의 마음이 날마다 점점 커지는 것을 느낄 수 있으니 말이다. 우리는 서로를 사랑하는 동시에 그녀를 사랑한다. 놀라운 일이다.

1911년 11월 1일

힘들다. 어디에서부터 얘기를 시작하면 좋을지 모르겠다. 일단 내 몸이 내 것이 아니다. 이 거대한 뭔지 모를 게 싫다. 나는 그 어느 때보다 마크를 갈망하는데, 내 몸이 그의 몸을 거부한다. 시도 때도 없이 속이 뒤틀리고 울렁거린다. 그리고 전에는 캐럴라인의 평온함을 끔찍이 사랑했다면 이제는 평온한 그녀를 볼 때마다 질투가 나서 비참해진다. 뭣 때문일까? 흠 잡을 데 없이 완벽한 그 몸 때문일까? 내가 겪은 의구심과 불안을 알지 못하는 그 미소 때문일까? 아니면 특권층다운, 끝없는 낙천주의 때문일까? 아니면 눈빛을 반짝이고 욕심을 꿀꺽 삼키며 이 모든 것을 눈에 담는 마크 때문일까? 나는 전부터 그의 생각을 읽을 수 있다고 누누이 말해왔고 그건 사실이다. 나는 그가 뭘 원하는지 안다.

그는 모든 남자들이 원하는 걸 원한다. 도박, 아슬아슬한 모험, 모든 걸 잃을 수 있다는 짜릿함.

그는 가질 수 없는 걸 원한다.

그녀를 원한다.

1911년 12월 12일

둘은 내가 모르는 줄 안다. 황당하고 괘씸하다. 마크는 임신 때문에 내가 감정을 통제할 수 없는 거라고 한다. 내가 나를 의심하길 바란다. 어디서 감히? 지금까지 나에게 그런 일들을 겪게 해놓고? 예전에 무슨 짓을 저질렀건, 무슨 사고를 쳤건 몇 번이고 자기를 믿어줬는데? 울면서 미안하다고 했을 때 내가 꼭 끌어안아주었건만. 내 돈을 다 날렸을 때. 자기를 다시 받아달라고 애원했을 때. 바닥에 몸을 던지고 내 무릎에 입을 맞췄을 때. 천 번째 사랑을 나누었을 때. 그의 아파트에서, 다른 직원은 모두 퇴근한 그의 사무실에서, 작년에 한 번은 심지어 공원에서. 우리는 런던 곳곳을 우리 것으로 만들었다. 손을 잡고 깔깔대고 길거리를 달리며 우리의 사랑 행위라는 세례를 베풀고 싶은 곳을 가리키곤 했었다. 그는 내 모든 것을 안다. 고집이 세고 다혈질이며 제멋대로이고 자존심 강한 나라는 존재를. 내 가장 훌륭한 모습과 가장 못난 모습을 보았다. 나는 세상이 끝나는 날까지 그를 사랑할 테고 그도 그렇다는 걸 안다. 그가 나를 배신하더라도, 그런 짓을 저질렀더라도, 지금 그런 짓을 저지르고 있더라도, 나는 뭐든 할 수 있고 뭐든 포기할 수 있다. 내 아이도 포기할 수 있다.

심지어 다른 여자와 그를 공유할 수도 있다.

그런데 감히 거짓말을 하다니.

나는 지금 어떤 일이 벌어지고 있는지 안다.

내가 캐럴라인이었어도 그의 매력을 거부하지 못했을 것이다.

더는 못 읽겠다. 애니는 일기장을 탁 소리와 함께 다시 덮고 가슴에 끌어안는다. 숨이 잘 쉬어지지가 않는다. 당신에게 무슨 일이 벌어진 거예요, 릴리언? 아이는 1월에 태어났다. 일기는 거기서 끊겼지만 애니는 이 여인의 분노와 두려움과 사랑을 마치 자기 감정인 양 느낄 수 있고 그래서 감당이 되지 않는다. 릴리언은 캐럴라인과 합의했고 좋은 뜻에서 아이를 주겠다고 약속했을 테지만 뭔가가 달라졌다. 그 아이를 돌려받길 바라며 죽었다. 애니는 그렇다고 장담할 수 있다. 그녀가 이승에 맴돌며 아직까지 마크를 따라다니는 이유가 그 때문이다.

일기장을 대서양에 버리려는데 누군가가 다가오는 것이 느껴지기에 그녀는 얼른 앞치마 주머니에 다시 일기장을 넣는다.

고개를 돌려보니 통신수 찰리 에핑이 특유의 스스럼없고 따뜻한 분위기를 풍기며 게걸음으로 걸어오고 있다. 에핑은 애니가 이 배에 승선할 날부터 그녀를 보면 웃거나 말을 걸며 관심을 얻으려 하고 있다. 착한 남자 같아 보이고 간호사들 사이에서 인기가 많다. 다들 남동생 대하듯 한다. 사람들 말로는 엄청 똑똑해서 천재에 가깝다고 한다.

"바람 쐬고 있어요, 헤블리 간호사?" 그는 담배꽁초를 난간 너머로 던지고 그녀를 유심히 쳐다보며 표정을 읽으려 한다. "병동에서 하루 종일 힘들었나 봐요. 물론 날마다 힘들겠지만."

그는 통신실에 가서 술 한잔하자고 한다. 그녀는 공허한 마음을 달래며 속절없이 따라나선다.

어쩌면 릴리언의 유령이 거기까지 쫓아오지는 못할지 모른다.

어쩌면 이 모든 것으로부터, 심지어 그녀 자신으로부터 그녀를 보호해줄 남자가 있어야 할지 모른다. 그녀 혼자 생각에 생각을 거듭하다 보면 사방에서 똬리를 트는 어둠과 공포로부터 그녀를 보호해줄 남자가.

통신수는 통신실에서 산다. 타이태닉호에서도 그랬던 게 생각이 난다. 직업의 특성상 장비 옆을 누군가가 항상 지키고 있어야 하기 때문이다. 이 병원선에는 통신수가 한 명뿐이니 장교 말고 독방을 쓰는 사람은 에핑 하나다.

그들은 말없이 후닥닥 보트 갑판으로 건너가고 첫 번째 굴뚝 뒤편에 있는 조그만 방으로 들어간다. 함교에서 엎어지면 코 닿을 데다. 그는 수납장에서 병을 하나 꺼내—이 방에는 온갖 장비와 조그만 관과 전선과 기타 등등을 담아놓는 자그마한 비밀 공간이 많아 보인다—두 개의 조그만 잔에다 호박색 액체를 따른다.

그녀는 코를 킁킁거렸다가 환자를 소독하거나 테이블이나 장비를 닦을 때 쓰는 알코올 비슷한 냄새가 나자 움찔한다. 그는 그녀를 향해 잔을 들어 보이고는 단숨에 입 안으로 털어 넣는다. 그녀도 똑같이 따라 한다.

몇 분 만에 그녀는 구름 위를 떠다니는 기분을 느낀다. 고개를 돌리면 눈앞의 풍경이 바로 바뀌지 않고 잠깐 시간이 걸린다. 모든 게 부자연스럽다. 멀게 느껴지고 난해하다. 날이면 날마다 하루 종일 그녀의 가슴을 짓누르고 있던 돌덩이가 사라졌다. 아무 이유 없이 웃음이 나온다.

기분이 좋다.

에핑이 그녀의 잔에 다시 술을 따른다.

한 시간이 지나자 방이 빙글빙글 돈다. 그녀는 에핑의 작업대 옆에 놓인 조그만 접이식 의자에 잘 앉아 있지 못한다. 배가 흔들리기라도 하는 듯 거기서 자꾸만 미끄러진다. 말을 조리 있게 하지도 못하고 말을 하려고 입을 벌리면 웃음부터 터진다. 그리고 덥다. 그녀는 앞치마를 벗고 칼라를 조금 푼 것으로도 모자라 풀 먹인 캡까지 벗는다. 머리칼이 어깨 너머로 쏟아져 내린다.

찰리는 작업대 저편의 손을 내밀면 닿을 곳에 앉아 있다. 벌건 얼굴로 땀을 흘리지만 여유 있고 편안한 함박웃음을 짓고 있다. 누군가가 그녀를 보아주다니 오랜만의 일이다. 그녀를 주목하다니. 그녀의 진가를 알아보다니. 그녀의 곁에 있고 싶어 하다니. 모닝게이트에서 4년을 지내는 동안 그녀는 유령처럼 보이지 않는 존재였다. 사람이 아니라 그림자였다. 여기에서는 찰리 에핑과 함께 있으면 그녀는 빛이다.

그 뒤로는 기억이 흐릿하다. 그의 손이 그녀의 단추를 당기고 그녀는 말리지 않는다.

그의 입술이 그녀의 목에 닿는다.

그가 그녀에게 대고 신음하는 와중에도 그녀의 귀에는 데즈의 목소리만 들린다. 우리가 무슨 짓을 저지른 걸까요, 애니? 우리가 무슨 짓을 저지른 걸까요?

얼마나 시간이 지났는지 모르겠다. 애니가 눈을 떠보니 데즈먼드 플래너리의 속삭임이 아직까지도 귓전에 맴돌고 있다.

여기가 어디지? 좁은 방에서 사향과 땀 냄새가 난다. 젊은 남자가 옆에서 잠들어 있고 그제야 그녀는 기억한다. 찰리 에핑. 싸구려 위스키. 서툰 입맞춤.

그녀는 살그머니 침대에서 빠져나가 옷을 집는다. 에핑은 욕구를 해소한 사람답게 단잠을 자느라 깨지 않는다. 애니는 뭘 어떻게 해야 하는지 잊어버린 사람처럼 천천히 옷을 입는다. 몸이 좋지 않다. 열이 나고 욱신거린다. 심지어 발바닥마저 쓰라리다.

가구를 짚어가며 한두 걸음 비틀비틀 내딛는 그녀의 손에 종이가 닿는다. 작업대의 4분의 1을 덮고 있는 큼지막한 종이다. 복도에서 쏟아져 들어오는 희미한 불빛에 비춰보니 지도다. 4년 전의 그날 밤이 생각난다. 지도와 좌표와 뭐가 어디 있는지 정확히 아는 것이 아주 중요했던 그날 밤. 그녀는 숫자를 보았지만 좌표가 지도에서 어디에 해당하는지 몰랐기 때문에 숫자가 날아가자 정보도 덩달아 날아가버렸다. 대서양의 어둠 속으로 사라지던 하얀색의 조그만 쪽지가 아직까지도 눈앞에 선하고, 그때 자신의 행동에 대한 후회가 여전하다.

그녀는 위험한 바다를 계속 표류하는 느낌이고 지도를 보면 왠지 모르게 안심이 된다. 보호 장치이자 토끼 발*이나 네잎 클로버 같은 부적이기에 그녀는 지도를 말아서 두 손바닥으로 누르고 앞치마 주머니에 넣을 수 있을 만큼 작게 접는다.

그러고는 그 방을 나선다.

간호사 숙소까지 가려면 아직 한참 남았는데 이제 보니 열이 나서 그런지 온몸이 불덩이처럼 뜨겁다. 어지러워서 방까지 가지도 못하고 기절할 것 같은데, 그러면 내일 아침 통신실 근처에서 대자로 쓰러진 채 발견될 것이다. 죽는 것보다 스캔들이 더 무섭다. 무슨 짓을 저질렀는지 만천하에 공개되는 것이 더 무섭다.

환자를 물에 담가 상처를 씻기고 잘 안 잡히는 열을 내릴 때 쓰는 목욕실이 바로 옆에 있다. 큼지막한 철제 욕조와 여러 개의 물통이 갖추어진 곳이다.

대개는 환자들을 위해 물을 데우지만 애니는 그 단계를 건너뛴다. 시간이 걸리는 데다 온몸이 불덩이다. 뜨거운 물은 생

---

* 토끼의 왼쪽 뒷발을 가지고 다니면 행운이 따른다는 속설이 있다.

각만 해도 싫다. 그녀는 땀으로 축축해진 옷을 벗고 욕조 안으로 들어간다. 고향에서 바닷속으로 걸어 들어갔던 때가 생각난다. 차가운 물이 먼저 발을, 그다음에는 종아리를 물어뜯었던 것이. 그녀는 처음에는 천천히, 그다음에는 속도를 높여서 물속에 몸을 담근다.

몸속의 열을 식히자 처음에는 기분이 좋다. 완벽하게 균형이 잡히는 느낌이다. 하지만 이내 냉기가 손끝과 발끝으로 스며들고 엉덩이 살을 꼬집고 겨드랑이를 간질인다. 그녀는 냉기가 자신을 멀리 데려가주길 바란다. 연인의 품에 안긴 것처럼 묘하게 익숙한 느낌이다.

애니는 눈을 감고 몽상에 젖는다. 단편적인 기억들이 떠오른다. 희미하게 빛나는 수면에서는 스테드 씨가 교령회 때 썼던 수정점 치는 사발이 연상된다. 안에 붙인 자개가 은색과 하얀색으로 반짝거렸는데…… 어렸을 때 살았던 집 앞 바닷가로 쓸려 왔던 철회색과 보라색 조개껍데기…… 어렸을 때 회색의 뚱뚱한 물범들과 함께 발룬토이 해변을 점점이 장식한 조그맣고 울퉁불퉁한 노두를 지나치며 한참 동안 헤엄을 쳤던 기억.

그다음에 정신을 차려보니 그녀가 홈통으로 쏟아지는 비처럼 물을 흘려가며 서 있는데, 물방울이 욕조 수면을 때리는 소리가 너무 커서 귀가 아플 정도다. 이가 미친 듯이 덜덜거리고 입술에 아무 느낌이 없다. 찬물 속에서 얼마 동안 잠이 들었던 걸까? 하마터면 얼어 죽을 뻔했다.

잠시 후 약품 보관장 전면에 비친 그녀의 모습이 눈이 들어온다. 꼭 거울 같아서 군인들도 욕조에서 일어날 때 당혹스러워하는데, 다만 거기 비친 사람이 그녀가 아니다. 얼굴이 난자당했고 포로 아니면 참회자처럼 머리를 짧게 자른 어떤 여자다. 살의로 눈을 번뜩이는, 성난 젊은 여자다.

애니는 뒤로 한 발 휘청거렸다가 엉금엉금 욕조 밖으로 나간다. 그녀가 미쳐가고 있다. 제정신이 아닌 게 분명하다.

"당신이로군요." 그녀는 속삭인다. "릴리언."

"아니." 어떤 목소리가 살짝 비웃는 투로 대답한다. "너야." 뒤에서 들리는 목소리다.

애니가 뒤를 돌아보니 욕조에서 유령이 스멀스멀 올라오는데, 이슬에 반사된 아침 햇살처럼 환하게 일렁이는 어떤 여자의 모습이다. 그녀가 우뚝하게 서서 애니를 내려다본다. 그 모습에 애니는 온몸이 마비되지만 어떤 반향이 인다. 오래된 희미한 기억이 머릿속을 스치고 지나간다.

나는 당신을 알아.

오래전 어렸을 때 바닷가에서 만난 여자다. 외할머니가 들려준 이야기 속의 더바사다. 현실감이 애니의 뼛속을 강타한다.

"고개를 돌려서 저기 비친 모습을 봐. 아는 사람의 몸이지, 릴리언 노팅? 예전의 네 모습이잖아."

애니는 빤히 쳐다보며 손으로 머리칼을 만진다. 짧게 잘렸을 거라는 그녀의 짐작과 달리 붉은빛이 도는 긴 금발이 물에 젖어서 한데 뒤엉켜 있다.

그렇다면 저건 그녀의 모습이 아니다.

"내가 여길 찾아온 이유는 네가 누군지, 우리가 어떤 계약을 맺었는지 알려주기 위해서야. 네가 진 빚을 갚아주길 한참 동안 기다렸어, 릴리언 노팅. 하지만 더는 기다리지 않겠어."

그 끔찍한 두통이 다시금 찾아온다. 두개골을 둘로 쪼개는 듯한 통증이다.

일렁이던 빛이 너무 환해져서 애니는 더 이상 쳐다볼 수가 없다. "그 근사한 몸을 내가 주었는데, 기억 안 나? 네 몸은 망가졌잖아…… 네가 저지른 끔찍한 짓 때문에. 너는 돌아오고 싶어 했지만 새로운 껍데기가 필요했지."

애니는 벗은 몸을 두 손으로 쓰다듬는다. 이건 그녀의 몸이고 그녀가 아는 몸은 이것밖에 없다. "난 애니 헤블리야." 그녀는 말한다. 옆에 있는 유령보다는 자기 자신에게 한 말에 가깝다.

"다른 사람의 몸을 취하면 가끔 문제가 생길 때가 있어. 거기 살던 혼령이 떠나지 않으려고 할 때. 과거의 삶, 과거의 기억으로 머릿속이 여전히 어수선할 때. 네가 잘해야지, 릴리언 노팅. 네가 휘어잡아야지."

두통이 더 심하고 집요해져서 아무 생각도 할 수 없을 지경이다. 애니는 고통을 떨쳐버리려는 듯 고개를 젓는다. 이건 기억이 아니다. 캐럴라인이나 마크에게 들은 이야기, 아니면 예전에 책에서 읽었거나 동네 사람에게 주워들은 이야기다. 출처는 상관없다. 그녀는 릴리언이 아니다. 그건 있을 수 없는 일이다. 그녀는 애니 헤블리다. 다만 지금 몸이 안 좋을 뿐이다.

다른 기억들이, 그녀가 외면하려 했던 기억들이 밀려온다. 발룬토이에서 지낸 불행했던 시절의 기억. 이웃집 환자에게 훔친 오래된 목캔디 깡통을 열었던 기억이 난다. 하얗고 조그만 알약이 가득 들어 있다. 뭐에 먹는 약인지는 모른다. 많이 먹으면 위험하다는 것만 안다. 이 기억 속에서 애니 혜블리는 죽고 싶어 한다. 아일랜드의 조그만 마을에서 엄한 아버지 밑에서 자란, 몸을 망친 여자에게 미래는 없다.

아이 아버지가 성직자인 경우에는.

하지만 약효가 생각과 다르게 나타난다. 다리 사이로 피가 흐르기 시작하고 그녀는 그게 무슨 뜻인지 안다. 그 마을의 여자들에게 워낙 자주 벌어지는 일이다. 아이를 유산한 것이다. 여기서 이런 일이 벌어지면 안 된다. 집에서는 절대 안 된다. 어머니와 아버지가 흔적을 보고 딸이 착한 아이가 아니라는 것을 알게 될 것이다.

그녀는 바닷가로 내려가 부딪치는 파도 속으로 걸어 들어가는 수밖에 없다. 바다의 자비에 몸을 맡기는 수밖에 없다.

애니는 휘청거린다. 철제 욕조 안에서 어른거리던 여자는 사라지고 없다. 약장에 비쳤던 섬뜩한 여자의 모습도 보이지 않는다. 애니 혼자 물웅덩이 안에 서 있다.

방금 전에 그녀의 눈앞에 펼쳐진 이야기가 양쪽 모두 진짜일까? 아니면 그보다 더 끔찍한 기억을 억누르기 위해 그녀의 마음이 지어낸 이야기일까? 타이태닉호에서 앨리스 리더 선생이 뭐라고 했는지 기억이 난다. 혼란스러운 마음은 자기 자신을 절대 알지 못해요. 그것이 정신병의 슬픈 진실이죠.

이제는 미치는 것도 지긋지긋하다.

그녀가 생각하기에 선택할 수 있는 길은 하나뿐이다. 그녀가 마음대로 할 수 있는 것은 하나뿐이다.

물의 적은 불. 더바사가 물은 좌지우지할 수 있을지 몰라도 불은 전혀 어쩌지 못한다.

먼저 애니는 부상병에게 지급되는 군용 가운을 하나 꺼내서 입는다. 말 덮개처럼 늘어지지만 적어도 축축하지는 않다. 이렇게 바짝 말라 있으니 나중에 불쏘시개로 제격일 것이다. 그녀는 이제 장을 뒤져 성냥을 찾는다. 머리가 너무 지끈거려서 거의 아무 생각도 할 수가 없지만 괜찮다. 아무 생각도 하고 싶지 않으니까. 생각을 하면 반드시 해야만 하는 일을 완수하지 못할 것이다.

북, 북. 애니는 인이 달린 성냥을 성냥갑 옆면에 달린 사포에 대고 긋는다. 잘될 것처럼 불꽃이 튀지만 막판에 성냥이 부러져버린다. 다른 성냥을 긋는다. 이번에는 불이 붙지만 금세 꺼져버린다. 부러진 성냥개비만 늘어난다. 너무 세게 쥐고 있나? 성냥이 축축해서 못 쓰게 된 건지도 모른다. 전부 못 쓰게 된 건지도 모른다. 그녀는 성냥개비에 불이 붙기 직전에 문 밑으로 희미한 바닷바람이 슬금슬금 불어 들어와 꺼버리는 것을 알아차리지 못한다.

불이 났을 때 죽어버렸어야 했는데. 이 생각이 연기를 피우며 아찔하게 그녀의 몸속을 관통한다. 불. 공장에서 불이 났을 때 안에 있던 여자들이 죽었다. 그녀만 빼고 전부.

릴리언만 빼고 전부.

그녀는 벌벌 떨리는 손을 내려다본다.

순간 성냥갑이 아니라 날카롭게 번뜩이는 남자용 면도날이 보이자 그녀는 비명을 지른다.

48장

1916년 11월 20일
아일랜드 발룬토이

바닷가의 고운 모래가 집 안 곳곳에 안 들어온 데가 없네. 심지어 4년 동안 쓰지 않은 방까지. 헤블리 부인은 깃털 총채로 서랍장의 먼지를 털며 생각한다. 평소 같으면 걸레를 썼겠지만 그랬다가는 모래 때문에 나무에 긁힌 자국이 남을 것이다. 근사한 가구는 아니지만 그녀에게 있는 건 이게 전부고 남편이 서랍장을 바꿔줄 리는 없다.

여기는 딸아이의 방이다. 그녀는 애니의 짐을 치우고 두 아들에게 이 방을 쓰게 할 참이다. 막내 매슈가 너무 자라서 세 명의 형과 한방을 쓰는 것이 그 아이에게 이제는 고문이나 다름없다.

마침내 테리사 헤블리가 딸을 놓아줄 마음의 준비가 된 것이다.

그 생각만 해도 누가 쥐어짜기라도 하는 듯 심장이 옥죄어 온다. 딸을 마지막으로 본 날이 아직까지도 기억에 생생하다. 이 침대에 누워 있었다. 누가 보면 자는 줄 알았겠지만 엄마라면 안다. 잠이 든 게 아니었다. 때가 한낮이었다. 그녀는 딸을 깨우려고 이불을 젖혔다가 그 끔찍한 것을 보았다. 무슨 약인지 테리사 헤블리로서는 알 길이 없었다. 그녀는 현대 의학을 믿지 않았다. 그건 악마의 작품이었고 여기 그 증거가 있었다.

시트에도 피가 묻어 있었다. 피가 어디서 난 걸까? 애니의 몸에는 베인 곳도 멍 자국도 없었다. 테리사 헤블리는 딸을 깨우려고 붙잡고 흔들고 뺨을 때렸다. 하지만 딸은 꿈쩍도 하지 않았다.

죽은 걸까? 테리사는 알 수 없었다. 집 안에는 아무도 없었다. 아들들은 밖에서 이런저런 일을 하고 있었고 남편 조녀선은 아직 퇴근하기 전이었다. 테리사는 어쩌면 좋을지 알 수 없었다. 나가서 옆집 사람을 불러올까? 희미하게나마 창피하다는 생각이 들었다. 애니가 어쩌다 이 지경이 됐는지 뭐라고 설명해야 할까? 약을 숨겨야 하나? 어찌할 바를 모르고 이렇게 우왕좌왕하는 자신이 싫어졌다. 의사한테 가자는 게 그다음으로 든 생각이었지만 의원은 던서버릭에 있었고 거기까지 걸어서 가려면 한 시간은 족히 걸렸다.

그녀는 너무 혼란스러워서 심란하고 결정을 못 내리겠으면 늘 그랬던 것처럼 교회에 가서 기도를 드리며 지침을 구하기로 했다. 남편이 없으니 하느님에게 의탁해야 했다. 교회까지는 멀지 않은 거리라 달려갔다. 있는 힘껏 달려갔다. 아직 새 얼굴이라 할 수 있는, 젊고 말이 없는 데즈먼드 신부가 촛대에 꽂힌 양초를 갈고 있다가 무슨 걱정거리가 있느냐고, 자기가 도울 일이 있느냐고 물었다. 그녀는 차마 털어놓을 수가 없었다. 그가 아직 너무 젊은 데다―제대로 된 신부일 수 없는 나이로 보였다―모르는 사람에게 애니의 치부를 공개하고 싶지 않았다.

그녀는 딸이 그 약을 먹은 이유를 알았다.

그 피, 어디 베이거나 다친 데도 없는데 그렇게 많은 피를 흘렸다는 것은 여성의 나약함과 수치를 의미했다.

그녀는 제단 앞 신도석에 무릎을 꿇고 앉아 눈을 감고 속으로 주기도문을 암송하기 시작했다. 그 익숙한 구절을 반복하다 보면 마음이 편안해졌다. 두근거리던 심장이 가라앉고 호흡이 차분해지는 효과가 있었다. 이제는 심장이 아까처럼 심하게 옥죄지 않았다. 그리고 모든 게 차분해지자 집으로 돌아가라고 하는 하느님의 음성이 분명히 들렸다. 딸아이에게 지금 그녀가 필요하다고 했다.

그녀는 다시 나가서 달음박질쳤다. 그걸 본 동네 사람이 있었다면 빵이라도 떨어뜨린 사람처럼 그렇게 교회로 후닥닥 달려갔다가 달려오다니 미친 거 아니냐고 했을 것이었다.

그녀는 대문 앞에 다다랐을 때 끔찍한 진실을 알아차렸다. 하얀 커튼이 바람에 펄럭이고 현관문이 빠끔 열려 있던 그 광경은 오늘까지도 기억에 생생하다. 집에서부터 물가까지 모래

사장에 조그만 발자국이, 애니의 발자국처럼 조그만 그것이 찍혀 있었다.

그리고 그 너머에는 바다 말고 아무것도 없었다.

이 장면이 4년 동안 그녀를 괴롭혔다. 기억이 날 때마다 눈물이 나지만 오늘은 울지 않으려고 마음을 단단히 먹는다. 그녀는 남편과 아들들에게 애니는 죽지 않았다고 얘기해왔지만 그녀의 짐작이 틀렸을 가능성도 눈곱만큼은 있다고 인정하기 시작했다. 그녀는 그날 딸을 실망시켰으니 잘못을 시인하고 거기에 수반되는 형벌을 받아들일 때도 되었다. 딸을 두 번 다시 만나지 못하는 형벌을 말이다.

태어나지 못한 아이 아빠가 누군지 궁금했지만 아무도 손을 들고 나오지 않았다. 모자를 손에 들고 창백한 얼굴로 찾아와 애니가 어디로 갔으며 연락을 취할 길이 있는지 묻는 사람도 아무도 없었다. 데즈먼드 신부님 말고는 마을 사람 어느 누구도 애니의 행방을 묻지 않았다. 날마다 교회에서 혼자 조용히 딸을 위해 기도하는 그녀를 향한 배려였다.

테리사 헤블리가 보기에 아이 아빠는 겁쟁이다. 의심의 여지가 없다.

그녀는 침대 옆 테이블 서랍을 연다. 여자애들이 쓰는 소지품이 들어 있다. 매슈와 마크가 보면 행방불명된 여동생이 생각난다고 싫어할 것이다. 리본과 머리핀, 신문이나 잡지에서 오린 예쁜 옷이나 헤어스타일 삽화. 교회용으로 만들어졌지만 홀로 남겨진 흰색 장갑 한 짝. 입술에 바르는 짙은 빨간색 연지

한 통. 조녀선은 딸에게 화장을 허용하지 않았을 것이다.

몇 년 전에 애니가 첫 영성체 선물로 받은 성경이 저 뒤편에 처박혀 있다. 아무 장식 없는 가죽 표지는 말라서 금이 갔고 얇은 속지는 누레졌다. 테리사 헤블리는 성경을 끄집어낸다. 애니는 성경책을 수시로 들여다보았다. 그 정도로 독실했다기보다 집 안에 읽을거리가 성경밖에 없었기 때문이었다. 애니는 아버지가 말도 안 되는 헛소리를 주입한다며 외할머니를 만나지 못하게 한 이후로 더욱 이야기에 굶주렸다. 그녀의 아버지는 요정, 셀키, 더바사, 이런 걸 믿지 않았다.

성경책 안에서 우둘투둘하게 뜯긴 신문이 고개를 내밀고 있다. 테리사는 애니가 맘에 든 삽화를 여기에도 꽂아놓았나 보다고 생각하며 뭔지 확인하려고 책장을 펼친다. 그런데 삽화가 아니라 기사다.

딸아이가 사라지기 얼마 전 런던의 어느 공장에서 벌어진 화재 소식을 다룬 기사다. 읽어보니 비극적인 사건이다. 수백 명이 죽음의 덫에서 제때 빠져나오지 못하고 목숨을 잃었다. 딸아이가 이 기사를 보관한 이유가 본능적으로 궁금해진다. 런던으로 도망쳐 이런 공장에서 일하려다 이 기사를 보고 생각을 접었나? 그랬을 것 같지는 않지만 애니가 사라진 이후로 헤블리 부인의 머릿속에는 수천 갈래의 생각들이 오간다. 증거건 뭐건 간에 딸이 살아 있길 바라는 엄마의 마음에서 진실을 거부하고 있을 따름이라는 것을 그녀도 안다.

오려낸 신문 기사를 성경책 안에 다시 넣으려는데, 이제 보니 표시가 되어 있다. 화마를 피한 유일한 생존자 릴리언 노팅의 이름 아래에 누가 잉크로 줄을 그어놓은 것이 희미해졌다. 애니가 이 여자와 아는 사이였나? 헤블리 부인은 궁금해진다. 그럴 리 없다. 애니가 무슨 수로 런던에 사는 아가씨를 사귈 수 있었을까. 그리고 테리사가 아는 한 노팅이라는 집안의 사람들은 발룬토이에서 산 적이 없다.

그렇다면 애니가 그냥 이 아가씨에게서 매력을 느꼈던 모양이다. 그녀처럼 끔찍한 시련을 견뎌낸 또 다른 여자. 일종의 영웅.

그녀는 신문 기사를 다시 성경책 안에 넣고 침을 꿀꺽 삼키고 방 정리를 계속한다.

49장

1916년 11월 21일
브리태닉호

잠긴 문 뒤로 또 문이 있다. 이 빌어먹을 병원선은 밤이 되면 모든 곳이 잠긴다. 마크는 술을 찾아 헤매다 어두컴컴한 맨 끝에 깜빡이는 전구 하나 달랑 달린, 길고 아무도 없는 복도에까지 다다른다. 글렌 앨빈 위스키는 오래전에 그의 곁을 떠났고 마크는 다급하게 속삭이던 애니의 목소리를 머릿속에서 지울 수가 없다. 그녀가 제기한 혐의는 끔찍했지만 그의 의심과 거리가 멀지 않았다.

다만 그가 의심한 범인은 캐럴라인이 아니었을 뿐.

그의 발이 뭔가 축축한 것을 밟고 미끄러진다. 그는 지팡이를 부여잡고, 순간 배에 물이 들어온 게 분명하다는 생각을 한다. 배가 침몰하고 있는 게 분명하다는 생각을 한다.

하지만 아니다. 닫힌 문 아래로 스며 나온 물이다. 파이프가 터졌거나 탱크가 파열된 걸까? 그가 잠기지 않은 문을 밀치고 열어보니 애니가 있다. 정신을 잃고 바닥에 쓰러져 있다.

그 충격적인 광경에 그의 입에서 헉하는 소리가 터져 나온다. 부러진 성냥개비 뭉치와 흠뻑 젖은 간호사 유니폼이 그녀를 에워싸고 있다.

"애니?" 그는 지팡이를 바닥에 내려놓고 그녀의 옆으로 무릎을 꿇는다. 물―이제 보니 욕조에서 넘친 물이다―이 그의 바지를 적신다. 그는 틀어져 있는 수도꼭지를 잠그고 그녀를 일으켜 앉히려고 한다. 깨우려고 뺨을 살살 때린다. 그녀에게서 희미하게 술 냄새가 풍긴다. 뭔지 몰라도 거칠고 불쾌한 냄새다.

그녀가 격하게 움찔하며 눈을 뜨고는 그를 빤히 쳐다본다. 어찌나 여리고 겁에 질려 보이는지 방금 전까지 품었던 검은 의혹이 그의 머리에서 빠져나간다.

"여기서 뭐 하고 있어요?"

그녀는 주위를 두리번거리며 난장판을 눈에 담는다. 온 사방이 물 천지고 보급품은 선반에서 떨어졌고 약장은 옆으로 쓰러져 있다. 그녀가 발작 비슷한 것을 일으킨 모양이다. 그게 아니고서는 달리 설명할 방법이 없다. 그녀가 몸을 벌벌 떨기 시작한다. 그녀에게 했던 말이 떠오르며 그의 가슴이 살짝 아파진다. 사랑한다고 고백한 그녀의 면전에 대고 퇴짜를 놓지 않았던가. 하지만 캐럴라인을 두고 늘어놓는 정신 나간 소리를 그냥 그런가 보다 하고 들을 수는 없었다. 그녀는 현실과 동

떨어진 세계에서 살고 있는 사람이라는 것을 잊지 말아야 한
다. 그녀는 위험한 인물이다.

그는 수건을 가만히 그녀에게 덮어준다. "이제 선실로 갑시
다."

그녀는 흐느낀다. 눈이 충혈돼 있다. 젖은 머리는 엉망이다.
입술은 텄고 평소에는 아일랜드 출신답게 하얗던 피부가 시뻘
겋게 얼룩덜룩하다. 그가 타이태닉호에서 만났던 그 여자라니
믿기지가 않을 지경이다.

"내 말을 믿어줘." 그녀는 그가 도망칠까 봐 겁이 나는 듯,
그가 도망치려 할 거라고 예상하는 듯 그의 팔을 부여잡는다.
"나는 애니가 아니라 릴리언이야."

그는 그대로 얼어붙는다. "뭐라고요?"

그녀는 유령과 바다의 정령과 아일랜드의 미신이 얽힌 이
야기를 계속 늘어놓지만 충격을 받은 마크의 귀에는 들어오지
않는다. 그는 애니 앞에서 릴리언의 이름을 언급한 적 없다고
장담할 수 있다. 그런데 그녀가 어떻게 알았을까? 등골이 서늘
해지고 그는 그녀의 몸에 불이 났거나 뱀이 기어가고 있기라
도 한 듯 그녀를 뿌리친다.

"애니, 내 말 들어요. 당신은 도움을 좀 받아야—"

"당신이 도와줘야 해." 그가 말을 받아주자 그녀는 용기가
생겼는지 그를 향해 달려든다. "마크, 내가 끔찍한 짓을 저질
렀어. 당신이랑 같이 있고 싶어서 온딘의 미래를 팔아버렸어.
더바사와 계약을 맺었어, 취소할 수 없는 계약을. 내가 여기 있

564

으면 우리 딸이 위험해."

그는 그 말을 한마디도 믿지 않는다. 전부 헛소리고 유치한 상상이다. 이 여자는 의사에게 진찰을 받아야 한다. 의사들의 근무가 시작되는 내일 아침까지 그녀를 조용히 있게 해야 한다. 소문이 새어 나가면 환자들의 사기가 꺾일 것이다. 미쳐버린 간호사라니…… 하지만 이 여자를 어디로 데려간다? 간호사 숙소로 데려갈 수는 없다. 동료들을 만나기 전에 먼저 진정시켜야 한다. 그는 술을 찾는 동안 빈 선실을 몇 군데 지났다. 아무도 그녀를 찾으러 선실을 뒤질 생각은 하지 않을 것이다.

그는 빈방에 그녀를 데려다놓고 자기가 보초를 설 테니 눈을 좀 붙이라고 설득한다. 접의자의 먼지를 털고 벽에 등을 대고 앉아서 그녀가 자는 걸 지켜본다. 이 아가씨에게 무슨 일이 생긴 걸까? 그는 타이태닉호의 흡연실 벽난로에서 보았던 편지를 떠올린다. 거의 다 타서 많은 정보를 얻을 수는 없었지만 **당신 혼자 이 문제를 해결하도록 내버려두었다니 내가 나빴어요**, 이 부분만 읽어도 무슨 내용인지 알 수 있었다. 그녀는 아이를 가졌고 버림을 당했던 것이다.

마크는 불안한 눈빛으로 잠이 든 여자를 바라본다. **과거를 혼동하고 있어.** 그는 생각한다. 그녀의 과거와 릴리언의 과거가 머릿속에서 뒤섞여버린 것이다. 자기 과거를 잊고 싶어서 다른 사람의 삶을 대입한 것이다.

그녀의 얘기를 믿고 싶은 마음이 아무리 굴뚝같아도 그는 믿지 않는다.

산 자가 죽은 자의 닻 역할을 할 때가 많아요. 신문기자 스테드가 했던 말이 떠오른다. 죽은 자는 자기 고민을 내려놓고 다음 세상으로 탈출하고 싶어 하는데 산 자가 놓지 못하고 그들을 붙잡아놓는다고 말이다. 사랑과 간절함이 무거운 쇠사슬처럼 그들을 이승에 묶어놓는다고 말이다. 그가 릴리언의 닻이었을까? 이 사태는 그로 인해 벌어진 일일까? 그녀가 이 딱하고 힘없는 껍데기를 입고 되돌아온 걸까?

아냐, 말도 안 돼. 세상에 유령이 어디 있다고.

그는 할 일을 만들고 싶어 의자에서 일어난다. 말리려고 걸어놓은 애니의 치마와 앞치마를 만져본다. 아직까지 축축하다. 앞치마 주머니에 두툼하고 뻣뻣한 뭔가가 있다. 그는 어설프게 접힌 종이 뭉치를 끄집어서 펼친다. 에게해, 좀 더 정확하게는 이 배가 무드로스에 가려면 지나야 하는 케아 해협 지도다. 간밤에 산책로에서 담배를 피우며 어느 장교와 대화를 나누었는데, 그가 말하길 케아 해협은 좁은 길목과 바위로 덮인 모래톱이 많아서 지나기가 어렵다고 했다. 하지만 이 지도는 뭔지 모를 기호와 암호로 표시가 되어 있다.

애니를 다시 한번 쳐다보는데, 그의 가슴이 무너져 내린다. 그녀가 온딘을 위해 따뜻한 우유를 준비해주었던 게 생각난다. 온딘이 많이 아프고 많이…… **달라져** 보였던 게 생각난다. 캐럴라인이 했던 걱정도 생각난다. 그는 여자들 특유의 질투인 줄 알았다. 이제는 그의 생각이 틀렸나 싶다.

애니의 횡설수설을 어떻게 받아들여야 할지, 그녀가 왜 릴리언이 되고 싶어 하는지 모르겠다. 분명 그와 연관이 있을 것이다. 릴리언을 대신하려고 하다니. 인간의 정신적인 능력은 섬뜩하다. 그는 참호에서 한순간에 무너져, 갑자기 자기는 숲속에서 숨바꼭질을 하는 일곱 살이고 엄마가 자기를 찾고 있다고 생각하는 남자들을 본 적 있다.

결국 그는 그녀의 행동에서 힌트를 얻는다. 어떻게 해야 하는지 이제 정확히 알겠다. 그는 허리띠를 푼다.

50장

여기가 어디지?

마크의 어깨에 한쪽 팔을 걸치고 거의 허공에 매달리다시피
한 상태로 그와 함께 복도를 걸었던 기억이 난다. 그러다 침대
에 눕혀졌다. 의식 선상의 기억이 거기서 끊긴다.

애니는 잠으로 빠져드는 동안 자기 몸에 깃든 승객이 된다.
말을 할 수도, 생각을 통제할 수도, 몸을 말을 듣게 할 수도 없다.

그녀만을 위해 상영되는 영화처럼 여러 장면이 머릿속에 떠
오른다. 그녀도 당장 알아차렸다시피 릴리언 노팅의 기억이다.

마크 쪽 침대 옆을 지키는 테이블. 방금 전까지 읽다 내동댕
이친 듯 삐딱하게 놓인 책. 책장 사이로 삐죽 고개를 내밀고서
자리를 맡고 있는, 아무 무늬 없는 크림색 봉투. 어젯밤은 물론
이고 다른 날 밤에도 마크가 책을 본 기억은 나지 않는데……

요즘에는 그가 그녀의 방을 찾지 않기에 그녀 쪽에서 몰래 그의 방에 들어온 참이다. 그런데 방 주인이 없다. 그녀는 그게 무슨 뜻인지 안다. 그가 어디 있는지 안다.

캐럴라인 곁에 있겠지. 캐럴라인에게 빌렸을 게 분명한 책을 만지작거리다 집어 들자 봉투가 떨어진다.

그녀는 바닥에 떨어진 봉투를 집는다. 왼쪽 상단 모서리에 화이트 스타 해운사라고 적혀 있다.

안에 표가 들어 있다. 타이태닉호. 일등실 승객명: 마크 플레처 씨.

그 위로 빨간색 고무 인장이 넓게 찍혀 있다. 지불 완료.

그녀는 빨간색 잉크를 엄지손가락으로 문지른다. 릴리언은 대서양을 건너는 이 선박의 표를 끊은 사람을 한 명 더 알고 있다.

심장에 칼이 꽂히는 듯한 고통이 곧바로 그녀를 엄습한다.

마크의 면도칼이 천진난만하게 눈앞에 놓여 있다. 그녀가 그걸 감행한 이유는 번뇌를 해소하기 위해서이기도 하지만—피를 흘리면 내면의 고통을 잊을 수 있다—세상에 저항하기 위해서이기도 하다. 여자의 미모는 개나 주라지. 우리는 미모가 없으면 아무것도 아니야.

그다음 차례는 머리칼이다. 손을 벌벌 떨며 한 줌씩 마구잡이로 난도질하는 동안 작열하는 분노가 절망을 태우고 결연한 의지로, 섬뜩하고 낯선 집중력으로 바꾼다.

그녀는 이런 괴물과 같은 모습으로 집을 나선다. 모두가 볼 수 있게 길을 걷는다.

기억이 가물가물하다. 그녀를 알아본 사람들이 비명을 지르고 울먹인다. 하지만 아무도 그녀를 말리지 않는다. 그녀는 계속 피를 흘리며 이제는 미친 듯이 달린다. 악몽이 인간의 몸으로 표현된 그녀가 지나가자 사람들은 뒤로 물러난다.

그녀는 바람에 실려 온 물 냄새를 따라간다. 다리 위에 서자 바람이 거의 민둥산이나 다름없는 그녀의 머리를 총총히 훑고 지나간다. 이글거리는 번뇌만 있던 곳이 시원해지면서 찰나의 위안이 찾아온다. 릴리언은 언뜻 미소를 짓는다. 자유의 느낌이 이런 거다.

잠시 후에 그녀는 허공으로 발을 내디딘다. 다리 아래 길거리에서 사람들이 헉하는 소리를 내는 가운데······

그녀는 혹한의 템스강으로 몸을 던진다. 가차 없는 강물이 당장 그녀를 감싼다. 그녀의 잠옷을 움켜쥐고 잡아당긴다. 아래로, 아래로······

그녀가 삼킨 물이 배 속에 가득 차고 허파에까지 스며들고······

공포에 잠긴 머리가 그녀를 깨우려고 안간힘을 쓰는데······

안 돼, 안 돼, 안 돼······ 내가 무슨 짓을 저지른 거지? ······하지만 이미 엎질러진 물인걸······

생각나는 사람은, 눈앞에 보이는 사람은 마크뿐이다. 지금 이 순간에마저 그녀는 그를 용서한다······

모든 걸 되돌리고 싶다. 그녀의 남자, 아이, 인생까지······

하지만 가슴이 터질 것 같아서 견딜 수가 없다. 그녀는 수면으로 올라가려고 하지만 점점 더 멀어지는 것만 같고……

바로 그때 어둠 속에서, 허파가 찢어지는 듯한 고통 속에서 음악처럼 맑고 천사처럼 달콤한 목소리가 들린다. 순수, 그 자체인 것처럼 들리는 목소리다.

내가 다시 한번 기회를 줄 수 있어. 그 목소리가 말한다. 물의 목소리, 보이지 않는 광활한 어떤 것의 목소리다. 하지만 릴리언은 마지막 숨과 함께 번뜩이는 초록색의 두 눈과 사방으로 뻗친 머리칼을 본다. 바다의 여신인지, 마지막 환각인지, 스치고 지나간 환영인지는 알 수 없다.

나는 세상 모든 곳에 존재하지. 그 목소리는 이렇게 얘기하는 것 같다. 나는 바다의 어머니, 위대한 마녀, 물에 빠져 죽어가는 모든 이의 소리를 들을 수 있지. 살고 싶니? 내가 그 소원을 들어줄게. 하지만 너는 그 대가로 내게 다른 걸 주어야 해. 순수한 영혼을.

네 몸으로 다시 돌아갈 수는 없어. 그건 아주 못 쓰게 됐거든. 내가 새로운 몸, 깨끗한 몸을 줄게. 방금 전에 죽은 아이라 몸이 완벽해.

이제 가거라. 사랑을 되찾아, 그게 네가 원하는 거라면. 하지만 잊지 마, 나와의 약속을 지켜야 한다는 걸. 나는 순수한 영혼과 함께 깊은 바다 속에서 살 거야. 그 영혼들을 영원히 보호하고 사랑하면서. 이 계약은 취소할 수 없어.

릴리언이 눈을 떠보니 쭈글쭈글한 여행 가방을 들고, 리오나 이모에게 물려받은 신발을 신고, 타이태닉호와 연결된 건널 판자 앞에 서 있다. 이건 애니의 기억이다. 바이얼릿 제솝을 만난 것. 배를 타고 가는 동안 바이얼릿과 함께 써야 하는 손바닥만 한 선실에서 좀 더 좁은 침대를 쓰기로 한 것. 화이트 스타 해운사의 승무원 유니폼을 입고 아무도 보지 못하게 금색 십자가 목걸이를 안으로 넣은 것. 화이트 스타의 방식으로 냅킨을 접고 침대를 정리하고 차를 서빙하는 법을 배운 것.

1912년 4월 10일 갑판에 서서 건널 판자를 건너오는 일등실 승객들을 구경하며 그녀에게 배정된 열두 개의 선실을 쓰게 될 승객이 누구일지 궁금해한 것. 이때 그녀는 캐럴라인이 사준 고급 양복을 번듯하게 차려입은 마크 플레처를 본다. 그는 딴 데 정신이 팔려 있다. 안고 있던 아이가 그의 외투 앞섶에 침을 뱉고 있기 때문이다.

그 아이가 온던이다.

애니는 식은땀을 뻘뻘 흘리며 눈을 뜬다. 하지만 잠에서 깨도 머릿속에서는 다른 장면들이 계속 이어진다. 정신을 차린 그녀에게 진실을 알리고 싶은 다급한 마음에 밤에 그녀 자신 앞으로 쪽지를 써서 남겼던 것. 밤마다 배회하며 마크를 찾고, 마크의 소리가 들리는지 귀를 기울이고, 마크를 기다렸던 것. 그에게 안긴 순간을 음미했던 것.

더바사 말이 맞는다.

애니가 릴리언이다.

여태껏 유령이 그녀를 따라다닌 게 아니었다. 그녀가 유령이었다.

그녀가 돌아온 이유는 캐럴라인에게 뺏긴 아이가 아니라 남자를 되찾기 위해서다.

마크를 되찾기 위해서다.

하지만 사랑을 되찾는 대신 내어주기로 한 것을 생각하면 소름이 끼친다.

결정적인 단서가 스멀스멀 떠오른다. 브로치. 처음부터 지금까지 그녀의 주머니에 들어 있었던, 잘 안 보이는 곳에 조그만 걸쇠가 달린 브로치.

그녀는 걸쇠가 달려 있다는 것을 처음부터 알았고, 일을 하는 틈틈이 엄지손가락으로 그걸 멍하니 만지작거리며 마음을 달랬다. 왜냐하면 원래 그건 그녀의 브로치였기 때문이다. 캐럴라인에게 선물 받은 거였다.

애니가 아침마다 그리고 오후마다, 식사를 준비하는 데 방해가 되지 않도록 타이태닉호의 주방 한쪽 구석에서 아이의 우유를 붓고 데우는 자신—사실은 릴리언—의 모습을 지켜보는 동안 가장 끔찍한 부분이 등장한다. 소름 끼치는 진실의 파도가 시커멓게 밀려온다.

그녀는 아주 살금살금 브로치를 열어서 따뜻하게 데운 하얀 우유에 가루를 뿌린다.

우유를 데울 때마다 한 자밤씩.

그렇다, 그녀였다. 처음부터 범인은 그녀였다.

그녀가 아이를 위험에 빠뜨리고 있었다.

약속을 지키기 위해.

그녀는 더바사에게 아이를 바치기로 했다. 순수한 영혼을. 그것이 더바사와 맺은 계약이었다.

마크의 관심을 끌기 위해 마크를 찾아갔던 기억이 난다. 딸 아이에게 제대로 신경 쓰고 있느냐고 그에게 얘기했던 기억이 난다. 온딘 몸이 안 좋아 보이지 않아요? 점점 더 나빠지는 것 같아요.

온딘이 위험한 것 같아요.

내 말을 허투루 듣지 말아요.

당신에게는 내가 있어야 해요, 마크. 모르겠어요?

나야, 마크. 나를 봐. 나를 보라고.

나를 선택해줘.

이제. 그녀는 침대에서 벌떡 일어나려고 한다. 마크를 찾아가서 이해시켜야 한다. 이 악몽을 끝낼 수 있게 그가 도와주어야 한다.

하지만 뭔가가 그녀를 붙잡고 있다. 허리띠가 손목에 단단히 묶여 있다. 그녀는 침대에 붙들려 있다.

아니, 애니 헤블리는 침대에 붙들려 있다.

하지만 릴리언 노팅은 아니다.

51장

　"당신한테는 나보다 캐럴라인이 더 어울려." 릴리언이 그의 어깨를 툭 치며 말했다. 그들은 간이식당에 앉아, 아이와 함께 마당에 나간 캐럴라인을 창밖으로 내다보고 있었다.

　릴리언은 아무것도 놓치지 않았다. 그 커다랗고 파란 눈에 모든 걸 담은 듯했다. 그는 자신을 저주했다. 잘 가꿔진 꽃밭 사이를 오가는 캐럴라인을 너무 강렬한 눈빛으로 쳐다보고 있다가 그녀에게 들킨 걸까? 그는 캐럴라인에게 빚을 진 심정이라 그런 거라고 주장할 수 있었다. 그리고 그건 사실이었다. 그들은 그녀에게 진 빚이 많았고 거기에는 반론의 여지가 없었다. 하지만 릴리언은 바보가 아니었다.

　"당신의 미모에 당할 여자는 없지." 그는 그녀의 손에 입을 맞추며 이렇게 말했다. 그건 사실이었다. 릴리언은 여성용 잡지 모델도 될 수 있었다. 마음만 먹으면 그 얼굴로 차, 향수, 비누도 팔 수 있었다. 문제가 있다면 가만히 앉아 있는 그녀의 모습은 상상이 안 된다는 것이었다. 웨스트엔드의 어느 무대든 진출할 수도 있었지만 아아, 그녀는 연기를 하지 못했다. 배우가 되기에는 너무 감정 표현이 극단적이었다.

"미모는 시들지." 그녀는 아쉬움이 언뜻 드러나는 목소리로 말했다. "그때가 돼도 당신이 날 사랑할까? 나이 들어서—"

그는 폭소를 터뜨렸다. "내 눈에 비친 당신은 항상 지금처럼 젊고 예쁠 거야." 그녀는 그의 입 발린 칭찬에 만족스러워하지 않았다. 릴리언은 지난 몇 달 동안 달라졌다. 온딘이 태어난 이후로 그랬다. 기분이 널을 뛰었다. 길 잃은 새끼 고양이, 자기 소매에 남은 빗물 자국, 기타 등등을 보고 눈물을 흘렸다. 그는 어둡고 복잡하게 꼬인 그녀의 사고방식을 사랑했지만 요즘은 심연의 가장자리에서 줄타기를 하는 느낌이었다. 잠도 자지 않았다. 아이가 자도 그랬다.

문제는 뭔가 하면 그녀가 불안해할 만도 하다는 것이었다. 마크는 자기도 변해가고 있다는 걸 알았다. 그리고 그걸 그녀의 탓으로 돌렸다.

마크는 대문 안으로 들어서기만 하면 바깥세상을 완전히 차단할 수 있는 이 완벽한 집에서 두 여자와 함께 지내는 것을 최대한 거부했다. 하지만 더는 반항하지 못하고 그의 외로운 아파트를 떠나 그들과 동거를 시작한 뒤로는 출근길이 괴로워졌다. 하루하루가 완벽했다. 저녁을 먹고 숲속을 한참 동안 걸을 때는 캐럴라인이 동행했다. 캐럴라인은 지적인 면모와 미국에서 겪은 재미난 얘기로 그를 웃길 줄 아는 입담이 매력이었다. 밤에는 릴리언과 한 침대에 누웠다. 릴리언은 그의 피를 끓게 했다.

그는 자기가 이기적이라는 것과 완벽한 두 여자와 영원히 이렇게 살 수는 없다는 것을 알았지만 그래도 중단할 수 없었다. 빠져들면 들수록 포기하기가 쉽지 않았다. 외부적인 요인이 작동하지 않는 한 이 사랑의 둥지에서 빠져나올 길이 없었다.

그 외부적인 요인이 얼마 남지 않은 캐럴라인의 귀국이었다.

법무적인 절차가 끝났다. 필요한 서류가 갖추어졌으니 캐럴라인은 드디어 집으로 돌아갈 수 있었다. 캐럴라인은 이 결정적인 순간을 기념하기 위해 처녀항해에 나선 타이태닉호에 승선하기로 했다. 전 세계에서 가장 크고 가장 호화롭다는 여객선이었다. 물론 돈이 많이 들겠지만 캐럴라인은 인생의 전환점이라며 자축하고 싶어 했다. 마크는 인정하고 싶지 않았지만 조금 부러웠다. 캐럴라인이 등장하기 전에 그랬던 것처럼 릴리언과 둘이서 허리띠를 졸라매며 버둥거릴 게 아니라 새로운 나라에서 새로운 인생을, 그것도 호화롭게 시작하면 얼마나 좋을까.

그날 저녁 산책 시간이 거의 끝나갈 무렵 캐럴라인이 그에게 봉투를 건넸다. "내가 지난 한 달 동안 당신이 보낸 신호를 잘못 해석했다면 용서를 구할게요." 그녀는 얼굴을 붉히며 말했다. "하지만 이번 기회를 놓치면 나 자신을 절대 용서하지 못할 것 같아서요."

그는 봉투를 열었다. 타이태닉호 일등실 티켓이 들어 있었다.

"나랑 같이 가요. 싫다고 하면 깨끗이 포기할게요." 그녀는 입을 떡 벌린 그를 대문 앞에 남겨두고 먼저 들어갔다.

그는 그날 밤은 물론이고 다음 날 아침까지 머리가 멍했다. 캐럴라인이 그의 생각을 읽은 거나 다름없었지만 막상 닥치고 보니 그가 원하는 게 그게 맞는지 자신이 없었다. 그날 밤 릴리언을 품에 안고 그녀의 곁을 떠날 수 있을지 자문했다. 다른 데도 아닌 미국에서 캐럴라인의 남편으로 지내는 삶을 상상해보았다. 그녀의 사업을 맡게 될까? 미국의 법률이나 일하는 방식에 대해 아는 게 전혀 없는데 그가 어떤 역할을 할 수 있을까? 캐럴라인의 꼭두각시, 남들 앞에서 말하기 좋은 이야깃거리("영국인 남편이라니 신기해라!")로 전락할 수도 있었다.

그리고 온딘도 감안해야 했다. 그는 아이와 헤어지기가 점점 싫어졌다. 캐럴라인과 단둘이 미국으로 보내기가 점점 싫어졌다. 생각하면 할수록 그건 모진 선택이었다. 그가 그런 남자였나? 마크는 고민하느라 이리저리 뒤척이는데, 릴리언은 아무것도 모르고 단잠을 잤다. 한번은 하마터면 벌떡 일어나 면도칼로 그녀의 목을 그을 뻔한, 아주 무시무시한 순간도 있었다. 그가 어떤 인간으로 변해가고 있는 걸까. 이건 견딜 수 없는, 말도 안 되는 일이었다. 있을 수 없는 일이었다.

다음 날 회사에서 장부를 들여다보고 있었을 때 해결책이 떠올랐다. 우리 둘 다 캐럴라인과 함께 미국으로 건너가면 되겠네. 그는 이제 무슨 일을 하건 상관없었다. 가까이 있을 수만 있다면 그와 릴리언이 캐럴라인의 하녀와 집사로 일해도 상관없었다. 딸을 버릴 수는 없었다. 휴식 시간이 되자 그는 전당포로 달려가 일등실 표를 팔면 얼마를 받을 수 있는지 물어본 다음 화이트 스타 해운사로 달려가 이등실과 삼등실 푯값을 알아보았다. 그런 다음에야 릴리언에게 그의 계획을 알릴 수 있었다. 안 그래도 요즘 들어 우울의 늪을 헤매고 있는 그녀에게 괜한 희망을 품게 할 수는 없었다.

하지만 그날 저녁에 퇴근하고 보니 릴리언이 없었다.

봉투에서 꺼낸 일등실 티켓이 침대 옆 테이블에 놓여 있었다.

급히 책 사이에 숨겨놓은 것을 그녀가 발견한 모양이었다. 그녀는 전부터 의심이 많았다. 조심했어야 하는 건데.

하지만 최악의 순간은 아직 남아 있었다.

그건 끔찍한 광경이었고 그의 이성은 그 광경을 이해할 수 없었다. 이해하기를 거부했다.

'무슨 짓을 저지른 거야, 릴리언?'

그건 오해였다.

그는 그녀를 찾을 것이다. 찾아서 모든 방법을 동원해 사과하고 안심시킬 것이다.

그는 그녀를 사랑했다. 나중에는 결혼할 생각이었다.

무슨 일이 있어도 방법을 찾을 것이다.

하지만 생각대로 되지 않았다. 그는 살아 있는 릴리언을 두 번 다시 만나지 못했다.

마크는 스카치위스키를 집어서 호박색 액체가 마지막 한

방울까지 흘러나오도록 잔에 대고 거꾸로 든다. 어느 의사의 진료실 서랍에 숨겨져 있던 거라 맛이 좋았다.

그는 애니의 주머니에서 꺼낸 지도를 내려다본다. 테이블 위에 펼쳐서 책으로 모서리를 눌러놓았고 거의 말랐다. 쭈글쭈글하고 잉크가 좀 번졌지만 읽을 만하다. 한 시간 동안 들여다보았고 이제 그게 뭔지 이해할 수 있을 것 같다. 이건 그리스 근해의 케아 해협 해도다. 케아 해협이 있는 키클라데스 제도는 고대 그리스 시절부터 선원들에게 저주가 내려졌다고 여겨졌을 만큼 바람이 심하고 위험하다. 그는 뱃사람이 아니지만 그래도 해도를 보니 확실히 험하다. 섬이 무수히 많고 그 사이 공간은 수심이 수시로 바뀐다.

가장 심란한 부분은 얼마 전에 손으로 적은 기호다. 마크가 보기에는 기뢰의 위치다. 독일군의 기뢰가 이 일대를 지나는 선박들에게 점점 더 심각한 위협이 되고 있다고 마크도 들은 적이 있다. 그런데 바로 지금 브리태닉호는 그리스의 남동쪽 해안에서 키클라데스 제도를 향해 열심히 접근 중이다. 선장에게 당장 이 지도를 보여주어야 한다.

그는 지도를 말며 이게 어쩌다 애니의 수중으로 들어갔는지 궁금해한다.

이 새벽에 어디 가면 바틀릿 선장을 만날 수 있을까 생각하며 밖으로 나서는데, 웅얼대는 노랫소리가 들린다. 그도 아는 노래다. 〈내 주를 가까이 하게 함은〉이다. 생각해보니 사람들이 공용 공간 중에 가장 넓은 식당에서 새벽 예배를 드리고 있을 시각이다. 바틀릿 선장은 거기 있을 것이다. 어쩌면 예배를 인도하고 있을 수도 있다.

마크는 갈아입지 않은 옷을 잡아당긴다. 차림새가 후줄근하니 단정하지 못한 느낌이고 위스키 때문에 머릿속은 어지럽다. 그는 머리를 매만진다. 땀과 습기 때문에 고수머리가 일어나 미친 사람 같아 보인다. 꾀죄죄한 전쟁 신경증 환자 같아 보인다.

그는 부상당한 몸을 이끌고 최대한 빨리 휘청휘청 예배의 현장으로 걸음을 옮기지만 여의치가 않다. 지팡이가 난간이나 문턱에 걸려서 여러 번 대자로 넘어질 뻔한다. 계단을 내려가는데, 이 배가 타이태닉호와 너무 비슷해서 불안해진다. 고급스러운 장식, 하인, 음악가, 실크 드레스를 입고 어마어마한 깃털이 달린 모자를 쓴 여자 승객, 알코올 냄새와 시가 연기와 향수 냄새가 없어도 너무 비슷해서 시간을 거스른 느낌이다. 아니면 유령이 이날까지 머물고 있을지도 모를 일이다.

노랫소리가 점점 가까워진다. 이제는 가사를 알아들을 수가 있다.

내 고생하는 것 옛 야곱이
돌베개 베고 잠 같습니다.
꿈에도 소원이 늘 찬송하면서
주께 더 나가기 원합니다……

문 저편에 많은 사람들이 있는 게 느껴진다. 선원은 제복을 입고, 간호사는 긴 앞치마에 캡을 쓰고, 군인은 팔이나 다리가 잘린 쪽의 소매나 바짓단을 접어서 정리한 실내복을 입고 긴 의자에 앉아 있는 광경이 그려진다. 오래전에 먹은 아침 냄새가 허공에 맴돈다. 구운 청어와 콩, 커피와 차. 사람의 체취. 그런 인간사라니. 심지어 예배조차 철저하게 인간적이라 반주 없는 노래의 음이 흔들린다.

문을 넘어 발산되는 생명의 실체, 믿음의 실체가 강렬하고 열기와 생동감으로 고동친다. 릴리언이 죽은 이후 4년 동안 감정 없이 죽어 지낸 그와 대조적이다.

릴리언 생각은 그만해. 이 배가 위험한 지역을 향해 가고 있잖아. 선장에게 알려야 해. 마크는 다른 모든 생각은 억지로 머릿속에서 지워버린다. 애니, 릴리언, 딸아이. 그는 돌돌 말아서 가슴에 댄 지도를 더욱 세게 움켜쥐고 문고리를 잡는다.

그런데 문이 꿈쩍하지 않는다. 문을 열 수가 없다.

예배 시간에 문을 잠갔을 리는 없다. 이상하다. 누구나 두 팔 벌려 환영인데.

그는 다시 한번 시도해보지만 문고리가 손안에서 헛돌 따름이다. 그가 건드린 탓에 헐거워지기만 했다. 그는 문을 두드린다. 안에서 분명 소리를 들었을 텐데 왜 아무도 일어나서 문을 열어주지 않는 걸까? 아무 일도 벌어지지 않는다. 마치 사람들이 그의 소리를 듣지 못하는 것 같다. 그가 다른 세상에 있는 것 같다. 그가 유령인 것 같다.

아니면 교회에서 그를 못 들어오게 하려는 건가?

어렸을 때 들은 얘기가 생각난다. 마녀와 악마는 성소의 문지방을 넘을 수 없다고 했던가.

이게 다 너 혼자만의 상상이야.

하지만 아니다. 그는 아니라는 걸 안다.

그는 다시 문을 두드리고 문고리를 덜거덕거리지만 여전히 아무도 응답이 없다. 결국 그는 노랫소리가 더 이상 들리지 않을 때까지 쿵쿵거리며 복도를 되짚어간다. 좀 전까지만 해도 달콤하게 느껴졌던 것이 이제는 섬뜩하고 험악하며 귀가 먹먹할 정도로 시끄럽게 들린다. 순수의 불협화음이다.

답답하고 혼란스러운 와중에 말도 안 되는 생각 하나가 머릿속을 스치고 지나간다.

어쩌면 애니 말이 맞을지 몰라. 지난 며칠 동안 경험한 것을 종합해보았을 때 논리적으로 앞뒤가 맞는 건 애니에게 들은 얘기뿐이라고 시인하는 수밖에 없다.

그뿐 아니라 어쩌면 유령이 그녀 하나가 아닐 수도 있다.

이 새로운 발상이 반향을 일으키자 그는 번쩍 정신이 든다. 어쩌면 마지막으로 속죄할 기회가 있을지 모른다. 릴리언이 죽은 건 자신 때문이라는 걸 그는 처음부터 알고 있었다. 죄책감을 안고 살아가며, 캐럴라인과의 결혼으로 그걸 감추려 했을 뿐이다. 그는 무관심으로 그녀를 살해했다. 바다의 마녀인가 뭔가 하는 이 더바사가 릴리언을 데려갔을지 몰라도 운명의 여신은 그에게 딸을 살릴 수 있는 기회를 주었다. 애니가 뭐라고 했더라? 바다의 마녀는 순수한 영혼을 탐한다고 했나? 온딘이 순수한 영혼이지만 바다가 그 아이를 데려가도록 절대 내버려둘 수는 없다.

오늘 아침에 모두가 예배를 드리고 있다면 조타실과 함교를 지키는 사람은 거의 없다는 뜻이 된다. 그렇다면 그를 막아설 사람도 거의 없을 것이다. 마크는 뭘 어떻게 해야 하는지 안다. 이 저주를 마침내 끝내려면. 그 모든 걸 끝내려면.

지도가 그의 수중에 들어온 이유가 그 때문이었다. 기뢰의 위치를 그가 알아야 하기 때문이었다.

마크 플레처는 다시 일어나 함교를 향해 그리고 그의 운명을 향해 걸음을 옮기기 시작한다.

52장

내가 지금 꿈을 꾸고 있는 걸까?

애니는 이두근을 굽혀 팔에 힘을 주며 나무에 사슬로 묶인 개처럼 줄을 홱 당긴다. 손목에 가죽 허리띠가 감겼고 다른 쪽 끝은 철제 침대 프레임에 매여 있다. 점점 더 세게 잡아당겨보지만 프레임이 벽에 붙어 있어서 꿈쩍도 하지 않는다.

어쩌다 여기까지 왔는지 전혀 기억이 나지 않는다. 어느 배에 타고 있는지도 모르겠다. 시간이 서로 뭉뚱그려졌고 그녀의 인생이 한데 뒤섞였다.

허공에 떠서 움직이는 듯한 기분이었던 게 생각난다. 통로를 둥실둥실 떠다니며―휘황찬란한 내부 곳곳에 근사한 집기들이 비치돼 있는 걸 보면 브리태닉이 아니라 타이태닉호다―그 당시 안면을 익힌 사람들, 지금은 고인이 된 사람들을 본다. 그녀가 둥실둥실 지나가자 그 사람들이 고개를 돌려서 쳐다본다. 윌리엄 스테드, 벤저민 구겐하임, 존 제이컵 애스터. 그녀는 당시 기억을 돌이키며 그들에게 연민을 느낀다. 자만심이 하늘을 찔렀고 끝까지 연극을 했던 사람들. 살날이 며칠밖에 남지 않았다는 걸 알았다면 다르게 행동했을까?

그리고 잠시 후에 캐럴라인이 등장한다. 진심 어린 사랑으로 그 다정한 얼굴을 환히 빛내며 돌아본다. 사랑하는 친구. 고통이 애니의 가슴을 관통한다. 누가 정말로 심장을 쥐어짜는 것처럼 아프다.

이제 그녀가 보인다. 쑥대밭이 된 머리에 눈물 자국이 남은 꾀죄죄한 얼굴을 하고 지금 이 순간 침대에 묶여 있는 그녀 자신이 내려다보인다. 어떻게 그걸 볼 수 있을까? 왜냐하면 그녀는 지금 애니가 아니기 때문이다. 릴리언이기 때문이다.

이 갑작스러운 진실에 반응하듯 몸이 가벼워진다. 자유로워진다. 손목의 조임도 느슨해진다. 처음에는 느껴질락 말락 하지만 이내 점점 헐거워져서 손을 뺄 수 있게 된다.

그녀는 이 몸속에 있기도 하고 아니기도 하다.

일어나 앉아서 손목을 문지르며 좌우를 둘러본다. 말리려고 펼쳐놓은 그녀의 옷이 보이는데 지도는 없다. 그녀는 지도가 어디 있는지 무의식적으로 당장 알아차린다. 누가 가지고 갔는지도.

그리고 이제 어떻게 해야 하는지도.

함교까지 가는 동안 발이 바닥에 닿지 않는 느낌이다. 신기하게도 배가 이렇게 큰데 마녀가 이 왕국에 주문을 걸어서 재우기라도 한 것처럼 고요하고 아무도 없다.

그녀는 함교에서 어떤 광경이 자신을 기다리고 있을지 안다. 과연 짐작한 대로다. 마크가 너덜너덜한 지도를 양손으로 펼쳐 들고 타륜 근처에 서 있다. 다들 자리를 비우는 동안 타륜을 맡은 두 남자가 주문에 걸린 채 그의 발치에 쓰러져 잠이 들었다. 그게 아니라 그에게 공격을 당했을까?

그녀가 들어서자 마크는 고개를 들지만 놀라고 당황한 표정이 금세 사라진다. 그의 눈에 보이는 사람은 애니가 아니라 릴리언이다. 그것도 그에게 배신당한, 그 분노와 복수심에 불타는 릴리언이 아니라 그 이전의 릴리언이다. 윤기가 흐르는 까만 머리를 사랑스럽게 정수리 높이 틀어 올린, 눈이 부시도록 아름답고 흉터가 없는 모습이다.

그가 눈물이 그렁그렁 맺힌 눈을 크게 뜨고 그녀의 손을 잡는다. "당신이로군."

그의 눈이 빨갛다. 술을 마신 것이다. 간신히 버티고 있는 것이다. 하지만 그녀는 그의 이런 모습을 숱하게 보았다. 그는 항상 그녀를 갈구했다. 그녀의 용서를 갈구했다.

두 사람의 손가락이 맞물린다. 그의 팔은 따뜻하고 튼튼하지만 그녀의 팔은 물처럼 흐물거리는 느낌이다. 마음 같아서는 그를 좀 더 세게 안고 싶은데. 그들은 만났다. 드디어. 드디어 그가 보았다. "나는 당신을 떠난 적 없어." 그녀는 이렇게 말하고 나서 진짜로 그랬다는 사실을 깨닫는다. "늘 그랬어. 내게는 늘 당신뿐이었어. 당신도 알고 있지?" 그녀가 실제로 이 말을 하고 있는지 아니면 심장에서 심장으로 그냥 전해지고 있는지 잘 모르겠다. 그들 사이에는 항상 말로 설명할 수 없는 연결 고리가 있었다. 그녀는 육체적인 감각이 거의 남아 있지 않지만 그래도 뭔가가 목젖을 누른다. 아프고 힘들고 뭉클한 뭔가가. "나는 모든 걸 포기했어, 마크. 우리— 우리 아이까지."

"하지만 그건 나도 동의한 일이잖아."

"아니. 캐럴라인이 아니라. 더바사한테 온딘을 주겠다고 했어. 그게…… 내가 한 약속이었어. 그게 내가 맺은 계약이었어."

"그게 무슨 소린지 모르겠네." 그는 나지막이 중얼거리며 그 자리에 못 박힌 사람처럼 그녀의 눈을 빤히 쳐다본다.

"당신에게 돌아올 수 있게. 우리 둘이 함께 있을 수 있게. 마침내. 영원히."

불안한 표정이 마크의 얼굴을 스치고 지나가지만 잠시뿐이다. 온딘. 그의 아이. 하지만 4년 동안 보지 못한 아이. 그런데 아이 엄마는 이렇게 그의 앞에 서 있다. 그의 손을 잡고 있다.

그가 그녀의 몸을, 아니 그녀가 빌린 몸을 으스러져라 끌어안는다. 그녀의 살아생전에 그랬던 것처럼 턱을, 뒷목을, 머리칼을 어루만진다. 그녀는 온몸에 불이 붙는 것 같다. 이 얼마나 오랫동안 기다려왔던 느낌인가. 그와 함께 있다는 사실이, 그를 향한, 두 번째 기회를 향한, 이것을 향한 갈망이 그녀의 안에서 펄떡이고 욱신거린다.

"사랑해." 그는 아직도 믿기지 않는다는 듯이 다시 한번 속삭인다. "나를 위해 돌아와준 당신을 사랑해. 정말 사랑해." 눈물로 짭짤해진 그의 입술이 그녀의 입술에 닿자 그녀는 다시 바람처럼 가벼워진다. 안에서 뭔가가 빠져나가는 기분, 그녀의 영혼이 그의 영혼을 찾아가 소용돌이치며 그 안으로 들어가는 기분을 느낀다. 모든 고통, 모든 분노와 두려움, 모든 타협과 배신, 모든 기다림. 그녀가 한 끔찍한 약속. 그 모든 게 이것으로 귀결됐다.

그리고 잠시 후에 그녀는 뒷걸음질 친다. 그 찰나의 더없는 행복이 있던 자리에 이제는 외로움뿐이다.

"맞아." 마크는 그녀의 변화를 알아차리지 못하고 이렇게 말한다. 갈증으로 죽어가다 물을 길게 한 모금 마신 사람처럼 그녀의 얼굴을 살피고 그걸 눈에 담는다. "내겐 릴리언, 당신뿐이야. 내겐 항상 당신뿐이었어." 그는 거의 폭소를 터뜨린다. "항상 우리 둘뿐이었지. 당신 말이 맞았어. 당신 말이 맞았어."

마크는 한 팔로 릴리언의 허리를 계속 감싼 채 두 눈을 격하게 반짝이며 타륜을 잡는다. 거의 광기 어린 눈빛이다. "그럼 이제 이 일을 끝내자."

"마크, 잠깐만. 그게 무슨 소리야, 지금—"

"온딘한테도 이 편이 더 나아." 그는 다시 지도를 들여다보며 중얼거린다. "자기 가족인 줄 아는 사람들과 안전하게 지내

고 있잖아. 그 아이는 우리의 존재를 모르는 편이 나아." 바로
그 순간 그녀는 마크의 의도를 알아차린다.

애니는 거칠게 숨을 토하며 자기 몸으로 돌아가, 안에서 릴
리언이 느끼는 애절한 괴로움을 애써 극복한다.

애니는 어렸을 때 발룬토이 앞바다로 수영하러 갔다가 역조
에 휘말려 아래로 빨려 들어간 적이 있었다. 가슴에서 공기가
훅하고 빠져나가는 듯했고 거꾸로 내동댕이쳐져 멀리, 아주
멀리 끌려가는 동안 햇빛이 사라졌다. 당시 그녀는 죽음을 떠
올리기에는 너무 어린 나이였다. 심지어 사라지기 놀이도 생
각해내기 전이었다. 파도 아래에서 허우적거리는 동안 무섭고
당황스러웠지만…… 그 아래에 무의식적이고 한결같은 어떤
것이 있었다. 수면에 대한 믿음. 햇빛과 호흡이 다시 돌아올 거
라는 확신. 어린아이는 생이 아닌 다른 것, 빛이 아닌 다른 것,
또 한 번의 기회가 아닌 다른 것은 상상하지 못하는 법이다.

마크가 흥분한 눈빛으로 타륜을 잡은 이 순간, 애니는 다시
금 그때의 확신에 도달한다. 그 모든 일이 벌어진 지금에 이르
러서도. 아버지의 감시 아래 지낸 숨 막히던 삶. 강렬했던 데
즈먼드의 관심, 손길 그리고 최후의 배신. 강렬했던 신의 배신.
임신. 수치. 죽고 싶다는 생각. 탈출에의 꿈. 이 모든 일이 벌어
진 후에도, 심지어 길 잃은 또 다른 영혼을 담는 기물이 되어가
고 있는 지금에 이르러서도 애니의 일부분이, 그 참모습의 일
부분이, 그 믿음이 남아 있다. 그 빛이 남아 있다. 그녀의 중심
에는 어떤 확신이 남아 있다.

그녀는 그걸 붙잡고 주문의 수면을 가르며 나와 주변을 눈에 담고 진실을 의식에 담는다.

그들은 해협에 다다랐다. 좁은 해협 안에서 바닷물이 부딪히고 소용돌이치면서 생긴 성난 파도가 보인다. 이 배는 그 파도 아래에 숨겨진 암초를 들이받지 않더라도 독일군의 기뢰를 건드릴 것이다.

그는 배를 침몰시킬 작정이다. 타이태닉호의 승객처럼 어떤 운명이 기다리고 있는지 모르는 채 잠들어 있는 천 명의 영혼을 파멸시킬 작정이다.

그래. 그녀의 안에서 이렇게 속삭이는 목소리가 들린다. 우리는 영원히 헤어지지 않을 거야. 하지만 이건 애니의 생각이 아니다. 릴리언이 원하는 바다. 하지만 애니는 이 배에 타고 있는 모든 사람을 죽일 수는 없다. 수많은 사람을 또다시 죽음으로 몰고 갈 수는 없다.

"마크. 이러면 안 돼요." 그녀는 그의 품에서 벗어나며 이렇게 얘기한다. "이 사람들을 전부 죽이겠다고 작정하면 안 돼요. 그들은 아무 죄가 없잖아요."

그는 어리둥절한 표정을 짓는다. "그게 무슨 소리야? 이건 우리 둘을 위한 일이야. 당신을 이 계약에서 해방하기 위한 일. 우리가 헤어지지 않으려면 이 방법밖에 없는 걸 모르겠어? 이번 생은―내겐 끝났어. 하지만 우리는, 우리는― 이제 시작일 뿐이야."

그는 확고하다. 하지만 그녀는 그렇게 이기적일 수 없다. 착한 여자니까.

하지만 아무리 애를 써도 그에게서 타륜을 뺏을 수가 없다. 이 몸은 아직 그녀의 몸이 아니다. 원래 그녀의 몸이었던 적도 없었다. 태어났을 때부터 그녀의 것이 아니었을 수도 있다. 여자들의 몸은 그런 건지 모른다. 그는 그녀를 옆으로 밀친다. 걷잡을 수 없이 세차게 부딪히는 파도에 맞서 타륜을 지키는 데 이제는 광적으로 집착한다. 브리태닉호는 사나운 강물을 헤치려고 하는 장난감 배처럼 오르락내리락 요동친다. 타이태닉호의 마지막 날 밤이 언뜻언뜻 연상되고 여기저기 얻어맞는 느낌, 추락하는 느낌이 엄습한다. 임박한 재난을 알리는 정전기가 허공에서 지지직거린다.

애니는 기뢰를 건드리기 직전에 훅 하고 풍긴 폭탄 냄새를 맡았다고 맹세할 수 있다.

그 마지막 순간에 그녀는 할 수 있는 유일한 일을 한다. 주문에 걸려 있던 사람들을 깨워 스스로 목숨을 구하게 한다. 지금까지 모든 일을 잘못했을지 몰라도 마지막 하나만큼은 제대로 할 수 있다.

선장과 선원들이 배를 조종할 때 쓰는 제어반, 스위치와 레버, 기어와 슬라이드, 제어반 저편에서 비상벨을 울리는 줄이 그녀에게 손짓하고 있다. 그녀는 마크가 쫓아오지 않길, 그녀를 막으려고 하지 않길, 그럴 만한 시간이 없길 기도하며 그쪽으로 돌진한다.

그녀는 줄을 잡고 당긴다. 비상벨이 배 전체를 뒤흔들고 그날카로운 소리가 주문의 안개를 가르는 와중에도 잡은 손을 놓지 않는다.

그 소리가 그녀에게 걸린 주문의 안개를 가르는 와중에도.

1차 폭발로 배의 벽이 마구 흔들리는 와중에도.

그녀는 경보를 계속 울린다. 물에 떠내려갈 때까지. 비상벨과 그녀가 더는 비명을 지르지 못할 때까지. 더는 버티지 못할 때까지. 그녀가 이제는 애니도 릴리언도 아닐 때까지. 모든 게 끝날 때까지.

에필로그

『데일리 미러』
1916년 11월 23일

기뢰에 격침당한 병원선
현재 사망자 수 53명, 계속 증가하는 중

런던, 1916년 11월 23일 목요일. 『데일리 미러』 아테네 특파원에 따르면 11월 21일, 독일군이 에게해의 케아섬 인근에 설치한 기뢰로 인해 브리태닉호가 침몰하는, 영국 정부로서는 비극적이고 모욕적인 사건이 발생했다. 브리태닉호는 오전 8시 12분에 피격돼 침수하기 시작했고 그로부터 한 시간 내에 침몰했다. 독일군 잠수함 두 척이 케아 해협에 배치돼, 영국 함대 안에서 가장 규모가 큰 병원선이자, 비극적인 운명을 맞이한 타이태닉호의 자매선이었던 이 유명한 선박을 기다리고 있었다고 한다. 북쪽으로 항해 중이던 이 선박은 부상병을 아직 정원만큼 태우지 않았기에 의사, 간호사, 선원과 같은 민간인이 대부분이었던 터라 독일군의 이 반인도적인 잔악 행위가 더욱 공분을 사고 있다.

생존자들의 증언에 따르면 순식간에 침몰해 대피가 시작된 시점에서부터 물속으로 완전히 가라앉기까지 소요된 시간이 한 시간도 채 되지 않는다고 한다. 그로 인해 모든 구명보트를 제때 내리지 못했고 이것이 인명 피해로 이어졌다. 생존자들은 기뢰에 부딪힌 순간 누군가가 선교에서 울린 비상벨 덕분에 인명 손실이 비교적 적었다고 한다. 이번 사고로 행방불명이 된 인원은 53명에 불과하다. 비상벨이 울리지 않았다면 인명 손실이 훨씬 커서 자매선의 참담한 수준에 근접할 수도 있었다는 것이 생존자들의 공통된 생각이다. 이 선박에는 대략 100명의 의사, 200명의 간호사, 200명의 선원, 여기에 이탈리아 나폴리에서 승선한 약 500명의 부상병이 탑승하고 있었다. 최대 정원은 3000명으로, 격침됐을 당시 다시 1000명의 부상병을 싣기 위해 무드로스로 향하던 중이었다.

본지 특파원이, 침몰한 타이태닉호에도 승선한 전적이 있는 바이얼릿 제숍 간호사와 대화를 나누었다. 그녀의 증언에 따르면 양쪽을 비교했을 때 브리태닉호의 침몰이 더욱 격렬했다고 한다. "엄청난 폭발음이 들렸고 곧이어 다시 한번 들렸어요. 배가 어린애 욕조에 띄운 장난감 보트처럼 흔들렸어요. 우리는 다 같이 식당에서 예배를 드리고 있다가 보트 갑판으로 달려 올라갔죠. 거기 갔더니 배가 침몰 중이니 구명보트를 타라고 하더라고요." 하지만 미스 제숍은 그녀가 승선한 구명보트가 물 위로 고개를 내민 브리태닉호의 거대한 프로펠러에 빨려 들어가는 바람에 참사에서 완전히 탈출하지 못했다. 그녀는 보트에서 뛰어내렸다가 머리를 부딪치는 바람에 하마터면 익사할 뻔했다.

"누군가가 나를 물 밖으로 끄집어냈는데, 하나도 기억이 나지 않아요." 그녀는 그 끔찍했던 순간에 대해 이렇게 증언했다. "침몰하는 브리태닉호 안에서 어떤 여자의 비명 소리가 들렸다는 것 말고는. 그때는 그럴 리 없다고 생각했거든요. 분명 여자들 먼저 대피시켰을 테니까요. 나중에 알고 보니 간호사 한 명이 행방불명됐다는데 내 친구 애니 헤블리라 더 속상했어요."

폭발 각도로 인해 함교 내부와 주변에 있던 사람들은 즉사했다.

선장은 당시 예배를 인도 중이었던 덕분에 목숨을 건질 수 있었다며 기적이라고 주장했다.

감사의 말

내가 전작『헝거』홍보차 북 투어를 하며 알게 된 사실이 있다면 독자들이 역사소설 자료 조사에 관심이 아주 많다는 것이었다. 가는 곳마다 어떤 식으로 자료 조사를 하는지, 허구에 사실을 섞는 비율을 어떤 식으로 정하는지 궁금해하는 독자들이 많았다.

『헝거』집필에도 공력이 많이 들었지만『심연』에 비하면 약과였고 그건 타이태닉호가 많은 사람들의 상상 속에서 특별한 자리를 차지하기 때문이었다. 타이태닉호 관련 자료가 차고 넘친다는 것이 소설가의 입장에서는 요긴한 동시에 부담스러울 수 있다. 거기다 이보다 명성이나 화려함 면에서는 덜한 자매선 브리태닉호도 있었으니.『심연』을 집필하는 동안 참고한 자료가 무수히 많았지만 그중에서 특별히 몇 개만 소개하자면, '인사이클로피디아 타이태니카'는 선원과 승객 정보가 필요할 때 맨 처음 찾을 수 있는 유용한 온라인 검색 사이트였다. 마크 천사이드가 집필하고 히스토리 프레스가 출간한『올림픽, 타

이태닉, 브리태닉: 사진을 곁들인 '올림픽'급 선박의 역사』는
이들 선박의 역사뿐 아니라 사진, 도면, 자료, 통계 정보까지
담긴 보물단지였다. 그리고 마지막으로 존 맥스톤-그레이엄
이 편집하고 셰리던 하우스가 출간한 『타이태닉 생존자: 타이
태닉과 브리태닉 참사에서 모두 생존한 바이얼릿 제솝의 새로
운 수기』는 이 책에 영감을 준 바이얼릿 제솝을 좀 더 심층적으
로 이해할 수 있는 기회를 제공했다.

이번에도 함께해준 글래스타운 엔터테인먼트의 동지들에
게 고맙다는 말을 전하고 싶다. 자발적으로 궂은일을 마다하
지 않은 렉사 힐리어, 편집자 디바 자가퍼, 마케팅과 홍보 담
당 에밀리 버지-틸만 그리고 초반부 작업에 관여한 알렉사 웨
이코.

이번 프로젝트에서 탁월한 능력을 발휘한 잉크웰 매니지먼
트의 식구들, 내 에이전트 리처드 파인, 일라이자 로스스타인,
글래스타운의 에이전트 스티븐 바버라에게도 마찬가지다.

이 원고도 퍼트넘의 샐리 김 덕분에 세상의 빛을 볼 수 있었다. 믿음직하고 예리한 샐리는 편집자로서 나를 실망시키는 법이 없다. 나는 그 덕을 볼 수 있다는 데 감사할 따름이다. 나를 가족처럼 대하는 아이번 헬드를 비롯해 알렉시스 웰비, 애슐리 매클리, 에밀리 올리스, 가브리엘라 몬젤리 그리고 특히 보니 라이스와 조던 애런슨 등 퍼트넘의 다른 동지들에게도 감사 인사를 전하고 싶다.

옮긴이의 말

　『심연』을 통해 우리나라 독자들과 처음으로 만나는 저자 앨마 카츠는 30여 년 동안 미국의 여러 정부 기관에서 첩보와 외교 분석가로 근무한 특이한 이력의 소유자다. 작가로 변신한 이후에는 파우스트와 악마의 거래에서 모티브를 딴『테이커』(3부작)로 데뷔하자마자 평단의 호평을 받았고, 1846년에 서부 개척에 나섰다 폭설에 발이 묶여 식인까지 자행됐던 도너파티 사건을 다룬『헝거』는 웨스턴 헤리티지상을 수상했고 브램 스토커상 소설 부문과 로커스상 최우수 공포소설 부문의 최종 후보작으로 선정된 바 있다. 역사적 사실에 초자연적인 요소와 공포를 가미하되 불필요하게 잔인한 장면은 배제하고 캐릭터 구축에 초점을 맞추는 작품이 작가의 트레이드 마크다. 역사소설은 핍진성이 필수라 다른 장르보다 자료 조사가 중요한 역할을 차지할 텐데, 작가의 전언에 따르면 전문 분석가로 활동했던 이력이 남들과 다른 시각에서 자료 조사에 접근하는 데 도움이 된다고 한다.

『심연』에서는 1912년 4월 처녀항해 때 차디찬 대서양에서 빙산에 부딪혀 침몰한 타이태닉호와 병원선으로 쓰이다 1916년 독일군의 기뢰에 격침당한 브리태닉호를 배경으로, 애스터 부부나 구겐하임 부부와 같은 실존 인물과 앤 헤블리 같은 가상 인물이 한데 어우러져 등장한다. 주인공 앤 헤블리의 친구로 설정된 바이얼릿 제숍은 타이태닉과 브리태닉, 양쪽 선박에 모두 승무원으로 탑승했던 실제 생존자인데, 저자가 이 작품의 영감을 얻은 것도 브리태닉호의 잔해를 발굴하는 잠수 탐사 다큐멘터리에 소개된 제숍의 사연을 접했을 때였다. 『헝거』로 성공을 거둔 이후, 다음 작품은 어떤 역사적 비극을 소재로 삼을 생각이냐는 질문이 쇄도해 고민에 잠겼을 때 등장한 해답이 그것이었다. 하지만 바이얼릿 제숍이 남긴 수기를 읽어보니 실존 인물을 역사소설의 주인공으로 각색하기에는 무리가 있었기 때문에 주인공의 친구로 등장시키는 데 만족하는 수밖에 없었다.

타이태닉호의 침몰은 영화로도 제작돼 모르는 사람이 없을 만큼 유명한 사건이지만 1912년과 1916년의 타임라인을 오가는 『심연』에서는 과학적으로 설명할 수 없는 초자연적인 존재라는, 조금 다른 각도에서 그 사건을 조명한다. 여러 등장인물의 시점에서 조금씩, 감질나게 이야기의 실타래가 풀리는 동안 우리는 궁금해진다. 저자의 노림수가 무엇일까? 이 섬뜩하고 불길한 느낌은 어디에서 기인하는 걸까? 그리고 막판에 이르러 해답을 알게 됐을 때 우리는 시나브로 맞추어진 거대한 퍼즐에 압도당한다. 아, 곳곳에 숨겨져 있던 단서들이 이걸 지목하고 있었구나. 이 『심연』은 역사 공포물로 분류된다지만 이쯤 되면 미스터리와도, 스릴러와도 맞닿은 부분이 있지 않나 싶다.

집착에 가까운 사랑, 증오로 얼룩진 복수, 사실일 수도 있고 아닐 수도 있는 전설, 인간이라면 누구나 가지고 있는 은밀한 비밀, 로맨스, 거듭되는 반전, 충격적이고 가슴 아픈 결말, 그리고 여기에 타이태닉호라는 배경. 훌륭한 소설에 기대할 수 있는 모든 것이 이 작품 안에 담겨 있다. 단 하나의 단점이 있다면 선뜻 집어 들 수 없게 만드는 두께와 분량이지만 저지르는 자에게 복이 있나니. 시도하지 않으면 아무 일도 벌어지지 않는 법이다.

이은선

심연

지은이 앨마 카츠
옮긴이 이은선
펴낸이 김영정

초판 1쇄 펴낸날 2023년 1월 13일

펴낸곳 (주)현대문학
등록번호 제1-452호
주소 06532 서울시 서초구 신반포로 321(잠원동, 미래엔)
전화 02-2017-0280
팩스 02-516-5433
홈페이지 www.hdmh.co.kr

© 2023, 현대문학

ISBN 979-11-6790-151-4 03840

* 책값은 뒤표지에 있습니다.
* 파본은 구입처에서 교환해 드립니다.